KIM NINA OCKER

One of Six

Verrat

Die Bücher von Kim Nina Ocker bei LYX:

Die *One of Six*-Dilogie:
1. One of Six – Verrat
2. One of Six – Vertrauen *(erscheint im Februar 2024)*

Die *Secret Legacy*-Dilogie:
1. Every Little Secret
2. Every Little Lie

Die *Everything*-Dilogie:
1. Everything I Didn't Say
2. Everything I Ever Needed

Exklusiv als E-Book erschienen:
Die *Upper Eastside*-Reihe:
1. Nothing Like Us
2. Like You And Me
3. Like Nobody Else

Weitere Bücher der Autorin sind bei LYX in Vorbereitung.

KIM NINA OCKER

ONE OF SIX

Verrat

Roman

LYX

LYX in der Bastei Lübbe AG

Die Bastei Lübbe AG verfolgt eine nachhaltige Buchproduktion. Wir verwenden Papiere aus nachhaltiger Forstwirtschaft und verzichten darauf, Bücher einzeln in Folie zu verpacken. Wir stellen unsere Bücher in Deutschland und Europa (EU) her und arbeiten mit den Druckereien kontinuierlich an einer positiven Ökobilanz.

MIX
Papier | Fördert gute Waldnutzung
FSC® C014496
www.fsc.org

Originalausgabe:

Dieses Werk wurde vermittelt durch
die Langenbuch & Weiß Literaturagentur.

Textredaktion: Hannah Jarosch
Umschlaggestaltung: © SO YEAH DESIGN unter Verwendung
von Motiven von © masalskaya / shutterstock.com;
tofutyklein / shutterstock.com; Lemonsoup14 / shutterstock.com
Karte Innenklappe: © Guter Punkt, München | www.guter-punkt.de
nach einer Vorlage von © Kim Nina Ocker
Satz: Greiner & Reichel, Köln
Gesetzt aus der Adobe Caslon
Druck und Verarbeitung: GGP Media GmbH, Pößneck

Printed in Germany
ISBN 978-3-7363-2010-9

1 3 5 7 6 4 2

Weitere Informationen unter:
lyx-verlag.de
luebbe.de | lesejury.de

Liebe Leser:innen,

wir möchten darauf hinweisen,
dass dieses Buch folgende Themen enthält:
Mord und Schilderungen von Klaustrophobie und Höhe.

Wir wünschen uns für euch alle
das bestmögliche Leseerlebnis.

Eure Kim und euer LYX-Verlag

Für Sabrina

für dein Vertrauen
und deine Liebe für jedes noch so kleine Detail

PROLOG

[redacted]

Mein Finger zittert kaum merklich, als ich auf »Senden« klicke. Es erscheint ein kleiner Ladebalken und daneben eine Art Countdown, der gemächlich runterzählt: 1/5 versendet, 2/5 versendet … es ist nervtötend. Ich bin schnelles Internet gewöhnt, und die zwei Dutzend Umleitungen über verschiedene VPN-Provider zerren an meiner Geduld. Während der Sendevorgang noch läuft, öffne ich die E-Mail und lese sie mir erneut durch. Sie ist ein beschissenes Meisterwerk. Sollte sie auch sein, nachdem ich die letzten sieben Wochen meines armseligen Lebens in sie investiert habe. Jedes einzelne Wort ist Poesie, jede Silbe ein Vers und jeder Buchstabe ein Stillleben, bei dem der Künstler in jeden der Milliarden Pinselstriche die tiefsten Geheimnisse seiner Seele gelegt hat. Wie eine Komposition: ein Zusammenspiel aus Klängen, Tempo und Leidenschaft. Ohne das eine oder das andere ist das Ergebnis nicht perfekt. Und genauso bin ich überzeugt davon, dass jedes einzelne Wort dieser sorgsam formulierten E-Mail die Perfektion dieses Plans ausmacht und mein Leben in die eine oder in die andere Richtung lenken wird.

Ein leiser Signalton ertönt, kaum hörbar durch die Beschallung meiner Kopfhörer. Ich schiebe sie von meinen Ohren, und sofort verklingt die eindringliche Stimme des Leadsängers der *Iron Maiden*, die wie jeden Tag dazu bestimmt waren, die dröhnenden Gedanken in meinem Kopf zu übertönen. Meistens ohne Erfolg. Dafür dringt nun der Lärm des Highways durch das Fenster zu mir rein, vermischt sich mit dem Röhren der Klimaanlage und dem Rattern des losen Propellerblattes in meinem Ventilator, sodass die Realität sich über mich senkt wie eine Decke, die Flammen erstickt, indem sie ihnen den Sauerstoff nimmt.

Mein Blick wandert zu der Mitteilung, die in der unteren rechten Ecke meines Bildschirms aufgepoppt ist. Vor Jahren habe ich das Design meiner Pop-up-Fenster personalisiert, sodass sie in einer dreidimensionalen, neongrünen Sprechblase erscheinen. Nicht mehr wirklich mein Stil. Aber in den vergangenen Wochen war ich gezwungen, all meine Energie in die Details meiner Strategie zu stecken, und hatte keine Zeit, mich mit derlei Belanglosigkeiten zu beschäftigen. Also mustere ich die giftgrüne Sprechblase und lese die Mitteilung darin. Proband 1 und 2 haben die E-Mail erhalten, geöffnet und gelesen, wenn der Algorithmus die Dauer der geöffneten E-Mail und die anschließende Google-Suche der beiden Zielcomputer richtig interpretiert. Proband 3 und 4 haben die E-Mail erhalten, jedoch noch nicht geöffnet, die E-Mail von Proband 5 wird noch versendet. Ich befürchte, ich brauche eine akkuratere Bezeichnung für die Empfänger. Ein »Proband« bezeichnet eine Testperson, ein Versuchskaninchen. Auf eine verdrehte, abstrakte Weise trifft diese Beschreibung durchaus zu, aber eigentlich beschreibt sie das Schicksal dieser Menschen für mich nicht vollumfänglich. Hingegen klingt »Ziel« beinahe lächerlich pathetisch, und zu »Opfer« lasse ich mich nun wirklich nicht hinreißen. Ein Opfer impliziert gleichzeitig auch einen Täter – ein an seiner Zigarre paffendes Mastermind mit einer Katze auf dem Schoß und einer Narbe, die eine Augenbraue spaltet. Damit kann und werde ich mich sicher nicht identifizieren. Ich selbst würde mich als Künstlerseele bezeichnen und die fünf gesichtslosen Empfänger als meine Skizzen, deren Fertigstellung für alle Zeit mit einem Fragezeichen versehen sein wird.

Erneut ertönt das Signal, und die grüne Sprechblase ploppt auf.

5/5 zugestellte E-Mails. Es hat begonnen.

Mein Blick ruht auf der Zahl. Ich sollte sie »Member« nennen. Meine Member des *Club of Six*. Der *List of Six*.

Ich lehne mich zurück und verziehe kurz das Gesicht, als die Rückenlehne meines Stuhls bedenklich knackt. Die Pflege meines Equipments hat in letzter Zeit wirklich gelitten, aber das wird sich ändern. Sobald das hier vorbei ist. Vielleicht habe ich Glück, und meine kleinen Spielfiguren folgen gehorsam den für sie vorgesehenen Spielzügen. Dann bin ich bald wieder hier, auf diesem Stuhl, vor diesem PC. Oder aber sie fordern mich heraus und stellen ihre eigenen Regeln auf. Ein Teil von mir erhofft sich genau das. Dass sie es mir schwer machen. Mich überraschen.

Und dass sie mir keine andere Wahl lassen, als sie mit einem Schachmatt vom Feld zu fegen.

1

LUCA

Sonntag, 01. Oktober 2023

Ein kurzer Blick auf die Uhr bestätigt meine Armseligkeit. Seit etwa zwanzig Minuten sitze ich im Schneidersitz auf meinem Bett und starre den fettgedruckten Absender der einzigen ungeöffneten E-Mail in meinem Posteingang an. Das ist nicht einmal eine passive Sache, alle drei Minuten muss ich den Mauszeiger bewegen, damit der Laptop nicht auf Stand-by umschaltet. Die Mail ist gestern schon angekommen, aber ich habe mich nicht getraut, sie zu öffnen. Als würde sie eine Bombe enthalten, die sofort hochgehen könnte. Auf diese E-Mail warte ich seit Wochen, und auch wenn ich mir geschworen habe, mir keine übersteigerten Hoffnungen zu machen, bin ich an diesem Vorhaben kläglich gescheitert. Wenn in diesem Schreiben eine Absage steht, bricht eine verdammte Welt für mich zusammen.

Kurzentschlossen fahre ich mit dem Finger über das Mousepad und suche den Cursor auf meinem Bildschirm, dann klicke ich auf den Absender. Als die Mail sich öffnet, unterdrücke ich den Drang, die Augen zusammenzukneifen, um mich nicht selbst zu spoilern. Mir ist klar, dass ich mich lächerlich benehme. Selbst *wenn* das hier eine Zusage ist, bedeutet das noch gar nichts. Sie würde mich lediglich in die nächste Runde des Bewerbungsverfahrens bringen, aber noch lange nicht bedeuten, dass ich den Job tatsächlich bekomme. Einen Job, für den ich verdammt viel geben würde. Er ließe sich mit meinem Studium vereinbaren, würde beinahe unverschämt gut bezahlt werden und genau meinen Interessen entsprechen. Als Social-Media-Managerin eines glamourösen und anerkannten Skiresorts stünden mir nach meinem Studium deutlich mehr Türen offen als zum aktuellen Zeitpunkt. Dass ich seit Jahren die Redakteurin der Campuszeitung bin und einen eigenen, mittelgroßen Blog besitze, beeindruckt in New York oder Chicago niemanden. Oder in Europa, wo ich gerne nach meinem Collegeabschluss eine Zeit lang arbeiten würde.

Ich atme noch einmal tief durch, dann öffne ich entschlossen die Augen und ziehe meine Finger hastig wieder zurück, als hätte ich Angst, mich an meinem Laptop zu verbrennen. »*Sehr geehrte Miss Murphy*«, flüstere ich mit gerunzelter Stirn und schnappe heftig nach Luft, weil mein Blick zu den kommenden Worten vorgeschnellt ist. »*Wir freuen uns auf die Möglichkeit, Sie und Ihre Mitbewerber*innen während der Teilnahme an unserem Assessment-Center persönlich kennenlernen zu können!*« Den letzten Teil des Satzes schreie ich beinahe vor Aufregung, halte aber hastig inne, als ich auf dem Flur eine Tür ins Schloss fallen höre. Zwar ist meine Mitbewohnerin gerade nicht da, aber die Wände der Wohnheimzimmer in diesem Gebäude sind dünner als Papier.

Völlig überfordert scrolle ich weiter runter und lese mir den Rest durch. Sie laden mich ein! Sie laden mich tatsächlich ins Resort ein!

Als ich die Bewerbungsaufforderung vor Wochen erhalten habe, war ich direkt begeistert. Studierendenjobs, noch dazu gut bezahlte und inhaltlich interessante Studierendenjobs, sind eine verdammte Rarität. Diese Stellenausschreibung ist

Teil eines Förderprogramms meiner Uni, das jedes Jahr eine Handvoll studienbegleitende Nebenjobs anbietet und bei der Vermittlung hilft. In den letzten Jahren habe ich mich nicht beworben, weil die Ausschreibungen mich nie wirklich interessiert und sich auch eher auf lokale Kleinunternehmen beschränkt haben. Aber das hier ist der Hammer: Als remote arbeitende Social-Media-Managerin für das *Ortiz Grand Resort* hätte ich sowohl genug Geld, um meine Studiengebühren und das Wohnheimzimmer bezahlen zu können, als auch die nötigen Praxiserfahrungen, um mich am Ende meines Studiums auf richtige Jobs zu bewerben. Abgesehen davon, dass wir für die nächste Bewerbungsrunde in diese riesige Hotelanlage in Colorado eingeladen werden.

Gerade als ich auf »Antworten« klicke, öffnet sich unsere Zimmertür, und meine Mitbewohnerin kommt vollbeladen mit Büchern herein. »Hilf mir«, ächzt Riley, ohne Zeit für eine Begrüßung zu verschwenden, kurz bevor ihr Stapel ins Wanken gerät und das erste Buch fällt. Ich bewege mich keinen Millimeter. Selbst wenn ich aufgesprungen wäre, hätte ich ihr nicht helfen können. Es rumpelt ein paarmal, dann sind ihre Hände frei, und ihr vorwurfsvoller Blick bohrt mir beinahe ein Loch in meine Stirn.

»Vielen Dank, Luca«, sagt sie trocken.

Lachend stehe ich auf und helfe ihr, die Bücher aufzusammeln. Es handelt sich um verdammt schwere Wälzer, allesamt Fachbücher aus der Bibliothek über den … Sino-Japanischen Krieg? »Was willst du damit?«, frage ich stirnrunzelnd und greife nach einem besonders schwer verdaulich aussehenden Schinken mit rotem Einband, schwarzem Prägetitel und Farbschnitt.

Riley schnaubt. »Geschichte«, antwortet sie knapp, lehnt sich zurück und lässt den Rücken knacken. »Wir müssen eine zehnseitige Fake-Dissertation über den Zweiten Japanisch-

Chinesischen Krieg schreiben. Und sämtliche Quellen aus, Zitat: *echten Büchern beziehen*, Zitat Ende.«

Ich verziehe das Gesicht. »Klingt lustig.«

»Ja. Die meisten empfohlenen Bücher aus der Literaturliste dürfen nicht einmal ausgeliehen werden. Und da jetzt siebzig Studierende alle auf einmal nach diesen Büchern suchen, war keines mehr frei, und ich musste mich in eine beschissene Warteliste eintragen.«

Beinahe hätte ich wieder gelacht, aber Rileys entnervter Gesichtsausdruck hält mich davon ab. Stattdessen greife ich nach der Hälfte der Bücher, stehe auf und lege den Stapel auf ihrem Bett ab. Dann werfe ich ihr einen vorsichtigen Blick zu. »Ich will deine Probleme nicht ignorieren oder so, aber darf ich kurz das Thema wechseln?« Als sie eine auffordernde Handbewegung macht, breitet sich unwillkürlich ein Grinsen auf meinem Gesicht aus. »Ich habe eine Zusage für das Assessment-Center.«

Verwirrt schaut sie auf. »Was ist ein Assessment-Center?«

»Die letzte Bewerbungsrunde! Alle werden eingeladen, sie lassen uns in einer Arena aufeinander los, der letzte Überlebende kriegt den Job und so weiter«, erkläre ich ungeduldig.

»Für das Skiresort?«

Ich nicke aufgeregt. »Das ist die letzte Runde! Ich habe mit Pascal aus dem Literaturkurs gesprochen, der den Job letztes Jahr bekommen hat. Er meinte, in der finalen Runde wären nur sechs oder sieben Bewerber übrig gewesen.«

»Pascal aus Literatur wäre wohl kaum der letzte Überlebende in einem Arena-Kampf gewesen. Und der Job vorheriges Jahr war doch nur für Bewerber von den Unis in der Umgebung, oder? Schätze, dieses Hotel hat den Job landesweit ausgeschrieben.«

Ich gehe zurück zu meinem Bett und überfliege noch mal die Mail. »Sie schreiben nicht, wie viele in der Endrunde sind.«

»Vielleicht sind es auch noch weniger als letztes Jahr, weil sie euch ins Resort einladen?«, überlegt Riley. »Nur eben Bewerber von verschiedenen Colleges. Wann geht's los?«

»Am Mittwoch. Ich muss also Dienstag anreisen.« In meinem Magen beginnt es zu kribbeln, und ich kann ehrlich nicht sagen, ob es ein angenehmes Gefühl ist oder nicht. Ja, ich freue mich über diese Möglichkeit, meine Fähigkeiten unter Beweis zu stellen. Trotzdem macht mich die Aussicht, durchs halbe Land zu fliegen und mich gegen andere durchsetzen zu müssen, ein wenig nervös. »Ich habe keine Ahnung, was ich einpacken soll. Was zieht man zu so etwas an?«

»Gute Frage.« Nachdenklich legt sie den Kopf schief. »Für ein Bewerbungsgespräch, vor allem bei einem Unternehmen in dieser Preisklasse, würde ich etwas Elegantes oder zumindest Klassisches mitnehmen. Auf der anderen Seite bewirbst du dich als Social-Media-Managerin, also vielleicht doch lieber etwas ... Hippes?«

Ich schnaube. »Ich denke, ›hipp‹ ist genau der Ausdruck, den man als Social-Media-Managerin nicht benutzen sollte.«

Riley verdreht die Augen, sieht aber nicht im Mindesten so aus, als hätte sie mein Kommentar irgendwie berührt. Manchmal bin ich verdammt neidisch auf ihr Selbstbewusstsein. Sie geht hinüber zu meiner kleinen Kommode und zieht die oberste der drei Schubladen auf, deren Inhalt sie kritisch mustert, bevor sie eine Bluse herauszieht, die ich vor ein paar Jahren für eine standesamtliche Hochzeit gekauft habe. Ursprünglich war sie weiß, aber nachdem ich sie einmal zusammen mit einem roten neuen Kleid gewaschen habe, besitzt sie jetzt eher eine Art verblichenen, rosafarbenen Batik-Look.

»Nein«, sage ich, bevor Riley einen Kommentar abgeben kann. »Die Siebziger sind vorbei.«

»Das ist schon lange wieder modern«, hält sie energisch dagegen. »Und vielleicht wäre das genau die richtige Mischung zwischen klassisch und … *fetzig*.«

Grinsend schüttle ich den Kopf, dann seufze ich. »Ich werde in meiner Zusage einfach nachfragen, ob es einen Dresscode gibt.«

Ihr ist deutlich anzusehen, dass sie mit meiner Abneigung gegenüber der hässlichen Bluse alles andere als einverstanden ist, aber schließlich gibt sie nach und geht stattdessen beinahe die Hälfte meiner Klamotten durch, wovon wir wiederum die Hälfte zur Seite legen, damit ich sie später in meinen Koffer packen kann. Meine Garderobe lässt tatsächlich zu wünschen übrig. Zwar besitze ich ein paar formelle Sachen – hauptsächlich von Hochzeiten, auf die wir eingeladen waren, oder das Outfit von meiner Abschlusszeremonie auf der Highschool. Allerdings liegt der Großteil dieser Sachen in meinem Kleiderschrank bei meinen Eltern in Belville, und dahin wäre es eine elfstündige Autofahrt. Entweder ich muss vor meiner kleinen Reise noch einmal einkaufen, oder aber ich vertraue darauf, dass meine Fähigkeiten von Jeans und Turnschuhen ablenken.

Irgendwann zieht Riley sich mit ihren Büchern an ihren Schreibtisch zurück, und ich setze mich an die Antwort an *educationcare* – die Agentur, die diesen Job vermittelt und den Studierenden zur Verfügung gestellt hat. In der Mail wurde um eine schnelle Rückmeldung gebeten, und ich will sicher nicht riskieren, meinen Platz an einen Nachrücker abzugeben, nur weil ich nicht innerhalb der Frist zugesagt habe. Außerdem muss ich mit Mrs Greenswill von der Studienberatung sprechen und mich für die Zeit, in der ich in Colorado sein werde, freistellen lassen. Das sollte kein Problem sein, immerhin hat meine Universität diesem Projekt zugestimmt.

Während ich nach einer passenden Formulierung suche, spüre ich, dass mein Magen erneut zu kribbeln beginnt. Das hier ist wahnsinnig aufregend. Seit der Junior High möchte ich Journalistin werden. Meine Vorstellungen bezüglich der genauen Fachrichtung haben sich im Laufe der Jahre mehrfach verändert, aber das Ziel ist immer gleich geblieben: Ich will recherchieren, schreiben und berichten. Dabei ist es mir ziemlich egal, ob meine Artikel online oder in Printmedien veröffentlicht werden, und Social Media ist dafür eine wahnsinnig gute Chance. Dazu noch der Name des *Ortiz Resort* und die Tatsache, dass ich mich landesweit unter Hunderten Bewerbern durchgesetzt habe ... Mit dieser Stelle würde für mich ein Traum in Erfüllung gehen.

Nachdem ich die Anrede und meinen Dank für die Chance, mich vorzustellen, getippt habe, starre ich ein bisschen unschlüssig auf den blinkenden Cursor auf meinem Bildschirm. Einerseits will ich mich dankbar zeigen und deutlich machen, dass ich diese Möglichkeit zu schätzen weiß. Andererseits will ich auch nicht zu bedürftig klingen – so, als wäre ich überrascht, dass ich überhaupt in die engere Auswahl gekommen bin. Was stimmt, aber das müssen die Leute vom *Ortiz* ja nicht wissen. Ich klicke auf das kleine WhatsApp-Symbol und öffne den Chat mit meiner Mom, um ihr eine kurze Nachricht zu schicken, dass sie mich zurückrufen soll, sobald sie Zeit findet. Am liebsten würde ich sie direkt anrufen, aber meine Mutter arbeitet als Architektin und reist für Aufträge immer wieder durchs ganze Land. Ich habe ehrlich gesagt keine Ahnung, wo sie gerade ist, geschweige denn in welcher Zeitzone.

Ich habe die Nachricht kaum abgeschickt, da vibriert mein Handy, und das Foto meiner Mutter erscheint auf dem Display. Als ich ihr von der Zusage erzähle, scheint sie sich tatsächlich für mich zu freuen und beginnt so aufgeregt und laut zu reden, dass ich mir einen Moment lang das Handy ein paar Zentimeter von meinem Ohr weghalte. Ich liebe meine Mom, aber manchmal überfordert mich ihre überschwängliche und vor allem meist gespielte Begeisterung ein wenig. Meine Mutter ist ein lauter, impulsiver, verdammt selbstbewusster Mensch. Und während ich sie hin und wieder ein wenig für diese Sorglosigkeit gegenüber anderen Menschen beneide, bin ich die meiste Zeit über froh, dass ich diese Charaktereigenschaft nicht von ihr geerbt habe. Hauptsächlich, weil ihr Optimismus teilweise ziemlich hart an toxische Positivität grenzt, was meistens damit endet, dass ich genervt bin und sie völlig verwirrt darüber, was sie eigentlich falsch gemacht hat. Was wohl auch ein Grund dafür war, dass ich nach der Highschool entschieden habe, nicht in der Nähe von Belville zu studieren, obwohl es in Santa Cruz oder Salinas ganz ordentliche Unis gibt. Die University of Portland Park war nicht gerade meine Traumuni, aber sie bot gute Kurse an und war weit genug von meinen Eltern entfernt, um mich zu überzeugen. Denn Tatsache ist, dass meine Eltern und ich uns deutlich weniger streiten, je weniger wir einander sehen.

Nach dem Telefonat mit meiner Mutter tippe ich schnell eine Antwort und versuche dabei, nicht jedes einzelne Wort zu zerdenken. Diese Leute – wer auch immer über die Auswahl der Bewerber und Bewerberinnen entschieden hat – haben mich aufgrund meiner Qualifikationen ausgesucht und hielten mich offensichtlich für eine gute Kandidatin. Sie werden es sich wohl kaum anders überlegen, nur weil meine Zusage nicht kreativ genug ist. Danach packe ich meinen Laptop weg, greife nach meinem Kulturbeutel und mache mich auf den Weg zu den Gemeinschaftsduschen, die zu meiner Erleichterung leer sind. Es gibt zwar separate und verhältnismäßig große Kabinen, aber wenn ich alleine bin, kann ich Musik hören. Nachdem ich mich ausgezogen habe, drehe ich das Wasser auf, damit es schon mal warm werden kann, und entsperre mein

Handy, um meine Playlist auszuwählen. Ich brauche ein paar Sekunden, bis mir ein kleines Symbol am oberen Rand meines Displays auffällt. Neben dem kleinen Zeichen von WhatsApp, dem Instagram-Symbol und einer Mitteilung, dass ich mein Tages-Schrittziel noch nicht erreicht habe, habe ich das neue Zeichen erst überhaupt nicht bemerkt. Ich runzle die Stirn, während ich meine Mitteilungsleiste mit dem Daumen nach unten ziehe. Dieses Symbol habe ich noch nie zuvor gesehen. Es erinnert mich an eine Eistüte. Nein, ein kleines Mikrofon vielleicht.

»*What the* …«, murmele ich leise. Den Bruchteil einer Sekunde später verschwindet das Icon. Irritiert überfliege ich meine Mitteilungen nach irgendeiner App-Benachrichtigung, doch dort finde ich nichts, das dort nicht hingehört. Ein paar Herzschläge lang stehe ich da, öffne die Einstellungen und die kürzlich heruntergeladenen Apps. Aber nichts. Wahrscheinlich irgendein automatisches Update oder die dringend nötige Aufforderung, einige vernachlässigte Funktionen zu aktualisieren. Oder es handelt sich um diese komische App, die Riley mir vor ein paar Wochen aufgeschwatzt hat und mit der man sich gegenseitig kleine tägliche Podcasts aufnehmen kann. Die wir aber niemals wirklich genutzt haben und die seitdem mit unzähligen anderen App-Leichen auf meinem Handy verschimmelt.

Ich seufze ein wenig resigniert, suche nach der richtigen Playlist und schließe dann die Augen, um mein Gesicht unter das heiße Wasser zu halten. Zwei Tage noch. In zwei Tagen werde ich in einem Flieger nach Colorado sitzen, um die verdammte Chance meines Lebens zu erhalten.

2

DEVAN

Dienstag, 03. Oktober 2023

Ich habe mich schon immer gefragt, was manche Menschen eigentlich dagegen haben, wenn Passagiere nach der Landung ihres Flugzeuges für den Piloten und die Crew klatschen. Für mich persönlich ist das eine absolut nachvollziehbare Reaktion – immerhin war man stundenlang in einem vergleichsweise kleinen Raum gefangen, aus dem kein Ausgang und keine Feuertreppe herausführt, und der verdammte dreißig- bis vierzigtausend Fuß hoch in der Luft fliegt. Über Ozeanen, Bergen oder Großstädten! Falls etwas schiefgeht, der Pilot einen falschen Knopf drückt oder was auch immer in so einem Cockpit so alles schiefgehen kann, spielt es keine Rolle, wer man in seinem normalen Leben war oder ist. Was man erreicht hat, welche Zahl auf deinem Kontoauszug steht, ob man ein guter Mensch ist oder nicht. Wenn in dieser Höhe etwas passiert, sterben wir alle.

Alles in allem finde ich es also durchaus verständlich, dass man den Leuten, die die letzten Stunden über für unser aller Leben verantwortlich waren, mit einem kleinen Applaus dankt, sobald man wieder sicheren Boden unter den Füßen – oder Rädern – hat.

Trotzdem ernte ich wie erwartet einige irritierte Blicke, als ich nach dem leichten Ruck der Landung zu klatschen anfange. Ein paar wenige stimmen mit ein, die meisten allerdings sehen eher peinlich berührt aus. Das ist mir egal. Ich leide nicht unbedingt unter Flugangst, trotzdem gehört das Flugzeug definitiv nicht zu meinen Lieblingsfortbewegungsmitteln, und ich bin sehr froh, die knapp sieben Stunden von Boston in dieses eingeschneite Kaff überstanden zu haben. Während ich meine Sachen zusammenpacke, werfe ich einen Blick durch das kleine Fenster hinaus auf die Rollbahn. Hier liegt beeindruckend viel Schnee, was mich nicht überraschen sollte, wenn man bedenkt, dass ich auf dem Weg in ein Skiresort bin. Vom Eagle County Regional Airport sind es noch knapp vierzig Meilen bis nach Eagle Creek, wo, meinen Unterlagen zufolge, das *Ortiz Grand Resort* liegen muss. Vermutlich werden die Schneewehen dort noch höher sein, wenn ich den Bildern auf Google und Instagram Glauben schenken kann.

Sobald die Anschnallzeichen erlöschen, erhebe ich mich, greife nach meinem Handgepäck und reihe mich in die Schlange der Wartenden ein, die bereits im Gang stehen. Im Internet habe ich gelesen, dass es normalerweise einen stündlichen Shuttle zum *Ortiz* gibt, dieser aber momentan nur sporadisch fährt, weil das Resort offiziell nicht geöffnet hat, da irgendwelche Umbauten am Grundstück und dem Hauptgebäude vorgenommen werden. Was wiederum für mich bedeutet, dass ich eine kleine Weltreise mit insgesamt drei Bussen vor mir habe. Im Nachhinein ärgere ich mich wahnsinnig darüber, das Resort nicht darum gebeten zu haben, mir die Kontaktdaten der anderen Mitbewerber und -bewerberinnen zu geben. Der Eagle County Regional Airport ist der einzige Flughafen in der näheren Umgebung, und sollten wir alle ungefähr zeitgleich hier ankommen, hätten wir uns ein Taxi oder einen Bus mieten können.

Während ich das Flugzeug verlasse und durch die Ankunftshalle des Flughafens laufe, checke ich noch einmal meine Notizen auf meinem Handy. Ich bin deutlich zu früh, das Abendessen mit den Verantwortlichen des *Ortiz* soll erst heute Abend stattfinden. Aber ich habe im Vorfeld abgeklärt, ob ich früher anreisen kann, um mich vorzubereiten. Bislang habe ich mit unserem Kontakt zum Resort nur E-Mails hin- und hergeschrieben, und der erste Eindruck ist bekanntlich der wichtigste. Ich habe nicht vor, diese Chance zu verpassen, indem ich verschwitzt und mit Gepäck beladen die Leute begrüße, die über die Vergabe dieses Jobs entscheiden. Denn den habe ich verdammt nötig. Meine größte und vor allem profitabelste Kooperation läuft nächstes Jahr aus, und ich brauche dringend eine verlässliche Einkommensquelle, die sich ganz nebenbei auch noch gut in meinem Lebenslauf macht und mit meinem Job vereinbar ist.

Nachdem ich mein Gepäck geholt habe, mustere ich ein wenig unschlüssig die Wegweiser und entscheide mich schließlich für die Richtung, in der die Taxistände und hoffentlich auch die Bushaltestellen liegen. Sobald ich nach draußen trete, umfängt mich die eisige Luft, und ich erschaudere unwillkürlich. Der Wind hier in Colorado ist wirklich eisig. Er schneidet mir in meine Wangen und meine Stirn, und in diesem Moment bereue ich es wahnsinnig, dass ich Mütze und Schal irgendwo weit unten in meiner Reisetasche verstaut habe. Kurz studiere ich die Umgebung, allerdings gibt es hier nicht allzu viel zu entdecken. Der Flughafen ist nicht sehr groß und die Landschaft, die ich von hier aus sehen kann, auch wenig beeindruckend. Die Berge, die sich sicher irgendwo in der Ferne abzeichnen würden, werden von einer dichten Wolken- und Nebelschicht verborgen. Es regnet nicht, aber der Nebel hängt in der Luft und legt sich auf alles, was er zu fassen bekommt.

Wieder werfe ich einen Blick auf mein Handy und öffne die Screenshots, die ich mir von meinen möglichen Busverbindungen gemacht habe, dann suche ich nach den richtigen Schildern. Schätzungsweise zehn Minuten lang laufe ich ziellos von einem Fahrplan zum anderen, bevor ich einen älteren Mann anspreche, der zusammen mit ein paar anderen Leuten an einer Ersatzhaltestelle steht und aussieht, als würde er wissen, was er tut. Nachdem er meinen Erklärungen geduldig zugehört hat, deutet er auf die andere Seite des Taxistands und erklärt mir, dass dort irgendwo der Shuttlebus fährt und ich Glück haben könnte, einen der insgesamt drei Busse zu erwischen, die hier täglich fahren.

Großartig.

Gerade als ich mich umdrehen und meine Mission fortsetzen will, tritt mir eine junge Frau in den Weg. Sie reicht mir kaum bis zur Schulter, ist dafür aber in eine beeindruckend dicke Daunenjacke gehüllt, die ihr eine beinahe quadratische Form verleiht.

»Du willst zum *Ortiz?*«, fragt sie und nickt mit dem Kopf in die gleiche Richtung, die mir auch der Mann gezeigt hat.

»Das ist der Plan«, erwidere ich. Ich ziehe die Schultern hoch, als mich erneut kalter Wind trifft. »Laut Google sollte hier irgendwo ein Bus fahren.«

Sie lässt ihren Blick kurz über mein Gesicht wandern, dann über mein Gepäck, als würde sie gerade überlegen, ob ich lüge oder nicht. »Ich kann dich mitnehmen, wenn du dich am Sprit beteiligst.«

Stirnrunzelnd schaue ich auf sie herab. Ich würde sie ungefähr auf mein Alter schätzen. »Klar, das wäre perfekt. Bist du auch wegen des Assessment-Centers hier?«

Jetzt lacht sie, dann schüttelt sie den Kopf. »Ich arbeite schon im *Ortiz*. Komm mit.«

Neugierig mustere ich sie von der Seite, während ich ihr zum Parkplatz folge. Sie trägt einen strengen Dutt und ist kaum geschminkt, unter ihrer viel zu dicken Jacke kann ich eine schwarze, elegant aussehende Hose erkennen. »Als was arbeitest du im *Ortiz?*«

»Hauptsächlich an der Rezeption und im Service«, antwortet sie, bevor sie kurz stehen bleibt, um in ihrer Handtasche zu kramen. Erst jetzt fällt mir auf, dass sie außer einer kleinen Sporttasche kein Gepäck bei sich hat. »Während der Renovierungen hatte ich frei, aber in den nächsten Wochen soll der Betrieb wieder aufgenommen werden.«

»Und da fangen sie jetzt damit an, sich nach einem neuen Social-Media-Manager umzugucken?«

Sie zuckt mit den Schultern, dann zieht sie triumphierend ein dickes Schlüsselband aus der Tasche und geht weiter. »Ich hab keine Ahnung. Von euch habe ich auch nur über eine Kollegin erfahren.«

Wir halten vor einem kleinen roten Pick-up, und sie bedeutet mir mit einer Handbewegung, einzusteigen. Einen Moment lang betrachte ich die Ladefläche, aber der Regen wird vermutlich noch stärker werden, und bis zum Resort wäre mein Gepäck sicher vollkommen durchgeweicht. Also steige ich ein, lege die Tasche auf den Sitz zwischen uns und ziehe mir meinen Rucksack auf den Schoß, während die Frau sich hinters Steuer setzt.

»Danke, dass du mich mitnimmst«, sage ich. »Wie heißt du?«

»Anastasia.« Sie streckt mir die Hand entgegen, bevor sie merkt, dass ich mehr oder weniger unter meinem Rucksack eingeklemmt bin, und sie wieder zurückzieht. »Aber nenn mich einfach Ana, das tun alle.«

»Devan«, antworte ich und lächle, als sie mir ein wenig verhalten zunickt. Dann dreht sie die Heizung voll auf und startet den Motor.

Ein lautes Klopfen ertönt, und ich fahre so heftig zusammen, dass ich mit dem Knie gegen das Handschuhfach knalle und schmerzhaft das Gesicht verziehe, bevor ich den Kopf drehe. Neben mir steht eine junge Frau im Sprühregen und späht mit einer Mischung aus Panik und Verlegenheit zu uns ins Auto, die Hand, mit der sie gegen das Fenster geklopft hat, immer noch erhoben. Verwirrt sehe ich Anastasia an, aber die zuckt nur mit den Schultern, bevor sie die Scheibe herunterlässt.

»Es tut mir so leid!«, sagt die Frau draußen und mustert mich kurz, bevor sie Ana ansieht. »Ich wollte euch nicht erschrecken.«

»Schon okay«, erwidert Ana stirnrunzelnd. »Können wir dir helfen?«

»Ich bin Luca«, erwidert das Mädchen so energisch, als würde ihr Name alles erklären. Dann verzieht sie das Gesicht und deutet mit der Hand über die Schulter Richtung Flughafen. »Eine Frau dahinten meinte, dass ihr zum *Ortiz* wollt. Der nächste Bus kommt erst in drei Stunden, und der Taxifahrer fährt nur bis ins Dorf, aber nicht bis hoch ins Resort. Ich bin echt verzweifelt.«

Sie sieht tatsächlich verzweifelt aus. Wassertropfen hängen in ihren Haaren und an ihren Wimpern, ihre Wangen sind gerötet – ob vor Aufregung oder wegen der Kälte kann ich nicht sagen –, und ihre Augen sind so groß, dass sie mich unwillkürlich an Puppenaugen erinnern … im besten Sinne. Dieses Mädchen, Luca, ist verdammt hübsch. Zumindest das von ihr, was ich von hier aus erkennen kann. Meine Augen verengen sich ein wenig, während ich ihr Gesicht mustere. Ich habe sie schon einmal gesehen. Der Name sagt mir nicht wirklich was, aber sie kommt mir irgendwie bekannt vor.

»Ja, wir fahren zum Resort«, antwortet Ana und reißt mich

damit ziemlich unsanft aus meiner Starre. »Aber wir sind ziemlich voll. Hast du Gepäck dabei?«

Luca hebt demonstrativ einen Arm und präsentiert einen silberfarbenen Hartschalenkoffer. Absolut offensichtlich, dass sie und der Koffer nicht auf den schmalen Mittelsitz passen werden.

»Tut mir leid.« Ana sieht sie entschuldigend an und zuckt mit den Schultern. »Das passt unmöglich.«

Diese Luca flucht und sieht sich um, während ihr Haar mehr und mehr durchweicht wird.

Ich werfe Ana einen kurzen Blick zu, aber ich habe nicht den Eindruck, dass sie ihr Bedauern nur vortäuscht. »Ist der Koffer wasserdicht?«, frage ich Luca.

Sie nickt abgehackt. »Selbst wenn nicht. Mir wäre alles lieber, als ihn eine halbe Stunde zu Fuß einen eingeschneiten Berg hochzuziehen.«

Anastasia lacht, dann seufzt sie und greift nach ihrem Gurt. »Okay, wir packen ihn hinten drauf. Aber das wird eine ungemütliche Fahrt für euch beide, und ich will Spritgeld.«

»Klar«, ruft Luca beinahe, deren Erleichterung deutlich hörbar in ihrer Stimme mitschwingt. »Alles, was du willst. Vielen, vielen Dank.«

Als Ana aussteigen will, schnalle ich mich hastig ab. »Bleib sitzen. Ich mach das.«

Sie grinst, scheint aber keine Einwände zu haben. Als ich aussteige, legt sich erneut sofort die Nässe auf mein Gesicht, und ich sehe mich fröstelnd um, bevor ich die Hand nach dem Koffer ausstrecke. Doch Luca geht bereits an mir vorbei, den Koffer vor sich in den Armen, als würde sie zum Weitwurf ansetzen. Ich folge ihr zur Ladefläche und entdecke zu meiner Erleichterung eine Rolle Spanngurte, wenn auch keine Plane oder sonst etwas, womit wir den Koffer abdecken könnten.

Mag sein, dass die Schale den Regen tatsächlich eine Weile abhält, aber bei dem Wind wird es sicher nicht lange dauern, bis die Feuchtigkeit durch die Seiten und das Reißverschlussband dringt.

»Du bist eine der Bewerberinnen, oder?«, frage ich Luca, während sie den offensichtlich schweren Koffer auf die Ladefläche hievt.

»Jap.« Sie wirft mir einen kurzen Blick zu. »Und du auch.«

»Ich auch, ja.« Ich entrolle einen der Spanngurte und werfe ihr das eine Ende hin, damit sie es auf ihrer Seite befestigt. »Anastasia arbeitet im *Ortiz*.«

Sie hebt einen Arm und wischt sich die Feuchtigkeit von der Stirn, während sie an dem Gurt zieht. »Beruhigt mich, dass du scheinbar genauso unvorbereitet bist wie ich. Ich bin einfach davon ausgegangen, dass ich vom Flughafen schon einen Weg finden werde, um zum Resort zu kommen. Wie machen das die Gäste denn?«

Ich würde wirklich gerne protestieren – dass sie meint, ich hätte mich nicht vorbereitet, ist fast eine Beleidigung. »Normalerweise fährt ein stündlicher Shuttle. Aber das Resort ist im Moment für Gäste geschlossen.«

Sie lacht leise und murmelt irgendetwas, das ich nicht verstehen kann. Wortlos sichern wir ihren Koffer, der auf der Ladefläche ein wenig verloren aussieht. Ich erwische sie dabei, wie sie dem Ganzen einen besorgten Blick zuwirft, und bin mir relativ sicher, dass auch ihr inzwischen klar ist, dass ihre Kleidung es unmöglich trocken bis zum *Ortiz Resort* schaffen wird. Dann halte ich ihr die Tür auf und steige hinter ihr in die Fahrerkabine, die auf einmal deutlich geschrumpft zu sein scheint. Luca lädt meinen Rucksack auf ihren Schoß, ich meine Tasche auf meinen, und als ich die Beifahrertür zuziehe, hört es sich an, als würde man einen Vakuumverschluss schließen.

»Fahr lieber schnell los«, sage ich zu Ana, nachdem ich ziemlich erfolglos versucht habe, mich anzuschnallen. »Bevor wir noch in die Höhe stapeln müssen.«

»Entschuldigt«, murmelt Luca, lacht aber nervös. »Normalerweise lade ich mich nicht einfach bei fremden Menschen ein, ich schwöre es.«

Ana startet endlich den Wagen, der mit einem beunruhigend angestrengten Knattern anspringt und aus der Parklücke setzt. Ich versuche, meinen Arm in eine Position zu bringen, in der er nicht zwangsläufig absterben wird, aber wirklich besser wird es nicht. Es mag in diesem Auto drei Sitzplätze geben, aber die müssen für die Größe von Kindern ausgelegt sein. Ich bin nicht gerade schmal gebaut, dafür ist diese Luca allerdings ziemlich klein und sollte die Breite meiner Schultern locker ausgleichen können.

Während wir vom Flughafengelände fahren und Luca neben mir auf ihrem Handy herumtippt, schaue ich aus dem Fenster und sehe mir die Umgebung an. Obwohl es gerade einmal Vormittag ist, wirkt das Licht merkwürdig grau und erinnert beinahe an Morgendämmerung. Der Himmel ist von einer dicken Wolkendecke verhangen, und die Sonne schafft es nicht einmal, einen hellen Abdruck auf ihr zu hinterlassen. Ich habe im Vorfeld die Wetterprognosen für diese Gegend in Colorado überflogen. Auch wenn die eigentliche Schnee- und damit auch Skisaison erst Mitte Oktober oder teilweise sogar erst im November beginnt, neigt sich der Herbst in diesem Teil des Landes offensichtlich dem Ende zu. In den kommenden Wochen werden die Temperaturen bis in die zweistelligen Minusgrade abfallen, und ehrlich gesagt bin ich ein bisschen erleichtert, dass wir jetzt hier sind und nicht im Dezember oder Januar, wenn es deutlich kälter sein wird. Ich komme aus Kalifornien und bevorzuge definitiv die Sonne. Sollte ich diesen

Job bekommen, werde ich alle paar Wochen herkommen müssen, aber bis dahin lege ich mir eine ordentliche Wintergarderobe zu.

Unauffällig sehe ich zu Luca hinüber, die immer noch auf ihr Handy schaut und so schnell tippt, dass ihre Finger beinahe vor meinen Augen verschwimmen. Sie wirkt so unaffektiert, beinahe introvertiert. Ich bin mir nicht sicher, was ich von meinen Konkurrenten und Konkurrentinnen eigentlich erwartet habe. Ein Teil von mir hat wohl eine Gruppe wandelnder Influencer-Klischees befürchtet, und in dieses Bild passt Luca nun wirklich nicht hinein. Ich selbst würde mich rein äußerlich als durchschnittlich bezeichnen, aber meine Kenntnisse und Erfahrungen waren sicher der ausschlaggebende Grund für diese Einladung zum Assessment-Center. Ich bin seit Jahren in der Gaming-Szene unterwegs, hatte in der Vergangenheit mehrere große Kooperationen und kenne mich damit aus, mich selbst als Marke auf Social Media zu vertreten. Ich leide nicht unter dem Imposter-Syndrom, und ich verstehe, warum das *Ortiz Resort* mich für einen geeigneten Kandidaten hält. Luca hingegen wirkt auf mich nicht wie die geborene Rampensau, und ich denke nicht, dass sie eine bekannte Influencerin oder etwas in der Art ist. Das ist ein Klischee und ein verdammtes Vorurteil, aber Luca wirkt zu normal für diese Branche. Sie ist bildhübsch, aber auf eine subtile, unaufdringliche Art und Weise.

»Warum bist du hier?«, frage ich sie schließlich, weil ich mit meinen Grübeleien nicht weiterkomme und wissen will, woher ich sie kennen könnte. Als sie aufsieht und mir einen fragenden Blick zuwirft, füge ich hinzu: »Warum hast du dich auf den Job beworben, meine ich.«

Sie lächelt verhalten. »Aus dem gleichen Grund wie du, nehme ich mal an. Die Bezahlung ist wahnsinnig gut, es lässt sich mit meinem Studium vereinbaren und macht sich gut in meinem Lebenslauf.«

Unwillkürlich runzle ich die Stirn. »Das ist alles?«

»Was meinst du?«

»Ich habe ein bisschen mehr ... keine Ahnung, Leidenschaft erwartet«, versuche ich zu erklären. »Du musst Vorkenntnisse haben. Ich habe gehört, dass sich auf die Stelle beinahe fünfhundert Leute beworben haben. Es muss also einen Grund geben, dass sie dich ausgewählt haben.«

Luca legt das Handy zur Seite und mustert mich ein paar Sekunden lang. In ihren Augen liegt ein forschender, fast unfreundlicher Blick. »Ich studiere Journalismus, Schwerpunkt Digitalmedien. Social Media ist also im Grunde genommen mein Hauptfach.«

Der herausfordernde Unterton in ihrer Stimme ist unverkennbar. »Klingt spannend«, sage ich unbeirrt lächelnd. Falls das hier ein Schwanzvergleich werden soll, bin ich sehr gerne dabei. »Ich bin freiberuflicher Content Creator im Bereich Gaming, Technik und Adventure. Ich leite ein Netzwerk aus Creators und bin für die Vermittlung von Kooperationen und Partnerschaften zuständig.«

Eine ihrer Augenbrauen wandert in die Höhe. »Du bist also ein Influencer.«

»Nein«, erwidere ich reflexartig. Würde ich jedes Mal, wenn ich diese Art von Unterhaltung führe, einen Dollar bekommen, hätte ich diesen verdammten Job sicher nicht mehr nötig. »Nicht so, wie alle sich das vorstellen. Ich arbeite mit einigen Spieleherstellern zusammen, teste neue Spiele, stelle sie vor und so weiter. Und dafür werde ich bezahlt.«

»Wie ein Influencer.«

Seufzend lehne ich mich zurück. »Ich arbeite freiberuflich, aber ich habe feste Partner. Es ist nicht so, dass mir einfach jeder etwas zuschickt und ich dafür dann Werbung mache. Ich denke schon, dass es da einen Unterschied gibt.«

Ich merke ihr an, dass sie das anders sieht oder zumindest noch darüber nachdenkt. Was okay ist. Obwohl wir in einer verdammt technischen, medialen Welt leben, habe ich immer noch das Gefühl, dass die Grenzen zwischen diesen ganzen Creator- und Social-Media-Jobs immer wieder verwischen.

Sie winkt ab. »Ich weiß, was du machst. Ich war nur neugierig, wie du es vorstellst.«

Kurz bin ich verwirrt, dann beiße ich mir auf die Lippen, um ein Grinsen zu unterdrücken. Sie muss mich gegoogelt haben. Ich ärgere mich ein bisschen über mich, weil ich nicht selbst auf die Idee gekommen bin, die Typen vom Resort nach den Namen meiner Konkurrenten zu fragen. Das wäre eine gute Vorbereitung gewesen. Oder aber sie kennt mich von meiner Arbeit und will es nicht zugeben.

»Wie passt du hier rein?«, fragt sie ehrlich neugierig, als ich nicht antworte. »Wenn du eigentlich im Gaming-Bereich zu Hause bist?«

»Du hast es selbst gesagt: Es ist ein verdammt gutes Angebot.« Als sie lacht, stimme ich unwillkürlich mit ein. »Ich habe ein paar Jahre lang mit einem Anbieter für verschiedene Erlebnis-Events zusammengearbeitet, neben dem Gaming-Content. Hauptsächlich Outdoor, Extremsport und solche Sachen. Hat sich herausgestellt, dass diese beiden Zielgruppen ganz gut zusammenpassen. Ich denke, das war der Grund, warum sie mich angefragt haben.«

Luca legt den Kopf schief. »Wie meinst du das, sie haben dich angefragt?«

»Ich habe mich nicht auf die Ausschreibung beworben.« Ich zucke mit den Schultern und versuche, irgendwie beiläufig zu klingen, aber ich merke selbst, dass es mir nicht so richtig gelingt. Ich weiß, wie viel Interesse dieses Jobangebot ausgelöst hat, und ich kann den Anflug von Stolz nicht ganz aus meiner Stimme verbannen. »Ich habe das ehrlich gesagt gar nicht mitbekommen, weil ich den Großteil des Studiums als Fernstudium mache. Irgendjemand vom *Ortiz* hat mir ein paar Tage nach Bewerbungsschluss geschrieben und mich gefragt, ob ich Interesse hätte.«

»Wow«, murmelt sie. »Du Streber.«

»Abwarten, würde ich sagen.«

Ihr leises Seufzen ist eine Mischung aus Belustigung und kaum verhohlener Verzweiflung. »Vielleicht bin ich der Sozialfall, den sie für die Quote mit reingenommen haben.«

Ich grinse, aber sie erwidert es nicht. Stattdessen senkt sie erneut den Kopf und scheint ihre ineinander verschränkten Hände anzustarren. Kurz überlege ich, ob ich sie irgendwie beleidigt habe, dann lehne ich mich ein Stück nach vorn, um sie besser ansehen zu können. Sie ist blasser als noch vor ein paar Minuten, das Blut ist beinahe komplett aus ihren Wangen verschwunden.

»Alles okay bei dir?«, frage ich zögernd.

Sie nickt und schaut dann wieder auf. Ich bemerke, dass auch Ana den Blick von der Straße abgewendet hat und Luca stirnrunzelnd ansieht. »Ich bin kein Fan von engen Räumen.«

Bevor ich etwas sagen kann, lacht Ana, versucht es aber etwas umständlich mit einem Husten zu überspielen. »Sag bitte Bescheid, wenn es zu schlimm wird. Ich will nicht unhöflich sein, aber ich würde es zu schätzen wissen, wenn du nicht in mein Auto kotzt.«

»Keine Sorge, so wild ist es nicht.« Luca richtet sich ein wenig auf und rollt mit den Schultern. Oder versucht es zumindest, was nicht so einfach ist, weil wir immer noch aneinandergequetscht werden wie Sardinen in einer Dose. Ich rücke ein

Stück von ihr ab und drücke mich gegen die Beifahrertür, um ihr ein bisschen Luft zu geben, habe aber nicht den Eindruck, dass es sonderlich viel bringt.

»Wir sind in zwanzig Minuten da, plus, minus«, murmelt Ana.

Ich spüre, dass der Wagen beschleunigt, als hätte sie das Gas voll durchgedrückt. Luca greift wieder nach ihrem Handy, und ich sehe aus dem Fenster. Bleibt zu hoffen, dass Anastasia mit ihrer Einschätzung recht behält und das Wetter, vereiste Straßen oder eine verirrte Schneewehe uns keinen Strich durch die Rechnung machen. Denn das Letzte, was ich für den Start in dieses Assessment-Center gebrauchen kann, ist eine Mitbewerberin, die mir auf dem Weg auf die Hose kotzt.

3

LUCA

Eine halbe Stunde später erreichen wir den Parkplatz des *Ortiz,* und ein Teil von mir hätte gerne vor Erleichterung losgeheult … oder den Boden geküsst. Denn Tatsache ist, dass ich bei meiner energischen Versicherung dieser Ana gegenüber nicht ganz ehrlich war: Wenn die Platzangst zu schlimm wird, übergebe ich mich tatsächlich. Und ich glaube nicht, dass ich den Aufenthalt im Resort noch durchgezogen hätte, wenn ich einem meiner Konkurrenten oder einer Servicekraft direkt bei der ersten Begegnung auf den Schoß gekotzt hätte. Normalerweise sind Autos für mich kein Problem, noch nicht einmal vollbesetzte Busse. Aber der Stress der letzten beiden Tage und meine Aufregung haben mir auf den Magen geschlagen.

Devan öffnet die Tür, hält aber noch einmal inne, um nach seiner Tasche zu greifen. Am liebsten würde ich ihn aus dem verdammten Wagen schubsen, weil er mir den rettenden Fluchtweg an die frische Luft versperrt. Aber ich reiße mich zusammen, beiße mir auf die Lippen und halte die Luft an, bis er endlich Platz macht. Ich bemühe mich um ein normales Tempo, bin mir aber ziemlich sicher, dass es aussieht, als wäre ich ein Fohlen, das zum ersten Mal auf den eigenen Beinen zu stehen versucht. Meine Knie sind weich und mein rechter Fuß von der ungemütlichen Sitzposition der letzten halben Stunde eingeschlafen. Mein Magen fühlt sich noch immer flau an, und als ich den ersten Zug kalte Luft einatme, wird mir ein bisschen schwindelig. Aber ich habe es geschafft. Ich bin angekommen und habe sogar noch ein bisschen Zeit, mich zu sammeln und mich hoffentlich irgendwo alleine und in Ruhe auf den Abend und das gemeinsame Essen vorzubereiten.

Devan wirft mir einen kurzen, aber eindringlichen Blick zu, dann geht er an mir vorbei zur Ladefläche und beginnt damit, den Gurt zu lösen. Ich hätte ihm gerne geholfen, aber auch ohne meine Hände anzusehen, weiß ich, dass meine Finger zittern. Es ging mir gegen den Strich, ihm und Ana von meiner Abneigung gegen enge Räume zu erzählen, und ich will mir ganz bestimmt nicht die Blöße geben, ihm den Beweis dafür offen zu präsentieren – selbst wenn das bedeutet, dass ich ihn meinen Koffer abladen lasse. Zwar macht Devan einen freundlichen Eindruck, aber ich weiß, dass er sich explizit darum bemüht. Ich kenne Devan. Nicht gut, aber wir sind uns ein paarmal auf dem Campus begegnet. Auf einer Party vor etwa einem Jahr hat er mich angegraben, und als ich seinen Drink abgelehnt habe, hat er sich direkt eine Neue gesucht. Als ich Riley vorhin im Auto geschrieben und nach ihm gefragt habe, hat sie mir erzählt, dass Devan seit einem Jahr nur noch vereinzelt Kurse am Campus besucht, weil er weggezogen ist und seitdem überwiegend Onlinekurse belegt. Trotzdem hat er immer noch einen Ruf weg: Frauenheld, Charmeur, bindungsunfähig. Er scheint sich nicht an mich zu erinnern – wie schmeichelhaft –, aber ich für meinen Teil bin überzeugt davon, dass er hier eine Rolle spielt, die sich gewaltig von der Version seiner selbst unterscheidet, die ich kennengelernt habe. Es ist durchaus möglich, dass er meine Schwächen gegen mich einzusetzen versucht. Ich werde es ihm sicher nicht noch einfacher machen, indem ich eingestehe, wie schlecht es mir geht. Es gibt genügend Menschen auf dieser Welt, die für diesen Job ihre Ellbogen ausfahren würden, so viel steht fest.

Nach ein paar tiefen Atemzügen sehe ich auf und versuche, mich zu orientieren. In den letzten Tagen habe ich mir den Lageplan des Resorts mindestens ein Dutzend Mal angeschaut, trotzdem brauche ich einen Moment, um zu erkennen, wo wir uns befinden. Der Parkplatz des *Ortiz* befindet sich ein wenig unterhalb des Hauptgebäudes, das auf einer Anhöhe hinter ein paar dicken Stech-Fichten steht. Von unserer Position aus kann ich nichts erkennen außer einem entfernten Glasdach, in dem sich verschwommen die grauen Wolken spiegeln. Die hintere Seite des Parkplatzes wird von einer kleinen Steinmauer umrandet, und eine schmale Steintreppe führt nach oben und endet wahrscheinlich am Haupteingang des Resorts.

»Für gewöhnlich gibt es einen Parkservice, damit die Gäste ihr Gepäck und sich selbst nicht da hochschleppen müssen«, sagt Ana hinter mir, die mir meine Gedanken von der Stirn abgelesen zu haben scheint.

»Dieses Angebot gilt vermutlich nicht für uns«, sage ich lachend.

»Du müsstest mal den Personalparkplatz sehen«, kommentiert sie trocken und deutet vage in eine Richtung den Berg hinab. »Das sind einhundertzwanzig Stufen bis zum Personaleingang. Einhundertzwanzig. Das klingt vielleicht nicht nach viel, aber glaub mir, wenn ich dir sage, dass das jeden Tag wieder zu einer kurzen Überlegung führt, diesen Job zu kündigen.«

Devan taucht neben mir auf und stellt meinen Koffer ab. »Ist aber ein gutes Work-out«, sagt er zu Ana, dann sieht er mich an. »Ich befürchte, der Regen hat deine Sachen ganz schön durchweicht.«

»Danke.« Genervt stoße ich meinen Atem aus und betrachte erneut den Himmel. Natürlich hört es jetzt, da wir angekommen sind, auf zu regnen, und nur noch die dunklen Wolken erinnern an den Sprühregen, der in der vergangenen Stunde meinen armen Koffer benetzt hat. Dann wende ich mich wieder Ana zu. »Warum parken wir hier und nicht auf dem Mitarbeiterparkplatz?«

»Einhundertzwanzig Stufen«, erinnert sie mich. »Dieser Parkplatz ist gerade für Besucher geschlossen, und ich habe euch hergebracht. Ich schätze, das lassen sie mir durchgehen.«

Ein nervöses Kribbeln fährt wie ein Blitz durch meine Brust bis hinunter in meinen Magen, als Ana auf die schmale Steintreppe zusteuert. Zwar arbeitet sie im *Ortiz*, aber wenn ich das richtig verstanden habe, hat sie weder Einfluss auf die Auswahl der Teilnehmenden für das Assessment-Center noch auf die Vergabe des endgültigen Jobs. Ihre Anwesenheit hat mich daher nicht nervös gemacht, aber jetzt werden wir ziemlich sicher gleich jemandem begegnen, der hier etwas zu sagen hat. Und ich fühle mich nicht annähernd so selbstsicher und gut, wie ich es mir gewünscht hätte. In meinem Magen rumort es ein bisschen, mein Gesicht glüht trotz der kalten Luft, ich spüre die kalten Schweißflecken unter meiner Jacke, und meine Haare stehen mit Sicherheit in alle Himmelsrichtungen ab. Nicht gerade der perfekte Start, um einen seriösen Auftritt hinzulegen.

Ich atme einmal tief durch und schultere meine Handtasche. Auf meinem Handy habe ich den Lageplan des Anwesens abgespeichert, und ich würde ihn gerne herausholen, um mich zu orientieren. Aber ich will die anderen nicht aufhalten, also greife ich nach meinem Koffer und folge Ana dann die Steintreppe hinauf.

Das Gelände des Resorts ist wirklich schön, auch wenn die Vegetation aufgrund der Jahreszeit eher eintönig grün und braun erscheint. Die Beete und das komplette Arial sind offensichtlich akribisch geplant worden, trotzdem hat alles einen natürlichen Charme. Links und rechts der Treppe wachsen einige temperaturresistente Blumen und Grünpflanzen in einem schieferfarbenen Steingarten, und am oberen Rand der kleinen Anhöhe steht eine Reihe aus verschiedenen Tannen und Fichten, die eine Art Grenze zum eigentlichen Resortgelände zu bilden scheinen. Von den Fotos auf der Website weiß ich, dass die Umgebung deutlich mehr gewinnt, sobald die Steine und Bäume komplett eingeschneit sind, was spätestens in ein paar Wochen der Fall sein wird. Der Schnee, der hier oben bereits gelegen haben muss, hat sich durch den Regen der vergangenen Stunden in eine grau-weiße Matschlandschaft verwandelt.

Oben angekommen überqueren wir eine kleine Straße, die während der Skisaison wahrscheinlich der Hauptzugangsweg ist. Ein paar Meter rechts von uns endet er in einem Wendehammer, in dessen Mitte ein rundes Blumenbeet um eine silberfarbene Säule angelegt wurde, die das Vordach des Hauptgebäudes trägt. Mir klappt der Mund auf. Das Glasdach, das ich schon vom unteren Parkplatz aus sehen konnte, hat mich an einen kleinen Pavillon oder eine Art Informations-Bungalow denken lassen. Auf den Fotos hat das Gebäude kleiner gewirkt, irgendwie altmodischer. In Wahrheit jedoch ragt in all der natürlichen Idylle ein verdammter Palast vor mir auf. Eine wahnsinnig beeindruckende Mischung aus Holz – ich tippe ganz mutig auf Fichte oder Kiefer – und Naturstein in verschiedenen Grautönen. Und wie eine Krone auf dem Haupt eines Königs thront obenauf die Glaskuppel, in der sich der bewölkte Himmel spiegelt. Die der Straße zugewandte Front des Hauptgebäudes besteht aus grauem Stein, es gibt silberfarbene Säulen und große bodentiefe Milchglasfenster, die in schwarzen Rahmen eingefasst sind. An der linken Seite kann ich einen Balkon erkennen, doch er verschwindet aus meinem Sichtfeld, ohne dass ich genau erkennen kann, wie groß er tatsächlich ist. Als wir über den schmalen Fußweg Richtung Eingang gehen, taucht ein weiteres Gebäude hinter den Fichten auf. Es ist nicht weniger groß als das Haupthaus und schlichter, aber wirkt irgendwie gemütlich. Wie eine überdimensionale Almhütte. Das Spa-Hotel, wie ich vermute, auch wenn es auf den Bildern weniger modern ausgesehen hat. Wahrscheinlich wurde es im vergangenen Sommer renoviert, wie der Rest des Resorts. Im Hauptgebäude gibt es überhaupt keine Gästezimmer, dort sind lediglich der Empfang, das Restaurant und der Festsaal untergebracht.

»Das ist wunderschön«, sage ich zu Ana, während ich mich auf die Zehenspitzen stelle, um die Dachkuppel besser sehen zu können.

»Stimmt. Es war ein bisschen in die Jahre gekommen, aber nach den Sanierungen werden sie die Preise sicher anziehen. Und die waren vorher schon nicht erschwinglich.«

Ich grinse. Ich habe mir im Vorfeld die Preisliste für die Zimmer durchgelesen und konnte beinahe nicht glauben, wie viel Geld hier für eine Nacht verlangt wird.

Devan tritt neben mich und wirft mir einen kurzen Blick zu, bevor er auf sein Handy schaut. »Wir sollen uns bei der Rezeption melden«, sagt er zu Ana, dann deutet er auf den Haupteingang. »Ich tippe mal ganz mutig, dass wir dorthin müssen.«

Sie streckt den Daumen in die Höhe. »Gut kombiniert. Ich muss erst mal in die andere Richtung. Bis später.«

Ich bedanke mich noch einmal bei Ana, dann folge ich Devan. Mein Blick fällt auf seinen Rücken, von dem ich nach unserer Fahrt auf dieser wirklich engen Sitzbank bereits sehr gut weiß, wie breit er ist. Aber erst jetzt, da er vor mir herläuft, fällt mir wieder auf, wie groß dieser Typ ist. Wenn ich nicht wüsste, was er beruflich macht, würde ich auf Sportler oder sonst einen Job tippen, bei dem man sich körperlich anstrengen muss. Devan sieht objektiv betrachtet verdammt gut aus, trotzdem weiß ich noch nicht so richtig, was ich von ihm halten soll.

Der Eingang des *Ortiz Grand Resort* besteht aus einer gigantischen Flügeltür aus Glas mit einem silberfarbenen Rahmen. Auf beiden Flügeln prangt eine Gravur des Hotellogos, und links und rechts neben der Tür stehen schwere Blumenkästen aus Schiefer. Devan greift nach dem Türgriff und zieht sie für mich auf. Während ich hineingehe, frage ich mich, ob hier normalerweise Pagen stehen, die den gut betuchten Gästen die Türen öffnen. Es fällt mir schwer, zu glauben, dass dieser Klientel ein solches Maß an Selbstständigkeit zugetraut wird.

»Soll ich fragen, wo wir erwartet werden?«, fragt Devan mich über die Schulter, und ich nicke nur.

Ehrlich gesagt bin ich ein wenig überwältigt von dem Anblick, der sich mir bietet. Es ist nicht das erste Mal, dass ich mich in einem schicken Hotel oder etwas vergleichbar Luxuriösem befinde. Meine Eltern sind Mitglieder im Country Club und gerne mal auf exklusiven Veranstaltungen unterwegs, für die man eine Einladung braucht, um überhaupt auf den Parkplatz der Location zu gelangen. Und ich habe Fotos von alledem hier gesehen. Aber Bilder konnten nicht einmal ansatzweise einfangen, wie diese Empfangshalle auf mich wirkt. Hier treffen Luxus und Alpin-Charme ungebremst aufeinander, verschmelzen zu einem erstaunlich stilvollen Ambiente. Rechts von mir erstreckt sich der Rezeptionstresen. Er ist gut und gerne sieben Meter lang und sieht aus, als wäre er in einem einzigen Stück aus einem der Berge in der Gegend herausgeschlagen worden. Der Raum davor ist weit und offen – ein Eindruck, der vor allem durch die riesige Glaskuppel und die Fensterfront, die einen Blick auf die bergige Landschaft zulässt, entsteht. Auch wenn das Licht draußen grau und irgendwie trostlos ist, lassen die überall verteilten kleinen Lampen es hier drinnen warm und gemütlich erscheinen. Im hinteren Bereich der Halle gibt es ein paar Sitzgelegenheiten und einen Kamin, in dem aktuell allerdings kein Feuer brennt. Hinter der Glasfront erkenne ich eine Terrasse und ein paar Tische, die jedoch mit Planen abgedeckt sind. Der polierte Boden unter meinen Füßen besteht aus beigefarbenem Marmor. Vor der Rezeption und unter den kleinen Sesselchen und Sofas der Sitzecke liegen Teppiche. Auch sie sind beige, aber deutlich heller als der Boden, und ich frage mich unwillkürlich, wie oft die wohl gewaschen werden müssen, um diese strahlende Farbe zu behalten. Von der hohen Decke hängen glitzernde Kristallkronleuchter, an den stuckverzierten Wänden wurden verschiedene Ölgemälde von Berglandschaften strategisch günstig platziert, und über allem liegt ein irritierend unnatürlicher Duft nach Tannennadeln und Laub. Es gibt eine Menge Krimskrams und mit Samt bespannte Wandelemente. Das hier ist die Verkörperung einer luxuriösen Berghütte im XXL-Format.

Ich reiße mich von dem Anblick los und versuche, das Gefühl der Unsicherheit zu unterdrücken, das sich in meiner Brust ausbreitet. Diese Umgebung schüchtert mich verdammt ein, aber das will ich mir nicht anmerken lassen. Ich kenne mich mit Social Media aus, ich bin kreativ und weiß, was ich tue. Deswegen bin ich hier, und darauf muss ich mich konzentrieren. Also gehe ich hinüber zu Devan, der sich an der Rezeption mit einer Frau mittleren Alters unterhält. Sie entspricht genau dem Bild, das ich von den Angestellten dieses Resorts hatte: adrett zurückgekämmte Haare in einem strengen Dutt, dezentes Make-up und eine Uniform in einem dunklen Tannengrün, das perfekt in dieses Ambiente passt. Sie lächelt mich an, als ich auf sie zukomme.

»Miss Murphy, nehme ich an«, sagt sie und greift dann nach einer Schlüsselkarte, die sie vor mich auf die polierte Glasplatte des Tresens legt. »Die Chalets sind mit einem elektronischen Zutrittssystem ausgestattet. Bitte führen Sie Ihre Keycard immer mit sich, damit Sie sich nicht versehentlich aussperren. Ich habe Mr Sandoval bereits den Weg erklärt. Möchten Sie, dass ich Sie ebenfalls über alles aufkläre?«

»Ich mach das schon«, wirft Devan ein, bevor er mich fragend anschaut. »Um neunzehn Uhr wieder hier, richtig?«

Die Frau nickt uns beiden zu, nach wie vor mit diesem strahlenden Lächeln. »Genau. Mr Gullingham ist der Neffe des Inhabers und erwartet Sie alle am Abend zu einem gemeinsamen Essen. Falls Sie sich verspäten sollten, sagen Sie gerne einfach bei mir am Empfang Bescheid, dann werde ich Sie bei Mr Gullingham entschuldigen. In Ihrem Chalet finden Sie einen Festnetzanschluss, darüber erreichen Sie das Servicepersonal am einfachsten. Der Handyempfang ist hier unter Umständen ein wenig eingeschränkt, vor allem weiter oben in den Bergen.«

Ein wenig irritiert schaue ich Devan an, der im Gegensatz zu mir absolut zu verstehen scheint, was die Frau da redet. Ich war davon ausgegangen, dass wir im benachbarten Spa-Hotel untergebracht sind.

»Wir werden pünktlich sein«, versichert Devan, dann deutet er auf unser Gepäck. »Und wir können die Sachen wirklich einfach hier stehen lassen?«

Sie nickt bestätigend. Mir entgeht die leichte Röte nicht, die sich auf ihren Wangen ausbreitet, als Devan sie anlächelt. Flirtet er etwa mit der Empfangsmitarbeiterin? Ich verenge die Augen und mustere ihn kurz, aber er erwidert meinen Blick nicht.

»Wirklich«, bekräftigt sie. »Es wird Ihnen in wenigen Minuten nach oben gebracht.«

Devan und ich bedanken uns beide, trotzdem ruht der Blick der Frau beinahe ausschließlich auf Devan. Ich greife nach meiner Keycard, stelle meinen Koffer neben die Tasche von Devan und folge ihm Richtung Ausgang.

»Wow«, murmele ich so leise, dass mich die Mitarbeiterin nicht verstehen kann. »Du gehst aber wirklich auf Nummer sicher, was?«

Er zuckt mit den Schultern, ein ziemlich klares Zeichen dafür, dass er sehr genau weiß, wovon ich rede. »Regel Nummer eins bei Vorstellungsgesprächen: Sei nett zu jedem. Du weißt nie, wer vielleicht etwas zu sagen hat.«

Ich würde mich gerne über ihn ärgern, aber als sich sein Mund zu einem Grinsen verzieht, muss ich unwillkürlich mitlachen. Er ist ehrgeizig, das bin ich auch. Daraus kann ich ihm keinen Vorwurf machen.

Als wir wieder vor dem Gebäude stehen und ich eilig den Reißverschluss meiner Jacke schließe, sehe ich mich suchend um. Gegenüber von uns führt ein kleiner, gepflasterter Weg zum Spa-Hotel – einem gigantischen Gebäude im Stil des Haupthauses. Ich stelle mich auf die Zehenspitzen, kann aber nichts entdecken, das ansatzweise an ein Chalet erinnert.

»Also, wo müssen wir hin?«, frage ich und vergrabe meine Hände in den Taschen meiner Jacke.

Devan sieht sich ebenfalls um, dann zeigt er auf einen kleinen Wegweiser. »Wir sind in den Chalets untergebracht«, meint er und deutet vage nach links. Leider bringt mich das nicht weiter, weil ich dort nichts erkennen kann außer steilen Anhöhen, vielen Bäumen und entfernten Bergen. Zwar führt ein Weg in diese Richtung, der aber eher wirkt, als wäre er für Wanderungen gedacht. »Das sind kleine Hütten weiter oben auf dem Gelände. Zehn, maximal fünfzehn Minuten von hier entfernt, hat Jane gesagt.«

Ich blinzle ein paarmal, dann zeige ich auf den unebenen Weg. »Da hoch?«

Sein Blick landet auf mir, und auf einmal liegt ein beinahe herausfordernder Ausdruck darin. »Zehn Minuten mit dem Quad.« Wie um seinen Worten Nachdruck zu verleihen, hebt er die Hand und lässt einen einzelnen Schlüssel mit Schlüsselband vor meinem Gesicht baumeln. »Zu Fuß ist es wahrscheinlich mehr als das Doppelte.«

»Du verarschst mich«, sage ich, obwohl ich weiß, dass er es verdammt ernst meint. Die Lady an der Anmeldung – Verzeihung, *Jane* – sprach immerhin davon, dass unser Gepäck chauffiert wird, nicht wir. Ich greife in meine Tasche und hole das Handy heraus, um den gespeicherten Lageplan zu öffnen. Die Chalets sind dort noch nicht eingezeichnet, aber ich bin mir relativ sicher, von ihnen gelesen zu haben. Ich suche nach dem kleinen Parkplatz, auf den das Schild verweist, dann nach dem Weg, den Devan offensichtlich mit dem Quad fahren will. Wobei »Weg« eine verdammt wohlwollende Beschreibung dafür ist. Laut Plan geht er in eine Art Trampelpfad über, der irgendwann komplett im Wald verschwindet. Ich zoome heraus, dann halte ich Devan das Handy hin. »Die Straße da«, sage ich und deute auf den Plan, »die führt doch auch auf die Anhöhe, oder nicht?«

Er grinst. Der Scheißkerl grinst auf eine Art und Weise, als würde er den leicht verzweifelten Unterton in meiner Stimme lustig finden. »Es gibt eine Straße. Aber durch den Wald geht es schneller, und vor allem macht es mehr Spaß.«

Ich schaue ihn wütend an. »Warum hast nur du einen Schlüssel?«

»Weil wir zu früh sind und beide auf ein Quad passen«, antwortet er völlig ernst. »Wir wollen doch keine Umstände machen, oder?«

Ein Teil von mir ist sich absolut sicher, dass das alles seine Schuld ist. Dass er darauf bestanden hat, dass wir uns ein Quad teilen und … keine Ahnung, warum er das tun sollte. Allerdings hat er nicht ganz unrecht mit seiner letzten Bemerkung. Die Mitarbeiterin hat vielleicht keinen Einfluss auf die Vergabe des Jobs, aber ich will tatsächlich nicht gleich bei unserer Ankunft unangenehm auffallen.

»Ich bin noch nie mit so einem Ding gefahren«, sage ich ein wenig überfordert.

»Ich schon«, erwidert Devan grinsend. »Komm schon, das macht Spaß.«

Irgendwie wage ich, das zu bezweifeln. Ich bin keine Spaßbremse, und ich habe auch kein Problem damit, mit Devan auf so einem Ding zu sitzen. Dennoch habe ich mir meinen Start in dieses Assessment-Center irgendwie … professioneller vorgestellt.

Trotzdem folge ich ihm widerstandslos um das Gebäude herum zu einem kleinen Schotterparkplatz. Dort stehen drei weiße Quads neben ein paar Schneemobilen, die alle so aussehen, als wären sie noch nie zuvor benutzt worden. Entweder sie wurden vor Kurzem tatsächlich neu angeschafft, oder aber irgendein armer Angestellter muss sie nach jeder Nutzung auf Hochglanz polieren. Zögernd gehe ich auf die Dinger zu. Ich sehe nicht zum ersten Mal in meinem Leben ein Quad, aber irgendwie hatte ich sie weniger wuchtig in Erinnerung. Es war nicht gelogen, als ich Devan sagte, dass ich so ein Teil noch nie gefahren bin, nicht einmal ein Schneemobil oder einen Jetski. Ich war mit meinen Eltern und meinem Bruder zwar schon ein paarmal im Skiurlaub, aber wir gehören eher zu der Sorte, die mit dem Auto zum Lift und mit dem Lift zur Piste fährt.

»Braucht man dafür nicht einen Führerschein?«, frage ich und höre selbst den leichten Hoffnungsschimmer in meiner Stimme.

»Der normale Autoführerschein reicht. Und ich bin damit schon mal gefahren, also keine Sorge.«

Ich sehe erneut hoch zu dem Wald auf der Anhöhe, hinter dem irgendwo die Chalets liegen müssen. Das ist verdammt unwegsames Gelände, und auch wenn ich keinen Grund habe, Devan nicht zu vertrauen, fühle ich mich alles andere als wohl bei der Vorstellung, da hochzufahren. Skeptisch verschränke ich die Arme vor der Brust und schaue ihm dabei zu, wie er auf das Quad zugeht, das ganz am Anfang der kleinen Reihe aus Fahrzeugen steht. Es ist weiß, nur an der Seite prangt das Logo des *Ortiz* und eine Nummer. Devan schwingt ein Bein über den Sitz, rutscht ein wenig in Position und steckt dann prüfend den Schlüssel ins Schloss, bevor er mich auffordernd ansieht.

Als ich nicht reagiere, zieht er eine Augenbraue hoch. »Du kannst auch laufen, wenn du willst«, bietet er mir halbherzig an. »Aber Jane hat ausdrücklich gesagt, dass es eher ein Wander- als ein Spazierweg ist.«

Ich habe selbst keine Ahnung, warum ich zögere. Vielleicht, weil mir die Vorstellung nicht gefällt, mich an einen Typen zu schmiegen, für den ich nicht gerade die positivsten Gefühle hege. Vielleicht aber auch, weil ich den Eindruck habe, dass Devan hier das Kommando übernimmt, und das passt mir überhaupt nicht. Trotzdem gebe ich mir selbst einen imaginären Tritt in den Hintern und gehe zu ihm hinüber. Einen kurzen Moment lang versuche ich, den verbleibenden Platz auf dem Sitz mit den Augen auszumessen, dann lege ich eine Hand auf seine Schulter und schwinge mich hinter ihn. Obwohl ich Abstand halten wollte, rutsche ich sofort gegen ihn, weil die Sitzfläche sich am Ende ein wenig nach oben wölbt – vermutlich um zu verhindern, dass der Hintermann beim Anfahren einfach herunterfällt. Ich verspüre den Drang, von Devan abzurücken, aber mir ist klar, dass das sinnlos wäre.

Kurz spüre ich Devans Hand auf meinem Knie, dann dreht er sich zu mir um. »Bereit?«

»Klar«, murmele ich. »Los geht's. Aber mach halblang!«

Er antwortet nicht, was ich als schlechtes Zeichen verbuche. Dann dreht er den Schlüssel herum, und das Quad erwacht unter mir mit einem dröhnenden Knurren zum Leben.

4

LUCA

Unwillkürlich kralle ich mich an Devans Jacke fest. In meiner Vorstellung habe ich ganz lässig hinter ihm gesessen, aber daraus wird nichts. Wir haben uns noch keinen einzigen Zentimeter bewegt, trotzdem würde ich gerne in ihn hineinkriechen oder mich an seinem wirklich breiten Rücken festbinden. Die Maschine unter mir dröhnt und vibriert und lässt keinerlei Zweifel daran, wie viel Power unter diesem unschuldig wirkenden weißen Blech steckt. Devan dreht die rechte Hand nach vorn, und sofort macht das Quad einen kleinen Satz, kaum einen Meter, trotzdem zucke ich zusammen und presse mich an ihn. Dann fährt er überraschend sanft los und manövriert uns durch die verhältnismäßig schmale Öffnung in der Steinmauer, die den Parkplatz umgibt. Erneut rutscht mein Herz in die Hose, als ich den Weg entdecke, der dahinter in die Berge und in den dichten Wald hineinführt. Es ist ein Schotterweg, und selbst von hier aus kann ich erkennen, dass er alles andere als ebenmäßig ist.

Devan scheint meine Unruhe zu spüren, denn anfangs fährt er tatsächlich kaum schneller als Schrittgeschwindigkeit und umfährt die größten Huckel und Schlaglöcher, wofür ich ihm wahnsinnig dankbar bin. Ich versuche, eine bequeme Sitzposition zu finden, aber ohne Erfolg. Bei jeder Beschleunigung oder jeder steileren Kurve habe ich kurz das Gefühl, vom

Sitz zu fallen. Als Devan Gas gibt, um eine kleine Anhöhe zu nehmen, werfe ich jegliche Zurückhaltung über Bord und schlinge meine Arme um seine Taille. Meine Brust presst sich gegen seinen Rücken, auch wenn ich durch unsere dicken Jacken kaum etwas von seiner Statur oder seinen Muskeln spüre. Trotzdem ist die plötzliche Nähe, gepaart mit dem Adrenalin der ganzen Situation, ziemlich überwältigend. Ich spüre mein Herz viel zu schnell in meiner Brust schlagen, und mein Mund ist seltsam trocken.

Nach ein paar Minuten umfängt uns der Wald – erst einzelne Nadelbäume, dann wird das Licht des grauen Himmels beinahe vollständig von den dichten Baumkronen verschluckt. Der Weg ist ein bisschen breiter geworden, ist aber immer noch weit entfernt von einer ernst zu nehmenden Straße. Immer wieder ragen dicke Wurzeln aus dem Boden, oder der Weg macht eine abrupte Schlaufe um einen Baum oder einen Felsen herum.

Ich drehe den Kopf, als mir kalter Wind ins Gesicht schlägt, meine Augen zu tränen beginnen und … mir bleibt beinahe die Luft weg. Links von uns öffnet sich die Wand aus Bäumen, und ein paar Sekunden lang kann ich das Tal und die Berge sehen. Grüne, teilweise von Schnee bedeckte Wiesen, gespickt mit gigantischen Fichten und Kiefern, steile Steinklippen und ein kleiner Fluss, der sich wild durch die Landschaft frisst. Weiter hinten ragen die Gipfel der umliegenden Berge auf, die aussehen, als hätten sie weiße Mützen auf. Sie schaffen ein Panorama, das auf jeder malerischen Postkarte hätte abgedruckt werden können.

Ich bemerke, dass Devan sich unter meiner Umklammerung anspannt, dann drosselt er das Tempo und hält das Quad an. Auch sein Blick ist auf das Tal gerichtet, und im Profil seines Gesichts erkenne ich die gleiche Faszination, die sich vermutlich auch in meinem abzeichnet.

»Berge sind hoffnungslos underrated«, sagt Devan und wirft mir einen kurzen Blick zu. Dann runzelt er die Stirn. »Alles okay?«

»Warum nicht?«, frage ich verwirrt.

Er hebt die Hand vom Lenker und deutet auf mein Gesicht. »Es sieht aus, als hättest du geweint.«

Lachend weiche ich zurück und betaste meine Wangen, die sich tatsächlich nass anfühlen. Außerdem verdammt kalt und taub, was erklärt, warum ich die Tränen darauf überhaupt nicht bemerkt habe. »Der Fahrtwind«, erkläre ich hastig und bringe noch ein paar Zentimeter mehr Abstand zwischen uns. »Ich glaube, die Frau vom Empfang hat versäumt, uns Brillen oder Helme zu geben.«

»Das klingt jetzt vermutlich ziemlich plump, aber du kannst deinen Kopf an meinen Rücken lehnen«, sagt er und grinst, als ich die Augen verenge. »Ohne Witz. Dann bist du in meinem Windschatten und bekommst nicht alles ab.«

Darauf antworte ich lieber nichts. Sein Angebot ist niedlich, trotzdem bin ich mir ziemlich sicher, dass alles, was ich darauf erwidern könnte, entweder unnötig zickig oder flirtend klingen würde. »Wie weit ist es noch?«, erkundige ich mich stattdessen.

»Keine Ahnung. Jane meinte, wir sollen dem Weg folgen und könnten es nicht verfehlen.«

Ich versuche, mir den Lageplan in Erinnerung zu rufen, aber da ich erstens nicht weiß, wie maßstabgetreu er ist, und zweitens die Chalets darauf nicht eingezeichnet waren, hilft uns das nicht besonders weiter. Mit einem letzten langen Blick auf die Landschaft zu unseren Füßen setze ich mich wieder gerade hin und straffe den Rücken. »Dann los. Ich spüre meinen Hintern schon nicht mehr.«

Er lacht, aber der raue Klang seiner Stimme geht in dem Dröhnen des Motors unter, als er anfährt. Dieses Mal zögere ich nicht, sondern schlinge direkt die Arme um ihn und lege meine Wange tatsächlich an seinen Rücken, als er die Geschwindigkeit erhöht. Außer dem Weg weist hier absolut nichts darauf hin, dass wir uns noch in der Zivilisation befinden, geschweige denn auf dem Gelände eines Luxusresorts. Ich frage mich, welche Art von Gästen diese Chalets bucht. Der Weg ist zu ungemütlich und zu abenteuerlich für die High Heels tragende Schickeria, die die Wintermonate in Aspen und Co. verbringt. Oder aber es gibt für zahlende Gäste eine andere, komfortablere Möglichkeit, den Aufstieg zu bewältigen.

Es vergehen weitere geschätzte fünf Minuten, in denen Devan uns den Abhang hochlotst und ich mich an ihm festklammere. Ich muss zugeben, dass er ein ziemlich guter Fahrer ist – soweit ich das beurteilen kann. Ich habe kein einziges Mal ernsthaft die Befürchtung, sterben zu müssen oder mit dem verdammten Ding den Berg wieder herunterzukugeln. Trotzdem bin ich unter meiner Jacke schweißnass, als der dichte Wald sich lichtet und ein kleines Gebäude vor uns in Sicht kommt. Es ist ein Bungalow, der – anders als das Hauptgebäude und das Spa-Hotel – wirkt, als würde er schon seit Ewigkeiten zum Landschaftsbild gehören. Die Wände bestehen aus verwaschenem Backstein, und die Schindeln auf dem Dach haben definitiv schon bessere Zeiten erlebt und sicher dem ein oder anderen harten Winter getrotzt. Es scheint kein Besuchergebäude zu sein, denn die Fensterläden sind geschlossen, und es gibt kein Schild, nur eine schlichte, geschlossene Tür.

Devan wird langsamer, als der Schotterweg in einen kleinen Parkplatz übergeht, lenkt das Quad in eine Ecke und stellt dann den Motor ab. Ein paar Sekunden lang sitze ich einfach nur da und versuche, mich daran zu erinnern, wie man seine Muskeln bewegt.

»Ich denke, hier ist es«, sagt Devan und deutet den Abhang hinauf. Dort oben ist vage eine Hütte zu erkennen. Wobei »Hütte« kein allzu passender Ausdruck ist. Das kleine Gebäude erinnert mich eher an eine schräge Mischung aus Skihütte und Alien-Raumschiff.

Ich zwinge meine Arme dazu, Devan loszulassen, und steige mit steifen Gelenken vom Quad. Meine Muskeln scheinen sich immer noch an das Röhren des Motors zu erinnern, denn ich spüre nach wie vor die Vibrationen des Fahrzeugs unter mir. Stöhnend strecke ich die Beine und ernte dafür ein verhaltenes Lachen aus Devans Richtung, als er ebenfalls absteigt.

»Ich dachte, ich hätte mir auf der Website alles angesehen«, sage ich und schaue hinauf zu den Chalets. »Aber von denen habe ich keine Bilder gefunden.«

»Die Frau an der Rezeption meinte, die wären neu«, antwortet Devan, der meinem Blick gefolgt ist. »Sie wurden bislang noch nicht vermietet, weil die Zufahrtsstraße im Winter nicht befahrbar ist. Ich denke, das wird bei diesen ganzen Renovierungen behoben.«

»Das klingt, als wären wir Versuchskaninchen.«

Er lacht. »Ich habe nichts dagegen, wenn die Hütten das gleiche Niveau haben wie der Rest der Anlage.«

»Dort stehen die Hausnummern«, sage ich und deute auf einen Findling am anderen Ende des Parkplatzes, auf dem eine schlichte silberfarbene Plakette angebracht ist. »Zu den Häusern eins und zwei geht es da hoch.«

»Das sind wir«, bemerkt Devan, zieht seine Keycard aus der Tasche und mustert sie kurz. »Ich bin zwei.«

Ich drehe mich einmal im Kreis und entdecke einen zweiten Wegweiser, der rechts von uns über einen weiteren Weg die Häuser drei bis fünf ausweist. Dann sehe ich auf meine Zimmerkarte. Devan hat recht. Ich bin in Haus eins untergebracht und muss grinsen, als ich bemerke, dass die Häuser nicht nur Nummern, sondern auch Namen haben. »Ich wohne im *Fuchsbau.*«

»Ich im *Biberdamm.*« Er verzieht das Gesicht. »Deins klingt gemütlicher.«

Lachend gehe ich ein Stück auf den zweiten Stein zu. »Die Namen stehen nicht drauf. Ich will wissen, wie die anderen Häuser heißen.«

»*Wespennest* wäre auch hübsch.«

»Wo schlafen denn wohl Elche?«, frage ich vollkommen ernst. »In Höhlen?«

Er sieht mich beinahe mitleidig an. »Ich denke nicht. Ich glaube, die schlafen einfach irgendwo im Stehen ein.«

Schulterzuckend wende ich mich ab und frage mich, ob wir auf die Leute mit unserem Gepäck warten sollten, entscheide mich dann aber dagegen. Ich bin durchgefroren und mir ziemlich sicher, dass ich mir in nicht allzu ferner Zukunft eine heiße Dusche halluzinieren würde, sollte ich noch länger in diesem Wind herumstehen. Ich werfe einen kurzen Blick auf meine Uhr. Es ist früher Nachmittag, noch habe ich ein paar Stunden Zeit, um mich zu sammeln und mich fertig zu machen für das Abendessen. Diese Anreise war so chaotisch, dass ich bei unserem Treffen heute Abend auf Nummer sicher gehen will.

Devan lässt den Schlüssel des Quads einfach stecken, und ich gehe davon aus, dass auch das eine Anweisung von Jane war. Als er zu mir aufschließt, fühle ich mich plötzlich seltsam unsicher. Als müsste ich mich zwingend mit ihm unterhalten, nur fallen mir beim besten Willen keine Gesprächsthemen ein. Ich könnte ihm ins Gedächtnis rufen, dass wir uns bereits kennen, da er es ganz offensichtlich vergessen hat. Aber ich befürchte, dadurch würde die Unterhaltung in eine etwas peinliche Richtung driften.

Dann doch lieber angespanntes Schweigen.

Zum Glück erlöst er mich, als er mit einer Hand auf den umliegenden Wald deutet. »Heute Nacht soll es schneien«, sagt er mit einem seltsamen Lächeln auf den Lippen, während wir den kleinen Schotterweg entlanggehen.

»Habe ich auch gelesen. Sie haben aber nur drei Zentimeter Neuschnee gemeldet.«

Gut, das Wetter ist vielleicht nicht das originellste Gesprächsthema, aber in Anbetracht der Umstände ist es irgendwie passend.

Er nickt beinahe aufgeregt. »Ich hoffe, wir können in der Zeit hier Ski fahren oder snowboarden. Hast du irgendein Programm von denen bekommen?«

Ich schüttele den Kopf. »Nur Informationen für den Anreise- und Abreisetag und die Liste mit Dingen, die wir mitbringen sollen. Und, dass wir Schneeausrüstung und Klamotten von denen bekommen. Ich fühle mich maximal unvorbereitet.«

»Dito«, lacht er. »Aber es wäre irgendwie traurig, wenn sie uns nicht einmal auf die Piste lassen würden. Ich habe gelesen, auf den oberen Gipfeln liegt schon genug Schnee für kürzere Abfahrten.«

»Ich kenne mich damit ehrlich gesagt nicht so richtig aus«, gestehe ich achselzuckend. »Ich habe natürlich ein bisschen recherchiert, und meine Familie fährt ab und zu in den Skiurlaub, aber das waren immer eher … keine Ahnung, wie ich es beschreiben soll.«

»Club-Urlaube?«

»Ja, so etwas in der Art.« Mein Gesicht wird warm, auch wenn ich nicht genau weiß, warum. »Alles sehr durchgeplant. Wir haben uns Ski ausgeliehen, sind den Schildern zu einer der leichteren Pisten gefolgt, mit dem Lift nach oben und ein, zwei Mal gesittet wieder runter.«

Devan wirft mir einen Blick zu, in dem eine Mischung aus Belustigung und Neugierde liegt. »Aspen?«

»Cortina, das ist in Italien.«

»Ah, davon habe ich gehört. Aber ich befürchte, das lässt sich mit dem hier schwer vergleichen.«

Ich lache trocken. »Ach ja?«

Er hebt die Hand und deutet auf eine entfernte Gipfelspitze. »Colorado ist für sein Off-piste-Terrain bekannt«, erklärt er und klingt dabei, als würde er den Text einer Broschüre zitieren. »Und fürs Tree Skiing, das ist in den Alpen zum Beispiel komplett verboten. Ich fürchte, hier findest du eher keine sauber präparierten Pisten.«

»Klingt, als würdest du dich auskennen«, bemerke ich und kicke einen kleinen Stein aus dem Weg, der träge ins Gras kullert.

»Nicht wirklich«, gibt er grinsend zu. »Ich bin in Spanien geboren worden und dann in Kalifornien aufgewachsen. Wir waren keine Skiurlaub-Familie.«

Überrascht sehe ich ihn an. »Dann hast du dich sehr gut verkauft. Hättest du mir gesagt, dass du in den Ferien kleinen Kindern das Skifahren beigebracht hast, hätte ich es dir geglaubt.«

Sein Lachen ist irgendwie ansteckend, und ich entspanne mich ein wenig. Devan wirkt tatsächlich netter, als ich ihn in Erinnerung habe, und vielleicht war ich mit meiner Befürchtung, er würde die Ellbogen ausfahren, ein wenig voreilig. Oder aber er spielt eine wirklich, wirklich gute Rolle. Immerhin hat er selbst gesagt, dass er zu jedem nett ist, für den Fall, derjenige könnte etwas zu sagen haben. Durchaus möglich, dass er es mit der Konkurrenz ähnlich hält.

Wir unterhalten uns kurz über das mögliche Programm, das uns erwarten könnte, dann haben wir die kleine Anhöhe endlich geschafft, und die zwei Chalets tauchen vor uns auf. Und ja, ich bin von diesen zwei verhältnismäßig kleinen Hütten mindestens genauso beeindruckt wie von dem Hauptgebäude unten im Tal.

Die Chalets sehen aus, als hätte man die Dächer zweier sehr kleiner Häuser abgeschnitten und einfach hier auf der Wiese abgestellt. Die Hütten sind perfekte Dreiecke aus Holz und Glas, mit jeweils einem Dachgiebel auf einer Seite. Die Wand, die dem Weg ab- und dem Tal oder Wald zugewandt ist, besteht komplett aus Glas. Der graue Himmel spiegelt sich zu sehr darin, als dass ich ins Innere des Chalets schauen könnte, dennoch ahne ich bereits, dass man vom Bett aus einen atemberaubenden Ausblick auf die Vail Mountains haben wird. Die beiden Hütten stehen weit genug auseinander, um den Gästen ihre Privatsphäre zu geben, aber doch nahe genug, dass ich nachts werde schlafen können. Wenn ich mir vorstelle, dass sich in ein paar Stunden die Dunkelheit über diese abgeschiedene Landschaft legt, werde ich ein bisschen nervös.

»Ziemlich cool«, sagt Devan, dessen Gedanken offensichtlich in eine ähnliche Richtung gegangen sind wie meine. »Wahnsinn, dass sie uns hier kostenlos wohnen lassen, oder?«

»Vielleicht wollen sie testen, ob sie komfortabel genug sind und den Gästen angeboten werden können«, mutmaße ich, ohne den Blick von den Hütten abzuwenden. »Oder sie wollen angeben.«

Devan gluckst, dann wedelt er mit seiner Keycard und macht einen Schritt auf die rechte Hütte zu. »Ich gehe dann mal. Wollen wir uns später hier treffen?«

Ich denke kurz darüber nach, schüttle dann aber den Kopf. »Ich denke, ich gehe zu Fuß, wenn ich genug Zeit habe. Ich will mir ein bisschen die Umgebung ansehen und mir einen Eindruck von allem machen. Wir sehen uns beim Essen.«

Sein Blick hängt noch ein paar Sekunden lang auf mir, dann wendet er sich ab und geht auf sein Chalet zu. Er sieht nicht aus, als hätte ich ihn gekränkt, eher verwirrt. Wie gesagt, Devan ist nett, jetzt zumindest. Und natürlich wäre es irgendwie naheliegend, wenn wir zusammen aufbrechen würden. Aber ich will keine vermeintlichen Teams bilden, noch bevor die anderen Bewerber und Bewerberinnen überhaupt angekommen sind. Und am Ende des Tages sind wir nun mal Konkurrenten, und ich will kein falsches Pflichtgefühl oder irgendeine Verbindung zu ihm entwickeln, die mir letztendlich nur im Weg steht. Klingt zynisch, aber in diesem Fall bin ich zielorientiert.

Im Gehen ziehe ich meine Keycard hervor und halte sie vor den kleinen Scanner des Smart Locks, der an der schmalen Eingangstür angebracht ist. Das Gerät gibt ein leises Klicken von sich, dann öffnet sich die Tür, und ich betrete den Innenraum des Chalets. Geräuschvoll stoße ich die Luft aus. Ich bin mir ziemlich sicher, dass es schwer sein würde, etwas Schöneres als dieses kleine Mini-Apartment zu finden. Auch hier wurde zu gleichen Teilen auf Silber und Erdtöne gesetzt, aber im Großen und Ganzen wirkt es deutlich gemütlicher als die pompöse Empfangshalle des *Ortiz*. Ich stehe in einem Wohn-Schrägstrich Ess- Schrägstrich Schlafzimmer mit integrierter Küchenzeile und kleiner Theke. Rechts von mir teilt eine Glaswand mit eingelassener Tür den Raum, und dahinter befindet sich das Bad mit Dusche. Der Anblick irritiert mich ein bisschen. Zum einen, weil dieses Chalet sicher nicht nur von Einzelpersonen gebucht wird, zum anderen, weil das Bad damit genau gegenüber dem Panoramafenster liegt, vor dem sich der Hang und weiter hinten der Wald ausbreiten. Alles in allem sind mir das deutlich zu viele Möglichkeiten, dass mich jemand beim Duschen oder auf der Toilette beobachten könnte. Ich gehe weiter in den Raum hinein. Wie ich vermutet hatte, steht vor dem Panoramafenster ein riesiges Bett mit mindestens zehn Kissen und Bettdecken, die aussehen, als hätten sie die Konsistenz von Zuckerwatte. Es gibt noch einen schmalen Schreibtisch mit einem gepolsterten Stuhl, der neben einer unscheinbaren Hintertür steht. Alles riecht neu – eine Mischung aus Lufterfrischer und dem Geruch eines wirklich luxuriösen Einrichtungshauses.

Das hier ist der Wahnsinn!

Ich stimme Devan zu: Es ist unglaublich, dass man uns hier kostenfrei übernachten lässt und wir die Ersten sein dürfen, die in diesen Chalets wohnen! Beim Anblick der Hütten hatte ich kurz Angst, es könnte zu eng und drückend sein, aber das große Fenster sorgt dafür, dass das Innere beinahe wie ein offener Raum wirkt.

Ich schließe die Tür hinter mir, um den kalten Wind auszusperren. Als ich die Karte in das kleine Fach neben mir an der Wand stecke, schalten sich unzählige kleine Deckenlichter ein, die die Dachschrägen in eine Miniaturversion des Sternenhimmels verwandeln. Leise Musik ertönt aus unsichtbaren Lautsprechern, und ein schlichtes, in die Wand eingelassenes Tablet schaltet sich an. Heilige Scheiße! Das hier ist offensichtlich ein Tiny-Smarthome, mitten auf einem verdammten Berg.

Erneut fällt mein Blick erst auf das Panoramafenster, dann auf die Glaswand, die das Bad vom Wohnraum abgrenzt. Ich werde hier niemals in Ruhe pinkeln oder duschen können, mit dem Wissen, dass Devan nur etwa hundert Meter entfernt ist. Stirnrunzelnd gehe ich wieder nach draußen und umrunde die kleine Hütte.

»Gott sei Dank«, flüstere ich lachend. Das Fenster ist eine Art Einwegspiegel. Alles, was ich sehe, ist mein eigenes Spiegelbild. Ich verschränke die Arme vor der Brust und schaue mich um. Das hier ist wirklich wahnsinnig schön. Bislang war ich immer mehr ein Fan von Strandurlauben, aber hier und jetzt spüre ich den faszinierenden Zauber, den die Berge ausstrahlen.

Zehn Minuten, nachdem ich wieder hineingegangen bin, klopft ein Mitarbeiter des Resorts an meine Tür und übergibt mir mein Gepäck. Er ist ein wenig wortkarg, aber höflich, und ich mache mir geschlagene fünf Minuten, nachdem er gegangen ist, immer noch Gedanken darüber, ob ich ihm hätte Trinkgeld geben sollen. Ich weiß von meinen Eltern, dass so etwas zum guten Ton gehört – für meinen Dad ist alles unter zehn Prozent offene Kritik am Personal –, aber immerhin bin ich kein normaler Gast. Auf die finanzielle Unterstützung meiner Eltern kann ich schon seit Jahren nicht mehr zählen, und *ich* bin nicht in der Lage, jedem freundlich lächelnden Angestellten einen grünen Schein zuzustecken.

Ich öffne den Koffer und stelle genervt fest, dass einige Teile tatsächlich ziemlich nass geworden sind. Nachdem ich ein paar Klamotten ausgepackt und zum Trocknen auf Bügel gehängt habe, gehe ich zu dem kleinen Bad hinüber und beäuge misstrauisch die Dusche, deren Wand selbstverständlich ebenfalls aus Glas besteht. Auch wenn ich weiß, dass niemand durch das Fenster zu mir hereinschauen kann, weigert sich mein Verstand aus irgendeinem Grund, das zu glauben. Ich drücke neugierig auf den Schalter neben der Tür, und beinahe im selben Moment wird die Glaswand neben mir milchig weiß. Ich reiße die Augen auf und drehe mich um. Das Glas ist nicht länger durchsichtig und bildet einen ziemlich soliden Sichtschutz zwischen der Dusche und dem Wohnbereich. Mit den Fingern streiche ich über das Glas, dessen Konsistenz sich selbstverständlich nicht verändert hat. Ich muss unbedingt jemanden fragen, wie das funktioniert.

Nach einer langen, heißen Dusche wickle ich mich in einen der flauschigen Bademäntel, auf deren Brust das Logo des Resorts mit Silberfäden eingestickt ist. Dann stelle ich mich vor den Waschtisch aus Marmor und mustere mein Spiegelbild. Mir fällt auf, dass der Spiegel trotz des warmen Wasserdampfes, der in dem kleinen Raum hängt, nicht beschlagen ist und zerbreche mir kurz den Kopf darüber, ob es sich dabei um die gleiche an Magie grenzende Technik handelt wie bei der Glaswand, bis mir einfällt, dass das Geheimnis vermutlich einfach nur ein beheizter Spiegel ist. Ich bürste mir durch die Haare, die wieder knotenfrei und einigermaßen gebändigt sind. Ich habe mir für diese Bewerbungsrunde extra teures Shampoo und Conditioner gekauft. Ich bin wirklich keine Beauty-Expertin, aber für besondere Gelegenheiten liebe ich es, mich um mich selbst zu kümmern. Das ist gut für mein Selbstbewusstsein, und das ist vermutlich die wichtigste Eigenschaft, die ich für den Bewerbungsprozess brauchen werde. Mit den Fingern fahre ich über meine Stirn und unter meinen Augen entlang. Unter der dünnen Haut schimmern Augenringe hindurch, die ich leider nie ganz loswerde, aber die durch die stressige Anreise noch ein wenig deutlicher hervortreten. Ich werde eine Menge Concealer und Color Corrector brauchen, um das auszugleichen.

Ich beuge mich gerade herunter, um in dem Waschschrank nach einem Föhn zu suchen, als ein kaum wahrnehmbares Klicken ertönt. Ich erstarre und lausche, aber alles, was ich nun höre, ist die gedämpfte Musik des Radios aus dem Wohnraum. Bevor ich mich aufrichten kann, verändert sich das Licht im Bad, und ich brauche den Bruchteil einer Sekunde, um zu verstehen, woher diese Veränderung kommt: Die Glaswand ist wieder durchsichtig, die milchige Beschichtung ist verschwunden. Stirnrunzelnd ziehe ich die Aufschläge meines Bademantels fester. Ich habe den Knopf nicht betätigt, aber möglicherweise gibt es eine Art Zeitschalter. Unruhig blicke ich zu dem Fenster hinüber, hinter dem sich ruhig und unschuldig das Tal ausbreitet.

Dort ist niemand. Natürlich nicht. Und selbst wenn, könnte man mich durch das Spiegelglas nicht sehen. Und trotzdem habe ich das Gefühl, als würde mich jemand beobachten.

Als mein Handy auf dem Waschtisch vibriert, fahre ich so heftig zusammen, dass ein stechender Schmerz durch meinen Körper schießt. Ich presse mir die Hand auf die Brust und atme einmal tief durch, dann greife ich nach meinem Handy. Eine Nummer, die ich nicht eingespeichert habe. Ich nehme eigentlich solche Anrufe nicht entgegen, aber möglicherweise ist es die Rezeption oder einer der Verantwortlichen, weil es eine Planänderung gibt.

»Hallo?«, melde ich mich atemlos – mein Herz klopft noch immer ein wenig zu schnell.

Ich höre nur ein Rauschen, ein Knacken, als würde die Verbindung nicht richtig stehen. Stirnrunzelnd schalte ich auf Lautsprecher um und will gerade meine Netzverbindung checken, als mir auffällt, dass es ein WhatsApp-Anruf ist. Das ist mir bei dem Schock gar nicht aufgefallen.

»Hallo«, sage ich noch einmal, energischer dieses Mal. Keine Antwort. Ich will gerade auflegen, doch da merke ich, dass das Rauschen zu gleichmäßig ist für ein einfaches Störgeräusch. Es ist … rhythmisch. Als würde jemand geräuschvoll ein- und wieder ausatmen.

Ich spüre, wie mir das Blut aus dem Gesicht weicht und meine Finger sich um das Handy krampfen. »Wer ist da?«, frage ich leise.

Unwillkürlich halte ich die Luft an, dann ertönt eine Art keuchendes Lachen, bevor die Verbindung unterbrochen wird.

Unfähig, mich zu bewegen, stehe ich da und starre auf mein Handy. Was, zur Hölle, war das? Mein Daumen zittert, als ich die Anruferliste aufrufe. Ganz oben steht tatsächlich eine Nummer, die ich nicht kenne. Ich öffne den Chat, der natürlich leer ist. Kein Profilbild, keine Informationen. Ich tippe ein Fragezeichen und schicke es ab, aber der zweite Haken, der anzeigt, dass die Nachricht zugestellt wurde, taucht nicht auf. Entweder der Inhaber hat mich blockiert, oder es handelt sich um einen Fake-Account.

»Scheiße«, murmele ich und lache erstickt auf. Ein Prank-Anruf oder ein Scam-Versuch, der irgendwie nicht richtig funktioniert hat. Zu Hause hätte ich wahrscheinlich direkt aufgelegt oder keinen einzigen Gedanken daran verschwendet. Aber hier, ganz allein in dieser abgelegenen Hütte, kribbelt auf einmal mein Nacken, und mein Puls schießt erneut in die Höhe.

So schnell, als hätte ich mich daran verbrannt, lege ich das Handy zurück auf den Tisch und sehe zu der nach wie vor durchsichtigen Fensterscheibe. Unruhig schlage ich mit der flachen Hand auf den Schalter in der Wand und atme erleichtert aus, als das Glas sich erneut verfärbt. Ich erschaudere unwillkürlich. Diese Funktion ist ja beeindruckend und so weiter, aber definitiv nur eine Spielerei. Die ich sicher nicht vermissen werde, wenn ich wieder zu Hause bin.

5

DEVAN

Eine halbe Stunde vor der vereinbarten Zeit mache ich mich auf den Weg hinunter zum Hauptgebäude des *Ortiz Resort*, in dem sich auch das Restaurant befindet, in dem wir heute zu Abend essen werden. Als ich meine kleine Hütte verlasse, werfe ich einen kurzen Blick hinüber zu Lucas Chalet. Trotz der einsetzenden Dämmerung brennt dort kein Licht, also ist Luca wohl tatsächlich schon aufgebrochen. Ich würde lügen, wenn ich behaupten würde, dass ich mich nicht vor den Kopf gestoßen gefühlt habe, als sie mir vorhin eine Abfuhr verpasst hat. Aber vielleicht, ganz vielleicht, sollte ich mir darüber auch gar keine Gedanken machen. Wenn Luca kein Interesse an mir hat, sollte dieser kleine Wink mit dem Zaunpfahl mich in meine Schranken weisen. Obwohl ich bemerken musste, dass sich bei der Aussicht, erneut Zeit mit ihr zu verbringen, und sei es nur auf dem Weg zum Essen im Resort, immer wieder ein kleines Lächeln auf mein Gesicht geschlichen hat. Ich muss die gemeinsame Fahrt auf dem Quad mehr genossen haben, als ich zugeben wollte.

Als ich den kleinen Parkplatz erreiche, stelle ich erleichtert fest, dass das Quad noch immer dort steht, wo ich es geparkt habe. Ich frage mich, wie Luca wohl nach unten gekommen ist, schiebe den Gedanken dann aber energisch zur Seite. Ich muss dringend aufhören, über sie nachzudenken, und mich auf das Wesentliche konzentrieren. Während ich das Quad starte und es langsam wende, sehe ich hinüber zu dem zweiten Weg, der zu den übrigen Chalets führt. Ich weiß nicht, wie viele andere Bewerber und Bewerberinnen es für diese Stelle gibt, davon hat nichts in den Mails gestanden. Aber ich bin neugierig, wen die Resortleitung ausgesucht hat. Ich habe mit den typischen Instagram-Influencern gerechnet, aber zumindest Luca hat mich in diesem Punkt überrascht. Wobei ihre Geschichte von den Familien-Skiurlauben in Italien wiederum ziemlich gut zu unserem Auftraggeber passt.

Der Rückweg ins Tal geht schneller, ist aber deutlich anspruchsvoller als die Fahrt vor ein paar Stunden mit Luca. Der Weg ist an manchen Stellen so uneben, dass ich beinahe Schritttempo fahren und mich mit den Knien abfedern muss, um die Kontrolle über dieses Ding nicht zu verlieren. Ein paarmal habe ich es bereut, das Angebot der Rezeptionistin nicht angenommen und auf die Einweisung verzichtet zu haben. Aber ich habe Spaß an abenteuerlichen Unternehmungen und keine Ahnung, wann ich jemals wieder die Gelegenheit bekomme, einen solchen Urlaub zu verbringen, noch dazu umsonst. Zwar gibt es wohl auch eine alte, schmale Straße von dem Resort zu den Chalets, allerdings muss die noch saniert und ausgebaut werden, bevor sie in der nächsten Saison von den Gästen genutzt werden kann. Die schweren Baufahrzeuge, die für die Errichtung der Chalets benötigt wurden, haben so starke Spuren hinterlassen, dass sie bei Schnee nun nicht mehr sicher befahrbar ist.

Unten parke ich das Quad wieder auf dem Parkplatz neben dem Gebäude, dann steige ich aus der weiten Jogginghose, die ich mir über die Jeans gezogen habe, um sie vor hochspritzendem Dreck zu schützen. Sah ziemlich dämlich aus, hat aber gut funktioniert. Ich lege für gewöhnlich nicht wahnsinnig viel

Wert auf meine Garderobe, aber heute habe ich viel Zeit vor dem Spiegel verbracht. Im Endeffekt habe ich mich für eine dunkle Jeans und ein blaues Hemd entschieden, dessen Ärmel ich hochgekrempelt habe. Alles, was sich unterhalb meiner Ellbogen befindet – ob jetzt der Stoff eines Ärmels oder eine Armbanduhr –, geht mir über kurz oder lang auf die Nerven. Und eigentlich bin ich auch kein sonderlich großer Fan von Hemden, daher musste ich für dieses Assessment-Center extra einkaufen gehen. Trotzdem bin ich ganz zufrieden, weil ich deutlich professioneller aussehe als normalerweise.

Nachdem ich die Jogginghose in dem Fach unter dem Sitz verstaut habe, atme ich ein paarmal tief durch, umrunde die kleine Mauer und steuere dann auf die breiten Eingangstüren zu. Ich bin nervös, obwohl ich gut vorbereitet bin. Im Vorfeld habe ich mich informiert und mir gewöhnliche Aufgaben einer solchen letzten Bewerbungsrunde angesehen. Natürlich variieren die jedes Mal, abhängig von dem ausgeschriebenen Beruf. Trotzdem sind es meist Kreativaufgaben und offensichtlich wenig teambildende Maßnahmen. Das ist gut. Ich würde mich selbst nicht als unsozial oder nicht umgänglich bezeichnen, aber ich arbeite definitiv besser allein als in einer Gruppe von Menschen, die ich nicht kenne.

Als ich das Hauptgebäude betrete, fällt mein Blick zuerst auf die Angestellte hinter dem Rezeptionstresen. Erst als ich näher komme, erkenne ich Ana. Sie hat den zerschlissenen Parka gegen die Hoteluniform getauscht und sich offensichtlich geschminkt. Ich winke ihr kurz zu, dann bemerke ich zwei andere Personen, die nebeneinander auf einem der knautschigen Sofas im hinteren Bereich der Lobby sitzen. Sie sehen beide auf, als ich hereinkomme, was mich nicht überrascht. Vermutlich sind sie genauso neugierig auf ihre Konkurrenz, wie ich es bin.

Ich atme einmal tief durch und gehe zu den beiden hinüber. Ein junger Mann und eine junge Frau, die so dicht beieinandersitzen, dass ich bezweifle, dass sie sich gerade erst kennengelernt haben.

»Hey«, sage ich, sobald ich in Hörweite bin. Es gibt nichts Schlimmeres, als auf jemanden zuzugehen und auf den richtigen Zeitpunkt für die Begrüßung zu warten. »Ich bin Devan.«

Die Frau erhebt sich und streicht beinahe reflexartig über ihr beigefarbenes, ziemlich eng anliegendes Kleid. Mein Blick wird kurz von den Ringen an ihren Fingern abgelenkt, die um die Wette zu funkeln scheinen. Es sind mindestens ein Dutzend. »Schön, dich kennenzulernen«, sagt sie mit heller Stimme und lächelt, wobei sie eine Reihe unnatürlich perfekter, weißer Zähne zeigt. »Ich bin Christine, das ist Paul.« Sie deutet auf den Typen neben ihr. »Gehörst du dazu, oder arbeitest du hier?«

Ich blinzle irritiert. »Nein, *noch* nicht.«

Kurz runzelt sie die Stirn, dann lacht sie. »Verstehe. Wir sind die Ersten, wie es aussieht. Falls alle anderen sich verspäten, ist das ein Punkt für uns, würde ich sagen.«

Paul schüttelt den Kopf, und ich sehe, dass er die Augen verdreht, bevor er auf den Sessel gegenüber der Couch deutet. »Setz dich, Mann. Noch ist keiner gekommen, um mit uns zu sprechen.«

»Wir sind ein bisschen früh«, werfe ich grinsend ein und setze mich, ohne die beiden aus den Augen zu lassen. »Ihr kennt euch, richtig?«

Noch einmal lacht Christine, dann lässt sie sich wieder neben den Typen fallen, der sofort einen Arm über die Lehne in ihrem Rücken legt. Sie hebt ihre linke Hand, an der vier verschieden große Ringe stecken. »Paul ist mein Verlobter. Wir sind seit der Junior High zusammen.«

»Oh, wow«, entfährt es mir unwillkürlich, aber ich reiße mich hastig zusammen und zwinge meine Gesichtsmuskeln zu einem hoffentlich erfreuten Lächeln. »Glückwunsch.«

»Danke«, antwortet Paul, nicht ohne Stolz in seiner Stimme.

»Wie kommt es, dass ihr beide hier seid? Begleitet einer von euch den anderen?«

»Nein, wir wurden beide eingeladen.« Christine wendet sich zur Seite und wirft ihrem Verlobten einen kurzen Blick zu. »Paul behauptet, es sei Zufall, obwohl ich ja davon überzeugt bin, dass das Schicksal seine Finger im Spiel hatte.«

Darauf sage ich lieber nichts, wobei ich gerne noch weiter nachgehakt hätte. Soviel ich weiß, war diese Stelle eine der begehrtesten Ausschreibungen der Agentur, die diese Studienjobs jedes Semester verwaltet – und hatte dementsprechend auch ungewöhnlich viele Bewerbungen. Dass sie beide einen der wenigen Plätze im Assessment-Center ergattert haben, grenzt eher an ein Wunder als an eine glückliche Fügung des Schicksals. Ich lasse meinen Blick unauffällig über das Paar wandern. Diese Christine trägt ein Kleid, das nicht den Eindruck macht, als stamme es von Marshalls oder Target. Und auch ihr Schmuck, ihre Schuhe und die Handtasche sehen nicht günstig aus. Paul trägt ein Polohemd mit dem unverkennbaren Emblem von Ralph Lauren auf der Brust, dazu eine Bundfaltenhose und braune Slipper. Sie haben Geld – oder zumindest ihre Eltern haben welches. Es würde mich überhaupt nicht überraschen, wenn einer der beiden seinen Platz in dieser letzten Bewerbungsrunde durch die finanzielle Überzeugungshilfe von Mommy und Daddy bekommen hätte.

Aber das geht mich nichts an, und im Grunde kümmert es mich auch nicht sonderlich. Auf den ersten Blick ist keiner der beiden ernst zu nehmende Konkurrenz. Wenn mindestens einer von ihnen sich seinen Platz in dieser Runde entweder erkauft oder durch Beziehungen erreicht hat, werden sie von einem potenziellen Arbeitgeber vermutlich nicht ernst genommen, und damit wären sie raus.

Ich sehe mich ein bisschen in der Eingangshalle um und bin ziemlich beeindruckt von dem Prunk, der hier aufgefahren wurde. Das Ambiente hat nichts mit dem eleganten, schlichten Look gemeinsam, auf den in Großstädten gesetzt wird. Wenn Unternehmen dort zeigen wollen, wie exklusiv und elitär sie sind, dann bestehen die Räumlichkeiten meistens aus weitläufigen, in weiß gehaltenen Räumen. Hier allerdings gibt es so viele Details, so viel Schnickschnack, dass mir beinahe schwindelig wird. Ein Wandelement ist mit dunkelrotem Samt bespannt und über und über mit kunstvollen Papierblumenarrangements beklebt. Ich runzle unwillkürlich die Stirn. Es ist ganz hübsch, aber ich bin mir nicht sicher, ob diese Deko in Sachen Brandschutz eine wahnsinnig gute Idee ist.

Die Tür öffnet sich und bringt einen Schwall kalte Luft herein. Ich drehe mich um und entdecke Luca ... die deutlich anders aussieht als noch vor ein paar Stunden. Ihre Haare glänzen und sind zu zwei dicken französischen Zöpfen geflochten, die sie irgendwie jünger erscheinen lassen. Sie trägt ein kariertes, langärmliges Kleid und Overknee-Stiefel. Sie sieht verdammt gut aus.

Genau wie ich blickt Luca sich kurz um und begrüßt Ana, bevor sie uns entdeckt. Ich bemerke, dass sie kaum merklich ausatmet und gleichzeitig die Schultern strafft, bevor sie auf uns zugeht. Sie wirft mir einen flüchtigen Blick zu, dann begrüßt sie Christine und Paul mit einem dermaßen strahlenden Lächeln, dass ich unwillkürlich die Stirn runzle. Sie war nicht unfreundlich zu mir, aber für mich hatte sie nicht ansatzweise die gleiche Begeisterung übrig.

Nachdem wir uns alle noch einmal höflich vorgestellt und

die üblichen Small-Talk-Floskeln ausgetauscht haben, seufzt Christine. »Vier Stück. Für meinen Geschmack reicht das.«

»Angst vor der Konkurrenz?«, fragt Luca und lacht, um der Bemerkung die Spitze zu nehmen.

Christine verdreht die Augen, dann mustert sie Luca noch einmal, diesmal eindringlicher. »Du kommst mir bekannt vor, weißt du? Bist du groß auf Instagram oder so?«

Luca schüttelt den Kopf. »Würde ich nicht sagen. Aber ja, ich glaube auch, dass ich dich kenne.«

»Woher kommst du?«, fragt Paul, während er sich erneut zurücklehnt und den Arm um Christines Schultern legt.

»Portland. Ich gehe auf die UPP.«

Ich wollte gerade mein Handy hervorholen, halte aber mitten in der Bewegung inne. »Du gehst auf die UPP?«

Luca zieht eine kleine Grimasse. »Jep. Wir kennen uns, Devan. Schön, dass du auch noch draufkommst.«

Fassungslos starre ich sie an. Wow. Das ist verdammt peinlich. Vor allem, weil ich davon ausgegangen bin, dass sie mich gegoogelt hat, als sie zugegeben hat, meinen beruflichen Background zu kennen. Jetzt, da ich dieses fehlende Puzzleteil habe, fällt mir auch plötzlich wieder ein, wo ich Luca schon einmal gesehen habe. Oder mehrfach. Wir sind uns auf Partys über den Weg gelaufen, und ich kenne ihre Mitbewohnerin, weil sie ein paar Wochen mit einem Kumpel von mir ausgegangen ist.

Christine, die sich von meinem kleinen Einschub offensichtlich nicht beirren lässt, schüttelt nachdenklich den Kopf. »Nein, das ist es nicht. Warst du in letzter Zeit mal in Philly?«

»Nein, tut mir leid.« Luca grinst mir noch einmal zu, dann konzentriert sie sich wieder auf Christine. »Vielleicht habe ich einfach eines dieser Allerweltsgesichter.«

Ich beiße mir auf die Lippen, um keinen Kommentar abzugeben. Ein Allerweltsgesicht hat Luca sicher nicht.

»Wie auch immer«, seufzt Christine und wirft einen Blick auf die Uhr. »Wie lange wollen die uns eigentlich noch hier sitzen lassen?«

Genau in diesem Moment öffnet sich erneut eine Tür, dieses Mal allerdings die, die wahrscheinlich in ein Büro hinter der Rezeption führt. Ein Mann im Anzug tritt heraus, und obwohl ich ihn noch nie vorher gesehen habe, bin ich mir sofort sicher, dass dieser Typ zum Resort gehört. Jeder von uns hat sich irgendwie rausgeputzt für diesen Abend – einige wahrscheinlich hektisch auf der Toilette des Hauptgebäudes, um ihre Klamotten während der Fahrt hier runter nicht zu ruinieren –, trotzdem sehen wir alle nicht einmal annähernd so … adrett aus wie der Kerl, der mit einem freundlichen Lächeln auf uns zukommt. Er trägt einen dunklen Nadelstreifenanzug, glänzende Schuhe und ein weißes Hemd.

»Willkommen«, sagt er und öffnet die Arme, als wolle er uns alle gleichzeitig umarmen. Ich hoffe nicht. »Freut mich, euch alle persönlich zu treffen. Mein Name ist Jacob Gullingham. Meinem Onkel gehört das *Ortiz Grand Resort,* und ich bin für die Zeit, die ihr bei uns verbringt, euer Ansprechpartner.«

Aus den Augenwinkeln sehe ich, dass Luca kurz die Hand hebt, als wolle sie winken, sie jedoch hastig wieder in ihren Schoß legt. Ich unterdrücke ein Grinsen.

»Vielen Dank«, ruft Christine beinahe und springt von ihrem Platz auf dem Sofa auf, um diesem Gullingham die Hand zu schütteln. Auch ich stehe auf, aber nicht einmal halb so enthusiastisch wie Christine. »Wir freuen uns sehr, hier sein zu dürfen. Die Unterkunft ist wirklich ein Traum, Mr Gullingham.«

Er strahlt. »Vielen Dank, das freut uns sehr, zu hören. Und bitte nennt mich einfach Jacob. Schließlich bin ich kaum älter als ihr. Wenn ihr also nichts dagegen habt, können wir uns gerne alle duzen. Das macht diese ganze Situation für uns alle vielleicht etwas entspannter.«

Wir schütteln einander die Hände, bedanken uns für die Einladung, die Chalets, den herzlichen Empfang, loben die einmalige Aussicht und noch viele andere Dinge, auf die ich niemals gekommen wäre. Vor allem Christine ist sehr erpicht darauf, deutlich zu machen, *wie* dankbar sie dem Typen und seinem Onkel für diese Chance ist. Während sie Gullingham erzählt, wie beeindruckt sie von der Landschaftsgestaltung des Geländes ist, werfe ich Luca einen Blick zu. Sie hat die Lippen zusammengepresst, und als unsere Blicke sich treffen, entfährt ihr ein unterdrücktes Husten, bevor sie sich hastig abwendet.

Ich habe einen Plan, wie ich diesen Jacob von mir überzeugen werde. Aber Einschleimen oder Honig-ums-Maul-Schmieren gehören ganz sicher nicht dazu. Ich würde für niemanden arbeiten wollen, der auf derartige Dinge Wert legt. Stattdessen habe ich mich in der letzten Woche so viel wie möglich mit dem Unternehmen beschäftigt, mit seiner Geschichte und seinen Marketingschwerpunkten. Ich habe mir die Konkurrenz und deren Marketingkampagnen angeschaut und ein paar Konzepte vorbereitet, die ich gegebenenfalls pitchen könnte. Ich bin vorbereitet und optimistisch, dass das letztendlich mehr überzeugen wird als schöne Worte, Followerzahlen oder der Kontostand meiner Eltern.

Nachdem wir mit den Höflichkeiten fertig sind, sieht Gullingham, *Jacob*, uns der Reihe nach an. »Einer fehlt noch, befürchte ich. Ein paar Minuten können wir noch warten, dann gehen wir rüber ins Restaurant.«

Als hätte Nummer fünf auf sein Stichwort gewartet, öffnet sich die Eingangstür, und der letzte Bewerber kommt herein. Er ist groß, verdammt groß, und trägt eine schwarze Lederjacke über einem Hemd und einer Jeans, die eindeutig schon bessere Zeiten gesehen hat. In der einen Hand hält er einen Motorradhelm, in der anderen eine Sporttasche. Er kommt direkt auf uns zu, einen gestressten Ausdruck auf dem leicht geröteten Gesicht.

»Es tut mir so leid«, sagt er, deutlich außer Atem. Er schaut sich kurz überfordert im Raum um, dann entdeckt er Jacob, der mit ausgestreckter Hand auf ihn zutritt. »Ich bin Leander Cole. Bitte entschuldigen Sie die Verspätung. Unten in Glenwood Springs hat es angefangen zu regnen, dann zu hageln. Ich bin mit dem Motorrad unterwegs und musste warten, bis die Straßen wieder befahrbar waren.«

Ich höre ein kleines Schnauben und drehe mich zu Christine um.

»Direkt am ersten Tag zu spät zu kommen, ist schon eine Leistung«, flüstert sie. Sie spricht mit Paul, aber gibt sich keine große Mühe, leise zu sein. »Gut für uns.«

»Kein Grund, sich zu entschuldigen, wir haben uns gerade erst begrüßt«, beschwichtigt Jacob eilig, bevor er sich Leander vorstellt.

»Ich habe angerufen und die Dame an der Rezeption vorgewarnt, dass ich mich verspäte. Wurde Ihnen Bescheid gesagt?«

»Mach dir bitte keinen Kopf.« Jacob deutet auf Ana, die uns mit unbeweglicher Miene beobachtet hat. »Wenn du dich noch frisch machen möchtest, wird Anastasia dir deine Unterkunft zeigen. Ansonsten wird sie sich um dein Gepäck kümmern.«

Nachdem kurz darüber diskutiert wurde, ob Leander nun bleibt oder vor dem Essen einen Abstecher in sein Chalet macht, und Paul zu bedenken gegeben hat, dass er seit seinem Aufbruch am Vormittag noch nichts gegessen hat, wird entschieden, dass wir alle ins Restaurant gehen. Mir ist aufgefallen, dass Luca sich aus der Unterhaltung herausgehalten und stattdessen nur unbefangen lächelnd am Rand gestanden hat, genau wie ich. Sollte ich in diesem Zirkus eine Verbündete brauchen, würde ich mich definitiv für sie entscheiden.

Im Entenmarsch betreten wir das Restaurant durch eine Art hölzerne Scheunentür. Dahinter erstreckt sich ein gigantischer Raum im gleichen Stil wie die Eingangshalle. Statt der gläsernen Kuppel gibt es hier einzelne Deckenlichter, die neben den Kronleuchtern sanftes Licht spenden. Im hinteren Teil des Saals steht eine Bar, die, genau wie der Empfangstresen, aus einem einzigen Steinblock zu bestehen scheint. Es riecht nach einer Mischung aus frischer Farbe und irgendeinem Raumduft, den ich jedoch nicht wirklich bestimmen kann. Wahrscheinlich wurde auch dieser Teil des Gebäudes renoviert, denn ganz hinten an der Wand lehnt eine Leiter, und auf einem kleinen Malertisch liegen ein paar Rollen Folie. Schätzungsweise zwanzig Tische verschiedener Größen stehen überall im Raum verteilt, von denen jedoch kein einziger besetzt oder eingedeckt ist. Lediglich eine große Tafel in der Mitte sieht so aus, als wäre sie in Gebrauch. Sie steht unter einem der größeren Kronleuchter, an dem unzählige weiße und dunkelgrüne Kristalle hängen. Die Tafel sieht aus, als würde sie beinahe zusammenbrechen unter den Massen an Geschirr: Zwei Teller stapeln sich an jedem Platz übereinander, daneben liegen jeweils drei verschiedene Messer und Gabeln, und für jeden Gast stehen zwei verschiedene Weinkelche und ein Wasserglas bereit. Es gibt hohe Kerzenleuchter, üppige Blumengestecke und Brotkörbe aus geschnitztem Holz.

Wow. Wäre der Tisch kleiner und die Anzahl der Gäste begrenzter, wäre das hier die perfekte Kulisse für einen Heiratsantrag.

Während wir uns setzen und bei einem jungen Kellner in tannengrüner Weste Getränke bestellen, redet Christine ohne

Punkt und Komma auf den armen Jacob ein, der mit einem höflichen Lächeln zuhört. Diese Frau scheint voll und ganz im Angriffsmodus zu sein. Hin und wieder werfe ich einen unauffälligen Blick zu Luca hinüber, der die gleichen Gedanken durch den Kopf zu gehen scheinen wie mir. Zwischendurch huscht ein beinahe ungläubiger Ausdruck über ihr Gesicht, und als Christine erzählt, dass das *Ortiz Grand Resort* seit dem Kindergarten auf ihrer Travel-Bucket-List steht, schnaubt sie kaum wahrnehmbar in ihr Glas und nimmt einen hastigen Schluck. Bei diesem kleinen Laut von ihr stiehlt sich wieder ein Lächeln auf meine Lippen, das ich schnell wegwische, sobald ich es selbst bemerke.

Als die Vorspeise serviert wird – es gibt ein festes Menü, bei dem unser einziges Mitspracherecht darin bestand, Allergien zu äußern oder uns als Vegetarier oder Veganer zu outen –, bin ich kurz ein bisschen überfordert mit der Etikette. Ich habe nicht gelogen, als ich Luca erzählt habe, dass ich einen solchen Luxus nicht gewohnt bin. Ich habe die ersten dreizehn Jahre meines Lebens in einem Trailerpark verbracht, und nach der Scheidung meiner Eltern bin ich mit meinem Vater in eine kleine Mietswohnung am Rand von Las Vegas gezogen. Ich hatte eine schöne Kindheit, und meine Eltern haben mich sehr geliebt, aber Geldsorgen waren in unserem Leben allgegenwärtig. Das hat sich in den letzten Jahren bei mir geändert, und ich kann mich wirklich nicht beschweren, was meine finanzielle Lage angeht. Trotzdem war ich niemals zuvor in einer Situation, in der ich mir darüber Gedanken machen musste, welche Gabel ich für welchen Gang benutze oder ob die weinrote Stoffserviette auf meinen Schoß gelegt oder in meinen Hemdskragen gesteckt werden sollte. Als Erstes wird eine Art Pastete serviert, zumindest glaube ich das. Als der Kellner das Menü vorgestellt hat, habe ich gerade Luca angeschaut und war auf eine Haarsträhne konzentriert, die ihr ins Gesicht hing. Sie schien es nicht zu bemerken, sondern lauschte den Worten des Kellners. Meinen inneren Monk hat diese Strähne allerdings wahnsinnig gemacht, und ich hätte sie nur zu gerne hinter ihr Ohr gestrichen. Nach der Pastete wird ein Teller mit Steak und Röstkartoffeln vor mir abgestellt. Das ist schon deutlich mehr mein Geschmack.

Während ich esse, lasse ich den Blick über meine Konkurrenz schweifen. Christine wirkt trotz ihres großen Mitteilungsbedürfnisses nicht unfreundlich oder unangenehm. Und so geht es mir mit all den Leuten, die hier mit mir zusammen am Tisch sitzen. Es wäre irgendwie einfacher gewesen, wenn ich wenigstens ein oder zwei von ihnen nicht leiden könnte. Aber sie machen alle einen insgesamt freundlichen Eindruck: Christine überdreht und eindeutig übereifrig, Paul beobachtet seine Freundin ruhig, aber ziemlich zufrieden, Leander hält sich weitestgehend aus der Unterhaltung raus und sagt nur etwas, wenn er tatsächlich eine Meinung hat, und Luca … Luca macht mir ehrlich gesagt am meisten Sorgen. Weil ich das Interesse, das jedes Mal in mir aufkeimt, wenn ich sie ansehe, nur noch schlecht ignorieren kann.

6

LUCA

Beim Dessert gebe ich auf und lege mein Besteck auf den Teller, um dem Kellner zu signalisieren, dass ich fertig bin. Nach der Pastete, dem Steak und der Hälfte eines gigantischen Apfelkuchens habe ich das Gefühl, mein Bauch müsste jeden Moment das Kleid sprengen, das ohnehin schon eng gesessen hat. Vielleicht nicht die beste Wahl für ein Abendessen, aber ich habe es mir extra für diesen Anlass gekauft, deswegen wollte ich es nicht in meinem Schrank hängen lassen.

In den vergangenen zwei Stunden habe ich vor allem versucht, nicht mehr an den gruseligen Anruf zu denken und mir stattdessen einen Eindruck von meiner Konkurrenz zu machen. Jetzt allerdings muss ich mich irgendwie ins Gespräch einbringen, um diesem Jacob im Gedächtnis zu bleiben. Was ohnehin schwer sein könnte, nach dem prägenden Eindruck, den Christine ziemlich sicher bei ihm hinterlassen hat.

»Jacob«, sage ich, als Christine gerade den Mund voll hat und ihren nicht enden wollenden Redefluss für ein paar Sekunden unterbrechen muss. »Können Sie uns schon verraten, was für Aufgaben uns erwarten werden?«

Jacob greift nach seiner Serviette und wischt sich über den Mund. »Hauptsächlich wollen wir euch als Menschen kennenlernen«, erwidert er mit einem freundlichen Lächeln. »Und eure Social-Media-Qualifikationen testen.«

Das ist verdammt vage. »Haben Sie ein Beispiel für uns?«

Er legt den Kopf schief. »Bitte, wir hatten uns doch auf das Du geeinigt.«

Da mag er recht haben. Trotzdem fühlt es sich seltsam an, ihn so vertraut anzusprechen. Obwohl er nett wirkt, als wären wir Freunde, die zusammen in einer Bar abhängen. Ich habe ein bisschen Angst, zu vergessen, dass das hier eine Art Bewerbungsgespräch ist. Ein anzugtragender, versnobbter Mittfünfziger wäre mir lieber gewesen, da wären die Fronten ganz klar erkennbar.

»Entschuldige«, sage ich trotzdem und hoffe, dass mein Lächeln irgendwie charmant und einnehmend rüberkommt.

»Nun, ich werde euch morgen den genauen Ablauf für die kommenden Tage aushändigen, damit ihr wisst, wann ihr wo sein müsst. Aber im Grunde sollt ihr zuerst mal das Gelände und unser Angebot kennenlernen. Es ergibt wenig Sinn, von euch zu erwarten, das Resort präsentieren zu können, wenn ihr es überhaupt nicht kennt. Wir haben uns überlegt, dass ihr anschließend ein paar ausgewählte Attraktionen unseres Hauses vorstellt, in diesem Fall euren Mitstreitern und mir. Wir legen vor allem Wert darauf, dass ihr unser Haus zwar aufregend und … wie soll ich das sagen, *attraktiv* präsentiert, aber trotzdem unsere Exklusivität im Auge behaltet.«

Ich nicke, auch wenn ich nicht genau weiß, was er damit meint.

»Wir sollen also mehr Leute auf das *Ortiz* aufmerksam machen, aber gleichzeitig nur Leute aus der passenden … Gesellschaftsschicht?«, fragt Devan stirnrunzelnd.

Ich bin überrascht, wie treffend er meine Gedanken auf den Punkt bringt, auch wenn ich sie selbst niemals so ausgesprochen hätte. Allerdings überrascht es mich wiederum nicht, dass er kein Blatt vor den Mund nimmt. So wie ich ihn bislang kennengelernt habe, ist Devan zwar charmant und kann durchaus einnehmend sein, ist aber auch absolut direkt.

Jacob beginnt, seinen Bierdeckel in kleine Stücke zu zerpflücken. Er wirkt selbstbewusst, aber diese kleine Geste lässt vermuten, dass er möglicherweise doch ein bisschen nervös ist. »Im Grunde, ja. Versteht mich nicht falsch, ich weiß selbst, wie das klingt. Und ich stimme meinem Onkel nicht in all seinen Entscheidungen zu. Aber das *Ortiz* will eine exklusive Kundschaft ansprechen – ich denke, ihr werdet verstehen, wenn ihr einen Blick auf unsere Preislisten werft.«

»Dein Onkel möchte also Gäste, die bereit sind, seine Preise zu zahlen«, sagt Paul, während er sich in seinem Stuhl zurücklehnt. »Das ist nicht sonderlich schwer zu verstehen.«

Ich schiele zu Devan hinüber, aber sein Gesicht gleicht einer Maske ohne erkennbare Gefühlsregung. Ich gebe Jacob und Paul recht: Es ist verständlich, dass das *Ortiz* eine wohlhabende Zielgruppe ansprechen will. Es hat damit den gleichen Anspruch anderer Luxus-Skigebiete wie Vail oder Aspen. Aber ich könnte mir vorstellen, dass Devan diese Ausgrenzung weniger reicher Gäste nicht gefällt.

»Was bedeutet das genau?«, frage ich mit glatter Stimme. Ich will weder Jacob noch Devan oder einem der anderen das Gefühl geben, dass ich mich auf irgendeine Seite stelle. Ich bin kein Fan der Zweiklassengesellschaft, aber ich kann auch nachvollziehen, dass sich Hotels dieser Preisklasse auf zahlungsfähige Kunden fokussieren. »Gibt es Vorgaben, die wir beim Erstellen des Contents einhalten sollen? Farbschemen oder Veröffentlichungen auf bestimmten Plattformen?«

»Erst mal nicht«, antwortet Jacob. Ich bilde mir ein, einen beinahe erleichterten oder sogar dankbaren Unterton in seiner Stimme mitschwingen zu hören. Vielleicht ist er froh, einer Diskussion über die Vor- und Nachteile der amerikanischen Oberschicht entkommen zu sein. Als er vorhin in der Eingangshalle auf uns zugekommen ist, hat er mich ein bisschen eingeschüchtert. Er wirkte trotz seines relativ jungen Alters autoritär. Jetzt hingegen scheint er sich ein wenig zu entspannen und macht einen deutlich nahbareren Eindruck. »Wer auch immer von euch den Job kriegt, wird noch einmal ein gesondertes Briefing erhalten und sich auch mit meinem Onkel persönlich unterhalten. Fürs Erste ist es uns, wie gesagt, wichtig, euren persönlichen Stil kennenzulernen und zu sehen, wie gut er zu unseren Vorstellungen passt.«

Ich spüre einen Druck in meiner Brust größer werden und rutsche ein wenig auf meinem Stuhl herum. Ich will diesen Job unbedingt. Ich *brauche* diesen Job, wenn ich mein Studium fortsetzen und nicht jeden Abend und jedes Wochenende von Nebenjob zu Nebenjob pendeln möchte. Seit ich mich vor zwei Jahren gegen die Wünsche meiner Eltern gestellt und ihnen die Stirn geboten habe, unterstützen sie mich nicht mehr. Weder finanziell noch sonst irgendwie. Selbst das kleine Zimmer im Studierendenwohnheim ist verdammt teuer, wenn man ohnehin bereits jeden Penny umdrehen muss. Auch wenn diese *Strafe* hauptsächlich von meinem Vater ausgeht, bilde ich mir nicht ein, dass sich daran in naher Zukunft etwas ändern wird. Dieser Job ist also eine gewaltige Chance, und es wäre ein Rückschlag, die Lösung all meiner Probleme direkt vor meiner Nase zu haben und sie dann knapp zu verpassen.

Unwillkürlich frage ich mich, was mein Dad wohl von diesem Job halten würde. Social Media ist für ihn vermutlich ein Witz und ein Influencer – egal welcher Branche – einfach nur ein Arbeitsloser mit Internetzugang. Er würde das hier sicher nicht gutheißen. Als ich ihm und meiner Mom eröffnet habe, dass ich mein Stipendium hinschmeißen und statt Architektur und Kunstgeschichte lieber Journalismus studieren will, sind beide erst in Schockstarre verfallen und haben danach angefangen zu schreien. Ich liebe meine Eltern, und sie haben mir eine tolle Kindheit ermöglicht, aber je älter ich wurde, desto eindringlicher habe ich begriffen, dass den beiden Status deutlich wichtiger ist als eine harmonische Familie. Bis vor zwei Jahren ließen sich diese beiden Dinge rein zufällig gut vereinbaren und waren daher nicht so offensichtlich – ich hatte gute Noten, war höflich, unauffällig und habe mich eigentlich immer nach ihren Wünschen gerichtet, ohne es wirklich zu merken. Erst als meine eigenen Lebensvorstellungen anfingen, sich von denen meiner Eltern zu unterscheiden, habe ich bemerkt, wie unwichtig meine Wünsche bislang für sie waren.

Vielleicht ist das der Grund, warum mir diese Chance so wichtig ist. Dem größten Teil von mir ist es inzwischen egal, was meine Eltern denken, vor allem mein Vater. Aber es gibt immer noch eine kleine Stimme in meinem Kopf, die es ihnen beweisen will. Die ihnen zeigen will, dass ich erfolgreich sein kann – auf meine eigene Art und Weise. Und dass ich die richtigen Entscheidungen getroffen habe. Sollte ich scheitern, würde ich ihnen recht geben, und das ist das Letzte, was ich will.

Eine Weile erzählt Jacob uns von dem Unternehmen und dessen Gründung, während er weiter den Bierdeckel zerpflückt. Ich höre interessiert zu, nicke und lache an den richtigen Stellen. Mein Plan für heute Abend ist es, hauptsächlich sympathisch zu wirken. Sollte dieser Jacob tatsächlich der Einzige sein, mit dem wir während des Assessment-Centers zu tun haben, könnte ich mit Sympathie durchaus punkten. Selbst wenn Christine der fähigste Mensch der Welt wäre – müsste ich entscheiden, würde ich wegen ihrer Art trotzdem nicht mit ihr arbeiten wollen. Fähigkeiten allein reichen heutzutage einfach nicht mehr aus, deine Persönlichkeit ist ebenso entscheidend.

Gegen Ende von Jacobs Ausführungen erscheint der Kellner mit einem Tablett und serviert jedem von uns ein Glas, das mit einer klaren Flüssigkeit gefüllt ist, in der wiederum ein verziertes Kristall-Shotglas mit beigefarbenem Inhalt schwimmt. Irritiert inspiziere ich das Arrangement und rieche daran. Weiche aber hastig zurück, als mir der Geruch von Energydrink und scharfem Alkohol in die Nase steigt.

»Das ist ein *Flying Hirsch*«, erklärt Jacob mit einem kleinen Lächeln, der unsere verwirrten Gesichter offensichtlich richtig deutet. »Ein typischer Absacker beim Après-Ski, vor allem in Europa. Eigentlich trinkt man ihn mit einem Jägermeister-Shot, manchmal schwimmt sogar eine kleine Schnapsflasche darin. Wir verwenden einen selbst gebrannten Kräuterschnaps, den wir auch bei uns im Souvenirshop verkaufen. Er besteht zum großen Teil aus Lorbeer, Liebstöckel, Anis und Kamille – alles entweder selbst angebaut oder von regionalen Händlern erstanden.«

Ich sehe zu Devan hinüber, und zu meiner Überraschung treffen sich unsere Blicke. Er lächelt schief und zuckt mit den Schultern, als ich ungläubig auf meinen Drink deute.

Paul zögert nicht lange, nimmt das große Glas in die Hand und beobachtet kurz, wie der schwimmende Shot bedenklich darin schaukelt. Dann legt er den Kopf in den Nacken und versucht, die seltsame Konstruktion in einem Zug herunterzukippen, ist aber nicht sonderlich erfolgreich. Über seine Mundwinkel und seinen Hals läuft eine nicht gerade appetitlich aussehende Mischung aus Energydrink und Schnaps, die seinen Hemdaufschlag dunkelbraun färbt. Christine schnappt hörbar nach Luft.

»Hättest du abgewartet, Paul, hätte ich dir gerne erklärt, wie man das trinkt«, bemerkt Jacob trocken, bevor er uns der Reihe nach ansieht und sein eigenes Glas hebt. Vorsichtig setzt er es an die Lippen und kippt es langsam, bis der Kräuterschnaps aus dem Shotglas läuft und sich mit dem Energydrink vermischt.

Ich will das wirklich nicht trinken. Ich bin kein sonderlich großer Fan von Energydrinks und noch weniger von Kräuterschnaps – noch viel weniger in Kombination miteinander. Aber in erster Linie befürchte ich, dass es mir genauso ergehen wird wie Paul, selbst mit Anleitung von Jacob. Wieder fällt mein Blick auf Devan, der gerade mit verzweifeltem Gesichtsausdruck versucht, das schwimmende Shotglas in eine Position zu bringen, in der er es mit den Lippen erreichen kann. Ich gebe mir alle Mühe, nicht zu lachen, es gelingt mir aber nicht. Das hier ist mit Abstand das Lächerlichste, was ich je gesehen habe. Irgendwie schaffen wir es jedoch alle, das Gebräu zu trinken. In dem Moment, in dem die Mischung meine Zunge berührt, schwöre ich mir allerdings, so etwas in der Art niemals zu bestellen.

»Paul«, sagt Jacob schließlich, schiebt den kleinen Haufen aus zerfetztem Bierdeckel zur Seite und stützt sich mit den Ellbogen auf dem Tisch ab. »Erzähl etwas über dich.«

Paul, der noch immer damit beschäftigt ist, sein Shirt abzutupfen, schaut ein bisschen überfordert auf. »Wie bitte?«

»Wir sollten einander kennenlernen. Erzähl uns bitte etwas über dich. Wo kommst du her? Warum, denkst du, wurdest du für diese Stelle ausgesucht … so etwas in der Art. Immerhin verbringen wir die nächsten Tage miteinander.«

»Ähm, klar.« Er setzt sich ein wenig aufrechter hin und versucht sichtlich, seine Nerven zusammenzuraffen. Offenbar hat der kleine Fauxpas mit dem Shotglas ihn tatsächlich aus der Fassung gebracht. »Mein Name ist Paul Barnes, ist bin einundzwanzig Jahre alt und komme aus Philadelphia. Ich studiere Wirtschaftsmanagement und betreibe einen TikTok-Account mit knapp einer halben Million Follower, auf dem ich mich mit Finanzen und Marketing beschäftige. Auf Instagram habe ich letzte Woche die Dreiundfünfzigtausend-Marke geknackt, da mache ich allerdings hauptsächlich Livestyle-Content, Produkttests, Reviews und solche Sachen. Ich gehe davon aus, dass ich aufgrund der Bandbreite meiner Social-Media-Kanäle ausgesucht wurde.«

In meinem Kopf erscheinen sofort Bilder von Paul in rosafarbenen, perfekt gebügelten Polohemden, wie er mit einer verspiegelten Sonnenbrille vor einem gemieteten Tesla steht und für dubiose Schneeballsysteme wirbt – während seinem Account Tausende von Menschen folgen. Ich muss mich zusammenreißen, damit ich nicht in meinem Stuhl zusammensinke, als ich an meine kleine Community aus knapp zehntausend Menschen denke. Und ich besitze nicht einmal einen öffentlichen TikTok-Account.

Ich mustere Paul, der ziemlich zufrieden mit sich aussieht. Ich bin ihm irgendwo schon einmal begegnet, da bin ich mir hundertprozentig sicher. Er und Christine sind mir von Anfang an bekannt vorgekommen, aber mir fällt einfach nicht ein, woher ich sie kennen könnte. Ich folge sicher keinem von beiden auf Instagram, und wenn sie in Philadelphia leben, ist die Chance, dass wir einander über den Weg gelaufen sind, auch eher gering.

»Ich heiße Christine Parker-Bell«, springt Christine hastig ein, als Jacob sie auffordernd ansieht. Ihre Stimme überschlägt sich beinahe. Ich vermute, dass die Aussicht, von sich selbst erzählen zu können, sie ziemlich begeistert. »Ich wohne ebenfalls in Philadelphia – offensichtlich, Paul und ich sind verlobt.« Sie hebt die Hand und lässt den weißen Stein an ihrem Ring funkeln. »Ich arbeite für eine Firma, die nachhaltige Activewear produziert, und unterstütze dort das Marketingteam im Bereich Social Media. Wir sind ortsansässig in Philly, haben aber einen internationalen Vertrieb. Ich selbst erstelle YouTube-Videos, vor allem Vlogs und Beauty Content, bin aber auch auf sämtlichen anderen Social-Media-Plattformen tätig.«

Stirnrunzelnd mustere ich sie. Ich habe mich geirrt – die Aufregung in ihrer Stimme klingt nicht nach Begeisterung, mehr nach Nervosität. Während sie beim Essen mühelos und völlig selbstbewusst den gesamten Tisch unterhalten hat, wirkt sie jetzt unsicher und wirft Paul immer wieder einen beinahe vorsichtigen Blick zu. Außerdem hat sie nicht mit ihren Followern und ihrer Reichweite geprahlt, was irgendwie seltsam ist. Oder bedeutet, dass beide nicht besonders eindrucksvoll sind.

Als Nächstes ist Leander dran. Er erzählt, dass er Architektur und Inclusive Design in Utah studiert und nebenbei im Laden seiner Eltern arbeitet – einer kleinen Baumarktkette mit fünf, über das Land verteilten, Filialen. Auch er nennt keine Followerzahlen, erwähnt überhaupt keine Social-Media-Profile, und wieder runzle ich unwillkürlich die Stirn. Nicht, dass ich der Meinung bin, Reichweite sagt irgendetwas über die Fähigkeiten der Leute aus, dennoch habe ich erwartet, dass es genau darum bei diesem Job geht. Auf die Ausschreibung haben sich sicherlich Hunderte von Leuten beworben. Wie zur Hölle konnten sich ein Architekturstudent und eine Mitarbeiterin eines Sportbekleidungsherstellers da durchsetzen?

»Ich heiße Luca Murphy«, sage ich nach einem auffordernden Blick von Jacob und winke den anderen kurz zu, obwohl ich mir dabei irgendwie albern vorkomme. Diese Vorstellungsrunde wäre am Anfang des Essens hilfreich gewesen. »Ich studiere Journalismus in Portland, bin zwanzig Jahre alt, Redakteurin meiner Campuszeitung und betreibe einen Blog, der sich hauptsächlich mit Produktivität, Journaling, Budgetplanung und so weiter beschäftigt. Aus der Sicht einer Studentin … offensichtlich.« Ich lache nervös und straffe meine Schultern. Die wertenden, abschätzigen Blicke der anderen machen mich ein bisschen verlegen. »Mein Schwerpunkt im Studium sind Digitalmedien. Ich studiere quasi Social Media.«

Niemand lacht, und ich spüre, wie mein Gesicht heiß wird.

Jacob sieht mich ein paar Sekunden lang an, dann lächelt er und wendet sich an Devan, der die ganze Zeit über mehr oder weniger regungslos dagesessen und uns alle beobachtet hat. Als würde er die Informationen aufsaugen und ganz nebenbei eine Strategie entwickeln, die uns alle früher oder später aus dem Spiel kegeln könnte.

Nachdem Devan sich ebenfalls vorgestellt hat, lehnt er sich zurück und verschränkt die Arme vor der Brust. Unwillkürlich fällt meine Aufmerksamkeit auf die Muskeln an seinen Oberarmen, die durch diese Position nur noch deutlicher betont werden. »Ich glaube nicht, dass die Anzahl der Leute, die mir folgen, oder meine Reichweite in dieser Sache wirklich von Bedeutung sind«, sagt er und wirft Paul, der mit diesem Thema angefangen hat, einen kurzen Blick zu. »Keiner von uns bespielt bereits die Zielgruppe, die das *Ortiz* ansprechen will, also lassen sich unsere Follower schlecht für eine Analyse nutzen. Ich denke, das *Ortiz* braucht keinen communitystarken Instagram-Kanal, sondern gut platzierte Werbung.«

Ich beiße mir auf die Lippen, um nicht zu grinsen. Nach dem, was ich bislang über Devan erfahren habe, wundert es mich überhaupt nicht, dass er diese erste Vorstellungsrunde dafür nutzt, seine Expertise unter Beweis zu stellen.

»Es sei denn, wir sollen vor allem die Kinder reicher Eltern erreichen, die mit Mamis und Papis Kreditkarte unterwegs sind«, fügt er hinzu und schaut Jacob an.

»Nein«, erwidert dieser nachdenklich. »Das ist nicht die Klientel, auf die mein Onkel es abgesehen hat.«

Während die beiden sich über das Für und Wider von bezahlter Werbung auf Instagram unterhalten, mustere ich die anderen. Leander wirkt irgendwie zurückhaltend, aber durchaus selbstbewusst. Christine hingegen macht den Eindruck, als wäre ihre Energie, die sie den ganzen Abend am Laufen gehalten hat, im Nichts verschwunden. Verpufft wie die Luft aus einem Ballon. Sie ist ein wenig in sich zusammengesunken und sieht hinunter auf ihr Handy, das in ihrem Schoß liegt. Paul hat sich zu ihr gedreht, sodass ich sein Gesicht nicht sehen kann, aber es sieht aus, als würde er sie anstarren.

Ich reiße mich von dem Anblick los und beteilige mich wieder am Gespräch. Leander und Jacob reden kurz über die eigentlich noch geplante Führung über das Gelände, und als Jacob vorschlägt, sie auf morgen früh zu verschieben, bin ich ein wenig erleichtert. Ich fühle mich ausgelaugt, und meine Wangen schmerzen bereits vom vielen höflichen Lächeln. Dieser Abend war anstrengend, auch wenn ich nur rumgesessen und gegessen habe. Immer wieder schaue ich zu Paul und Christine hinüber. Vielleicht täusche ich mich, aber sie wirken beide, als würden sie sich zusammenreißen, um den schönen Schein zu wahren. Das alles erhellende Strahlen ist aus Christines Gesicht verschwunden und hat einem unechten Grinsen Platz gemacht, das meinem sehr ähnlich sieht. Und beide sind überwiegend still, was nicht zu ihrem Verhalten der letzten Stunden passt.

Nachdem wir uns schließlich verabschiedet und fürs Frühstück morgen verabredet haben, gehe ich noch einmal auf die Toilette. Die Waschräume sind wie erwartet genauso prunkvoll wie der Rest des Anwesens – auf Hochglanz polierte Wasserhähne, gigantische Spiegel mit Gravuren an den Rändern, Waschtische aus weißem Marmor, auf denen eine großzügige Auswahl an Pflegeprodukten bereitsteht, von denen eins wahrscheinlich mehr wert ist als der gesamte Inhalt meines Kulturbeutels zusammengenommen.

Gähnend verlasse ich kurz darauf die Toiletten und bleibe abrupt stehen. Die Musik und ein Großteil der Beleuchtung wurden bereits ausgeschaltet, sodass die Lobby in ein geisterhaftes Zwielicht getaucht ist. Einen Moment lang stolpert mein Herz schmerzhaft in meiner Brust. Ich bin nicht der mutigste Mensch, wenn es um Horrorfilme oder Gruselgeschichten geht. Mein Verstand hat es wirklich drauf, mir selbst Dinge einzureden, vor denen ich mich fürchten könnte. Und eine nächtliche, verlassene Hotellobby ist genau das richtige Setting für meine Fantasie.

Schaudernd schlinge ich die Arme um mich und gehe hinüber zur Garderobe, an der meine Jacke hängt. Ich bin sicher nicht allein hier. Immerhin hat allein die Einrichtung einen enormen Wert, und die ganze Technik hinter dem Empfangstresen war garantiert auch nicht gerade billig. Irgendwo in einem der Hinterzimmer muss ein Wachmann oder jemand vom Nachtdienst sitzen. All das bete ich mir selbst vor wie ein tröstendes Mantra, während ich die Eingangshalle durchquere und die hallenden Geräusche meiner Schritte auf dem polierten Marmor zu ignorieren versuche. Trotzdem fällt mir natürlich genau in diesem Moment der seltsame Anruf wieder ein – und sofort ist das Gefühl, beobachtet zu werden, zurück. Ein kalter Schauer durchfährt mich, und eine Gänsehaut breitet sich auf meinem Körper aus. Verdammt. Ich hätte mich mit den anderen absprechen sollen. Wir alle müssen hoch zu den Chalets, und irgendwie hatte ich erwartet, dass ihnen mein Fehlen auffallen und sie auf mich warten würden.

Gerade als ich am Empfangstresen vorbeigehe, fällt hinter mir eine Tür ins Schloss. Nicht mit einem Knallen, kein wütendes Einrasten des Schließmechanismus. Es ist ein leises

Geräusch, beinahe vorsichtig. Wieder stolpert mein Herz, und ich spüre, dass meine Handflächen feucht werden, als ich mich umdrehe und meinen Blick durch die gespenstisch verlassene Lobby schweifen lasse. Am liebsten würde ich mich umdrehen und einfach nach draußen rennen. Aber meine Oma hat mir früher, wenn ich einen Albtraum hatte oder mich vor den Schatten in meinem Zimmer gefürchtet habe, immer gesagt, dass ich hinschauen soll. Die Schrecken vergehen nur, wenn ich hinsehe und meine Angst daran hindere, aus Schatten in dunklen Ecken Monster wachsen zu lassen.

»Hallo?«, rufe ich leise. Meine eigene Stimme klingt fremd und mehr als unheimlich in der Stille.

Keine Antwort.

Ich warte noch ein paar Sekunden, versuche, das Schlagen meines Herzens in meinen Ohren zu überhören. Nichts passiert. Kein erneutes Geräusch, keine Regung in den Schatten.

Leise fluchend wende ich mich wieder ab, gehe mit langen Schritten zur Garderobe, greife nach meiner Jacke und fliehe nach draußen in die eisige Nachtluft.

7

LUCA

Mittwoch, 04. Oktober 2023

Als der Wecker mich am nächsten Morgen aus dem Schlaf reißt, fühle ich mich, als hätte ich mich erst vor fünf Minuten hingelegt. Meine Augenlider sind bleischwer und mein Hals trocken und kratzig. Ich lege mir einen Arm über die Augen und taste mit der anderen Hand auf meinem Nachttisch herum, bis ich mein Handy zu fassen bekomme, um den Alarm auszuschalten. Ich will nicht aufstehen, wirklich nicht. Nachdem ich gestern Abend aus dem Hotel geflohen bin, habe ich tatsächlich die anderen auf dem Parkplatz getroffen, und wir wurden von einem Angestellten in einem Kleinbus zu den Chalets gefahren … zumindest in die Nähe. Ich habe Devan einen bösen Blick zugeworfen, als der junge Kerl in Uniform auf meine verwirrte Nachfrage erklärte, dass es natürlich eine feste Zufahrtsstraße gäbe, auch wenn diese bei starkem Schneefall nicht mehr befahrbar sei. Ich wette, Devan hat das gewusst und einfach nur Spaß daran gehabt, mich mit dieser Quadfahrt zu quälen. Danach hätte ich einfach schlafen gehen sollen, aber stattdessen habe ich geschlagene zwei Stunden damit verbracht, Devan und die anderen auf Instagram und Twitter zu stalken. Meine Erkenntnisse aus dieser kleinen Recherche sind nicht wirklich bahnbrechend: Paul posiert auf seinen Fotos vor teuren Autos oder Kulissen beeindruckender Reiseziele, macht aber auch Content über Geldanlagen, Kryptowährung und Aktienanlagen. Ich muss zugeben, dass ich ein bisschen überrascht war, wie professionell er in manchen seiner Posts klang. Er scheint tatsächlich etwas draufzuhaben.

Leander hat zwar ein aktives Instagram-Profil, scheint das aber eher als eine Art Portfolio zu nutzen, weniger als Netzwerk. Dafür ist er auf Twitter ziemlich aktiv und beteiligt sich an vielen Diskussionen – sowohl zu politischen Themen als auch zu sozialen. Er hat ziemlich witzig und sarkastisch den Beef zwischen Selena Gomez und Hailey Bieber kommentiert, was mich sehr zum Lachen gebracht hat.

Devans komplette Identität in den sozialen Medien – Twitter, Instagram, TikTok – besteht zu achtzig Prozent aus Gaming-Content, zu zwanzig aus Reiseberichten und Ausflugsempfehlungen. Seine Profile sind alle ausschließlich professionell, kaum private Einblicke. Falls er daneben noch private Konten hat, habe ich sie zumindest nicht gefunden.

Die meiste Zeit habe ich allerdings auf Christines TikTok-Kanal verbracht, weil der verdammt gut gefüllt ist. Sie postet mehrmals täglich und hat auch ein paar Videos aus dem Resort hochgeladen, bei einem stehe ich sogar im Hintergrund herum. Ich habe keine Ahnung, was ich von ihrem Content halten soll. Er ist hochwertig, sie hat irgendetwas Einnehmendes. Aber die Inhalte wiederholen sich und wirken irgendwie oberflächlich – Trends, Lipsync, Hauls und Reviews. Ich bin mir nicht sicher, wie das *Ortiz Resort* da reinpassen soll. Sie ist eine Influencerin, aber ich frage mich, ob sie auch in der Lage ist, eine Kampagne zu entwickeln oder etwas anderes außer sich selbst zu präsentieren.

Der Wecker klingelt ein zweites Mal, und ich öffne stöhnend die Augen und schalte ihn aus. Als mein Blick durch das

Panoramafenster nach draußen fällt, schnappe ich nach Luft und setze mich so abrupt auf, dass mir kurz schwarz vor Augen wird. Meine Sicht klärt sich, und ein paar Minuten lang sitze ich einfach da und starre die weiße Landschaft vor mir an.

Es hat geschneit! Die vorher grüne, leicht matschige und hier und da mit Laub bedeckte Wiese hat sich über Nacht in eine makellose Schneefläche verwandelt. Richtung Wald erkenne ich ein paar Spuren, die vermutlich zu irgendwelchen Wildtieren gehören, die sich in der Morgendämmerung herausgewagt haben. Die entfernten Baumwipfel sehen aus, als hätte sie jemand mit Puderzucker bestäubt, und die Berggipfel ragen als weiße Riesen in den wolkenverhangenen Himmel. Es wird gerade erst hell – das Licht des hereinbrechenden Tages ist trüb und hat einen leichten Blauton. Die ganze Szenerie vor meinem Fenster erinnert mich an den ersten Twilight-Film und lässt mich schaudern – es ist unfassbar schön, aber auch irgendwie schaurig. Als wir gestern Nacht zurück zu den Chalets gefahren sind, war es verdammt kalt, und der Atem hing als undurchdringlicher Nebel vor unseren Mündern. Aber es hatte noch nicht geschneit. Während ich geschlafen habe, müssen mindestens fünf Zentimeter Neuschnee gefallen sein.

Ohne den Blick von der Landschaft vor meinem Fenster zu wenden, taste ich wieder nach meinem Handy. Als ich es entsperre, vibriert es einmal kurz als Zeichen, dass ich eine verpasste Mitteilung habe. Stirnrunzelnd öffne ich meine Nachrichten. Eine ungelesene Nachricht von Jacob Gullingham von heute Morgen, etwa eine Stunde vor Sonnenaufgang. Er informiert uns, dass der kleine Shuttle uns aufgrund des Wetters doch nicht abholen kann und stattdessen Schneemobile für uns am Sammelplatz bereitstehen.

»Toll«, flüstere ich, lege das Handy zur Seite und schlage die Decke zurück. Sofort trifft eiskalte Luft auf meine nackten Beine. Ich erschaudere, stehe auf und tapse mit großen Schritten Richtung Thermostat, der ausgeschaltet ist. Großartig. Ich habe gestern Abend nicht daran gedacht, ihn einzuschalten. Ich schlafe zu jeder Jahreszeit mit offenem Fenster und ohne Heizung, aber ich hätte vielleicht daran denken sollen, dass es hier draußen viel kälter wird als in meinem Studierendenwohnheim in Portland. Hastig tippe ich auf dem kleinen Bedienfeld herum und regle die Temperatur hoch, dann ziehe ich mich aus und stelle mich unter die heiße Dusche, um die Kälte aus meinen Knochen zu vertreiben. Ich habe noch etwa eineinhalb Stunden, bis wir uns am Sammelplatz treffen. Eigentlich hatte ich mich irgendwie schick machen und mir Mühe mit meinen Haaren geben wollen. Allerdings werde ich heute wohl nicht um die Schneekleidung herumkommen, die wir vom Resort gestellt bekommen haben und die unten in einem der Schränke liegt. Ich setze mich mit Sicherheit nicht in Jeans und Blazer auf ein verdammtes Schneemobil.

Nachdem ich mich geduscht habe, wickle ich mich in den dicken Frotteebademantel und scanne den Inhalt meines Kleiderschrankes. Beim Packen habe ich mich für eine bunte Mischung aus Funktionskleidung und Businessoutfits entschieden, plus ein, zwei Kleider für schicke Abendessen oder dergleichen. Mein Problem im Moment ist, dass ich nicht genau weiß, wie sich dieser Tag gestalten wird. Jacob sagte irgendetwas von einem Rundgang, was vermutlich auch das Gelände mit einschließt. Es würde mich nicht wundern, wenn wir heute also mehr als einmal mit den Schneemobilen unterwegs wären, das spräche auf jeden Fall für lange Unterhosen und die Schneehose, in der ich vermutlich aussehe, als würde ich eine Windel tragen. Ich verkörpere leider nichts von dem Après-Ski-Chic, der auf Instagram und Pinterest vertreten wird. Meine Klamotten sind farblich nicht aufeinander abgestimmt, und ich habe deutlich zu viele Kilos auf den Rippen und auf der Hüfte, um in Schneekleidung immer noch eine gute Figur abzugeben. Allerdings sind die Tage, in denen mir gutes Aussehen wichtiger war als Wärme, lange vorbei.

Also greife ich nach einer beigefarbenen langen Unterhose, deren Bund ungefähr bis unter meine Achseln reicht, einem langärmligen Thermoshirt und Socken, die meine Oma vor Jahren für mich gestrickt hat. Darüber ziehe ich eine Jeans, einen cremefarbenen Strickpullover und einen grünen Pullunder. Ich schwitze bereits beim Anziehen und drehe die Heizung wieder herunter, aber ich bin ganz zufrieden mit meiner Auswahl. Ich setze einfach auf Zwiebellook – sollten wir uns zum Essen oder für eine Besprechung einfinden, ziehe ich den Pullunder oder den Pulli aus, und für die Fahrten auf dem Schneemobil oder eine Wanderung durch die Berge kann ich die Schneehose über meine Jeans ziehen. Außerdem liegt mein Outfit irgendwo zwischen englischem Akademie-Look und Almöhi, was mir ziemlich gut gefällt. Anschließend binde ich mir einen hohen Zopf und benutze ein wenig wasserfeste Wimperntusche. Ich würde mir wirklich gerne mehr Mühe geben, aber das Ganze würde sich ohnehin spätestens dann verabschieden, wenn ich eine Mütze aufsetze oder einen Helm.

Ein letztes Mal überprüfe ich den Inhalt meiner Tasche, dann ziehe ich Jacke, Schneehose und Handschuhe an, setze mein Stirnband auf und schlüpfe durch die schmale Eingangstür hinaus ins Winterwonderland. Wie erwartet umfängt mich die eisige Morgenluft, als hätte ich ein Kühlhaus betreten. Die Kälte sticht wie kleine Nadeln in die Haut auf meinen Wangen und meiner Stirn, und trotz der dicken Winterstiefel spüre ich sofort, dass meine Zehen kalt werden. Mein Atem bildet eine kleine Wolke in der Luft, bevor er sich auflöst. Ich schaudere und sehe mich um. In einiger Entfernung kann ich Devans

Chalet erkennen. Ich mache ein paar Schritte Richtung Abhang, hinter dem sich das Tal und die umliegenden Berge ausbreiten. Unter meinen schweren Stiefeln knirscht der Schnee, und ein Lächeln breitet sich unwillkürlich auf meinem Gesicht aus. Ich liebe dieses Geräusch. Es bringt eine Sturzflut an Erinnerungen mit sich. Erinnerungen an die Skiurlaube mit meinen Eltern, an verschneite Winterabende und an Weihnachten. Als Kind war es im Winter eine meiner Lieblingsbeschäftigungen, mit meinem Discman und einer Tasche voller Hörbuch-CDs bewaffnet durch den Schnee zu laufen und mich dabei zu fühlen wie eine mysteriöse Protagonistin in einem Fantasyroman.

Hinter mir ertönt ein Pfiff, und ich drehe mich herum. Aus dem Nebel schält sich eine schemenhafte Gestalt. Ich kann das Gesicht nicht erkennen, da sie aber aus der Richtung von Devans Hütte kommt, bin ich mir ziemlich sicher, wer es ist.

»Wie cool ist das denn?«, ruft Devan, während er auf mich zukommt.

Ich gehe zurück auf den Weg und breite die Arme aus – eine Geste, die die ganze verschneite Umgebung um uns herum einschließt. »Das hätte Jacob nicht besser planen können, um uns zu beeindrucken.«

Er lacht und schiebt seine Mütze ein Stück nach oben, die ihm ins Gesicht gerutscht ist. Ich bin ein bisschen erleichtert, dass er genauso dick angezogen ist wie ich. Für ihn war Wärme dann offensichtlich auch wichtiger als gutes Aussehen. Er trägt eine Skihose und eine so dicke Jacke, dass ich mich frage, wie er es überhaupt schafft, die Arme zu heben. Die Jacke ist leuchtend rot, und ich muss unwillkürlich daran denken, dass man ihn ziemlich gut von einem Hubschrauber aus lokalisieren könnte.

»Ich will Schlitten fahren«, sagt Devan begeistert, sobald er mich erreicht hat, und lässt den Blick über den Abhang schweifen. »Meinst du, der Gullingham lässt uns Schlitten fahren?«

»Ich dachte, du bist so ein Extremsport-Typ«, bemerke ich trocken. »Müsstest du nicht Snowboard fahren oder so?«

»Das eine schließt das andere nicht aus.« Er deutet auf den schmalen Weg Richtung Sammelplatz. »Wollen wir? Die anderen warten vielleicht schon.«

Das wage ich zu bezweifeln. Dank des Nebels verschwindet der Weg in verschwommenem Grauweiß, trotzdem bin ich mir ziemlich sicher, dass die anderen nicht auf uns warten würden. Wenn ich Christine richtig einschätze, nutzt sie jeden Vorteil aus, der sich ihr bietet. Als Erste beim Hotel zu sein und die Möglichkeit zu bekommen, Jacob in Ruhe ein Kotelett an die Backe zu labern, gehört mit Sicherheit dazu.

Während wir den steinigen Weg Richtung Parkplatz hinuntergehen, lasse ich den Blick immer wieder über die Umgebung schweifen. Trotz der Tatsache, dass ich mit meinen Eltern mehr als einmal im Winter in die Berge gefahren bin, verliert diese Aussicht aus irgendeinem Grund niemals ihren Reiz. Schnee beinhaltet eine ganz besondere Magie, die sich meiner Meinung nach mit keinem anderen Naturschauspiel vergleichen lässt. Obwohl die Kälte und die Wetterbedingungen etwas Raues, beinahe Bedrohliches haben, ist Schnee still. Er verschluckt die Geräusche und sorgt dafür, dass man sich einbilden kann, man wäre ganz allein in diesem Universum. Oder als stünde man unter einer Glaskuppel, die den Lärm der Welt vor einem verbirgt.

»Wie fandest du den Abend?«, frage ich, als wir etwa die Hälfte des Weges zurückgelegt haben.

»Interessant«, antwortet Devan. Als ich ihn ansehe, bemerke ich, dass er grinst.

»Soll heißen?«

»Soll heißen, dass du mir gerne vorher hättest sagen können, dass wir uns kennen.«

Trotz des belustigten Funkelns in seinen Augen spüre ich, dass mein Gesicht heiß wird. »Ich glaube nicht, dass *du* in der Position bist, *mir* einen Vorwurf zu machen«, erinnere ich ihn spitz. »Ich habe dich sofort erkannt.«

»Du bist die Mitbewohnerin von Riley, oder?« Als ich nicke, legt er nachdenklich den Kopf schief. »Ich habe mal versucht, dir 'nen Drink auszugeben.«

Ich hebe das Kinn. »Und ich habe abgelehnt.«

»Das habe ich wohl verdrängt.« Er lacht, aber wenn ich mich nicht sehr täusche, klingt er nicht mehr ansatzweise so selbstbewusst wie noch vor ein paar Sekunden. »Wie habe ich es aufgenommen?«

»Wie ein Arschloch«, sage ich geradeheraus. Ich sehe keinen Anlass, seine Gefühle zu schonen oder die ganze Sache nett zu verpacken. Ich will wirklich kein großes Ding daraus machen – weil es keines war –, aber wenn er schon fragt, wird er auch mit der Antwort leben müssen.

»Tut mir leid«, murmelt er und wirft mir einen kurzen, forschenden Blick von der Seite zu. »Ich bin mir nicht sicher, wofür ich mich entschuldige, aber ich bin mir sicher, dass es notwendig ist.«

Ich winke ab. »Alles gut, ich habe keinen bleibenden Schaden erlitten.«

»Das freut mich.«

»Ich meinte aber auch eher, was du zu dem Ganzen hier sagst«, präzisiere ich.

Er zuckt mit den Schultern und wirkt erleichtert, dem Thema fürs Erste entkommen zu sein. Zumindest denke ich, dass er mit den Schultern zuckt. Unter der dicken Jacke ist das nur schwer zu erkennen. »Ich habe etwas anderes erwartet.«

»In Bezug auf Jacob?«, frage ich, und Devan nickt. »Ich verstehe, was du meinst. Er wirkt so …«

»Unautoritär?«, hilft er nach, als ich nach Worten suche.

»Genau.«

Mit dem Fuß kickt Devan gegen einen kleinen Stein, der durch den Schnee rollt und eine unordentliche Spur hinterlässt, bevor er in einer Mini-Schneewehe stecken bleibt. »Ich hatte einen Mann in den Fünfzigern erwartet, der mit Social Media nichts am Hut hat und uns auf Herz und Nieren prüft, verstehst du? Jacob ist in unserem Alter. Irgendwie fällt es mir schwer, zu glauben, dass man ihm all die Verantwortung überlässt.«

»Vielleicht tut man das, weil der Mann in den Fünfzigern keine Lust hat, sich mit solchen Kleinigkeiten zu befassen.«

»Im Flieger habe ich den Typen gestalkt. Den Inhaber, meine ich.« Als ich ihn fragend ansehe, grinst er. »Ich bin gerne vorbereitet. Und ich teile hier gerade Informationen mit dir, obwohl du meine Konkurrentin bist, Murphy. Du solltest mir also dankbar sein.«

»Du laberst eigentlich nur. Bis jetzt habe ich noch keine Informationen von dir bekommen.«

Er verdreht die Augen, sieht aber nicht beleidigt aus. »Mr Gregory Ortiz und Mrs Aileen Ortiz leben in Los Angeles und haben das *Ortiz Grand Resort* in den frühen Achtzigern übernommen, nachdem Gregorys Vater gestorben ist. Vorher hat der Typ bereits in dem Hotel gearbeitet, aber ich habe vergessen, welche Position er hatte. Die Familie hat einen eigenen Wikipedia-Eintrag.«

»Wow. Echte Promis.«

»Das Resort ist seit Bau in Familienbesitz. Früher gehörten der Familie noch einige andere Immobilien in Eagle Creek und in Glenwood Springs, hauptsächlich Ferienwohnungen und noch ein kleineres Hotel für Busreisende und Familien.

Aber das wurde alles nach und nach verkauft, vor allem während der Rezession in den Dreißigern.«

Stirnrunzelnd werfe ich ihm einen Seitenblick zu. »Du hast dich wirklich informiert.«

Er legt den Kopf schief. »Ich will wissen, was hier abgeht. Könnte nützlich sein, vor allem, weil Gullingham viel Wert darauf zu legen scheint, dass wir nicht nur ein paar Fotos machen, sondern das Unternehmen repräsentieren.«

Aus dem Nebel vor uns taucht endlich der kleine Schotterplatz auf, und wie ich erwartet habe, ist er menschenleer. Vor dem unscheinbaren Gebäude, dessen Funktion ich immer noch nicht so richtig einschätzen kann, stehen drei Schneemobile, also scheinen Christine und Paul tatsächlich schon hinuntergefahren zu sein.

»Ich denke, dass ich die Dinger hasse«, murmele ich, während ich auf die Fahrzeuge zugehe. Die Schlüssel stecken, wie in Jacobs Nachricht angekündigt, und ich bin ein bisschen überrascht über das Vertrauen, das die Mitarbeiter des *Ortiz* in die Menschen hier setzen. Vielleicht liegen diese Hütten und der Platz aber auch so abgelegen, dass Sorgen um einen möglichen Diebstahl unbegründet sind.

Devan tritt an meine Seite und betrachtet das Schneemobil in einer Weise, die deutlich macht, dass er sich auch mit diesen Dingern auskennt. »Warum? Die sind ziemlich sicher. Sicherer als Autos bei diesem Wetter.«

»Die ganze Strecke geht bergab«, erinnere ich ihn missmutig. »Und da liegt überall Neuschnee. Ich wette, das ist verdammt rutschig. Können die es überhaupt verantworten, uns damit fahren zu lassen?«

Ein Grinsen huscht über sein Gesicht. »Ich gehe davon aus, dass dich jemand abholen würde, falls du darum bittest. Oder ich nehme dich hinten drauf.«

Bestimmt nicht. Ich habe wirklich ein bisschen Angst, aber was würde es für einen Eindruck machen, wenn Jacob sehen würde, dass ich mich nicht einmal traue, ein verdammtes Schneemobil eine vergleichsweise befestigte Straße hinunterzufahren?

Bevor ich antworten kann, ertönt hinter uns ein Räuspern. Als ich mich umdrehe, steht Leander am Rand des kleinen Platzes. Ich bin ein bisschen irritiert, dass wir seine Schritte nicht gehört haben, allerdings verschlucken der Schnee und der Nebel tatsächlich beinahe sämtliche Geräusche.

»Bin ich zu spät?«, fragt er, ein wenig außer Atem. »Meine verdammte Tür war eingeschneit. Ich bin fast nicht rausgekommen.«

Ich unterdrücke ein Lachen. »Nein, alles gut. Bist voll im Zeitplan.«

Erleichtert atmet er aus, dann kommt er auf uns zu und mustert ebenfalls die Schneemobile. »Seid ihr so was schon mal gefahren?«

»Ich schon«, antwortet Devan, während ich den Kopf schüttle. »Ist wirklich nicht so schwer. Hast du schon mal auf einem Jetski gesessen?«

»Einmal. Aber das hat eher semigut funktioniert.«

Devan grinst. »Das wird schon. Wenn ihr wollt, fahre ich vor und suche 'ne passende Strecke. Dann könnt ihr in meinen Spurrillen fahren.«

Es geht mir ein bisschen gegen den Strich, ständig auf Devans Hilfe angewiesen zu sein. Allerdings ist mir das hier lieber, als direkt an meinem ersten richtigen Tag einen Unfall zu bauen und dieses Ding zu schrotten. Das wäre kein allzu beeindruckender Start in diese letzte Bewerbungsrunde.

Nachdem Devan uns eine kurze Einweisung gegeben hat, greife ich nach dem Schlüssel des in der Mitte parkenden, mintgrünen Schneemobils und klappe den Sitz hoch, um den Helm herauszuholen. Er quetscht mein Gesicht ein, ich muss das Stirnband absetzen, und das Ding zerstört sicher meine Frisur, aber immerhin ist es so gut gepolstert, dass meine Ohren während der Fahrt nicht kalt werden. Ich setze mich auf den Schlitten und rutsche nach vorne, um die Lenkstange zu erreichen. Dieses Ding ist verdammt groß, und bereits jetzt, auch ohne das Surren des Motors, flößt es mir gewaltig Respekt ein. Ich drücke probeweise mit dem rechten Daumen den kleinen Hebel, der das Gas betätigt, dann auch den linken für die Bremse. Zum Glück hat dieses Ding eine Automatikschaltung, sodass ich mich eigentlich nur aufs Lenken und darauf konzentrieren muss, nicht auf den Abhang zuzusteuern oder meinem Vordermann hinten reinzufahren. Sollte machbar sein. Ich stelle meine Füße auf die kleinen Stege und sehe Devan neben mir an.

»Der rote Knopf ist die Notbremse«, sagt er, wobei seine Stimme durch den Helm gedämpft klingt. »Wenn ihr den drückt, geht der Motor aus. Macht das aber nur im Notfall, okay?«

Ich nicke, auch wenn ich mir nicht sicher bin, ob man die Bewegung überhaupt erkennt. Dann startet er seinen Motor, und auch ich drücke auf den unscheinbar wirkenden Anlasser. Sofort beginnt das Schneemobil unter mir zu brummen, und die Vibration fährt durch meinen ganzen Körper. Ich presse die Lippen zusammen, um nicht zu lachen. Devan setzt langsam aus der schmalen Parklücke, danach folgt Leander. Als ich an der Reihe bin, spüre ich, dass mein Magen einen kleinen Purzelbaum macht. Ganz vorsichtig drücke ich den Gashebel, und der Schlitten macht ruckartig einen Satz nach hinten. Mein spitzer Schrei verhallt in meinem Helm und vermischt sich mit dem Geräusch, das das Blut in meinen Ohren verursacht.

Irgendwie habe ich erwartet, dass der Motor erstirbt, aber er brummt gemächlich unter mir weiter. Ich atme einmal tief ein und aus, dann wage ich einen zweiten Versuch. Vorsichtiger. Dieses Mal fährt das Ding sanfter an, und ich fahre im Schneckentempo ein paar Meter nach hinten, wobei ich mich darauf verlasse, dass die Jungs mir schon ausweichen werden.

»Okay«, schreit Devan. Ich kann sein Gesicht nicht erkennen, weil sich der graue Himmel und der Schnee um uns herum in seinem Visier spiegeln. Aber ich meine, ein Grinsen in seiner Stimme zu hören. Er klingt wie ein aufgeregtes Kind, das kurz davor ist, seine Geschenke am Weihnachtsmorgen zu öffnen. »Denkt dran: Wir fangen langsam an. Sobald es steiler bergab geht und ihr merkt, dass ihr schneller fahrt, als ihr Gas gebt, lasst ihr den Gashebel ganz los. Wir lassen uns dann gleiten. Verstanden?«

»Yes, Sir!«, brüllt Leander, während ich »Okay« rufe.

Gemächlich fährt Devan auf die Zufahrtsstraße zu, und da die Jungs sich darauf geeinigt haben, dass es das Beste wäre, mich in die Mitte zu nehmen, folge ich ihm. Als es an die erste Kurve geht, lehne ich mich ein wenig nach rechts, während ich gleichzeitig den Lenker ein winziges bisschen drehe. Ich bin überrascht, wie gut es funktioniert. Vor mir dreht Devan sich immer wieder zu mir um, als würde er sich vergewissern wollen, dass ich mich nicht bereits auf den ersten Metern den Abhang hinunter manövriert habe. Hinter mir höre ich das beruhigende Dröhnen von Leanders Motorschlitten.

8

[redacted]

Unwissende Menschen lösen Mitleid in mir aus. Manchmal befürchte ich, nicht dazu fähig zu sein, starke Gefühle wie Empathie zu empfinden, und noch weniger, die passende Reaktion darauf liefern zu können. Dann denke ich an die Bauern auf meinem kleinen, selbst erbauten Schachfeld und empfinde echtes, tiefgehendes Mitleid. Wie wacker sie Position beziehen, wild entschlossen, ihren jeweiligen Missionen nachzugehen, nach den Sternen zu greifen, den Topf am Ende des Regenbogens zu suchen. Dabei übersehen sie völlig, was doch so offensichtlich ist: dass sie auf einer unsichtbaren Abschussliste stehen und vom Brett gefegt werden, ohne dass einer ihrer großen Träume auch nur ansatzweise von Bedeutung sein wird. Ihr Schicksal wurde besiegelt, ihr Urteil schon vor so vielen Monaten gefällt. Von mir. Sie sehen mich nicht, sie hören mich nicht. Haben keine Vorstellung von der großen, übermächtigen Hand, die über ihnen schwebt und ihre Züge kalkuliert, ohne dass sie etwas dagegen tun können.

Ein sehr kleiner, verkümmerter, im Sterben liegender Teil von mir will zu ihnen gehen, sie alle in eine Decke wickeln und ihnen versichern, wie leid es mir tut. Nicht mein Handeln, nicht mein Plan oder die List, mit der ich sie alle wie Ratten in eine Giftfalle gelockt habe. All das war Teil eines Meisterwerkes, für das ich beim besten Willen keine Reue empfinden kann. Viel mehr tut es mir leid, dass diese Menschen so dumm sind. So bedeutungslos, dass sie vom Antlitz dieser Erde verschwinden werden, ohne dass die Welt auch nur für den Bruchteil einer Sekunde den Atem anhalten wird. Ihr Verlust wird die Welt nicht zum Stillstand bringen. Vielleicht im Gegenteil. Sie wird sich schneller drehen, weil sie das Gewicht dieser verdorbenen Seelen nicht länger tragen muss.

9

LUCA

Christine und Jacob warten in der Lobby auf uns, als wir im *Ortiz* ankommen. Die Fahrt war tatsächlich unspektakulärer, als ich befürchtet habe. Keine gebrochenen Knochen, Prellungen oder geschrotteten Schneemobile. Alles in allem ein ziemlicher Erfolg also.

Nachdem ich Jacob begrüßt habe, sehe ich Christine an. Einen Moment überlege ich, ob ich ihr die Hand geben, sie umarmen oder einfach unbeholfen winken soll, doch dann fällt mir der Ausdruck in ihrem Gesicht auf. Sie ist blass, trotz des sorgsam aufgetragenen Full-Face-Make-ups. Unter ihren Augen liegen dunkle Ringe, und ihr Blick scheint irgendwie abwesend, als sei sie mit den Gedanken weit weg. Sie schaut in Richtung Toiletten. Als ich ihrem Blick folge, bemerke ich, dass Paul auf uns zukommt. Selbst aus der Entfernung kann ich erkennen, dass auch er aussieht, als hätte er kaum eine Stunde geschlafen. Devan mustert Christine ebenfalls mit gerunzelter Stirn. Ich bin also nicht die Einzige, der es aufgefallen ist.

Wären wir befreundet, würde ich nachfragen, was los ist. Sie vielleicht sogar zur Seite nehmen und … keine Ahnung, sie trösten. Aber ich kenne Christine erst seit ein paar Stunden, und schon gestern war ich mir sicher, dass wir zu verschieden sind, um wirklich gute Freundinnen zu werden.

Jacob führt uns ins Restaurant zu *unserem* Tisch, neben dem ein kleines Frühstücksbüfett aufgebaut ist. Die Auswahl ist nicht groß, trotzdem erkennt man allein an dem Angebot der Speisen den Luxus, den dieses Hotel in der Regel verkörpert. Während wir essen, unterhalten wir uns über Belanglosigkeiten, dann trinkt Jacob seinen letzten Rest Kaffee mit einem großen Schluck und klatscht in die Hände.

»Wir starten mit unserem Rundgang im Hauptgebäude«, kündigt er an und steht auf. Er sieht aus, als könne er es kaum erwarten, loszulegen. Nachdem er sich versichert hat, dass wir ihm folgen, führt er uns aus dem Restaurant und bleibt in der Mitte der Empfangshalle stehen. »Das Anwesen wurde Anfang des zwanzigsten Jahrhunderts erbaut. Damals hieß es *Ortiz Inn* und hatte noch nicht annähernd die Größe, die es heute hat. Ursprünglich war es auch nur als kleines Familien- und Berghotel angelegt. Es gab nur das jetzige Hauptgebäude, das gerade einmal fünf Zimmer und einen Frühstückssaal beherbergte.« Er macht eine Geste in die Lobby hinein. »Die Küche befand sich damals noch hinter dem Backoffice, und diese Halle wurde gleichzeitig als Lobby und Speisezimmer genutzt. Im Laufe der Zeit hatten wir ein paar durchaus namhafte Gäste.«

»Tatsächlich?«, fragt Christine, auch wenn die übliche übersprudelnde Leidenschaft aus ihrer Stimme verschwunden ist. »Wen zum Beispiel?«

Ein Anflug von Stolz huscht über Jacobs Gesicht. »Cliff Edwards war ein paar Jahre hintereinander unser Gast, Marlene Dietrich, Cary Grant. 1952 hat Eisenhower den Geburtstag eines seiner Söhne hier gefeiert. Zwar im sehr kleinen Kreis, aber immerhin. Und auch heute noch haben wir ein paar treue Stammgäste, darunter die Familien Weston und Bonham.«

»Beeindruckend«, sage ich und meine es auch so. Zwar habe ich die grobe Historie des Anwesens bereits im Internet gelesen, aber sie so präsentiert zu bekommen ist etwas ganz anderes.

»Vielen Dank«, erwidert Jacob mit einem ehrlichen Lächeln.

Wir gehen an der Rezeption vorbei, und ich entdecke Ana, die hinter der Anmeldung steht. Sie sieht neugierig zu uns herüber, und ich hebe die Hand, als sie mir zuzwinkert.

»1939 übernahm der Sohn des Besitzers die Leitung und baute ein Jahr später das Restaurant. Der ursprüngliche Speisesaal wurde in eine Empfangshalle umgestaltet, und es wurde eine größere Küche gebaut, in der auch Gesellschaften versorgt werden konnten. Zu diesem Zeitpunkt wurde aus dem kleinen Familienhotel eine etwas gehobenere Unterkunft. Nach der Rezession wurde der Skisport wieder attraktiver, und die Leute reisten mehr. Trotzdem wurde die Gondelbahn erst gegen Ende der Sechzigerjahre gebaut. Davor war die Gegend wohl eher etwas für Wanderer oder Extremsportler.«

Er bleibt vor den Panoramafenstern am Ende der Halle stehen, hinter denen sich eine Terrasse erstreckt. Eine Handvoll Tische steht darauf, die aber allesamt mit schwarzen Planen abgedeckt sind. Links führen ein paar Stufen hinauf zu einer weiteren, kleineren Terrasse, die wahrscheinlich direkt ans Restaurant anschließt. Rechts kann ich einen See erkennen, der an den Rändern bereits zugefroren ist. Ich stelle mich auf die Zehenspitzen, aber unsere Position und der Nebel, der immer noch in der Luft hängt, verhindern, dass man allzu weit sehen kann.

»Dieser ganze Außenbereich wurde erst in den späten Sechzigern gebaut, nachdem Grace Ortiz das Hotel übernommen hat«, erzählt Jacob. »Sie war die Enkelin des Gründers, und damals war es wohl ein ziemlicher Skandal, weil sie nach ihrer Hochzeit dann einen anderen Nachnamen angenommen hat. Mein Onkel hat einen Ordner mit alten Zeitungsausschnitten über das *Ortiz*. Zu der Zeit war es *das* Gesprächsthema im Dorf, ob der Name des Hotels nun geändert wird oder nicht.« Erneut zuckt er mit den Schultern. »Es war schon damals ein kleiner Ort. Wahrscheinlich hatten die Leute nichts anderes, worüber sie sich das Maul zerreißen konnten.«

»Offensichtlich ist der Name geblieben«, wirft Devan ein und stellt sich neben mich. Ungewöhnlich dicht neben mich. Als ich seine Wärme an meiner Schulter spüre, halte ich unwillkürlich die Luft an. Ich werfe ihm einen Blick zu und bemerke, dass er ebenfalls auf mich heruntersieht. Als unsere Blicke sich treffen, grinst er, und ich sehe hastig weg. Verdammt. Ein Teil von mir – ein sehr leicht zu beeindruckender Teil – fühlt sich zu ihm hingezogen. Ich habe eine Schwäche für selbstbewusste Männer, und Devan zählt auf jeden Fall zu dieser Kategorie. Das Problem ist allerdings, dass er es auch weiß.

»Grace starb ein paar Jahre später, und ihr Bruder übernahm die Leitung«, macht Jacob weiter und reißt mich damit unsanft aus meinem Gedankenkarussell. Ich mache einen Schritt zur Seite, um ein wenig Abstand zwischen mich und Devan zu bringen. Ich brauche keinen Flirt, nicht jetzt, nicht in dieser Situation. »Aber sie hat einiges für das Hotel getan. Sie veranlasste den Bau des Spa-Hotels und den Umbau des Hauptgebäudes. Die Gästezimmer wurden allesamt in das Nachbargebäude verlegt. In den Achtzigern wurde endlich das Straßennetz ausgebaut, das Hotel wurde leichter zugänglich, und unsere Freizeitangebote wurden erweitert. Das war auch das Jahr, in dem der Name in *Ortiz Grand Resort* geändert wurde. Es war ein totaler Imagewechsel. 2000 übernahm dann mein Onkel. In den letzten Monaten wurde das gesamte Anwesen renoviert und modernisiert, dabei wurden auch die Chalets gebaut. Aktuell stehen noch die Sanierung und der Ausbau der Zufahrtsstraße an, und die Installation eines eigenen Sessellifts vom Dorf zum Resort wird beendet. Und da sind wir nun.«

Ich bin wirklich beeindruckt. Nicht nur von der Geschichte dieses Resorts, sondern auch von der Tatsache, dass Jacob all das so frei vortragen konnte.

»Wie kommt es, dass die aktuellen Besitzer nicht in der Gegend leben?«, fragt Devan und klingt dabei ehrlich interessiert. »Ist es nicht schwierig, ein solches Unternehmen aus der Ferne zu leiten?«

Ein schwaches Lächeln huscht über Jacobs Gesicht. »Wenn ihr mich fragt, hat man ab einem bestimmten Verdienst nur noch eine … repräsentative Funktion. Mein Onkel hat eine Menge Angestellte, die sich in seiner Abwesenheit um das Anwesen kümmern. Und in der Regel verbringt er die Wintermonate hier, um ein Auge auf alles zu haben. Es gibt natürlich eine Geschäftsführerin, die reist nächste Woche an und übernimmt die Leitung.«

»Welche Funktion hast du?«, fragt Paul und macht damit das erste Mal den Mund auf, seit wir uns getroffen haben. »Du bist ein bisschen jung für eine verantwortungsvolle Position, oder nicht?«

Unwillkürlich presse ich die Lippen zusammen und schaue Jacob an, um seine Reaktion nicht zu verpassen. Paul hat seinen Kommentar vermutlich nicht böse gemeint, klang aber trotzdem ein wenig … herausfordernd.

Jacob lächelt. Vielleicht bilde ich es mir nur ein, aber ich habe das Gefühl, einen harten Zug um seinen Mund zu erkennen. »Du hast recht. Ich arbeite nicht fest hier, ich helfe nur immer mal wieder aus. Ich studiere Mediendesign, und mein Onkel wollte ursprünglich mir die Stelle geben, die er jetzt für euch ausgeschrieben hat. Aber ich habe abgelehnt. Deswegen übernehme ich nun das Auswahlverfahren für ihn.«

»Warum hast du abgelehnt?« Ich lächle ihn an, um überdeutlich zu machen, dass meine Frage nicht als Kritik zu verstehen ist. »Die Bezahlung ist gut, die Arbeitszeiten lassen sich gut mit dem Studium vereinbaren. Das ist doch der perfekte Job.«

»Stimmt.« Er lässt sich gegen die Lehne eines knautschigen Sessels sinken und verschränkt die Arme vor der Brust. »Aber er ist mein Onkel. Meine Eltern arbeiten beide für dieses Unternehmen, im Grunde meine gesamte Familie. Ich brauche Jobs in meinem Lebenslauf, die ich nicht offensichtlich durch Vetternwirtschaft bekommen habe … es sei denn, ich will nach dem Studium auch hier anfangen, was ich aber nicht vorhabe.«

Devan nickt nachdenklich. »Wenn du dich nach dem Studium bewirbst, haben die Arbeitszeugnisse wohl keine Bedeutung, wenn sie von deinem eigenen Onkel geschrieben wurden.«

»Genau. Ich liebe dieses Unternehmen, und ich bin stolz darauf, was meine Familie hier aufgebaut hat.« Er sieht sich in der Eingangshalle um, und sein Gesicht spiegelt tatsächlich Stolz wider. Wie ein Kind, das sich über Stunden eine Höhle gebaut hat und jetzt sein Werk betrachtet. »Wenn mein Onkel mich um Hilfe bittet, bin ich gerne dabei. Aber ich denke, dass diese Stelle von jemandem besetzt werden sollte, der nicht zur Familie gehört. Ein bisschen frischer Wind schadet nie. Und ich kann meinen Beitrag leisten, indem ich die beste Person für den Bereich finde und dafür sorge, dass die nächsten Tage so reibungslos wie möglich ablaufen.«

Ich fange seinen Blick auf und nicke lächelnd. Ich verstehe nur zu gut, was er meint. Als meine Eltern mich zu einem Architekturstudium gedrängt haben, habe ich mich ähnlich gefühlt. Mein Problem war nicht, dass ich mich grundsätzlich nicht für Architektur interessiere oder keine Lust hatte, später in diesem Beruf zu arbeiten. Sondern vielmehr, dass ich mich über kurz oder lang mit ihnen hätte messen müssen und sie über mich geurteilt hätten. Das bleibt nicht aus, wenn man mit der Familie zusammenarbeitet. Ich kann nachvollziehen, dass Jacob lieber auf eigenen Beinen stehen will.

Er führt uns weiter, zeigt uns das Backoffice und die Räumlichkeiten für das Personal im Haupthaus. Anschließend besichtigen wir das Spa-Hotel, das genauso luxuriös und pompös auftritt, wie ich es mir vorgestellt habe. Doch auch hier gibt es ein Wandelement mit gefalteten Origamiblumen aus Karton, das so gar nicht zu dem kühlen und modernen Einrichtungsstil passen will.

»Was hat es damit wohl auf sich?«, frage ich Devan flüsternd. Jacob ist gerade in einen Monolog über den Bau dieses Gebäudes und irgendwelche historischen Tonscherben vertieft, die wohl während der Aushebung für das Fundament gefunden worden sind. Leander, Paul und Christine hängen an seinen Lippen, so scheint es zumindest. Allerdings bemerke ich immer wieder Christines abwesenden Blick und ihre Hände, die sich alle paar Minuten beinahe rhythmisch ineinander verkrallen.

»Mit den Blumen?« Devan lehnt sich ein Stück zu mir herunter. Ich spüre seinen Blick auf meinem Gesicht und muss mich gewaltig zusammenreißen, ihn nicht anzusehen.

Ich nicke hinüber Richtung Haupthaus. »Hast du das nicht gesehen? Diese Dinger hängen in der Empfangshalle drüben auch. Irgendwie kommen sie mir zu … keine Ahnung, trashy vor, findest du nicht? In solchen Häusern erwartet man Kunst und keine Blumen aus Papier.«

Devan lacht verhalten. Seine dunkle Stimme brummt beinahe, und ich bin mir ziemlich sicher, am Ende ein kleines Grunzen zu hören. Was ich irgendwie niedlich finde. »Vielleicht hat Jacob eine Schwäche für Origami und seinen Onkel überredet, sie aufzuhängen.«

Mit einem bösen Blick ramme ich ihm den Ellbogen in die Seite. »Sei nicht so gemein. Jacob ist supernett.«

»Mag sein. Aber er sollte sich dringend mal entspannen.« Wieder hat er geflüstert, dann hebt er den Kopf und ruft: »Jacob?«

Am liebsten hätte ich ihn noch einmal geschlagen. Sollte Devan mich vor dem Typen, der hier über unsere Zukunft entscheidet, in Verlegenheit bringen, kann er was erleben.

Jacob, der gerade seine Ausführungen beendet hat, sieht zu uns herüber und hebt fragend die Augenbrauen.

Devan zeigt mit einem Finger auf das Wandelement. »Gibt es eine Geschichte dazu? Luca ist aufgefallen, dass diese Blumen hier überall hängen, aber hat sich nicht getraut, nachzufragen.«

Mir schießt das Blut ins Gesicht, aber ich bemühe mich um ein freundliches, unbefangenes Lächeln. In Gedanken werfe ich Devan sämtliche Schimpfwörter an den Kopf, die mir einfallen, und stelle mir vor, ihn in die größte Schneewehe zu schubsen, die ich finden kann.

Jacob folgt Devans Blick und grinst. »Wäre es nach mir gegangen, wären die schon vor der Renovierung rausgeflogen. Aber mein Großvater hatte einen schrägen Geschmack. Vielleicht hat mein Onkel sie aus Nostalgie hängen lassen.« Er dreht sich um und bedeutet uns, ihm zu folgen.

»Du Arschloch«, zische ich, sobald die anderen außer Hörweite sind. Wütend funkle ich Devan an. »Das war unnötig.«

»Du wolltest es wissen«, erwidert er achselzuckend. »Jetzt weißt du es.«

Er will sich abwenden und den anderen folgen, doch ich packe ihn am Arm und halte ihn zurück. Als sein Blick meinen trifft, halte ich kurz die Luft an. Verdammt. Devan hat wahnsinnig schöne Augen – tief und irgendwie verheißungsvoll. Als würden hinter ihnen Geheimnisse lauern, die zu aufregend sind, um sie verborgen zu halten. Ich bin mir absolut sicher, dass man sich in diesen Augen verlieren könnte. Ich muss meinen Verstand dringend daran erinnern, dass ich Devan bis gestern überhaupt nicht leiden konnte. Aus irgendeinem Grund fällt es mir immer schwerer, die Version von Devan am Campus mit der, die hier vor mir steht, in Einklang zu bringen.

»Hör zu«, flüstere ich trotzdem, wobei ich so viel Autorität in meine Stimme lege, wie ich aufbringen kann. »Ich durchschaue, was du hier tust, okay? Du bist der lustige Typ, der alles locker sieht und dem die Dinge zufallen, weil charmante Menschen aus irgendeinem Grund immer kriegen, was sie wollen. Ich habe auch gerne Spaß, und ich genieße meine Zeit hier. Und ich flirte gerne. Aber dieser Job ist mir wichtig. Also bitte lass Jacob da raus, verarsch mich nicht und tu nichts, was mir in die Quere kommt. Dann sollten wir miteinander klarkommen.«

Eine seiner Augenbrauen wandert in die Höhe, und sein rechter Mundwinkel zuckt verdächtig. »Ich würde nichts tun, was dir in die Quere kommt, Luca Murphy. Das verspreche ich dir.«

»Gut.« Ich atme geräuschvoll aus und straffe die Schultern. »Und jetzt komm. Ich fühle mich, als würden wir den Unterricht schwänzen.«

Ich höre Devan hinter mir lachen, aber zu meiner Erleichterung hält er die Klappe und folgt mir.

10

DEVAN

Luca hat irgendetwas an sich. Sie macht etwas mit mir. Ich kann es nicht genau benennen, aber etwas an dieser Frau sorgt dafür, dass mein Blick unablässig wie ferngesteuert zu ihr wandert. Sie ist hübsch, keine Frage. Sie hat tolle Kurven, ihre Stimme klingt wie Samt, und würde jemand eine Dokumentation über sie drehen, würde man sie als Sonnenschein beschreiben, die den Raum erhellt, sobald sie ihn betritt. Ein hin und wieder mürrischer, sarkastischer Sonnenschein, zugegeben. Aber alles in allem ist Luca im Moment definitiv das Highlight dieses Assessment-Centers.

Leider scheint sie das ein wenig anders zu sehen. Sie hat zwar gesagt, dass sie gern flirtet und Spaß hat. Leider hatte ich aber nicht den Eindruck, dass diese Aussage eine Einladung in meine Richtung darstellen sollte. Zu schade.

Nach der Führung durch das Hotel und einem Mittagessen einigen wir uns darauf, am Nachmittag eine Tour über das Gelände zu machen. Offensichtlich ist es das Ziel für heute, das Unternehmen und die umliegende Landschaft kennenzulernen, was ich für absolut sinnvoll halte. Natürlich ist das gesamte Anwesen – das Hauptgebäude, die Chalets und das Hotel – beeindruckend und wunderschön. Ich persönlich bin allerdings der Meinung, dass die Landschaft und die Möglichkeiten, die sie den Gästen bietet, deutlich interessanter sind, wenn es um die öffentliche Darstellung des Resorts geht. Im Verlauf des Vormittags habe ich mir ein Konzept zurechtgelegt. Nach diesem Tag wird es ziemlich sicher ans Eingemachte gehen, und ab dann werden wir uns beweisen müssen. Ich will vorbereitet sein, denn in diesem Punkt sind Luca und ich uns vollkommen einig: Dieser Job ist verdammt wichtig.

Nachdem Jacob sich verabschiedet hat, warten wir anderen auf dem kleinen Parkplatz neben dem Hauptgebäude auf einen Mitarbeiter, der uns vernünftig in die Benutzung der Schneemobile einweisen soll. Nach dem Schneefall der letzten Nacht wird das wohl unser Fortbewegungsmittel Nummer eins sein. Als Jacob uns das erzählt hat, ist mein Blick ganz automatisch zu Luca gewandert, und jep, sie hat nicht gerade begeistert ausgesehen.

Leander kommt grinsend auf mich zu und stellt sich neben mich, die Hände in den Hosentaschen vergraben und die rote Strickmütze tief in die Stirn gezogen. »Was sagst du?«

»Wozu?«

Er nickt mit dem Kopf in die Richtung der anderen: Paul und Christine stehen ein wenig abseits, ohne sich zu unterhalten, und Luca telefoniert ein paar Meter entfernt. »Zur Konkurrenz. Ich finde ja, es ist eine ziemlich wilde Mischung.«

Stirnrunzelnd beobachte ich Luca. Sie sieht gestresst aus und gestikuliert hin und wieder wild. Ein Teil von mir will zu ihr rübergehen. Ich würde gerne behaupten, dass ich ihr irgendwie beistehen oder sie beruhigen will, aber in Wahrheit will ich einfach nur wissen, was mit ihr los ist. Weiß der Himmel, warum.

»Du meinst die Mischung aus Ballkönigin, angehender Journalistin, Online-Streamer und so weiter?«

Leander lacht verhalten. »Jap. Ich frage mich ehrlich, was Christine hier macht. Paul klingt zwar qualifiziert, aber wie hoch stehen die Chancen, dass sie beide es bis hierher geschafft haben? Bei der Anzahl an Bewerbungen? Ich meine, sie sind ein Paar, seit der Highschool. Dass sie beide hier sind, ist … ein krasser Zufall.«

Ich zucke mit den Schultern. »Ehrlich gesagt würde mir das sehr gelegen kommen. Wenn einer von uns nur dabei ist, weil Mami und Papi ihre Beziehungen haben spielen lassen, ist das ein ernst zu nehmender Konkurrent weniger. Im Endeffekt kommt es darauf an, was wir draufhaben.«

»Und?« Er sieht mich von der Seite an. »Was hast du drauf?«

»Mehr als du.« Ich lache laut, als er mir den Stinkefinger zeigt.

»Wir werden sehen«, erwidert er kopfschüttelnd. »Vielleicht suchen die aber auch nur nach Influencer-Marketing, und da würde dann wahrscheinlich doch Christine das Rennen machen.«

»Mag sein«, antworte ich abwesend. Mein Blick ist erneut wie von selbst zu Luca gewandert, genau in dem Moment, in dem sie wütend den Anruf beendet, das Handy in ihre Hosentasche schiebt und die Hände in ihren Haaren vergräbt. Ihr Gesicht ist gerötet, was auch von der Kälte kommen könnte, aber sie ist zu weit entfernt, als dass ich ihre Augen genau erkennen könnte. Eine kleine Stimme in meinem Kopf ermahnt mich, dass ihre Probleme, wenn sie überhaupt welche hat, mich nichts angehen. Vielleicht hat sie Stress mit ihrem Freund, vielleicht mit ihrer Freundin. Vielleicht hat sie auch nur einen nervigen Vertreter abgewimmelt oder eine Abgabefrist verpasst. Nichts davon sollte mich interessieren.

Tut es aber.

»Bin gleich wieder da«, sage ich zu Leander, dann gehe ich auf Luca zu. Die Stimme in meinem Kopf wird lauter, bevor ich sie energisch zur Seite schiebe. Ich flirte nicht, ich mache mich nicht an sie ran. Ich bin einfach nur ein guter Kerl, der nicht wegsieht, wenn es jemandem offensichtlich nicht gut geht. Dabei ignoriere ich schlicht und ergreifend die Tatsache, dass Christine den ganzen Vormittag schon wirkt, als würde sie jede Sekunde losheulen, und ich in ihrem Fall nicht das Bedürfnis hatte, ihr meine Schulter zum Ausweinen anzubieten.

»Alles okay?«, frage ich, als ich nur noch ein paar Schritte von Luca entfernt bin. Sie hat mir den Rücken zugekehrt. Ich sehe, dass ihre Schultern sich kurz anspannen, dann dreht sie sich um. Der Blick, den sie mir zuwirft, ist eisig.

»Was ist?« Ihre Stimme klingt ein wenig atemlos. Sie stellt sich auf die Zehenspitzen, um an mir vorbei zu dem kleinen Parkplatz zu schauen. »Habe ich was verpasst?«

Zögernd mache ich einen weiteren Schritt auf sie zu. »Nein, alles gut. Du hast nur ausgesehen, als ob …«

Als ich zögere und nach den richtigen Worten suche, sieht sie mich beinahe herausfordernd an. »Als ob … was?«

»Du wirkst gestresst.« Ich hebe ein wenig unschlüssig die Arme.

Luca mustert mich. Ich kann den Ausdruck in ihrem Gesicht nicht richtig deuten, aber immerhin macht sie nicht den Eindruck, als wolle sie mich anschreien. Eher, als würde sie versuchen, meine Gedanken zu lesen. Dann seufzt sie und fällt ein bisschen in sich zusammen wie ein Ballon, aus dem man die Luft abgelassen hat. »Mein Dad macht ein bisschen Stress. Ich hab mich nur aufgeregt, nichts Wildes. Danke.«

Das klingt ein wenig nach einer Ausrede, aber ich belasse es dabei. Gerade als ich mich wieder verdrücken will, dröhnt ein schrilles, aufgebrachtes Rufen zu uns herüber, wird von den dicken Steinwänden des Hauptgebäudes zurückgeworfen und verliert sich in den verbliebenen Nebelschwaden um uns herum. Ich drehe mich um. Zuerst bemerke ich Leander, der immer noch an derselben Stelle steht, an der ich ihn zurückgelassen habe, dann folge ich seinem Blick.

Christine hockt auf dem schneebedeckten Kies des Parkplatzes, das Gesicht in den Händen vergraben. Über ihr ragt Paul auf. Einen wirren Moment lang denke ich, er hätte sie geschlagen. Wut kocht in mir auf, und automatisch ballen sich meine Hände zu Fäusten. Doch bevor ich auf das Schwein zurennen kann, schluchzt Christine erneut auf, irritierend laut. Obwohl Luca und ich ein ganzes Stück von den beiden entfernt stehen, sind ihre Worte deutlich zu hören.

»Es tut mir leid!«, jault sie beinahe. Sie klingt wie ein verwundetes Tier. »Es war nur das eine Mal.«

Luca tritt näher an mich heran. »Oh, oh«, murmelt sie leise.

»Willst du mich verarschen?« Paul schreit nicht, dennoch ist seine Stimme laut und zittert vor unterdrückter Wut. Erneut spannen sich sämtliche Muskeln in meinem Körper an, und ich gehe auf die beiden zu, genau wie Leander. Paul wirkt nicht aggressiv, trotzdem gefällt mir das Bild von Christine, die auf dem Boden hockt, und Paul, der sich vor ihr aufgebaut hat, nicht wirklich.

»Paul …«

»Nein«, unterbricht er sie barsch, dann hebt er die behandschuhte Hand und fährt sich damit über das Gesicht. »Ich will's nicht hören, nicht im Moment. Nicht … vergiss es!«

Christine hebt den Kopf und sieht zu ihm hoch. Unter ihren Augen ziehen sich schwarze Schlieren, die vermutlich von ihrer Wimperntusche stammen. Ihre Wangen sind gerötet, und ihre Lippen zittern sichtbar. »Lass es mich doch erklären!«

»Bilder sagen mehr als tausend Worte.« Paul dreht sich um und spuckt dramatisch auf den Boden.

»Hey!«, rufe ich und überbrücke die letzten Meter zwischen mir und den beiden. Aus den Augenwinkeln bemerke ich Leander, der an meine Seite tritt. Paul hat Christine nicht angespuckt, trotzdem wirkt die Situation plötzlich deutlich angespannter als noch vor ein paar Sekunden.

Paul dreht sich zu mir um und schleudert mir einen wütenden Blick zu. »Halt dich da raus!« Dann sieht er Leander an. »Und du auch. Das geht keinen von euch was an.«

»Stimmt«, erwidert Leander. »Wir haben auch nicht nach Details gefragt, oder? Pass einfach auf, was du tust, und alles ist prima.«

Paul stößt verächtlich die Luft aus. »Sie hat meinen Verbindungsbruder gefickt!«

Regungslos sehe ich ihn an und zwinge mich dazu, Christine zu ignorieren. Das sind eindeutig schon zu viele Details für mich.

»Hör auf damit!«, schreit Christine plötzlich. Sie braucht zwei Anläufe, dann rappelt sie sich hoch und stemmt die Fäuste in die Seiten. »Du hast keine Ahnung, woher die Fotos kommen! Vielleicht sind sie ein Fake!«

»Du hast vor nicht einmal einer Minute behauptet, dass es nur das eine Mal war!« Jetzt schreit auch Paul. Allerdings klingt er inzwischen weniger wütend und mehr … verzweifelt. Verletzt. Ob seine Gefühle oder vielleicht doch eher sein Stolz verletzt sind, kann ich allerdings nicht sagen. »Hör dir doch mal selbst zu!«

»Lass uns reden«, fleht seine Verlobte. Ihre Wangen sind noch immer tränennass, aber ihre Stimme wird mit jedem Wort fester, entschlossener. »Hör mir zu, Paul, das bist du mir schuldig.«

Er lacht so herablassend, dass ich unwillkürlich die Zähne zusammenbeiße. Die ganze Situation wird allmählich mehr als unangenehm. »Ich bin dir nicht das Geringste schuldig. Ich bin der einzige verfickte Grund, warum du überhaupt hier bist!«

Christines Blick huscht zu mir und Leander. »Paul …«

»Als wäre das eine Überraschung! Jeder wusste von der ersten Sekunde an, dass du hier nicht hingehörst, Christine! Hast du ernsthaft geglaubt, du könntest irgendjemandem weismachen, du wärst schlau genug, um es aus eigener Kraft in die letzte Bewerbungsrunde zu schaffen? Du bist doch nur …«

»Okay, das reicht jetzt!« Luca ist neben mich getreten und macht noch einen weiteren Schritt auf Paul zu. Was mir überhaupt nicht passt. Ich traue Paul nicht, und der beinahe wilde Ausdruck in seinen Augen macht mich ein bisschen nervös. Luca ist das entweder egal, oder sie bekommt es nicht mit, denn sie geht zu Christine und legt ihr einen Arm um die Taille, dann fixiert sie Paul. »Ich weiß nicht, was gerade bei euch abgeht, aber ich denke, ihr solltet euch erst mal beruhigen und den Rest später klären … *alleine.*«

»Du hast doch keine beschissene Ahnung, was …«

»Das stimmt. Und ich will es auch gar nicht wissen«, fährt sie ihm erneut dazwischen, dann zieht sie Christine mit sich. »Kommt runter, okay? Das hier macht wirklich keinen Sinn, und es ist für jeden von uns echt unangenehm.«

Als sie mit Christine im Schlepptau zum Eingang des Haupthauses geht und Paul Anstalten macht, ihnen zu folgen, treten Leander und ich beinahe synchron einen Schritt nach vorn und versperren ihm den Weg. »Nein«, sage ich in einem bemüht versöhnlichen Ton. »Lass sie gehen, Mann.«

»Warum nehmt ihr sie in Schutz?«, schnaubt er fassungslos. »Sie hat mich betrogen, und ihr tut so, als wäre ich hier das Arschloch!«

»Tun wir nicht«, stellt Leander erstaunlich ruhig klar. »Wenn du reden willst, gerne. Wenn du allein sein willst, auch gut. Aber das hier soll nicht eskalieren, oder?«

Ein paar Sekunden lang funkelt Paul uns an, dann dreht er sich ruckartig um und stapft Richtung Anhöhe, die zu den Chalets führt. Kurz überlege ich, ihn daran zu erinnern, dass hier mindestens drei Motorschlitten stehen, in denen die Schlüssel stecken, doch dann halte ich die Klappe. Der Mann ist wütend, und das darf er auch sein.

Wir starren ihm nach, bis er hinter den Bäumen verschwunden ist.

11

LUCA

Ein wenig überfordert lege ich Christine die Hand auf das Knie. Als ich sie in die Empfangshalle bugsiert habe, habe ich nicht wirklich darüber nachgedacht, wie es weitergeht, sobald sie sich hingesetzt hat. Christine und ich sind keine Freundinnen, ich bin grundsätzlich nicht gut darin, Menschen zu trösten, und nach allem, was ich von dem Streit mitbekommen habe, ist wohl eher Paul derjenige, der emotionalen Beistand verdient hat. Aber ich werde einen Teufel tun und das Thema von mir aus ansprechen.

»Ich musste nicht gerettet werden«, murmelt Christine mit tränenerstickter Stimme. »Paul ist nicht aggressiv.«

»Das mag sein. Aber das Ganze ist eine Sache, die ihr unter euch besprechen solltet, denkst du nicht? Bevor das Hotelpersonal dazukommt oder Jacob.«

»Die sind mir scheißegal!« Sie atmet tief durch, und als sie aufschaut, glitzert die Wut in ihren Augen. »Du hast es doch gehört. Ich habe sowieso keine Chance auf diesen Job.«

Darauf erwidere ich nichts. Was sollte ich auch dazu sagen? Wundert es mich, dass Paul scheinbar irgendetwas getan hat, um Christine einen Platz in diesem Assessment-Center zu verschaffen? Nein. Aber bin ich in der Position, mir darüber ein Urteil zu erlauben? Sicher nicht.

»Scheiße, wie konnte das nur so weit kommen?« Ein Schluchzen mischt sich in ihre Worte. Wieder lässt sie das Gesicht in ihre Hände sinken.

Ein paar Minuten lang sitzen wir schweigend nebeneinander. Sie weint und schnieft leise, während ich krampfhaft überlege, was ich sagen könnte, damit sie sich irgendwie besser fühlt. Allerdings gibt es kaum etwas zu sagen, falls sie Paul tatsächlich betrogen hat. Dafür gibt es einfach keine Rechtfertigung oder Absolution. Unauffällig mustere ich ihr Profil von der Seite. Von der schillernden, vorlauten, selbstbewussten Frau von gestern Abend ist kaum noch etwas zu erkennen. Auch wenn ich moralisch vollkommen auf Pauls Seite stehe, habe ich Mitleid mit Christine. Sollte es der Wahrheit entsprechen, dass sie nur dank Paul hier ist, will ich mir gar nicht vorstellen, wie sie sich in diesem Moment fühlt. Auch wenn sie ihr Unglück selbst herausgefordert hat.

»Kann ich etwas für euch beide tun?«

Ich drehe mich zu der sanften Stimme um und entdecke neben uns Ana. Ich habe überhaupt nicht mitbekommen, dass sie ihren Posten hinter dem Empfangstresen verlassen hat und zu uns herübergekommen ist. Sie lächelt, dennoch zeigt ihr Gesicht die gleiche höflich-distanzierte Miene, die sämtliches Servicepersonal dieser Welt in Perfektion zu beherrschen scheint.

Da ich mich nicht wirklich in der Position fühle, auf diese Frage zu antworten, schaue ich Christine an.

Sie schüttelt den Kopf. »Mir kann niemand mehr helfen.«

Ein bisschen dramatisch, aber okay. Ich schaue zu Ana auf. »Ich denke nicht. Aber weißt du, ob Jacob schon weg ist?«

»Soweit ich weiß, wollte er ins Tal.«

Ich nicke ein bisschen erleichtert. Auch wenn das hier nicht mein Drama ist und ich Jacob als durchaus verständnisvoll einschätze, will ich ungern mit dem ganzen unnötigen Chaos hier in Verbindung gebracht werden. Immerhin habe ich mir vorgenommen, professionell aufzutreten. Das hier ist das Gegenteil davon.

»Mein Kollege ist gerade draußen, um euch in die Führung der Motorschlitten einzuweisen.« Sie wirft einen Blick Richtung Haupteingang. »Soll ich ihm sagen, dass er auf euch warten soll? Oder auf dich?«

Zweifelnd mustere ich Christine. Ehrlich gesagt macht sie nicht den Eindruck, als würde sie sich in den nächsten paar Minuten erholen. »Wenn es okay ist, kann mir einfach jemand sagen, welchen der Schlitten ich benutzen darf. Ich bin damit heute schon vom Chalet hierhergefahren, und den Rückweg schaffe ich schon.«

Ana nickt freundlich und lässt uns dann allein. Eine Sekunde lang schaue ich ihr hinterher, ein bisschen beeindruckt, wie gut sie diese höfliche Distanz beherrscht. Als sie Devan und mich gestern in ihrem Auto mit auf den Berg genommen hat, wirkte sie eher sarkastisch und schlagfertig.

»Wie kann ich dir helfen?«, frage ich, nachdem ich ein paar weitere Minuten dagesessen und Christine dabei beobachtet habe, wie sie versucht, ihre Nerven zusammenzuklauben.

Sie lacht freudlos auf. »Wie wäre es, wenn du Pauls Handy hackst und diese verfickten Fotos löschst? Bist du nicht so ein Computergenie?«

»Nein«, sage ich trocken. »Ich glaube, das ist Devan.« Oder vielleicht auch Leander? Ich hätte mir gestern Abend beim Essen Notizen machen sollen.

»Ist auch egal.«

»Was sind das denn für Fotos?« Keine Ahnung, ob diese Frage unsensibel ist, aber ich komme mir allmählich blöd vor, nur hier zu sitzen und ihr den Rücken zu tätscheln.

Als Christine aufschaut, verziehe ich unwillkürlich das Gesicht. Sie sieht furchtbar aus, so … zerbrochen. »Irgendein Arschloch hat Fotos von mir und Deniz gemacht, als wir … du weißt schon. Was für ein Schwein macht denn so was?«

»Er hat euch beim Sex fotografiert?«, frage ich fassungslos.

»Nicht direkt beim Sex. Eher auf dem Weg dahin. Das ist aber auch scheißegal! Paul ist nicht bescheuert, er weiß genau, wohin das geführt hat.«

»Und du weißt nicht, wer das war?«

Schnaubend schüttelt sie den Kopf. »Wenn ich das wüsste, würde ich hinfahren und ihm eigenhändig den beschissenen Hals umdrehen.«

Daran zweifle ich noch nicht einmal. »Wie lange ist das Ganze denn her? Das mit diesem Deniz, meine ich.«

Einen Moment lang sagt sie nichts, dann vergräbt sie das Gesicht wieder in den Händen. Ihre dunkelblau lackierten Nägel heben sich krass von ihrer blassen Haut ab. »Warum reden wir eigentlich darüber, Luca? Das geht dich alles überhaupt nichts an.«

Ich pfeife durch die Zähne. »Alles klar.«

Sie sieht wieder auf. »Im Ernst, warum tröstest du mich eigentlich? Ich bin doch hier die Schlampe. Solltest du nicht bei Paul sitzen und ihm das Händchen halten, weil seine beschissene Verlobte ihn betrogen hat?«

»Ja, eigentlich schon«, erwidere ich emotionslos. »Aber ich bin nun mal hier. Ich kann gerne gehen, wenn du das willst.«

Tränen schießen ihr in die Augen, und ihre Unterlippe beginnt erneut zu zittern. »Wir sind seit der Highschool ein Paar! Wir waren Prom-König und -Königin der Bellington High, und jetzt sind wir … nichts mehr!«

»Vielleicht schafft ihr es ja«, erwidere ich ein bisschen überfordert. »Vielleicht … warte. Was hast du gerade gesagt?«

Ihre Augenbrauen ziehen sich zusammen. »Was?«

»Bellington High?«, hake ich nach. »Ich war auf der Bellington High.«

Vor lauter Überraschung hört sie auf zu weinen und mustert mein Gesicht so eindringlich, als würde sie darin nach einem Fehler suchen oder einem Anzeichen, dass ich lüge. »Im Ernst?«

»Nur zwei Jahre, dann bin ich weggezogen. Aber das würde immerhin erklären, warum wir einander bekannt vorkommen.«

Sie schüttelt seufzend den Kopf. »Was für ein … Zufall.«

»Stimmt«, sage ich nachdenklich und denke daran, dass auch Devan und ich uns bereits kannten, bevor wir hierher eingeladen wurden. »Wir waren sicher nicht im selben Jahrgang.«

»Ist jetzt auch egal.« Christine zieht ihr Handy aus der Hosentasche und entsperrt es mit einem schnellen Wischen. »Er hat sich nicht gemeldet.«

»Paul?«

»Nein, Luca, der beschissene Weihnachtsmann!«

Ich atme geräuschvoll aus, hebe die Hände und stehe auf. Christine hat sich gestern während des Abendessens zwar laut und extrovertiert gegeben, war aber trotzdem größtenteils freundlich. Ihr Kommentar bezüglich Leanders Verspätung hat mich bereits vermuten lassen, dass diese Freundlichkeit lediglich eine Fassade ist, dieses offen feindselige Verhalten überrascht mich dann aber doch ein bisschen. »Alles klar, Christine. Ich wünsche dir … viel Glück oder alles Gute oder so, aber ich mache mich jetzt auf den Weg.«

Sie antwortet nicht, macht nur eine abwehrende Handbewegung, ohne von ihrem Handy aufzusehen.

Als ich mich umdrehe, ballen sich meine Hände unwillkürlich zu Fäusten. Das hier war reine Zeitverschwendung. Welcher Ärger auch immer jetzt auf Christine wartet – sie hat ihn absolut verdient. Ein Teil von mir hofft, dass Paul die Verlobung löst und irgendjemand vom *Ortiz* eine Konsequenz zieht und sie nach Hause schickt. Ich bin kein missgünstiger Mensch, aber diese Frau hat ziemlich offensichtlich wenig für die Gefühlswelt anderer Menschen übrig.

Ana kommt in dem Moment durch die Tür, die ins Backoffice führt, als ich am Empfangstresen vorbeilaufe und den Ausgang ansteuere.

»Warte!«, flüstert sie und lehnt sich ein Stück zu mir herüber, nachdem sie einen flüchtigen Blick auf Christine geworfen hat. »Komm mal her.«

Kurz spiele ich mit dem Gedanken, sie einfach abzuwürgen. Ich habe nur noch eineinhalb Stunden, bis wir uns wieder mit Jacob treffen – der völlig sinnfreie Versuch, Christine zu trösten, hat mehr als die Hälfte meiner Mittagspause vereinnahmt –, und am liebsten würde ich einfach zum Chalet fahren und mich hinlegen oder an die Wand starren.

Trotzdem mache ich ein paar Schritte auf den Tresen zu. Als Ana sich abrupt wieder aufrichtet und ihr neugieriger Gesichtsausdruck sich beinahe schlagartig glättet, runzle ich fragend die Stirn.

»Kameras«, murmelt sie, bevor sie mich strahlend anlächelt. »Tu so, als hättest du eine Frage oder so.«

»Ähm … Wo sind denn die Toiletten?«

Sie verdreht die Augen. »Nicht wirklich, die Kameras zeichnen nur das Bild auf. Was ist los bei euch?«

Es kommt mir nicht richtig vor, das Liebesleben der beiden vor Ana auszubreiten. Sie haben sich zwar nicht sonderlich viel Mühe gegeben, mit dem Thema diskret umzugehen, dennoch kommt mir Anas plötzliche Neugierde irgendwie fehl am Platz vor. Sie steht im krassen Kontrast zu ihrer höflichen Distanz vor noch ein paar Minuten.

»Irgendjemand hat Paul, also ihrem Verlobten, Bilder von ihr und einem anderen Typen geschickt.«

Ana presst die Lippen zusammen. »Klingt nach einem lustigen Morgen.«

»Ich sag's dir. Paul ist richtig laut und ausfallend geworden und hat rumgeschrien. Und Christine … ist Christine.«

Grinsend wischt sie einen unsichtbaren Fussel von der Oberfläche des Tresens. »Ja, sie ist ein echtes Goldstück. Ich durfte sie kennenlernen, als sie sich über die Inneneinrichtung des Chalets beschwert hat. Ehrlich gesagt bin ich nicht wahnsinnig geschockt, dass sie mit dem Verbindungsbruder ihres Verlobten in die Kiste springt.«

»Ich will mich da nicht einmischen, ich …« Ich unterbreche mich, als mir etwas in Anas Bemerkung auffällt. Ich habe den Verbindungsbruder nicht erwähnt. »Ich will da nicht mit reingezogen werden, meine ich. Hast du mich und Christine gehört? Oder Paul?«

Seufzend schüttelt sie den Kopf. »Nein, den Spaß habe ich verpasst. Ich war hinten und habe eine Bestellliste geschrieben.«

Ich öffne den Mund, um nachzuhaken, lasse es dann aber. Es geht mich nichts an. Dramen und Tratsch sind nicht das, womit ich mich während meiner Zeit hier beschäftigen sollte. »Nimm's mir nicht übel, aber ich verschwinde jetzt«, sage ich, bevor Ana noch weiter nachfragen kann. »Ich habe nicht mehr viel Zeit, bis wir uns wieder mit Jacob treffen.«

Sie verzieht das Gesicht. »Verstehe ich. Auf Nummer drei liegt ein Helm, der dir passen müsste, und der Schlüssel steckt. Park den Schlitten einfach oben am Sammelplatz und behalte den Schlüssel, bis du wieder auscheckst. Oh, und nimm den Helm bitte abends mit in deine Hütte. Selbst im Helmfach werden die Dinger nachts eiskalt, und dann fallen dir die Ohren ab, wenn du ihn morgens aufsetzt.«

»Danke für die Warnung«, erwidere ich und unterdrücke ein Lachen.

»Ist ehrlich schon passiert«, beharrt sie.

Ich glaube ihr kein Wort. Trotzdem salutiere ich kurz und verlasse dann endlich das Hauptgebäude.

Draußen schlägt mir die kalte Luft ins Gesicht, als wäre ich vor eine Eiswand gelaufen. Verflucht, ist das kalt geworden! Das sollte mich nach dem Schneefall in der vergangenen Nacht nicht wirklich überraschen, trotzdem erwecken die strahlend helle Sonne und der beinahe makellos blaue Himmel irgendwie den Eindruck, als könnte man locker ohne Jacke herumlaufen. Ich gehe um die Vorderseite des Hauptgebäudes herum auf den kleinen schneebedeckten Schotterplatz zu, aber natürlich ist der leer. Die anderen sind sicher schon in ihren Chalets. Im Gehen ziehe ich die Handschuhe aus meinen Jackentaschen und streife sie mir über, dann zerre ich mir die Kapuze über meinen Kopf, bis mir einfällt, dass ich sie unter dem Helm gar nicht anziehen kann.

Wie Ana angekündigt hat, steht dort das Schneemobil mit der Nummer drei, samt Schlüssel und bereitgelegtem Helm. Während ich erst ihn und dann die Skibrille aufsetze, versuche ich, mir alles in Erinnerung zu rufen, was Devan mir am Morgen erklärt hat.

Genau wie heute früh zucke ich ein wenig zusammen, als der Motor unter mir anspringt und den ganzen Schlitten zum Summen bringt. Meine Finger klammern sich um die Lenkergriffe, als ich langsam nach hinten setze. Wer auch immer den Schlitten für mich vorbereitet hat, hätte auch ruhig für mich ausparken können.

Die Kälte schneidet mir in jeden Quadratmillimeter Haut, der nicht von Stoff oder dem Helm bedeckt ist, während ich das Tal hinter mir lasse. Selbst über das Dröhnen des Motors hinweg höre ich das Knirschen des frischen Schnees unter den Kufen, die kühle Wintersonne taucht die Umgebung in ein beinahe silberfarbenes Licht, und in der Ferne kann ich immer noch die Reste des Nebels erkennen, die über den Boden kriechen.

Während ich immer mutiger werde und der Schlitten an Fahrt aufnimmt, wandern meine Gedanken weg von Christine, Paul und dem ganzen Drama und landen bei dem Anruf meines Dads. Mein Magen sackt ein wenig tiefer, und sofort ist das kleine Hochgefühl, das die Fahrt in mir ausgelöst hat, verschwunden. Ich liebe meinen Vater, aber diese Kontrollanrufe hängen mir zum Hals heraus. Weil ich weiß, welchem Zweck sie dienen. Er will nicht wissen, wie es mir geht, oder dadurch ehrliches Interesse an meinem Studium oder gar meinem Leben zeigen. Er will sichergehen, dass ich meine Entscheidung, meinen eigenen Weg zu gehen und mich finanziell unabhängig zu machen, bereue. Als ich damals bei ihnen im Salon gesessen und ihnen erklärt habe, dass ich mich gegen ein Architekturstudium und für eine Laufbahn als Journalistin entschieden habe, war das der Satz, den mein Vater immer wiederholt hat, wie ein verdammtes Mantra: *Diese Entscheidung wirst du irgendwann bereuen.*

Vielleicht hat er damit sogar recht. Vielleicht habe ich nicht das Zeug dazu, um eine gute Journalistin zu werden. Vielleicht werde ich auch nie die notwendigen Kontakte haben oder keine Chance bekommen, meine Fähigkeiten unter Beweis zu stellen, und letztendlich hinter einem schäbigen Schreibtisch eines Modekatalog-Herstellers enden, für den ich Werbeanzeigen verfasse. Aber das Gleiche könnte mir auch mit einem Architekturstudium passieren. Schlimmer noch: Ich bin mir zu hundert Prozent sicher, dass ich in diesem Beruf nicht glücklich gewesen wäre. Aber das ist eine Sache, die meine Eltern, besonders mein Dad, nicht verstehen. Für ihn ist persönliches Glück gleichzusetzen mit Erfolg, Reichtum und Prestige. Mein Auflehnen gegen seine Vorstellung für meine Zukunft war ein

Verrat an seinen Überzeugungen, und es hat mich überhaupt nicht überrascht, dass er diesen Verrat damit bestrafte, mir den Geldhahn zuzudrehen.

Damit kann ich leben. Ich nehme es ihnen nicht einmal übel. Aber ich hasse es, wenn er anruft, um sich davon zu überzeugen, dass es mit mir den Bach runtergeht. Er scheint beinahe darauf zu warten, als würde er bereits in den Startlöchern stehen, um mir zu sagen, dass er mich ja gewarnt hat. Dass er es von Anfang an besser wusste, wie immer.

Die Bäume des dichten Waldes, der das Gelände des Resorts von der lichten Anhöhe trennt, auf dem die Chalets stehen, umfangen mich. Gleichzeitig wird der vorher ebenmäßig angelegte Weg unstetiger. Auch wenn es vermutlich die Nacht über durchgeschneit hat, haben ein paar der Nadelbäume verhindert, dass der Weg vollständig mit Schnee bedeckt ist. Devan hat mir und Leander auf dem Hinweg eingetrichtert, diese freien Stellen zu umfahren, damit die Kufen nicht auf der nassen Erde ins Stocken geraten und wir eine Bauchlandung hinlegen. Worauf ich wirklich verzichten kann.

Als die Bäume sich endlich wieder lichten und sich in die Anhöhe öffnen, atme ich erleichtert aus. Ich hatte überhaupt nicht bemerkt, wie verbissen meine Finger sich um den Lenker gekrallt haben. Doch jetzt, als ich den Griff ein wenig lockere, sickert schmerzhaft das Blut zurück in meine Fingerkuppen. Ich sehe mich um, lasse den Blick über die schneeverhangenen Bergwipfel um mich herum wandern. Dann sehe ich hinüber zu den Chalets, die sich eher undeutlich in der Ferne abzeichnen. Mein Blick wandert zu Christines und Pauls Hütte, und ich verziehe unwillkürlich das Gesicht. Ich würde gerade wirklich ungern mit einem der beiden tauschen.

Devan bemerke ich erst, als ich das Schneemobil in eine der Parklücken lenke. Er hat an dem kleinen Gebäude gelehnt und kommt auf mich zu, als ich den Motor abstelle. Sein Grinsen ist eine Mischung aus Belustigung und Anspannung und löst ein Kribbeln in meiner Magengegend aus, das ich lieber nicht so genau definieren möchte.

»Was machst du hier?«, frage ich, nachdem ich den Helm abgesetzt und ein paar Grimassen geschnitten habe, um mein eingefrorenes Gesicht aufzutauen.

»Sehen, ob alles in Ordnung ist.« Er lehnt sich mit dem Hintern gegen den Schlitten neben meinem und schiebt die Hände in die Jackentaschen. »Fand es komisch, dich einfach da unten zu lassen.«

Ich schnaube, lächle ihn aber an. »Ich bin ein großes Mädchen, Devan.«

»Ist mir klar.« Er wackelt mit den Augenbrauen. »Ich hatte eher Sorgen wegen deiner Fahrkünste.«

»Wie du siehst, komme ich wunderbar zurecht.«

Devan grinst, wird jedoch schnell wieder ernst. Mit dem Kopf ruckt er in die Richtung des Chalets, das Christine und Paul bezogen haben. »Die Fotos von Christine und diesem Typen sind überall auf Instagram.«

Stirnrunzelnd schaue ich ihn an. »Hat Paul das gepostet? Ich bin echt nicht auf Christines Seite, aber Slutshaming ist wirklich …«

»Nein«, unterbricht er mich kopfschüttelnd. »Wir haben ihn auf dem Weg nach oben gesehen. Er hat mit irgendjemandem telefoniert oder es zumindest versucht, weil der Empfang so scheiße ist. Er war wirklich, *wirklich* sauer. Wir haben nicht alles verstanden, aber irgendjemand hat sich wohl in seinen Account eingehakt, um die Fotos zu posten.«

Sprachlos fahre ich mir mit den Fingern über die Stirn. »Scheiße. Vielleicht war es der Typ, mit dem sie ihn betrogen hat, weil … keine Ahnung. Verletztes Ego oder so?«

Er zuckt mit den Schultern, auch wenn das unter der dicken Daunenjacke, die Devan trägt, schwer zu erkennen ist. »Irgendwie würde das keinen Sinn machen, oder? Wenn die beiden tatsächlich dieses Klischee-Traumpaar sind, schießt der Kerl sich doch eher ins eigene Knie, wenn er so 'ne öffentliche Hetzkampagne startet.«

»Ich weiß nur, dass ich nicht in der Nähe sein will, wenn Christine das herausfindet«, sage ich trocken, während ich die Brille in dem Sitzfach verstaue und den Schlüssel abziehe. »Danke, dass du gewartet hast.« Irgendwie habe ich das Gefühl, diesem Anflug von Ritterlichkeit Beachtung schenken zu müssen. »Das war … nett.«

Er lacht laut auf, dann salutiert er mit zwei Fingern. Ein wenig unschlüssig verabschiede ich mich und gehe hoch zu meinem Chalet, während er immer noch an seinem Motorschlitten lehnt. Was seltsam ist, immerhin ist es verdammt kalt hier draußen, und er konnte sich offensichtlich davon überzeugen, dass ich es ohne materiellen oder körperlichen Schaden allein hier hoch geschafft habe. Vielleicht wartet er auf Christine. Was auch … seltsam wäre.

Mein Atem bildet weiße Wolken in der kalten Luft, und wieder knirscht der Schnee unter meinen Stiefeln, während ich auf meine Hütte zustapfe. Ich wühle gerade in meiner Tasche auf der Suche nach meiner Keycard, als ich stocke. Neben meinen Füßen zeichnet sich ein perfekter Schuhabdruck im unberührten Schnee ab. Hier oben muss es wieder geschneit haben, denn unsere Fußspuren von heute Morgen sind beinahe vollkommen unter einer neuen, ebenmäßigen Schicht Pulverschnee vergraben – dieser Abdruck kann also nicht meiner sein, zumal er deutlich größer ist als die, die ich auf dem Weg hierher hinterlassen habe. Irgendwas passt an diesem Bild nicht zusammen, aber ich komme nicht darauf, was es ist.

Ich richte mich auf und drehe mich einmal im Kreis. Ein Pfad aus frischen Spuren führt vom Weg zu meiner Hütte und verschwindet dann hinter ihr.

Verwirrt wende ich mich um und sehe zu Devan hinunter, der als kleine Silhouette auf dem Schotterplatz steht. War er bei meiner Hütte? Vielleicht wollte er nachsehen, ob ich schon wieder da bin, bevor er nach unten gegangen ist, um auf mich zu warten. Die Größe der Abdrücke würde vielleicht sogar zu seinen Schuhen passen.

Meine Gedanken rasen in meinem Kopf, als ich wieder auf die Tür zugehe und die Keycard zücke. Als eine Erkenntnis in meinem Bewusstsein einrastet wie ein Zahnrad in einem komplizierten Mechanismus, bleibe ich erneut stolpernd stehen.

Die Spur der Fußabdrücke. Sie führen zur Rückseite des Chalets, vielleicht zur Hintertür. Aber es gibt keine Spur, die wieder zurückführt.

12

LUCA

Ich bin mir nicht sicher, wie lange ich dastehe und den Pfad aus Schuhabdrücken anstarre. Vielleicht weigert mein Hirn sich, die passenden Puzzleteile zusammenzusetzen, vielleicht hat die eisige Kälte um mich herum meine Muskeln lahmgelegt. Mein Blick fällt auf die Keycard in meiner Hand. Es ist lächerlich, immerhin ist helllichter Tag, und es gibt mit Sicherheit unzählige logische Erklärungen hierfür. Möglicherweise führen die Spuren gar nicht zu der Hintertür, sondern nur an meiner Hütte vorbei, und jemand hat einen Spaziergang durch den Wald gemacht.

Aber wer sollte das gewesen sein? Die kleine Anhöhe, auf der die Chalets stehen, ist kaum erschlossen und bestimmt kein Teil eines öffentlichen Wanderweges. Paul ist in seiner Hütte, und ich kann mir nicht recht vorstellen, dass Leander unsere Mittagspause dazu genutzt hat, das Gelände auf eigene Faust zu erkunden. Er hat auf mich nicht den Eindruck eines abenteuerlustigen Naturburschen gemacht.

Gut möglich, dass ich zu viele True-Crime-Podcasts gehört habe, aber ein Gedanke drängt sich so hartnäckig in meinen Verstand, dass ich es einfach nicht schaffe, ihn zu ignorieren: Wer auch immer diese Spuren hinterlassen hat, ist entweder in meiner Hütte, versteckt sich dahinter oder hat sich Flügel wachsen lassen.

Unwillkürlich weiche ich ein paar Schritte zurück und sehe mich überfordert um, als mein Blick erneut auf Devan fällt. Trotz der begrenzten Sicht bin ich mir sicher, dass er mir den Rücken zugewandt hat. Ein paar Sekunden gehe ich meine Möglichkeiten durch, aber ich traue mich schlicht und ergreifend nicht, selbst in der Hütte nachzusehen.

Mein Mund ist trocken, und ich spüre meinen Herzschlag in meiner Kehle. Ich steigere mich höchstwahrscheinlich in etwas rein, aber Angst oder sogar Panik sind nun einmal nicht rational.

Am liebsten würde ich rennen, aber ich zwinge mich dazu, langsam zu laufen, während ich zurück auf den kleinen Pfad gehe, der unter dem Schnee nur schwer zu erkennen ist. Hinter mir meine ich Geräusche zu hören, obwohl ich ahne, dass ich mir das nur einbilde. Wie früher als Kind, wenn ich die Kellertreppe nach oben gerannt bin und spätestens bei der letzten Stufe damit rechnete, dass ein Monster genau in dieser Sekunde mit seinen langen Fingern nach meinem Knöchel greifen würde.

»Devan!«, rufe ich, sobald ich hoffe, in Hörweite zu sein. Meine Stimme klingt ein bisschen kratzig, wobei ich mir nicht sicher bin, ob das an meiner aufwallenden Panik oder der kalten Luft liegt.

Er dreht sich zu mir um, und jetzt, da ich sein Gesicht deutlich sehen kann, erkenne ich die Verwirrung in seinem Blick. Er stößt sich von dem Schneemobil ab und kommt auf mich zu. »Was ist los?«

Kein dummer Spruch, noch nicht einmal ein verschmitztes Grinsen. Wahrscheinlich ist meiner Stimme anzuhören, dass ich gerade nicht wirklich zum Spaßen aufgelegt bin.

Ich versuche, meine Gedanken zu ordnen, aber so richtig gelingt es mir nicht. »Ich komme mir blöd vor, aber würdest du kurz mit nach oben kommen? Ich habe was an meiner Hütte gesehen, und ehrlich gesagt habe ich ein bisschen Schiss.«

»Klar.« Devans Stirnrunzeln vertieft sich. »Ist etwas passiert?«

Kopfschüttelnd deute ich über meine Schulter Richtung Hütte, während er sein Handy in die Tasche schiebt und mir entgegenkommt. »Wahrscheinlich ist es total albern. Aber ich glaube, jemand ist bei meiner Hütte.«

Seine Augen weiten sich, und er beschleunigt seine Schritte, bremst erst ab, als er irritierend dicht vor mir steht. »Was?«

»Oder war es zumindest«, präzisiere ich hastig. Seine spürbare Besorgnis feuert meine Angst nur noch mehr an. »Da sind Spuren im Schnee, und wenn ich nicht etwas wirklich Offensichtliches übersehe, führen sie nur zur Hütte hin.«

Ich bin ein bisschen erleichtert, dass er so schnell zu begreifen scheint. Er geht an mir vorbei und hebt den Kopf, um hinauf zu meiner Hütte zu schauen. Seine eigene steht nur ein paar hundert Meter entfernt, die von Leander, Paul und Christine liegen deutlich weiter weg.

Devans Hand schließt sich um meinen Oberarm, und auch wenn der Druck durch den dicken Stoff nur undeutlich zu spüren ist, hat er etwas Beruhigendes. »Gib mir mal deine Karte.« Wortlos überreiche ich sie ihm. »Warte hier. Ich sehe nach.«

Sicher nicht. Erstens, weil ich hier nicht alleine in der diesigen Schneelandschaft stehen will, die sämtliche Geräusche schluckt, zweitens, weil ich der Meinung bin, Devan sollte nicht alleine nach einem möglichen Einbrecher sehen, und drittens, weil ich mir nicht gerne sagen lasse, was ich zu tun habe. Devan wirft mir nur einen angespannten Blick zu, als er mich hinter sich hört. Ich habe ihn noch nie zuvor so ernst erlebt.

Als wir uns der Hütte nähern, verlangsamt er seine Schritte

und bleibt schließlich auf halber Strecke zwischen dem Pfad und der Eingangstür stehen. Ich trete neben ihn und deute auf die Fußspuren, die natürlich immer noch da sind. Ein Teil von mir hatte gehofft, dass ich sie mir nur eingebildet habe.

»Siehst du das?«, frage ich leise. »Sie führen hinter die Hütte, oder? Aber nicht wieder zurück. Und sie sind sicher nicht von mir, seit heute Morgen hat es wieder geschneit. Die hier sind relativ frisch.«

Er nickt ein paarmal. »Vielleicht einer der Angestellten.«

»Und der ist zurückgeflogen?«

»Wohl eher nicht. Weißt du, was sich hinter der Hütte befindet?«

»Feld«, antworte ich knapp. »Und dann irgendwann der Wald.«

Statt einer Antwort zückt er die Keycard und geht auf die Tür zu.

»Was machst du da?«, zische ich und schließe hastig zu ihm auf.

Der Blick, mit dem er mich mustert, ist immer noch irgendwie hart. »Reingehen. Was dachtest du, was wir hier machen?«

»Sollten wir nicht irgendjemandem Bescheid sagen?« Ein wenig überfordert hebe ich die Hände. »Jemandem vom Personal oder der Polizei?«

»Das musst du entscheiden. Wenn du die Polizei rufen möchtest, dann warten wir unten zusammen. Aber du gehst sicher nicht alleine da rein.«

Den Bruchteil einer Sekunde denke ich tatsächlich darüber nach, den Notruf zu wählen. Allerdings haben wir nicht mehr als ein paar herrenlose Fußspuren. Vor etwa einer halben Stunde habe ich mir Gedanken darüber gemacht, was Christines Drama für Auswirkungen auf ihre Chancen auf die Stelle haben könnte. Ich will mir lieber nicht vorstellen, was Jacob und die anderen denken würden, sollte ich einen Polizeieinsatz auslösen und es würde sich im Anschluss herausstellen, dass der Grund für die Spur ein verwirrter Fußgänger oder jemand vom Reinigungspersonal war.

»Okay, wir gucken nach.« Meine Stimme klingt überraschend fest. Ich mache eine ungeduldige Handbewegung Richtung Tür. »Ich bin direkt hinter dir.«

»Das habe ich befürchtet.«

Ich lache nervös, beiße mir dann aber hastig auf die Lippen, als Devan die Hand ausstreckt und die Keycard auf den schlichten Scanner neben der Tür drückt. Es piept leise, dann öffnet sie sich mit einem unspektakulären Klicken, das aber dennoch in meinem Kopf widerhallt wie ein Donnerschlag. Ich komme mir total albern vor, aber ich kann einfach nichts tun gegen die Nervosität, die sich in meinen Körper frisst wie ein wütendes Untier.

»Hallo?«, ruft Devan, als er der Tür einen Schubs gibt und sie langsam aufschwingt.

Trotz meiner angespannten Nerven verdrehe ich die Augen. »Falls jemand dadrin ist, erwartest du ernsthaft, dass er antwortet?«

Ich sehe, dass er mit den Schultern zuckt. »Vielleicht hat er immerhin Manieren.«

Er macht einen vorsichtigen Schritt ins Innere der kleinen Hütte. Seine linke Hand ist zur Faust geballt, die andere hat er halb gehoben, als würde er sich darauf vorbereiten, jemanden zu schlagen. Aber es dauert nur ein paar Sekunden, bis klar wird, dass sich niemand in diesem Chalet befindet außer uns beiden. Der Innenraum besteht lediglich aus einem Zimmer, und die Scheibe, die den Wohnraum vom Badezimmer trennt, ist durchsichtig und gewährt den perfekten Einblick. Die Hütte ist leer.

»Warte hier«, raunt Devan und drückt kurz meinen Unterarm, dann geht er hinüber zum Bett und schaut darunter, bevor er den Kleiderschrank kontrolliert.

Unwillkürlich läuft mir ein Schauder über den Rücken. Allein die Vorstellung, jemand könnte sich unter meinem Bett verstecken und mich beobachten, löst ein Gefühl in mir aus, als hätte mir jemand Eiswasser in die Venen gekippt.

Nach ein paar Minuten dreht Devan sich wieder zu mir um und verschränkt die Arme vor der Brust. »Keiner da.«

»Das sehe ich auch«, erwidere ich deutlich patziger als beabsichtigt. Ich seufze. »Tschuldige. Ich bin nervös.«

»Nachvollziehbar.« Erneut lässt er den Blick durch den Raum wandern, als würde er immer noch Ausschau nach möglichen Verstecken halten. Dann geht er hinüber zu der kleinen Hintertür und öffnet sie.

Ich mache einen Schritt um ihn herum, aber ich weiß es, bevor ich es sehe: Die Fußspuren enden genau an der Schwelle der Tür. Und führen wie erwartet nicht wieder zurück. Als ich spreche, fühlen sich meine Lippen merkwürdig taub an. »Wie kann das sein?«

Devan lehnt sich hinaus, ohne die frischen Fußabdrücke zu zerstören. Ich wünschte, er würde es tun. Ich will sie nicht mehr vor Augen haben und mir vorstellen, was sie wohl bedeuten.

»Hast du die Tür vielleicht offen gelassen? Gut möglich, dass das Housekeeping hier war.«

Energisch schüttle ich den Kopf. »Die Tür wird automatisch verschlossen, wenn die Keycard rausgezogen wird! Aber selbst wenn sie aus irgendeinem Grund offen stand, müssten die Spuren auch wieder wegführen! Das Panoramafenster lässt sich nicht öffnen, vor der Vordertür sind keine Spuren! Ist derjenige einfach weggeflogen? Außerdem wage ich zu bezweifeln, dass das Housekeeping hier hochkommt.«

Über die Schulter wirft er mir einen zweifelnden Blick zu. »Ich habe gesehen, wie viel man für dieses Chalet pro Nacht bezahlt. Garantiert gibt es ein Housekeeping.«

»Sieht es für dich hier drinnen so aus, als wäre jemand zum Putzen da gewesen?«

Nach einem letzten prüfenden Blick zieht er den Kopf wieder ein und schließt die Tür. Über seine Stirn ziehen sich tiefe Falten, und seine Augen wirken dunkel, als hätten sie jeglichen Glanz verloren. »Das ist echt seltsam, Luca.«

»Ach was.«

»Es muss eine logische Erklärung geben!« Seine Stimme klingt herausfordernd, als würde er erwarten, dass ich widerspreche und ihn davon zu überzeugen versuche, dass der Eindringling tatsächlich einfach davongeflogen ist. Unwillkürlich schießt mir eine alte Red-Bull-Werbung in den Kopf, und ich unterdrücke ein hysterisches Lachen. »Niemand ist hier drin, Luca, da sind wir uns einig, oder?«

»Ja.« Schaudernd sehe ich mich um. Die Decke öffnet sich in ein Spitzdach, es gibt also keinen Dachboden, und ich nehme stark an, dass dieses Ding keinen Keller, nicht einmal einen Kriechkeller hat. Es ist schlicht und ergreifend zu klein, um sich verstecken zu können.

»Wenn es also kein Vampir war, der sich mal eben in eine Fledermaus verwandelt und die Flatter gemacht hat, dann weiß ich ehrlich nicht, was hier passiert ist.«

Ich beiße mir auf die Lippen, zermartere mir das Hirn, aber mir fällt einfach keine Lösung ein. Devan geht erneut zum Schrank hinüber und öffnet ihn, als würde er erwarten, jemanden beim ersten Mal einfach übersehen zu haben. Unschlüssig drehe ich mich um und gehe wieder hinaus. Auf der Schwelle bleibe ich stehen und betrachte den unberührten Schnee um mich herum. Ganz undeutlich erkenne ich noch die Abdrücke, die ich heute Morgen hinterlassen habe, dazu natürlich die frischen Spuren von mir und Devan. Ich hocke mich hin, um Devans Schuhprofil zu mustern, das sich sauber in den frischen Schnee gedrückt hat. Dann nehme ich die fremden Spuren in Augenschein, ein paar Meter daneben. Devans Füße sind ein wenig größer, wenn auch unerheblich. Also ist derjenige, wer auch immer sich hier herumgetrieben hat, vermutlich ein Mann. Nicht, dass mich das sonderlich überraschen würde, dennoch notiere ich es mir in Gedanken auf einer imaginären Liste. Devans Abdrücke haben eine halbmondförmige Ferse mit einer geraden Kante und ein Zickzackmuster auf der restlichen Sohle. Das Logo des Schuhs ist sogar deutlich erkennbar, und man sieht, auf welchem Teil des Fußes Devan stärker aufgetreten ist – der Ballen ist tiefer im Schnee versunken und ein wenig undeutlicher.

Den Oberkörper vornübergebeugt gehe ich hinüber zu den fremden Spuren und kneife die Augen zusammen, weil ich ein wenig gegen das blendende Weiß des Schnees und das Licht, das er reflektiert, anblinzeln muss. Der Unterschied zwischen diesen Abdrücken und denen von Devan ist ziemlich offensichtlich: kein ordentliches Profil, nicht einmal eine eindeutige Form der Sohle.

Ich richte mich auf. »Devan!«

Er ist so schnell neben mir, als hätte er nur auf ein Zeichen gewartet. Er sieht immer noch ernst aus, allerdings hat sich mittlerweile ein beinahe wütender Anflug auf seine Gesichtszüge geschlichen. »Was ist?«

Mit einem behandschuhten Finger deute ich auf den mysteriösen Abdruck. »Was fällt dir auf?«

Sein Seufzen klingt nach einer Mischung aus Ungeduld und widerwilliger Belustigung. »Sag's einfach.«

»Der sieht komisch aus, findest du nicht?« Ich hocke mich

wieder hin und fahre mit dem Finger über die undeutlichen Kanten. »Normale Abdrücke haben diese bestimmte Form, und du kannst erkennen, welche Seite hinten und welche vorne ist. Weißt du, was ich meine?« Er nickt. »Der hier nicht. Das ist einfach eine unordentliche … Fläche.«

Kommentarlos geht er an der Spur entlang und hält bei jedem einzigen Fußabdruck inne. Dann richtet er sich kopfschüttelnd auf. »Ich glaube, der Typ ist in seinen eigenen Fußspuren zurückgegangen.«

»Das habe ich auch gedacht.« Fassungslos hebe ich die Hände, lasse sie dann aber wieder fallen. »Warum sollte jemand das machen?«

»Vielleicht hat das Housekeeping …«

»Wenn du noch einmal Housekeeping sagst«, unterbreche ich ihn zischend, »explodiere ich. Im Ernst.«

Sein Mundwinkel zuckt, wirklich amüsiert sieht er allerdings nicht aus. »Das ist die einzig logische Erklärung. Wir sind nicht in New York, Luca, wo nachts irgendwelche Spanner durch die Fenster gucken.«

»Arschlöcher gibt es überall auf der Welt.«

Er legt den Kopf schief, als würde er mir zustimmen. »Aber das hier war nicht nachts, sondern am helllichten Tag. Es ergibt einfach keinen Sinn. Vielleicht wollte da nur jemand witzig sein und hat sich keine Gedanken darüber gemacht, wie das auf dich wirkt. Wir sollten einfach nachher irgendjemanden fragen.«

Vielleicht bin ich tatsächlich paranoid. Vielleicht ist es auch einfach meine Art, direkt vom Schlimmsten auszugehen. Aber in seiner Erklärung gibt es so viele Lücken, dass es ihm eigentlich selbst auffallen sollte. *Wäre* das Reinigungspersonal wirklich hier gewesen, hätten sie einen verdammt schlechten Job gemacht, weil meine Hütte immer noch genauso aussieht wie heute Morgen. Außerdem brauchen die Angestellten schließlich irgendetwas an Equipment. Vielleicht haben sie hier oben nicht diese typischen Wagen, die man normalerweise in Hotels sieht, aber irgendwie wage ich auch zu bezweifeln, dass sie Staubsauger und Wäschekorb per Hand in die einzelnen Hütten tragen, durch den Schnee und den Berg hinauf. Und selbst wenn – davon müssten meiner Meinung nach Spuren zu finden sein. An der Hintertür zum Beispiel, wenn derjenige seinen Eimer abstellt, um aufschließen zu können. Und wer, zur Hölle, sollte sich schwer beladen die Mühe machen, in seinen eigenen Fußabdrücken zurück zum Weg zu laufen, um … ja, was eigentlich? Was sollte der Zweck dieser Aktion sein?

Aber keinen dieser Gedanken spreche ich laut aus. Devan scheint sich dazu entschieden zu haben, einfach auf eine logische, harmlose Erklärung für all das zu vertrauen. Ich will nicht hysterisch wirken oder diese ganze Sache unnötig aufblasen. Wir kennen einander kaum, und ich werde ihm sicher nicht das Gefühl geben, meinen Retter in glänzender Rüstung spielen zu müssen.

»Okay«, sage ich ein bisschen überfordert. »Ich denke, das Rätsel ist gelöst und ich war ein bisschen dramatisch. Aber danke für deine Hilfe.«

»Du warst nicht dramatisch.« Überrascht bemerke ich, wie dunkel seine Stimme geworden ist. Er kommt auf mich zu, überbrückt die Entfernung zwischen uns und bleibt erneut irritierend dicht vor mir stehen, bevor er auf mich herabschaut. »Ich will hier nicht zu viel hineininterpretieren, aber sei einfach … vorsichtig, okay? Und sag Bescheid, wenn dir irgendwas auffällt. Ich bin ja nicht weit weg.«

Meine Antwort besteht lediglich aus einem Nicken. Hauptsächlich, weil meine Zunge plötzlich an meinem Gaumen festgefroren zu sein scheint. Mein Blick trifft seinen, und einen

Moment lang verliere ich mich in seinen Augen, in denen sich gleichermaßen Unruhe und Besorgnis spiegeln. Erst als er einen Mundwinkel zu einem schiefen Lächeln hebt und sich dann umdreht, fällt mir auf, dass ich die Luft angehalten habe.

Ich reiße mich von dem Anblick seines Rückens los und wende mich hastig ab, bevor Devan mich dabei erwischen kann, wie ich ihm hinterherstarre. In meinem Kopf herrscht das totale Chaos. Ebenso in meinem Magen. Mein Nacken prickelt unangenehm, während ich zurück in meine Hütte gehe, die Tür hinter mir schließe und den Riegel vorschiebe. Ich weiß, dass ich mich lächerlich benehme. Sollte hier der typische Horrorfilm-Axtmörder lauern, wird er mich wohl kaum am helllichten Tag überfallen, während Devan in Hörweite ist. Rational gesehen brauche ich mich vor nichts zu fürchten. Denn auch wenn ich Devans Erklärung bezüglich des Housekeepings nicht logisch finde, zweifle ich nicht daran, dass es *irgendeine* Erklärung geben muss. Eine, über die ich wahrscheinlich lachen und die dieses ganze Drama im Nachhinein unendlich lächerlich erscheinen lassen würde.

Dennoch … als ich mich im Raum umsehe und mein Blick durch das Panoramafenster hinaus auf die still daliegende Schneelandschaft fällt, durchläuft mich ein Zittern.

Nachdem ich auch die hintere Tür abgeschlossen habe, nehme ich eine sehr heiße Dusche, in dem verzweifelten Versuch, meine verspannten Muskeln ein wenig zu lockern. Ich habe noch etwa zwanzig Minuten, bis ich mich wieder auf den Weg nach unten zum Resort machen muss. Am liebsten hätte ich mich einfach im Bett verkrochen. Nicht unbedingt in diesem Bett, denn ein Teil von mir – ein wahnsinnig ängstlicher Teil – will so schnell wie möglich raus aus diesem Chalet. Normalerweise stört meine Platzangst mich im Alltag nicht, aber die Nervosität sorgt dafür, dass die Hütte mir inzwischen beunruhigend klein vorkommt. Als würden die Wände näher kommen, auch wenn das ein verdammtes Klischee ist. Allein die Vorstellung, gleich wieder auf die anderen zu treffen und so tun zu müssen, als würde ich mich voll und ganz auf diesen Job konzentrieren, ist anstrengend. Dabei sollte ich mich eigentlich hundertprozentig auf die Chance fokussieren, finanziell wieder ein wenig durchatmen zu können. Meinen Eltern zu beweisen, dass ich mir auch ohne ihre Hilfe einen gewissen Lebensstil leisten kann. Ich sollte mich nicht ablenken lassen, weder von Christines Dramen noch von meinen eigenen.

Und vor allem nicht von Devan.

Dieser Typ ist mir ein Rätsel, was vor allem daran liegt, welche Gefühle er in mir auslöst. Er reizt mich, auf eine Art und Weise, wie ich es noch nie zuvor erlebt habe.

Ich trete aus der Dusche und wickle mich in den dicken Bademantel, bevor ich den Schalter betätige, der die Scheibe zwischen Bad und Wohnraum wieder durchsichtig werden lässt. Diese Technologie grenzt für mich immer noch an Zauberei. Ich ziehe eine der breiten Schubladen des Badezimmerschranks auf, um mir ein frisches Handtuch herauszunehmen. Und halte verwirrt inne. Sekundenlang stehe ich einfach nur da, eine Hand auf dem Griff der Schublade, die andere am Saum des Bademantels, und versuche, meine wiederholt durchdrehenden Nerven zu beruhigen.

In der Schublade liegen Handtücher.

Und oben auf dem Stapel liegt eine kleine, sorgfältig gefaltete Blume aus Karton, deren weinrote Farbe sich überdeutlich von dem strahlenden Weiß des Stoffs abhebt.

13

LUCA

Bis zu meinem Treffen mit Jacob und den anderen habe ich mich wieder beruhigt. Ein wenig zumindest. Meine erste Reaktion auf die Blume war, dass ich am liebsten aus der Hütte gerannt wäre und an Devans Tür gehämmert hätte. Gott sei Dank liegt draußen immer noch zentimeterhoch Schnee, denn die Kälte war wohl die einzige Sache, die mich davon abgehalten hat, mich vollkommen lächerlich zu machen. Nachdem ich mich ein bisschen gesammelt habe, habe ich eingesehen, dass es für die Blume eine Erklärung gibt. Immerhin hängen diese Dinger sowohl im Hauptgebäude als auch im Hotel – sie scheinen eine Art Markenzeichen des *Ortiz* zu sein. Durchaus möglich also, dass die einzelne Blume auf den Handtüchern mit Absicht vom Housekeeping dort platziert wurde – ähnlich wie die Schokoladentäfelchen auf den Kopfkissen oder dem kunstvoll gefalteten Ende einer Toilettenpapierrolle. Klingt gut, ergibt Sinn.

Ich sehe von meinem Handy auf, als ich das unverkennbare Geräusch eines sich nähernden Motorschlittens höre. Ich war ein wenig zu früh, hauptsächlich um das WLAN des Hauptgebäudes zu nutzen und meine Social-Media-Kanäle zu aktualisieren. Vor ein paar Minuten ist Leander eingetroffen, hat sich aber sofort wieder entschuldigt, um jemanden vom Personal zu suchen, weil er wohl Probleme mit seinem Schlitten hat. Weder Christine noch Paul sind bislang aufgetaucht, und es wundert mich auch nicht sonderlich, dass es Devan ist, der in diesem Augenblick auf den kleinen Schotterparkplatz fährt und neben meinem Schlitten parkt.

»Alles gut?«, fragt er, sobald er den Helm abgesetzt hat, und mustert mich kurz von oben bis unten.

»Jap. Keine fliegenden Reinigungskräfte mehr.«

Ein Grinsen huscht über sein Gesicht. »Das beruhigt mich.«

Ich überlege einen Moment lang, ihm von der Blume zu erzählen. Als lustige Anekdote und Beweis dafür, dass meine Nerven wohl ein wenig mit mir durchgehen. Aber ich entscheide mich dagegen. Hauptsächlich, weil ich merke, dass ich mich langsam ein bisschen zu sehr für Devan interessiere. Da wäre es alles andere als hilfreich, wenn wir anfangen würden, Insider miteinander zu teilen.

»Hast du Paul oder Christine gesehen?«, frage ich stattdessen, nachdem ich ihm seinen Helm abgenommen habe, damit er seine Sachen aus dem Sitzfach holen kann.

Er schüttelt den Kopf. »Hab überlegt, ob ich Paul abholen soll, aber ehrlich gesagt glaube ich nicht, dass er begeistert gewesen wäre.«

Leander kommt um die Ecke und hebt kurz die Hand, als er Devan sieht. Dann deutet er über die Schulter Richtung Haupteingang. »Die anderen sind schon da.«

Unwillkürlich hebe ich die Augenbrauen. Es hätte mich nicht gewundert, wenn Christine überhaupt nicht mehr aufgetaucht, sondern einfach heimlich abgereist wäre. Ich hätte mich garantiert aus dem Staub gemacht. Nicht unbedingt wegen der Fremdgehgeschichte, vielmehr wegen der Tatsache, dass Paul lautstark behauptet hat, sie sei nur durch seinen Einfluss an diesen Platz im Assessment-Center gekommen. Sollte das denn überhaupt stimmen.

Zugegebenermaßen bin ich ein bisschen neugierig, als ich um die Ecke biege und tatsächlich Paul, Christine und Jacob in einem lockeren Halbkreis zusammenstehen sehe. Ich mustere Christine, die deutlich besser aussieht als vorhin. Die schwarzen Spuren ihrer verlaufenen Mascara sind verschwunden, und sie ist eindeutig frisch geschminkt – keine Spur mehr von den violett schimmernden Augenringen. Sie trägt ein perfekt aufeinander abgestimmtes Outfit aus grauem Schneeanzug, einer passenden Mütze und einer Schneebrille, die nagelneu aussieht. Das sind ganz sicher nicht die Klamotten, die wir vom Resort gestellt bekommen haben. Alles in allem wirkt sie wie das Model aus einem Après-Ski-Magazin. Auch Paul macht einen gefassteren und irgendwie … keine Ahnung, glücklicheren Eindruck als noch vor ein paar Stunden.

Verdammt. Die neugierige Seite von mir will wirklich gerne wissen, was in der Zeit passiert ist, seit ich Christine in der Lobby zurückgelassen habe. Aber Jacob ist dabei, und es wäre wohl alles andere als professionell, nachzufragen. Jacob ist der Kumpeltyp, aber ich will nicht riskieren, ihm gegenüber zu freundschaftlich zu werden und damit seine Funktion aus den Augen zu verlieren. Also halte ich die Klappe und hebe nur kurz die Hand zur Begrüßung.

Sobald wir alle versammelt sind, erklärt Jacob uns den Plan für den Nachmittag. Wir werden mit den Schneemobilen die Gegend erkunden, was ich ziemlich cool finde. Zum einen, weil meine beiden Solotouren dafür gesorgt haben, dass ich Motorschlittenfahren gar nicht mehr so furchtbar finde, zum anderen, weil ich gespannt darauf bin, die Umgebung kennenzulernen und etwas anderes zu sehen als das Haupthaus und die Chalets. Wir gehen gemeinsam zurück zu den Schlitten und einigen uns auf eine Reihenfolge. Der Sinn dahinter ist, dass wir uns an unserem Vordermann orientieren und auf die

Art und Weise hoffentlich niemanden verlieren. Das Ganze erinnert mich ein bisschen an früher, als wir während Klassenausflügen gefragt wurden, ob jeder seinen Sitznachbarn dabeihat. Als wir starten, steuert Jacob zuerst die breite Zufahrtsstraße hinunter, biegt dann jedoch nach rechts auf einen kleinen Weg ab, der um das Gebäude herum zum See führt. Das Gewässer ist deutlich größer, als es den Anschein hatte – der See erstreckt sich über mehrere Meilen und endet an einem kleinen Bootshaus samt Steg und Bootsanleger. Dann geht der Weg in einen unbefestigten Pfad über, und wir fahren hinaus in die freie Landschaft. Unwillkürlich muss ich lachen, als Jacob das Tempo erhöht und wir alle nacheinander Gas geben. Der Wald liegt zu unserer Rechten, vor uns ist nichts als freie Fläche. Ich bin ein wenig zu dicht hinter Devans Schlitten und weiche zur Seite aus, als mich eine Ladung Schnee im Gesicht trifft, die von seinen hinteren Kufen hochgeschleudert wird. Aber das ist mir egal. Das Gefühl der Freiheit macht süchtig! Die Landschaft rast an uns vorbei, der Schnee reflektiert die gleißende Nachmittagssonne, und in der Ferne erhebt sich das Gebirge, als würde es den Horizont einrahmen. Nach ein paar Minuten fällt das Gelände links von uns ab, und wir können das Dorf sehen, das sich in das schmale Tal drängt und von hier oben aussieht wie eine Installation in einem Miniaturland. Der größtenteils unberührte Schnee glitzert so sehr, dass ich mich dabei erwische, mich zu fragen, ob er unecht ist. Das alles hier wirkt eher wie die gestellte, perfekt ausgeleuchtete Kulisse eines Hallmark-Weihnachtsfilms, nicht wie die raue Natur Colorados. Alles sieht unwirklich aus, wie eine Illusion. Das Einzige, was in diesem Moment zu existieren scheint, sind wir.

Es kommt mir vor, als hätte das Eagle County sich vorgenommen, sich nur für uns von seiner besten Seite zu zeigen.

Der Nebel vom Vormittag hat sich verzogen, der Himmel ist klar und unglaublich blau, und die kalte Wintersonne taucht alles in ein unwirkliches Licht. Jacob gestikuliert und bedeutet uns, uns wieder in einer Reihe anzuordnen. Wir drosseln das Tempo und fahren über einen schmalen Pass am Fuße des Eagle Mountain, eines der größten Skiberge Nordamerikas. Ich kann einige der Back Bowls erkennen, die dieses Gebiet bei Wintersportlern, vor allem Snowboardern, so beliebt machen. Back Bowls sind Talschüsseln, in denen sich Tiefschnee sammelt und die aus diesem Grund selbst dann unverspurtes Gelände bieten, wenn es tagelang keinen Neuschnee gab. Sie werden nicht präpariert, sondern sind größtenteils naturbelassen, werden aber trotzdem von der Bergwacht abgesichert und sind durch die Skilifte gut erschlossen. Im Grunde bieten sie Pisten innerhalb der gewöhnlichen Abhangpisten und können auch ohne Guide befahren werden. Als wir den Hang passieren, lege ich den Kopf in den Nacken und folge mit dem Blick den winzig wirkenden Liftsystemen, die sich über diese Seite des Berges ziehen. Es sieht aus, als hätte jemand mit einem gigantischen Bleistift feine Linien in den Schnee gezeichnet. Hier und da liegt ein Abhang frei und durchbricht das unberührte Weiß. Es hat erst gestern Nacht richtig geschneit, aber in ein paar Tagen werden selbst diese steinigen Abhänge bedeckt sein. Wahrscheinlich scharren bereits jetzt Tausende Skifahrer auf der Welt mit den Füßen und zählen die Tage, bis die Saison endlich offiziell startet.

Wir halten kurz an ein paar der Liftstationen, die laut Jacob zu den Anlaufstellen gehören, die vom *Ortiz*-Personal empfohlen werden, danach an einer Aussichtsplattform inmitten eines Waldes an der Südseite des Hangs, die irgendwie indirekt ebenfalls zum Resort gehört, weil Mr Ortiz senior sie privat finanziert hat. Im Wald liegt weniger Schnee als auf dem offenen Gelände, aber insgesamt merkt man der Gegend an, dass sie für Motorschlitten und Schneefahrzeuge ausgelegt ist. Überall gibt es schmale Pfade zwischen den Bäumen, gerade breit genug für die Schneemobile, und an jeder Biegung steht ein kleiner Wegweiser, der Wander- und Fahrwege ausweist.

Als wir die Schlitten am Rand der Plattform parken und ich absteige, unterdrücke ich ein Stöhnen. Während der Fahrt war mir gar nicht klar, wie sehr ich offenbar meine Oberschenkel angespannt habe. Sie tun höllisch weh und fühlen sich irgendwie steif an, als hätten meine Muskeln vergessen, wie man sich bewegt. Ich verziehe das Gesicht und bemerke, dass Devan mich angrinst.

Allerdings sind sämtliche Gedanken an meinen Hintern und wunde Oberschenkel sofort vergessen, als ich an das Geländer der Plattform trete. Die Aussicht ist gigantisch und raubt mir einen Moment lang tatsächlich den Atem. Mit steifen Fingern schiebe ich meine Skibrille hoch auf die Stirn. Sofort beginnen meine Augen zu tränen, weil das reflektierte Sonnenlicht auf dem Schnee mich blendet. Trotzdem ist der Ausblick, der sich mir bietet, umwerfend. Unter uns erstreckt sich der Hang und an dessen Fuße Eagle Creek. Von hier oben wirkt der Ort noch winziger. Wenn man nicht genau hinsieht, könnte man ihn für eine Ansammlung dunkler Felsen halten, die sich in das Tal zwischen den umliegenden Bergen schmiegen. Undeutlich erkenne ich den Highway, über den wir gestern in Anas Auto hergekommen sind und der sich nach einer Weile hinter dem Gebirge verliert. Die Anfahrt ist mir ewig lang vorgekommen, von hier oben jedoch wirkt alles klein und irgendwie bedeutungslos. Der Wind fährt mir schneidend über das Gesicht, und ich kann meine Finger trotz der dicken Handschuhe kaum noch spüren, dennoch breitet sich ein Lächeln auf meinem Gesicht aus.

Christine hat ihr Handy gezückt und macht ein Video von sich selbst, in dem sie die Landschaft beschreibt. Ich bin mir nicht sicher, ob sie Material für das Assessment-Center sammelt oder Content für ihren Social-Media-Account erstellt. Ich hole ebenfalls mein Handy aus der Tasche und mache ein paar Fotos, allerdings keine Selfies. Dieser Aussichtspunkt ist verdammt schön, und auch wenn er – wenn ich mich richtig erinnere – auf der Website des *Ortiz* als Ausflugsziel aufgelistet ist, sollte er meiner Meinung nach deutlich mehr Aufmerksamkeit auf Social Media bekommen. Ich mache mir schnell eine Notiz auf dem Handy.

»Soll ich ein Foto von dir machen?«, fragt Jacob, der neben mich getreten ist.

Lachend schüttle ich den Kopf. »Ich bin kein großer Fan von Selfies. Die Leute sollen immerhin die Landschaft und das Resort bewundern, nicht mich.«

Er grinst. »Gute Antwort«, sagt er, dann nickt er mit dem Kopf zu dem kleinen Spielzeugdorf hinunter. »Wahnsinn, oder? In ein paar Wochen wimmelt es hier nur so von Touristen. Ich fühle mich jedes Mal wie ein VIP, wenn ich vor der Saison und dem Besucheransturm hier sein darf.«

»Stimmt, daran habe ich überhaupt nicht gedacht«, antworte ich, ohne den Blick abzuwenden. Diese Idylle ist auch deswegen so beeindruckend, weil wir beinahe die einzigen Menschen hier oben sind. Auf dem Hinweg sind wir hin und wieder Wanderern, mit Schlitten beladenen Familien und auch einigen Skifahrern begegnet, aber das ist sicher nichts im Vergleich zu dem Andrang, der hier in ein paar Wochen herrschen wird.

»Kommst du gerne hierher?«, frage ich Jacob, nachdem wir ein paar Sekunden lang schweigend die Umgebung bewundert haben. »Oder nur zum Arbeiten?«

Jacob legt den Kopf schief, als hätte er noch nie zuvor über diese Frage nachgedacht. »Früher habe ich es hier geliebt«, antwortet er schließlich und lächelt. »Wir waren immer in den Ferien hier, und es hat sich angefühlt wie ein riesiger Abenteuerspielplatz. Ich glaube, jedes Kind findet Hotels cool, aber für mich war es noch besser, weil ich überall herumlaufen durfte und die Mitarbeitenden mir Süßkram zugesteckt haben. Schlitten fahren, Schneemänner bauen … das Übliche eben.«

Ich nicke langsam. »Klingt nach dem Paradies.«

»War es auch.«

»Was hat sich geändert?«

Er schneidet eine Grimasse und mustert mich kurz von der Seite. »Ist das so offensichtlich?«

»Nicht direkt.« Ich zucke mit den Schultern. »Man merkt, dass du stolz auf das alles hier bist. Aber manchmal habe ich den Eindruck, du versuchst ein bisschen zu sehr … wie soll ich das sagen, den professionellen Abstand zu wahren, verstehst du? Als hättest du eigentlich lieber Spaß, und dann fällt dir zwischendurch wieder ein, was deine Funktion ist.«

Lachend streckt er die Arme über den Kopf. »Das war eine ziemlich treffende Psychoanalyse, Luca.«

»Die Rechnung kommt.«

Er schnaubt. »Ich liebe das alles hier, und es ist mir schon wichtig, dass die richtige Person die Stelle bekommt. Ich helfe meinem Onkel gerne, aber irgendwann hat sich unser Verhältnis einfach geändert. Zuerst war das hier Urlaub, aber spätestens als ich aufs College gegangen bin, haben meine Eltern und mein Onkel sehr deutlich gemacht, was sie von mir erwarten. Mein Onkel hat keine eigenen Kinder, und ich weiß, dass er es gerne sehen würde, wenn das Hotel in der Familie bliebe. Alles, was ich getan habe, wurde bewertet. Es hatte nur noch wenig mit Spaß zu tun.«

Neugierig sehe ich ihn an. »Du würdest das hier nicht übernehmen wollen?«, hake ich nach und mache eine Handbewegung, die die gesamte atemberaubende Landschaft einschließt. »Die Vorstellung, dass das alles hier irgendwann dir gehören könnte, muss doch unglaublich sein. Vor allem, wenn du den Ort eigentlich liebst.«

»Keine Ahnung«, seufzt er. »Irgendwann vielleicht. Aber solange mein Onkel lebt, wäre es nie so richtig meins, oder? Ich müsste alles so machen, wie er das gerne hätte. Und ich bin mir ziemlich sicher, dass ich das nicht lange aushalten würde.«

»Verstehe ich. Trotzdem hättest du es verdient. Man merkt, dass du das Beste rausholen willst.«

»Vielen Dank.« Er lacht leise. »Falls ich mal Kinder habe, will ich, dass sie hier Urlaub machen können. Deswegen muss ich wenigstens den Schein waren. Auch ein Grund, warum ich hier für euch den Babysitter spiele.«

Lachend schüttle ich den Kopf. Ich bin dankbar dafür, dass Jacob sich allmählich entspannt. Es ist deutlich einfacher, mit ihm umzugehen, wenn ich ihn besser einschätzen kann. Ich mag ihn. Und es schadet auf keinen Fall, wenn ich ihm ebenfalls sympathisch bin.

Nachdem wir noch ein paar Fotos und Videos gemacht haben – wobei Devan das Handy falsch herum direkt über den Schnee gehalten hat und in einem Affentempo durch eine Schneewehe gerannt ist, um eine Art Actionaufnahme zu machen –, kündigt Jacob die Heimreise an. Ich bin ein bisschen enttäuscht, gleichzeitig aber auch erleichtert, weil ich dringend eine Schlittenpause brauche. Wir fahren hinunter in den Ort, um dort etwas zu essen.

Beim Abendessen sprechen wir über den nächsten Tag, und Jacob erklärt uns die Aufgaben, die wir bis morgen zu erledigen haben. Die erste richtige Herausforderung, in der wir uns beweisen müssen: eine Präsentation über einen Aspekt des Resorts, den wir uns selbst aussuchen dürfen. Ich bin ein bisschen aufgeregt und gehe in Gedanken sämtliche Bereiche durch, zu denen mir eine Marketingstrategie einfällt. Als ich Devan ansehe und seinen konzentrierten Gesichtsausdruck bemerke, ist mir klar, dass er das Gleiche tut. Jetzt kommt es drauf an – und das ist jedem von uns bewusst.

Den Rest des Abends jedoch unterhalten wir uns einfach über Belanglosigkeiten. Wir alle entspannen uns allmählich, auch wenn mir immer wieder die Blicke auffallen, die Devan, Leander und ich – und selbst Jacob – Christine und Paul zuwerfen. Denn die beiden wirken tatsächlich, als wäre nichts passiert. Beinahe, zumindest. Sie halten weder Händchen, noch reden sie direkt miteinander, aber sie lachen mit uns, beteiligen sich an der Unterhaltung und wirken insgesamt irritierend ausgelassen. Selbst Christine ist wieder so freundlich zu mir, als wäre nichts gewesen. Entweder haben die beiden miteinander gesprochen, und die ganze Fremdgehsache hat sich als großes Missverständnis herausgestellt, oder aber sie sind die besten Schauspieler, die ich je in meinem Leben gesehen habe.

Auch Jacob wirkt viel lockerer und nicht mehr halb so steif wie noch am Morgen oder gestern Abend. Vielleicht hat er nicht mehr das Gefühl, ständig den Chef spielen zu müssen, oder hat seine Rolle ganz einfach vergessen. Im Plauderton erzählt er uns von seinem Studium und dem Auslandsjahr in Spanien, das er während der Highschool gemacht hat.

Die Rückfahrt verläuft für mich ein wenig angespannter als die bisherige Tour, weil mich die Dunkelheit nervös macht. Zwar sind die Scheinwerfer der Schneemobile ziemlich hell und ich fahre in einer Reihe zwischen Paul und Devan, trotzdem rechne ich jeden Moment damit, dass ein Elch oder ein Berglöwe vor meinen Schlitten springt und eine Massenkarambolage auslöst. Als wir das Hauptgebäude erreichen, hupt Jacob und hebt kurz die Hand zum Abschied, während wir anderen Richtung Anhöhe weiterfahren. Ich bin zugegebenermaßen ein bisschen neugierig darauf, ob Christine und Paul die Nacht im selben Chalet verbringen oder einer von beiden möglicherweise in die verbliebene leere Hütte gezogen ist, aber vielleicht sollte ich auch einfach mal aufhören, meine Nase in die Angelegenheiten anderer Leute zu stecken.

Nachdem wir unsere Schlitten geparkt haben und die Scheinwerfer erloschen sind, müssen sich meine Augen einen Moment lang an die Dunkelheit gewöhnen. Dann schält sich die geisterhafte Umgebung aus der Nacht und lässt mich erschaudern. Der Schnee scheint beinahe zu leuchten. Der Mond und die Sterne sind hinter einer dicken Wolkendecke verborgen, das einzige elektrische Licht spendet eine kleine Wandlampe an dem Gebäude am Rande des Parkplatzes. Vorsichtig strecke ich meine Finger, weil ein Teil von mir sicher ist, dass sie trotz der Handschuhe inzwischen abgestorben sein müssten. Als ich meinen Mund öffne, fühlt es sich an, als ob Tausende feine Nadeln in meine Haut stechen würden. Ich bin vollkommen durchgefroren, und alles, woran ich denken kann, ist eine verdammt lange, verdammt heiße Dusche.

Ich schließe den Schlitten ab und verstaue Schlüssel und Skibrille in meinem Helm, den ich mir unter den Arm klemme. Ich muss ein bisschen lachen, als ich die anderen ansehe, die allesamt ein wenig o-beinig dastehen. Dabei gebe ich wahrscheinlich genau dasselbe Bild ab. Stehen oder Laufen fühlt sich irgendwie unnatürlich an. Als hätte die lange Zeit auf dem Schlitten in Kombination mit dem ununterbrochenen Vibrieren des Motors unsere Muskeln paralysiert.

»Bis morgen«, verabschiedet sich Paul, sieht aber keinen von uns direkt an. Auch Christine meidet unseren Blick. Sie dreht sich wortlos um und folgt Paul den einsamen Weg hinauf, der zu ihrer Hütte führt. Ein paar Sekunden lang sehe ich ihnen hinterher, dann drehe ich mich zu Leander und Devan um.

»Irgendwelche Insiderinformationen, an denen ihr mich teilhaben lassen wollt?«, frage ich.

Leander zuckt mit den Schultern. »Ich weiß von nichts, aber ich habe auch nicht erwartet, dass Paul mir sein Herz ausschüttet. Vielleicht haben sie es geklärt.«

»Oder Waffenstillstand vereinbart, solange sie hier sind«, fügt Devan hinzu und streckt sich. »Ich brauche eine heiße Dusche. Ich glaube, mir sind ein paar Gliedmaßen abgestorben.«

Ich verziehe das Gesicht. Meine Füße schmerzen, als wäre jemand mit einem seiner Schlitten drübergefahren. Vor Monaten habe ich mir mal eine Dokumentation über Bergsteiger auf dem Mount Everest angeguckt, denen in regelmäßigen Abständen ein paar Zehen abgefroren sind. So ähnlich muss sich das wohl anfühlen.

Gemeinsam gehen wir hinauf zu der Anhöhe, auf der die Chalets stehen. Die kleinen Laternen an den Seiten des Weges springen jedes Mal kaum einen Meter vor uns an, wie ein Spalier aus goldenem Licht. Etwa auf der Hälfte fällt mein Blick auf meine Hütte, die ganz links, ein wenig abseits steht. Trotz der Dunkelheit erkenne ich schemenhaft die unberührte Schneefläche, die sich dahinter erstreckt, und weiter hinten die schwarzen Schatten des angrenzenden Waldes. Die spitzen Wipfel sehen aus wie tote Finger, die sich in den Himmel strecken, um die Wolken zu berühren. Ich erschaudere und beschleunige meine Schritte ein wenig, um zu Devan und Leander aufzuschließen, die sich gerade über eine neue Funktion auf Twitch unterhalten, die anscheinend die Zuschauerzahlen drückt. Ich kann meinen Blick nicht von meiner Hütte abwenden, die sich dunkel und beinahe unheilvoll vor dem blassen

Schnee abzeichnet. Es gibt eine kleine Lampe über der Tür, die sich nach Einbruch der Dunkelheit scheinbar automatisch einschaltet. Aber die spendet kaum Licht und schafft es nicht einmal ansatzweise, die unheimliche Stimmung, die von dem Chalet ausgeht, zu vertreiben. Theoretisch weiß ich, dass die ganze Szenerie auf mich nur deshalb so unheimlich wirkt, weil es beinahe Nacht ist. Ich kann die Lampen einschalten, sobald ich drin bin, den Fernseher oder Musik anmachen. Ich kann die Dunkelheit und die Bedrückung mit Licht und Geräuschen vertreiben. Trotzdem fühlen sich meine Füße plötzlich schwerer an, und es kostet mich mehr Überwindung, einen weiteren Schritt auf dem festgetretenen Schnee zu machen. Es hat seit heute Mittag nicht mehr geschneit, was bedeutet, dass die Fußspuren wahrscheinlich noch zu sehen sein werden. Allein bei dem Gedanken daran erschaudere ich erneut.

Einen kurzen Moment lang überlege ich, umzukehren, zurückzufahren und mir ein Zimmer in dem Hotel zu organisieren. Ein Zimmer in einem richtigen Gebäude, mit mehreren verschlossenen Türen und zumindest dem Anschein von Zivilisation in der unmittelbaren Umgebung. Aber ich entscheide mich dagegen. Natürlich. Ich bin eine erwachsene Frau, und es gibt nichts Rationales, vor dem ich mich fürchten muss.

Leander verabschiedet sich ebenfalls und macht sich querfeldein auf den Weg zu seinem Chalet. Devan bleibt stehen und dreht sich zu mir um, sein Blick ist allerdings auf meine Hütte gerichtet, und in seinen Augen erkenne ich eine ähnliche Sorge wie die, die mein Herz die vergangenen Minuten eine Spur zu schnell hat schlagen lassen. Ich sage nichts, sondern warte, bis er mich ansieht.

»Gute Nacht«, verabschiede ich mich, während ich versuche, so viel gespielte Leichtigkeit in meine Stimme zu legen wie möglich.

Er runzelt die Stirn. »Alles okay?«

»Ich glaube, ich habe mir ein paar Körperteile abgefroren.« Ich umfasse den Helm unter meinem Arm fester. »Hoffentlich gibt es hier oben genug warmes Wasser für uns alle.«

Devan grinst kurz, wird dann aber wieder ernst, bevor er mich forschend mustert. »Kommst du klar? Oder soll ich kurz mit reinkommen und mich umsehen?«

Ich zwinge mich dazu, nicht über seine Worte nachzudenken. Denn wenn ich mir bewusst mache, dass Devan es für eine gute Idee hält, meine Unterkunft nach möglichen Eindringlingen abzusuchen, schaffe ich es vermutlich nicht, heute Nacht dort zu bleiben. Also schüttle ich nur energisch den Kopf.

»Das ist lieb, aber nicht nötig. Du musst an deiner Präsentation arbeiten, genau wie ich.« Mein Lächeln ist vielleicht eine Spur zu breit. »Ich habe vorhin überreagiert, ehrlich. Wir sehen uns morgen, okay?«

Ein paar Sekunden lang zögert er. »Ich warte auf dich, okay? Dann können wir zusammen runterfahren.«

»Ich bin gut im Schneemobilfahren«, erinnere ich ihn spitz. »Ich brauche keinen Fahrlehrer mehr, tut mir leid.«

Einer seiner Mundwinkel hebt sich, kaum merklich. »Ist mir egal. Ich komme dich um halb zwölf abholen.«

»Wie du willst.«

»Schlaf gut, Luca.«

Ich warte darauf, dass er sich abwendet, aber er rührt sich nicht von der Stelle. Ich vermute, dass er warten will, bis ich sicher in meiner Hütte bin, und ehrlich gesagt bin ich ihm dankbar für diese Geste. Ich spüre seine Blicke im Rücken, als ich mich umdrehe und beim Laufen meine Keycard aus meiner Jackentasche krame. Meinen Blick halte ich zwanghaft auf die Tür gerichtet, weil ich die Fußspuren nicht sehen will. Ich muss an mein Mantra denken, mir Dinge anzuschauen, vor denen ich mich fürchte. Ihnen nicht die Macht zu geben, in meiner Vorstellung groß und übermächtig zu werden. Allerdings wage ich, zu bezweifeln, dass mir dieser Tipp meiner Großmutter hier und jetzt sonderlich helfen würde. Denn die Abdrücke sind nichts, was ich mir eingebildet habe oder was an Bedrohung verliert, wenn ich sie mir genauer ansehe. Sie sind real, und auch wenn das vielleicht lächerlich ist, sie jagen mir Angst ein.

Mit zitternden Fingern halte ich die Karte vor den Smart-Lock-Scanner und warte darauf, dass die Tür nachgibt. Sobald sie sich öffnet, schiebe ich die Karte in den kleinen Schlitz. Im Inneren gehen die Lichter an und verjagen zum Glück ein paar der düsteren Gedanken, die in meinem Verstand umherwirbeln. Ich winke Devans undeutlicher Gestalt auf dem Weg noch einmal zu, dann schließe ich die Tür hinter mir und atme erleichtert aus.

14

Wütend lasse ich mich in den gepolsterten Stuhl fallen. Das Gestell unter mir knarzt, als würde es sich noch entscheiden, ob es unter meinem Gewicht nachgeben will oder nicht. Mit zusammengebissenen Zähnen ziehe ich mein Handy aus meiner Hosentasche, zwinge meine Gesichtsmuskeln zu einem Lächeln, um es der Gesichtserkennungsfunktion leichter zu machen, und öffne dann die einzige App, die es auf meinen Homescreen geschafft hat. Allein bei der Vorstellung, diese Aufgabe auf dem räumlich begrenzten Bildschirm meines Smartphones zu erledigen, verziehe ich das Gesicht. In der Regel arbeite ich auf mehreren Bildschirmen, teilweise auf mehreren Geräten gleichzeitig. Das hier fühlt sich beinahe blasphemisch an. Aber ich habe keine Wahl. Mal wieder. Mein Leben wird seit Jahren von den Entscheidungen anderer von links nach rechts geschleudert, als wäre es ein Pingpongball in einer großen Wildwasserbahn. Ich habe auf die harte Tour gelernt, mich an die Unvollkommenheiten des Lebens anzupassen. Und ich bin verdammt gut darin geworden.

Im Stillen verfluche ich die unzulängliche Internetverbindung, während sich die App aufbaut. Zu Hause vergeht nicht einmal der Bruchteil einer Sekunde zwischen dem Antippen des Icons und dem vollständigen Herstellen der Verbindung. Noch ein Punkt, den ich auf meiner imaginären Liste der hassenswerten

Eigenschaften dieses Ortes ergänzen kann. Neben so vielen anderen Dingen, dass ich meine Liste vermutlich eher zu einem Notizbuch werde ausbauen müssen, noch bevor meine Zeit hier endet. Es ist mir völlig schleierhaft, wie man sich an diesem gottverlassenen Fleckchen Erde freiwillig aufhalten kann. Warum Menschen hart verdientes Geld ausgeben, um ihre kostbare Zeit hier zu verbringen.

Wobei die Klientel dieses Etablissements vermutlich kaum noch hart arbeiten muss für die lächerlichen Beträge, die sich auf ihren Bankkonten anhäufen. Sie alle sind Teil einer von Gott höchstpersönlich geküssten Gemeinschaft, die sich einbildet, ähnlich wie ihr gönnender Schöpfer über dem Rest der Menschheit zu stehen. Wir sind hier unten, während sie fernab der Realität in ihren wunderschönen Wolkenschlössern leben.

Als sich die App endlich geöffnet hat, tippe ich auf das Icon des Profils, zu dem ich seit Neustem Zugang habe. Das runde Bild des Accounts ist klein, trotzdem reicht es, um die Abneigung in meinem Inneren beinahe explodieren zu lassen. Paul Barnes ist der stupide Inbegriff der Durchschnittlichkeit und trotzdem die Personifikation von allem, was junge Leute sich einbilden, werden zu wollen. Auch ohne persönlichen Kontakt, sogar ohne Background-Check kann jedermann erkennen, dass Paul Barnes' Eltern zur mittleren bis oberen Oberschicht gehören. Diese Schlussfolgerung bedarf keiner hohen Intelligenz oder Auffassungsgabe, nicht einmal besonderer Aufmerksamkeit. Die Bilder, die zu einem ästhetisch ansprechenden und unbegreiflich belanglosen Feed angeordnet sind, zeigen die heilige Dreifaltigkeit der Trivialität: ein Haus, das sich mühelos in die Reihe jeder neureichen Anwesen in den USA eingliedert und wirkt, als würde es mit seinem fehlenden Wiedererkennungswert geradezu prahlen; ein schwarzer BMW, der offensichtlich weniger als Fortbewegungsmittel denn als Statussymbol angeschafft wurde; und stets makellose Freundinnen mit unnatürlich weißen Zähnen, die mit einem glitzernden Zwei-Karat-Ring am Finger an seinem im Fitnessstudio gestählten Oberarm hängen und ein perfektes, atmendes Accessoire für sein Leben darstellen.

Dieses Leben, das Paul Barnes hier eifrig zur Schau stellt, ist so austauschbar, dass es beinahe lustig ist. Lächerlich, lachhaft. Das ist vermutlich eine der Eigenschaften, die diese Art von Menschen zu gut zusammenfasst: Sie alle halten sich für ein Geschenk, das von Gott persönlich auf diese grausame Erde gesandt wurde, um uns andere mit ihrem Glanz zu beglücken. Und keiner von ihnen ist intelligent genug, um zu erkennen, dass sie alle einander gleichen wie beschissene Eier. Dass sie alle von eben dieser grausamen Erde verschwinden könnten, ohne eine Lücke zu hinterlassen. Dass sie bedeutungslos sind und keinerlei Beitrag leisten, abgesehen vielleicht für den Kapitalismus. Niemand würde sie vermissen, niemand würde nach ihnen suchen. Sie alle leben in einer Blase, und ich kann gar nicht beschreiben, wie sehr ich mich danach sehne, die Nadel zu sein, die diese fragile Hülle zum Bersten bringt. Um sie zu befreien, auf eine gewisse Art und Weise. Und um mich zu befreien, von der verdammten Rolle, die ich in dieser Scheinwelt schon viel zu lange zu spielen gezwungen bin.

Beinahe mit Gewalt reiße ich mich aus meinen Gedanken und konzentriere mich auf das verdammte Profil, das ich gerade geöffnet habe. Der Post und die Storys, die ich in Paul Barnes' Namen erstellt habe, sind verschwunden. Ich bin nicht überrascht, im Grunde hält er sich genau an die von mir aufgestellten Regeln dieses Spiels. Jedoch hatte ich die Konsequenzen meines Zugs offensichtlich falsch eingeschätzt. Ich war davon ausgegangen, dass dieser kleine Tritt reicht, um das Konstrukt seiner Beziehung zum Einsturz zu bringen. Paul Barnes gehört zu der armseligen Gruppe von Menschen, die ihre Lebensabschnittsgefährtinnen in ihren Social-Media-Profilen verlinken und ihre Verbindung auf jede erdenkliche Art und Weise mit der Öffentlichkeit teilen müssen. Doch trotz der Fotos, die ich in seinem Namen in die Welt hinausgetragen habe, hat sich nichts an seinem öffentlichen Beziehungsstatus geändert.

Das ist ärgerlich. Ein Rückschlag, zugegeben, wenn auch ein kleiner. Ich hatte angenommen, dass er und diese lächerliche Liaison, auf die er sich so viel einbildet, leichtere Ziele darstellen würden. Dass er der erste Name meiner kleinen *List of Six* sein würde, der ausradiert wird, bis nicht mehr von ihm übrig ist als die undeutlichen Spuren von Graphit auf Papier.

Zeit, nachzulegen. Es gilt allgemein als unschicklich, jemanden zu treten, der bereits am Boden liegt, aber immerhin hat Paul Barnes sich überraschend schnell wieder aufgerappelt. Kein Grund also, falsche Bescheidenheit oder gar Zurückhaltung vorzutäuschen. Ich erstelle einen neuen Post und pinne ihn ganz oben an sein Profil. Dann ändere ich das Passwort und sämtliche zur Verfügung stehende Verifizierungsmöglichkeiten, die es ihm erlauben könnten, sich einzuloggen oder seine Zugangsdaten eigenständig zurückzusetzen. Das habe ich beim ersten Mal nicht für notwendig gehalten, doch dieses Mal muss ich verhindern, dass die Sache unter den Teppich gefegt wird wie die unliebsamen Überbleibsel eines hässlichen Streits.

Dieses Mal wird es ihm die Beine unter dem Körper wegreißen. Und ich werde da sein, um ihn auf dem unbequemen, kalten Boden der Tatsachen willkommen zu heißen.

15

DEVAN

Donnerstag, 05. Oktober 2023

Meine Armbanduhr piept leise auf dem Küchentresen. Es ist Mitternacht, und ich bin immer noch nicht müde. Immerhin spüre ich inzwischen meine Finger und Zehen wieder, und zu meiner Erleichterung ist jeder von ihnen noch dran. Das heiße Wasser der Dusche hat beinahe wehgetan auf meiner unterkühlten Haut, trotzdem tat es verdammt gut. Auch wenn es die Kälte in meinem Inneren irgendwie immer noch nicht ganz vertreiben konnte. Ich frage mich, wie Menschen das machen, die in Gebieten leben, in denen das ganze Jahr über solche Temperaturen herrschen. Haben die irgendeinen Trick, oder frieren die einfach rund um die Uhr?

Ich steige aus meinem Bett und trete an das Panoramafenster. Es blickt auf den Wald hinaus, sodass sich eigentlich nur eine schwarze Wand vor mir erhebt. Der Himmel ist ein bisschen aufgeklart, und das silbrige Licht des Mondes überzieht alles mit einem kalten Schimmer, schafft es aber kaum, die Landschaft merklich zu erhellen. Die Welt sieht aus wie eingefroren. Ich verschränke die Arme vor der Brust und verenge die Augen, um in der Dunkelheit etwas erkennen zu können. Hier drinnen ist es heller als draußen, was die ganze Sache nicht unbedingt einfacher macht. Auf der Homepage bewirbt das *Ortiz* diese Chalets mit dem Versprechen, hin und wieder Wildtiere zu sehen, aber falls sich hier welche herumtreiben, habe ich sie noch nicht zu Gesicht bekommen. Ich frage mich, ob es auf dem Gelände irgendwo Kameras gibt oder sonstige Sicherheitsvorkehrungen. Immerhin befinden wir uns hier am Arsch der Welt, und in der Gegend gibt es beispielsweise Berglöwen, die sich sicher nicht von den wenigen Menschen abschrecken lassen, die hier oben in den Chalets wohnen.

Angespannt mache ich einen weiteren Schritt auf die Scheibe zu, bis meine Nase beinahe das Glas berührt. Ich halte die Luft an, damit mein Atem die Scheibe nicht beschlägt. So kann ich Lucas Hütte erkennen, wenn auch nur die eine Hälfte. Es brennt noch Licht, was mich ehrlich gesagt nicht überrascht. Sie hat vorhin ziemlich überzeugend so getan, als würde sie sich keine Gedanken machen, die Nacht alleine dort zu verbringen. Allerdings meine ich, in ihren Augen etwas anderes gelesen zu haben. Was ich verdammt gut nachvollziehen kann. Auch wenn ich angestrengt versucht habe, sie von einer logischen Erklärung für die herrenlosen Fußspuren zu überzeugen, weiß ich, dass sie mir nicht geglaubt hat. Diese Sache ist ziemlich unheimlich. Luca muss befürchten, dass jemand in ihrer Hütte gewesen ist, und dass sie trotzdem dortbleibt, zeugt von verdammt viel Mumm.

Seufzend wende ich mich ab und sehe mich ein wenig unschlüssig in meiner Hütte um. Ich sollte hier echt Ordnung schaffen, falls morgen tatsächlich jemand vom Reinigungstrupp vorbeischaut. Das *Ortiz* ist ein ziemlich großes Unternehmen, und ich finde es sowieso schon beeindruckend, dass sich die Verantwortlichen einen Studierenden von außerhalb in den Betrieb holen, um die Social-Media-Arbeit zu übernehmen. Es würde mich also nicht wundern, wenn selbst die

Mitarbeitenden vom Housekeeping instruiert wurden, um Bericht zu erstatten. In *meinem* Bericht soll also bestenfalls nicht stehen, dass meine Unterkunft aussieht wie das Kinderzimmer eines unordentlichen Fünfjährigen.

Während ich ein paar Klamotten aufhebe, locker zusammenfalte und in den Schrank räume, wandert mein Blick immer wieder zum Fenster. Von meiner Position aus kann ich Lucas Hütte nicht mehr sehen, nicht einmal das Licht, das durch ihr Fenster auf den Schnee fällt. Obwohl ich weiß, dass die anderen allesamt in unmittelbarer Umgebung sind, schaffen es diese Chalets sehr überzeugend, den Eindruck zu vermitteln, als wäre man der einzige Mensch auf der Welt. Sie alle sind so positioniert, dass man durch die Glasfront ausschließlich unberührte Natur sehen kann – es sei denn natürlich, man drückt sich wie ein Trottel gegen die Scheibe, wie ich es gerade eben getan habe. Das ist für Paare vielleicht romantisch, wenn man allein ist, wirkt es jedoch eher einsam als idyllisch.

Zwanzig Minuten lang räume ich auf, während ich mir eine Wiederholung von *Criminal Minds* ansehe. Keine kluge Wahl in Anbetracht der Umstände, vor allem, weil es diese Folge wirklich in sich hat. Ich greife nach meinem Handtuch, das über der Rückenlehne des Schreibtischstuhls hängt, und verziehe das Gesicht, als ich bemerke, dass es immer noch nass ist. Gerade als ich es aufhängen will, ertönt ein leises, kaum wahrnehmbares Geräusch, das hier definitiv nicht hingehört.

Das Röhren eines Motors.

Den Bruchteil einer Sekunde lang erstarre ich und halte den Atem an, dann gehe ich hinüber zum Nachttisch und nehme die Fernbedienung in die Hand, um den Ton auszuschalten. Das Geräusch ist verstummt. Nichts ist zu hören, es ist so ruhig, dass die Stille auf mein Trommelfell drückt. Stirnrunzelnd schaue ich auf den Fernseher, auf dem sich immer noch stumm die gleiche Szene abspielt: Die Ermittler sind in einer Mall, um irgendjemanden zu befragen. Das Geräusch passt nicht in die Handlung rein, es kam definitiv von draußen.

Mit klopfendem Herzen gehe ich auf die Tür zu. Von dem Fenster aus kann ich den Sammelplatz am Fuße der Anhöhe nicht erkennen, aber falls sich tatsächlich jemand dort draußen herumtreibt, will ich es wissen. Lucas Gesicht taucht in meinen Gedanken auf. Ihre Hütte liegt dem kleinen Parkplatz am nächsten.

Als ich die Tür öffne, schlägt mir die eisige Nachtluft entgegen, als würde mich eine Faust treffen. Ich schnappe nach Luft und schlinge die Arme um mich, auch wenn das kaum etwas hilft. Meine Socken durchweichen in dem Moment, in dem sie den Schnee berühren, aber auch das ignoriere ich. Ich mache ein paar Schritte hinaus und sehe hinunter zu dem verlassen daliegenden Parkplatz. Im dürftigen Licht des Mondes kann ich nur die Schemen des kleinen Gebäudes erkennen. Das Licht, das vor ein paar Stunden noch an der Seite des Hauses gebrannt hat, ist erloschen. Kein Motor zu hören, keine Scheinwerfer, die die Nacht durchschneiden. Auch die kleinen Lichter am Rand des Weges sind nicht eingeschaltet. Was bedeutet, dass niemand dort entlanggelaufen sein kann.

Ein paar Sekunden lang stehe ich da und versuche mit zusammengekniffenen Augen, die einzelnen Schneemobile auszumachen. Aber es ist zu dunkel. Von hier aus kann ich weder erkennen, ob einer der Schlitten fehlt, noch, ob einer dort steht, der nicht hier sein sollte.

Gerade als ich mich umdrehen will, ertönt ein leises Knacken, und die erste kleine Laterne unten am Weg flackert kurz, dann wirft sie ihr warmweißes Licht auf den sie umgebenden Schnee.

Der Bewegungsmelder wurde ausgelöst.

Ich halte den Atem an und lausche über mein plötzlich wie wild klopfendes Herz in die Dunkelheit. Der Lichtkegel ist kaum nennenswert, trotzdem suchen meine Augen den dunklen Weg ab, den Parkplatz, alles, versuchen sich verzweifelt an die allumfassende Dunkelheit zu gewöhnen. Nichts. Ich sehe niemanden, höre nicht den leisesten Windhauch.

Minutenlang stehe ich da, dann wende ich mich zögernd ab, gehe wieder hinein und schließe die Tür hinter mir. Ich schließe zweimal ab und kontrolliere auch den manuellen Riegel der Hintertür. Meine Handflächen fühlen sich schwitzig an.

Ein wenig ratlos sehe ich mich in meinem so friedlich aussehenden Zimmer um. Das alles ist doch bescheuert. Meine Nerven liegen offensichtlich doch mehr blank, als ich zugeben wollte. Vielleicht sollte ich die Serie lieber ausschalten und mir stattdessen etwas Heiteres ansehen – *My Little Pony* zum Beispiel.

Trotz meiner eigenen Überredungsversuche schalte ich den Ton des Fernsehers nicht mehr ein, sondern lausche in die Dunkelheit hinaus. Der Wald knackt und flüstert außerhalb der Hütte, und nach fünf Minuten bilde ich mir ein, das knarzende Geräusch zu hören, das schwere Stiefel in weichem Pulverschnee hinterlassen. Mein Nacken beginnt zu kribbeln, und mein Kopf dreht sich ruckartig in die Richtung des Fensters. Nichts zu sehen außer meinem eigenen, undeutlichen Spiegelbild und den Schatten des Zimmers. Wäre das hier ein Horrorfilm, würden sich jetzt aus der Dunkelheit die schemenhaften Gesichtszüge eines Mannes schälen, am besten noch mit einem spöttischen Grinsen und schiefen Zähnen.

»Scheiße«, keuche ich und lache trocken über mich selbst. Ich bin richtig, richtig gut darin, mich selbst zu beruhigen.

Energisch öffne ich den kleinen Kühlschrank und greife nach der Wasserflasche darin. Ich leere sie in einem Zug. Gerade als ich darüber nachdenke, einfach schlafen zu gehen oder mir irgendeinen Podcast anzuhören, vibriert mein Handy auf meinem Bett.

Ich entsperre das Display und runzle die Stirn, als ich die unbekannte Nummer betrachte. Es ist eine WhatsApp-Nachricht, aber die kleine Vorschau zeigt nichts an, weil die App erst wissen will, ob ich die Nummer für sicher halte. Erneut hüpft mein Herz ein paarmal auf und ab, dann öffne ich die Nachricht.

Wahrscheinlich schläfst du schon, aber falls nicht: Kann ich kurz rüberkommen?

Die zweite Nachricht ist so schnell abgeschickt worden, dass sie scheinbar zeitgleich mit der ersten angekommen ist:

Hier ist Luca btw

Meine Daumen fliegen so schnell über die Tastatur, dass ich mich zweimal vertippe und noch einmal von vorne anfangen muss.

Bleib, wo du bist. Bin in 5 Minuten da!

16

LUCA

Ich werfe das Handy auf die Matratze, als hätte ich mich daran verbrannt. Nachdem ich geschlagene zwei Stunden darüber nachgedacht habe, meinen Stolz über Bord zu werfen und Devan zu schreiben, fühle ich mich ehrlich gesagt ein bisschen erleichtert. Mag sein, dass ich mich lächerlich mache, aber sollte das der Fall sein, ist es mir egal. Nach diesem Assessment-Center werde ich Devan vermutlich niemals wiedersehen, abgesehen von ein paar zufälligen Begegnungen auf dem Campus. Und da kann es mir wirklich egal sein, was er über mich denkt. Ich war schon so weit gewesen, mich einfach ins Bett zu legen und mich dazu zu zwingen, zu schlafen. Aber dann habe ich den Motorschlitten gehört, und meine Nerven haben gemeinschaftlich mit meinem Stolz ihre Sachen gepackt und sich aus dem Staub gemacht.

Geräuschvoll atme ich aus, während ich meine Hände unter meine Oberschenkel schiebe und zur Panoramascheibe schaue. Dahinter erstreckt sich eine ebene Schneefläche, eingegrenzt von der schwarzen Wand aus Bäumen. Allein bei dem Anblick überzieht eine Gänsehaut meine Arme, dennoch zwinge ich mich, hinzusehen, in der Hoffnung, dass die eingebildeten Schatten in der Nacht verschwinden, wenn ich meinem Verstand beweise, dass da draußen nichts ist, wovor ich mich fürchten müsste.

Nach ein paar Minuten, in denen ich meinem zu schnell schlagenden Herzen lausche, höre ich Schritte draußen im Schnee. Im ersten Moment zieht mein Herz sich zusammen, und ein Schmerz schießt von meiner Brust hinunter in meine Magengegend, aber dann reiße ich mich zusammen. Das ist Devan, mein Gott! Ich muss mich echt mal entspannen.

Eilig stehe ich auf und renne zur Tür, dann drücke ich meine Wange gegen den schlichten Spion. Eigentlich gucke ich nie durch diese Dinger, weil ich die irgendwie gruselig finde, aber das ist in dieser Situation die bei Weitem bessere Wahl, als ungesehen die Tür aufzumachen.

»Hey«, sage ich atemlos, nachdem ich geöffnet habe. »Du bist gekommen.«

Er sieht mich ernst an. »Du hast mich hergebeten.«

Stirnrunzelnd mustere ich ihn von oben bis unten. »Himmel, Devan!«, rufe ich, als mir seine Klamotten auffallen. »Draußen sind Minusgrade!«

»Ach was«, antwortet er trocken, schiebt mich ein paar Schritte zurück und schließt dann die Tür hinter sich. Er trägt lediglich eine Jogginghose und einen braunen Hoodie. Die Schneestiefel machen sein Outfit da auch nicht besser. Er geht ein wenig in die Knie, um mir in die Augen schauen zu können. Sein Blick ist so intensiv, dass ich unwillkürlich die Zähne zusammenbeiße. »Geht's dir gut?«

Ich nicke. »Danke, dass du gekommen bist. Wirklich, das ist … nett.«

Einer seiner Mundwinkel hebt sich. »Ich bin ein *netter* Kerl, Luca.«

Devan geht an mir vorbei, schnappt sich die Decke von meinem Bett und wickelt sie um seine Schultern. Er kann nur zwei, höchstens drei Minuten bis zu meiner Hütte gebraucht haben, aber in seinen Klamotten hätte das bei mir vermutlich schon zum Erfrieren ausgereicht. Dann setzt er sich auf den Stuhl, der vor dem Schreibtisch steht, und mustert mich erneut von oben bis unten. »Was ist passiert?«

»Nichts.« Seufzend gehe ich zu ihm hinüber und setze mich ihm gegenüber auf mein Bett. »Ich bin einfach nur … nervös. Ich habe Schiss, ganz ehrlich. Und dann habe ich draußen irgendwas gehört und bin ein bisschen durchgedreht.«

»Einen Motor?«, fragt er ruhig.

»Hast du es auch gehört?«

Er befreit einen Arm aus der Decke, hebt die Hand und fährt sich so fest mit den Fingern über die Stirn, dass ein paar Sekunden lang weiße Abdrücke auf seiner Haut zurückbleiben. »Ich war mir nicht sicher, ob das aus dem Fernseher kam oder ob ich mich da reingesteigert habe.«

Ich lege den Kopf schief. »Wo reingesteigert?«

»Ich hatte auch Schiss«, gesteht er und lacht laut, als ich grinse. »Ehrlich, das hier ist die Kulisse für jeden Horrorfilm. Ich kann mir nicht vorstellen, dass diese Hütten für Alleinreisende ausgelegt sind.«

»Vielleicht sollte ich das in meinen Pitch einbauen«, erwidere ich und unterdrücke ein weiteres Grinsen. »Dass man die Chalets als Pärchenunterkünfte vermarktet, meine ich. Man ist total abgeschieden und kann entweder in Ruhe streiten oder romantische Pärchendinge machen. Du weißt schon, Schlitten fahren – aber natürlich muss man sich einen Schlitten teilen, um sich so richtig nahe zu kommen. Heiße Schokolade mit Marshmallows, sich gegenseitig beim Duschen zugucken durch diese seltsame Glaswand, den Sternenhimmel betrachten. Und das Ganze in diesem wahnsinnig luxuriösen Chalet, in dem man sich fühlt, als wäre man allein auf der Welt. Das klingt wie ein Werbemagnet.«

Devan schaut mich ein wenig zu lange, ein wenig zu intensiv an. Als würde er mehr in meinen Worten lesen, als ich beabsichtigt habe. Doch statt einer Antwort steht er auf und geht hinüber zu der kleinen Küchenzeile. Er öffnet den Kühlschrank, wirft einen kurzen Blick hinein und richtet sich dann wieder auf, um mich vorwurfsvoll anzusehen. »Nur Wasser?«

Ich zucke mit den Schultern. »Ich habe nichts von zu Hause mitgebracht, Devan. Tut mir leid, aber ich kann dir einen Instantkaffee anbieten.«

»Wäre vielleicht besser. Hast du die Zeit wenigstens genutzt und deinen Pitch fertiggestellt?«

Unwillkürlich verziehe ich das Gesicht, fahre kurz mit meinem Finger über das Mousepad auf meinem Laptop, der neben mir auf der Matratze steht, und deute dann auf die leere Folie der Präsentation, die ich vor zweieinhalb Stunden angefangen und dann die meiste Zeit über nur angestarrt habe. Jacob hat während des Essens mehrfach betont, dass er nichts Aufwändiges erwartet, nichts Dramatisches, damit wir es morgen bereits vorstellen können. Ich habe mir die Chalets ausgesucht, aber mein Kopf ist gleichzeitig zu leer und zu vollgestopft, um auch nur einen akkuraten Gedanken oder gar eine brauchbare Idee hervorzubringen. Stattdessen habe ich ein paar Fotos und Videos von der Inneneinrichtung gemacht, weil ich mich nicht getraut habe, nach draußen zu gehen. Das verschiebe ich lieber auf morgen früh. »Ich setze mich morgen da dran. Heute Nacht wird das nichts mehr. Wie steht's bei dir?«

Er grinst. »Bin fertig. Ehrlich gesagt habe ich damit schon vor ein paar Tagen angefangen.«

Ungläubig sehe ich ihn an. »Im Ernst?«

Sein Schulterzucken wirkt so selbstbewusst, dass ich unwillkürlich lachen muss. »Ich dachte mir schon, dass etwas in der Art kommt. So abwegig war das jetzt nicht. Ich hatte das

Grundgerüst bereits gebaut und jetzt nur noch die Details eingefügt.«

»Wow. Ich bin deprimiert. Welches Feature pitchst du denn?«

»Das Angebot für Snowboarder. Konnte man gut online recherchieren, und ich verfüge über die nötige Expertise, um über Action-Urlaube zu sprechen.«

Ich bin *wirklich* deprimiert. Keine Ahnung, woran es liegt, aber ich habe oft den Eindruck, weniger erwachsen, weniger fähig zu sein als andere Leute in meinem Alter. Ich sehe mir Devan oder auch Leander und Paul an und zweifle daran, dass ich auf Jacob oder potenzielle Kunden des Resorts genauso professionell und selbstsicher wirke wie sie. Ich bin mir nicht einmal sicher, ob ich mich selbst ernst nehmen würde. Eine Einstellung, die ich dringend ablegen muss, wenn ich hier Erfolg haben will. Die Verantwortlichen haben mich eingeladen und wollen mich kennenlernen. Selbst wenn Jacob hier das Sagen zu haben scheint, hat er nicht das letzte Wort. Er wird sich mit seinem Onkel oder sonst jemandem absprechen müssen, der in diesem Unternehmen langfristig die Verantwortung hat – immerhin ist Jacob kein fester Bestandteil des Teams. Dass ich es durch die erste Bewerbungsrunde geschafft habe, muss bedeuten, ihnen hat etwas an mir oder meiner Arbeit gefallen. Wenn ich sie also von mir überzeugen will, muss ich dafür sorgen, dass ich selbst von dem überzeugt bin, was ich tue.

Ein Problem, das Devan definitiv nicht zu haben scheint.

»Du Streber«, sage ich einfach nur, dann klappe ich meinen Laptop zu und rutsche auf der Matratze zurück, um mich mit dem Rücken gegen die Wand zu lehnen. Unschlüssig blicke ich zu Devan, der immer noch an der Küchentheke steht, eingewickelt in die Decke. »Du kannst schlafen gehen, wenn du willst.«

Ein wenig überrascht sieht er auf. »Du wolltest doch, dass ich herkomme.«

»Ich weiß.« Auf einmal ist es mir wirklich unangenehm, ihn herzitiert zu haben. Seine Anwesenheit beruhigt mich, und in diesem Moment fällt es mir schwer, mir vorzustellen, wie panisch ich gewesen war, bevor er gekommen ist. »Ich habe überreagiert. Ich schaffe die Nacht schon.«

Ein paar Sekunden lang mustert er mich, dann stößt er sich vom Tresen ab und kommt auf mich zu. Irritiert schaue ich ihm dabei zu, wie er sich aus der Decke schält und sie über mir ausbreitet, bevor er sich einfach neben mich setzt. Er berührt mich mit keiner Stelle seines Körpers, und insgesamt ist das hier nichts anderes, als wenn er beim Abendessen neben mir am Tisch sitzt. Trotzdem wird mein Mund augenblicklich trocken, und ich spüre, wie mir die Hitze in die Wangen steigt.

»Ich bleibe.« Seine Stimme klingt ein wenig rau. »Wenn du nichts dagegen hast.«

Keine Ahnung, ob ich etwas dagegen habe. Ein Teil von mir will ihn rausschmeißen, um ein wenig Abstand zwischen ihn und mich zu bringen. Doch ein anderer Teil will, dass er sich keinen Zentimeter rührt. Ich will nicht wieder wie ein panisches Reh im Scheinwerferlicht auf meinem Bett hocken und mir selbst einreden, dass alles okay ist. Ich will nicht wieder allein sein.

»Klar.« Ich räuspere mich kurz. »Wenn du willst.«

Aus den Augenwinkeln bemerke ich, dass er grinst. »Nett von dir.«

»Was glaubst du, wer das war?«, frage ich ihn, nachdem wir ein, vielleicht zwei Minuten schweigend nebeneinandergesessen und aus dem Fenster hinaus gestarrt haben. Meine Stimme klingt beinahe zu laut in der drückenden Stille. »Der Schlitten, meine ich.«

Devan wendet den Kopf ein kleines Stück. Ich schaue ihn nicht an, dennoch spüre ich seinen Blick auf mir. »Hast du jemanden gesehen?«

»Nein. Vom Fenster aus kann ich den Parkplatz nicht erkennen, und ich habe mich nicht getraut, die Tür aufzumachen.«

»Gute Entscheidung.«

»Und?«

Die Matratze unter mir bewegt sich, als er mit den Achseln zuckt. »Ganz ehrlich, ich habe keinen blassen Schimmer. Ich wüsste nicht, warum einer von uns nachts herumfahren sollte. Bei der Einweisung für die Schneemobile wurde uns gesagt, dass wir besser nicht einmal bei Tag noch weiter rauf in den Wald fahren sollen, zumindest nicht ohne Guide. Nachts ist das wahrscheinlich eine noch beschissenere Idee.«

»Du meinst, jemand ist in den Wald gefahren?«, hake ich stirnrunzelnd nach.

»Die Rezeption könnten wir auch anrufen, oder nicht? Es gäbe keinen Grund für einen von uns, runter ins Resort zu fahren.«

Seufzend lehne ich den Kopf zurück und schließe die Augen. Allmählich frisst sich die Müdigkeit in meinen Körper wie lähmendes Gift. Die Angst und das Adrenalin haben mich bis hierhin aufrecht gehalten, doch jetzt spüre ich die Uhrzeit in den Knochen, den Tag auf dem Schlitten und die ganze Aufregung. »Vielleicht ist das eine Zusatzleistung«, mutmaße ich lächelnd. »Vielleicht gibt es hier so etwas wie ein Krimidinner, nur eben ohne Dinner. Und sie haben uns nicht informiert, weil sie das Konzept austesten wollen und Versuchskaninchen brauchten.«

»Das ist die einzig logische Erklärung«, lacht er leise. »Und Ana ist die Spielführerin, die uns in die richtige Richtung lenken soll.«

Ich muss gähnen und halte mir hastig die Hand vor den Mund. »Das würde ich ihr durchaus zutrauen.«

Eine Weile wird es wieder still zwischen uns. Dann öffne ich die Augen und schaue Devan an. Er hat seinen Kopf in meine Richtung gedreht. In dem Moment, in dem unsere Blicke sich treffen, setzt mein Herz ein, zwei Schläge aus, nur um dann doppelt so schnell weiterzuschlagen. Irgendetwas ist da in seinen Augen, in seinen Gesichtszügen, das mich nicht loslässt. Vielleicht ist es die alles erdrückende Stille um uns herum oder das Wissen, dass wir von meterhohem Schnee umgeben sind. Was es auch ist, es fühlt sich an, als würden keine anderen Menschen auf dieser Welt existieren als er und ich. Als hätten die anderen sich in der eisigen Luft aufgelöst und nur wir beide wären übrig geblieben. Mein Blick wandert wie von selbst über seine markanten Gesichtszüge, den Bartschatten, der sich in dem schwachen, warmen Licht nur noch deutlicher abzeichnet, seine Lippen. Er hat wirklich schöne Lippen. Insgesamt ist Devan ein schöner Mann, und ich frage mich, warum mir das zu Hause nie aufgefallen ist. Seine Augenbrauen haben die perfekte Form, sehen aber nicht gezupft oder gewachst aus.

Meine Hände unter der dicken Bettdecke schließen sich um den Saum meines Pullovers, und auf einmal fällt es mir schwer, ruhig und gleichmäßig zu atmen. Ohne mein Zutun wandert mein Blick von der faszinierenden Tiefe, die in seinen Augen liegt, hinunter zu seinem Mund. Seine Lippen öffnen sich genau in diesem Moment, als … als hätten sie nur darauf gewartet.

Es wäre so einfach, Devan zu küssen. Meine Lippen auf seine zu drücken, uns trennen nur wenige Zentimeter. Ich könnte meine Hand heben und in seinem Haar vergraben, ihn an mich ziehen und mich vergessen lassen, warum ich seit Stunden auf diesem Bett sitze und es nicht wage, die Augen zu schließen.

17

LUCA

Es fühlt sich an wie Stunden, in denen wir einfach dasitzen und einander ansehen. Ich erkenne kleine helle Sprenkel um seine Iris, die mir vorher noch nicht aufgefallen sind. Außerdem hat Devan eine schmale, kaum sichtbare Narbe unter der Augenbraue. Ich habe eine ähnliche, weil ich mit dreizehn mit meinem Stuhl gekippelt habe und daraufhin mit dem Kopf gegen die Tischkante geknallt bin. Ich würde ihn gerne nach seiner Geschichte fragen, aber ehrlich gesagt fühlt meine Zunge sich an, als hätte sie vergessen, wie man Worte bildet.

Devan ist derjenige, der den Bann schließlich bricht. Er atmet beinahe zischend aus, dann lehnt er sich zurück, als wollte er so viel Abstand zwischen uns bringen wie möglich, ohne unhöflich zu sein. »Luca …«

»Wir sollten schlafen«, unterbreche ich ihn mit einem trockenen Lachen. Was auch immer er sagen wollte, die Chance ist groß, dass es die Situation nur noch peinlicher gemacht hätte.

Sekundenlang mustert er mich, und auch wenn seine Miene kaum zu lesen ist, bilde ich mir ein, einen beinahe unzufriedenen Ausdruck darin zu erkennen. Als hätte ihm meine Erwiderung nicht gefallen oder nicht in sein Skript für diese Unterhaltung gepasst. Schließlich streckt er sich so ausgiebig, dass seine Gelenke knacken. »Ich denke nicht, dass ich schlafen kann. Ich bin zu … unruhig.«

Ich dachte immer, ich wäre ziemlich gut im Flirten. Würde die kleinen Hinweise verstehen und eine normale, freundliche Unterhaltung von doppeldeutigen Kommentaren unterscheiden können. Aber ehrlich gesagt habe ich jetzt gerade keine Ahnung, ob seine *Unruhe* mit der Spannung zwischen uns zusammenhängt oder einfach nur eine unschuldige Bemerkung ist.

»Geh ein bisschen spazieren«, schlage ich deswegen halbherzig vor und deute mit der Hand Richtung Panoramafenster. »Danach bist du sicher müde.«

In seinen Augen blitzt plötzlich etwas auf, das mich ein wenig nervös macht. Er beginnt zu grinsen. »Das ist eine ganz hervorragende Idee, Luca.«

»Danke?«

Er sieht sich kurz um, dann steht er auf und geht zur Küche hinüber. »Hast du Plastiktüten hier?«

»Plastiktüten?«, wiederhole ich verwirrt, dann schüttle ich den Kopf. »Nein, nur so Säcke für die Schmutzwäsche, glaube ich. Im Bad.«

»Perfekt!« Ohne weitere Erklärungen rennt er ins Bad und verschwindet für ein paar Sekunden aus meinem Blickfeld. Ich höre mehrere Schubladen auf- und zugehen, dann kommt er zurück, zwei große weiße Plastiksäcke in der Hand. »Komm«, sagt er, als ich ihn nur verständnislos anstarre.

»Wohin?«, frage ich mit hochgezogenen Augenbrauen. »Soll ich deine Wäsche sortieren?«

Lachend schüttelt er den Kopf, dreht sich dann aber schon wieder um und beginnt, seine Schuhe anzuziehen. »Wir gehen Schlitten fahren.«

Einen Moment lang sitze ich einfach da, schaue ihm zu und warte auf Erklärungen. Als die nicht kommen, stehe ich ebenfalls auf und verschränke die Arme. »Devan«, beginne ich vorsichtig, »du bist verwirrt. Wir haben keinen Schlitten. Es ist mitten in der Nacht. Wir sollten schlafen.«

Devan schaut auf, wirkt aber nicht im Mindesten verunsichert. »Luca. Wir sind keine sechzig. Ich denke, wir schaffen eine Nacht mit wenig Schlaf.«

»Wir haben keinen Schlitten«, wiederhole ich langsam und überdeutlich.

»Gut beobachtet, Sherlock.« Er zeigt auf die beiden Tüten, die er neben seine Schuhe auf den Boden gelegt hat. »Aber die Dinger sind tausendmal besser.«

Energisch deute ich an mir herunter und versuche, mein gesamtes Outfit, bestehend aus einem Hoodie und einer verschlissenen Jogginghose, in der Bewegung zu erfassen. »Ich gehe jetzt nicht raus. Ich habe immer noch Erfrierungen am Hintern von der Tour. Du darfst sehr gerne Schlitten … ich meine, Plastiktüten fahren. Erzähl mir morgen davon, okay?«

Mit einem breiten Grinsen zieht er die Schnürung von seinem zweiten Stiefel fest und richtet sich auf. Er wirft einen Schatten über mich, weil er um einiges größer ist als ich, vor allem in diesen Schuhen. Plötzlich ist er mir wahnsinnig nahe. Unwillkürlich halte ich den Atem an. Seine Augen sind tief und warm, was nichts mit der Farbe zu tun hat. Es liegt daran, wie er mich ansieht. Mit dieser Mischung aus Aufregung, Schalk und Freundlichkeit, die in den letzten beiden Tagen so typisch für ihn geworden ist. Während meiner Musterung beginnt mein Herz schneller zu schlagen, und meine Finger zucken, als würden sie sich selbst davon abhalten, sein Gesicht zu berühren.

Ich räuspere mich und mache demonstrativ einen Schritt zurück. Er hat den Blickkontakt vorhin unterbrochen. Ich will nicht, dass er mir irgendwie anmerkt, wie sehr ich bedauere, dass er dem Moment zwischen uns auf dem Bett ein Ende gesetzt hat. Mein Stolz hat schon genug einstecken müssen. Denn

Tatsache ist: Wäre es nach mir gegangen, würden wir jetzt sicher nicht hier stehen und ein gesittetes Gespräch führen.

Scheinbar bemerkt Devan den Wink mit dem Zaunpfahl nicht, denn statt den neu gewonnenen Abstand zwischen uns zu akzeptieren, beugt er sich nach vorn und bringt sein Gesicht irritierend dicht vor meines. »Komm schon, Luca«, flüstert er. Seine Stimme ist weich, trotzdem eindringlich – beinahe beschwörend. »Komm mit mir. Diese Gelegenheit kriegen wir so schnell nicht wieder.«

Ungerührt erwidere ich seinen Blick. Gut, kalt lässt er mich nicht wirklich, aber ich zwinge mich zu einem gleichgültigen Gesichtsausdruck. »Das hier ist ein Skiresort, Devan. Ich kann mir hier jederzeit wieder ein Zimmer buchen.«

»Aber nicht mit mir.« Sein Grinsen wird breiter. Ein herausfordernder Ausdruck hat sich in seine Augen geschlichen. »Riskier was. Jacob hat sicher ein straffes Programm für die nächsten Tage ausgearbeitet, und du willst doch nicht nach Hause fahren, ohne wenigstens einmal Schlitten gefahren zu sein. Tu so, als wäre das hier ein romantischer Winterurlab. Du brauchst Praxiserfahrung, wenn du einen überzeugenden Pitch liefern willst.« Er zwinkert mir verschwörerisch zu.

Alle rationalen Gründe sprechen dagegen. Es ist spät, ich habe morgen noch eine Menge zu tun, draußen ist es kalt, und ich habe mich sowohl physisch als auch psychisch aufs Bett eingestellt. Aber da liegt etwas in Devans Blick und vielleicht auch in seiner Stimme, das mich all meine logischen Argumentationen über Bord werfen lässt. Er hat recht. Ich bin gut im Präsentieren, bin ich schon immer gewesen. Ich schaffe diesen Pitch, auch ohne volle acht Stunden Schlaf – für die es sowieso schon zu spät ist. Wahrscheinlich würde ich ohnehin noch ewig brauchen, um einzuschlafen. Dann kann ich die Zeit eigentlich auch mit etwas Spaß verbringen. Und mit Devan.

Trotzdem seufze ich schwer und mache erneut einen Schritt zurück. »Okay. Eine Fahrt, damit ich in meinem Pitch morgen weiß, wovon ich spreche. Aber danach gehe ich ins Bett.«

Seine Augen funkeln begeistert, dann richtet er sich auf und klatscht in die Hände. »Gute Entscheidung. Ich gehe hoch und ziehe mich an. Wir treffen uns in zehn Minuten draußen.«

Darauf erwidere ich lieber nichts. Ehrlich gesagt fühlt sich diese Entscheidung weder richtig noch vernünftig an, trotzdem breitet sich ein aufgeregtes Kribbeln in meinem Magen aus. Im Leben sollte es nicht um Vernunft oder Rationalität gehen. Es sollte darum gehen, Erinnerungen zu sammeln. Glückliche oder aufregende Erinnerungen, die ich irgendwann einmal meinen Enkelkindern erzählen kann oder dem Pflegepersonal im Altersheim. Und solche Erinnerungen warten sicher nicht in meinem Bett während einer Netflix-Folge auf mich.

Mit einem letzten zweifelnden Blick sehe ich ihm nach und schließe hinter ihm die Tür. Dann drehe ich mich um und sammle meine Klamotten zusammen, die sich immer noch kalt und klamm anfühlen. *Großartig.* Ich ziehe eine trockene Thermoleggings aus meinem Kleiderschrank und zwei Paar Socken, sicher ist sicher. Das Kribbeln in meinem Magen nimmt zu. Ich bin tatsächlich aufgeregt und kann nicht einmal genau benennen, warum. Diese Aktion kann kaum intimer oder gefühlsgeladener sein als unser kleiner Moment auf dem Bett vorhin. Immerhin werden uns ziemlich viele Lagen dicker Schneekleidung trennen, und Schlittenfahren zählt nicht unbedingt zum Vollkontaktsport. Trotzdem ist das hier eine ganz andere Sache. Devan und ich verbringen Zeit miteinander, für die wir uns bewusst entschieden haben. Vorher waren wir entweder wegen des Assessment-Centers zusammen, oder er ist mir zu Hilfe geeilt, weil ich mich in meine Angst vor mysteriösen Motorengeräuschen hineingesteigert habe. Aber das hier wird kein Zweckausflug. Wir könnten auch einfach ins Bett gehen und schlafen. Das hier fühlt sich an wie ein Date, und ja, ich bin ein bisschen aufgeregt.

Ich fühle mich wie ein Michelin-Männchen, wie immer, wenn ich in Schneeklamotten stecke. Bereits nach ein paar Sekunden beginne ich zu schwitzen, deswegen greife ich eilig nach der Mütze, ziehe sie mir tief ins Gesicht und öffne dann die Tür. Ich zucke zusammen, als die eiskalte Nachtluft auf mein Gesicht trifft. Ich habe den Eindruck, als ob es noch mal um einige Grade kälter geworden ist, und am liebsten wäre ich direkt wieder umgedreht. Aber ich tue es nicht. Stattdessen sucht mein Blick die schwach vom Schnee erhellte Landschaft ab und bleibt schließlich an Devan hängen, der auf dem kleinen Weg steht und auf mich wartet. In seiner dunklen Kleidung wirkt er vor dem hellen Untergrund wie ein Scherenschnitt.

»Du warst schnell«, sage ich, ziehe die Schultern hoch und stapfe durch den Schnee auf ihn zu.

Seine Zähne blitzen auf, als er grinst. »Ich wollte nicht, dass du es dir anders überlegst.« Er hebt die Hand, in der er die Plastiktüten hält, und deutet dann in die Richtung hinter meiner Hütte. »Dahinten gibt es einen kleinen Hügel. Der ist perfekt.«

Irgendetwas an seiner Begeisterung ist ansteckend. Vielleicht ist es die beinahe kindliche Freude, vielleicht das Funkeln in seinen Augen. Was auch immer es ist, es sorgt dafür, dass ich sein Grinsen erwidere und mir eine der Tüten schnappe, als er an mir vorbeigeht.

Es schneit nicht mehr, der Himmel ist wolkenklar. Es scheint zwar kein Vollmond, trotzdem wird die gesamte Umgebung in ein silbriges Licht getaucht. Gespenstisch, aber auch verdammt schön. Kurz schaue ich über die Schulter zu dem kleinen Parkplatz hinunter. Ich kann nicht erkennen, wie viele Schlitten dort stehen, aber meine Gedanken kreisen für einen Moment wieder um das Motorengeräusch, das ich vorhin gehört habe. Eigentlich sieht hier nichts verdächtig aus, die ganze Umgebung wirkt ruhig, fast schon friedlich. Die entfernten Tannen und Fichten erwecken den Eindruck, als hätte jemand sie mit schwarzer Tinte auf den tiefblauen Nachthimmel gezeichnet. Der Winter hat seine ganz eigene Magie, und ich kann nicht umhin, mich davon ein wenig gefangen nehmen zu lassen. Ja, die ganze Szenerie ist unheimlich, und wäre ich alleine hier draußen, würde ich sicherlich durchdrehen. Aber an Devans Seite fühle ich mich sicher. Übrig bleibt nur die Schönheit der schneebedeckten Nacht, die mich ein bisschen verzaubert.

»Alles okay?«, fragt Devan neben mir. Als ich mich umdrehe, bemerke ich, dass er mich beobachtet.

Ich lächle. »Es ist wirklich schön hier, oder? Ich glaube, so ruhig erlebt man es nur außerhalb der Saison.«

Er legt kaum merklich den Kopf schief. »Du hast ausgesehen, als hättest du dich ein bisschen in deinem eigenen Kopf verlaufen.«

»Das klingt nicht so schön.«

»Du *bist* schön«, antwortet er schlicht, beinahe beiläufig. »Das Mondlicht steht dir.«

Mir schießt das Blut ins Gesicht. Mit Komplimenten kann ich nicht gut umgehen, vor allem dann nicht, wenn sie so … lieb sind. »Ich weiß immer noch nicht, was du mit den Tüten willst«, lenke ich ab, während wir nebeneinander auf die Fläche hinter meiner Hütte zugehen.

Sein ungläubiger Blick bringt mich zum Lachen. »Du bist noch nie auf einer Tüte gerodelt?«

Kopfschüttelnd trete ich in einen kleinen Schneehaufen. »Nein, Devan. Wir hatten Schlitten als Kinder.«

»Oh, Princess, ich bitte um Entschuldigung.« Er hält seine Plastiktüte hoch, als wäre sie eine Trophäe. »Das hier wird dein Leben verändern. Unser Schulweg früher ging steil bergab, und im Winter sind wir auf Tüten zur Schule gerutscht.«

»Und zurück?«

»Sind wir hauptsächlich gekrabbelt«, antwortet er lachend. »Wenn es glatt war, ist man kaum hochgekommen. Wir sind auf dem Grasstreifen neben dem Weg gekrabbelt und haben unsere Rucksäcke nach oben geworfen.«

»Bei dir klingt es, als wärst du achtzig Jahre alt oder so.« Ich grinse ihn an. »In meinem Kopf habt ihr Hosenträger an, und alles ist in diesem Sepia-Ton.«

»Lass mich raten«, sagt er mit einem herausfordernden Funkeln in den Augen. »Du warst eines von den Kindern, deren Mommys in der Autoschlange vor der Schule gewartet haben.«

»Ganz genau. Und daran ist nichts falsch.«

Wieder lacht er, und dieses Geräusch scheint durch meine Kleidung bis in mein Innerstes zu dringen. Ich glaube, ich habe ihn noch nie so ausgelassen erlebt. Auch während unseres Abendessens und der Schlittentour hat er gelacht, aber ich habe inzwischen die Vermutung, dass Devan die meiste Zeit über eine Rolle spielt – der ausgelassene, aber gleichzeitig pflichtbewusste Typ, der das *Ortiz* sicher würdig vertreten würde. Hier und jetzt ist er gelöster und wirkt irgendwie freier. Als würde er nicht mehr über jedes Wort nachdenken oder darüber, wie er sich am besten präsentieren könnte. Das gefällt mir.

Am Gipfel einer kleinen Anhöhe bleibt er schließlich stehen und stemmt die Hände in die Seiten. »Hier ist es gut.«

Ich folge seinem Blick. Es geht nur ein paar Meter bergab, bevor der Untergrund in einem kleinen Plateau wieder eben wird, aber der Abhang ist trotzdem relativ steil. Stirnrunzelnd mustere ich die provisorische Piste. »Der Schnee ist doch viel zu locker zum Schlittenfahren.«

Sein Gesicht nimmt einen beinahe mitleidigen Blick an. »Sieh zu und lerne.«

Demonstrativ verschränke ich die Arme vor der Brust und ziehe die Augenbrauen hoch, um ihm zu signalisieren, dass ich warte. Er zwinkert mir kurz zu, dann geht er zu der Kante oberhalb der kleinen Senke, stellt sich breitbeinig hin, bringt die Tüte unter seinem Hintern in Position und setzt sich dann darauf. Er versinkt gute fünf Zentimeter im Schnee, aber das scheint ihn nicht sonderlich zu stören. Die ganze Prozedur sieht ziemlich dämlich aus, aber ich beiße mir auf die Lippen, um nicht zu lachen. Ich bin tatsächlich neugierig darauf, wie genau er diesen lockeren Schneehaufen in eine brauchbare Plastiktüten-Piste verwandeln will.

»Vielleicht sollten wir den Schnee irgendwie platttrampeln oder so«, schlage ich halbherzig vor.

Devan wirft mir über die Schulter hinweg einen Blick zu. »Wenn du schon nicht mit Können beeindrucken kannst, dann verwirre wenigstens nicht mit Bullshit«, erwidert er so ernst, dass ich lospruste. Er sieht mir in die Augen, in seinem Blick glitzert die Belustigung. »Bereit?«

Ich mache eine auffordernde Handbewegung und schlucke ein Glucksen herunter. »Beeindrucke mich.«

18

LUCA

Devans nächster Move sorgt nicht wirklich dafür, dass ich mich wieder in den Griff kriege. Als er die Fersen in den Schnee stemmt und sich vorwärtsschiebt, sammelt sich ein Haufen Schnee zwischen seinen Beinen und bremst ihn aus. Er sieht aus wie eine menschliche Version eines Räumfahrzeugs. Ich beiße mir auf die Lippen, aber mein Bauch beginnt bereits wehzutun, weil ich mich so sehr anstrenge, nicht zu lachen. Die Plastiktüte unter seinem Hintern schiebt sich schwerfällig über den Schnee und hinterlässt eine Art Kriechspur, in der an manchen Stellen ein paar traurige Grashalme aufblitzen.

»Versteh mich nicht falsch«, rufe ich, als er ungefähr auf der Hälfte der Strecke angelangt ist. Meine Stimme klingt gepresst, aber ich versuche wirklich, wirklich, ernst zu bleiben. »Ich will deine Kompetenz nicht infrage stellen oder so, aber das hier sieht eher nach Schneeschieben aus als nach … keine Ahnung, was du vorhattest.«

Ohne mich anzusehen, ohne sich auch nur eine Sekunde lang beirren zu lassen, schaufelt Devan den Schnee beiseite und schiebt sich den Rest der Strecke nach unten.

Als er es endlich geschafft hat, schmerzen meine Rippen und mein Bauch, und ich habe Tränen in den Augen vor Lachen. Ich will nicht gemein sein, weil er sich scheinbar wirklich viel von diesem kleinen Ausflug versprochen hat, aber diese ganze Aktion sieht einfach so unfassbar lächerlich aus.

»Gut gemacht«, rufe ich. Devan steht auf, klopft sich den Schnee von der Hose und dreht sich dann um. Vielleicht, um sein Werk zu bewundern. »Ich hoffe, du hattest genauso viel Spaß wie ich. Ich gehe dann mal wieder in mein Bett.«

»Wage es nicht.« Grinsend klemmt er sich die Tüte unter den Arm und kommt dann in großen Schritten die Anhöhe hinauf auf mich zu. »Jetzt bist du dran.«

Demonstrativ deute ich auf die Bahn, die er gerade eben in den Schnee gezogen hat. »Ich will dir wirklich nicht zu nahe treten, aber das sah nicht gerade nach Spaß aus.«

»Ich habe nur die Bahn geebnet, du Pessimist. Ich bin ein Profi.«

»Sicher.« Seufzend stelle ich mich an die gleiche Position wie er gerade eben, lege die Tüte in den Schnee und lasse mich darauf plumpsen. Noch dringt die Kälte nicht durch meine Klamotten, aber ich werde Devan die Hölle heiß machen, wenn ich wegen dieser Aktion auch noch Erfrierungen am Hintern bekomme.

»Du musst die Füße hochhalten«, erinnert mich Devan, als ich nach meiner Tüte greife. »Sonst bremst du dich aus.«

»Hab ich mir schon gedacht«, grummele ich und schiebe mich schwerfällig über die kleine Kante.

Ich komme, mutig geschätzt, gute dreißig Zentimeter weit, bevor ich wie eine Schildkröte mit Gleichgewichtsstörung nach hinten kippe und auf dem Rücken lande, die Füße in die Luft gestreckt. Hinter mir höre ich Devan schamlos lachen, und obwohl mir bei dem Gedanken, welches Bild ich gerade wohl abgebe, das Blut ins Gesicht schießt, stimme ich mit ein.

»Wow«, stößt er hervor. »Du bist ein echtes Naturtalent.«

»Klappe!« Stöhnend rolle ich mich auf die Seite und rapple mich auf. »Ich bin bestimmt zehn Sekunden lang mehr gerutscht als alles, was du da eben gemacht hast.«

Ich höre das Knirschen des Schnees unter seinen Schuhen, als er zu mir kommt, dann streckt er mir die Hand entgegen und zieht mich hoch. »Das müssen wir nochmal üben. Ich kann das so nicht stehen lassen.«

»Deine Piste funktioniert nicht, sieh es ein!«

»Gut.« Grinsend tritt er einen Schritt zurück. »Mach es besser.«

Energisch greife ich nach meiner Tüte und stapfe wieder nach oben, dann stelle ich mich etwa einen Meter neben seiner kleinen Schneise in Position und setze mich hin. Auch ich versinke ein wenig im Schnee, aber davon lasse ich mich nicht beirren.

Die ersten Zentimeter funktioniert es nicht, dann fällt der Untergrund steiler ab, und ich mache mitsamt meiner Tüte einen Satz nach vorn. Kreischend klammere ich mich an dem Plastik fest, während ich bergab sause. Verdammt schnell. Beinahe wäre ich wieder nach hinten gekippt, aber ich fange mich rechtzeitig.

Hinter mir höre ich Devan einen Triumphschrei ausstoßen, während ich krampfhaft versuche, mich aufrecht zu halten. Ich werde immer schneller, der Schnee sammelt sich zwischen meinen Beinen, bremst mich aber nicht aus. Ich kreische immer noch, aber der schrille Schrei verwandelt sich schnell in ein Lachen. Die kalte Luft peitscht mir ins Gesicht, und das Gefühl in meinem Magen erinnert mich an eine Achterbahnfahrt. Die Tüte rutscht über ein kleines Erdloch. Ich keuche auf, stemme den rechten Fuß in den Schnee, aber es ist zu spät. Ich kippe wie ein nasser Sack zur Seite, bevor ich mit dem Gesicht im Schnee lande. Immer noch lachend rolle ich mich auf den Rücken.

»Alles okay?«

Ich stöhne, weil ein paar Muskeln oder Sehnen ziemlich sicher Schaden genommen haben. »Geheult wird erst, wenn's blutet.«

»Oder komisch absteht«, ergänzt Devan, kaum eine Sekunde später ragt er über mir auf. Er grinst. »Das war gut.«

»Ich weiß. Ich *bin* gut.«

»Du hast deinen Schlitten geschrottet«, bemerkt er trocken, bückt sich und hält eine ziemlich löchrige, malträtierte Plastiktüte in die Luft. Schnee rieselt daraus herab und trifft mich im Gesicht. »Du musst noch viel lernen.«

»Mach es besser, du Stinkstiefel.« Zum zweiten Mal strecke ich meine Hand aus, die er, ohne zu zögern, ergreift, um mich hochzuziehen. Ich klopfe mir den Schnee von den Klamotten, dann nicke ich Richtung Hügel. »Jetzt du.«

Er sieht mich herausfordernd an, dann dreht er sich um und stapft die Anhöhe hinauf. »Wenn du denkst, dass du mich hier drin schlagen kannst, dann bist du schief gewickelt. Falls du besser bist, dann liegt das nur daran, dass ich dich gewinnen lasse.«

Lachend schiebe ich meine Mütze aus der Stirn. »Sicher. Solange du das selbst glaubst ...«

Von hier unten aus betrachtet, wirkt seine zweite Abfahrt nicht einmal halb so schnell, wie es sich angefühlt hat, als ich selbst gefahren bin. Tatsächlich rutscht Devan eher gemächlich den kleinen Berg hinunter, aber immerhin schafft er es, sich bis zum Ende aufrecht zu halten.

»Irgendwie hatte ich das abenteuerlicher in Erinnerung«, sagt er, als er sich aufrappelt.

»Zu deiner Verteidigung: Ich glaube, dass es besser geht, wenn man leichter ist«, gebe ich grinsend zu bedenken und helfe ihm hoch. »Und wenn es glatt ist. Das hier ist eher Schneemann-Bauschnee.«

»Das Wort hast du dir gerade ausgedacht.«

Ich strecke ihm die Zunge raus. »Einmal noch, dann gehen wir zurück. Wir müssen wirklich schlafen.«

»Einmal noch«, stimmt er mir zu, dann rennt er los, die kleine Anhöhe hinauf. Falls er sich vorgestellt hat, dass ich ihm folge und das hier so eine Art Wettrennen wird, hat er sich verschätzt. Ich habe heute Nacht schon zweimal den Schnee geküsst, ich bin nicht scharf auf ein drittes Mal. Vor allem, als ich merke, dass ich eine Ladung in den Nacken bekommen habe – eine Spur kalten Wassers bahnt sich in diesem Moment ihren Weg über meinen Rücken und lässt mich erschaudern.

Devan wartet oben auf mich, die Hände in die Seiten gestemmt. Er blickt den Berg hinunter und sieht dabei so konzentriert aus, als würde er den Steigungswinkel berechnen wollen.

»Schlechte Nachrichten«, verkündet er.

»Oh nein.«

»Die Tüte schafft maximal noch eine Fahrt.« Als Beweis hält er seine hoch, die zwar noch intakt ist, aber tatsächlich so aussieht, als würde sie nicht mehr lange überleben. »Und da du deine zerstört hast …«

Schulterzuckend weiche ich einen Schritt zurück und mache eine auffordernde Handbewegung. »Mach ruhig.«

Devans Gesichtsausdruck verändert sich und wird eine Spur zu unschuldig. Bevor er antwortet, breitet er die Tüte flach zwischen seinen Beinen aus. »Darauf haben wir locker beide Platz.«

Ich sehe ihn skeptisch an. »Das ist das Schnee-Äquivalent zum Billardspielen«, sage ich und verschränke die Arme vor der Brust. »Wenn der Junge dem Mädchen zeigen will, wie man den Queue richtig hält. Oder den Schläger beim Golfen, die Kugel beim Bowlen … Das ist nicht besonders originell, Devan.«

Er wackelt mit den Augenbrauen und sieht nicht im Mindesten verlegen aus. »Solange es funktioniert, ist es mir egal, ob das originell ist.«

»Wir werden einfach versinken.«

»Wir könnten deine Theorie überprüfen, ob das Gesamtgewicht Auswirkungen auf die Geschwindigkeit hat.«

Ich verdrehe so heftig die Augen, dass ich das Innere meiner Lider sehen kann. »Im Namen der Wissenschaft, nehme ich an.«

»Ganz genau. Außerdem betreiben wir hier Feldforschung. Es war deine Idee, potenzielle Kunden mit nur einem Schlitten loszuschicken. Du solltest wissen, wovon du redest.«

Keine Ahnung, warum ich überhaupt zögere. Seine Ausreden und Erklärungsversuche sind fadenscheinig, das wissen wir beide. Aber natürlich will ich mit ihm auf dieser blöden Plastiktüte den Berg herunterfahren, auch das wissen wir beide. Obwohl es beinahe lächerlich ist, wie verzweifelt er mich mit meinen eigenen Waffen zu schlagen versucht, indem er immer wieder meinen Pitch und meinen gedankenlosen Kommentar vorhin über die Pärchenurlaube einbringt.

Seufzend gebe ich auf und gehe zu ihm hinüber, dann warte ich, bis er sich auf den hinteren Teil der Tüte gesetzt hat. Erst jetzt wird mir klar, dass ich mich *zwischen* Devans Beine setzen muss. Diese Kleinigkeit habe ich bis jetzt übersehen. Ich spüre, dass mir heiß wird, obwohl sich an den Temperaturen selbstverständlich nichts geändert hat, und bete, dass ich nicht rot werde.

Devan klopft auffordernd auf den Platz zwischen seinen Oberschenkeln. Sein Grinsen ist eine Spur zu breit und deutlich zu selbstzufrieden. »Nimm Platz.«

Ohne mit der Wimper zu zucken, stelle ich mich vor ihn. Und versuche, die Tatsache zu ignorieren, dass mein Hintern sich ein paar Sekunden lang genau auf der Höhe seines Gesichts befindet. Dann setze ich mich vor ihn.

Sofort rutscht er an mich heran und schlingt seine Arme um mich. Einen kurzen verwirrenden Moment lang denke ich, dass er mich umarmt, doch dann greift er zwischen meinen Beinen hindurch nach der Tüte. Ich halte unwillkürlich die Luft an. Zu viele Dinge gleichzeitig verwirren mich – seine Brust, die sich gegen mein Kreuz drückt, sein Becken an meinem unteren Rücken, seine Hände *zwischen meinen Schenkeln.* Er berührt mich nicht richtig, immerhin trennen seine Haut und meine mehrere dicke Schichten Kleidung. Dennoch schafft es diese Beinaheberührung, mich ein wenig aus der Bahn zu werfen. Ich spüre seinen Atem an meiner Wange und Schläfe, meine, ein leichtes Seufzen aus seiner Richtung zu hören. Ich würde mich gerne umdrehen, um seinen Gesichtsausdruck zu sehen, aber meine Selbstbeherrschung würde dafür nicht ausreichen. Seinem Mund so nahe zu sein, *ihm* so nahe zu sein ... nein, das übersteigt meine Willenskraft bei Weitem.

»Dann los«, sage ich, räuspere mich aber, als ich den rauen Ton in meiner Stimme höre. Wow.

Devan antwortet nichts, sondern stemmt stattdessen seine Fersen in den Schnee und schiebt uns vorwärts. Ich unterdrücke ein Stöhnen. Das ist doch ein Witz! Selbstverständlich wird Devans Körper mit dieser Bewegung nur noch fester gegen meinen gepresst. Ich hätte nie erwartet, dass Schlittenfahren dermaßen ... anturnend sein kann.

Die kleine Abfahrt geht mehr oder weniger an mir vorüber, weil ich viel zu sehr damit beschäftigt bin, meine Hormone zur Ordnung zu rufen, die sich in den vergangenen Minuten begeistert die Partyhütchen aufgesetzt haben. Trotzdem ist ziemlich klar, dass ich mit meiner Theorie recht hatte: Wir kriechen mehr den Berg hinunter, als dass wir tatsächlich fahren.

Unten angekommen bewegt sich keiner von uns beiden. Ein paar Sekunden lang sitzen wir einfach nur da, und ich habe den Eindruck, als würden wir beide den Atem anhalten.

»Du hattest recht«, durchbricht Devan schließlich die Stille. Seine Stimme klingt gepresst und seine Worte irgendwie halbherzig, als hätte er eigentlich ganz andere aussprechen wollen.

»Das habe ich oft«, erwidere ich mit einem trockenen Lachen. »Und du scheinst trotzdem jedes Mal wieder überrascht zu sein.«

Bevor er noch etwas antworten kann, rappele ich mich auf und strecke Devan die Hand entgegen, um ihm aufzuhelfen. Plötzlich steht er wieder vor mir, ragt über mir auf. Mein Blick fällt unwillkürlich auf seine Lippen, als würde er von ihnen angezogen.

Aber ich wende mich ab. Was auch immer da gerade für eine Spannung zwischen mir und Devan herrscht, es ist vermutlich besser, sie zu ignorieren.

Falls Devan meinen kleinen Kampf mit mir selbst bemerkt hat, lässt er es sich nicht anmerken. Stattdessen hebt er die Hand, und ich schlage ein. »Gut gemacht, Kadett. Prüfung bestanden.«

In gespieltem Ernst lege ich mir die Hand auf die Brust. »Sollte es mit diesem Job nichts werden, habe ich immerhin das, woran ich mich erinnern kann.«

Lachend wendet er sich ab. Ich atme ein wenig erleichtert aus, dann gehe ich hinüber zu meiner Tüte, die halb im Schnee vergraben ist, und hebe sie auf.

19

LUCA

Devan besteht darauf, mit hineinzukommen, als wir meine Hütte erreichen. Ich protestiere nicht, bin mir aber nicht wirklich sicher, ob das eine gute Idee ist. Mir ist klar, warum er das tut – ich habe vor ein paar Stunden quasi nach Hilfe gerufen, wahrscheinlich hat er das Gefühl, bei mir bleiben zu müssen.

Ein wenig unschlüssig sehe ich ihn an, während ich meine Jacke ausziehe und über den Stuhl hänge, damit sie trocknen kann.

»Du musst nicht bleiben.« Mein Lachen klingt ein wenig hohl.

Er verdreht die Augen, dann deutet er auf den Sessel, der in der Ecke steht. »Ich hau mich da hin, wenn das in Ordnung ist.«

»Im Ernst, es war toll von dir, herzukommen. Aber du solltest auch ein bisschen schlafen.«

»Das habe ich vor.« Er grinst mich schief an. »Es sind nur noch ein paar Stunden, Luca. Ich bleibe heute Nacht, und morgen ist die ganze Sache wahrscheinlich schon wieder deutlich weniger unheimlich. Mir macht das nichts aus.«

Hin- und hergerissen mustere ich den Sessel. Das ist wirklich lächerlich, immerhin sind wir keine fünfzehn mehr. »Wir können uns das Bett teilen«, sage ich. Es ist keine Frage. »Das ist groß genug. Ich lasse dich bestimmt nicht auf dem Ding schlafen.«

Sein Blick verdunkelt sich kaum merklich. »Das hier ist der Beginn jeder kitschigen Romcom, das ist dir klar, oder?«

Ich verdrehe die Augen, obwohl ich spüre, wie mir das Blut ins Gesicht schießt. »Vorhin war es noch ein Horrorfilm.«

»Ich bin da flexibel«, erwidert er schulterzuckend.

Schnaubend steige ich aus meinen Schuhen und stelle sie unter die Heizung. »Du klingst wie ein Psycho. Vielleicht sollte ich dich doch rausschmeißen.«

»Vielleicht wäre das besser«, murmelt er, so leise, dass ich mir nicht sicher bin, ob er mit mir spricht oder mit sich selbst.

Also ignoriere ich den Kommentar und verschwinde ins Bad, um mich umzuziehen. Ich will ihn zu nichts drängen, also gebe ich ihm lieber ein paar Minuten Zeit, sich die Sache zu überlegen. Als ich auf den Knopf drücke, der die Scheibe zwischen mir und Devan milchig werden lässt, spüre ich, dass ich unwillkürlich die Luft angehalten habe. Eine Sekunde, bevor das Glas mir die Sicht auf Devan versperrt, sehe ich, dass er seine Jacke auszieht. Scheiße. Die Aussicht auf eine Nacht mit Devan im selben Bett bringt mich schon deutlich mehr aus der Fassung, als sie es eigentlich sollte. Die Vorstellung, dass er dabei zur Hälfte nackt ist, hilft nicht wirklich dabei, meine flatternden Nerven zu beruhigen. Vielleicht sind meine Hormone immer noch in Aufruhr von dieser verwirrenden Fahrt auf der Plastiktüte, vielleicht bin ich aber auch einfach nur scharf auf Devan.

Ich habe schon mit einigen Jungs und Männern in einem Bett geschlafen. Nach Partys, in Urlauben … und mit den meisten von ihnen hatte ich keinen Sex. Ich hatte nie ein Problem damit. Warum also kann ich nicht aufhören, mir vorzustellen, wie Devan wohl unter seinen Klamotten aussieht? Ich habe ihn bislang größtenteils in dicken, unförmigen Skikleidern gesehen, die der Fantasie kaum Futter geben. Was er bei den wenigen Malen getragen hat, als wir uns auf dem Campus über den Weg gelaufen sind, kann ich nicht sagen. Damals hatte ich kein Interesse an ihm, also habe ich nicht sonderlich auf ihn geachtet. Aber beim Abendessen vor ein paar Stunden trug er einen eng anliegenden Sweater, unter dem sich seine Muskeln an den Armen und der Brust abgezeichnet haben. Ich habe nicht wirklich einen bestimmten Typ Mann – meiner Überzeugung nach ändern Gefühle maßgeblich die Art und Weise, wie man einen Menschen ansieht, wie attraktiv und anziehend man ihn findet, und Gefühle halten sich nun einmal nicht an gesellschaftliche Schönheitsideale. Trotzdem ist Devan heiß, noch dazu charmant, nett, fürsorglich und lustig. Eine gefährliche Mischung … für meine Libido, aber auch für mein Herz. Wenn ich nicht aufpasse, könnte ich mich in Devan verlieben, und das wäre auf so vielen verschiedenen Ebenen unklug. Möglicherweise verwandelt er sich in Portland wieder in den Devan, dem ich auf der Party einen Korb gegeben habe. Den, den ich nicht mochte und für den mein Herz sicherlich nicht so schnell geschlagen hat wie in diesem Augenblick. Das wäre eine Bruchlandung, und das würde ich mir gerne ersparen.

Während ich mir das Gesicht wasche und meine Zähne putze, wandert mein Blick immer wieder zu der Milchglaswand. Sie ist zwar undurchsichtig, dennoch kann ich Devans vage Silhouette erkennen. Er geht ein paarmal hin und her, dann höre ich den Wasserhahn in der kleinen Küche und schließlich das leise Knarzen des Bettes. Mein Herz stolpert einmal. Ich hätte ihn nicht einladen sollen, hier zu übernachten. Andererseits kam es mir auch gewaltig unhöflich vor, ihn wieder durch die Kälte zurück zu seiner Hütte zu schicken. Ich habe ihn vorhin gebraucht, und er ist gekommen, ohne zu zögern, ohne Fragen zu stellen. Er hat mich mit auf diesen kindischen Ausflug genommen und mich zum Lachen gebracht. Ich hatte verdammt viel Spaß, und das lag nicht nur an der Fahrt auf der blöden Plastiktüte, sondern in erster Linie an ihm.

Devan liegt im Bett, als ich zurück ins Wohnzimmer gehe. Seine Klamotten sind überall im Zimmer verteilt, und seine Schuhe stehen sauber neben meinen unter der Heizung. Er liegt auf der linken Seite an der Wand und ist nur halb zugedeckt, sodass mein Blick ganz kurz an seinen nackten Brustmuskeln hängen bleibt. Kurz nur, weil ich mich zwinge, wieder wegzuschauen. Ich hatte recht – Devan sieht verdammt gut aus. Muskulös, aber nicht aufgepumpt, genau das richtige Mittelmaß.

»Hast du eine Seite?«, fragt er grinsend.

»Hm?«

»Eine Seite …« Mit der Hand deutet er auf die freie Matratze neben sich. »Du weißt schon, auf der du schläfst?«

Kopfschüttelnd schalte ich das Licht aus, dann renne ich beinahe zu ihm hinüber und setze mich auf die Bettkante. Einen Moment lang überlege ich, die Jogginghose anzubehalten, aber die Bettdecke ist verdammt dick, und ich würde heute Nacht zerfließen. Also streife ich sie mir hastig von den Beinen und lege mich dann neben Devan, der mit einer routinierten Bewegung die Decke über mich wirft. Als ich ihm angeboten habe, neben mir zu schlafen, habe ich nicht wirklich darüber nachgedacht, dass wir uns auch eine Decke teilen müssen. Ich bin mir nicht sicher, warum, aber diese Kleinigkeit fühlt sich deutlich intimer an, als auf derselben Matratze zu liegen.

Dann ist es still in der Hütte. Quälend lange Minuten liegen wir beide da, beide auf dem Rücken, beide mit geöffneten Augen, und lauschen den Geräuschen des Waldes um uns herum. Ich spüre die Hitze, die von ihm ausgeht. Spüre seine gleichmäßigen Atemzüge und beinahe das Schlagen seines Herzens, wobei ich mir Letzteres auch einbilden könnte. Sollte sein

Herz tatsächlich so heftig schlagen, sollten wir uns auf die Suche nach einem Arzt machen, schätze ich.

»Ich sollte mir einen Wecker stellen«, flüstert er, dann glimmt das Licht seines Handybildschirms in der Dunkelheit auf. Ich drehe den Kopf ein Stück zur Seite und mustere unauffällig sein schwach erleuchtetes Profil. Er runzelt kaum merklich die Stirn, und ich frage mich gerade, ob das Stellen seines Weckers eine solche Herausforderung für ihn darstellt, als er mich ansieht.

»Hast du das gesehen?«, fragt er.

»Was?« Es kommt mir irgendwie unhöflich vor, trotzdem rutsche ich ein Stück zu ihm hinüber und schaue auf sein Handy. Er hat die Benachrichtigungsleiste heruntergezogen und deutet auf eine Instagram-Notification, laut der Paul Devan, mich und zweiunddreißig andere Personen in einem Foto markiert hat.

»Sieht aus wie ein Spam-Post«, flüstere ich. »Vielleicht hat sich jemand in sein Profil gehackt. Klick mal drauf.«

Es dauert ein paar Sekunden, bis die App sich geöffnet hat und der Beitrag geladen ist, was vermutlich an der unterirdischen Internetverbindung hier oben liegt. Als sich schließlich der Post aufbaut, blinzele ich verwirrt. Bei dem Bild handelt es sich nicht wie erwartet um eine zwielichtige Werbeanzeige oder etwas Ähnliches, sondern um einen Screenshot von irgendeinem Dokument. Ich erkenne nicht, was es sein soll, und als ich zu Devan hochschiele, bemerke ich, dass auch er immer verwirrter aussieht.

»Was soll das sein?« Aus irgendeinem Grund hat mein Herz erneut einen Gang zugelegt, und meine Stimme erscheint mir zu laut in der Stille.

Statt einer Antwort legt er zwei Finger auf den Bildschirm und zoomt heran, sodass wir den augenscheinlichen Briefkopf des Schreibens deutlicher lesen können.

»*Verfügung zur Auslieferung und Inhaftnahme bei internationalem Haftbefehl*«, liest Devan laut vor, während auch mein Blick über die Überschrift des Schreibens huscht. »Was soll das?«

»Zoom mal auf die Personalangaben. Die müssen doch irgendwo stehen.«

Er nickt, dann stockt er. »*Benedict Paul Barnes, geboren am 22. April 1963 in Philadelphia, wohnhaft in 8300 St. George Lane, Philadelphia, Pennsylvania, Vereinigte Staaten.*«

Meine Gedanken überschlagen sich, während Devan den Text vergrößert und wir schweigend etwas lesen, das wie ein offizieller Haftbefehl wegen Steuerhinterziehung, Veruntreuung und Betrug in vier verschiedenen Ländern klingt. Die meisten Absätze verstehe ich kaum, weil sie in unnötig kompliziert klingender Fachsprache verfasst sind, aber die Kernaussage ist mehr als eindeutig.

»Pauls Vater«, sage ich schließlich, als Devan hörbar seufzt und das Handy sinken lässt. »Oder nicht?«

»Denke ich auch. Aber warum sollte Paul das posten?«

Kopfschüttelnd schaut er erneut auf den Beitrag. »Das Schreiben ist vom 27. August. Ich wüsste nicht, warum er das selbst posten sollte. Und ausgerechnet heute.«

»Meinst du, sein Dad ist auf der Flucht?«, frage ich leise. »Oder er sitzt schon im Knast. Ich glaube echt nicht, dass Paul wollte, dass das an die Öffentlichkeit gerät. Ganz davon abgesehen, dass potenzielle Arbeitgeber davon vermutlich auch nicht so richtig begeistert sind.«

Devan schnaubt. »In dem Umfeld, in dem Paul und seine Eltern leben, wird so etwas ganz sicher unter den Teppich gekehrt. So was ist sozialer Selbstmord.«

Geräuschvoll atme ich aus und rücke wieder ein Stück von Devan ab. Keine Ahnung, was ich davon halten soll. Erst der Post über Christine, dann das. Irgendjemand scheint mit Paul abrechnen zu wollen, allerdings frage ich mich, warum derjenige mich und Devan auf dem Post markiert hat. Offiziell haben wir nichts miteinander zu tun, und auch online sollte es keine Verbindung zwischen uns geben, die man nachverfolgen könnte. Wer auch immer Paul da eins auswischen will, kommt vermutlich aus seinem privaten Umfeld, vielleicht aus Philadelphia. Er sollte die Verbindung zwischen uns dreien überhaupt nicht ziehen können.

»Wurden Christine und Leander auch markiert?«, frage ich Devan.

Ein paar Sekunden später lacht er freudlos auf. »Ja. Und Jacob.«

»Unser Jacob?«

»Mhm.«

»Wie seltsam.«

Devan nickt, wirkt aber gedankenverloren. »Morgen kann ja spannend werden.«

Ich hebe die Hand und fahre mir über die Stirn. »Dieses ganze Drama kann ich echt nicht gebrauchen. Ich dachte, wir kommen hierher, erledigen unsere Aufgaben und ich fahre mit einem wirklich guten Arbeitsvertrag zurück nach Hause.«

Seine ernste Miene verwandelt sich in ein schiefes Grinsen, das meine Gedanken für den Bruchteil einer Sekunde von dem Post und den Markierungen ablenkt. Kurz erkenne ich in ihm wieder den arroganten Kerl, der mir auf der Party durch den Raum hinweg zugezwinkert und mich mit nach Whiskey stinkendem Atem nach meiner Nummer gefragt hat. Wenn ich ehrlich bin, vergesse ich immer öfter, dass ich diese Version von ihm kenne. Es kommt mir vor, als hätte der Schnee diese Persönlichkeit abgewaschen und übrig geblieben ist ein Mann, der mitten in der Nacht durch den Schnee stapft, um mich vor den unsichtbaren Monstern unter meinem Bett zu beschützen.

»Du bist dir ja ziemlich sicher, dass du diesen Wettkampf gewinnst.« Devan lacht erneut. Das Geräusch scheint in meinem Inneren nachzuhallen wie ein Echo.

»Ich erkenne dich kaum wieder«, sage ich, ohne mich wirklich bewusst dafür zu entscheiden. Dann verziehe ich das Gesicht, als mir klar wird, wie abgedroschen diese Phrase klingt. »Ich meine, irgendwie bist du nicht der Gleiche wie am College. Als hättest du eine gespaltene Persönlichkeit.«

Eine seiner Augenbrauen hebt sich kaum merklich, während er meinen Blick erwidert. Er sperrt sein Handy, dann legt er es neben sich auf die Matratze und rutscht ein Stück herum, sodass er mich besser ansehen kann. »Was meinst du damit?«

Unschlüssig hebe ich eine Schulter. »Du bist ein Arsch, Devan«, sage ich schonungslos, aber feixend. »Du kannst mir nicht erzählen, dass du nicht weißt, was über dich geredet wird.«

»Ich bin also interessant genug, dass die Leute über mich reden?«

Ich verdrehe die Augen. »Das war kein Kompliment.«

»Okay, ich höre.« Er hebt das Kinn und presst die Lippen zusammen, als würde er sich ein Grinsen verkneifen wollen. »Was wird über mich geredet?«

»Du bist ein Aufreißer«, beginne ich, ohne zu zögern, aufzuzählen und hebe einen Daumen, dann den Zeigefinger, »und egoistisch. Du bist überehrgeizig, arrogant und redest zu viel.«

Wieder lacht er, was mich wundert. Ich habe mich nicht gerade zurückgehalten und bin mir ziemlich sicher, dass *ich* nicht lachen würde, wenn mir jemand all diese wenig schmeichelhaften Dinge an den Kopf werfen würde. Nach ein paar Sekunden beruhigt er sich wieder und schaut mich an. Seine Stirn ist in Falten gelegt, als würde er angestrengt nachdenken, aber in seinen tiefen Augen funkelt noch immer die Belustigung. »Ich bin also ein Aufreißer?«

Ich nicke schmunzelnd. »So sagt man.«

»Warum?«

Der herausfordernde Ton irritiert mich. »Keine Ahnung, Devan. Ein Mama-Komplex vielleicht? Ein Ego-Problem? Mangelndes Selbstbewusstsein, das du mit weiblicher Bestätigung zu überspielen versuchst?«

Sein Grinsen wird breiter. »Nette Analyse. Ich meinte aber, warum das über mich gesagt wird?«

»Oh, vielleicht weil du mit dem halben Campus geschlafen hast.«

»Das ist nicht wahr.« Er sagt es so schlicht, dass ich die Augenbrauen hochziehe. »Nicht, dass es dich etwas angehen würde, aber wenn du es genau wissen willst, habe ich mit drei Frauen auf dem Campus geschlafen. Und mit einer davon war ich zwei Jahre lang zusammen.«

Keine Ahnung, was ich darauf sagen soll. Ganz ehrlich. Grundsätzlich wäre nichts Verwerfliches daran, wenn er mit dreihundert Frauen geschlafen hätte – wir sind erwachsen, wir sind mitten im Studium und gerade erst dabei, das Leben und uns selbst zu entdecken. Solange alle Beteiligten Spaß daran haben und man verantwortungsbewusst ist – warum nicht? Warum sollte eine Zahl oder eine gesellschaftliche Obergrenze einen davon abhalten, Spaß zu haben? All das klingt schlüssig, all das macht Sinn und entspricht in der Regel absolut meiner Moralvorstellung. Dennoch ... wenn ich Devan ansehe und mir vorstelle, wie er mit jeder zweiten Studentin an der UPP ins Bett steigt, beginnt mein Magen, sich beinahe unangenehm zusammenzuziehen. Und ich will lieber gar nicht so genau analysieren, warum das so ist.

»Das geht mich überhaupt nichts an«, sage ich schließlich, weil das erstens der Wahrheit entspricht und weil es mir zweitens irgendwie unangenehm ist, dass er sich vor mir rechtfertigt. »Ich gebe nur wieder, was über dich erzählt wird. Du hast gefragt!«

Sein Lächeln bleibt völlig ungerührt. »Die Leute reden, wenn man laut ist, Luca. Ich feiere gerne und habe gerne Spaß.«

Inzwischen brennt mein Gesicht, und ich weiß, dass ich wahrscheinlich leuchte wie eine rote Ampel. Am liebsten hätte ich mir auf die Zunge gebissen. Ich hatte erwartet, dass er lacht und die Gerüchte mit einem dummen Spruch abtut. Diese Erklärung überrascht mich ein wenig.

»Was war das Nächste?«, fragt er, bevor er die Arme über den Kopf streckt und die Gelenke knacken lässt. »Ich bin egoistisch, überehrgeizig und rede zu viel.«

»Falls du vorhast, den letzten Punkt wegzudiskutieren, spielst du mir damit nur in die Karten«, murmele ich trocken.

Er zwinkert mir belustigt zu. »Ich bin egoistisch. Das streite ich nicht ab. Aber ich verstehe auch nicht, wie Menschen *nicht* egoistisch sein können. Wir alle leben und kämpfen unterm Strich für uns selbst, oder nicht? Jeder, der etwas anderes behauptet, lügt sich an. Freunde kommen und gehen, Beziehungen auch, sogar die eigenen Eltern sind irgendwann nicht mehr da. Das Einzige, was dein Leben lang bleibt, bist du selbst.«

»Wow.« Ich blinzle ein paarmal. »Das war gleichzeitig das Weiseste und das Traurigste, was ich jemals von dir gehört habe.«

Er zuckt mit den Schultern. »Soll ich dir von der Scheidung meiner Eltern erzählen oder dass mein Dad kalt war und meine Mom sich nicht für mich interessiert hat?«

»Das ist nicht lustig, Devan.«

»Das will ich auch nicht sagen.« Sein Blick ruht ein paar Sekunden lang auf mir, dann hebt er eine Hand und streicht mir eine Haarsträhne aus der Stirn. Ich erstarre und halte unwillkürlich den Atem an. Seine Finger streifen meine Haut nur für den Bruchteil einer Sekunde, dennoch prickelt meine Schläfe unter seiner Berührung. »Ich will nur sagen, dass das, ›was die Leute erzählen‹, im Endeffekt eine Interpretationssache ist. Ich weiß, was ich will, und ich arbeite hart an mir, damit ich das auch bekomme. Das heißt nicht, dass ich dafür über Leichen gehe oder die Ellbogen ausfahre. Einfach nur, dass ich meinen Wert kenne und nicht bereit bin, mich darunter zu verkaufen. Das ist nichts Schlechtes, Luca.«

Erneut bereue ich es, das Thema überhaupt angeschnitten zu haben. Mehr noch. Ich schäme mich dafür, dass ich zu den Leuten gehört habe, die ihn in eine Schublade gesteckt haben, ohne ihn zu kennen. Er weiß das, und ich weiß das. Wieder denke ich an den Abend der Party im Haus der Studentenverbindung. Ja, er hat mich angegraben, aber er war weder unangenehm noch aufdringlich. Er hat mein Nein akzeptiert und sich danach jemanden gesucht, der Ja gesagt hat. Er war mir unsympathisch, aber offensichtlich hat er mir an diesem Abend eine Version von sich gezeigt, die kaum seinem wahren Wesen entspricht. Warum auch? Ich war eine Fremde für ihn. Ich bin Fremden gegenüber eher abweisend oder zumindest zurückhaltend. Auch das ist eine Art Maske, nur dass sie das Gegenteil von der ist, die er aufzusetzen scheint.

»Ich fühle mich richtig schlecht«, gestehe ich und schnaube, als er auflacht. »Ohne Witz. Du musst lernen, wie du von schwierigen Themen ablenkst oder so.«

»Ich wollte aber nicht vom Thema ablenken.«

»Warum nicht?«, stöhne ich. »Das wäre deutlich weniger unangenehm gewesen.«

Ich bemerke, dass er zögert. Nur kurz, trotzdem verrutscht seine unbeschwerte Miene für den Bruchteil einer Sekunde.

»Was?«, frage ich neugierig.

»Vielleicht will ich nicht, dass du so über mich denkst«, meint er betont beiläufig.

Das nimmt mir noch mehr den Wind aus den Segeln. Zum zweiten Mal trifft mich seine Ernsthaftigkeit ein wenig unvorbereitet, und einen Moment lang überlege ich, was zur Hölle ich darauf antworten soll. Mein Blick ruht auf seinen Augen, die erneut so klar und tief wirken, als könnte ich jede Minute in ihnen versinken. Devan hat wahnsinnig schöne Augen. Ehrliche Augen. Spätestens nach dieser Unterhaltung weiß ich, dass Devan ein Freund ist, bei dem man sich sicher fühlen würde. Ein Safe Space in einer Welt voller Menschen, die sich genau wie ich hinter höflichen Floskeln und Ausflüchten verstecken.

Wie von selbst wandert mein Blick zu seinen Lippen. Sein Mund ist ein wenig geöffnet, und das leicht spöttische Grinsen ist verschwunden. Meine Haut beginnt erneut zu prickeln, dieses Mal nicht nur an der Stelle, an der Devan mich berührt hat.

»Luca.«

Ich schaue auf und begegne beinahe glühenden Augen. Er sagt nichts mehr, fixiert mich nur mit seinem Blick, genau wie vorhin. Sekundenlang sitzen wir so da, als würden wir versuchen, die Gedanken des anderen zu lesen. Als würden wir nach den Abgründen unserer Seelen suchen – den guten und den schlechten. Ich weiß nicht, woher dieser Gedanke kommt, aber in diesem Moment bin ich bereit, ihm alles von mir zu geben, um diesen Augenblick zu verlängern. Dieses Mal weicht Devan nicht zurück. Dieses Mal ist er derjenige, der den Abstand zwischen unseren Gesichtern verringert. Die Matratze knarzt leise, als er sich zu mir herüberlehnt. Das einzige Geräusch in dieser allumfassenden Stille.

Ich wende meinen Blick nicht von seinen Augen ab, doch dann flattern meine Lider, als seine kühlen Lippen meine berühren und all mein Denken im Nichts auflösen.

Ich schließe die Augen, während ich seinen Kuss erwidere. Die Berührung ist überraschend zärtlich, beinahe vorsichtig, als hätte er Angst, mich zu verschrecken. Selbst wenn ich gewollt hätte, hätte ich mich nicht gegen diesen Kuss wehren können. Devans plötzliche Nähe ist wie ein Sog, wie eine übernatürliche Anziehungskraft, der ich nichts entgegenzusetzen habe. Als mir bewusst wird, woher dieses Gefühl kommt, verzieht sich mein Mund unter seinem zu einem Lächeln: Sorglosigkeit. Irgendwie hat Devan es geschafft, die Grübeleien aus meinem Verstand zu fegen und nichts als Ruhe zu hinterlassen. Seine Lippen auf meinen sind weich, werden aber trotzdem von Sekunde zu Sekunde bestimmter, als würden sie genau wissen, was sie tun und was ich will. Ein paar Herzschläge lang ist der Kuss zögernd, vielleicht bittend, als würde Devan um Erlaubnis fragen. Dann rutsche ich näher an ihn heran, er hebt eine Hand und vergräbt sie in meinem Haar. Seine Finger fahren durch einzelne Strähnen und halten mich, als er sich gegen mich drängt. Ich erschaudere, was nichts mit den Temperaturen im Raum zu tun hat. Devan setzt meinen Körper in Flammen, obwohl er mich kaum berührt. Ich will mehr. Ich will alles.

Vielleicht hat Devan mein Schaudern gespürt, vielleicht auch mein Herz, das so wild in meiner Brust schlägt, als würde es herausspringen wollen. Er knurrt leise, dann schlingt er seinen freien Arm um meine Taille und zieht mich mit einem sanften Ruck an sich heran. Leise keuche ich auf. Sein warmer Atem streicht über mein Gesicht. Der dünne Stoff meines Shirts ist kaum eine nennenswerte Barriere zwischen unseren Körpern. Ich spüre die Hitze seiner nackten Brust, spüre das Donnern seines Herzens, die Leidenschaft, die uns wie dichter Nebel umgibt. Wir rutschen ein wenig tiefer in die Kissen, ohne dass unsere Lippen auch nur einen Herzschlag lang den

Kontakt verlieren. Seine Hand an meinem Rücken fährt unter mein Shirt, berührt nackte Haut, streichelt mich und treibt mich damit beinahe in den Wahnsinn. Meine Finger verkrallen sich in seinem Haar. Vielleicht brauche ich Halt, vielleicht will ich aber auch einfach nur verhindern, dass er auch nur einen Zentimeter Abstand zwischen uns bringt. Seine Zunge dringt in meinen Mund, und ich schnappe nach Luft.

Ich will mich auf den Rücken drehen und ihn mitziehen, will ihn auf mir spüren. In mir. Will alles von ihm nehmen, was er mir zu geben bereit ist.

Einen kurzen Moment lang bemerke ich sein Zögern, dann versteift Devan sich. Sein Kuss wird vorsichtiger, als würde sich die gesamte Szene der letzten paar Minuten auf einmal rückwärts abspielen. Als seine Hand ebenfalls mitten in der Bewegung verharrt, rücke ich verwirrt von ihm ab.

»Was ist los?«, flüstere ich, bevor ich sein Gesicht mustere. Seine Lippen sind leicht gerötet von unserem Kuss, in seinen Augen glüht ein Feuer, das mich fast wieder erschaudern lässt. Trotzdem sieht er beinahe … unzufrieden aus. Ich lächle unsicher. »Küsse ich so schlecht?«

Devan flucht, weicht ebenfalls ein Stück zurück und fährt sich mit der Hand, die gerade eben noch auf meinem Rücken lag, durch die Haare. »Fuck, nein. Luca, ich … wir sollten das nicht machen.«

Demonstrativ sehe ich hinab. Während unseres Kusses hat sich mein nackter Oberschenkel irgendwie zwischen seine Beine verirrt. Er folgt meinem Blick zu der Stelle, an der sich unter der Decke eine ziemlich eindeutige Beule gegen meinen Oberschenkel presst, und flucht erneut.

»Was ist los?«, frage ich noch einmal.

»In ein paar Stunden müssen wir diese Präsentationen halten, Luca.« Seine Stimme klingt tief, wie ein Knurren. Und frustriert. »Glaub mir, ich will das wirklich. Und ich weiß, dass ich wie der größte Spießer der Welt klinge, aber wir müssen uns konzentrieren. Ich will diesen Job nicht riskieren für …«

»Für was?«, frage ich und ziehe eine Augenbraue hoch. In meinem Kopf lässt sich dieser Satz auf so viele unterschiedliche, unschmeichelhafte Weisen beenden, dass mir erneut das Blut ins Gesicht schießt und beinahe sämtliche Leidenschaft erstickt, die gerade eben noch in meinem Körper gekocht hat wie glühende Lava.

Statt einer Antwort legt er mir die Hand an die Wange und küsst mich. Kurz, ohne das Feuer. »Für ein paar wundervolle Minuten, die trotzdem nicht genug wären.«

Ich sehe ihn lange an, während ich nach einer passenden Antwort suche. Ein Teil von mir will irgendwie zickig oder eingeschnappt reagieren, aber mir ist auch klar, wie kindisch das wäre. Ich habe eine Abfuhr bekommen – die zweite an diesem Abend. Wenn ich wenigstens einen Teil meines Stolzes retten will, dann ist jetzt der richtige Zeitpunkt dafür.

Ich zwinge mich zu einem möglichst unbeteiligten Lachen und weiche zurück, bis er mich loslässt. »Mach dir keine Gedanken. Ich verstehe das.«

Devan ist deutlich anzusehen, dass ihm absolut klar ist, was mir wirklich durch den Kopf geht. Aber er sagt nichts, während ich aus dem Bett schlüpfe und zum Kühlschrank gehe.

Ich flüchte.

20

DEVAN

Unzählige Teile meines Körpers und meines Verstandes schreien mich an, während ich Luca dabei zusehe, wie sie so viel Abstand zwischen sich und mich bringt, wie es diese verhältnismäßig kleine Hütte zulässt. Würden draußen nicht Minusgrade herrschen, wäre ich mir ziemlich sicher, dass sie einfach abhauen würde.

Fuck, fuck, fuck!

Das Letzte, was ich wollte, war, sie zu kränken. Oder zurückzuweisen. Verdammte Scheiße, ich will beenden, was wir angefangen haben! Ich will sie berühren, jede verdammte Stelle ihres Körpers. Will sie schmecken, will ihr so nahe sein, wie es nur geht.

Aber mein beschissener Verstand hat sich eingeschaltet, und zum ersten Mal in meinem Leben wünsche ich mir, er hätte es nicht getan. Ich habe nicht geplant, während meiner Zeit hier mit irgendjemandem etwas anzufangen, nicht einmal mit jemandem zu flirten. Ich wollte mich auf diesen Job und mich selbst konzentrieren. Das hier würde alles nur verkomplizieren. Trotzdem beschwört mein Körper immer wieder die Erinnerung daran herauf, wie Lucas Lippen sich auf meinen angefühlt haben, wie ihre Stimme geklungen hat, als sie leise unter meiner Berührung gestöhnt hat. Wie sie mich an sich gezogen hat, um mir noch näher zu sein.

Meine Hand ballt sich zur Faust. Auch wenn ich mich wirklich, *wirklich* anstrenge, schaffe ich es nicht, meinen Blick von Luca zu lösen. Sie steht an dem kleinen Tresen und hat mir den Rücken zugewandt. Ich erkenne die Anspannung in ihren Schultern. Sie trägt ein langes Shirt, dennoch reicht es kaum, um ihren Hintern zu bedecken. Scheiße. Wie konnte ich nur so dämlich sein, Nein zu ihr zu sagen? Diese Chance bekomme ich nicht wieder. Auf dieser Party damals habe ich einen beschissenen Eindruck hinterlassen, und aus irgendeinem Grund, der mir selbst nicht einmal klar ist, hat Luca sich dazu entschieden, mir eine zweite Chance zu geben. Das wird sie nicht noch einmal tun. Sie würde mir kein zweites Mal erlauben, ihr so nahe zu sein, nicht nur körperlich. Wir würden einander mit unangenehmem Schweigen begegnen, sie würde mich vielleicht meiden, mir aus dem Weg gehen … Nein.

Ohne dass ich es verhindern kann, flammt das Feuer in meinem Inneren erneut auf. Luca schafft es, mich in Flammen zu setzen. Allein ein Blick aus ihren Augen reicht, um mich wünschen zu lassen, mit ihr allein zu sein. Ich habe es mir während des Rundgangs gewünscht, als wir nebeneinander vor den Panoramafenstern gestanden haben, während der Schlittenfahrt. Jede verdammte Sekunde, die ich mit ihr zusammen bin, wünsche ich mir, ihr so nahe zu sein, wie ich es vor ein paar Sekunden noch war.

Mein Körper scheint auf Autopilot geschaltet zu haben. Anders kann ich es mir nicht erklären, dass ich die Decke zurückschlage und aufstehe, ohne auch nur einem der Gründe, die ich gerade eben angebracht habe, Beachtung zu schenken. Luca dreht sich nicht um, während ich auf sie zugehe, aber ihre Schultern heben sich kaum merklich. Vielleicht ist es ihr peinlich, oder sie will mich nicht ansehen.

Ich trete hinter sie, ohne sie zu berühren. Meine Finger zucken, als würden sie nicht verstehen, warum wir Abstand halten. Ich bemerke, dass sich in Lucas Nacken eine Gänsehaut ausbreitet, dennoch dreht sie sich noch immer nicht um.

»Du bist schon wieder gruselig«, sagt sie schließlich, mit einer Stimme, die mehr einem Flüstern gleicht. Sie klingt heiser und erstickt und … so unfassbar heiß.

Noch ein halber Schritt, dann trennen meine Brust und ihren Rücken nur noch wenige Millimeter. Ich spüre die Wärme, die sie ausstrahlt, die Spannung, die zwischen uns hin- und herschießt wie Blitze. »Ich will dich was fragen.«

Ihr trockenes, beinahe ungläubiges Lachen löst eine ganze Menge Gefühle in mir aus. »Ach ja?«

Ich senke den Kopf und fahre kurz mit der Nase über ihren Nacken. Sie erschaudert, weicht nicht aus, protestiert nicht. Ich komme noch näher, und jetzt presst sich meine Brust gegen ihren Rücken. »Ich bin dämlich.«

»Ach was«, antwortet sie leise, fast flüsternd. »Aber das war keine Frage.«

»Ich habe es mir anders überlegt.«

Luca löst eine Hand von der Wasserflasche, die sie krampfhaft umklammert hatte, und legt sie auf den Tresen, als wolle sie sich abstützen. »Immer noch keine Frage, Devan.«

»Ich will dich.«

Sie schnappt hörbar nach Luft. Die Anspannung in ihrem Körper baut sich auf, so weit, dass ich meine, sie körperlich spüren zu können. Sie vermischt sich mit meiner, und ich muss mich zwingen, sie nicht zu packen und an mich zu ziehen. Ich will ihr näher sein als je zuvor. Ich will alles von ihr, alles.

Es dauert quälende Sekunden, bis sie antwortet, die sich wie Stunden anfühlen. Dann, endlich, lässt sie sich zurücksinken und presst sich gegen mich. Ihr Hintern drückt sich gegen meinen Schritt, beinahe schmerzhaft.

»Ich will dich auch.« Ihre Stimme ist nicht mehr als ein Flüstern, trotzdem dröhnt sie in meinem Kopf wie ein Donnerschlag.

Das ist die Erlaubnis, auf die ich gewartet habe. Ich lache rau und zitternd, beuge mich erneut zu ihr hinunter und presse meine Lippen auf ihren Hals. Sie keucht leise, während ich eine Reihe von Küssen auf ihrer Haut platziere und meine Hand zu ihrem Bauch wandert. Ihre Muskeln spannen sich unter meiner Berührung an, und immer wieder erzittert sie. Luca löst auch die zweite Hand von der Wasserflasche und greift damit nach meinem Handgelenk, führt es tiefer. Mit den Fingern fahre ich unter den Saum ihres Shirts, dann über die nackte Haut unterhalb ihres Bauchnabels. Ich lasse mir unendlich viel Zeit, obwohl es mich beinahe um den Verstand bringt. Als ich den spitzenbesetzten Bund ihres Slips erreiche, spüre ich, wie sie den Atem anhält. Genau wie ich. Meine Hand tastet tiefer, und meine Finger erreichen schließlich die Stelle, an der meine Berührung sie dazu bringt, nach Luft zu schnappen.

Fuck. Wenn das so weitergeht, komme ich in meiner verdammten Hose. Wie ein unbedarfter Teenager, der das erste Mal den Körper einer Frau anfassen darf. So etwas ist mir noch nie passiert, aber Luca … Luca löst etwas in mir aus, das über die normale Lust und Leidenschaft hinausgeht. Luca lässt jedes meiner Nervenenden in Flammen aufgehen, unkontrolliert.

»Devan«, keucht sie, legt den Kopf in den Nacken und umschließt mein Handgelenk fester, lenkt mich, zwingt mich, weiterzumachen. Nicht, dass sie mich ernsthaft dazu zwingen müsste. Wäre da nicht die wachsende Anspannung in meinem Körper, könnte ich eine Ewigkeit damit verbringen, Luca Lust zu verschaffen und ihr dabei zuzusehen, wie sie sich unter meinen Fingern verliert.

»Gott«, flüstere ich, während ich sie streichle. Sie will mich.

Das ist keine Vermutung oder Frage, sondern eine Feststellung. Der körperliche Beweis dafür ist unmissverständlich. Mit der anderen Hand fahre ich unter ihr Shirt und umfasse ihre nackte Brust. Dieses Mal zögere ich nicht. Sie bäumt sich auf und stützt sich auf dem Tresen ab, während sie unter meiner Hand erzittert. Ich presse meine Hüften fester gegen sie, versuche der Lust irgendwie Luft zu lassen, damit ich mich noch ein bisschen länger auf sie konzentrieren kann. Nur auf sie. Am liebsten würde ich jeden verdammten Quadratzentimeter ihres Körpers erkunden, aber ich weiß, dass ich das nicht schaffe. Meine Selbstbeherrschung ist dazu schlicht und ergreifend nicht in der Lage. Ich will in ihr sein, will sie meinen Namen keuchen hören.

Ich löse meine Lippen von ihrem Hals und küsse sie einmal aufs Ohr. »Sag mir, was du willst.«

»Ich denke, du weißt, was ich will.«

»Wir könnten wieder ins Bett gehen und da weitermachen, wo wir vorhin aufgehört haben«, flüstere ich. Meine Stimme zittert vor Anspannung, aber das ist mir egal. »Ich könnte dich umdrehen und auf den Tresen setzen. Oder aber …« Mit einer einzigen Bewegung dringe ich in sie ein, mit zwei Fingern, und halte die Luft an, als sie nach Atem schnappt. Fast ist es zu viel. »Wir machen es genau hier.« Wieder presse ich mich gegen sie, erhöhe den Druck zwischen uns. »Genau so.«

Ein paarmal atmet sie zitternd ein und aus, dann richtet sie sich auf und dreht den Kopf, sodass ich sie küssen kann. Unsere Lippen lösen sich für kaum einen Herzschlag voneinander. »Genau so.«

»Du bist so verdammt perfekt«, stoße ich hervor. Luca beißt mir sanft in die Oberlippe, dann weicht sie zurück.

»Handtasche«, keucht sie, löst die Hand von meinem Arm und deutet auf eine kleine schwarze Tasche am Ende des Tresens. »In meinem Portemonnaie ist ein Kondom.«

Mir entfährt ein atemloses Lachen. »Allzeit bereit.«

»Ein Mädchen muss vorbereitet sein.«

Widerstrebend löse ich meinen Griff von ihrer Brust, ansonsten rücke ich keinen Millimeter von ihr ab. Ihre Augenlider schließen sich flatternd, als ich meine Finger in ihr bewege. Ich strecke mich, wühle nach der Brieftasche. Als ich mich aus ihr zurückziehen muss, um meine Hose herunterzuschieben und das Kondom überzuziehen, tut es beinahe körperlich weh. Ich brauche ihre Berührung so dringend, dass mir fast die Luft wegbleibt. Ich kann mich nicht daran erinnern, vor ihr jemals einen Menschen so dringend gewollt zu haben.

Sie trägt immer noch das dünne Shirt, aber meine Geduld ist zum Zerreißen gespannt. Mein gesamter Körper scheint zu summen, und die Art und Weise, wie Luca sich gegen meine Hand presst, beweist mir, dass es ihr genauso geht. Über das Donnern meines Herzens hinweg höre ich, dass sie meinen Namen keucht.

Keine Sekunde länger schaffe ich es. Ich ziehe meine Hand zurück, zerre ihren Slip nach unten und umfasse ihre Hüften.

Ich dringe in sie ein, Zentimeter für Zentimeter, beiße die Zähne zusammen, um mich zu beherrschen. Ich will keine schnelle Nummer. Ich will mir Zeit lassen, jede Sekunde ausnutzen und ihre Lust ins Unermessliche steigern, bevor ich ihr Erleichterung verschaffe. Sie stöhnt und biegt den Rücken durch, doch ich ziehe sie an mich.

»Mein Gott, Luca«, presse ich hervor und verharre. Ich bin so kurz davor, von dem Verlangen nach dieser Frau überschwemmt zu werden wie von einer verdammten Flutwelle.

Am Anfang bin ich vorsichtig, bittend, beinahe forschend. Ich bebe vor Anstrengung, das Tempo langsam zu halten, doch irgendwann verliere ich den Kampf. Als Luca ihre Hand wieder in mein Haar krallt, ist es vorbei mit meiner Selbstbeherrschung. Meine Bewegungen werden unkontrolliert. Sie kommt mir entgegen, flüstert meinen Namen. Dann löst sie ihre Hand und stützt sich wieder auf dem Tresen ab, während ich nach ihren Hüften greife.

Luca kommt so heftig und lustvoll, dass sie mich mitreißt. Ich bin mir ziemlich sicher, dass ich ihren Namen rufe, während ich mich ein letztes Mal in ihr verliere und sie mit dem Oberkörper auf die kalte Arbeitsplatte sinkt. Hinter meiner Stirn scheint all mein Denken zu explodieren und einen dichten Rauch zu hinterlassen, der mich einnebelt und die Realität einen Moment lang beinahe unwirklich scheinen lässt.

Nach Luft schnappend löse ich meine Hände von ihren Hüften. Meine Muskeln zittern, trotzdem ziehe ich mich zurück, fasse Luca um die Taille und drehe sie zu mir. Sie versteht, was ich vorhabe, setzt sich vor mich auf den Tresen und öffnet die Schenkel, damit ich sie an mich ziehen kann. Mit einem leisen Seufzen umfasse ich ihr Gesicht und küsse sie. Langsam. Ich versuche, so viel Gefühl in diesen Kuss zu legen, wie es möglich ist.

»Wow«, murmelt sie, als wir uns voneinander lösen, um zu Atem zu kommen. »Das war … unerwartet.«

»Das war der Hammer«, berichtige ich sie. Ich lasse den Kopf sinken, Schweißtropfen fallen aus meinem Haar und landen auf Lucas Shirt. Fuck. Allein der Anblick des Stoffs, der an ihrer Haut klebt und der Fantasie wenig Spielraum gibt, lässt mich beinahe ein zweites Mal kommen. Keine Ahnung, wie ich sie je wieder ansehen und sie mir *nicht* nackt und verschwitzt vorstellen soll.

Ein paar Sekunden lang bewegt sich keiner von uns, und wir versuchen schlicht und ergreifend, zu Atem zu kommen. Dann drücke ich ihr einen Kuss auf die Stirn und mache mich von ihr los, wenn auch widerstrebend. Ich entsorge das Kondom und hole eine der Couchdecken aus dem Schrank. Als ich mich zu ihr umdrehe, bemerke ich gerade noch, wie Luca das Gesicht verzieht.

»Alles okay?«, frage ich stirnrunzelnd. Sie steht ein bisschen breitbeinig da. »Habe ich dir wehgetan?«

Sie schüttelt den Kopf, schneidet aber erneut eine Grimasse, als sie einen Schritt auf mich zumacht und nach der Decke greift. »Meine Beine fühlen sich an wie Wackelpudding. Vielleicht hast du mir das Blut abgeschnürt, als du mich gegen das Ding da gedrückt hast.«

Grinsend beuge ich mich zu ihr hinunter und küsse sie. Ein Mal. Nicht, weil ich keinen leidenschaftlichen Kuss will, sondern weil ich ernsthaft Sorge habe, dass es in einer zweiten Runde enden würde, und wenn ich richtig gesehen habe, hat Luca kein zweites Kondom in ihrem Portemonnaie.

Sie löst sich energisch von mir, als wäre sie gerade eben zu demselben Schluss gekommen. Als ich sie ansehe, lächelt sie. Ihre Wangen sind gerötet, ihre Augen glasig, ihre Haare noch chaotischer als davor. Sie ist unfassbar schön. Ein Gefühl breitet sich in meiner Brust aus, das ich lieber nicht so genau ergründen will.

»Wo gehst du hin?«, frage ich, als sie sich abwendet.

»Pinkeln«, ruft sie, als sie den Schalter betätigt, der die Glaswand des Badezimmers milchig werden lässt. »Sonst gibt's 'ne Blasenentzündung.«

»Ach ja?«

Ihr Kopf taucht noch einmal hinter der Scheibe auf, nur um mir einen verächtlichen Blick zuzuwerfen. »Du ungebildeter Ignorant.« Dann verschwindet sie wieder und schließt die Tür.

Ich versuche, ein Lachen zu unterdrücken, aber dennoch breitet sich ein wahrscheinlich leicht dümmlich wirkendes Grinsen auf meinem Gesicht aus. Wahres Glück ist, wenn dir

Orgasmus und Lachen von ein und demselben Menschen beschert werden.

Einen Moment lang stehe ich einfach nur da und starre auf Lucas unscharfe Umrisse hinter der Scheibe. Ich bin vollkommen nackt und habe noch immer das Gefühl, irgendwie im Raum zu schweben. Mit den Gedanken bin ich weder bei dem in ein paar Stunden anstehenden Pitch noch bei dem wenigen Schlaf, mit dem wir ihn werden halten müssen. Ich denke nicht einmal an die herrenlosen Fußabdrücke, das Motorengeräusch oder den seltsamen Post auf Pauls Instagram-Seite. Alles, woran ich denken kann, ist, dass Luca etwas in mir berührt hat. Ich hatte zuvor schon unbedeutenden Sex, One-Night-Stands, kurze Affären. Ich bin nicht unerfahren. Aber das hier … das ist neu. Und ein Teil von mir fürchtet sich davor.

21

[redacted]

Die Personen wirken auf dem quadratischen Bildschirm wie Karikaturen in einem alten Schwarz-Weiß-Film. Die körnige, unzulängliche Aufzeichnung der Überwachungskamera verzerrt ihr Bild beinahe bis zur Unkenntlichkeit und verwandelt sie zu blassen, gesichtslosen Figuren in einem Stück, von dessen Existenz sie nichts ahnen. Ich beobachte einen von ihnen, den Anführer dieser kleinen, selbsternannten Expedition. Er scheint dieser lächerlichen Gruppe den Weg zu weisen wie eine durch Wind und Wellen gezeichnete Galionsfigur, die mit erhobenem Kopf Schiff und Besatzung durch die Nacht leitet und sich dabei allen Gefahren an erster Position stellt.

Ich lache über mich selbst – ein trockener und übermächtig klingender Laut in der mich umgebenden Stille –, weil der Vergleich mindestens so lächerlich ist wie die Rolle, die dieser Mensch sich offensichtlich eigens zugewiesen hat. Ihnen allen drohte keine Gefahr, zu keinem Zeitpunkt. Das kaum nennenswerte Abenteuer, das sie gerade erlebt haben, ist ein lauer Tag auf einer blumenbewachsenen Sommerwiese im Teletubby-Land, verglichen mit dem, was sie noch erwarten wird. Es mag ihnen waghalsig vorgekommen sein, vielleicht sogar gefährlich. Der Schnee, der jedes Jahr aufs Neue wie durch Zauberhand oder göttliche Fügung über Nacht aufzutauchen scheint, der unheilvolle Nebel, der sich über die abgeschiedene Landschaft legt wie ein Vorhang nach dem ersten Akt, kurz bevor er wieder zurückgezogen wird, damit das Drama seinen zweiten Akt entfalten kann. Die drückende Stille, die diese beiden Boten des Winters mit sich bringen – all das mag in einem schlichten Geist den Sinn für Abenteuer wecken.

Aber sie sind sich der wahren Gefahr nicht bewusst. Sind bemitleidenswert ahnungslos, was ihre eigene, jämmerliche Zukunft angeht. Haben vergessen, weshalb sie das verdient haben, was noch auf sie zukommen wird.

Gerade versammeln sie sich, als würden sie eine Art Kriegsrat bilden wollen, und ich wende mich ab. Ich habe genug gesehen. Genug, um das Bild zu perfektionieren, das ich im Geiste von dieser zusammengewürfelten Gruppe zu malen versuche.

Vor ein paar Stunden noch dachte ich, ich würde diese Konstellation von scheinbar so unterschiedlichen Menschen durchschauen. Ich habe mich leiten lassen von Arroganz und vorschnell geurteilt. Doch ein weiterer Blick auf die körnigen Aufnahmen bestätigt mir, dass ich falschgelegen habe, als ich den Rest der Gruppe, das kleinere der beiden Teams betrachte. Auch durch das unscharfe Bild der Kameras, das die gestochen scharfe Realität in einen schwachen Abklatsch ihrer selbst verwandelt, erkenne ich die Verzweiflung, die ich ausgelöst habe. Vor ein paar Stunden war ich nicht davon ausgegangen, dass dieses Member sich so schnell brechen lassen würde.

Ich habe es … überschätzt. Und das ist ein beschissen großartiges Gefühl.

Ratten entwickeln in Forschungseinrichtungen zeitweise eine Gruppendynamik, die selbst von erfahrenen Forschenden schwer vorherzusehen ist. Ein unterschätztes, kaum beachtetes Tier wird zu einem Anführer gekürt und hat plötzlich das Gewicht einer imaginären Krone zu tragen, unter dem es früher oder später erdrückt wird. Vermeintlich starke Tiere unterliegen dem Überlebenswillen anderer und müssen letztendlich einem bitteren und nicht zu entkommenden Ende ins Auge sehen. Ich darf die Natur des Zufalls, die Möglichkeit der nicht vorhersehbaren Wendungen nicht unterschätzen. Diesen Fehler habe ich einmal begangen, und ich werde nicht so dumm sein, ihn ein zweites Mal mit eiserner Faust mein Leben zerschlagen zu lassen.

Grinsend stehe ich auf und drücke auf den kleinen Knopf am unteren Rand des Bildschirms. Das Bild flackert den Bruchteil einer Sekunde, dann wird es schwarz und erlischt. Ich bin hier fertig. Muss verschwinden, bevor das Unglück seine klebrigen Finger nach mir ausstreckt und ich erwischt werde oder jemand bemerkt, dass die Überwachungsbilder aufgezeichnet wurden. Ich bin wie ein Joker, und das ist mein größter Trumpf. Verborgen und unscheinbar in der Hand eines Spielers. Auf den ersten Blick ein Teil der von außen betrachtet alle gleich aussehenden Karten. Ein starker, aber unscheinbarer Teil des Decks. Ich gewinne erst dann an Bedeutung, wenn ich ausgespielt werde und die übrigen Mitstreiter erkennen, welchen Einfluss ich tatsächlich auf den Verlauf dieses Spiels habe.

22

LUCA

Devan ist vor mir wach. Als ich stöhnend die Augen öffne und nach meinem Handy taste, um den verdammten Wecker zum Schweigen zu bringen, ist die Matratze neben mir leer und kalt, als sei er bereits seit einer ganzen Weile verschwunden. Ich stütze mich auf die Ellbogen und schaue Richtung Bad, aber die Scheibe ist klar und die Dusche leer. Er ist weg. Müde reibe ich mir über die Augen. Da wir uns mitten in der eingeschneiten Pampa befinden, wage ich zu bezweifeln, dass er das Klischee erfüllt und Brötchen oder Kaffee holen gegangen ist. Wäre das hier die Romcom, von der er heute Nacht gesprochen hat, würde ich jetzt zweifelnd und leicht angefressen durch die Hütte laufen, schimpfen und dann ein schlechtes Gewissen haben, wenn er gut gelaunt mit frischem Kaffee durch die Tür kommt.

Aber das hier ist keine romantische Komödie, und sicher hat Devan sich nicht mit dem Schneemobil auf den Weg runter zum Hotel gemacht.

Meine Gedanken wandern ganz automatisch zu letzter Nacht. Die Bilder prasseln auf mich ein wie warmer Regen und lassen mich erschaudern. Sehr bestimmte Stellen meines Körpers beginnen zu prickeln, als wollten sie die Erinnerungen der letzten Stunden noch ein bisschen lebendiger aufleben lassen. Heilige Scheiße. Ich hebe den Arm, verdecke mir damit die Augen und lasse mich stöhnend zurück in die Kissen fallen. Meine innere Uhr schreit mich hysterisch an, endlich aufzustehen und die verdammte Präsentation vorzubereiten. Aber ich brauche ein paar Minuten. Vielleicht Stunden. Ich bereue weder den Sex noch die unsichtbare Linie, die ich in Bezug auf Devan überschritten habe. Der Sex war ... großartig. Möglicherweise der beste meines Lebens. Dennoch kann ich einfach nicht glauben, dass ich wertvolle Stunden dieser Woche damit verbracht habe, mich von einem meiner direkten Konkurrenten vögeln zu lassen. So etwas passt nicht zu mir, und so, wie ich Devan einschätze, auch nicht zu ihm. Ich verziehe das Gesicht, als mir der Gedanke kommt, dass er vielleicht nur aus Mitleid mit mir geschlafen hat. Immerhin war *er* derjenige, der zuerst den sich anbahnenden Kuss und dann die erste Szene im Bett unterbrochen hat – beides Situationen, in denen ich eindeutig weiter gehen wollte als er. Auf der anderen Seite erscheint Devan mir nicht wie der Typ Mann, der irgendetwas tut, was er nicht wirklich will.

Ich zwinge mich dazu, mich aufzusetzen und die Decke zurückzuschlagen. Auch wenn ich mich gerne noch eine Weile vor der Realität gedrückt hätte. Es ist mir nicht peinlich, mit Devan geschlafen zu haben, trotzdem stelle ich mir unser erstes Zusammentreffen ein wenig unangenehm vor. Vor allem, nachdem er abgehauen ist. Was nicht gerade die feine Art ist, um ehrlich zu sein.

Während ich mich in die Dusche schleppe, bemitleide ich mich selbst ein wenig, stelle das Wasser viel zu heiß ein und verbringe eine viel zu lange Zeit damit, einfach dazustehen und darauf zu warten, dass mein Körper und mein Verstand endlich aufwachen. Ich bin an genau den richtigen Stellen wund, und meine Beine fühlen sich immer noch so an, als wäre ich unvorbereitet einen Marathon gelaufen. Ich presse die Oberschenkel zusammen. Mein Gott, ich hatte wirklich zu lange keinen Sex, wenn mein Körper nach diesem einen Mal so begierig darauf zu sein scheint, die ganze Sache zu wiederholen.

Danach gehe ich in die Küche, um mir einen Kaffee zu machen. Einen starken Kaffee! Ich greife gerade nach einem Becher, als mir der Zettel auf der Arbeitsfläche auffällt. Er liegt genau an der Stelle, an der ich mich gestern Nacht abgestützt habe und Devan …

Nein, stopp. Konzentration.

Ich greife nach dem Zettel und muss unwillkürlich lächeln, während ich die lächerlich kraklige Handschrift entziffere.

Du hast mich die halbe Nacht wach gehalten, und jetzt bin ich wahrscheinlich unkonzentriert, weil ich immer daran denken muss, wie du … du weißt schon.
Ich denke, das war ein taktischer Zug von dir, und er hat funktioniert.
Ich hoffe, du verschläfst!
Bis später – D.

Lachend werfe ich den Zettel in den Mülleimer. Ich gebe es nicht gerne zu, aber ich bin ein bisschen erleichtert, dass er sich doch nicht kommentarlos aus dem Staub gemacht hat. Ich hätte es ihm nicht übel genommen, immerhin hatten wir kein Date oder uns irgendwelche Versprechungen gemacht. Wir … ja, keine Ahnung. Ich würde es nicht als klassischen One-Night-Stand bezeichnen, immerhin können wir nicht davon ausgehen, dass wir uns danach nie wiedersehen. Freunde Plus sind wir aber auch nicht, dafür sind wir zu wenig befreundet. Vielleicht war es einfach nur eine Nacht. Eine großartige Nacht, die wir niemals wieder erwähnen werden. Was eine ziemliche Verschwendung von Potenzial wäre, weil wir rein körperlich ganz offensichtlich verdammt gut zusammenpassen.

Ich schiebe sämtliche Gedanken an Devan, den Sex und das, was die ganze Sache möglicherweise bedeuten mag, zur Seite und mache mich an die Arbeit. Es ist noch früh, draußen ist es immer noch dunkel, und ich habe das Gefühl, als würde die Nacht sich wie eine schwere Plane über meine Hütte legen. Devan ist nur hundert Meter weit entfernt, und auch Leander, Christine und Paul sind in Laufweite. Trotzdem habe ich wieder einmal das Gefühl, mich meilenweit von jedem anderen menschlichen Wesen auf dieser Welt zu befinden. Das sollte ich in meiner Präsentation auf jeden Fall erwähnen.

Zwei Stunden lang arbeite ich an den Folien, dann habe ich keine Zeit mehr, mir Präsentationskarten vorzubereiten. Es muss auch so gehen. Das hier ist auf gar keinen Fall meine beste Arbeit, also muss ich es mit meiner mündlichen Leistung rausreißen, was mit Sicherheit nicht allzu einfach wird. Devan ist ein fantastischer Redner, Leander ist ruhig und strahlt eine beeindruckende Selbstsicherheit aus, und Christine ist quasi die Königin der großen Reden. Der Einzige, bei dem ich mir beinahe sicher bin, ihn schlagen zu können, ist Paul. Er wirkt auf mich nicht sehr wortgewandt. Mir ist klar, dass ich mit Vorurteilen jongliere, aber ich bin zuversichtlich, dass bei ihm wenig übrig bleibt, wenn man die Privilegien abzieht, die ihm seine Eltern und sein Reichtum einbringen.

Bei dem Gedanken an Paul fällt mir der Post wieder ein, den Devan heute Nacht auf Instagram gesehen hat. Scheiße. Der Sex und mein kleines Gefühlschaos hatten dieses Detail völlig aus meinem Bewusstsein gefegt.

Ich nehme mein Handy und schalte den Flugmodus aus, der mich davon abhalten sollte, auf eine Erklärung oder sogar Entschuldigung von Devan zu warten. Es dauert quälend lange, dann ploppen zwei WhatsApp-Nachrichten von Riley auf, in denen sie fragt, wie es mir geht, und mir erzählt, dass »dieser Sandoval« nach Eagle Creek eingeladen wurde, ohne sich selbst zu bewerben. Ich schnaube – ach was! Dann ein paar Twitter- und Instagram-Benachrichtigungen und eine E-Mail von meinem Professor. Ich tippe auf die Verlinkung auf Instagram, und wieder erscheint nach einigem Warten der Haftbefehl.

»What the fuck«, murmele ich leise. Der Post wurde nicht gelöscht, womit ich eigentlich fest gerechnet hatte. Mein Blick wandert zur Caption, aber da steht nichts außer einem Salsa tanzenden Emoji in einem roten Kleid. Keine Hashtags, was auch irgendwie makaber wäre. Ich gehe die markierten Personen durch, aber es sind zu viele, um mir jedes einzelne Profil anzuschauen. Mit dabei sind aber Devan, Leander, Christine, ich und tatsächlich auch Jacob, was ich beinahe am seltsamsten finde. Ich erkenne ein paar Namen von unserer alten Highschool wieder, der Rest sagt mir nichts, und ich gebe auf. Dann überfliege ich die Kommentare. Oh mein Gott. Über zweitausend Menschen haben ihren Senf abgegeben, und der Großteil dieses Senfs scheint alles andere als freundlich zu sein. Diese Kommentarspalte ist ein verdammtes Potpourri aus Schadenfreude, Scheinheiligkeit und Lästerkultur. Hunderte Verlinkungen anderer Profile, irgendein Kerl gibt preis, auf welche Uni Paul geht und wie seine Schwester heißt. Einer schreibt sogar, in welchem Knast Pauls Vater angeblich einsitzt, und fragt, wer sich einem Besuch anschließen will. Die wenigsten sprechen Paul direkt an, was mich wahnsinnig wütend macht, wenn man vermutet, dass viele dieser Menschen wahrscheinlich seine Freunde sind. Oder vorgeben, es zu sein. Der verdammte Post hat beinahe zehntausend Likes! Schlimm genug, dass eine solche Sache so vielen Leuten »gefällt«, aber als ich auf Pauls Profil gehe und mir seine anderen Beiträge anschaue,

wird klar, dass diese Anzahl seine gewöhnlichen Like-Zahlen deutlich überschreitet. Was bedeutet, dass dieser Post entweder oft geteilt wurde oder …

Stirnrunzelnd gehe ich zurück, und da entdecke ich die kleine Markierung, die mir bislang nicht aufgefallen ist. Der Beitrag wurde beworben. Es wurde Geld dafür bezahlt, diese wirklich persönliche, wirklich unschöne Sache noch breiter zu streuen und mehr Leuten zuzuspielen als ohnehin schon? Gestern hat Paul erzählt, dass jemand sich in seine Accounts eingeloggt hat. Das muss erneut der Fall gewesen sein, anders kann ich mir das nicht erklären! Ich fand Paul zwar nie richtig sympathisch und bin mir verdammt sicher, dass er grundsätzlich Aufmerksamkeit genießt, aber das hier muss selbst ihm zu negativ sein – auch wenn es natürlich keine schlechte Publicity gibt, solange sie die Leute dazu bringt, über einen zu sprechen.

Kopfschüttelnd schließe ich die App und werfe das Handy neben mich auf die Matratze, um mich davon abzuhalten, weiter zu stalken. Oder meine Entdeckung mit Devan zu teilen, um ein Gespräch anzufangen. Ich habe noch ein paar Minuten, bis ich mich auf den Weg runter zum Hotel machen muss, und weder mein Outfit noch mein Gesicht sehen so aus, als wären sie bereit, vor einer Gruppe von Menschen einen Pitch zu präsentieren.

Um meine Gedanken zum Schweigen zu bringen, starte ich eine Playlist mit einem seltsamen Mix aus *GLEE*-Covern, Songs von *Måneskin*, Ava Max, Billie Eilish und Sam Smith, die in meiner Liste einfach nur »aufräumen« heißt. Das Gute an der Abgelegenheit dieser Hütte ist immerhin, dass man keine Angst haben muss, jemand könnte sich an der Lautstärke oder dem Musikgeschmack stören.

Ich schminke mich dezent, aber genug, um die Augenringe und die Unreinheiten auf meiner Haut zu überdecken. Dann mache ich mir einen strengen Pferdeschwanz, bis mir der Helm einfällt, den ich auf der Fahrt zum Resort tragen muss. Seufzend öffne ich meine Haare wieder, kämme das Haarspray aus und werfe eine große Haarklammer in meine Tasche, um mich später unten im Hotel noch einmal zurechtzumachen. Anschließend stelle ich mich vor meinen Kleiderschrank und begutachte meine Auswahl. Nach kurzem Zögern entscheide ich mich für eine dunkelblaue Jeans, eine weiße Bluse und das weiße Jackett. Schick genug, aber nicht übertrieben.

Nach einem schnellen Blick auf die Uhr greife ich hastig nach meiner Laptoptasche, werfe mein Handy und meinen kleinen Kulturbeutel hinein und steige in meine Winterboots. Die passen nicht wirklich zu dem Rest meines Outfits, aber was ist die Alternative? Ich stiefele sicher nicht in Absätzen durch den Schnee, und den Schlitten fahre ich damit auch nicht.

Als ich dick eingepackt hinaustrete, atme ich ein paarmal tief ein und aus. Die kalte Luft brennt in meinem Hals, fühlt sich aber auch unfassbar gut an. In der Nacht hat es weitergeschneit, der frische Schnee reicht mir an den höchsten Stellen sicher bis zu den Knien. Doch jetzt ist der Himmel eisblau und klar, die Luft ist schneidend kalt, und ein leichter Wind weht mir ins Gesicht.

Ich senke den Blick, aber der Neuschnee hat die Fußspuren des Unbekannten und auch die von Devan beinahe vollständig aufgefüllt. Nur die, die er heute Morgen beim Verlassen hinterlassen haben muss, sind noch zu sehen. Automatisch schaue ich zu seiner Hütte hinüber, die weiter oben in der Nähe des Waldrands steht. Meine Magengegend kribbelt, als säße ich in einer Achterbahn und der Wagen würde abrupt die Senke hinabsausen – diese eine Sekunde, in der man das Gefühl hat, man würde fallen. So fühlt es sich an, wenn ich an Devan denke, und ich bin mir ganz und gar nicht sicher, ob das eine gute Sache ist oder nicht. Ich will ihn wiedersehen. Gestern Abend hatte er mir versprochen, auf mich zu warten und gemeinsam mit mir zum Resort zu fahren. Aber ehrlich gesagt glaube ich nicht, dass dieser Deal noch steht, nachdem wir einander so viel Zeit geraubt haben. Ein Teil von mir will hinauf zu seiner Hütte gehen, an seine Tür klopfen, sein Gesicht in meine Hände nehmen und meine Lippen auf seine pressen. Ihn vielleicht ins Chalet ziehen, ihn aufs Bett schubsen, über ihn krabbeln und …

»Meine Fresse«, flüstere ich, schüttle den Kopf und vertreibe die Bilder, die gerade noch verdammt lebhaft in meinem Kopf herumgespukt sind. Das ist ja fast armselig. Vielleicht sollte ich zurückgehen und noch einmal kalt duschen.

Energisch wende ich mich ab und stapfe hinunter durch den Schnee Richtung Parkplatz. Dort stehen nur noch zwei Schneemobile, was mich kurz stutzen lässt. Ich bin früh dran, aber so wie es aussieht, waren die anderen noch ein wenig ambitionierter. Verdammt. Ich weiß, dass Devan ehrgeizig ist und dass unsere kleine Nummer letzte Nacht nichts daran ändern wird, dass er mich zu schlagen versucht. Leander kenne ich kaum, aber auch er wirkt, als wäre es ihm wichtig, was er tut. Paul und Christine … keine Ahnung. Beide haben auf mich einen zielstrebigen Eindruck gemacht, trotzdem hatte ich bei keinem der beiden das Gefühl, dass sie sich gewöhnlich in Arbeit stürzen. Mindestens einer von beiden ist offensichtlich bereits los. Vielleicht ist Paul auch im Bett geblieben. Wundern würde es mich nicht nach dem Post von letzter Nacht.

Mit einem letzten Blick zurück zu Devans Hütte setze ich mir den Helm auf und schwinge mich auf meinen Schlitten.

Die Fahrt hinunter ins Tal verläuft ereignislos, was wahrscheinlich daran liegt, dass ich selbstsicherer werde. Obwohl der Schnee tiefer ist und die Kufen sich an manchen Stellen irgendwie schwerfälliger bewegen, habe ich kein einziges Mal die Sorge, den Abhang runterzustürzen oder eine Bruchlandung hinzulegen. Das ist durchaus ein Fortschritt. Trotzdem durchfährt mich eine Welle der Erleichterung, als ich am Fuße des Berges das Tempo drossle und vorsichtig den kleinen Weg ansteuere, der zum Parkplatz neben dem Haupteingang führt.

Beinahe zu spät bemerke ich die beiden Frauen, die neben der Mauer stehen und sich wild gestikulierend unterhalten. Ich habe mich so darauf konzentriert, den Schlitten auf Kurs zu halten, dass ich sie beinahe nicht bemerkt und umgefahren hätte. Ich schnappe nach Luft und bremse so abrupt, dass ein kräftiger Ruck erst durch den Schlitten und dann durch meinen Körper geht, bevor das Schneemobil schließlich zum Stehen kommt.

Eine der Frauen dreht sich um. Christine. Obwohl ihr halbes Gesicht von einem dicken Schal bedeckt ist, bemerke ich die Wut in ihren Augen. Wenn Blicke töten könnten, wäre ich augenblicklich von meinem Schlitten gekippt.

»Hat dir einer ins Hirn geschissen?«, schreit sie mich an, so laut, dass ich sie selbst über das Röhren des Schneejets unter mir verstehen kann.

Ich schalte den Motor aus und schiebe mir die Skibrille hoch. »Tschuldige. Ich habe euch nicht gesehen.«

Sie schnaubt. Ich schaue an ihr vorbei und erkenne Ana, die mich mit einer Mischung aus Belustigung und Verwirrung anschaut. Sie hebt die Hand. »Nichts passiert.«

»Alles okay?«, frage ich zögernd. Ich habe den Eindruck, gerade in irgendetwas hineingeplatzt zu sein, und bin ein bisschen überfordert. Christine hat sich wieder umgedreht, aber trotz der dicken Winterjacke kann ich erkennen, dass sie zittert.

Ana wirft ihr einen kurzen, fragenden Blick zu. Dann wendet sie sich wieder an mich. »Hast du Paul gesehen?«

»Heute?«

Sie zuckt mit den Schultern. »Oder gestern Abend? Er ist weg.«

Irritiert mustere ich Christines Rücken, aber sie wendet sich nicht zu mir um. »Wie, weg?«

»Als Christine aufgewacht ist, war er verschwunden. Er hat sein Schneemobil hier abgestellt und den Schlüssel stecken lassen, aber die Zimmerkarte hat er mitgenommen.«

Ana zögert und mustert erneut Christine, die sich mit einem tiefen Seufzen umdreht. »Du hast den Post gelesen, oder?«, fragt sie knapp.

Es hat keinen Sinn, mich dumm zu stellen. »Ja«, gebe ich ein bisschen peinlich berührt zu. »Der wurde mir angezeigt.«

Ein leises Schluchzen, aber keine einzige Träne, was ein bisschen seltsam ist. »Jeder hat diese Scheiße gesehen! Die ganze Uni hat das gelesen!«

Ich setze den Helm ab, weil ihre Stimme nur gedämpft zu mir durchdringt, schiebe meine Mütze aus meiner Stirn und lege den Helm zwischen meine Oberschenkel. »Er hat das nicht selbst gepostet, oder?«, frage ich, auch wenn ich die Antwort auf diese Frage eigentlich schon kenne.

»Natürlich war er das nicht«, faucht Christine. Das Zittern ist aus ihrer Stimme verschwunden, die Wut ist zurückgekehrt.

Ana tritt zwischen uns. Vielleicht hat sie Angst, Christine würde sich auf mich werfen und mir die Augen auskratzen. »Christine hat den Post erst heute Morgen gesehen, da war Paul schon weg. Wenn er sich bei niemandem gemeldet hat, ist er wohl abgereist.«

»Mitten in der Nacht?«

Sie hebt die Hände. »Dramatischer Abgang, aber er ist ein

großer Junge. Wenn er das Handtuch werfen will, ist das doch seine Sache, oder?«

»*Das Handtuch werfen?*«, äfft Christine. »Er hat nicht einfach aufgegeben! Das war ein Angriff gegen ihn! Ein persönlicher Racheakt, genau wie die Fotos! Irgendjemand will ihn zerstören.«

Ich behalte meine Gedanken lieber für mich, denn sie würden Christine sicher nicht gefallen und vielleicht doch noch dafür sorgen, dass sie mir ins Gesicht springt. Ich kann mir nämlich ziemlich gut vorstellen, dass Paul in seinem bisherigen Leben einer ganzen Menge Menschen an den Karren gepisst hat. Ana scheint zu einem ähnlichen Schluss zu kommen, denn sie zuckt nur mit den Schultern und wirft einen Blick auf ihr Handy. »Ich muss in zehn Minuten hinter der Anmeldung stehen«, sagt sie und sieht Christine seufzend an. »Es geht ihm sicher gut.«

»Oder er liegt tot in einer beschissenen Schneewehe!«, kreischt sie, dann dreht sie sich um und geht Richtung Haupteingang. Ihr hoher Zopf wippt beim Laufen hin und her, und auch wenn ich die Worte nicht verstehen kann, klingt es, als würde sie immer noch fluchen.

»Wow«, murmele ich, während ich nach dem Helm greife, um ihn mir wieder aufzusetzen und den Schlitten zu parken. »Ich dachte, die Seifenoper wäre fürs Erste vorbei.«

»Das Drama scheinen die beiden mitzubringen.«

Ich grinse. »Glaubst du, wir werden zur Hochzeit eingeladen?«

Ana lacht laut und ehrlich, dann schüttelt sie den Kopf und schaut hinauf in den Himmel. Ein paar Wolken sind aufgezogen. »Es fängt gleich wieder an zu schneien.« Sie erschaudert. »Du solltest reingehen, Luca. Die anderen sind hinten im Restaurant.«

23

LUCA

Während ich mir Leanders Präsentation über den Spa-Bereich des Hotels anhöre, muss ich immer wieder an Paul denken. Zu meiner Überraschung sitzt Christine neben mir und scheint ebenfalls zuzuhören. Ich hatte irgendwie erwartet, dass sie nicht dabei sein würde. Dass sie nach Paul suchen oder abreisen würde. Die Strapazen des Morgens sind ihr zwar anzusehen, trotzdem macht sie einen adretten und seriösen Eindruck. Bei all dem Chaos nach dem Aufstehen muss sie also noch genug Geistesgegenwart besessen haben, sich fertig zu machen und vorzubereiten, was mich widerwillig ein bisschen beeindruckt. Vielleicht besitzt sie doch mehr Biss, als ich ihr zugetraut hätte.

Devan sitzt links von mir. Er ist mir viel zu nahe, was meine Gedanken immer wieder in eine gefährliche Richtung lenkt. Ich spüre die Wärme, die er ausstrahlt, höre seinen Atem, nehme jede seiner verdammten Bewegungen wahr. Als wäre ich ein Planet in seiner Umlaufbahn. Als ich vorhin diesen Teil des Restaurants betreten habe, hat er gerade mit Jacob gesprochen und sich erst neben mich gesetzt, als Leander bereits mit der Vorstellung und Einleitung begonnen hat. Wir haben uns nur wortlos begrüßt. Als wären wir Bekannte oder wirklich kaum mehr als die Konkurrenten, die wir eigentlich sein sollten. Es fühlt sich seltsam an, so distanziert mit ihm umzugehen. Vielleicht geht es ihm anders, aber nach der letzten Nacht habe ich das Gefühl, ihn zu kennen. Ihm näher zu sein als vorher, und ein Teil von mir hatte gehofft … ich weiß selbst nicht genau, was ich mir erhofft habe. Dass er mich zur Begrüßung küsst? Wohl kaum. Meine Hand während Leanders Pitch hält? Auf keinen Fall. Wir beide verfolgen hier das gleiche Ziel, und wir sollten uns auch genau darauf konzentrieren. Was mir aber wahnsinnig schwerfällt.

Ich versuche angestrengt, Leanders Erklärungen zu folgen. Er präsentiert gerade eine Marketingstrategie, die sich auf Influencer insbesondere auf TikTok konzentriert. Die Plattform lebt von ihrer Schnelllebigkeit, von ihren Trends und der kaum nennenswerten Aufmerksamkeitsspanne der Nutzenden. Das *Ortiz* hingegen präsentiert Luxus, Langlebigkeit und Altbewährtes. Ich bin mir nicht sicher, ob das als Schwerpunkt für eine mögliche Kampagne auf Dauer funktionieren würde.

Hinter Leander erstreckt sich die Fensterfront über einen Großteil der Außenwand. Dahinter liegen der Park und der Garten, von denen im Moment allerdings nicht viel zu erkennen ist. Ana hatte recht, es hat wieder zu schneien angefangen. Große, dichte Flocken fallen vom Himmel und bilden eine weiße, beinahe undurchlässige Wand.

Christine neben mir rutscht auf ihrem Stuhl herum, bevor sie unauffällig ihr Handy checkt. Ihr Hintergrundbild ist ein Selfie von sich selbst und Paul. Sie tut mir leid. Es ist bestimmt kein schönes Gefühl, nicht zu wissen, wo er sich gerade herumtreibt oder wie es ihm geht. Wobei sein nächtliches Verschwinden immerhin die Geräusche des Motorschlittens erklärt, die mich gestern Nacht so haben ausflippen lassen.

Bei der Erkenntnis hätte ich beinahe gelacht. Ich bin ausgeflippt und habe Devan gerufen, wie eine verdammte Jungfrau in Nöten. Und das alles nur, weil Paul beschlossen hat,

Cinderella zu spielen und nachts von der Party zu verschwinden. Meine Gedanken wandern weiter – ob Paul in der Dunkelheit wohl Schwierigkeiten hatte, das Schneemobil ins Tal zu lenken; warum er nicht bis zum Morgen oder wenigstens bis zur Dämmerung gewartet hat; wie er von hier aus weitergekommen ist; ob er ein eigenes Auto hier hatte, und falls ja, wie Christine jetzt wohl nach Hause kommt. Irgendwann landen sie bei dem Moment, als ich heute Morgen meinen Schlitten gestartet habe. Meinen Schlitten, der neben einem anderen, zurückgelassenen Schneemobil geparkt war …

Ich atme zischend aus, ohne dass ich es verhindern kann. Aus den Augenwinkeln bemerke ich, dass Devan mich ansieht.

»Was ist?«, flüstert er leise.

Unfähig, zu antworten, schüttele ich den Kopf. Ich will keine Aufmerksamkeit auf mich lenken, und die Sache ist zu kompliziert, um sie hier flüsternd zu erklären, ohne Leander zu stören. Aber ich muss mit Devan sprechen, so schnell wie möglich. Als ich mich vorhin auf den Weg hinunter zum Hotel gemacht habe, bin ich davon ausgegangen, dass das Schneemobil einem der anderen gehört. Aber sie alle waren vor mir hier unten. Christine, Leander und Devan waren allesamt schon hier, Paul ist mitten in der Nacht aufgebrochen.

Wem gehört also der Schlitten, der da oben steht? Paul hat wohl kaum seine Sachen gepackt und ist zu Fuß durch den Schnee gestapft. Außerdem hat Ana erzählt, seiner hätte unten im Resort gestanden. Das passt nicht. Dieser Schlitten, der da oben bei den Chalets parkt, muss jemand anderem gehören. Jemandem, der vielleicht noch immer da oben ist …

Ich unterdrücke ein Schaudern, und erneut spüre ich Devans Blick auf mir. Als Nächstes tastet seine Hand nach meiner und drückt sie kurz, bevor er sich wieder gerade hinsetzt und sich Leander zuwendet. Es ist eine kleine Geste, die Berührung hat kaum eine Sekunde gedauert. Trotzdem beruhigt sie mich ein wenig und verpasst meiner aufwallenden Panik einen Dämpfer.

Ich muss etwas übersehen. Irgendeine offensichtliche Erklärung. Gestern Nacht habe ich das Motorengeräusch gehört. Das hat entweder Paul verursacht, der die Flucht ergriffen hat, oder der Fahrer des ominösen herrenlosen Schneemobils. Aber hätte ich dann nicht so oder so einen zweiten Schlitten hören müssen? Wobei ich mich an ein paar Stunden der vergangenen Nacht erinnern kann, in denen meine Sinne deutlich zu abgelenkt waren, um irgendetwas anderes wahrzunehmen als Devan und mich.

Vielleicht stand das Ding gestern schon dort, als wir nach dem Abendessen zurückgekommen sind, vielleicht schon den ganzen Nachmittag. Gut möglich, dass er mir einfach nicht aufgefallen ist. Möglicherweise ist er defekt, und Christine, Paul oder Leander haben gestern einen neuen bekommen. Es gibt verdammt viele Möglichkeiten, und die wenigsten laufen auf einen irren Kettensägenmörder hinaus, der sich in den Wäldern versteckt und sein verdammtes Schneemobil neben meinem geparkt hat.

Als die anderen um mich herum plötzlich mit den Fingerknöcheln auf die Tische klopfen, zucke ich leicht zusammen. Verdammt, ich habe kaum etwas von Leanders Ausführungen mitbekommen, geschweige denn seine Zusammenfassung am Ende. Wenn selbst Christine es schafft, sich zusammenzureißen und aufs Wesentliche zu konzentrieren, dann sollte ich das ja wohl auch hinkriegen.

Neben Devan erhebt sich Jacob von seinem Stuhl und geht zu Leander, der ihm eine Art Broschüre in die Hand drückt.

»Sollten wir ein Handout machen?«, frage ich Devan panisch.

»Nein. Leander ist einfach nur ein Streber.«

Christine schnaubt. »Hat der Typ einen beschissenen Drucker mitgebracht?«

Berechtigter Einwand. Andererseits ist es gut möglich, dass er der Einzige in dieser absurden Kandidatenrunde ist, der sich auf seine Aufgabe konzentriert und sich nicht von heißem Sex auf dem Küchentresen, Fremdgehdramen oder zwielichtigen Familiengeheimnissen ablenken lässt. Wenn er früh genug fertig gewesen ist, konnte er sein Material sicher an der Rezeption ausdrucken.

»Danke, Leander, das war sehr interessant«, sagt Jacob, seufzt dann und reibt sich mit den Händen über die Oberschenkel. Erst jetzt fällt mir auf, wie leger er gekleidet ist. Beim Reinkommen waren meine Gedanken so abgelenkt von Paul und Devan, dass ich die Veränderung überhaupt nicht registriert habe. Jacob trägt eine ausgeblichene Jeans, dazu einen eng anliegenden, schwarzen Pullover und Turnschuhe. Immer noch schick, immer noch seriös, aber deutlich lockerer als an den letzten beiden Tagen. Außerdem sieht er müde aus. Ich erkenne den Bartschatten auf seinen Wangen, seine Augen scheinen tiefer in den Höhlen zu liegen, und alles in allem wirkt er irgendwie unruhig. Als hätte er schlecht geschlafen und zum Ausgleich zwei Liter schwarzen Kaffee in sich hineingekippt.

»Luca, würdest du bitte weitermachen?«

Mein Magen macht einen kleinen Salto, aber ich ignoriere das Gefühl von Übelkeit, das darauf folgt. Ich kenne das schon. Vor Gruppen zu sprechen war nie so wirklich mein Ding, das schließt Referate und Ähnliches mit ein. Ich bin nicht schlecht darin, und erfahrungsgemäß sieht man mir meine Nervosität kaum an, trotzdem habe ich vor allem in den ersten Minuten immer das Gefühl, nicht richtig Luft zu bekommen.

Ich zwinge mich zu einem hoffentlich lässigen Lächeln,

dann stelle ich meinen Laptop auf den kleinen Kaffeetisch und verbinde ihn mit dem Projektor, bevor ich meine Präsentation öffne. Mein Gesicht wird heiß, als ich einen Blick auf die erste Folie werfe. Sie ist nicht schlecht, aber sicher nicht das Beste, was ich je erstellt habe. Man sieht ihr an, dass ich nicht ganz bei der Sache war – als würde sich in jeder Ecke des schlichten Designs ein Hinweis darauf verstecken, womit ich die Nacht verbracht habe, anstatt meine Energie in diese Aufgabe zu stecken. Ich kann nur hoffen, dass Jacob nichts davon bemerkt.

»Danke«, sage ich etwas verspätet zu ihm, dann lasse ich meinen Blick in der Runde schweifen, ohne jedoch einen der anderen direkt anzusehen. Augenkontakt, vor allem zu Devan, würde meine Nervosität nur noch weiter steigern. »Ich habe mich mit dem Potenzial der Chalets beschäftigt. Was selbstverständlich nicht schwierig war, weil deine Familie uns freundlicherweise dort untergebracht hat und wir die Vorzüge am eigenen Leib erfahren dürfen.« Jacob erwidert mein Lächeln, genauso professionell wie ich. »Die Location an sich spricht natürlich für sich.« Ich drücke auf die kleine Fernbedienung in meiner Hand, und die Folie wechselt zu einer Collage mit Innen- und Außenansichten der Chalets. »Moderne Ausstattung, gemütliches, aber gleichzeitig luxuriöses Flair, Privatsphäre, die Verbundenheit zur Natur, perfekte Lage. Das alles kombiniert den rustikalen Charme, den der Großteil der Kunden von einer Schneehütte in den Bergen erwartet, und die Vorzüge eines Smarthomes. Das sehe ich vor allem für Touristen aus der Großstadt als enormen Vorteil, verglichen mit ähnlichen Angeboten der Konkurrenz. Während meiner Recherche habe ich festgestellt, dass sich vergleichbare Locations oftmals entweder auf den rustikalen Charme oder aber auf Luxus und Komfort konzentrieren.«

Ich habe das Gefühl, auf Autopilot zu laufen. Trotz meiner eher dürftigen Vorbereitung rede ich flüssig und hangle mich grob an dem Ablauf entlang, den ich mir im Vorfeld erstellt habe: Ich schmiere Jacob und seiner Familie ein bisschen Honig ums Maul, erkläre die Vorzüge der Hütten und dass die Konkurrenz selbstverständlich kaum mithalten kann. Dann wechsle ich zum Thema Zielgruppe und versuche, Jacob hoffentlich respektvoll zu erklären, dass das *Ortiz* Potenzial verschenkt, indem sie sich auf Mr und Mrs Superreich konzentrieren. Die beschwerliche Anfahrt, die Abgeschiedenheit und so weiter eignen sich deutlich besser für ein junges Publikum, weshalb sich das Marketing mehr an Mr und Miss Superreich *junior* richten sollte. Ich greife meine Unterhaltung mit Devan auf und erkläre, dass explizit Pärchenurlaube angeboten werden sollten oder der Abenteuer-Charakter der Chalets hervorgehoben werden muss. Außerdem empfehle ich vorsichtig, sich eine Lösung für die miese Internetverbindung und den Handyempfang zu überlegen – entweder die Schwierigkeiten anzugehen und zu beheben oder aber die Erreichbarkeit dort oben komplett auszuschließen und das Ganze als eine Art Technik-Detox anzubieten. Dann stelle ich die verschiedenen Social-Media-Plattformen vor, auf denen ich mir die Ads am ehesten vorstellen kann, und schließe mit einem Marketingplan, der sieben Schritte beinhaltet, und ein paar Vorschlägen zu passenden Travel-Influencern, die für eine Zusammenarbeit in Frage kommen könnten.

»Hast du noch Fragen?«, erkundige ich mich, nachdem alle mit dem obligatorischen Auf-den-Tisch-Klopfen fertig sind. Ich sehe bewusst nur Jacob an, weil ich die irrationale Angst habe, dass Devan über Nacht zum Arschloch mutiert ist und dumme Dinge von sich gibt, wie diese Vollpfosten früher in der Schule.

»Großartige Präsentation«, antwortet Jacob überschwänglich. »Du hast viele Punkte erwähnt, die ich definitiv weiterleiten werde, vielen Dank.«

Ich kann mich gerade noch davon abhalten, das Gesicht zu verziehen. Seine Aussage ist eine höfliche Form von *Du hast frei gesprochen und viele Bilder verwendet.* Trotzdem bedanke ich mich lächelnd. Vielleicht habe ich ja Glück, und er hat nicht bemerkt, wie halbherzig meine Ausführungen waren.

»Aber ich habe tatsächlich eine Frage.«

»Sehr gerne«, sage ich, unterdrücke meine aufsteigende Panik und mache eine auffordernde Handbewegung.

»Du meintest, du würdest das Internet und so weiter da oben entweder ausbauen oder gar kein WLAN anbieten.« Ich nicke, und er zieht fragend die Augenbrauen hoch. »Was würdest du tun, wenn *du* in der Verantwortung wärst? Und wie würdest du das vermarkten?«

»Ich würde das gesamte Erlebnis offline anbieten«, antworte ich nach einem kurzen Zögern. Wahrscheinlich nicht die schlauste Antwort, wenn man bedenkt, auf was für eine Stelle ich mich hier bewerbe. »Das ist riskant und schließt womöglich einen Teil der Zielgruppe aus. Aber es wäre ein Alleinstellungsmerkmal und spricht sicher auch viele junge potenzielle Kunden und Kundinnen an. Digital Detox ist ein Trend, der immer beliebter wird und mit Themen wie Achtsamkeit, Selbstliebe, Bewusstsein und Ähnlichem im Zusammenhang steht. Und wo könnte man sich besser auf sich selbst, seine Wünsche und seine persönlichen Ziele konzentrieren als in dieser Umgebung? In den Chalets wäre es nicht nur ein Digital, sondern gleichzeitig auch ein Social Detox.« Devan lacht hustend, und ich werfe ihm kurz einen bösen Blick zu. Er zwinkert mir zu, dann konzentriere ich mich wieder auf Jacob. »Die Lage eignet sich fantastisch für diese Art von Angebot.

Selbstverständlich sollten wir die Sportler nicht aus dem Auge verlieren, die vielleicht keinen großen Wert auf diese unfreiwillige Auszeit legen. Deswegen ist das auch keine Entscheidung, die man schnell aus dem Bauch heraus treffen sollte. Aber falls du mich fragst, dann würde ich mich fürs Abschalten entscheiden. Der Markt dafür ist definitiv vorhanden.«

Jacob nickt zufrieden. »Gute Antwort. Danke. Christine, machst du weiter?«

Erleichtert atme ich aus. Wieder schießt mir das Blut ins Gesicht, während ich meine Sachen zusammensuche und zu meinem Platz zurückhusche. Für die Dauer meines kleinen Vortrags war ich wie im Tunnel und habe die anderen im Raum kaum registriert. Doch jetzt scheint die Nervosität beinahe schlagartig zurückzukehren, als würde sie aufholen wollen, was sie verpasst hat. Mein Blick fällt auf Devan, der mich angrinst und mir erneut zuzwinkert, bevor ich mich neben ihm auf den Stuhl fallen lasse.

Er beugt sich zu mir herüber. »Gut gemacht.«

»Was soll der überraschte Unterton?«

Ich spüre seinen warmen Atem auf meinem Gesicht, als er leise lacht. »Du wirktest gestern ein wenig … abgelenkt. Ich bin überrascht, dass du die Zeit aufgeholt hast.«

Statt ihn anzusehen, halte ich den Blick fest nach vorne gerichtet und beobachte Christine dabei, wie sie ihre Präsentation vorbereitet. »Du etwa nicht? Das würde nicht gerade für meine Qualitäten im Bett sprechen.«

»Du meinst, für deine Qualitäten auf der Arbeitsplatte.«

Falls mein Gesicht immer noch rot gewesen ist, leuchtet es jetzt vermutlich wie eine Ampel. Leander ist zur Toilette verschwunden, Jacob hat sich in eine Ecke des Raums zurückgezogen und telefoniert, und Christine ist immer noch mit dem Aufbau beschäftigt – keiner achtet auf uns. Trotzdem hätte ich Devan am liebsten den Mund zugehalten. Damit uns keiner hört und seine Stimme nicht länger Erinnerungen in meinem Kopf heraufbeschwört, die gewisse Stellen meines Körpers angenehm kribbeln lassen. Hier und jetzt ist weder der richtige Ort noch die richtige Zeit, um angeturnt zu werden. Ich versuche, mich stattdessen auf Christine zu konzentrieren, die gerade auf ihrem iPad herumtippt. Das klingt gemein und irgendwie zynisch, aber ein Teil von mir hatte gehofft, dass sie mit einem strasssteinbesetzten, rosafarbenen, selbst gestalteten Plakat aufwartet. Sie erinnert mich an eine nicht blonde Version von Elle aus *Natürlich blond*. Der Elle vom Anfang des Films, nicht der knallharten, erfolgreichen Elle aus dem Gerichtssaal. Wobei die Leute in ihrem Fall auch den Fehler gemacht haben, sie zu unterschätzen, also sollte ich Christine vielleicht eine Chance geben.

»Luca.«

Am liebsten hätte ich Devan ignoriert, aber meine Selbstkontrolle reicht dafür leider nicht. Also wende ich den Kopf und begegne seinem eindringlichen Blick. Mein Herz schlägt sofort schneller, und die Härchen in meinem Nacken stellen sich auf. »Was?«

»Reden wir nachher?«, fragt er leise. Er sieht kurz zu Jacob hinüber, der sein Gespräch beendet hat und neben ihm Platz nimmt. »Ich wollte nicht einfach verschw…«

»Alles gut«, unterbreche ich ihn flüsternd und tätschle kurz sein Knie. »Wirklich, mach dir keine Gedanken. Wir sprechen später.«

Christine räuspert sich. Ihr Gesicht ist eine glatte Maske, die Wut, Frustration, selbst die offensichtliche Verzweiflung von vorhin sind verschwunden. Stattdessen ist sie perfekt geschminkt, ihre Haare sehen aus wie gemalt, und ihre Augen erwidern Jacobs Blick so freundlich, als würde nichts auf der

Welt sie belasten. Sollte es mit dem ganzen Social Media und Influencen nicht funktionieren, sollte sie definitiv über eine Karriere als Schauspielerin nachdenken.

»Können wir anfangen?«, fragt sie bestimmt, aber freundlich. »Oder müssen wir auf Leander warten? Wobei er bei dieser Entscheidung ja eigentlich keine Rolle spielt, nicht wahr?«

Autsch. Sie hat nicht unrecht, aber nett war das auch nicht gerade.

Jacob wirft einen Blick auf die Uhr, dann hinüber zu der Flügeltür, die zur Eingangshalle und den Toiletten führt. »Fang ruhig an. Vielleicht wurde er aufgehalten.«

Einen Moment lang will ich einwerfen, dass außer einer Handvoll Personal und ein paar Handwerkern niemand hier ist, der ihn aufhalten könnte, doch dann beginnt Christine zu sprechen, und ich halte die Klappe. Ich war ein bisschen neugierig, welches Thema sie sich ausgesucht hat, und muss ein entnervtes Stöhnen unterdrücken, als sie ebenfalls von den Chalets anfängt. Verdammt. Wir haben unsere Themen nicht abgesprochen, und Christine kann nichts dafür, trotzdem ärgert es mich. Wir alle konkurrieren ohnehin schon miteinander, aber bei dem gleichen Thema wird es ein direkter Vergleich, auf den ich eigentlich verzichten könnte. Leander hat sich auf Luxus-Spa-Anwendungen und dermatologische Behandlungsmethoden konzentriert, Devan wird den Fokus auf die Sportangebote in der Umgebung richten. Also beides Themen, die nicht mit meinem vergleichbar sind, anders als bei Christine.

Angespannt höre ich zu, wie sie ihre Einleitung abwickelt, die ähnlich wie meine klingt. Dann beginnt sie, ihre Strategie zu erklären, und ich atme erleichtert aus. Sie fährt einen komplett anderen Ansatz und zeigt eine Skizze oder eine Art Bauplan, um die einzelnen Hütten zu einem kleinen Dorf zu verbinden. Wow. Ich bin tatsächlich beeindruckt. Ich persönlich halte nicht viel von der Idee und stehe deutlich mehr hinter meiner eigenen, trotzdem muss ich zugeben, dass das Konzept gut ist. Und originell.

»Der Vorteil einer solchen Erweiterung und vor allem der Ergänzung einer Art Gemeinschaftsbereich wäre, dass man die Chalets auch größeren Gruppen anbieten könnte«, erklärt sie, bricht dann aber ab, als das Bild des Projektors einen Moment flackert und dann komplett ausfällt. Verwirrt schaut sie auf ihr Tablet. »Verzeihung, einen Augenblick.«

Eine Sekunde später flackern auch die Deckenlichter. Plötzlich fällt mir auf, wie dunkel es draußen geworden ist, irritierend dunkel. Ich schaue zu den Fenstern hinüber. Irgendwann während meiner Präsentation muss sich das Wetter drastisch verschlechtert haben. Das eben noch in goldenes Licht getauchte Restaurant wirkt auf einmal düster, fast bedrohlich. Der Wind pfeift um das Gebäude, als würde er an den Wänden wackeln, und der Schnee fällt weiterhin mit nicht enden wollender Beharrlichkeit.

Ich zucke zusammen, als ein ohrenbetäubendes Geräusch ertönt. Ein Quietschen, beinahe ein Kreischen. Nur am Rande nehme ich wahr, dass Devan nach meiner Hand greift. Mit wild klopfendem Herzen sehe ich mich nach der Quelle des Krachs um, der inzwischen in meinen Ohren klingt wie das Lachen eines hysterischen Kindes. Mein Blick fällt auf die Lautsprecher, die überall an den Wänden hängen und aus denen noch vor ein paar Sekunden stimmungsvolle Pianomusik geklungen hat. Das Geräusch schwillt an, wird so laut, dass ich Devan meine Hand entziehe und sie auf meine Ohren presse.

Zwei Sekunden später verstummt es. Fast zeitgleich ertönt ein lauter Knall, die Lampen erlöschen, und alles wird dunkel.

24

LUCA

Verwirrt richte ich mich auf. Mir ist nicht einmal aufgefallen, dass ich mich zusammengekauert habe. Ich lasse die Hände sinken und schaue von Christine, die sich inzwischen verzweifelt an ihr Tablet krallt, zu Devan. Er hat die Stirn gerunzelt, lächelt aber, als unsere Blicke sich treffen. Keine Ahnung, ob das ein beruhigendes Lächeln sein soll. Auf mich wirkt es eher ein bisschen irre.

»Wow«, macht Jacob und lacht amüsiert.

»Was war das?«, fragt Christine, die genauso panisch aussieht, wie ich mich fühle. Das seltsame Kreischen klingt noch immer in meinen Ohren wider.

Er steht auf und mustert stirnrunzelnd die Lautsprecher. »Wahrscheinlich ein Kurzschluss. Störgeräusche klingen manchmal so. Da muss irgendwo etwas durchgebrannt sein.«

Klingt logisch, beruhigt mich aber nicht wirklich. Die Erklärung, dass ein verdammter Geist in diesem Hotel sein Unwesen treibt, würde in diesem Moment für mich mehr Sinn ergeben. »Das ist ja wie in *The Shining*«, murmele ich leise.

Devan lacht neben mir. Vielleicht bilde ich mir das nur ein, aber auch sein Lachen klingt ein wenig gezwungen, auch wenn er sich offensichtlich Mühe gibt, seine Sorge zu überspielen.

»Das ist jetzt echt dramatisch. Keine Panik, das ist nur ein Stromausfall«, antwortet Jacob erstaunlich gelassen.

»Nur?«, hake ich verunsichert nach. Meiner Meinung nach ist Strom irgendwie wichtig. Ich bin keine Expertin, aber zwischen uns und einem Erfrierungstod steht meiner bescheidenen Ansicht nach lediglich die Zentralheizung.

»Das kommt vor.« Jacob steht auf und holt sein Handy aus der Hosentasche. »Wir haben momentan nicht alle Generatoren in Benutzung, weil wir keine Gäste beherbergen und einige Geräte gegen neuere Modelle ausgetauscht werden sollen. Aber ich bin mir sicher, der Strom ist gleich wieder da. Oder zumindest müsste das Notstromaggregat anspringen.«

Schaudernd sehe ich mich im Restaurant um. Einige der Tische und Stühle wurden mit weißen Laken abgedeckt, die in der Dunkelheit wie Gestalten aus dem Albtraum eines Kindes aussehen. Dazu der Wind, der ums Gebäude fegt, und die quasi nicht existente Sicht nach draußen verursachen ein verdammt mulmiges Gefühl in meiner Magengegend.

»Was ist passiert?«

Ich drehe mich zu der Stimme um und bemerke Leander und Ana, die nebeneinander in der offenen Restauranttür stehen. Anas Wangen sind gerötet, das erkenne ich selbst in dem mäßigen Licht, und Leander … Leander wirkt irgendwie wütend. Sein sonst so entspanntes Gesicht ist verdunkelt, zwischen seinen Augenbrauen zeichnet sich eine Falte ab, und sein Blick huscht immer wieder zu Ana hinüber, als würde er auf etwas warten. Zwischen den beiden herrscht eine spürbare Anspannung, auch wenn ich mir nicht erklären kann, woher sie kommt. Soweit ich weiß, kennen die beiden sich auch nur durch dieses Assessment-Center, und Leander wirkt auf mich nicht wie jemand, der sich mit der Rezeptionistin eines Hotels anlegt, weil sein Bademantel nicht flauschig genug ist oder ihm ein Kissen fehlt.

Jacob wiederholt seine Erklärung mit dem Stromausfall und

gibt nun zu, dass der Notstrom schon längst hätte anspringen müssen. Nach einem Moment des Nachdenkens bittet er Ana, mit ihrem Handy den Hoteltechniker zu benachrichtigen. Ana nickt, dreht sich um und verschwindet Richtung Rezeption, jedoch nicht ohne Leander einen seltsamen Blick zuzuwerfen. Hätte ich es nicht besser gewusst, hätte ich gesagt, sie würde darauf warten, dass er sie begleitet.

»Gibt es einen Sicherungskasten, den wir uns ansehen können?«, fragt Devan neben mir.

»Ja, natürlich«, antwortet Jacob, auch wenn er alles andere als optimistisch klingt. »Aber ich denke, das sollte sich unser Techniker vornehmen. Ohne Strom haben wir Probleme mit der Heizungsanlage, den Computer- und Sicherheitssystemen, und wenn die Bautrockner im Nebengebäude nicht laufen, können wir den Zeitplan für die Renovierung nicht einhalten. Matthew ist der Einzige, der weiß, wie hier alles zusammenhängt. Allerdings wohnt er unten im Dorf, und bei dem Wetter könnte es eine Weile dauern, bis …«

»Ich gehe nachsehen. Falls es nur um eine Sicherung geht, brauchen wir keinen Techniker.« Devan steht auf und streckt sich. »Wo muss ich hin?«

Jacob erklärt ihm den Weg, und Leander bietet an, Devan zu begleiten. Ein Anflug von Panik überkommt mich. Rational gesehen ist mir klar, dass ich mich albern benehme. Das ist bloß ein Stromausfall, der bei den Wetterbedingungen hier oben vermutlich nicht einmal eine Seltenheit darstellt. Jacob kennt sich aus und kümmert sich darum, und ich befinde mich in einem stabilen, aus massivem Stein gebauten Gebäude. Trotzdem schlägt mein Herz schneller als gewöhnlich, und ich spüre, dass meine Handflächen feucht werden. Ich will nicht mit Jacob und Christine alleine bleiben. Keiner von beiden wäre mir meiner Einschätzung nach eine große Hilfe, sollte das Dach über uns runterkommen oder die Zombieapokalypse ausbrechen.

Also stehe ich ebenfalls auf und laufe Leander und Devan hinterher.

»Was machst du?«, fragt Devan, als ich zu ihnen aufgeholt habe. Er mustert mich von oben bis unten, dann schmunzelt er und zwinkert mir zu. Das Glitzern in seinen Augen ist wieder da und jagt eine Gänsehaut über meinen Körper. »Fuck, ich wünschte, Leander wäre bei Jacob geblieben.«

»Ich kann euch hören«, brummt Leander, der nur ein paar Schritte vor uns geht.

Wütend funkle ich Devan an. Wir haben zwar keine Geheimhaltungsvereinbarung getroffen, aber ich dachte, wir wären uns einig, dass wir unseren kleinen Ausrutscher nicht unbedingt an die große Glocke hängen. Oder was auch immer es gewesen ist.

»Was war dein Problem mit Ana?«, frage ich also stattdessen Leander. Angriff ist die beste Verteidigung. »Du hast ausgesehen, als wärst du wütend auf sie.«

Er wirft mir einen kurzen Blick zu. »Ich habe kein Problem mit Ana.«

Am liebsten würde ich mir auf die Lippen beißen. Ich wollte ihm nicht zu nahe treten, aber seine Stimme klingt irgendwie reserviert, beinahe kalt. Ich fange Devans Blick auf, der ebenfalls irritiert aussieht.

Gemeinsam gehen wir an der verwaisten Rezeption vorbei, durch eine Tür, die in einen schlichten Flur führt. Ich habe nicht zugehört, als Jacob den Weg erklärt hat, also halte ich mich einfach an Devan. Das hier muss zum Personalbereich gehören, denn auch wenn die Einrichtung immer noch nobel wirkt, ist sie nicht zu vergleichen mit dem überschwänglichen Prunk, der in den Gästebereichen zur Schau gestellt wird. Offenbar befinden wir uns im Altbau, denn hier und da erkenne ich die Überbleibsel des kleinen Familienhotels, das das *Ortiz* einst gewesen ist. Der polierte Marmorboden endet abrupt und wird von Holzdielen abgelöst, die an einigen Stellen, vermutlich von unzähligen Schuhen der Mitarbeitenden der letzten hundert Jahre, ziemlich abgenutzt sind. Die Wände waren einmal weiß, sind an manchen Stellen aber vergilbt. Es gibt hellere, rechteckige Abdrücke, an denen schätzungsweise einmal Bilder gehangen haben. Weiter hinten steht eine alte Kommode, darauf ein Strauß Trockenblumen und sogar ein verdammtes Häkeldeckchen.

»Hier ist die Zeit stehen geblieben«, murmele ich und weiche ein Stück nach rechts aus, um einer Frauenbüste aus dem Weg zu gehen, die auf einem kleinen Sockel an der Wand steht.

»Der Teil hier wird ab nächster Woche renoviert.« Leander deutet vor uns, wo tatsächlich ein Tapeziertisch steht, voll beladen mit Farbeimern und ein paar Rollen Tapete.

»Woher weißt du das?«

Er dreht sich zu mir um und grinst, offenbar wieder völlig der Alte. »Hat Jacob mir beim ersten Abendessen erzählt. Der Rotationswärmetauscher muss erst eingebaut werden, danach wird alles neu gemacht. Aber ich muss ihm sagen, dass er die Möbel behalten soll. Man könnte damit ein perfektes Nostalgie-Zimmer einrichten.«

»Streber«, stichelt Devan. »Mach doch gleich eine Marketingstrategie draus.«

»Vielleicht mache ich das.«

Ich stimme in ihr Lachen ein, werde aber schnell wieder ernst. Vielleicht liegt es an dem fehlenden Licht – nur Devans Handytaschenlampe sorgt dafür, dass wir uns in diesem fensterlosen Flur nicht vollkommen verlaufen – oder der bedrückenden Stimmung, die der Sturm auslöst. Vielleicht auch an dem ganzen Chaos mit Paul, Christine und Devan. Aber irgendetwas sorgt dafür, dass sich ein ungutes Gefühl in meinem Magen ausbreitet und mein Blick immer wieder zu den zu beiden Seiten aufragenden Wänden huscht. Mein Herz beginnt, schneller zu schlagen, und plötzlich habe ich das Gefühl, als würde ein Druck auf meiner Lunge liegen.

Oh nein.

Verzweifelt zwinge ich mich dazu, kontrolliert ein- und auszuatmen. Es ist nur ein Flur. Ein Flur, der mit funktionierenden Lampen wahrscheinlich freundlich und hell wirkt und nichts von dem bedrohlichen Wesen hat, das jetzt gerade diese Panik auslöst. Ich muss atmen und an etwas anderes denken.

Aber ich schaffe es nicht. Während ich hinter Devan und Leander herlaufe, kann ich das ungute Gefühl nicht abschütteln, das sich neben meiner Platzangst immer weiter in meine Eingeweide frisst. Ein Gefühl, dass es hier schon lange nicht mehr nur um diesen verdammten Job geht. Als ich vor drei Tagen aus Anas Auto gestiegen bin, hatte ich diese Stelle fest im Blick. Devan hat mich ein bisschen durcheinandergebracht, trotzdem war ich mir zu hundert Prozent sicher, dass ich nur für eins hier bin: um zu arbeiten! Um mir den Arsch aufzureißen und mich voll und ganz auf diese Chance zu konzentrieren. Ich habe mich sogar darauf gefreut, Aufgaben zu erledigen und mich mit dem zu beschäftigen, was ich gerne mache und irgendwann einmal als Beruf ausüben möchte.

Und jetzt laufe ich durch einen dunklen Flur, auf der Suche nach einem Sicherungskasten, während um uns herum der Sturm heult, einer meiner Konkurrenten nachts die Flucht ergriffen und ein anderer mich auf dem Küchentresen gevögelt hat. Das ist eine ganz neue Dimension davon, sein Ziel aus den Augen zu verlieren.

Wir passieren ein paar unscheinbare Türen, einige davon sind beschriftet und weisen auf Lager, Abstellräume oder Wäschereien hin. Ich konzentriere mich auf die kleinen Schilder, in der Hoffnung, mich irgendwie abzulenken. Mit mäßigem Erfolg. Wir biegen einmal nach links ab, dann erreichen wir eine letzte Tür, die schwerer und industrieller wirkt als die anderen. Devan bleibt stehen, genau wie ich, aber im Gegensatz zu ihm mit einigem Abstand.

»Das ist aber kein Keller, oder?«

»Ein Kriechkeller«, verbessert er, ohne mich anzusehen. »Und er liegt auf einem alten Friedhof aus dem Mittelalter. Ich glaube, ein paar Grabsteine gibt es da unten bestimmt noch.«

Leander lacht. »Du bist ja ein richtiger Gentleman.«

»Arsch«, zische ich, halte mich aber trotzdem im Hintergrund. Als Devan die Tür öffnet und samt dem einzigen verfügbaren Licht in dem Raum dahinter verschwindet, bereue ich es, nicht einfach bei Jacob und Christine geblieben zu sein. Ich habe mein Handy nicht mitgenommen, was bedeutet, dass die Dunkelheit mich umhüllt wie eine Decke, sobald Devan weg ist. Ich steige unruhig von einem Bein auf das andere. Leander steht in der Tür, der Raum scheint zu klein dafür zu sein, dass beide Männer hineinpassen. Nervös sehe ich mich um, auch wenn ich weiß, dass es hier kein Fenster gibt. Ich brauche etwas, das mir beweist, dass es einen Ausweg gibt. Dass ich nicht eingesperrt bin. Aber ich finde nichts. Als der Wind erneut aufheult und die Decke über uns bedrohlich knarzt, erschaudere ich. Ich bin an solches Wetter nicht gewöhnt. Und ich kann mir nicht vorstellen, dass ich das jemals sein könnte.

»Und?«, frage ich irgendwann, ohne das Zittern in meiner Stimme unterdrücken zu können. Ich stelle mich auf die Zehenspitzen und versuche, über Leanders Schulter hinweg etwas zu erkennen.

»Die Hauptsicherung ist rausgesprungen, aber ich kann sie nicht wieder reindrücken.«

Ich schlucke schwer. Meine Lippen beginnen zu kribbeln, und ich versuche unauffällig, tief ein- und wieder auszuatmen. Ich hatte erst einmal in meinem Leben etwas, das ich als richtige Panikattacke bezeichnen würde. Und ich bin wirklich nicht scharf darauf, dieses Erlebnis zu wiederholen. »Was soll das heißen?«, frage ich, hauptsächlich, um mich abzulenken.

Leander wendet sich zu mir. »Das Problem liegt wahrscheinlich eher außerhalb. Die Sicherung springt sofort wieder raus.« Er runzelt die Stirn. »Alles okay mit dir?«

»Mir geht es großartig«, flüstere ich und verschränke die Arme vor der Brust, damit er nicht sieht, dass meine Hände zittern. »Und jetzt?«

Leander mustert mich ein paar Sekunden, dann dreht er sich um. »Devan. Komm raus.«

Devan taucht wieder auf. Sein Blick fällt auf mich, und ein seltsamer Ausdruck tritt in seine Augen. Er wirkt auf einmal nachdenklich und … keine Ahnung. Besorgt vielleicht. Möglicherweise bemerkt er trotz Dunkelheit meine fahle Haut, denn ich bin mir ziemlich sicher, dass mir irgendwann in den vergangenen Minuten sämtliches Blut aus dem Gesicht gewichen ist. Oder er sieht mir meine Angst an, die Nervosität in meinen Augen oder meine zusammengepressten Lippen. Die Anspannung in meinem Körper wird immer größer, und unwillkürlich starre ich Devan an – mustere sein Gesicht, seinen warmen, vertrauten Blick. Ich versuche, mich an das Gefühl seiner Berührung zu erinnern. Versuche alles, um mich im Hier und Jetzt zu verankern und meinem überforderten Verstand begreiflich zu machen, dass wir in Sicherheit sind. Dass Devan auf uns aufpasst.

Krampfhaft halte ich den Blick auf Devan gerichtet, denn

ich weiß, würde ich nach links und rechts schauen und die dicken, fensterlosen Wände ansehen, würden meine Nerven mit mir durchgehen. Ich darf nicht daran denken, dass der einzige Weg hier raus durch diesen dunklen, schmalen Flur hinter mir führt.

Wahrscheinlich stehen mir meine Gedanken auf die Stirn geschrieben, denn Devan beißt die Zähne zusammen, drückt sich an Leander vorbei und kommt zu mir herüber. Dann geht er ein wenig in die Knie, um mir in die Augen schauen zu können. »Was ist mit dir?«

Ich presse die Lippen aufeinander. Sie kribbeln, und gleichzeitig kann ich sie kaum noch spüren. »Wir sind eingeschneit, und wir brauchen eine Heizung, die ohne Strom vermutlich nicht mehr funktioniert. Was, wenn irgendeine der Oberleitungen runtergekracht ist? Das lässt sich wahrscheinlich nicht innerhalb von ein paar Stunden beheben!«

Er greift nach meinen Schultern, dann erhellt Erkenntnis sein Gesicht, gefolgt von einem Ausdruck, den ich als entsetzt bezeichnen würde. »Scheiße, Luca! Du hast Klaustrophobie. Warum bist du mitgekommen?«

Trotz meiner rasenden Gedanken und meiner wachsenden Hilflosigkeit schaffe ich es, ihn wütend anzufunkeln. »Gib mir nicht die Schuld daran, Devan!«

»Es tut mir leid.« Ein wenig überfordert zieht er mich an sich, scheint es sich dann aber anders zu überlegen und weicht wieder zurück. Vielleicht denkt er, ich könnte die Nähe nicht ertragen. Was nicht stimmt. Im Gegenteil. Im Moment ist er mein Anker, der mich davor bewahrt, in der Sturmflut meiner sich anbahnenden Panik zu ertrinken.

Er legt eine Hand an meine Wange. »Atmen, okay? Wir gehen wieder nach vorne.«

»Wir brauchen Strom, Devan«, erinnere ich ihn mit erstickter Stimme. Es ist leichter, sich auf diese konkrete Sache zu konzentrieren, anstatt mich mit meinen Gefühlen auseinanderzusetzen. »Ich bin gerade wirklich nicht unser größtes Problem.«

»Du bist kein Problem«, knurrt er beinahe wütend, dann legt er den Arm um meine Schultern. Ich schließe die Augen und zwinge mich noch einmal, tief durchzuatmen. Mein wild rasendes Herz zu beruhigen. »Wenn es hier wirklich ein Problem gibt, nehmen wir uns ein Zimmer im Dorf. Die sind den Schnee hier gewöhnt, Luca.«

Damit hat er vermutlich recht. Aber irgendetwas liegt in der Luft, wie die Spannung vor einem heranziehenden Gewitter. Trotzdem nicke ich und versuche zu lächeln, wobei ich hoffe, dass es nicht aussieht wie die Grimasse, nach der es sich anfühlt. Devan sieht mir noch eine Sekunde lang in die Augen, dann nimmt er meine Hand und zieht mich sanft mit sich.

Gemeinsam machen wir uns auf den Rückweg, an den schmucklosen Türen vorbei, und leisten unseren Beitrag zu dem Trampelpfad auf den Holzdielen. Devan und Leander unterhalten sich über eine Skipiste in der Nähe – ein Thema, zu dem ich nichts beizutragen habe und das sie vermutlich nur gewählt haben, um mich auf andere Gedanken zu bringen. Es funktioniert nicht wirklich, trotzdem schaffe ich es, die aufwallende Panik niederzukämpfen, je näher wir der Tür und damit der Eingangshalle kommen. Ich halte den Blick gesenkt und stelle mir vor, dass ich mich in einem großen, weitläufigen Raum befinde. Meine Finger sind eiskalt, gleichzeitig schwitze ich. Ich muss ganz, ganz dringend hier raus.

Dann bleibt Leander abrupt stehen. Ich wäre beinahe in ihn hineingelaufen, kann mich aber gerade noch fangen.

»Was ist?«, frage ich erstickt. Ich will zurück zu den anderen, wo es immerhin Tageslicht und einen Kamin gibt.

Er rüttelt an der Türklinke. »Abgeschlossen.«

»Wie, abgeschlossen?«, hake ich flüsternd nach, weil ein sehr naiver Teil von mir sich sicher ist, ihn falsch verstanden zu haben. Ich *muss* ihn falsch verstanden haben. »Ist das die richtige Tür?«

»Lass mich mal.« Devan lässt mich widerstrebend los, schiebt sich an Leander vorbei und rüttelt ebenfalls an der Klinke. Einen kurzen Moment lang hoffe ich, bete ich zum Himmel, dass die beiden mich verarschen. Dass das hier nur ein wirklich schlechter, geschmackloser Scherz ist, wegen dem ich die nächsten zwei Tage auf sie sauer sein kann. Doch dann rüttelt Leander wieder an der Tür, dieses Mal mit vollem Körpereinsatz. Nichts passiert.

»Großartig«, murmele ich matt und schlucke mühsam über den Kloß in meinem Hals. »Dieser Tag wird von Minute zu Minute besser.«

»Dabei hat er so gut angefangen«, brummt Devan und zieht mich wieder an sich.

Ich werfe ihm einen wütenden Blick zu. »Das ist nicht lustig.«

»War auch nicht lustig gemeint.« Er streckt die Hand nach seinem Handy aus, das er Leander ausgeliehen hatte. »Ich rufe Jacob an. Wahrscheinlich hat einer der Angestellten aus Versehen abgeschlossen.«

»Ana ist die Einzige, die heute arbeitet.« Leander reicht Devan das Handy. »Ana!«, schreit er durch die Tür. »Lass den Scheiß und lass uns raus! Ana!«

»Woher weißt du das?«, frage ich argwöhnisch und mustere seinen breiten Rücken. »Hey, Leander!«

»Was?«, fährt er mich an. Beinahe wäre ich zurückgewichen. Er wirbelt so schnell herum, dass ich einen kurzen Augenblick lang tatsächlich denke, er geht auf mich los. Was irrational und bescheuert ist, trotzdem spüre ich, wie meine Hände anfangen zu zittern.

»Hey, hey, hey.« Devan streckt den Arm zwischen mir und Leander aus. »Schön langsam, Kumpel.«

Obwohl meine Beine sich merkwürdig weich anfühlen, mache ich demonstrativ einen Schritt zur Seite, sodass Devan nicht mehr vor mir steht. Ich weiß diese beschützerische Ader durchaus zu schätzen, aber ich werde mich sicher nicht hinter ihm verstecken. Vor Leander! Er hat mich erschreckt, aber ich befürchte nicht ernsthaft, dass er sich hier in diesem Flur mit mir prügeln will.

»Was ist denn los?«, frage ich und gehe auf ihn zu. Die gesamte Situation sorgt dafür, dass die Panik tatsächlich eine Sekunde lang zur Seite gedrängt wird. »Warum bist du so … angespannt?«

Er hebt die Hände und fährt sich damit durch die Haare, dann schüttelt er den Kopf. »Entschuldige. Wirklich, ich wollte dich nicht so angehen. Ich … ich bin auch kein Fan von engen Räumen, okay? Das ist alles.«

Unwillkürlich verenge ich die Augen. Vielleicht sind meine blank liegenden Nerven daran schuld, vielleicht die angespannte Atmosphäre, die dieser Flur einfach grundsätzlich ausstrahlt, aber in meinen Ohren klingt Leanders Erklärung wie eine Ausrede. Als würde er mehr wissen, als er zugibt.

»Warum hast du nach Ana gerufen?«, fragt Devan, der Leander immer noch mit einer Mischung aus Argwohn und Neugier mustert.

Leander öffnet gerade den Mund, als es hinter ihm knarzt und eine Sekunde später etwas Licht in den kleinen Flur fällt. Die Tür wird aufgestoßen, und wir blicken in Jacobs überraschtes Gesicht.

»Was macht ihr da?«

Vor Erleichterung füllen sich meine Augen mit Tränen. Ich quetsche mich an ihm vorbei in die Empfangshalle. Obwohl das Licht auch hier gedämpft ist und der Raum im Halbdunkeln liegt, ist er mir um einiges lieber als die stickige Dunkelheit, aus der ich gekommen bin. Ich atme ein paarmal tief durch und lache zittrig, als Devan zu mir kommt. Mein Herz schlägt noch immer zu schnell, und hinter meiner Stirn breiten sich üble Kopfschmerzen aus, aber ich bekomme wieder Luft.

»Geht es?«, fragt er leise.

Ich schließe meine Hände zu Fäusten und strecke anschließend die Finger, um meine Muskeln zu lockern. Meine Hände zucken, werden aber allmählich wieder warm. Am liebsten hätte ich sie an Devans Wangen gelegt und ihn zu mir herangezogen. Nicht, um die Sache von gestern Nacht zu wiederholen, nicht einmal, um ihn zu küssen. Aber mich ein paar Sekunden lang an ihn anzulehnen ist eine verdammt verlockende Vorstellung. »Mir geht's blendend«, antworte ich und lächle, als er die Augen verdreht. »Das war unheimlich.«

Er erwidert mein Lächeln nicht, stattdessen bleibt sein Gesicht ernst. Vielleicht genauso ernst wie gestern Nacht, als er auf meine Nachricht reagiert hat und zu meiner Rettung geeilt ist, um mich vor meinen Albträumen zu bewahren. Aber jetzt erkenne ich etwas in seinen Augen, das mir einen Schauer über den Rücken jagt: Angst.

»Ist bei *dir* alles in Ordnung?«, frage ich.

Bevor er antworten kann, wird unsere Aufmerksamkeit von Ana abgelenkt, die aus dem Büro hinter der Rezeption kommt und etwas in der Hand hält, das wie ein Walkie-Talkie aussieht. »Matthew ist auf dem Weg, Mr Gullingham«, verkündet sie an Jacob gewandt. »Er weiß nicht genau, wie lange er braucht, weil die Zufahrtsstraße immer weiter zuschneit. Aber er klang ziemlich entspannt.«

Ich beobachte Ana, dann sehe ich zu Leander hinüber, der noch immer neben der Tür steht. Es überrascht mich nicht, dass sein Blick an ihr klebt. Sein Gesicht ist ausdruckslos, keinerlei Emotionen sind darin zu erkennen, was mich nur noch misstrauischer macht. Alle anderen um uns herum sehen entweder erleichtert aus oder immer noch besorgt wegen der gesamten Situation. Dass ich in seinen Augen keine Regung erkennen kann, zeigt ziemlich eindeutig, dass er sich um eine unberührte Miene bemüht. Die Frage ist nur, warum.

»Sehr gut«, erwidert Jacob sichtlich erleichtert, dann macht er eine Handbewegung in die Runde. »Ich muss noch einmal telefonieren, dann können wir uns Devans Präsentation anhören, während wir auf Matthew warten. Oder brauchst du zwingend Strom für deine Präsentation?«

Als Devan verneint, dreht Jacob sich um und verschwindet mit Ana im Büro. Leander schaut ihnen nach, dann reißt er sich zusammen, und die emotionslose Maske verschwindet, wird von einer gleichgültigen, aber freundlichen Miene abgelöst. Wow. Dieser Typ kann verdammt gut umschalten. Gemeinsam mit Christine, die überraschenderweise die ganze Zeit über wortlos dagestanden hat, macht er sich auf den Weg zurück ins Restaurant.

Devan dreht sich zu mir um. »Bist du dir sicher, dass alles in Ordnung ist?«

»Mir geht's wieder gut«, versichere ich ihm, was nicht einmal gelogen ist. Die aufwallende Panik ist wieder abgeklungen, jetzt, da wir dem schmalen Flur entkommen sind. »Wirklich, mach dir keine Sorgen.«

Er sieht nicht überzeugt aus, belässt es aber dabei. Als er sich abwenden will, greife ich nach seinem Ärmel und halte ihn zurück. Er sieht mich fragend an, aber ich schüttle nur den Kopf und warte, bis die anderen außer Hörweite sind. Dann lasse ich ihn los und verschränke die Arme vor der Brust. Ich fühle mich, als würde ich jeden Moment platzen, und vielleicht hilft diese Geste, mich davor zu bewahren.

»Was ist los?«, fragt Devan.

Ich beiße mir auf die Lippen. Ich habe Angst, komplett durchgedreht zu klingen. »Ich weiß nicht genau. Aber findest du das alles nicht auch irgendwie … merkwürdig?«

Er runzelt die Stirn. »Was meinst du?«

»Das alles.« Ich mache eine Handbewegung, die die gesamte Eingangshalle, das gesamte verdammte Hotel einschließt. »Wir sind wegen eines Jobs hier, richtig? Wir sollen ein paar Tage hier sein und das Hotel kennenlernen und irgendwelche Tests bestehen. Dieses ganze Drama, *alles*, fühlt sich … ich weiß nicht, unnatürlich an.« Ich sehe ihm an, dass er es nicht versteht. Frustriert mache ich einen Schritt auf ihn zu. »Denk doch mal nach, Devan. Wir sind seit drei Tagen hier. In der Zeit war jemand in meiner Hütte, der dort nichts zu suchen hatte, Christines kleine Affäre wurde geleakt, Pauls Instagram-Account wurde gehackt, und es wurden Dinge geteilt, die bestimmt nicht für die Öffentlichkeit gedacht waren. Oben bei unseren Chalets steht ein Schneemobil, das keinem zu gehören scheint, und jetzt fällt der Strom aus, während wir langsam einschneien. Außerdem hat uns jemand in diesem beschissenen Flur eingesperrt!«

Devan sieht mich lange an. So lange, dass ich schon befürchte, er würde mich gleich auslachen oder die anderen rufen, damit sie mich zu meiner eigenen Sicherheit fixieren. Dann lässt er geräuschvoll seinen Atem entweichen und reibt sich mit der Hand über die Stirn, wie immer, wenn ihn etwas beschäftigt.

»Wenn du es so aufzählst, klingt es tatsächlich ein bisschen merkwürdig.«

»Es klingt nicht nur so, es *ist* merkwürdig!«

»Luca.« Er legt mir die Hände auf die Schultern, dieses Mal wirkt seine Berührung allerdings nicht beruhigend. Im Gegenteil. »Ich verstehe, dass du nervös bist, okay?«

»Ich bin nicht *nervös*, Devan«, stelle ich klar und kann kaum verhindern, dass sich ein wütendes Zittern in meine Stimme mischt. Ich will nicht behandelt werden, als wäre ich irrational oder hysterisch. »Ich will nur nicht, dass wir etwas übersehen. Irgendwas läuft hier, da bin ich mir sicher. Ich rede nicht von einem Kettensägenmörder, aber findest du, wir sollten diese ganzen Vorkommnisse ignorieren?«

»Ich weiß es nicht.« Er lässt mich seufzend los. »Ich nehme das ernst, glaub mir. Aber ich glaube einfach nicht, dass es da einen Zusammenhang gibt.«

»Sondern?«

Die Tür des Büros öffnet sich, und Jacob tritt heraus. Er sieht sich kurz um, dann entdeckt er uns und kommt zu uns herüber. Kopfschüttelnd schiebt er das Handy zurück in die Hosentasche. »Was ein Stress«, stöhnt er. Auf einmal wirkt er viel mehr wie der Vierundzwanzigjährige, der er ist, und weniger wie unser potenzieller Chef. »Ich war nervös, als mein Onkel meinte, ich wäre die Woche mit euch mehr oder weniger alleine hier. Aber mit alldem habe ich nicht gerechnet.«

Ich werfe Devan einen eindringlichen Blick zu, dann wende ich mich wieder an Jacob. »Was meinst du damit?«

Er zuckt mit den Schultern. »Wir haben immer noch nichts von Paul gehört. Ich mache mir eigentlich keine Sorgen, aber es ginge mir deutlich besser, wenn er sich melden und sagen würde, dass es ihm gut geht. Und der Stromausfall stresst mich. Wir haben Bautrockner im Hotel drüben aufgestellt, die nicht mehr laufen. Außerdem tauen uns die Lebensmittel auf, wenn der Techniker nicht bald kommt und wenigstens den Notstrom anstellt.«

»Sollte der Notstrom nicht automatisch angehen, wenn der normale Strom ausfällt?«, fragt Devan.

Jacob lacht, klingt aber nicht wirklich amüsiert. »Sollte, hätte, würde. Eigentlich ist mein Onkel bei so was sehr gewissenhaft. An einem Ort wie diesem sollte man sich auf die Technik verlassen können, und ehrlich gesagt habe ich erwartet, dass der Strom nach ein paar Minuten wieder da ist. Ich kenne mich damit aber auch echt nicht aus, und ich werde meinen Onkel sicher nicht anrufen und nachfragen.«

Ein wenig verlegen wende ich den Blick ab. Jacob war bislang immer professionell. Diese ruppige Antwort beweist ziemlich eindeutig, dass auch sein Nervenkostüm inzwischen dünner wird. Was ich ihm nicht verübeln kann. Kurz überlege ich, ihn auf die anderen Dinge anzusprechen – den herrenlosen Motorschlitten oder die Fußspuren vor meiner Hütte –, entscheide mich dann aber dagegen. Trotz meiner Zweifel und wachsenden Paranoia gibt es da immer noch eine Stimme in mir, die rational denkt und sich die Chance auf diesen Job nicht selbst zerschlagen will.

Paul hat sich selbst aus dem Rennen genommen, Christine war vermutlich von Anfang an keine richtige Konkurrenz. Bleibt noch Leander, der möglicherweise ebenfalls abgelenkt ist von dem Problem oder was auch immer er mit Ana zu haben scheint.

Und Devan.

25

DEVAN

Meine Präsentation ist mickrig, verglichen mit den anderen. Inhaltlich top, aber ohne jegliche Art von Visualisierung hätte ich unter normalen Umständen keine große Hoffnung, diese Runde zu gewinnen. Gut für mich, dass die Umstände alles andere als normal sind. Christine musste mitten in ihrem Pitch abbrechen, und Jacob hat nicht einmal daran gedacht, sie ihn zu Ende bringen zu lassen. Es ist absolut offensichtlich, dass er mit den Gedanken woanders ist. Wie wir alle.

Während meines Vortrags fällt mein Blick immer wieder auf Luca. Sie erwidert ihn, macht jedes Mal den Eindruck, als wäre sie voll bei der Sache. Aber ich erkenne den Sturm der Gedanken, der hinter ihrer Stirn fegt. Ihre Haut ist immer noch zu blass für meinen Geschmack, und ihre Lippen haben einen beinahe bläulichen Unterton. Sie macht sich Sorgen, und ich würde viel darum geben, ihr diese Sorgen zu nehmen. Kann ich aber nicht, und ich werde sicher nicht noch einmal den Fehler machen, sie zu beschwichtigen. Denn Fakt ist, dass sie verdammt noch mal recht hat. Dass Paul verschwunden ist, ist nicht normal. Die Fußabdrücke waren nicht normal, dass das Notstromaggregat versagt hat, ist nicht normal. All diese Dinge für sich allein genommen, könnte ich als Zufall oder Pech abtun. Aber wie viel Pech kann eine so kleine Gruppe von Menschen innerhalb so weniger Tage eigentlich haben?

Nachdem ich geendet und Jacob versichert habe, ihm die Präsentation per E-Mail zuzuschicken, sobald wir wieder Internet haben, entschuldigt er sich und entlässt uns in die Pause. Ana bringt Getränke und ein paar Kekse, und ich erkenne auch in ihrem Gesicht eine deutliche Anspannung. Luca beobachtet sie ebenfalls, genau wie Leander. Er lässt sie nicht eine Sekunde lang aus den Augen.

»Ich habe echt keinen Bock mehr«, sagt Christine, sobald Ana und Jacob den Raum verlassen haben. »Ich weiß nicht einmal, ob ich für den Laden überhaupt Werbung machen will. Ich bin davon ausgegangen, dass wir hier wie Gäste behandelt werden, aber hätte ich für den Trip Geld bezahlt, hätte ich reklamiert.«

Luca verdreht die Augen, sagt aber nichts.

»Sie stecken mitten in den Renovierungen«, wirft Leander ein, bevor er einen Schluck von seinem Kaffee nimmt. »Ich glaube nicht, dass wir das hier mit dem normalen Betrieb vergleichen können.«

Ich gehe hinüber zu Luca und setze mich neben sie auf einen der leeren Tische. Ich bin mir nicht sicher, warum, aber ich fühle mich wohler, wenn ich in ihrer Nähe bin. Als würden wir mitten in einem Tornado stecken und sie wäre das Auge, in dem Ruhe herrscht.

»Ich habe mehrfach darum gebeten, dass jemand Paul suchen geht.« Christines Stimme verändert sich bei den letzten Worten. Sie bricht nicht, aber das unterdrückte Zittern darin ist deutlich zu hören. »Wir sind mit einem Taxi hergekommen, er hatte also kein Auto hier. Er muss den Schlitten genommen haben, aber er ist echt kein guter Fahrer. Vor allem mitten in der Nacht nicht. Und es gibt Berglöwen hier draußen!«

Luca, die auf ihre Tasse gestarrt hat, schaut auf. »Er ist mit dem Schlitten gefahren?«

»Er ist wohl kaum gelaufen.«

»Ana meinte, Pauls Schneemobil hätte hier auf dem Parkplatz gestanden.«

»Das weiß ich«, faucht Christine. »Dann hat er halt ein anderes genommen! Hier steht mit Sicherheit ein Haufen von denen rum.«

Luca atmet einfach tief durch. Ich vermute, sie versucht sich selbst davon abzuhalten, Christine anzufahren. »Oben auf dem Parkplatz bei den Chalets steht auch noch ein Schlitten. Aber ihr seid heute Morgen alle mit euren hergefahren, oder nicht?« Sie schaut in die Runde und wartet darauf, dass wir nicken. »Wenn Paul irgendwann in der Nacht mit seinem weggefahren ist – wem gehört dann der dort oben?«

»Vielleicht einem Angestellten«, schlägt Leander halbherzig vor.

»Da gibt es nichts außer unseren Hütten und diesem kleinen Geräteschuppen.« Ihre Stimme wird eindringlich. »Ich habe heute Nacht einen Motor gehört, da war es nach Mitternacht. Warum sollte ein Angestellter um diese Uhrzeit zu uns hochkommen? Und die ganze Nacht bleiben? Das ergibt keinen Sinn!«

Ich werfe einen kurzen Blick zu Leander hinüber. »Vielleicht hatte einer von uns Besuch?«

Luca schüttelt den Kopf. »Das Schneemobil stand noch da, als ich heute Morgen aufgebrochen bin. Und da wart ihr alle schon unten.«

»Was juckt mich dieser beschissene Schlitten?« Christine steht auf, verschränkt die Arme vor der Brust und funkelt Luca an, als wäre sie allein für das ganze Chaos verantwortlich. Automatisch spanne ich mich an. »Es ist mir ganz ehrlich scheißegal, wer hier mit wem vögelt. Und das sollte es dir auch sein! Immerhin ist Devan heute Morgen wie ein Hund aus deiner

Hütte geschlichen. Hast du ihm wenigstens noch einen Kaffee angeboten, oder durfte er sich nur vorher die Hose zumachen?«

Wütend öffne ich den Mund, aber Luca legt mir beschwichtigend eine Hand aufs Bein. Ich will Christine gerade fragen, wie sie meinen Abgang aus Lucas Chalet so früh am Morgen überhaupt mitbekommen konnte, doch dann bemerke ich, dass Luca irgendwie bösartig grinst. »Hast du dem Typen von den Instagram-Fotos noch einen Kaffee angeboten, bevor du zurück in Pauls Bett gekrochen bist, oder hat dein Anstand nicht mal dafür gereicht?«

»Du kleines …«

»Okay, wow!«, ruft Leander, steht auf und stellt sich zwischen Christine und Luca. »Das reicht jetzt, denke ich.«

Luca sieht aus, als hätte sie noch einiges mehr zu sagen, hält aber zu meiner Erleichterung die Klappe. Denn Christine würde ich es durchaus zutrauen, dass sie auf Luca losgeht.

»Ihr schert euch doch einen Dreck um Paul«, spuckt Christine aus, erneut mit zitternder Stimme. »Er hat von diesem Scheiß, den sein Vater angeblich gemacht haben soll, nichts gewusst! Er dachte, er ist auf einer Geschäftsreise! In Japan oder so!«

Oh, Scheiße. Ich bin kein großer Fan von Paul, aber ich will mir nicht einmal vorstellen, wie es ihm gegangen sein muss, als er diesen Post gelesen hat.

»Jemand hat seinen Account gehackt?«, fragt Leander.

»Nee. Er hat es selbst gepostet, weil er es so geil findet, sich selbst auf Social Media bloßzustellen. Erst diese beschissenen Fotos und jetzt das!«

Luca zieht ihre Hand von meinem Bein zurück, rückt aber nicht von mir ab. Ich bin irgendwie erleichtert, dass es sie nicht wirklich zu stören scheint, dass unsere gemeinsame Nacht aufgeflogen ist. Vielleicht wäre es etwas anderes, wenn Jacob dabei wäre, aber fürs Erste bin ich zufrieden damit, dass sie immer noch hier neben mir sitzt. Bei allem, was im Moment um uns herum passiert, geht es mir eindeutig besser, wenn sie in meiner Reichweite ist. Auch wenn sie wahrscheinlich verdammt gut auf sich selbst aufpassen kann.

Leander mustert Christine ein paar Sekunden lang, dann seufzt er und lässt sich wieder auf seinen Stuhl fallen. »Gestern hat jemand versucht, sich in meine Accounts einzuloggen. Insgesamt vierzehn Mal.«

Überrascht sehe ich ihn an. »Dein Ernst?«

Er nickt knapp.

»Willst du mir immer noch erzählen, dass das alles nicht zusammenhängt?«, brummt Luca, so leise, dass es die anderen nicht verstehen können. Ich antworte nicht. Hauptsächlich, weil ich keine Ahnung habe, was ich dazu sagen soll.

»Aber es wurde nichts gepostet?«, frage ich stattdessen Leander.

»Wer auch immer versucht hat, sich anzumelden, hat es nicht geschafft.« Ein ziemlich zufriedener Ausdruck huscht über sein Gesicht. »Ich habe mich gut abgesichert. Aber er war hartnäckig.«

Luca sieht zwischen ihm und Christine hin und her. »Ihr zwei kanntet euch vorher nicht? Oder Paul?«

Beide schütteln den Kopf.

Seufzend lehnt Luca sich zurück und stützt sich mit den Händen auf der Tischplatte ab. »Sitzt dein Vater auch wegen irgendwas im Knast, Leander?«

Ich beiße mir auf die Lippen. Ich bin ein bisschen überrascht. Auf mich hat Luca immer einen eher zurückhaltenden Eindruck gemacht. Auf dieser einen Party ist sie mir kaum aufgefallen. Klar, ich habe ihr Aussehen bemerkt und ihre laut – und ziemlich schief – singende Freundin, aber sie war still, hat mehr beobachtet, als der Mittelpunkt der Party zu sein. Aber da habe ich mich offensichtlich geirrt. Sie sagt ziemlich geradeheraus, was sie denkt, und wenn ich ehrlich bin, finde ich das verdammt heiß.

»Kein Vater im Knast«, antwortet Leander feixend. »Allerdings vermute ich mal, dass jeder von uns irgendwo Dreck am Stecken hat. *Falls* es jemand drauf anlegt.«

»Das ist doch bescheuert«, ruft Christine. Sie wirft die Hände in die Luft. »Es geht hier nicht darum, ob irgendjemand versucht hat, sich in Leanders traurigen Blog einzuloggen. Wahrscheinlich wollte ihm nur jemand einen Gefallen tun und mal etwas *Interessantes* posten. Hier geht es um Paul und mich, und ich kann nicht verstehen, warum niemand das ernst nimmt!«

»Reality-Check, Christine.« Ich verdrehe die Augen. »Auf Pauls Post wurden wir alle verlinkt. Irgendjemand scheint uns miteinander in Verbindung zu bringen, und ich will, verdammt noch mal, wissen, wer und warum.«

»Glaubt ihr …«, beginnt Luca, schüttelt dann aber den Kopf. »Ihr glaubt nicht, dass das ein Test ist, oder?«

»Was meinst du?«

»Eine Aufgabe.« Sie lacht nervös. »Keine Ahnung, um unser Verantwortungsbewusstsein im Internet zu testen oder so? Unsere Stressresistenz?«

Ich lache freudlos. »Na ja, in dem Fall hätte zumindest Leander bestanden.«

Christine schnaubt nur, und Leander schüttelt langsam den Kopf. Niemand von uns glaubt daran, dass irgendjemand aus dem *Ortiz* tatsächlich unsere Profile hackt, aber ich verstehe Lucas Gedankengang. Sie versucht, eine Verbindung herzustellen. Denn Tatsache ist, dass es zwischen uns keine gibt, abgesehen von diesem Bewerbungsverfahren. Klar, Luca und ich gehen auf dieselbe Uni, aber im Endeffekt studiere ich online, und wir sind uns insgesamt nur ein paarmal über den Weg gelaufen. Die UPP ist eine der größten Universitäten des Landes, es ist kein wahnsinniger Zufall, dass wir beide für dieses Assessment-Center ausgewählt wurden. Paul scheint mithilfe des Geldes seiner Familie ein paar Strippen gezogen zu haben, sodass es sich leicht erklären lässt, warum er und Christine hier sind. Vielleicht wäre keiner von ihnen jemals ernsthaft für den Job infrage gekommen, und Mr Ortiz hat sie nur eingeladen, um sich die Schmiersumme in die Tasche zu stecken. Keiner von uns kannte Leander, bevor wir ihn am ersten Abend kennengelernt haben. Auch dass Luca irgendwann einmal mit Christine und Paul auf dieselbe Schule gegangen ist, reicht nicht, um irgendeine Verbindung zu ziehen, die von Bedeutung wäre. Sosehr ich die ganze Sache auch hin- und herdrehe, ich komme auf keinen gemeinsamen Nenner.

Nach dem Ausschlussverfahren muss es sich schlicht und ergreifend um einen Zufall handeln. Zumindest die Sache mit dem Strom, den Fußspuren und dem verlassenen Motorschlitten oben am Plateau.

»Wäre es möglich, dass ein abgewiesener Bewerber einfach stinkig ist?«, rate ich mehr oder weniger ins Blaue hinein. »Es gibt doch sicher eine Nachrückliste, falls wir alle Nullen sind. Vielleicht ist jemand scharf auf die Stelle, und dieser ganze Scheiß mit dir und Paul ist ein armseliger Versuch, uns aus dem Rennen zu kicken.«

Luca lässt das Gesicht in die Hände fallen und stöhnt lauthals. »Das wäre dezent übertrieben, meinst du nicht?«

»Natürlich wäre es übertrieben.« Ich stoße sie leicht mit der Schulter an. »*Du* bist doch diejenige, die den Teufel an die Wand malt. Ich versuche nur, einen Sinn da reinzukriegen.«

Bevor einer von uns noch etwas dazu sagen kann, öffnen sich die Flügeltüren, und Jacob kommt herein. Er ist blasser als sonst, lächelt aber tapfer. Vermutlich fliegt ihm seine Verantwortung gerade gewaltig um die Ohren, und ich habe ehrlich Mitleid mit ihm. Ich liebe meine Eltern, trotzdem kann ich mir gut vorstellen, wie beschissen es sich anfühlen muss, den Erwartungen seiner Familie nicht gerecht zu werden.

»Also, ich habe mit unserem Haustechniker und meinem Onkel gesprochen«, sagt er, kommt auf uns zu und setzt sich dann ebenfalls auf einen leeren Tisch. »Das Notstromaggregat läuft in ein paar Minuten wieder, was bedeutet, dass eure Chalets in jedem Fall Strom haben werden. Wir müssen ein paar Geräte drüben im Hotel laufen lassen, weil die Baufirma sonst ein Problem kriegt. Wodurch sich die ganze Renovierung verzögern würde, worüber mein Onkel alles andere als begeistert wäre.« Er verzieht das Gesicht. »Wir müssen also bis zum Morgen Strom sparen, dann kümmert sich eine Firma um das Problem. Ich treffe mich nachher mit den Menschen von der Baufirma und Stromgesellschaft, deswegen habt ihr den Rest des Tages frei. Ich würde euch bitten, einfach direkt wieder in eure Hütten zu gehen. Wie gesagt, dort habt ihr auf jeden Fall Strom.«

»Wir sollen da hoch?«, fragt Christine mit einem Anflug von Hysterie in ihrer Stimme. Dann deutet sie hinter sich auf die Fensterfront, vor der sich immer noch eine weißgraue Wand aus Schnee erhebt. »Warum bleiben wir nicht einfach hier?«

»Weil wir nur die nötigsten Dinge mit Strom versorgen können. Wie gesagt, um Energie zu sparen.« Er zuckt mit den Schultern, ringt sich aber ein beruhigendes Lächeln ab. »Das Licht und die Heizung sind hier im Restaurant und in den meisten anderen Räumen im Moment nicht notwendig. Die Chalets sind in jedem Fall besser versorgt.«

Sie schüttelt energisch den Kopf. »Auf keinen Fall gehe ich jetzt da raus!«

Ich sehe Jacob an, dass er ein Seufzen unterdrückt. »Ich verbiete dir natürlich nicht, die Nacht hier zu verbringen. Aber glaub mir bitte, dass ich euch da nicht raufschicken würde, wenn ich Bedenken hätte, dass ihr es nicht schafft. Ich schicke Ana nach Hause, hier wird also heute Nacht niemand sein. Die Fahrt aufs Plateau wird sicher kein Spaziergang, es ist aber meiner Meinung nach besser, als hier unten zu bleiben. Der Stromausfall ist natürlich ärgerlich, aber nicht unsere Schuld. Das Stromaggregat ist darauf ausgelegt, das komplette Anwesen für vierundzwanzig Stunden zu versorgen. Ich versichere euch also, dass alles in Ordnung ist. Trotzdem wird es heute Nacht hier unten sehr kalt werden, oben in den Chalets habt ihr es gemütlicher.«

»Da draußen herrscht verdammte Weltuntergangsstimmung!«, macht sie ungläubig weiter. »Können wir nicht mit dem Auto über die Straße hochfahren?«

Jacob sieht beinahe peinlich berührt aus. »Ich bezweifle, dass die Straße noch befahrbar ist. Wir hatten diese Woche nicht mit so viel Neuschnee gerechnet und sind deswegen nicht davon ausgegangen, dass das vor November ein Problem werden könnte. Und bis dahin sollte die Straße erneuert sein. Aber wie gesagt: Ich treffe mich später mit ein paar Leuten und sorge dafür, dass wir die Lage bis morgen früh im Griff haben.«

»Das ist nur Schnee«, werfe ich ungeduldig ein, den Blick auf Christine gerichtet. Mag sein, dass Jacob höflich sein muss, ich aber nicht. »Ich habe auch keinen Bock, bei dem Wetter da raufzufahren, aber noch weniger will ich hier unten sitzen, wenn es richtig kalt wird.«

Jacob tut mir leid. In seinem Blick spiegelt sich eine Mischung aus Überforderung und Sorge, und ich will ihm nicht das Gefühl geben, auch noch für uns die Verantwortung übernehmen zu müssen. Er kann nichts für dieses Chaos, und wir sind alle erwachsen, um Himmels willen. An dieser Stelle sollten wir diese ganze Chef-Bewerber-Sache vergessen und uns auf Teamwork konzentrieren.

Christine öffnet den Mund, aber Luca ist schneller. »Wir fahren zusammen rauf, in einer Reihe. Dann kannst du uns einfach folgen.« Sie wirft mir einen kurzen Blick zu, und ihre Mundwinkel zucken. »Wir fahren hinter Devan her. Der macht das nicht zum ersten Mal.«

»Wenn du dich unwohl fühlst, Christine, können Anastasia oder ich euch begleiten. Wir sind an dieses Wetter gewöhnt«, bietet Jacob an.

Christine sieht alles andere als beruhigt aus. »Und was ist mit Paul?«

Einen Moment lang zögert Jacob. Er sieht aus, als würde er sich die Worte im Mund zurechtlegen, was vielleicht keine schlechte Idee ist. »Paul saß wahrscheinlich schon im Flieger, bevor es angefangen hat, richtig zu schneien. Aber wenn du möchtest, rufe ich einen Bekannten bei der Bergrettung an, der den Weg abfährt. Es besteht, wie gesagt, überhaupt kein Grund zur Panik. Paul wird sich sicher melden, sobald er sich beruhigt hat.«

Sie verschränkt die Arme vor der Brust, erwidert aber nichts. Natürlich kann ich sie irgendwie verstehen: Würde jemand, der mir nahesteht, mitten in der Nacht ohne ein Wort verschwinden, würde ich auch wollen, dass nach ihm gesucht wird. Immerhin ist Paul ihr Verlobter, auch wenn zumindest sie es mit der Treue nicht allzu genau zu nehmen scheint. Mir ist klar, dass man das schlecht vergleichen kann, aber würde ich morgen früh aufwachen und Luca wäre wie vom Erdboden verschluckt, würde ich mich wahrscheinlich auch nicht einfach zurücklehnen und die Daumen drücken, dass schon alles gut gegangen ist.

Leander steht auf und stellt sein Glas ab, bevor er sich an Jacob wendet. »Du hast den Post gesehen, richtig? Den auf Pauls Account.«

Wieder zögert Jacob, aber nur kurz. »Ja. Habe ich. Ich wurde ebenfalls darauf markiert, genau wie das *Ortiz* und ein paar offizielle Accounts des Dorfes. Ich habe die Verlinkungen gelöscht, aber ich habe ihn gesehen.«

»Und?«, fragt Luca. »Was denkst du darüber?«

»Ich kenne Paul nicht. Was soll ich schon darüber denken?«

Irgendetwas ist da in seiner Stimme. Und in dem Zug um seinen Mund. Als würde er sich beherrschen oder konzentrieren, damit er nicht zu viel sagt. Leanders Accounts wurden angegriffen, vielleicht geht auch bei Jacob irgendetwas vor, von dem er uns nichts erzählen will. Leander hatte recht, als er meinte, wir alle hätten irgendwo Dreck am Stecken. Gut möglich, dass auch der brave Jacob Leichen im Keller hat, die er lieber nicht auf Instagram und Co. gepostet sehen will.

26

LUCA

Wir brechen nicht direkt auf, sondern lassen Ana vorher noch auf der Suche nach etwas Essbarem die Küche auf den Kopf stellen. Keiner von uns hat Vorräte in der Hütte, und da sich bei dem Wetter sicher auch kein Lieferdienst auf den Weg macht, brauchen wir etwas Unkompliziertes als Proviant. Die ganze Zeit über beobachte ich abwechselnd Ana und Leander, aber was auch immer da zwischen den beiden läuft, sie haben sich offenbar entschieden, es fürs Erste beiseitezuschieben. Vielleicht haben sie auch einfach nur miteinander geflirtet, und einer hat dem anderen einen Korb gegeben. Das wäre irgendwie unangenehm, ginge mich aber nichts an.

Nachdem wir alle mit Baguette, Aufschnitt, ein bisschen Obst und TK-Sachen ausgestattet wurden, verabschieden wir uns und quälen uns in unsere Schneeklamotten. Jacob versichert uns mehrfach, dass auch die Telefone in unseren Chalets funktionieren und dass wir uns, sollten wir etwas brauchen, sofort melden sollen. Außerdem entschuldigt er sich gefühlt zweihundert Mal und verspricht uns, dass wir morgen wirklich mit dem Wesentlichen weitermachen – immerhin gehe es hier immer noch um einen wichtigen Job. Dann verabschiedet er sich und verschwindet mit besorgter Miene in dem Büro hinter der Rezeption.

»Was machst du jetzt?«, frage ich Ana, während ich meine Beine in die Skihose zwänge. Wir alle stehen im Kreis in der Lobby und ziehen uns an, und irgendwie erinnert mich diese Szene an Astronauten, die sich in ihre Uniform werfen. »Kommst du nach Hause?«

Ana lacht, wenn auch verhalten. »Jacob hat recht. Dieses Wetter ist nicht so ungewöhnlich, wie es für euch aussieht. Die Fahrt zu den Chalets ist schwierig, weil es keine richtige Straße gibt, aber runter ins Dorf ist es einfacher.«

»Wohnst du denn im Tal? Ich dachte, du kommst aus New York?«

Seufzend lehnt sie sich mit dem Hintern gegen den Rezeptionstresen. »Ich wohne unten im Tal, aber ich warte noch hier, bis Matthew da ist. Der kann Jacob und mich dann nachher mitnehmen«, erklärt sie und verschränkt schaudernd die Arme vor der Brust. Vielleicht bilde ich es mir nur ein, aber ich habe das Gefühl, die Temperatur sinkt bereits im Minutentakt. »Bis dahin leiste ich Jacob ein wenig Gesellschaft.«

Leander, der sich gerade einen Stiefel zugebunden hat, sieht auf. »Warum?«

»Weil es scheißegruselig hier drinnen ist, wenn man alleine ist. Und ich habe sowieso nichts Besseres zu tun, und Jacob fährt später auch ins Dorf. Solange kann ich mit ihm hierbleiben.«

»Also …« Leander bricht ab, als wüsste er nicht recht, was er eigentlich sagen wollte, dann flucht er. »Also seid ihr beide hier alleine?«

Ein Teil von mir will sich abwenden, weil ich das Gefühl habe, die zwei bei irgendetwas zu stören. Aber ich bin verdammt nochmal zu neugierig. Auch Devan hat mitten in der Bewegung innegehalten, obwohl er den Kopf gesenkt hält. Ich weiß, dass er lauscht.

Ana beißt die Zähne zusammen und fixiert Leander mit ihrem Blick. »Ja, Leander. Wir warten auf den Techniker.«

Es sieht so aus, als würde Leander noch etwas sagen wollen, aber er hält die Klappe, nickt und konzentriert sich wieder auf seine Schuhe. Vielleicht geht meine Fantasie ein wenig mit mir durch, aber es macht beinahe den Eindruck, als wäre Leander eifersüchtig. Auf Jacob? Das wäre irgendwie lächerlich und viel zu seifenoperdramatisch, wenn man bedenkt, dass er und Ana sich seit gerade einmal drei Tagen kennen.

Als wir alle fertig sind, balle ich nervös die Hände zu Fäusten. Ich bin nicht so panisch, wie Christine sich vorhin gegeben hat, trotzdem kann ich verstehen, dass sie Angst hat, durch diesen Sturm zu fahren. Es dämmert gerade erst, trotzdem sorgen der dichte Schnee und die dunklen Wolken für wahnsinnig schlechte Sichtverhältnisse. Also halte ich mich dicht an Devans Seite, als wir gemeinsam auf die Tür zugehen. Gerne hätte ich nach seiner Hand gegriffen, aber ich halte mich zurück. Die Ereignisse des Tages haben verlässlich dafür gesorgt, dass zwischen uns kein peinliches Schweigen entsteht, aber wir waren auch noch keine Sekunde lang allein. Ein Teil von mir will ihn bitten, mit mir in meine Hütte zu gehen oder ihn in seine begleiten zu dürfen. Aber auch das tue ich nicht. Ich habe das Gefühl, als würden wir auf verdammt dünnem Eis stehen, und ich habe Angst, einen falschen Schritt zu machen.

Leander öffnet die Tür, und kaum eine Sekunde später trifft mich eine Wand aus Kälte. Sie schneidet in die wenige unbedeckte Haut meines Gesichts, zuckt wie ein Stromschlag durch meinen Körper. Ich schnappe unwillkürlich nach Luft. Aus den Augenwinkeln bemerke ich Devans Blick, dann schließt sich seine Hand um meine. Meine Lippen zucken, auch wenn ich seine Finger durch unsere dicken Handschuhe kaum spüren kann. So wie es aussieht, ist er wohl der Mutige von uns beiden.

Der Wind ist heftig und heult um das Gebäude herum. Sobald wir ins Freie treten, drückt er gegen meinen Rücken, zerrt an meinen Kleidern und fegt mir immer wieder Schnee ins Gesicht. Der Weg zum kleinen Schotterparkplatz dauert normalerweise nur ein paar Minuten, allerdings kommt es mir dieses Mal vor wie eine Ewigkeit. Ich versuche, etwas zu sehen, muss aber ununterbrochen blinzeln, um keinen Schnee in die Augen zu bekommen. Außerdem blendet das Weiß um mich herum. Ich kann *spüren,* wie meine Wimpern einfrieren! Wie, zur Hölle, schaffen es all die Menschen den Mount Everest hinauf? Ich wäre wahrscheinlich nach einer Stunde Wandern bei diesen Wetterverhältnissen am Ende.

Ich bin ein bisschen überrascht, dass wir es tatsächlich zu den Schneemobilen schaffen. Es hätte mich nicht gewundert, wenn wir alle einfach im Kreis gelaufen und irgendwann wieder da angekommen wären, wo wir angefangen haben. Beim Parkplatz angekommen lasse ich Devans Hand los und gehe zu meinem Schlitten, der zum Glück ganz vorne steht. Bei diesen Sichtverhältnissen zu rangieren wäre absolut zum Scheitern verurteilt. Nur am Rande bekomme ich mit, dass Leander gegen das Heulen des Windes anschreit und Christine zu erklären versucht, dass er den Schlitten für sie auf den Weg fährt. Nach gefühlten Stunden stehen wir endlich wie die Perlen auf der Schnur aufgereiht hintereinander – eine röhrende Gruppe Schneemobile. Devan ist vorne, danach kommen ich und Christine, Leander bildet das Schlusslicht. Die ganze Formation erinnert mich ein bisschen an einen Kindergartenausflug: Devan gibt die Richtung an, und Leander sorgt dafür, dass Christine und ich nicht irgendwo auf der Strecke verloren gehen. Wobei Christine für diesen Fall vermutlich die deutlich gefährdetere Kandidatin wäre, da ihr Outfit komplett weiß ist – weiße Schneehose, weiße Jacke, Mütze, Schal … sogar der Helm ist weiß. Die einzigen Farbtupfer sind die neongrünen Handschuhe. Falls wir sie tatsächlich verlieren würden, stünden die Chancen, sie wiederzufinden, vermutlich eher schlecht.

Als Devan losfährt, umklammere ich den Lenker so fest, dass meine Finger in den dicken Handschuhen protestieren. Trotz der eisigen Kälte, die mir noch immer in den winzigen Streifen Haut zwischen der Skibrille und dem über den Mund gezogenen Schal schneidet, schwitze ich vor Nervosität. Ich befürchte nicht ernsthaft, dass einem von uns etwas zustoßen könnte. Der Großteil der Strecke hoch zu der Anhöhe, auf der unsere Hütten stehen, führt durch den dichten Wald, wo der Sturm und der Schnee weniger sein werden. Dennoch ... die ganze Atmosphäre, das Heulen des Windes, die weiße Wand aus fallendem Schnee – all das verfehlt seine Wirkung nicht, lässt meinen Mund trocken werden und mein Herz ein paar Gänge schneller schlagen.

Devan fährt langsamer als gewöhnlich. Zum einen wahrscheinlich wegen der eher mickrigen Sichtverhältnisse, zum anderen aber auch sicher aus Rücksicht auf Christine und mich.

Die ersten Meter führen eine steile Anhöhe hinauf. Sobald mein Schlitten freie Fläche erreicht, trifft der Wind mich volle Breitseite, und eine beschissene Sekunde lang befürchte ich tatsächlich, dass er mich einfach von meinem Schlitten schleudert. Ich mache einen kleinen Schlenker nach links, kann mich aber noch fangen. Ich umklammere den Lenker fester, und meine Oberschenkel pressen sich gegen den Sitz. Anders als ich schlingert Devan vor mir keinen Zentimeter, und der Abstand zwischen mir und ihm wird nach und nach größer. Das Schneetreiben ist so dicht, dass ich nach ein paar Sekunden nur noch eine undeutliche Silhouette und seine Rücklichter erkennen kann. Ich wende den Blick nicht ab, keine Sekunde, und drücke aufs Gas, während ich krampfhaft versuche, den Schlitten gerade zu halten.

Erneut trifft mich eine Böe, dieses Mal stärker als vorhin. Wieder ein Schlenker nach links, der Schlitten unter mir ruckelt, dann quietscht irgendwas, und ich bleibe abrupt stehen. Fluchend gebe ich Gas, aber außer einem leisen Röhren, das über den Wind hinweg kaum zu hören ist, tut sich nichts. Der Motor heult auf, dann schmiert er ab. Meine Scheinwerfer gehen aus.

»Nein«, flehe ich. »Nein, nein, nein, bitte tu das nicht!«

Ich sehe mich hastig um. Keine Lichter, weder Rück- noch Vorderscheinwerfer. Ich bin ein Stück vom Kurs abgekommen, aber Christine hätte sehen müssen, dass ich nach links geschert bin! Schwer atmend zwinge ich mich, sitzen zu bleiben, und presse den Daumen so hart auf die Hupe, dass es wehtut. Regel Nummer eins, wenn man sich im Schnee verirrt: nicht herumwandern! Ich bin völlig orientierungslos und würde mir absolut zutrauen, in die falsche Richtung zu laufen. Sobald den anderen auffällt, dass einer von ihnen fehlt, suchen sie mich. Und ich bin bei meinem Schlitten deutlich leichter zu finden, als wenn ich allein loslaufe, womöglich in die Berge oder in den Wald hinein.

Schaudernd drehe ich den Kopf und versuche, durch das Tosen des Sturms um mich herum etwas zu hören, allerdings rauscht mein Blut so laut in meinen Ohren, dass ich nichts anderes wahrnehme. Verdammt! Ich starte noch einmal den Motor, aber als ich Gas gebe, ruckelt der Schlitten erneut und stirbt dann ab. Ich lehne mich zur Seite und bemerke, dass meine linke Kufe in einer dicken Schneewehe steckt.

»Scheiße!«

Nach kurzem Zögern schwinge ich mein Bein über den Schlitten und steige auf der gegenüberliegenden Seite ab. Sofort versinkt mein Stiefel beinahe komplett in frischem Schnee. Mit einer Hand halte ich mich am Lenker fest, während ich das Fahrzeug umrunde und mir das ganze Ausmaß des Problems ansehe. Die Schneewehe, in die ich hineingefahren bin, ist mindestens einen Meter hoch, und beide Kufen auf der linken Seite stecken tief im Schnee. Wahrscheinlich befindet sich darunter ein Erdhügel oder etwas in der Art, der den schräg fallenden Schnee aufgeschichtet hat. Alleine schaffe ich es nicht, das Ding da rauszufahren. Fluchend ziehe ich am Lenker, aber natürlich bewegt sich der Schlitten nicht einen Zentimeter. Ich gehe zur Rückseite und schiebe, auch ohne Erfolg.

Großartig. Mein Handy herauszuholen ist absolut hoffnungslos, und um Hilfe zu rufen ganz bestimmt auch. Noch einmal drücke ich auf die Hupe, auch wenn ich bezweifle, dass man sie sonderlich weit hören kann. Tränen steigen mir in die Augen, ohne dass ich sie zurückhalten kann. Ich bin mir nicht sicher, ob ich vor Wut oder Verzweiflung heule, aber es spielt im Moment auch keine Rolle.

Gerade als ich doch darüber nachdenke, in die Richtung zu laufen, in der ich das Resort vermute, tauchen vor mir schwache Scheinwerfer auf. Der Schnee verhält sich wie Nebel – der Lichtkegel ist verwaschen, wird aber immer deutlicher, je weiter sich der Schlitten nähert. Vor Erleichterung schluchze ich auf, hebe beide Hände über den Kopf und winke dem Fahrer zu. Nach ein paar Sekunden erkenne ich Devans dunkelgrüne Jacke und den roten Helm und schluchze erneut auf.

Er beschleunigt mit aufheulendem Motor und bleibt kaum einen halben Meter vor mir stehen, dann springt er ab. Trotz der sperrigen Klamotten und unserer Helme packt er mich bei den Schultern und zieht mich an sich.

»Luca!«, schreit er so laut, dass ich ihn über den Wind und durch den Helm hinweg hören kann. »Scheiße, es tut mir so leid!«

»Du hast mich verloren!«, schreie ich zurück und versuche es mit Galgenhumor, aber meine Stimme bricht.

Er hält mich auf Armeslänge von sich und mustert mich. Zumindest glaube ich das, der Schnee spiegelt sich in seiner Brille. »Durch die Rückspiegel konnte ich nichts sehen. Ich habe erst gemerkt, dass du weg bist, als ich Christine erkannt habe!«

Und warum hat *Christine* nicht bemerkt, dass der Schlitten vor ihr in die falsche Richtung fährt …

»Du konntest nichts dafür!« Energisch mache ich mich von Devan los und wende mich halb ab, damit er den Schlitten sehen kann. »Ich stecke fest!«

»Hast du dich verletzt? Bist du runtergefallen?«

»Nein! Er ist nur abgeschmiert, als ich in die Wehe gefahren bin.«

Er nickt, ein wenig abgehackt. »Okay, ich helfe dir beim Schieben!«

Kopfschüttelnd halte ich ihn am Arm fest, als er an mir vorbeigehen will. »Glaub mir, keine Chance! Aber wir haben ein Abschleppseil! Du musst mich rausziehen!«

Devan scheint tatsächlich zu wissen, was er tut. Er wendet seinen Schlitten und bringt ihn vor meinem in Position, bevor er das Seil an beiden Fahrzeugen befestigt. Dann kommt er wieder zu mir herüber, damit ich ihn verstehen kann.

»Starte den Motor und gib Gas, okay?«, ruft er mir zu. »Du musst nach rechts lenken, wir müssen die vordere Kufe rausbekommen, dann schaffst du es wahrscheinlich alleine weiter.«

»Alles klar!«

Meine Augen sind immer noch tränennass, was vor allem daran liegt, dass ich sie unter der Brille nicht wegwischen kann. Trotzdem hat allein Devans Anwesenheit es geschafft, meinen Puls zu beruhigen. Meinen Puls und meine Nerven. Ich bin nicht mehr allein, und ein Teil von mir weiß einfach, dass Devan und ich aufeinander aufpassen. Also steige ich wieder auf mein Schneemobil, starte den Motor und gebe auf Devans Zeichen hin Gas. Wieder gurgelt das Ding kurz, aber es bewegt sich tatsächlich.

»Es funktioniert!«, brülle ich, ohne zu wissen, ob Devan mich überhaupt verstehen kann.

Wie befohlen verlagere ich mein gesamtes Gewicht nach rechts, sobald der Schlitten sich in Bewegung setzt. Ich drücke das Gas durch und rucke ein wenig mit dem Körper nach vorn, um dem Ding zu helfen, sich aus dem Schnee zu befreien. Leise höre ich Devans Motor aufheulen – einmal, dann noch einmal. Beim dritten Mal geht ein Ruck durch den Schlitten, dann macht er endlich einen Satz nach vorn. Ich schreie leise auf, weil das Schneemobil sich gefährlich zur Seite neigt und ich wieder einmal befürchte, herunterzufallen und unter dem Ding begraben zu werden. Ein paar Meter zieht Devan mich, aber ich spüre bereits, dass es nicht mehr notwendig ist. Ich bin frei, und die Kufen greifen wieder auf dem Schnee. Devan hält an und löst das Seil, bevor er noch einmal neben mir stehen bleibt.

»Ich verspreche dir, dich nicht wieder zu verlieren!«

Ich grinse, auch wenn er das vermutlich kaum erkennen kann. »Das will ich auch hoffen!«

Er berührt kurz meinen Helm mit seinem, dann macht er sich auf den Weg zum Schlitten und fährt langsam an. Ich habe inzwischen völlig die Orientierung verloren. Um uns herum ist alles weiß, nicht einmal der Wald zeichnet sich irgendwo ab. Ich fühle mich wie ein Kind, dem die Augen verbunden wurden, bevor es sich einmal im Kreis drehen musste. Das hier ist ein verdammter Abenteuerurlaub, und inzwischen kann ich beinahe verstehen, warum dieser Job so gut bezahlt wird. Ich kann für Ana und die anderen Mitarbeitenden nur hoffen, dass sie eine Art Gefahrenzulage bekommen.

Meine Nervosität steigt wieder, je länger wir fahren. Ich lasse Devans Rücklichter keine Sekunde aus den Augen und atme erleichtert aus, als der Wald sich endlich vor mir erhebt. Die Bäume knarren, und immer wieder wird eine Ladung Schnee von einem der Äste gefegt und landet mit einem irritierend lauten Rumsen auf dem Waldboden.

Wir weichen den inzwischen gewohnten, aus dem Boden ragenden Wurzeln und Steinen aus, kommen aber insgesamt deutlich besser voran als die ersten paar Meter auf der freien Fläche. Ich werde ruhiger, entspanne mich beinahe ein wenig, indem ich mich einfach auf Devans breiten Rücken vor mir konzentriere. Jetzt, da mein Denken nicht mehr so sehr von Panik und blankem Überlebenswillen beherrscht wird, frage ich mich wieder, wie es gleich ablaufen wird. Wir sind das erste Mal seit gestern Nacht allein, und irgendwie fände ich es seltsam, das zu ignorieren, was zwischen uns gewesen ist. Soll ich ihn in meine Hütte einladen? Ich hätte gerne Gesellschaft und möchte über alles reden, was da unten im Hotel passiert ist und was wir herausgefunden haben. Aber würde er eine Einladung doppeldeutig verstehen? Soll ich mich bei ihm einladen? Wird *er* mich fragen, ob ich ihn begleite? Oder sollte ich mich einfach für die Schneerettung bedanken, ihm noch einen schönen Abend wünschen und verschwinden?

Trotz all meiner Grübeleien bin ich noch zu keinem richtigen Ergebnis gekommen, als ich meinen Schlitten neben Devans parke. Inzwischen spüre ich mein Gesicht und meine Finger nicht mehr, der Wind reißt an meinen Klamotten und an meiner verhältnismäßig dünnen Mütze, als ich den Helm absetze. Die Brille lasse ich lieber auf.

Ich öffne das Fach unter meinem Sitz und hole meinen Proviant heraus, dann gehe ich an Devans Seite den kleinen Weg hinauf zu unseren Chalets. Keiner von uns sagt ein Wort, was vermutlich vor allem daran liegt, dass wir uns anschreien müssten, um einander zu verstehen. Doch dann ist der Moment gekommen. An der Abzweigung, an der sich der kleine Weg trennt und zu unseren jeweiligen Hütten führt, bleibt Devan stehen und schaut mich an.

Eine Sekunde, zwei. Mein Herz stolpert ein wenig, und trotz der Eiseskälte werden meine Handflächen feucht. Ich bin kurz davor, Devan ganz einfach die Hand zu schütteln.

»Willst du, dass ich mit zu dir komme?«, brüllt er schließlich.

Ich kann seinen Gesichtsausdruck nicht deuten, da er ebenfalls noch Brille und Mundschutz trägt.

»Willst du das denn?«

Ziemlich sicher, dass er grinst. »Natürlich will ich das! Aber wenn du mal 'ne Pause und Zeit für dich brauchst, kann ich das verstehen!«

Er überlässt mir die Entscheidung. Na toll. In meinem Kopf gehe ich sämtliche Möglichkeiten durch, doch leider enden viele von ihnen damit, dass wir nackt nebeneinander im Bett liegen. Ich fühle mich wie eine trockene Alkoholikerin, die nach Jahren wieder Alkohol getrunken hat. Der Sex war unglaublich, und mein Körper will mehr davon. Jeder Teil von mir will mehr davon.

»Es gibt keinen Sex«, sage ich streng. Er lacht laut auf. »Ich meine es ernst! Ich will nicht alleine sein, aber das ist kein Freifahrtschein!«

Ein paar Sekunden lang sieht er mich an, dann legt er den Kopf schief. »Rein platonisch, schon verstanden. Komm, wir machen uns etwas zu essen!«

27

[redacted]

Das Schneetreiben ist stärker geworden. Eine Tatsache, die es wahrhaftig geschafft hat, mich zu überraschen. Ein weiterer Punkt auf der Liste meiner Fehler, für die ich mich am liebsten selbst ohrfeigen würde. Ich hatte mir den Wetterbericht für diese Tage angesehen, und auch wenn Schneefall vorausgesagt wurde, vermittelte mir nichts den Eindruck, dass hier die verdammte Apokalypse über uns hereinbrechen würde.

Ich muss das Beste daraus machen. Ich habe gar keine andere Wahl, denn unsere gemeinsame Zeit neigt sich allmählich dem Ende entgegen, wie es aussieht. Ebenfalls ein Umstand, auf den ich keinen Einfluss habe. Werden meine kleinen Ratten aufgrund der Wetterbedingungen nach Hause geschickt, habe ich keine Möglichkeit, sie in diesem von mir erbauten Labyrinth festzuhalten, ohne mich zu verraten. Aber das darf nicht passieren. Ich habe diese Tage sorgfältig geplant, habe jede Sekunde, jeden äußeren Einfluss, jeden Atemzug durchgetaktet und zu einer Symphonie gesponnen, die nur einen Schlusstakt zulässt: Schachmatt. Ich werde die einzige Figur sein, die am Ende noch stehen wird. Etwas anderes lasse ich nicht zu. Gestern hatte ich das Gefühl, die Kontrolle zu verlieren, aber vielleicht spielt der Schnee mir auch in die Karten und hilft mir, das Ruder wieder rumzureißen.

Paul Barnes wurde geschlagen. Zwar hatte ich beabsichtigt, dass er ein, zwei Namen auf meiner kleinen Liste mit sich ausradieren würde, aber scheinbar brauchen die anderen noch einen nötigen Schubs in die richtige Richtung. Kein Problem, denn meine Liste an Vergehen dieser Menschen ist endlos. Einer geschafft, fünf sind noch übrig.

Stöhnend stehe ich auf und verlasse meinen Beobachtungspunkt vor dem großen Fenster. Meine eigene kleine Kommandozentrale fühlt sich inzwischen an wie ein eiskaltes Grab. Draußen tobt der Sturm und hält uns alle wie verdammte Tiere in unseren Käfigen gefangen. Das einzig Gute an dieser Tatsache ist, dass es auch den anderen so geht. Keiner kommt rein, keiner kann entkommen. Ich gehe hinüber zu der kleinen Kommode, auf der sorgfältig aufgereiht mein Spielzeug steht. Meine Joker, die ich ins Spiel bringen will, wenn mein Zug fehlschlägt. Nacheinander mustere ich die Gegenstände: die Kopie der gefälschten Visa, den kleinen hölzernen Schlüsselanhänger, für dessen Beschaffung ich mir beinahe den verdammten Zeigefinger gebrochen habe, eine extra für diesen besonderen Anlass hergestellte Polizeimarke, deren Dienstnummer mit Kunstblut beinahe unleserlich gemacht wurde. Ich kann nur hoffen, dass ihr Empfänger intelligent genug ist, um die Farbe zu entfernen und die richtigen Schlüsse zu ziehen. Bei manchen Personen auf meiner kleinen *List of Six* wage ich das ernsthaft zu bezweifeln.

Schließlich nehme ich einen kleinen karierten Zettel in die Hand. Ich bemerke, dass meine Fingerspitzen zu weiß sind, als wären sie blutleer. Ich drehe den Zettel hin und her, suche nach Fehlern. Aber natürlich finde ich keine. Meine Planung ist makellos, wasserdicht und – was am wichtigsten ist – nicht zu mir zurückzuführen. Trotzdem lege ich den Zettel zurück. Dafür ist es noch nicht an der Zeit.

Stattdessen greife ich nach dem Kontoauszug, dessen wichtige Details ich mit einem Textmarker hervorgehoben habe. Die

Beträge und der Zahlungsempfänger leuchten mir entgegen wie Nebelscheinwerfer in einer düsteren Nacht. Wobei, der Vergleich hinkt. Eher wie Irrlichter, die denjenigen, der sie anschaut, in den sicheren Tod locken. Das trifft es eher. Ich falte den Ausdruck zusammen und gehe hinüber zu der kleinen Garderobe. Auch wenn alles in mir danach schreit, mich in meinem Bett zu vergraben und meine immer noch gefrorenen Finger und Zehen zu schonen, greife ich nach meinem Anorak. Zeit, mich dem Sturm erneut zu stellen. Zeit, ein Teil von ihm zu werden.

28

LUCA

Zu meiner Erleichterung ist die Stimmung zwischen mir und Devan weder seltsam noch angespannt, was vor allem daran liegt, dass Devan einfach wahnsinnig … ruhig ist. Wie eine Boje, die auf stürmischer See auf den Wellen tanzt und trotzdem niemals untergeht. Er fühlt sich wie zu Hausc und wuselt in der Küche herum, um aus den teilweise noch gefrorenen Lebensmitteln etwas halbwegs Brauchbares zu fabrizieren. Ein paar Minuten lang stehe ich ein wenig unschlüssig herum, dann gebe ich auf und gehe duschen, in der Hoffnung, meine armen Finger wieder zum Leben zu erwecken.

Als ich unter der Dusche stehe, schließe ich die Augen und lasse den Kopf in den Nacken fallen, damit das heiße Wasser meine Muskeln entspannt. Ich hatte ein wenig Angst gehabt, dass das Wasser kalt bleiben würde, aber zum Glück waren meine Sorgen unbegründet. Meine Gedanken wirbeln wie ein Karussell durch meinen Kopf, ich kann mich einfach nicht konzentrieren. Jedes Mal, wenn ich einen von ihnen zu fassen bekomme, drängt sich ein neuer auf, ein anderes Fragezeichen, ein anderer Grund, mir Sorgen zu machen. Während ich mir mit immer noch tauben Fingern die Haare wasche, denke ich ernsthaft darüber nach, einfach nach Hause zu fahren. Wer kann mir versprechen, dass nach dieser Assessment-Runde überhaupt ein Job auf mich wartet? Dass sich all diese

Aufregung im Endeffekt lohnt? Wir haben bislang erst eine richtige, mit unserer zukünftigen Arbeit zusammenhängende Aufgabe bekommen, und Jacob kann mir wirklich nicht erzählen, dass er die ernsthaft bewerten will. Christine hat mitten in ihrer Präsentation abgebrochen, und Devans Pitch kann man ohne die zugehörige Präsentation kaum fair bewerten. Das hier ist ein einziges Chaos, und ich bin mir nicht mehr sicher, ob es mir das alles wert ist. Irgendetwas geht hier vor, auch wenn ich keine Erklärung für das alles finde, was hier passiert. Nichts ergibt einen Sinn, dennoch habe ich das unheilvolle Gefühl, dass ich so schnell wie möglich von hier verschwinden sollte. Andererseits … Paul hat genau das versucht, und seitdem hat niemand mehr etwas von ihm gehört.

Widerstrebend drehe ich das Wasser ab, steige aus der Dusche und wickle mich in den dicken Bademantel. Die Heizung funktioniert, trotzdem habe ich das Gefühl, dass es kälter ist als die letzten Tage. Und draußen fällt noch immer unaufhörlich der Schnee.

Als ich das kleine Bad verlasse, wendet Devan sich zu mir um. Er hat am Herd gestanden und irgendwas gebrutzelt, jetzt gleitet sein Blick von meinen nackten Füßen bis hoch in mein Gesicht. Seine Augen sind auf einmal dunkler als noch vor ein paar Sekunden.

»Besser?«, fragt er und räuspert sich einmal.

»Viel besser.« Ich wackle mit den Zehen. »Ich spüre all meine Körperteile wieder. Finde ich gut.«

»Kann ich mir vorstellen«, lacht er und wendet sich wieder dem Herd zu. »Dein Handy macht die ganze Zeit Geräusche.«

Gähnend gehe ich zu meinem Bett hinüber und greife nach meinem Handy. Insgesamt sieben Nachrichten ploppen auf – verpasste Anrufe von meiner Mom, Riley und einer anderen Kommilitonin. Allerdings habe ich keine Benachrichtigungen über die Anrufe, nur die Nachrichten von meiner Mailbox. »Ich habe keinen Empfang«, sage ich zu Devan und halte das Handy in die Luft. »Du?«

Devan greift ebenfalls nach seinem Handy, dann schüttelt er den Kopf. »Nope. Wahrscheinlich wegen des Sturms oder des Schnees. Oder beidem zusammen.«

»Aber warum bekomme ich SMS?«

»Ich denke, das Signal kommt immer mal wieder durch.« Er dreht sich erneut zu mir um und schaut mich an. Seine Stirn ist gerunzelt, aber der ernste Gesichtsausdruck wird ein wenig von dem Pfannenwender abgeschwächt, mit dem er auf mich deutet und dabei aussieht, als würde er einen Zauberstab schwingen. »War es denn was Wichtiges?«

Ich zucke mit den Schultern, bevor ich das Handy wieder zur Seite lege und ans Ladegerät klemme. »Keine Ahnung«, antworte ich lachend. »Aber meine Mom hat mich zu erreichen versucht, also will ich es vielleicht gar nicht wissen.«

Er verzieht das Gesicht. »Klingt nach einem kuscheligen Verhältnis.«

»Sie und mein Vater hatten sich eine andere Zukunft für mich vorgestellt.«

»Ah«, macht er, bevor er sich wieder dem Herd widmet. »Das klingt spaßig.«

»Das klingt wie die älteste Geschichte der Welt«, seufze ich, ziehe den Gürtel meines Bademantels fester und gehe hinüber zum Küchentresen. Kurz bleibt mein Blick an der Stelle hängen, über die ich mich letzte Nacht gelehnt habe, ich reiße mich aber hastig wieder los. »Meine Eltern sind Architekten. Erfolgreiche Architekten. Ich glaube, ihnen gefällt die Vorstellung nicht, dass ich von Gehaltsscheck zu Gehaltsscheck lebe und kleine Artikel für irgendwelche Onlinemagazine schreibe.«

»Sie wollten, dass du auch Architektur studierst?«

Schnaubend schwinge ich mich auf die Arbeitsplatte. »Das wäre ihre Traumvorstellung, schätze ich. Allgemein wollen sie, dass ich was *Vernünftiges* studiere.«

Über die Schulter hinweg wirft er mir einen forschenden Blick zu. »Du machst auf mich nicht den Eindruck, als wärst du ein krass unvernünftiger Mensch.«

»Vielleicht könntest du ja mal mit meiner Mom telefonieren«, schlage ich grinsend vor. »Ich bin mir sicher, dass ihr deine Meinung wahnsinnig wichtig ist.«

»Eltern lieben mich«, antwortet er und zwinkert mir zu.

Ich strecke mich und versuche, an ihm vorbeizugucken. »Was kochst du da eigentlich?«

»Geht dich nichts an. Beschäftige dich noch fünf Minuten, dann gibt's Essen.«

»Uh, er kocht für mich. Kann es überhaupt noch besser werden?«

Er antwortet nicht, aber ich sehe, dass er schmunzelt. Also hüpfe ich vom Tresen, schnappe mir meine Jogginghose und einen Hoodie und verschwinde noch einmal im Bad, um mich umzuziehen. Als ich einen Blick in den Spiegel werfe, hätte ich am liebsten losgeheult. Die Haut um meine Nase, meine Augenbrauen und meine Lippen spannt und ist trocken, was sicher an der Kälte liegt. Ich sehe ein bisschen fertig aus – rissige Haut, dunkle Schatten unter den Augen, glasige Augen. Die schlaflose Nacht und der Stress haben ihre Spuren hinterlassen. Einen kurzen Moment überlege ich, ob ein bisschen Concealer und vielleicht Mascara helfen würden, entscheide mich dann aber doch dagegen. Ich habe keine Erwartungen an Devan, und er nicht an mich. Klar, möchte ich ihm gefallen, aber ich versuche nicht, ihn zu beeindrucken. Das ist vielleicht der Vorteil an diesem Kennenlernen – wir haben die seltsame Flirtphase übersprungen, in der man einander ausschließlich die beste Version seiner selbst präsentiert und Antworten gibt, bei denen man hofft, dass der jeweils andere sie hören will.

Devan ist völlig er selbst, und es ist ein überraschend befreiendes Gefühl, dass ich das ebenfalls sein kann.

Statt Make-up schmiere ich mir eine dicke Schicht Feuchtigkeitscreme ins Gesicht und Labello auf die Lippen, bevor ich mich umziehe und zurück in den Wohnraum gehe. Devan hat seinen Platz vorm Herd aufgegeben und sitzt jetzt auf einem der Barhocker, zwei voll beladene Teller vor sich. Als ich reinkomme, hebt er ein Glas mit dunkelroter Flüssigkeit und prostet mir zu. »Es ist serviert.«

Zögernd gehe ich zu ihm. »Und was genau?«

Er deutet auf das Durcheinander auf meinem Teller. »Wir haben hier eine Komposition aus Mini-Frühlingsrollen, einem Grillkäse-Sandwich, halbgefrorenem Shepherd's Pie, Corn Dogs und Chips. *Bon appétit!*«

»Halbgefroren?«, hake ich vorsichtig nach.

»Ich verstehe die Mikrowelle nicht und glaube, dass das Zeug seit mindestens zehn Jahren da unten in der Gefriertruhe gelegen hat. Stell es dir einfach als Eis am Stiel vor oder so.«

Ich setze mich neben Devan und nicke langsam. »Ich bin wirklich beeindruckt.«

»Ist mir klar.«

»An dir ist ein Meisterkoch verloren gegangen.«

Grinsend greift er nach einer Frühlingsrolle und schiebt sie sich ganz in den Mund. »Falls das hier nichts wird, ist das mein Plan B.«

»Was ist denn Plan A?«, frage ich ernsthaft neugierig, bevor ich mir das Grillkäse-Sandwich nehme. Ich habe überhaupt nicht bemerkt, wie hungrig ich bin. »Dieser Job kann ja nicht das große Ziel sein.«

Devan kaut ein paar Sekunden. »Ich kann mir nicht vorstellen, hinter einem Schreibtisch zu sitzen«, sagt er dann und greift nach der zweiten Frühlingsrolle. »Nicht jeden Tag. Ich würde gerne reisen und was von der Welt sehen.«

»Das wollen wir doch alle.« Ich grinse, als er eine Grimasse schneidet. »Aber ich verstehe, was du meinst. Du bist mehr so der Outdoor-Typ.«

»Ach ja?«

»Mit 'nem Quad durchs Gebirge, im Treibsand stecken bleiben ... so was eben.«

Er schüttelt energisch den Kopf. »Wusstest du, dass Tod durch Treibsand ein Mythos ist? Es gibt keinen einzigen bekannten Fall, bei dem ein Mensch tatsächlich im Treibsand versunken ist.«

»Im Ernst? Als Kind dachte ich, das wäre ein Problem, mit dem ich mich irgendwann auf jeden Fall auseinandersetzen müsste.«

Belustigt zuckt er mit den Schultern. »Ich bin ein unerschöpflicher Quell an unnützem Wissen. Eine meiner besten Eigenschaften. Sollte ich zukünftig in meinem Lebenslauf erwähnen.«

Auffordernd ziehe ich die Augenbrauen hoch. Antworten kann ich schlecht, weil ich den Mund voll habe, um meinen inzwischen knurrenden Magen zu beruhigen. Offensichtlich versteht Devan die Geste, denn er mustert mich beinahe aufgeregt. Als könnte er es gar nicht erwarten, endlich jemandem von all dem Zeug erzählen zu können, das sich in seinem Kopf angesammelt hat.

»Kennst du diese Kreideumrisse, die man in Filmen immer an Tatorten sieht?« Er wartet, bis ich nicke. »Gibt's nicht. Hat's nie gegeben. Die würden den Tatort verunreinigen.«

Ich schlucke. »Was du nicht sagst.«

»Früher haben Reporter solche Umrisse auf den Boden gemalt, damit sie ein brauchbares Foto für Zeitungen und so bekommen. Aber das war auch eher selten.«

Ich zwinge mich zu einem ernsten Gesicht. »Ich bin davon überzeugt, diese Info wird mir irgendwann einmal sehr viel weiterhelfen.«

»Da bin ich mir sicher.« Er grinst. »Noch mehr?«

»Klar.« Ich schiebe mir den letzten Bissen Sandwich in den Mund.

»Vergrabene Piratenschätze?« Er hebt die Hände und lässt sie mit einem leisen Klatschen wieder auf den Tresen fallen. »Ein Mythos! Piraten haben ihre Schätze nicht vergraben, falls sie überhaupt welche hatten.«

Kauend lege ich mir eine Hand aufs Herz und schaue ihn betroffen an. »Das ist ja schockierend!«, sage ich mit vollem Mund, ehe ich runterschlucke und nach einer Gabel greife. »Du willst mir also erzählen, *Fluch der Karibik* und *Tinkerbell und die Piratenfee* hatten gar keinen historischen Hintergrund?«

Seine Mundwinkel zucken. »Ich glaube nicht, dass sie in *Fluch der Karibik* einen Schatz vergraben haben.«

Nachdenklich sehe ich ihn an, dann deute ich mit der Gabel auf ihn. »Weißt du, was auch eine unrealistische Sache in Filmen ist?«

»Schieß los.« Grinsend schiebt Devan sich das Sandwich in den Mund.

»Hochbezahlte, superreiche Auftragskiller«, sage ich. »Das regt mich jedes Mal so auf. Erstens: Menschen, die regelmäßig Auftragskiller benötigen würden, hätten ihre eigenen Leute. Die würden irgendwelche Lappen mit der Drecksarbeit beauftragen und sicher niemanden, der in ’nem Anzug oder Kostüm aufkreuzt und Millionen dafür nimmt. Punkt zwei ist, dass es sicher nicht genug Auftragsmorde in deren Gegenden gibt, um davon leben zu können. Sie bräuchten also noch einen Nebenjob, und das macht den Beruf dann irgendwie wieder weniger verlockend.«

»Und drittens?«, fragt Devan und lacht. »Ich wusste nicht, dass du dich so intensiv mit Auftragsmorden beschäftigt hast.«

»Krasse Filmfehler nerven mich eben.« Ich nehme einen Schluck Wein und lege den Kopf schief, während ich ihn mustere. »Also hast du nicht vor, beruflich im Treibsand zu versinken?«

Bevor er antwortet, streckt er die Arme über den Kopf, bis die Gelenke knacken, und lehnt sich dann mit einem Arm auf die Arbeitsplatte. Ich habe überhaupt nicht mitbekommen, dass sein Teller bereits leer ist. Ich habe nicht einmal die Hälfte von meinem Essen gegessen. »Nein, das habe ich nicht vor. Ich habe eine Zeitlang darüber nachgedacht, Reisereporter oder -blogger zu werden, aber die andere Hälfte meines Herzens schlägt für Gaming, Spieleentwicklung und so weiter. Ich bin nicht *nur* der Outdoor-Typ.«

»Ich weiß nicht«, überlege ich laut. »Ich kann mir dich durchaus im Holzfällerhemd vorstellen, wie du mit deiner Community über die beste Methode diskutierst, Fleisch zu trocknen, oder so. Wobei, nein. Vielleicht besser ohne Hemd, dafür aber beim Holzfällen.«

Er wackelt mit den Augenbrauen und lässt seinen Blick langsam an mir hinabgleiten. Ich beiße die Zähne zusammen. Mir ist klar, dass er mich zu reizen versucht, und ich muss widerstrebend zugeben, dass es funktioniert. Es ist, als würde ich seinen Blick körperlich spüren – als würde er mit unsichtbaren Fingern über meine Haut gleiten und nur ganz kurz an den Stellen verweilen, die er gestern Nacht im Eifer des Gefechts vernachlässigt hat.

»Wenn du mich nackt sehen willst, kannst du es einfach sagen.« Seine Stimme hat einen spielerischen Unterton, trotzdem klingt sie schwerer als noch gerade eben. Rauer, als wären auch seine Gedanken in den vergangenen Sekunden auf Wanderschaft gegangen.

Ich öffne den Mund, schließe ihn dann aber wieder. In meinem Kopf formen sich unzählige Fragen oder dumme Sprüche, mit denen ich das Thema in eine andere Richtung lenken könnte. Allerdings habe ich im Moment das Gefühl, dass um uns herum so viele Unklarheiten lauern, dass ich wenigstens bei dieser einen Sache Antworten brauche.

»Wegen letzter Nacht«, beginne ich und klinge dabei wie jeder Mensch auf dieser Welt, der nach einem One-Night-Stand die Fronten klären will. »Sollten wir darüber sprechen?«

Devan mustert mich ein paar Sekunden lang, dann nimmt er einen Schluck Wein. »Wir können reden, worüber du möchtest.«

»Ich finde es einfach komisch, dass wir den rosa Elefanten im Raum ignorieren. Ich weiß nicht, wo wir stehen.«

»Wo möchtest du denn stehen?«

»Devan«, seufze ich genervt. »Lass dir nicht alles aus der Nase ziehen.«

Er hebt abwehrend die Hände. »So war das nicht gemeint, ehrlich. Aber, im Ernst, wir können daraus alles zwischen einem unbedeutenden One-Night-Stand, über den wir hiernach nie wieder sprechen, und dem Anfang einer großen, glücklichen Beziehung machen. Das war kein Spruch. Ich will wirklich wissen, als was du das Ganze einordnen willst.«

»Du willst nur, dass ich zuerst die Hosen runterlasse.«

»Ich will ganz sicher, dass du diese Hose ausziehst, aber ich glaube, das würde dem Gespräch nicht weiterhelfen.«

Wütend verdrehe ich die Augen und stehe auf, um die Teller

abzuspülen. Ich gehe um die Arbeitsplatte herum und werfe ihm im Vorbeigehen einen genervten Blick zu. »Ist schon gut. Wenn du nicht ernst sein kannst, macht das keinen Sinn.«

»Ach, komm schon, Luca.« Er steht ebenfalls auf und folgt mir. Ich wäre gerne ausgewichen, aber die kleine Küche bietet kaum Platz dafür. Also bleibe ich einfach stehen und erwidere seinen Blick, während er einen Schritt auf mich zumacht. Dann noch einen, bis er so dicht vor mir steht, dass ich mit der Nase seine Brust berühren könnte, würde ich mich vorlehnen. Mein Herz legt einen Gang zu, und meine Haut beginnt zu prickeln. Devan sieht mich an, dann hebt er die Hand und fährt kurz mit den Fingerspitzen über meine Schläfe. »Ich wollte dich weder aufziehen noch beleidigen. Tut mir leid, falls ich ein Arsch war.«

»Falls?« Ich grinse, als sein Blick sich verfinstert. »Ich will kein Drama machen, wenn es keines gibt, okay? Nur wissen, wo wir stehen. Dieses Ungesagte zwischen uns stresst mich.«

Er betrachtet mich schweigend. Ich bin mir fast sicher, die Rädchen hinter seiner Stirn rattern zu hören. Unwillkürlich halte ich die Luft an, während ich auf seinen Urteilsspruch warte. Denn in Wahrheit habe ich keine Ahnung, was ich will. Die Vorstellung, diese Nacht als einmalige Sache abzutun, zurück nach Hause zu fahren und uns lediglich hin und wieder auf dem Campus zu grüßen … gefällt mir nicht. Ich mag Devan auf eine Art und Weise, die nichts damit zu tun hat, dass wir ziemlich hervorragenden Sex hatten. Er bringt mich zum Lachen, selbst in dieser seltsamen Situation, in der wir uns gerade befinden. Und er vermittelt mir ein Gefühl der Sicherheit, auch wenn ich selbst nicht genau weiß, wie er das tut. Es ist, als wäre er mein Fixpunkt in all dem Chaos, etwas, an dem ich mich festhalten kann. Und gleichzeitig schafft er es immer wieder, dass ich all das für eine Weile vergesse.

Auf der anderen Seite kennen wir uns kaum. Die letzten Tage fühlen sich an, als hätten wir sie in einer anderen Welt verbracht, und irgendwie fällt es mir schwer, mir vorzustellen, auf dem Campus seine Hand zu halten, ihn meinen Freunden vorzustellen und … mit ihm *zusammen* zu sein. In der echten Welt. Es fühlt sich beinahe so an, als wären wir hier, in dieser eingeschneiten kleinen Wirklichkeit ohne Handyempfang und Internet, perfekt zusammen. Diese widersprüchlichen Gefühle für Devan sorgen für ein gewaltiges Wirrwarr in meinem Herzen. Einerseits wünsche ich mir so sehr, nach Hause zu fahren und mich in mein warmes Bett zu kuscheln, auf der anderen Seite will ich Devan nicht gehen lassen. Diese Version von ihm und alles, was wir hier miteinander teilen. Ein kleiner, irrationaler Teil von mir will in dieser abgeschiedenen kleinen Welt bleiben, die nur uns gehört.

All das rast durch meinen Kopf, während Devan mich mustert. Ich frage mich, ob seine Gedanken in eine ähnliche Richtung gehen oder ob er nur nach den richtigen Worten sucht, um mir eine schonende Abfuhr zu erteilen.

Als er schließlich redet, ist seine Stimme wieder dunkel. »Ich mag dich, Luca«, sagt er endlich und bringt mein Herz damit einen kleinen Moment zum Stolpern. Ich warte auf das *Aber*. »Ich habe keine Ahnung, was du mit mir gemacht hast, aber … ich will dich nicht gehen lassen.« Er bricht ab und zuckt mit den Schultern, als wäre er selbst nicht überzeugt, was er sagen soll. »Ich bin nicht so der Beziehungstyp, und durch mein Fernstudium lebe ich die meiste Zeit nicht mal in Portland. Ich bin wirklich schlecht darin, Leuten zurückzuschreiben oder sie zurückzurufen, und ich denke viel zu oft nur an mich, schätze ich. Trotzdem kann ich mir nicht vorstellen, mich von dir zu verabschieden und, keine Ahnung, jedes Jahr 'ne Weihnachtskarte von dir zu bekommen oder so.«

Trotz der Gefühle, die in meinem Inneren rasen, muss ich grinsen. »Du denkst, ich schicke meinen Bettgeschichten Weihnachtskarten?«

»Leute, die ›Bettgeschichten‹ sagen, verschicken sogar ziemlich sicher Weihnachtskarten. Und ich war zweifellos deine beste Bettgeschichte.«

Ich schnaube. »Ego-Check, Devan.«

Er beißt sich auf die Lippen. »Ganz ehrlich, du musst noch irgendetwas anderes sagen, außer dass du mir keine Karte schickst. Ich habe dir gerade wirklich romantisch meine Gefühle gestanden, und dass du nichts darauf erwiderst, kratzt tatsächlich ein bisschen an meinem Ego.«

»Das war deine Interpretation einer wirklich romantischen Liebeserklärung?«, frage ich skeptisch.

»Du bist echt gemeiner als ich …«

Weiter lasse ich ihn nicht kommen. Stattdessen hebe ich die Hände, umfasse sein Gesicht und ziehe ihn zu mir herunter. Einen Moment lang wirkt er überrascht, dann überbrückt er die fehlenden Zentimeter, schlingt seine Arme um meine Taille und zieht mich an sich, während unsere Lippen sich treffen.

29

DEVAN

Lucas Lippen fühlen sich weich an, ihr Griff und die Intensität ihres Kusses sind es jedoch nicht. Sobald ihre Brust sich an meine presst und ich ihre Zunge an meinen Lippen spüre, ist mein Kopf wie leergefegt. Der winzige Anflug von Panik, der in meiner Brust entstanden ist, als sie nach meiner Ansprache geschwiegen hat, verschwindet. Mein Denken löst sich in Luft auf. Ich habe keine Ahnung, wie, aber Luca schafft es jedes verdammte Mal, mich zur Ruhe zu bringen. Die Welt um mich herum einen Moment lang stillstehen zu lassen, völlig egal, wie schnell sie sich um uns herum dreht.

Ich umfasse ihre Taille fester, hebe sie hoch und setze sie auf die Arbeitsfläche neben dem Spülbecken. Die leeren Teller klappern, aber ich nehme es kaum wahr. Alles, was ich spüre, sind ihre Lippen, ihre Zunge, ihre Finger, die sich in meine Haare krallen, um mich fester an sich zu ziehen. Mein Körper geht in Flammen auf, obwohl meine Haut kaum ihre berührt.

Ich habe nicht gelogen, als ich ihr sagte, dass ich mir nicht vorstellen kann, sie gehen zu lassen. Es fühlt sich an, als hätte ich zum ersten Mal in meinem Leben frische Luft geatmet. Ich bin nicht bereit, mir dieses Gefühl wieder wegnehmen zu lassen. Eine kleine Stimme in meinem Kopf versucht, mich daran zu erinnern, dass wir an unterschiedlichen Orten wohnen, dass wir uns die paar Male, die wir uns im echten Leben am

College getroffen hatten, nicht wirklich gut verstanden haben. Dass Urlaubsflirts selten Bestand haben, weil sie dem Alltag und den Problemen des echten Lebens oftmals nicht standhalten. Energisch schiebe ich die Stimme zur Seite, lasse sie von dem Feuer zwischen uns verbrennen, bis nichts mehr von ihr übrig ist als Asche und Rauch.

Luca seufzt unter meinen Lippen und bringt mich damit beinahe um den Verstand. Ich erinnere mich daran, wie sie vor nicht einmal zwölf Stunden meinen Namen gestöhnt hat, wie ihre Hand sich um meinen Arm gekrallt hat, während ich sie gestreichelt habe. Wie sie meinen Stößen entgegengekommen ist …

»Fuck«, stöhne ich, nehme all meine Kraft zusammen und weiche zurück. Schwer atmend sehe ich sie an. »Scheiße, Luca, wir müssen damit aufhören.«

Sie sieht ein bisschen verwirrt aus, schmunzelt aber. »Warum?«

»Weil meine Selbstbeherrschung Grenzen hat.«

Ihre Beine, die sich irgendwann in den letzten Minuten um meine Hüfte geschlungen haben, umfassen mich fester. Sie presst sich gegen mich, genau an die Stelle, die so schmerzhaft danach schreit, den verdammten Stoff zwischen uns endlich loszuwerden. »Gott sei Dank lege ich im Moment gar nicht so viel Wert auf deine Selbstbeherrschung.«

Mir entfährt ein Laut, der nach einer Mischung aus Knurren und Lachen klingt. »Du bist gefährlich, Luca Murphy.«

Sie beißt sich auf die Unterlippe und sieht damit nur noch heißer aus. »Was hat diese Küche nur an sich …«

Entschlossen mache ich mich von ihr los. Ich löse ihre Hände von meinem Nacken und bringe ein paar Schritte Sicherheitsabstand zwischen uns. »Okay. Pause. Bleib einfach, wo du bist, okay?«

»Was ist los?«, fragt sie, jetzt eindeutig verunsichert. Sie mustert mich mit gerunzelter Stirn, als würde sie versuchen, meine Gedanken zu lesen. »Falls das nicht klar geworden ist, Devan: Ich will nicht, dass wir so tun, als wäre nichts gewesen. Ich will nicht zum Vorher zurück.«

Ich stöhne, als hätte ich Schmerzen. »Hör auf zu reden«, sage ich mit einem trockenen Lachen, dann gehe ich zu ihr zurück und drücke ihr einen Kuss auf die Stirn. Einen flüchtigen Kuss. Meine Selbstbeherrschung hängt inzwischen an einem seidenen Faden. »Glaub mir, ich würde nichts lieber tun, als weiterzumachen. Aber dieses Mal im Bett. Wo ich dich hinlegen und ansehen und mich jedem verdammten Zentimeter widmen kann, den ich gestern ausgelassen habe.«

Sie schluckt. »Okay.«

»Aber ich will mich morgen früh nicht wieder rausschleichen. Ich habe nicht vor, mich heute Nacht noch einmal wieder anzuziehen.« Ich muss grinsen, als ihr die Röte ins Gesicht steigt. »Ich gehe schnell zu meiner Hütte und hole ein paar Sachen, okay? Ich meine es ernst: Bleib, wo du bist!«

Ein paar Sekunden lang scheint sie darüber nachzudenken. Ein Teil von mir betet, dass sie einfach über mich herfällt. Dann springt sie allerdings von der Arbeitsfläche und tut damit genau das Gegenteil von dem, um was ich sie gerade eben gebeten habe. »Ich bleibe sicher nicht auf dem Tresen sitzen«, erklärt sie und geht an mir vorbei. Ihre Hand fährt kurz über meinen Bauch, dann über meinen Schritt. Ich balle die Hände zu Fäusten. »Hol deinen Kram. Ich warte.«

Es kostet mich sämtliche verfügbare Kraft, mich abzuwenden und tatsächlich zu gehen. Diese Frau ist wie die Sonne. Ich werde mich garantiert an ihr verbrennen, aber das hält mich nicht davon ab, ihr nahezukommen. Luca trägt eine unförmige Jogginghose, die ihr sicher mindestens zwei Nummern zu groß ist, und einen Hoodie, der all ihre Rundungen versteckt. Trotzdem kann ich mich nicht daran erinnern, jemals einen anderen Menschen auf dieser Welt so schön gefunden zu haben. Da ist etwas in Lucas Augen, in der Art und Weise, wie sie ihre Lippen zusammenpresst und ihre Wangen erröten, dem ich einfach nicht widerstehen kann.

Ich fühle mich ein bisschen erbärmlich, weil ich mich zwinge, nicht in ihre Richtung zu schauen, während ich meine Schuhe und meine Jacke anziehe. Die restlichen Sachen lasse ich hier, weil ich so schnell wie möglich zurück sein will. Zurück bei Luca, zurück in diesem Bett, das mir gestern Nacht jeden verdammten Schlaf geraubt hat. Neben ihr zu schlafen – nur zu schlafen – war die reinste Folter. Ich habe fest vor, die Zeit heute Nacht anders zu verbringen.

»Bin gleich wieder da!«, rufe ich, warte aber nicht auf eine Antwort und verlasse die Hütte.

Als ich nach draußen trete und die kalte Luft mich umfängt, erschaudere ich und schlinge die Arme um meinen Oberkörper. Scheiße, ich hätte mir eine Mütze mitnehmen sollen. Der Weg bis zu meinem Chalet ist nicht sehr weit, allerdings fürchte ich, dass mir bis dahin die Ohren abgefroren sein könnten. Mit zusammengekniffenen Augen sehe ich mich um. Der Wald türmt sich zu zwei Seiten vor mir auf wie eine schwarze Wand, irgendwo vor mir kann ich die verwaschenen Lichtkegel von Leanders Hütte erkennen. Es schneit noch immer, aber nicht mehr so heftig wie vor ein paar Stunden. Die wenigen dicken Schneeflocken werden von dem heftigen Wind hin- und hergepeitscht.

Trotz des Wetters und der groben Brutalität des Windes ist die Umgebung wunderschön. Nicht so hübsch und heiter wie ein Sonnenuntergang oder eine Blumenwiese. Nein, diese Schönheit ist rauer, irgendwie unnahbarer. Der Schnee, der sich über meine und Lucas Fußspuren gelegt und eine makellose Fläche gebildet hat, glitzert an den Stellen, an denen er von dem Schein einer Lampe getroffen wird. An der einen, vom Wind abgekehrten Seite von Lucas Hütte haben sich spitze Eiszapfen am Dachvorsprung gebildet – wahrscheinlich ist heute Vormittag ein Teil des Schnees in der Sonne geschmolzen und im Sturm wieder gefroren. Die Schneeverwehungen an der anderen Seite türmen sich beinahe zwei Meter auf und ragen scharfkantig in die Höhe.

Fröstelnd wende ich den Blick ab, ziehe den Kopf ein und renne hoch zu meiner Hütte. Ich will so schnell wie möglich wieder zurück sein, aus vielen unterschiedlichen Gründen. Ja, ich fühle mich zu Luca hingezogen, und der hormongesteuerte Teil von mir will einfach umdrehen, zurückgehen und mit ihr schlafen. Aber ich bin nicht so dumm, nicht zu erkennen, dass es mehr ist als bloße körperliche Anziehungskraft. Luca ist mir unter die Haut gegangen. Ich will sie kennenlernen, will die Gedanken verstehen, die sie manchmal die Stirn runzeln oder mürrisch dreinblicken lassen. Ich will mich mit ihr weiter über bescheuerte Filmfehler unterhalten, über ihre Familie, von mir aus auch das Wetter oder die aktuellen Spritpreise.

Ich will in ihrer Nähe sein.

Und auch wenn ich es nicht einmal vor mir selbst gern eingestehe, bemerke ich, dass sich meine Prioritäten mehr und mehr verschieben. Ich bin vor drei Tagen hergekommen, um mir diesen Job an Land zu ziehen. Ich hatte keinerlei Skrupel, meine Konkurrenz auszustechen, und war ganz sicher nicht auf Freundschaften aus … oder mehr. Aber jetzt, als ich durch den meterhohen Schnee auf meine Hütte zustapfe, ist mir klar, dass sich die Dinge verändert haben. Inzwischen weiß ich, dass ich diesen verdammten Job, ohne mit der Wimper zu zucken, in den Wind schießen würde, sollte Luca mich brauchen.

Ich lache hart, und meine Stimme verliert sich in dem heulenden Wind, als mir klar wird, wie verdammt kitschig meine eigenen Gedanken klingen. Aber ich kann es nicht ändern. Ohne es zu wissen, hat dieses Mädchen mein Herz berührt.

Als ich bei meiner Hütte ankomme, bin ich bis auf die Knochen durchgefroren. Mit steifen Fingern halte ich meine Karte vor den Scanner und stemme mich gegen die Tür, und das leise Klicken des Schlosses ertönt.

Als die Tür hinter mir zufällt, erinnert mich das Geräusch an das Schließen eines Sargdeckels.

30

LUCA

Ungeduldig gehe ich zur Tür und schaue durch den kleinen Spion. Zum vierten Mal innerhalb von fünf Minuten. Ich kann nichts dagegen tun, dass die Anspannung in meinem Körper immer größer wird und zu einem Summen anschwillt, das mich von Sekunde zu Sekunde unruhiger werden lässt.

Devan hätte längst zurück sein müssen. Wenn er wirklich nur ein paar Klamotten holen wollte, habe ich keine Ahnung, wieso das so lange dauert. Unter normalen Umständen würde ich befürchten, er hätte es sich anders überlegt und wäre einfach sehr feige abgehauen. Aber erstens glaube ich, Devan inzwischen besser zu kennen, zweitens könnte er mir ohnehin nicht lange aus dem Weg gehen und würde die ganze Situation mit solch einem Abgang nur noch unangenehmer für uns beide machen, und drittens – der wohl überzeugendste Punkt – hat er sowohl seinen Laptop als auch sein Handy und den Großteil seiner Schneeklamotten hier liegen gelassen.

Weil er, wie gesagt, *nur kurz zu seiner Hütte gehen wollte, um Klamotten zu holen!* Das ist beinahe eine Viertelstunde her.

Unruhig gehe ich hinüber zu dem Panoramafenster und drücke mich wieder gegen die Scheibe, damit ich den Weg sehen kann, der zu dem Schotterplatz führt. Die kleinen Lampen an den Seiten sind dunkel, was mich aber auch nicht sehr überrascht. Ich habe nicht ernsthaft erwartet, dass Devan mir *so* dringend aus dem Weg zu gehen versucht, dass er sich bei dem Wetter und der Uhrzeit auf dem Schlitten aus dem Staub macht. Zum gefühlt hundertsten Mal checke ich mein Handy, aber natürlich hat er sich nicht gemeldet. Weil sein Telefon auf dem Schreibtisch liegt.

Okay, ich gebe ihm noch fünf Minuten. Dann sehe ich selbst nach.

Ich bin mir nicht einmal sicher, warum ich so nervös bin. Vielleicht liegt es an dem heulenden Wind oder all den Dingen, die in den letzten Tagen passiert sind und die eine Art Grundanspannung bei mir verursacht haben. Wäre all das nicht passiert, würde mir vielleicht eine akzeptable Erklärung einfallen – dass er Leander getroffen und sich verquatscht hat, dass er aus irgendeinem Grund mit der Rezeption telefoniert hat oder noch schnell unter die Dusche gesprungen ist. All diese Gedanken sind logisch, aber sie schaffen es nicht, das ungute Gefühl in meinem Magen ganz zu ersticken.

Um mich abzulenken, schalte ich den Fernseher ein und checke noch einmal mein Handy. Das Internet ist tot, und auch die Empfangsanzeige ist durchgestrichen, trotzdem muss Devan recht gehabt haben mit seiner Vermutung, dass wir hin und wieder ein Signal bekommen. Ich habe eine ungelesene SMS von meiner Mutter, in der sie mich bittet, zurückzurufen. Vielleicht ist ihr aufgefallen, dass ihre WhatsApp-Nachrichten nicht durchkommen. Ich mache mir keine Sorgen, weil sie so dringend versucht, mich zu erreichen. Hätte ich ein unkompliziertes Verhältnis zu meinen Eltern, würde ich mich wahrscheinlich fragen, ob mit meinem Dad alles in Ordnung ist oder mit meinem Bruder. Aber meine Mom ist ein dramatischer Mensch und würde mich auch mitten in der Nacht aus dem Bett klingeln, um mir zu erzählen, dass ein reicher Kunde sich von seiner ebenso reichen Frau scheiden lässt.

Als das von mir gesetzte Zeitlimit verstrichen ist, stehe ich auf und ziehe mich an. Ich versuche, meine Gedanken in keine mögliche Richtung abschweifen zu lassen, um einen klaren Kopf zu bewahren. Was auch immer Devan aufgehalten hat, wird sich schon herausstellen. Mag sein, dass ich mich wie eine hysterisch kontrollierende Freundin verhalte, aber das ist mir egal. Bei all den Dingen, die hier vor sich gehen, bin ich lieber übervorsichtig als nachlässig.

Nach kurzem Zögern entscheide ich mich, meine komplette Schneekluft anzuziehen. Sollte Devan aus irgendeinem Grund nicht in seiner Hütte sein, habe ich keine Lust, in Jogginghose durch den Schnee zu stapfen, um ihn zu suchen. Also schlüpfe ich mechanisch in meine Schneehose, meine Jacke, Handschuhe, schnüre meine Boots, wickele mir den Loopschal um den Hals und ziehe mir als Letztes die Mütze tief über die Ohren. Einen Moment lang denke ich darüber nach, auch noch meine Skibrille aufzusetzen, gegen den Wind und den Schnee, aber das kommt mir dann doch ein wenig übertrieben vor. Dann greife ich nach meinem Handy und schiebe es in die Tasche meines Anoraks. Unsicher sehe ich mich im Raum um, kann aber nichts entdecken, was noch irgendwie nützlich sein könnte. Ich hoffe wirklich, dass Devan diesen Einsatz zu schätzen weiß. Als wir nach der Höllenfahrt mit den Schlitten hier oben angekommen sind, hatte ich eigentlich nicht vor, mein Bett und die warme Hütte heute Abend nochmal zu verlassen. Ich kann nur hoffen, dass er eine wirklich, wirklich gute Erklärung für diese Nummer hat. Sollte er einfach nur eingeschlafen sein, mache ich ihm die Hölle heiß!

Ich erschaudere unwillkürlich, als ich nach draußen trete und gleichzeitig die Keycard in meine Tasche stecke. Fröstelnd verschränke ich die Arme vor der Brust und ziehe den Kopf ein, um mich vor dem kalten Wind zu schützen. Jetzt bereue ich es ein bisschen, dass ich die Skibrille nicht mitgenommen habe – es hat wieder angefangen zu schneien, und es wird mit jeder Sekunde heftiger. Ich schaue hoch zu Devans Hütte, in der tatsächlich Licht brennt. Er ist also dadrin. Wütend beiße ich die Zähne zusammen.

Der Weg nach oben ist ein verdammter Kampf. Mehrmals bleibt mein Fuß stecken, obwohl der Schnee auf dem kleinen Weg weniger tief und ein bisschen plattgetreten ist. Ich frage mich, ob während unserer Abwesenheit jemand hier gewesen ist, um den Schnee zu räumen. Meine Nase ist kalt, meine Augen tränen, und meine Finger sind steif vor Kälte. Ich halte den Kopf gesenkt, um mein Gesicht nicht frontal dem Wind auszusetzen, und schließe immer wieder die Augen, wenn mich eine neue Ladung Schnee trifft. Innerlich verfluche ich Devan, bei jedem Schritt. Und mich selbst, weil ich mich auf den Weg gemacht habe. Am liebsten würde ich direkt wieder umdrehen, aber selbst wenn ich mir inzwischen beinahe sicher bin, dass Devan eingepennt ist, würden mich die Zweifel an dieser Theorie sowieso auffressen, sobald ich zurück in meiner Hütte bin. Also überzeuge ich mich jetzt mit eigenen Augen davon, dass Devan lebt und nicht irgendwo in einer Schneewehe feststeckt, dann kann ich ihn anschreien und mich in meinem Bett verkriechen. Fantastischer Plan.

Etwa auf der Hälfte der Strecke halte ich inne. Ich habe mich auf meine Füße und den Weg vor mir konzentriert, weil der Pfad unter dem ganzen Schnee kaum noch als solcher zu erkennen ist. Ich habe mich von Lichtkegel zu Lichtkegel vorwärtsbewegt, die von den kleinen Lampen am Rand des Weges auf den Schnee geworfen werden. Aber plötzlich ist es dunkel. Der goldene Schein der Leuchten ist weg.

Irritiert drehe ich mich um, aber auch die Laterne einige Meter hinter mir steht dunkel und trist da und ist nur als dunkler Schemen zu erkennen. Ich hüpfe einmal auf und ab, um den Bewegungsmelder zu aktivieren, aber nichts passiert. Schnaufend gehe ich rückwärts zu der letzten Lampe, von der ich mir sicher bin, dass sie gerade eben noch geleuchtet hat. Nichts, *nada*, alles dunkel.

Genervt stoße ich die Luft aus. Wenn Jacob die Laternen ausgestellt hat, um Strom zu sparen, mache ich nicht nur Devan einen Kopf kürzer. Jedes Mal, wenn die Wolken sich vor den Mond schieben, versinkt die Umgebung um mich herum in Dunkelheit, und die Bäume wachsen als gesichtslose, schwarze Gestalten aus dem Boden. Ich erschaudere.

Einfach nicht darüber nachdenken. Gerade, als ich weitergehen will, ertönt ein wenig rechts von mir ein Knall. Nicht sehr laut, eigentlich kaum zu hören über den Wind, der um meinen Kopf pfeift. Aber es reicht aus, um mich erneut erstarren zu lassen. Ich hebe den Kopf und zwinge mich, meine Augen offen zu halten, trotz des Schnees, der mir immer wieder ins Gesicht weht. In der Richtung, aus der das Geräusch gekommen ist, ist nichts als Wald. Zumindest nichts, was ich von hier aus und bei dem spärlichen Licht erkennen kann. Mit klopfendem Herzen schaue ich mich um. Die Akustik hier oben könnte mir durchaus einen Streich spielen, womöglich kam das Geräusch aus einer ganz anderen Richtung. Ich muss schlucken. Ich erkenne mein Chalet, das dunkel daliegt und durch den Schnee, der sich an der einen Seite auftürmt, ein wenig unförmig aussieht. Weiter unten kann ich gerade so die vagen Umrisse des Gebäudes ausmachen, das neben dem Parkplatz steht, aber es ist zu dunkel, als dass ich die Schlitten oder den Platz erkennen könnte. Ich kann auch Leanders Hütte oder die von Paul und Christine in der Dunkelheit nicht ausmachen. Es ist zu dunkel, um …

»Scheiße«, fluche ich. Mein Kopf wirbelt herum, und ich suche nach Devans Chalet. Nach der Hütte, die vor ein paar

Minuten noch ein Orientierungspunkt in der Dunkelheit gewesen ist, weil sie hell erleuchtet war. Jetzt sehe ich nichts, nur umherwirbelnden Schnee und schwarze Schatten, die immer näher zu kommen scheinen.

Ein sehr leichtgläubiger Teil von mir wartet darauf, dass Devan sich jeden Moment aus der Nacht schält und durch den Schnee auf mich zustapft. Dass seine Hütte deshalb im Dunkeln liegt, weil er sie verlassen hat und auf dem Weg zu mir ist. Aber der andere Teil, der, der seit Tagen über die seltsamen Geschehnisse im *Ortiz Resort* nachdenkt, weiß einfach, dass es nicht so ist. Weiß, dass hier etwas nicht stimmt.

Ein wenig überfordert schaue ich zurück zu meinem Chalet. Es ist vollkommen dunkel, und ich erkenne nur die Umrisse. Der Anblick der gespenstischen Hütte, die wie ein schwarzes Untier aus dem Schnee ragt, jagt mir einen Schauer über den Rücken.

Ich ziehe mir meine Mütze tiefer ins Gesicht und versuche, meine Augen mit dem Handschuh abzuschirmen, während ich mich abwende und meine Schritte beschleunige. Ein-, zweimal komme ich ein bisschen vom Weg ab, weil die Laternen, die ihn normalerweise säumen und die im Augenblick meine einzige Orientierung darstellen, hier oben komplett eingeschneit sind. Immer wieder schaue ich auf, suche nach den Umrissen von Devans Chalet und behalte gleichzeitig die Umgebung im Auge. Ich zwinge mich dazu, nicht über all das hier nachzudenken. Denn wenn ich meinen Gedanken erlaube, mir klarzumachen, dass ich in tiefschwarzer Nacht alleine hier herumlaufe, würde ich durchdrehen. Die Angst würde mich lähmen, und das kann ich mir jetzt nicht leisten.

Die Hütte liegt noch immer vollkommen im Dunkeln, als ich sie erreiche. Einen Moment lang bleibe ich schwer atmend stehen, gebe mir Mühe, mein wild klopfendes Herz zu beruhigen, und halte nach einer Bewegung Ausschau, doch ich kann nichts erkennen. Dann gehe ich zur Tür und klopfe mit meinem Handschuh dagegen.

»Devan!«, schreie ich hoffentlich laut genug, um den Wind zu übertönen. Dann halte ich inne und lausche. Mein Hals schmerzt inzwischen von der kalten Luft, und meine Augen haben wieder zu tränen begonnen, aber das ist mir egal. Ein paar Sekunden lang ist es still, dann höre ich ein leises Rumpeln aus dem Inneren.

»Luca?«

»Lass mich rein!« Ich drücke mich gegen die Tür, aber sie gibt nicht nach. »Devan!«

»Was machst du da draußen?« Seine Stimme ist gedämpft und geht beinahe in den Sturmgeräuschen um mich herum unter.

Wütend klopfe ich ein zweites Mal. »Es ist beschissen kalt hier draußen! Mach die Tür auf!«

Keine Antwort, zumindest nicht sofort. Verwirrung und Zorn ballen sich in meiner Magengegend zu einem festen Knoten, und ich will gerade anfangen, Devan anzuschreien, als ich bemerke, dass er von innen an der Tür ruckelt. Stirnrunzelnd starre ich die Tür an, die sich noch immer keinen Zentimeter bewegt.

»Der Strom ist ausgefallen«, ruft Devan schließlich. Da ist etwas in seiner Stimme, das ich nicht richtig identifizieren kann. »Luca, warum bist du draußen?«

»Wieso geht die Tür nicht auf?« Ich bin mir sicher, dass ich zu leise gesprochen habe, als dass Devan mich verstehen kann. Die Erkenntnis sickert nur langsam in mein Bewusstsein, zähflüssig. Vielleicht versucht mein Verstand, mich zu beschützen, denn als mir richtig bewusst wird, was das bedeutet, beginnen meine Hände zu zittern.

»Devan«, rufe ich mit bebender Stimme. »Lassen sich die Türen manuell öffnen?«

Ich höre Devan fluchen, dann ein zweites Rumsen, lauter dieses Mal. Als würde er sich mit seinem ganzen Gewicht gegen die Tür werfen. Noch bevor er antwortet, ist mir klar, dass ich recht habe. »Die Scheißkarte funktioniert nicht! Ich hatte sie nicht eingesteckt, als der Strom ausgefallen ist. Alles ist abgeschlossen.«

Zischend hole ich Luft, dann zwinge ich mich, kontrolliert auszuatmen. Ich muss mich beruhigen, einen klaren Verstand bewahren, dennoch spüre ich, dass die Panik in mir wächst. Verzweifelt mache ich einen Schritt zurück und sehe mich um. Ich habe meine Keycard dabei, aber wenn der Strom auf dem ganzen Gelände ausgefallen ist, werde ich sie nicht benutzen können, um in meiner eigenen Hütte Schutz zu suchen. Dass die Lampe über meiner Tür nicht gebrannt hat, sagt alles.

Was bedeutet, dass ich ausgesperrt bin. Und Devan eingesperrt.

»Scheiße«, keuche ich. Ich gehe wieder auf die Tür zu und lege eine Hand dagegen. »Wie kann das sein? Jacob hat uns versichert, dass der Notstrom die Hütten versorgen kann, oder nicht?«

»Ich habe keine beschissene Ahnung.« Seine Stimme klingt hart, und jetzt erkenne ich auch den Unterton: Panik. Oder Verzweiflung. Und verdammt viel Wut. Im Grunde genommen dieselbe Mischung an Gefühlen, die sich auch in meinem Körper ausbreitet wie giftiger Nebel. »Luca, bitte sag mir, dass du wenigstens vernünftig angezogen und nicht in deiner verdammten Jogginghose hergekommen bist.«

Ich hätte ihn gerne daran erinnert, dass ich nicht dumm bin, aber ich schlucke die Worte runter. Die Nervosität macht mich zickig, aber das hilft keinem von uns weiter. »Ich bin angezogen«, antworte ich stattdessen und lehne mich kurz mit der Stirn gegen die Tür. »Was soll ich machen?«

»Weggehen.« Devan klingt jetzt beinahe flehend. »Bis der Strom wieder da ist, musst du irgendwohin, wo es warm ist, Luca.«

Mein Schnauben geht sicher in dem Heulen des Windes unter, aber ich achte kaum darauf. »Und wohin? Ich fahre sicher nicht alleine mit dem Schlitten runter ins Resort. Da kann ich mich auch gleich in den Schnee legen und erfrieren.«

»Guck nach, ob deine Hütte noch Strom hat! Falls ja, schließt du dich da ein, verstanden? Oder geh zu Leander oder Christine!«

Kopfschüttelnd lasse ich den Blick über die Umgebung schweifen. »Die Lampen sind auch tot, Devan. Ich hatte bei mir die Außenbeleuchtung angelassen, sie ist aus. Das ganze Scheißgelände liegt im Dunkeln.«

»Notfalls fährst du ins Tal! Du fährst gut, du schaffst das!«

Zitternd sehe ich mich um, aber natürlich entdecke ich nichts, was uns irgendwie weiterhelfen könnte. »Ohne dich hätte ich mich vorhin verlaufen, Devan. Ich hatte null Orientierung. Und wir wissen nicht, ob ich da unten überhaupt jemanden finde. Wenn es dort auch keinen Strom gibt, haben sich Jacob und Ana bestimmt auf den Weg ins Dorf gemacht, und ich stehe vor verschlossenen Türen!«

Ein paar Sekunden lang schweigen wir beide, und ich versuche, mir Devan vorzustellen, wie er hinter der Tür steht und genauso verzweifelt nach einer Lösung sucht wie ich. Ich will ihn fragen, was so lange gedauert hat – immerhin bin ich nur seinetwegen hier draußen. Hätte er sich beeilt, wären wir jetzt zwar auch eingesperrt, aber immerhin zusammen. Das Licht in seiner Hütte ging erst aus, als ich bereits die Hälfte des Weges geschafft hatte, also muss der Strom bis dahin noch funktioniert haben.

Ich stocke, als mir ein Gedanke kommt. »Devan?«

»Ich bin hier.«

»In deinem Chalet hat Licht gebrannt, als ich hochgekommen bin«, rufe ich. »Wie kann das sein, wenn deine Karte nicht eingesteckt war?«

Er antwortet nicht direkt. Er zögert oder überlegt, und diese kleine Tatsache reicht aus, um mein Misstrauen automatisch ins Unermessliche zu katapultieren.

»Ich war schon auf dem Weg nach draußen«, sagt er schließlich. »Der Strom ist genau in der Sekunde ausgefallen, als ich die Tür aufmachen wollte.«

In meinem Kopf herrscht das totale Chaos. Verzweifelt reibe ich meine Hände gegeneinander, in dem Versuch, mich irgendwie zu wärmen. Kann das stimmen? Ich bin zu durcheinander, um mich daran zu erinnern, ob das Licht sofort ausgeht, sobald man die Karte aus der Station zieht. In Hotelzimmern funktioniert das so – Karte rein, Licht an, Karte raus, Licht aus. Aber diese Chalets sind um einiges luxuriöser als die meisten Hotelzimmer, und es wäre durchaus denkbar, dass sie eine Art automatischen Timer haben, der das Licht noch ein paar Minuten lang brennen lässt, damit niemand im Dunkeln die Hütte verlassen muss.

Dennoch … die Ereignisse der letzten Tage, all die Fragezeichen in meinem Kopf und meine blank liegenden Nerven sorgen dafür, dass ich jedes verdammte Wort von Devan hinterfrage. Ich bin mir nicht einmal sicher, was genau ich ihm vorwerfen soll. Was würde es ihm bringen, mich anzulügen? Immerhin sitzt er in dieser beschissenen Hütte fest und wäre überhaupt nicht in der Lage, irgendeinen hinterlistigen Plan zu verfolgen, selbst wenn er einen hätte.

Zitternd atme ich aus, drehe mich um und lehne mich einen Moment lang mit dem Rücken gegen die Tür. Ich bin völlig überfordert. Denn Devan hat recht – trotz meiner Klamotten kann ich es mir nicht leisten, allzu lange hier draußen herumzustehen. Ich bin jetzt schon bis auf die Knochen durchgefroren, weil der Wind an jeder Falte meiner Kleidung zerrt und der fallende Schnee langsam, aber sicher meine Mütze durchweicht.

»Luca? Bist du noch da?«

Ich nicke, auch wenn mir klar ist, dass Devan mich nicht sehen kann. »Ja. Ich denke nach.«

»Ich habe versucht, die Rezeption zu erreichen, aber die Leitung ist tot!« Ich hätte ihn gerne darauf hingewiesen, dass ein Festnetztelefon ohne Strom natürlich nicht funktioniert, aber wieder halte ich mich zurück. »Mein Handy liegt noch bei dir. Hast du deins dabei?«

Ohne richtige Hoffnung greife ich in meine Jackentasche und hole mein Handy heraus. »Kein Netz. Auch kein Internet.«

»Schreib Jacob trotzdem eine SMS«, ruft er. Inzwischen klingt er, als müsse er sich dazu zwingen, die Stimme ruhig zu halten. »Falls du zwischendurch ein Signal bekommst, geht sie vielleicht durch.«

Allein bei dem Gedanken daran, meine Handschuhe ausziehen zu müssen, durchfährt mich ein Zittern. Ich drücke mich, so fest ich kann, gegen die Tür in den kleinen Windschatten, den die Hütte bietet, dann zerre ich mit den Zähnen den rechten Handschuh runter, entsperre das Handy und tippe eine knappe Nachricht: *Hilfe, Strom weg, bin ausgesperrt.* Ich drücke auf »Senden«, dann schiebe ich das Handy zurück in die Tasche und streife den Handschuh wieder über. Die ganze Prozedur hat nur ein paar Sekunden gedauert, dennoch hat es gereicht, um meine Finger taub und steif werden zu lassen. Ich stöhne leise, als der harte Stoff über meine Haut schabt. Es tut verdammt weh.

»Hast du ihm geschrieben?«, schreit Devan hinter mir.

»Ja. Aber ich glaube nicht, dass es sonderlich viel bringt.«

Ich kann nichts dagegen tun, die Hoffnungslosigkeit überrollt mich wie eine Lawine. Meine Beine drohen, unter mir nachzugeben, aber ich halte mich aufrecht. Was, zur Hölle, soll ich jetzt machen? Ich kann nicht einfach hier herumstehen und darauf warten, dass ich erfriere. Ich muss mich bewegen, aber das gesamte Gelände liegt in Dunkelheit, und ich werde ganz bestimmt nicht blind hier draußen herumwandern. Nicht, wenn es jemanden zu geben scheint, der einem von uns, vielleicht uns allen, ans Leder will. Devan und ich hatten noch keine Zeit, um über all das zu sprechen, was wir vorhin im Resort erfahren haben – dass Leanders Accounts ebenfalls gehackt werden sollten, dass wir alle auf dem Post markiert wurden, dass Paul sich in Luft aufgelöst hat. Keiner von uns weiß, was dahintersteckt. Und dass der Strom unterbrochen wurde, obwohl sowohl Jacob als auch der verdammte Haustechniker sich sicher waren, dass es damit kein Problem geben wird, trägt nicht dazu bei, mich zu beruhigen.

Beklommen sehe ich mich um, lasse den Blick über den hellen Schnee wandern – die einzige Sache um mich herum, die nicht pechschwarz in der Dunkelheit versinkt. Bei jedem Baum und jeder Unebenheit stolpert mein Herz schmerzhaft, weil ich mir den Schatten einer Person einbilde. Wenn sich hier draußen jemand verstecken würde, wäre es verdammt leicht, sich an mich heranzuschleichen. Der Wind heult so laut, dass er wahrscheinlich jeden einzelnen Schritt übertönen würde, und mein pochendes Herz tut noch sein Übriges. Hier draußen bin ich allem und jedem schutzlos ausgeliefert.

31

LUCA

Das Klopfen in meinem Rücken lässt mich so heftig zusammenfahren, dass ein stechender Schmerz meinen Körper durchzuckt.

»Luca!«

»Ich bin hier«, sage ich atemlos. »Scheiße, Devan, du hast mich erschreckt.«

»Rede mit mir!«, fährt er mich beinahe wütend an. »Sag mir, dass du in Ordnung bist.«

»Bin ich nicht!« Wieder zittert meine Stimme – ob vor Wut, Hilflosigkeit oder Angst, kann ich nicht sagen. »Was soll ich jetzt machen?«

»Okay, hör mir zu.« Ich höre eine Bewegung hinter der Tür. »Geh um die Hütte rum zu der Seite, an der du Windschatten hast, okay? Du musst aus dem Wind raus. Bleib da, wo ich dich hören kann. Geh nicht weg!«

Ich kneife die Augen zu und reibe mir mit dem Handschuh über die Stirn. »Ich werde das hier nicht einfach aussitzen, Devan. Wenn die anderen auch in ihren Hütten eingesperrt sind und die SMS nicht durchkommt, wissen Jacob und Ana möglicherweise gar nicht, dass der Strom hier oben weg ist. Ich kann nicht die ganze Nacht hier sitzen.«

»Du kannst nicht alleine da draußen rumrennen, Luca!«

»Du meintest doch, ich solle mit dem Schlitten fahren!«

»Ich habe nicht nachgedacht!« Jetzt schreit Devan, und die Verzweiflung in seiner Stimme ist überdeutlich. Es rumst an der Tür, und ich ahne, dass er dagegengeschlagen hat. »Wenn du wieder stecken bleibst, kann ich dir nicht helfen. Oder wenn der Weg nicht mehr befahrbar ist. Vielleicht ist ein Baum umgekippt, oder …«

Er zögert, dann bricht er ab. Ich richte mich auf und warte, aber er beendet seinen Satz nicht. »Oder was?«

»Bleib, wo ich dich hören kann, bitte. Und wenn ich die verfickte Hütte auseinandernehmen muss, ich komme zu dir. Bleib einfach hier.«

Energisch bemühe ich mich, meine flatternden Nerven zu beruhigen. Ich muss nachdenken, mich konzentrieren. Ich zweifle nicht daran, dass Devan tut, was er kann, aber seine Möglichkeiten sind nun mal leider verdammt begrenzt. Ich sehe mich hektisch um. Irgendwo da unten ist der Parkplatz. Ich kann ihn nicht sehen, aber ich weiß die grobe Richtung.

»Ich bin gleich wieder da«, rufe ich und atme ein paarmal tief durch, ohne dem Kratzen in meinem Hals Beachtung zu schenken. Das ist im Moment wirklich das kleinste meiner Probleme.

»Lass den Scheiß, Luca!«, brüllt Devan, aber ich achte nicht auf ihn. Ich kann verstehen, wie hilflos er sich fühlen muss, aber *ich* bin diejenige, die hier draußen steht. Nicht er. Also lasse ich ihn brüllen, ignoriere, dass er hinter mir gegen die Tür schlägt, und laufe los. Den Blick halte ich auf den Umriss meiner eigenen Hütte gerichtet, weil sie auf dem Weg runter zum Platz liegt. Ich versuche einfach, nicht darüber nachzudenken, was ich hier gerade tue. Dass es mitten in der Nacht ist und, sollte mir da unten irgendetwas passieren, mir absolut niemand helfen kann, solange der Strom nicht zurück ist und Devan nicht die Tür öffnen kann. Ich zwinge mich dazu, über meinen

Pitch nachzudenken – einfach nur, um meine Gedanken zu beschäftigen –, über Christine, über Paul oder die Spannung, die ganz offensichtlich zwischen Leander und Ana herrscht, auch wenn ich keine Ahnung habe, woher sie kommt. Ich denke an meine Mom und versuche, mich zur Ablenkung in meine Wut auf meinen Dad hineinzusteigern.

Aber es hilft alles nichts. Die Anspannung summt in meinem Körper wie ein Schwarm wütender Bienen, in deren Nest man gestochen hat. Und auch wenn ich mich ununterbrochen ermahne, nichts anderes als meine Hütte im Auge zu behalten, schaue ich mich immer wieder um. Der Rat meiner Großmutter bringt überhaupt nichts, im Gegenteil – jedes Mal, wenn meine Augen den Schatten eines Baumes oder einer höheren Schneewehe streifen, rutscht mein Herz ein paar Etagen tiefer. Devan hinter mir ist verstummt. Ob er aufgegeben hat, mich anzuschreien, oder die Entfernung dafür sorgt, dass der Sturm seine Stimme davonweht, kann ich nicht sagen. Während meine Schuhe komplett im Schnee versinken, erwische ich mich dabei, wie ich in Gedanken sämtliche Möglichkeiten durchgehe, mich zu verteidigen. Ich habe absolut nichts dabei, was ich als Waffe benutzen könnte – nicht einmal einen Schlüssel. Ich lache trocken auf, als mir einfällt, dass der Schlüssel für mein Schneemobil in meiner Hütte liegt und Devans Idee, runter zum Resort zu fahren, ohnehin unmöglich ist.

Eine Sturmböe erfasst mich und drückt mich so heftig zur Seite, dass ich beinahe umgekippt wäre. Weil ich tief im Schnee versinke, kann ich keinen richtigen Ausfallschritt machen. Ob es wohl möglich ist, einfach im Schnee stecken zu bleiben? Treibsand mag laut Devan keine ernst zu nehmende Gefahr darstellen, aber ist schon einmal jemand gestorben, weil er im Schnee festgesteckt hat? Falls ich in dieser Nacht nicht erfriere, muss ich das auf jeden Fall googeln. Und mit Devan teilen, einfach nur, um unsere Treibsand-Unterhaltung zu vervollständigen.

Als ich meine Hütte erreiche, gehe ich zur Tür und halte meine Karte vor den Scanner. Aber nichts passiert. Es überrascht mich nicht, trotzdem beiße ich wütend die Zähne zusammen.

Frustriert drehe ich mich um und schaue zurück. Die Hälfte des Weges ist geschafft, ohne dass ich mich verlaufen habe oder mich ein Berglöwe für einen Mitternachtssnack erwischt hat. Hier unten ist der Wind stärker, weil ich weiter vom Wald entfernt bin, der einen gewissen Schutz geboten hat. Ich suche den Schnee nach Fußspuren ab, kann aber keine sehen. Das Gute an diesem Schnee ist immerhin, dass er mir ziemlich deutlich zeigen würde, wenn sich hier jemand außer mir herumtreiben sollte. In der Ferne suche ich nach den Hütten von Leander und Christine, kann sie aber nicht entdecken. Unterwegs habe ich mich gefragt, ob die drei weiter entfernt liegenden Chalets – das von Leander, Christine und Paul und das letzte, das nicht belegt ist – möglicherweise eine eigene Stromquelle oder -kasten haben könnten oder etwas in der Art. Aber falls in ihnen Licht brennen würde, würde ich das vermutlich zumindest erahnen können in all der Dunkelheit, die ringsherum herrscht.

Nachdem ich ein paarmal tief durchgeatmet habe, gehe ich das letzte Stück hinab zu dem Parkplatz. Die Schlitten, das kleine Gebäude am Rand und die Baumreihe, die sich in einiger Entfernung in den Wald verdichtet, schälen sich nacheinander aus dem Schneetreiben, als würden sie sich vor mir erheben. Ich erschaudere. Als Erstes gehe ich zu den Schlitten hinüber, um zu prüfen, ob sie alle abgeschlossen sind und niemand von uns zufälligerweise den Schlüssel hat stecken lassen. Was aber nicht der Fall ist. Keine Ahnung, ob ich mich wirklich zu fahren getraut hätte, aber ich will zumindest alle meine Möglichkeiten ausloten. Dann zähle ich die Schneemobile. Es sind fünf Stück. Immer noch eines zu viel.

Irgendwo in der Nähe knackt ein Ast so laut, dass es beinahe wie der Donner eines Gewitters klingt. Ich fahre zusammen und erstarre sekundenlang, dann wirbele ich herum in die Richtung, aus der das Geräusch kam. Mit angehaltenem Atem stehe ich da und starre zu den Bäumen, aber nichts kommt auf mich zu, nichts bewegt sich außer den Ästen im Wind. Es ist verdammt stürmisch, da ist es keine Überraschung, wenn es knackt und knarzt. Trotzdem sind meine Nerven zum Zerreißen gespannt, als ich mich abwende und das kleine Gebäude mustere. Ich habe immer noch keine Ahnung, welche Funktion es hat. Ich habe Jacob nie danach gefragt. Aber es sieht deutlich älter aus als die Chalets, weshalb immerhin die winzige Hoffnung besteht, dass es sich ohne Keycard öffnen lässt und ich dadrinnen irgendwas finde, was nützlich sein könnte. Ein Funkgerät wäre super oder ein Dietrichset. Oder ein verdammter Generator.

Nachdem ich die dem Parkplatz zugewandte Seite zweimal abgelaufen bin, bin ich unwesentlich schlauer als vorher: Es gibt zwei fest verschlossene Fenster und eine Tür, die, erstens, ohne Keycard funktioniert, aber, zweitens, ebenfalls abgeschlossen ist. Ich umfasse noch einmal die Klinke, auch wenn meine Finger dabei schmerzhaft protestieren, und rüttle an der Tür. Nichts, sie bewegt sich keinen Zentimeter, obwohl sie so verwittert aussieht, als könnte der nächste Windstoß sie aus den Angeln heben.

»Verdammte Scheiße«, stoße ich hervor, mache ein paar Schritte rückwärts und starre das Haus an. In diesem Moment bricht der Mond für kaum eine Sekunde durch eine kleine Lücke in der Wolkendecke und taucht die ganze Umgebung in ein schaurig silbriges Licht. Kurz kann ich das kleine Dachfenster erkennen, das, wenn meine Augen mir keinen Streich spielen, einen Spaltbreit geöffnet ist.

Ja! Keine Ahnung, warum ausgerechnet jemand das Dachfenster offen lassen sollte – vor allem bei dem Wetter –, aber das ist mir, ganz ehrlich, vollkommen egal. Wenn es ein Versehen war, dann war es das beste Versehen der ganzen Welt! Ein wenig unschlüssig suche ich die Umgebung nach etwas ab, auf das ich draufklettern kann. Das Dach reicht zwar relativ weit herunter, aber ich bilde mir trotzdem nicht ein, ohne Hilfe da hochzukommen. Die Schneemobile kriege ich ziemlich sicher nicht dorthin manövriert, und ich bin in den ganzen Klamotten ohnehin ein bisschen unbeweglich.

Ich klammere mich an den Gedanken, einen Schritt weitergekommen zu sein, während ich an der Seite des Hauses entlanglaufe und mich dabei immer wieder umsehe. Gut möglich, dass dieser Plan nicht aufgeht, selbst wenn ich es aufs Dach schaffe. Vielleicht ist das Fenster zu weit oben, und ich finde keine Möglichkeit, ins Innere zu kommen, oder dadrin ist nichts, was mir irgendwie weiterhelfen könnte. Aber darauf kann ich mich jetzt nicht konzentrieren. Sollte sich herausstellen, dass es tatsächlich nichts gibt, was ich tun kann, würde ich wahrscheinlich durchdrehen. *Irgendetwas* zu tun ist besser als nichts.

Die baumlosen Hügel, die sich auf der Rückseite der Hütte erstrecken, sehen gespenstisch aus. Immer wieder wirbelt der Wind eine Handvoll losen Schnee auf, und jedes Mal sieht es so aus, als würde sich ein Geist materialisieren. Mit den Augen suche ich die Wand des Gebäudes ab, dann bleibt mein Blick an etwas hängen, das irgendwie fehl am Platz wirkt. Erst beim Näherkommen kann ich erkennen, was genau es ist.

Schuhabdrücke. Frische Schuhabdrücke.

»Nein«, keuche ich. Mein Körper fühlt sich an, als hätte jemand einen Eimer Eiswasser in meine Venen gekippt, und kurz stehe ich einfach nur wie festgefroren da und starre auf die sich scharf abzeichnenden Schritte im Schnee. Das hier ist ein beschissenes Déjà-vu. Nur tausendmal schlimmer, denn dieses Mal bin ich allein, es ist mitten in der Nacht, und ich weiß, dass niemand mir helfen könnte, selbst wenn ich nach Devan, Leander oder Christine rufen würde.

Panisch sehe ich mich um. Die Spuren sind immer noch ein paar Meter von mir entfernt und verschwinden im Schneetreiben und in der Dunkelheit, sodass ich nicht erkennen kann, wohin sie führen. Aber es sieht so aus, als wäre jemand an der Rückseite des Gebäudes entlanggegangen, hätte dann kehrtgemacht und wäre zurückgelaufen. Bei den Massen an Schnee, die allein in den letzten Minuten gefallen sind, kann das noch nicht lange her sein.

Ich habe einen guten Grund, um diese Uhrzeit alleine hier draußen herumzulaufen. Aber wie hoch ist die Chance, dass das auch für jemand anderen gilt?

In meinem Kopf überschlagen sich die Gedanken. Langsam mache ich ein paar Schritte rückwärts, bis ich die Hauswand in meinem Rücken spüre. Unruhig versuche ich, alles auf einmal im Auge zu behalten. Meine Angst verwandelt sämtliche Geräusche um mich herum in Schritte, in gemurmelte Stimmen, in das Knacken von Ästen unter schweren Schuhen.

Scheiße, ich muss mich beruhigen. Mein rasendes Herz, mein keuchender Atem, mein von Angst gelähmtes Denken. All das brauche ich im Moment nicht.

Ich kann hier nicht einfach stehen bleiben. Hier kriege ich den Wind schutzlos ab, und vor der dunklen Wand bin ich mit meinen hellen Kleidern vermutlich lächerlich gut zu erkennen.

Vielleicht sollte ich einfach rufen. Immerhin besteht der

Hauch einer Chance, dass die Fußspuren zu Leander oder Christine gehören, die das gleiche Schicksal hatten wie ich und aus irgendeinem Grund außerhalb ihrer Hütte waren, als der Strom ausgefallen ist. Vielleicht suchen sie auch nach einer Lösung.

Aber als ich den Mund öffne, um etwas zu sagen, bleiben mir die Worte im Hals stecken. Ich traue mich einfach nicht, mich zu erkennen zu geben. Ich fühle mich wie auf einem verdammten Präsentierteller.

Zitternd atme ich aus, dann raffe ich meine Nerven zusammen und richte mich auf. Ich habe nicht wirklich einen Plan, aber hier stehen zu bleiben ist sicher nicht die beste Entscheidung. Vorsichtig mache ich ein paar Schritte und zucke jedes Mal zusammen, wenn der Schnee unter meinen Stiefeln knarzt. Bis gerade eben ist mir dieses Geräusch gar nicht aufgefallen, und eigentlich sollte ich es über das Rauschen in meinen Ohren hinweg auch überhaupt nicht hören können, doch jetzt kommt es mir vor, als könnte ich genauso gut aus vollem Halse schreien. Mit angehaltenem Atem nähere ich mich den Schuhabdrücken. Ich traue mich nicht, in die Hocke zu gehen, um sie genau anzuschauen, trotzdem bin ich mir sicher, dass sie frisch sind. Sie sind tief und die Ränder scharfkantig, das Profil ist zu erkennen. Keine Ahnung, ob es sich um die gleichen Schuhe handelt wie die, deren Abdrücke ich vor meinem Chalet gefunden habe, aber das spielt im Moment auch wirklich keine Rolle. Egal, wer hier draußen sein Unwesen treibt – solange es sich dabei nicht um Devan, Christine oder Leander handelt, will ich ihm oder ihr ganz bestimmt nicht über den Weg laufen. Die Fußspuren scheinen tatsächlich vom Parkplatz hierherzuführen und dann wieder zurück. Ich schaue mich um, kann aber nichts finden, was die Sache erklären würde. Hier gibt es nichts außer einer schmucklosen Backsteinwand und

Schnee – kein Fenster, keine Tür. Es sieht aus, als hätte jemand auf halbem Weg ruckartig kehrtgemacht.

Wegen mir?

Fluchend reibe ich mir mit den Händen über das Gesicht, in der Hoffnung, meine Gedanken zu klären. Meine ursprüngliche Mission – etwas zu suchen, womit ich aufs Dach klettern kann – habe ich beinahe vergessen, aber hier gibt es sowieso nichts, was ich benutzen könnte.

Kurz entschlossen folge ich den Spuren zurück Richtung Parkplatz, langsam, als würde ich über ein Minenfeld laufen. Immer wieder drehe ich mich um, schaue über die Schulter zurück und suche mit den Augen die Umgebung ab. Wie kann es sein, dass ich niemanden sehe? Hier unten gibt es kaum etwas, um sich zu verstecken. Wer auch immer sich hier herumtreibt, könnte höchstens zu den Hütten oder den Bäumen gerannt sein, und auf beiden Wegen hätte ich ihn eigentlich sehen müssen. Als ich den Rand des von Schnee bedeckten Schotterplatzes erreiche, halte ich inne und lausche. Ich kneife die Augen zusammen. Ist das ein Schatten, der sich hinter dem einen Schlitten bewegt? Hinter den Bäumen, die sich wie eine geisterhafte Wand aus Schwärze vor mir erheben? Die Spuren führen über den Platz, aber dann verschwimmt meine Sicht, und ich kann sie nicht mehr erkennen. Wer auch immer sie hinterlassen hat, könnte sowohl nach oben zu den Chalets als auch zum Zufahrtsweg gelaufen sein. Das Einzige, das mich ein bisschen beruhigt, ist, dass sie ganz eindeutig von mir wegführen und nicht auf mich zu.

Ein Schluchzen steigt in meiner Kehle auf, als ich mich langsam im Kreis drehe. Ich fühle mich so unfassbar hilflos, und allmählich droht der Knoten aus Angst, Wut und Verzweiflung in meinem Hals, mich zu ersticken. Ich will nach Hause! In mein Wohnheimzimmer, meinetwegen auch zu meinen Eltern. Ich will mich unter einer Bettdecke verkriechen und mich … sicher fühlen! Hätte ich diese beschissene E-Mail nur niemals geöffnet. Dann würde meine größte Sorge jetzt darin bestehen, wie ich die nächste Rechnung bezahle oder ob ich die Prüfung bestehe, die demnächst ansteht.

Ein Knacken lässt mich herumwirbeln. Es war zu nahe, um von den Bäumen des Waldes zu stammen. Übelkeit steigt in mir auf, als meine Augen über den Platz huschen, den Weg, der dahinter in unübersichtlicher Dunkelheit verschwindet. Langsam weiche ich zurück.

Etwas bewegt sich hinter dem Schlitten, der am weitesten von mir entfernt steht, vielleicht sechzig Fuß. Schlagartig halte ich die Luft an, starre auf die Stelle, an der ich mir sicher bin, einen dunklen Umriss gesehen zu haben. Ich habe mir das nicht eingebildet. Meine Augen haben mir keinen …

Ich schreie, als sich jemand hinter dem eingeschneiten Fahrzeug aufrichtet. Es ist kein blasser Umriss, keine Bewegung aus dem Augenwinkel. Mir gefriert das Blut in den Adern, ich registriere eine Skimaske, eine dunkle Mütze, eine dunkle Jacke … Die Gestalt schaut genau in meine Richtung, ragt wie ein verdammter schwarzer Berg aus dem hellen Schnee auf.

Ich lasse dem Unbekannten keine Möglichkeit, sich irgendwie zu erklären. Stattdessen drehe ich mich um und renne los. Tausend Gedanken prallen von innen gegen meine Schädeldecke, aber ich bekomme keinen von ihnen zu fassen. Alles, was ich wahrnehme, ist mein keuchender Atem und das gedämpfte Geräusch meiner Stiefel, die knarzend im Schnee versinken. Ich weiche einer kleinen Schneewehe aus und suche verzweifelt nach dem Weg, aber keine Chance. Panisch versuche ich zu hören, ob mir jemand folgt, aber ich schaffe es nicht, meine eigenen Schritte von denen des Unbekannten zu trennen.

Blind vor Angst werfe ich einen schnellen Blick über meine Schulter. Die Gestalt ist noch da, auch wenn ich nicht sagen kann, ob sie sich gerührt hat. Sie scheint mich nicht zu verfolgen, sondern einfach dazustehen und mich anzustarren. Dann setzt sie sich in Bewegung. Wie ein Phantom, wie ein Geist, wie ein beschissener Zombie. Dem rationalen Teil von mir ist klar, dass das unmöglich ist, aber ich bilde mir ein, den bohrenden Blick zu spüren, wie er durch meine Kleidung schneidet, meine Haut, meine Muskeln, bis hinein in mein viel zu schnell donnerndes Herz.

Zu spät bemerke ich, dass ich vom Weg abgekommen bin. Ich übersehe die kleine Schneewehe, und im nächsten Moment spüre ich, dass mein Fuß an etwas hängen bleibt und ich das Gleichgewicht verliere. Mit einem heftigen Aufprall, der sämtliche Luft mit einem gedämpften Schrei aus meiner Lunge drückt, knalle ich auf den irritierend harten Schnee. Irgendetwas bohrt sich schmerzhaft in meine rechte Hüfte, aber ich achte nicht darauf. Schluchzend rolle ich mich herum in eine annähernd sitzende Position und zwinge mich dazu, mich zu orientieren. Die Gestalt kommt näher, obwohl sie immer noch nicht rennt. Langsam geht sie auf mich zu, als wüsste sie, dass es keinen Grund gibt, sich zu beeilen. Als wüsste sie, dass ich ohnehin keine Chance habe, ihr zu entkommen, völlig egal, wie schnell ich laufe. Angst schnürt mir die Kehle zu, und ich schnappe verzweifelt nach Luft. Ich rutsche zurück, versuche, in meiner Panik, irgendwo Halt zu finden. Nur am Rande wird mir klar, dass ich über eine der verdammten Laternen gestolpert sein muss. Meine Hüfte schmerzt wie die Hölle. Es fühlt sich an, als würde meine gesamte Seite in Flammen stehen, aber ich ignoriere es. Keine Sekunde lang wende ich den Blick von der Gestalt ab, stemme mich hoch und schaffe es endlich, aufzustehen. Vor Erleichterung hätte ich beinahe losgeheult.

Ich muss es nur bis zu Devans Hütte schaffen. Er wird … mir helfen. Ich weiß nicht, wie, aber ich muss glauben, dass er etwas unternehmen kann, dass …

Zum zweiten Mal renne ich los, keuche aber auf, als ich mich umdrehe und gegen einen Körper renne. Einen Körper, der mich kaum eine Millisekunde später umfasst und nach hinten reißt.

32

LUCA

Übelkeit steigt in mir auf, und einen wahnwitzigen Moment lang habe ich tatsächlich Angst, mir selbst auf die Schuhe zu kotzen. Als würde das eine Rolle spielen. Ich schreie auf, so laut, dass mein Hals kratzend protestiert, und werfe mich reflexartig nach hinten, so wie ich es in dem Selbstverteidigungskurs gelernt habe. Die Gestalt habe ich aus den Augen verloren, also trete ich nach hinten aus, in dem Versuch, mich zu befreien. Aber es ist, als würde ich gegen den Griff einer Marmorstatue ankämpfen. Die Arme, die sich um meinen Oberkörper geschlossen haben, lockern ihre Umklammerung keinen Millimeter.

»Luca!«

Die Stimme sickert durch die Panik in meinen Verstand. Ich brauche einen Moment, um zu verstehen, was sie bedeutet.

»Hör auf, Luca«, schreit Devan, ohne mich loszulassen. »Beruhig dich!«

Tränen steigen mir in die Augen. Ich schnappe nach Luft. »Devan?«

Ein, zwei Sekunden reagiert er nicht, dann verändert er seinen Griff, packt mich an den Schultern und dreht mich zu sich um. »Ich bin's. Atme, Luca!«

Ich kann nicht. Ich mache mich von ihm los und fahre wieder herum. Es müssen Sekunden vergangen sein, vielleicht

Minuten. Genug Zeit für meinen Verfolger, uns zu erreichen, selbst wenn er das Tempo beibehält. »Lauf, Devan«, schreie ich. Ich suche den Weg ab, den Parkplatz, aber … niemand ist dort. Ich wirbele herum, drehe mich im Kreis, ohne auf Devan zu achten, der auf mich einredet. Langsam, als würde er mit einem scheuen Tier sprechen. Links und rechts von uns erstreckt sich nur freie Schneefläche. Die Gestalt war dunkel gekleidet. Ich würde sie sehen, würde sie sich von einer dieser Seiten nähern. Weiter oben steht meine Hütte, dahinter könnte der Typ sich sicher verstecken, aber dafür hätte er an uns vorbeigehen müssen. Schluchzend drehe ich mich weiter und fühle mich dabei wie eine verdammte Tänzerin auf einer schaurigen Spieluhr. Ich habe mir das alles nicht eingebildet. Die Gestalt war wirklich dort unten, ist wirklich auf mich zugekommen, hat keinerlei Anzeichen gemacht, mich zu beruhigen oder sich zu erkennen zu geben. Und jetzt ist sie weg. Sie kann sich nicht in Luft aufgelöst haben, was zwangsläufig bedeuten muss, dass sich die Person irgendwo in der Nähe versteckt, uns vielleicht beobachtet. Mir läuft ein eiskalter Schauer über den Rücken, noch kälter als die Luft, die in meine Haut schneidet, oder der langsam gefrierende Schnee unter meinen Füßen.

Völlig überfordert wende ich mich Devan zu. »Warst du das?«

Er hebt die Hände und macht einen Schritt rückwärts, was ich ihm nicht verdenken kann. Meine Stimme klingt schrill und schneidet durch die Luft wie Glas. »Luca, es ist alles gut, ich bin …«

»Du hast ihn auch gesehen, oder?« Mit einer Hand deute ich hinter mich, dann sehe ich über die Schulter, weil es mir nicht passt, dem Parkplatz und dem Gebäude den Rücken zuzukehren. »Den Typen da unten. Du hast ihn gesehen.«

Devan steht nahe genug, dass ich erkennen kann, wie er hart die Zähne zusammenbeißt. Seine Kiefermuskeln treten hervor, und der vorsichtige Ausdruck in seinen Augen weicht einer Kälte, die mich noch einmal erschaudern lässt. »Natürlich habe ich ihn gesehen, Luca. Deswegen musst du dich einkriegen, jetzt sofort. Wir müssen hier weg!«

»Aber … wie …« Ich schaffe es nicht, den Satz zu beenden. In meinem Kopf herrscht ein solches Chaos, dass es mir beinahe den Atem raubt. »Wo ist er hingerannt? Und warum bist du hier? Wie bist du aus der …«

»Luca!« Jetzt schreit Devan. Wieder packt er mich an den Schultern, und einen kurzen Moment lang erwarte ich tatsächlich, dass er mich ohrfeigt. Erst jetzt erkenne ich den Ausdruck, der sein Gesicht und seine Augen so hart wirken und seine Stimme beben lässt: Angst. »Ich flehe dich an, du musst dich konzentrieren. Wir müssen hier weg! Wir sind hier ungeschützt, also bitte, *bitte* beweg dich! Wir müssen zurück zu meiner Hütte.«

Ich starre ihn an, während sich zwei Stimmen in meinem Inneren miteinander streiten: die eine, die Devan blind vertrauen und sich von ihm in Sicherheit bringen lassen will, die andere, die sich daran erinnert, dass Devan am Tag der Fußspuren ohne ersichtlichen Grund auf dem Parkplatz herumstand, als würde er auf mich warten. Oder daran, dass er vorhin viel zu lange bei sich oben war, bevor der Strom ausgefallen ist. Daran, dass die Gestalt in dem Augenblick verschwunden ist, als Devan aufgetaucht ist. Dass er heute Morgen abgehauen ist, während ich geschlafen habe, und nicht auf mich hören wollte, als ich versucht habe, mit ihm über den herrenlosen Motorschlitten zu sprechen.

All das rast durch meine Gedanken. Es fühlt sich wie Stunden an, in denen ich dastehe und Devans ernstes Gesicht mustere, das mir so verdammt vertraut vorkommt. In Wahrheit ist vermutlich nicht einmal eine Sekunde vergangen.

»Devan …«

Der Rest meines Satzes geht in einem ohrenbetäubenden Knall unter, der die Luft zerschneidet und in einem geisterhaften Echo in den Wäldern verhallt. Ich zucke zusammen und ducke mich instinktiv, dann setzt all mein Denken aus. Ich spüre, dass Devan nach meiner Hand greift und mich beinahe brutal zur Seite reißt. Ich stolpere, kann mich aber fangen, dann renne ich. All meine Zweifel, die sich in meinem Herzen eingenistet haben wie ein tödlicher Tumor, geraten in den Hintergrund, während ich Devan hinauf zur Anhöhe folge. Ich fühle mich, als würde ich durch einen Tunnel rennen. Ich nehme kaum etwas um mich herum wahr, außer Devans breitem Rücken vor mir. Mein Verstand ist auch nicht fähig, darüber nachzudenken, was dieser Knall bedeutet oder warum Devan so panisch reagiert. Vielleicht ist das eine Art Schutzmechanismus, um mich davor zu bewahren, zusammenzubrechen.

Keine Ahnung, wie lange wir rennen. Es kommt mir wie eine Ewigkeit vor, aber mein Körper läuft wie auf Autopilot. Vom ganzen Keuchen und Nach-Luft-Schnappen fühlt sich mein Hals an, als hätte ich mit einer Handvoll Glasscherben gegurgelt. Meine Hüfte pocht noch immer an der Stelle, an der ich auf die Laterne geknallt bin, und ich bin mir ziemlich sicher, dass der Schmerz inzwischen bis zum Knie ausstrahlt. Meine Beine protestieren, jeder einzelne verdammte Muskel in meinem Körper schreit. Trotzdem laufe ich, setze mechanisch einen Schritt vor den anderen, auf den größer und deutlicher werdenden Umriss von Devans Hütte zu.

»Komm her«, herrscht Devan mich an, als wir das Chalet erreichen. Ich bleibe stolpernd stehen, so abrupt, dass eine Ladung Schnee von meinen Schuhen aufgewirbelt wird. Wir stehen nicht vor der Haustür, sondern an der Seitenwand.

Blinzelnd sehe ich mich um. »Wie bist du rausgekommen?«

»Küchenfenster«, bellt er. Er geht ein wenig in die Knie und bildet mit seinen Händen einen Fußtritt. »Klettere durch. Es ist eng, aber wenn ich da durchpasse, dann schaffst du das erst recht.«

Ungläubig folge ich seinem Blick. »Fenster« ist für dieses schmale Loch in der Wand, das höchstwahrscheinlich bis vor Kurzem durch eine Glasscheibe verschlossen war, eine unfassbar wohlwollende Bezeichnung. Mir war nicht einmal klar, dass man es öffnen kann, geschweige denn, dass eine Person hindurchpassen könnte, die größer ist als ein Vierjähriger.

»Das kann nicht dein Ernst sein.«

Devan schaut mich an, und es ist die blanke Angst in seinen Augen, die meine Gedanken klärt. Ich habe ihn noch nie zuvor so außer sich gesehen. Kein Funkeln in seinen Augen, kein Schmunzeln, das um seine Lippen zuckt. Und vor allem: Es fehlt die Sicherheit, die er bisher immer ausgestrahlt hat.

»Luca«, sagt er leise, beschwört mich beinahe. Er legt die eiskalten Finger um mein Gesicht und zwingt mich, ihn anzusehen. »Ich tue hier mein Bestes, um dich in Sicherheit zu bringen, okay? Aber du musst mir helfen.«

Ich bin nicht fähig, zu antworten. Das Einzige, was ich tun kann, ist nicken. Ein, zwei Sekunden lang starrt er mich noch an, dann hält er mir wieder die ineinander verschränkten Hände hin. Mit einem letzten Blick zurück in die dunkle Nacht greife ich nach seinen Schultern, steige auf seine Hände und stemme mich hoch. Als ich nach dem Rahmen des kleinen Fensters greife, frage ich mich zum zweiten Mal, wie zur Hölle es Devan da durchgeschafft hat. Aber ich weigere mich, weiter darüber nachzudenken, schiebe erst meinen Kopf, dann die Schultern und schließlich den Oberkörper hindurch.

Im Inneren der Hütte ist es finster – noch dunkler als draußen, weil der weiße Schnee das wenige Licht reflektiert hat –, trotzdem zeichnen sich die Schemen der Arbeitsplatte und der Spüle unter mir ab. Ich hole tief Luft, ziehe den Bauch ein und strecke die Arme nach unten hin aus, weil ich Angst habe, dass ich mit dem Kopf auf die Theke knalle, sollte ich ins Rutschen geraten. Aber dann spüre ich, dass Devan nach meinen Knöcheln greift und mich langsam hinabsinken lässt, bis meine Hände die Arbeitsfläche berühren und ich mich mehr oder weniger vorsichtig durch das Fenster manövriere.

Sobald ich es geschafft habe, klettere ich zurück auf die Theke und schaue aus dem Fenster zu Devan hinunter. »Was machst du jetzt?«

Seine Mundwinkel zucken, als er sich zu einem Grinsen zwingt. »So weit war ich mit meinen Überlegungen noch nicht.«

»Was meinst du damit?«, frage ich atemlos.

»Meine Mission war es, dich in diese Hütte zu bekommen. Weiter habe ich noch nicht gedacht.«

Ich hole tief Luft und zähle innerlich bis drei, um mich zu beruhigen. Um ihn nicht anzuschreien. Denn dieses Märtyrergehabe kann ich gerade wirklich nicht gebrauchen. Ich werde sicher nicht alleine hier drinnen hocken, falls er es nicht selbst durch das Fenster schafft. Mein Blick huscht durch die Nacht und hält nach dunklen Gestalten Ausschau, aber zum Glück kann ich nichts Verdächtiges erkennen. Also lehne ich mich weiter hinaus und klopfe mit den Händen gegen die Außenwand der Hütte.

»Komm her«, sage ich und warte, bis Devan genau unter mir steht. »Wie hoch kommst du mit den Händen?«

Gehorsam streckt er die Arme aus. Es fehlen noch gute zehn Zentimeter bis zum Rahmen. Er bedeutet mir, zur Seite zu gehen, und ich mache widerwillig Platz. Eine Sekunde lang ist es still, dann rumpelt es kurz, als er hochspringt und seine Hände in der Öffnung auftauchen. Als er sich hochzieht, klettere ich wieder von der Arbeitsfläche und weiche zurück. Erst jetzt bemerke ich, dass ich noch immer viel zu schnell atme.

Nein, ich hyperventiliere.

Devans Kopf taucht in der Öffnung auf, dann schiebt er sich ebenfalls hindurch, wobei er mehrfach schmerzhaft das Gesicht verzieht. Es würde mich nicht einmal wundern, wenn er sich ein paar Rippen gebrochen hätte, um da durchzupassen.

»Okay«, murmelt er, nachdem er von der Theke heruntergesprungen ist. Mit langen Schritten kommt er auf mich zu, und wieder greift er nach meinem Gesicht, dieses Mal jedoch um einiges sanfter. Seine Finger fühlen sich an wie Eiszapfen, doch sie legen sich so unfassbar zart auf meine Wangen, dass mir Tränen in die Augen steigen. Das ist ein dämlicher Vergleich, aber seine Berührung steht in so einem harten Kontrast zu allem, was ich in der letzten halben Stunde erlebt habe, dass ein Teil von mir sich wünscht, er würde mich nie wieder loslassen.

»Atmen, Luca«, flüstert er, lehnt sich vor und drückt seine Lippen gegen die Krempe meiner Mütze. »Tief ein und aus.«

Einen irrwitzigen Moment lang weiß ich nicht, wovon er spricht. Dann schält sich das Geräusch meines hektischen, rasselnden Atems durch das Rauschen in meinen Ohren. Auf einmal spüre ich auch den Schmerz wieder – den im Bein, an den Rippen, im Hals, in meinem Gesicht, wo meine Haut der Kälte schutzlos ausgeliefert war. Ich bemerke, dass der Boden unter meinen Füßen bebt … wobei, nein. Das kann nicht sein. *Ich* bin diejenige, die bebt. Meine Arme zittern so stark, dass es vermutlich aussieht, als würde ich versuchen, den Floss zu tanzen. Auch meine Lippen zittern, und das seltsame klackende Geräusch kommt von meinen Zähnen, die aufeinanderschlagen.

»Schhht«, macht Devan. Er sieht mich noch einmal an, dann löst er die Hände von meinem Gesicht und zieht mich an sich. Seine Arme umfassen mich und bilden eine Art Schutzmauer um mich herum, während er mich behutsam zu dem gepolsterten Stuhl führt und mich auf seinen Schoß zieht. Tränen laufen mir über die Wangen. Ich kneife die Augen zusammen und vergrabe mein Gesicht in seiner Jacke, als er mich enger an seine Brust drückt, wobei er weiter beruhigend auf mich einredet. Ich verstehe kein einziges seiner Worte. Er könnte mir die Zutatenliste einer Tiefkühlpizza vorlesen, es wäre mir egal. Der dunkle Ton seiner Stimme legt sich über mich wie eine schützende Decke, lullt mich ein und sorgt so dafür, dass ich ruhiger werde. Ich zittere noch immer, was womöglich auch an der Kälte liegt, aber ich habe allmählich das Gefühl, wieder Luft zu bekommen. Als würde die Luft, die ich atme, nicht mehr länger einfach nur meine Lungen füllen, sondern tatsächlich auch wieder den Sauerstoff transportieren. Ich hole abgehackt Luft und kralle mich in seine Jacke, auch wenn meine gefrorenen Finger schmerzhaft protestieren.

»Es ist gut«, murmelt er leise. »Also, eigentlich nicht, aber so was sagt man nun mal, wenn man sich aufregt, weißt du? Und ›Ich bin da‹, aber das stimmt immerhin. Ich bin da, du bist da. Und wir sind so sicher, wie wir es in unserer Situation sein können. Denke ich. Ich bin mir zu dreiundsiebzig Prozent sicher.«

Ein ersticktes Lachen entfährt mir, das sich ziemlich unnatürlich anhört.

Devan hat irgendwann in den vergangenen Minuten seine Wange auf meinen Kopf gelegt, deswegen kann ich spüren, dass er lächelt. »Ah, du bist wieder bei mir.«

Mich durchfährt ein Zittern, und sein Griff wird fester. »Tut mir leid.«

»Wenn du meinst, dass du abgehauen bist, dann: Nicht okay, ich verzeihe dir nicht.«

»Dafür habe ich mich nicht entschuldigt«, stelle ich klar. Ich zucke zusammen, als ich meine Stimme höre. Sie klingt wie Schmirgelpapier und kratzt auch so in meinem Hals. »Sondern dafür, dass ich die Nerven verloren habe.«

Er antwortet nicht sofort, sondern atmet nur einmal tief ein und aus. »Du bist bescheuert«, flüstert er schließlich, drückt mir dann aber einen Kuss auf den Kopf. »Neun von zehn Menschen hätten schon viel früher die Nerven verloren, Lu. Vielleicht in dem Moment, als sie ein vermummter Wichser verfolgt hat. Oder als auf sie geschossen wurde.«

»Das war kein Schuss«, sage ich müde. »Schüsse klingen anders.«

»Ach ja?«

»Ja.« Ich drücke mein Gesicht fester gegen ihn. »Das Geräusch klang irgendwie blechern. Keine Ahnung, was das war.« Als er nicht direkt antwortet, hebe ich den Kopf und blicke in ernste, besorgt dreinblickende Augen. »Du hast echt gedacht, jemand würde auf uns schießen?«

Wieder arbeiten seine Kiefermuskeln. »Ich glaube es immer noch, Luca. Ich will nicht brutal sein, aber ich werde dich auch nicht anlügen. Ich bin überzeugt davon, dass das ein Schuss war.«

Mein Verstand muss immer noch auf Sparflamme laufen. Denn die Tatsache, dass womöglich jemand auf uns geschossen hat, berührt mich nicht so sehr wie Devans kalte Finger, die in dieser Sekunde eine Haarsträhne aus meiner Stirn streichen. Ich lehne mich zurück und mustere seine Hand, dann sehe ich ihn entsetzt an. »Hattest du keine Handschuhe an?« Erst jetzt, da ich dieses kleine Detail bemerke, registriere ich den Rest von Devan. Er trägt seine Winterjacke, aber ansonsten … eine

Jogginghose, keine Handschuhe, keine Mütze. »Scheiße, Devan, wolltest du dich umbringen?«

Stirnrunzelnd folgt er meinem Blick. »Was hast du erwartet?«

Berechtigte Frage. Immerhin bin ich abgehauen und habe mich wer weiß wie lange da unten am Parkplatz herumgetrieben. Wahrscheinlich hatte Devan nicht die Ruhe, sich in Skihose und die übrige Winterkleidung zu packen, sobald er den Fluchtweg durch das Fenster entdeckt hatte.

»Es tut mir leid.« Ich weiß nicht genau, wofür genau ich mich entschuldige, trotzdem hoffe ich, dass Devan versteht. »Ich habe … keine Ahnung, was ich mir gedacht habe.«

Seine kalten Finger streicheln immer noch den schmalen Streifen Haut zwischen meinem Schal und der Mütze. Unter normalen Umständen wäre die Berührung wahrscheinlich unangenehm, weil seine Hand sich anfühlt wie ein Eiswürfel, aber in diesem Moment will ich nicht, dass er auch nur einen Millimeter von mir abrückt. »Du hast den Mann da unten auch gesehen, oder?« Ich lehne mich wieder gegen seine Schulter. »Da unten am Weg.«

»Ja.«

»Wo ist er hingerannt?«

Seine Brust hebt sich, als er tief einatmet. »Ich weiß es nicht. Als du versucht hast, mich zu verprügeln, habe ich ihn aus den Augen verloren.«

Ich hebe den Blick zu dem großen Panoramafenster, schaue dann aber hastig wieder weg. Meine Fantasie geht mit mir durch und verwandelt jeden Schatten und jeden dunklen Baum in eine schemenhafte Gestalt, die mich aus unnatürlich hellen Augen heraus beobachtet. Ich erschaudere. »Er muss zurück zum Parkplatz gelaufen sein, sonst hätte er an uns vorbeigemusst, oder? Du hast ihn wahrscheinlich verscheucht.«

»Bist du dir sicher, dass es ein Mann gewesen ist?«, fragt er ruhig.

Kurz denke ich darüber nach, versuche, mir die Erinnerung an die dunkle Gestalt ins Bewusstsein zu rufen. »Nein«, sage ich schließlich und werfe ihm einen nachdenklichen Blick zu. »Ich habe das Gesicht nicht gesehen. In den Klamotten hätte es wohl jeder sein können.«

Devan schweigt. So lange, dass ich mich ein wenig aufrichte und ihn ansehe. Er hat die Zähne zusammengebissen, und auch wenn er seine Emotionen hinter einer gleichgültigen Maske zu verbergen versucht, erkenne ich die Wut in seinen Augen. Dann atmet er zischend aus, schlingt die Arme um mich und zieht mich so fest an sich, dass es fast wehtut. Aber ich protestiere nicht. »Fuck, Luca.« Er stützt das Kinn auf meinen Kopf. »Als ich dich gesehen habe … als ich den Typen gesehen habe, habe ich gedacht …« Er stockt, dann bricht er ab.

Ich warte einen Moment, aber er spricht nicht weiter. »Was hast du gedacht?«

»Ich habe gedacht, ich bin nicht schnell genug.« Seine Stimme klingt so erstickt, dass sich mir schmerzhaft das Herz zusammenzieht. »Es war zu dunkel, und ich konnte die Entfernung nicht einschätzen. Ich hatte das Gefühl, ich komme keinen Meter voran, und du hast auf dem Boden gelegen und …« Wieder hebt und senkt sich seine Brust. »Das war das beschissenste Gefühl der Welt. Als ich dich schreien gehört habe … du hast mir einen verdammten Schrecken eingejagt, Lu.«

Ich suche nach Worten, finde aber keine. Ehrlich gesagt bin ich mir nicht einmal sicher, ob es in dieser Situation überhaupt etwas Passendes zu sagen gibt. Beinahe hätte ich mich wieder entschuldigt, aber ich habe nichts falsch gemacht, und das weiß Devan. Also beschäftige ich mich stattdessen mit dem unwichtigsten Detail in seiner ganzen kleinen Rede: »Warum nennst du mich Lu?«

Sein leises Lachen ist das beste Geräusch der Welt. Nur kurz, leise und irgendwie verhalten, trotzdem vertreibt es einen Teil meiner Panik tausendmal besser als alles andere. »Du konzentrierst dich hier ja wirklich auf das Wesentliche.«

»Das ist keine Antwort auf meine Frage.«

Er zuckt mit den Schultern. »Keine Ahnung, hab nicht drüber nachgedacht. Aber ich lasse es, wenn du es nicht willst.«

»Alles gut«, antworte ich leise. »Nenn mich, wie du willst.«

Wieder lacht er, und wieder durchläuft mich dieser Laut wie ein wohliger Schauer. »Das ist eine Einladung, die du früher oder später bereuen wirst, Täubchen.«

Jetzt muss ich selbst lachen, auch wenn es sich falsch und irgendwie hohl anfühlt. Mir ist klar, was Devan tut. Was wir beide tun. Wir albern rum, um der Realität, die da draußen um uns herumpeitscht wie die Schneeflocken im Sturm, für eine kleine Weile zu entkommen. Denn sobald wir über das reden, was gerade eben passiert ist, sind wir gezwungen, uns damit auseinanderzusetzen. Dann müssen wir akzeptieren, dass wir wie Ratten in der Falle in einer Hütte mit nur einem winzig kleinen Fenster sitzen, aus dem wir entkommen könnten, während da draußen jemand unterwegs ist, der es aus irgendeinem Grund auf uns abgesehen zu haben scheint. Und womöglich ebenfalls auf Christine und Leander.

Ich unterdrücke ein Würgen, als meine Gedanken zu Paul wandern. Paul, der seit über zwölf Stunden wie vom Erdboden verschluckt ist.

33

DEVAN

Freitag, 06. Oktober 2023

Mehrere Stunden sind vergangen, in denen wir uns kaum gerührt haben. Die Anspannung liegt in der Luft, so schwer und intensiv, dass es sich anfühlt, als könnten wir sie mit den Händen greifen. Wir reden kaum, vor allem nicht über das, was passiert ist. Ich habe das Gefühl, das würde die Gefahr, die da draußen durch die eingeschneite Landschaft streift, nur noch realer machen. Realer, als sie ohnehin schon ist, denn sowohl Lucas als auch mein Blick huscht immer wieder zu dem Panoramafenster hinüber, zu der kleinen Öffnung über der Küchentheke und zur Tür. Ich habe den Schirm einer kleinen Beistelllampe abmontiert und halte den schweren Fuß jetzt vor mich wie einen Baseballschläger. Gegen eine Waffe würde ich damit nicht viel ausrichten können, aber es ist besser als nichts. Ich fühle mich, als würde ich in der Falle sitzen, und das ist ein ziemlich beschissenes Gefühl. Allerdings bleibt uns auch keine andere Wahl, denn draußen sind wir noch deutlich schutzloser als in der Hütte.

Bei meinem verzweifelten Versuch, zu Luca zu kommen, habe ich das Fenster kaputt gemacht, weshalb es sich nicht mehr schließen lässt. Die Kälte, die von außen unaufhaltsam hereinströmt, lässt sich kaum noch ignorieren, auch wenn Luca vor einer halben Stunde ein paar Handtücher in das Loch gestopft hat. Also habe ich mir meine Skihose übergezogen und sämtliche Schals, die ich dabeihabe, um mich und Luca gewickelt. Sie hat meine Bettdecke über den Schultern, ich tigere in dem kleinen Wohnraum auf und ab, um mich warm zu halten. Immer wieder muss ich an Leander und Christine denken. Unsere Situation hier ist schon ziemlich übel, aber wenigstens sind wir zu zweit. Ich will mir nicht einmal vorstellen, wie es mir gehen würde, wäre ich allein.

»Devan«, murmelt Luca irgendwann und sieht mich durch die Dunkelheit an.

»Hm?«

Sie windet sich ein bisschen, dann lacht sie leise. »Ich muss pinkeln.«

Ich warte auf eine weitere Erklärung, aber als die nicht kommt, deute ich grinsend Richtung Bad. »Falls du meine Erlaubnis willst, ist sie hiermit erteilt.«

Schnaubend schiebt sie sich die Decke von den Schultern. »Ich bin nervös, okay? Und habe Schiss. Ich kann diese komische Scheibe wegen des Stromausfalls nicht dunkel machen, also guck weg.«

Lachend schüttele ich den Kopf. »Du machst dir Gedanken darüber, dass ich dich beim Pinkeln sehen könnte, nach allem, was wir drüben bei dir getrieben haben?«

Es ist zu dunkel, aber ich bin mir fast sicher, dass sie rot wird, dann verdreht sie die Augen. »Dann guck mir halt zu, wenn dir das was gibt. Ich wollte nur klarstellen, dass ich normalerweise kein Community-Pinkler bin. Wenn gerade kein Schießwütiger hinter mir her ist, meine ich.«

Ihre letzte Bemerkung sollte meiner Belustigung eigentlich einen Dämpfer verpassen, tut sie aber nicht. »Community-Pinkler?«, wiederhole ich amüsiert, ernte dafür jedoch nur einen Mittelfinger. »Das setze ich auf die Liste der Dinge, die wir tun sollten, wenn wir wieder zu Hause sind.«

»Süße Idee.« In der Tür zum Bad stehend dreht sie sich um, dann seufzt sie genervt. »Ich meine das ernst, Devan, guck woanders hin. Aus diesen Klamotten kommt man nicht elegant raus, und wenn wir uns dieses sexy Kennenlern-Feeling noch eine Zeit lang warmhalten wollen, solltest du echt weggucken.«

Wieder muss ich lachen. Vielleicht klingt es etwas hysterisch, trotzdem fühlt es sich um einiges besser an, als mir Sorgen zu machen, Angst zu haben oder Pläne zu schmieden. Ich drehe mich aber um, damit ich Luca ein bisschen Privatsphäre geben kann. Der unbeschwerte Moment verpufft in kalter Winterluft, denn dadurch stehe ich wieder direkt vor dem Panoramafenster. Ich erschaudere unwillkürlich. Selbst in guter Stimmung, ohne das vorhergegangene Drama, wäre diese Aussicht vermutlich schaurig. Der Schnee liegt als weiße, blasse Decke auf den Hügeln, die Bäume dahinter und die sich am Horizont abzeichnenden Berge sind pechschwarz. Es schneit jetzt weniger, trotzdem lassen die seltsamen Sichtverhältnisse alle Proportionen und Entfernungen irgendwie verzerrt erscheinen, sodass der Wald aussieht wie eine Kulisse aus Pappe. Wie der Hintergrund eines Schattentheaters. Fehlt nur noch der Spielmacher, der an den Fäden der Figuren zieht und sie seinem Willen unterwirft.

»Weißt du«, ruft Luca aus dem Bad zu mir herüber, »ich denke, wir machen in dieser Kennenlernsache so ziemlich alles falsch. Die ganze Reihenfolge ist verkehrt.«

»Ach ja?« Ich grinse, als ich die Klospülung höre. Ich würde mich echt gerne umdrehen, allein schon, um Luca zu ärgern, aber ich reiße mich zusammen.

»Ja. Wir sollten daten, dann Sex haben und *dann* von einem

Psychopathen im Wald gejagt werden. Ich glaube, das ist der gesellschaftlich akzeptierte Ablauf.«

Weil ihre Stimme näher kommt, wende ich mich um. »Wir sind Rebellen.« Ich strecke mich und lasse meine Gelenke knacken. Ich werde allmählich müde, zumindest mein Körper. »Wir halten uns nicht an gesellschaftliche Normen.«

»Das ist wahnsinnig sexy«, sagt sie, wackelt mit den Augenbrauen und stellt sich neben mich ans Fenster. Als sie die Arme um ihren Oberkörper schlingt, ziehe ich sie zu mir. »Es ist so absurd, dass wir einfach hier sitzen und nichts tun, findest du nicht? Als hätte jemand auf ›Pause‹ gedrückt.«

Ich zucke mit den Schultern. »Unsere Möglichkeiten sind ziemlich begrenzt.«

»Wir müssen die Polizei rufen. Oder irgendwie den anderen Bescheid sagen. Die sind immerhin alleine.«

»Daran habe ich auch schon gedacht.«

Ein paar Sekunden lang bleibt sie still und hängt ihren Gedanken nach, dann hebt sie den Kopf und schaut mich an. »Hast du eine Taschenlampe?«

»Ich selbst nicht«, antworte ich langsam, während ich meinen Blick durch den Raum schweifen lasse. »Aber vielleicht ist hier irgendwo eine.«

Luca greift in ihre Tasche, dann hält sie mir ihr Handy entgegen. »Wie stehen die Chancen, dass Leander das Licht bemerkt?«

Unschlüssig sehe ich zum Fenster hinaus, in die vage Richtung, in der Leanders Chalet stehen muss. Ich kann es von hier aus nicht erkennen, aber in den vorherigen Nächten konnte ich zumindest sehen, ob bei ihm noch Licht brannte. »Einen Versuch wäre es wert. Aber was soll das bringen?«

»Ich kann nicht morsen, aber den Rhythmus für SOS kenne ich. Vielleicht bemerkt er es.«

»Und dann?« Ich gebe mir wirklich Mühe, nicht allzu hoffnungslos zu klingen, aber ganz schaffe ich es nicht. »Selbst wenn er es mitkriegt und erkennt und so weiter … was soll er machen? Dass etwas nicht stimmt, wird ihm allmählich auch aufgefallen sein, aber im Endeffekt sitzt er genauso fest wie wir. Und ehrlich gesagt will ich nicht riskieren, dass er es doch irgendwie nach draußen schafft und sich alleine auf den Weg zu uns macht, weil er denkt, dass wir ein Problem haben.«

Sie beißt sich auf die Lippe, den Blick wieder nach draußen gerichtet. »Es ist nicht richtig, dass die beiden nicht wissen, was hier abgeht.«

»Vielleicht ist es gut so«, halte ich zögernd dagegen. »Wir können sowieso nichts machen. Und wenn sie es nicht wissen, haben sie immerhin keine Angst.«

Schnaubend sieht sie mich an. »Klar haben sie Angst! Im Dunkeln in dieser Pampa festzusitzen reicht definitiv, um Schiss zu haben. Und was, wenn sie einfach schlafen gegangen sind? Was, wenn der Typ nur darauf gewartet hat?«

Ich will nicht darüber nachdenken. Ein Teil von mir – ein kleiner, feiger Teil – will die Sache hier einfach aussitzen und sich mit den Konsequenzen erst dann beschäftigen, wenn die Sonne wieder aufgegangen ist. Aber ich verstehe Luca, und wenn ich ganz ehrlich zu mir selbst bin, hat sie recht. Wir haben einen Wissensvorsprung, und das verschafft uns einen enormen Vorteil. Weil wir vorsichtig sind und selbst in dieser halbwegs sicheren Hütte ununterbrochen einen Blick über die Schulter werfen.

»Wenn wir Leander ein SOS-Signal schicken, kommt er her«, beharre ich mit fester Stimme. »Ich hab's rausgeschafft, dann schafft er es auch. Er ist der Helfer-Typ, er würde es also definitiv versuchen. Und wir würden ihn draußen nicht sehen, zumindest den Großteil der Strecke nicht.«

Ziemlich sicher, dass ich die Rädchen in Lucas Kopf rattern hören könnte, wenn ich nur ganz genau hinhören würde. Sie denkt nach, und ehrlich gesagt gefällt mir das überhaupt nicht. Ihr kleiner Alleingang vorhin hat bewiesen, dass sie ganz offensichtlich mutiger und vor allem entschlossener ist, als ihr guttut.

»Wir holen sie«, sagt sie schließlich und bestätigt damit im Grunde genau das, was ich befürchtet habe. »Wir sind zu zweit, und offenbar traut der Typ sich nicht, es mit uns beiden aufzunehmen. Er ist abgehauen, als du aufgetaucht bist.«

»Vielleicht war er nur überrascht«, halte ich heftig dagegen. »Und wenn er 'ne Knarre hat, ist es völlig egal, ob er sich uns beiden stellen würde oder nicht. Dann braucht er nicht einmal nahe an uns heranzukommen.«

Sie winkt ab, trotzdem kann ich die Angst in ihren Augen lesen. Immerhin scheint sie noch einen gewissen Anflug von Selbsterhaltungstrieb zu haben. »Denkst du wirklich, dass der uns töten will?«

»Ja! Wenn man auf jemanden schießt, will man das für gewöhnlich!«

»Er hätte mich unten auf dem Parkplatz erschießen können.« Herausfordernd erwidert sie meinen Blick, aber ich erkenne auch das Zittern, das ihren Körper durchläuft. »Bevor du aufgetaucht bist. Er stand keine zwanzig Meter von mir entfernt, Devan, und ehrlich gesagt habe ich keine Ahnung, wie lange er mich beobachtet hat, bevor ich ihn bemerkt habe. Er hätte mich erschießen können, wenn er es vorgehabt hätte. Denke ich.«

»Denkst du«, wiederhole ich fassungslos. »Eine Theorie reicht mir hierbei nicht, ganz ehrlich. Er hat auf uns geschossen und Punkt. Ich lasse dich da bestimmt nicht wieder rausgehen, und wir kennen uns noch nicht lange genug, als dass ich eine Kugel für dich abfangen würde.«

»Diese Scheibe ist bestimmt nicht kugelsicher! Wenn er uns erschießen wollen würde, dann könnte er einfach auf das Fenster schießen. Auch wenn er uns nicht sehen kann, stünden die Chancen verdammt gut, dass er wenigstens einen von uns trifft.«

Frustriert balle ich die Hände zu Fäusten. Sie hat recht, mit allem, was sie sagt. Es ist einigermaßen logisch. Dennoch könnte ich bei der Vorstellung, dass sie – selbst wenn ich dabei bin – wieder da rausgeht und durch den Schnee stapft, beinahe kotzen. In der Sekunde, in der ich sie vorhin auf dem Boden habe liegen sehen, ist ein Teil von mir fast gestorben. Dieses Gefühl, diese lähmende Panik brauche ich nicht noch einmal.

»Wenn du so überzeugt davon bist, dass er uns nichts tun will, warum willst du Leander und Christine dann überhaupt warnen? Wenn wir sicher sind, sind sie es auch.«

Das scheint ihr kurz den Wind aus den Segeln zu nehmen, denn sie antwortet nicht sofort. Dann zuckt sie nur mit den Schultern. »Du musst nicht mitkommen. Ich kann alleine gehen.«

»Garantiert nicht«, schnaube ich.

»Ich meine es ernst.« In ihren Augen glitzert die Wut. Gut, soll sie wütend sein. Soll sie mich von mir aus hassen, weil ich ein bevormundender, egoistischer, herzloser Arsch bin. Ist mir egal. Solange *ihr* Arsch in dieser verdammten Hütte bleibt. »Ich brauche deine Erlaubnis nicht, nicht einmal deine Hilfe! Ich bin nicht scharf darauf, alleine rauszugehen. Aber ich hocke nicht mehr länger hier drin und warte einfach ab. Wenn den anderen etwas passieren würde … damit könnte ich nicht leben. Du etwa?«

Bescheuerte Frage. Was soll ich darauf schon antworten? Dass es mir lieber wäre, der Unbekannte würde Christine oder Leander, von mir aus auch Jacob oder Ana erwischen, statt

Luca oder mich? Denn das wäre die Wahrheit, aber ich würde klingen wie ein Arschloch. Also verkneife ich mir den Kommentar, und mir entfährt ein Geräusch, irgendwo zwischen einem Stöhnen und einem Knurren. »Das ist die dümmste Idee, die du jemals hattest!«

»Wir sprechen erst seit drei Tagen miteinander, Devan«, erinnert sie mich kurz angebunden. »Du hast keine Ahnung, was für dumme Ideen ich in meinem Leben schon hatte.«

Drei Tage. Sie hat absolut recht. Davor bin ich ihr begegnet, kannte sie aber nicht. Ich weiß nicht einmal bestimmt, ob ich sie jetzt kenne, trotzdem habe ich das Gefühl, sie wäre schon deutlich länger ein Teil meines Lebens. Die Angst, die ich da draußen um sie hatte, hat sich auf jeden Fall nicht nach einer flüchtigen Bekanntschaft angefühlt.

Als Luca auf die Küchentheke klettert, fluche ich und gehe zu ihr hinüber. Ich will da nicht raus. Alles in mir schreit dagegen an, diese Hütte zu verlassen. Aber ich werde sie nicht alleine gehen lassen, und ich bin verdammt überzeugt davon, dass ihr das ebenfalls klar ist. »Wenn wir da draußen draufgehen, ist das deine Schuld«, brumme ich. »Dann suche ich dich als Geist heim oder so.«

»Wenn wir da draußen draufgehen, bin ich auch ein Geist, und ich glaube nicht, dass Geister Geister heimsuchen können.«

»Mach Platz.« Ich wedle mit der Hand in der Luft herum und bedeute ihr, mich vorbeizulassen. »Ich gehe zuerst.«

Kurz wirkt es, als wollte sie protestieren, aber dann rutscht sie wieder von der Theke und weicht mit einer kleinen, angedeuteten Verbeugung zur Seite. Vielleicht ist ihr klar geworden, dass die Landung auf der anderen Seite der Wand ein bisschen unsanft werden könnte, wenn niemand da ist, der ihr hilft. Ich beiße die Zähne zusammen und schiebe mich zu dem winzigen Fenster. Ich bin mir sicher, mir bei meiner ersten Flucht ein paar Knochen oder zumindest unwichtige Organe gequetscht zu haben. Das wird hoffentlich nicht zur Gewohnheit.

Nachdem ich mich umgesehen und nichts als einsame Schneelandschaft entdeckt habe, klettere ich hinaus und unterdrücke ein Stöhnen, als die harte Kante sich in meine Magengegend presst. Es gelingt mir zwar, mich abzufangen, aber die Landung auf dem Schnee ist verdammt hart. Ich atme keuchend aus, rapple mich aber hastig hoch und sehe mich erneut um. Verdammt. Wieder auf dem Präsentierteller, wieder keine Ahnung, in welche Richtung ich zuerst schauen soll. Ich hasse es, mich dermaßen hilflos zu fühlen.

»Gut, du wurdest nicht erschossen«, sagt Luca knapp, die bereits halb aus dem Fenster hängt.

Ich spare mir eine Antwort. Hauptsächlich, weil ich keine Lust habe, dass sie mich anschreit und damit nur noch mehr Aufmerksamkeit auf uns zieht. Ich strecke die Arme nach ihr aus und stütze sie, während sie sich durch die Öffnung schiebt, dann umfasse ich ihre Taille und ziehe sie auf die Füße. Sie stöhnt, und ich sehe, dass sie schmerzhaft das Gesicht verzieht.

»Was ist?«, frage ich argwöhnisch.

Sie winkt ab. »Nichts Dramatisches.«

»Hör auf damit«, fahre ich sie an, ein wenig barscher als beabsichtigt. Sie funkelt mich an, und ich hebe entschuldigend die Hände. »Ich weiß nicht, was wir hier machen, Luca! Das hier ist kein witziges Abenteuer oder irgendeine fancy Nachtwanderung! Jemand ist hier draußen! Jemand mit einer Waffe! Und du tust so, als wäre das hier irgendwie lustig und ich würde mich anstellen, weil ich keine Lust habe, eine verdammte Kugel in den Kopf zu bekommen!«

»Mir ist klar, was das hier ist, Devan«, erwidert sie mit kalter Stimme. »Ich habe dem Typen da unten gegenübergestanden! *Ich* war diejenige, die diese beschissenen Fußspuren und alles andere von Anfang an ernst genommen hat, schon vergessen? Aber wenn ich weiter nur rumsitze, drehe ich durch. Dadrinnen sind wir möglicherweise nicht so schutzlos, aber hier kann ich wenigstens wegrennen. Und die anderen zu warnen ist immerhin eine Aufgabe.« Luca verschränkt die Arme vor der Brust und atmet zitternd aus. »Wie schon gesagt, ich zwinge dich zu nichts.«

Mir liegen so unfassbar viele Antworten auf der Zunge, aber ich spreche keine von ihnen aus. Es würde nichts bringen, und im schlimmsten Fall würde ich ihr noch mehr Angst machen, als sie ohnehin schon hat. Weil ich so verdammt wütend bin, dass meine Erwiderung mit Sicherheit nicht gerade freundlich ausfallen würde. Sollte sich tatsächlich jemand zwischen diesen Bäumen verstecken und auf einen von uns zielen, könnte ich nichts dagegen unternehmen. Wir sind den Gefahren hier draußen schutzlos ausgeliefert, und das geht mir ganz gewaltig gegen den Strich.

»Du weißt, dass ich dich nicht alleine gehen lasse«, sage ich also nur, bevor ich meine Handschuhe gegeneinanderreibe, in dem verzweifelten Versuch, meine Finger zu wärmen. Nicht wirklich erfolgreich. »Wir rennen erstmal zu Leanders Hütte, sagen ihm Bescheid. Ein Schritt nach dem anderen, klar?«

»Und zu Christine.«

»Erst mal nur bis zu Leander, der ist näher dran. Dann schauen wir weiter.«

Ich sehe, dass sie protestieren will, aber dann beißt sie nur wütend die Zähne aufeinander und nickt in die Richtung, in der hoffentlich Leanders Hütte liegt. Am liebsten würde ich sie packen und schütteln, weil sie sich so verdammt wenig Sorgen um sich selbst zu machen scheint. Wobei ich in Wahrheit denke, dass das irgendeine Art von seltsamem Schutzmechanismus ist. Als würde sie sich selbst davon abhalten wollen, zu realisieren, in welch einer Scheiße wir beide gerade stecken. *Ich* mache mir Sorgen – um sie, um mich selbst, um die anderen. Um meine Eltern, die es nicht verkraften würden, wenn sie einen Anruf bekämen und erfahren würden, dass ich irgendwo in der Einöde Colorados über den Haufen geschossen wurde. Wenn mir hier oben etwas passiert und die Behörden sich an meine Eltern wenden, zieht das eine ganze Menge beschissene Folgen nach sich, auf die ich gerne verzichten würde.

Seite an Seite kämpfen wir uns durch den Schnee. Das Gelände zwischen meinem Chalet und dem von Leander ist hügeliger als die unmittelbare Umgebung, und immer wieder stapfen wir durch kleine Senken, in denen sich der Schnee noch höher aufgetürmt hat und uns ausbremst. Die Kälte und auch die Nässe fressen sich durch die Säume meiner Hose und in meine Schuhe hinein. Ich kann mir beim besten Willen nicht vorstellen, nach dieser Nacht jemals wieder warm zu werden.

Meine Gedanken kreisen in meinem Kopf wie ein außer Kontrolle geratenes Kinderkarussell. Immer und immer wieder gehe ich sämtliche Möglichkeiten durch und werde mit jeder Sekunde, in der mir keine einfache Lösung einfällt, frustrierter. Verdammte Scheiße, wir leben im einundzwanzigsten Jahrhundert! Wir haben all diese unfassbar beeindruckende Technik, sind beinahe überall auf der Welt miteinander vernetzt! Wie, zur Hölle, kann es sein, dass wir auf dieser vergleichsweise kleinen Anhöhe festsitzen, ohne die Möglichkeit, Kontakt zu jemandem aufzunehmen? Nicht einmal mit der Polizei! Wir könnten die Schneemobile nehmen, aber die Situation mit Luca gestern Abend, als sie ihren Schlitten in die Schneewehe gefahren hat, hat sich in mein Gedächtnis eingebrannt. Hätte ich sie nicht gefunden, hätte sie sich möglicherweise verlaufen und in den umliegenden Wäldern verirrt. Hier gibt es Schluchten, Felsspalten, wilde Tiere … eine ganze Menge potenzielle

Gefahren für einen unerfahrenen Wanderer. Und in den letzten Stunden hat es weiter geschneit, was die Fahrt ins Tal noch schwieriger macht. Außerdem ist eine Kugel deutlich schneller als der Schlitten.

Immer wieder schauen wir uns um. Mein Blick klebt an der Waldgrenze links von uns, der von Luca an der freien Fläche zu unserer Rechten. Es ist, als hätten wir eine stillschweigende Übereinkunft getroffen, jeweils eine Seite im Auge zu behalten. Keiner von uns sagt ein Wort, wahrscheinlich, um mögliche Schritte oder Sonstiges nicht zu überhören. Vielleicht auch, um nicht noch mehr auf uns aufmerksam zu machen als ohnehin schon. Ich habe das Gefühl, als seien meine Sinne geschärfter als sonst. Ich achte auf jedes kleine Geräusch, jedes Knacken der Äste, jedes verzweifelte Heulen des Windes.

34

DEVAN

»Was denkst du?«, fragt Luca irgendwann. Sie ist ein wenig außer Atem, aber zum Glück hat der Sturm ein bisschen nachgelassen, sodass wir uns nicht mehr anschreien müssen.

»Ich denke, dass das hier dämlich ist.«

Auch wenn ich sie nicht anschaue, spüre ich regelrecht, wie sie die Augen verdreht. »Das meine ich nicht. Was denkst du, wer das ist? Und was er will?«

Ah, wir sind bei dem Thema angekommen, das wir in den letzten Stunden zwanghaft gemieden haben. Keine Ahnung, warum sie es ausgerechnet jetzt anspricht, obwohl die Anspannung ohnehin schon in der Luft summt wie Elektrizität, bevor ein Blitz einschlägt. »Ich weiß es nicht«, antworte ich trotzdem. Mit dem Fuß kicke ich gegen einen kleinen Schneehaufen. »Ich habe keine Ahnung, was jemand davon haben sollte.«

»Glaubst du, er will uns wirklich töten?«

Mein Lachen klingt trocken und freudlos. »Ja, irgendwie schon. Er hat auf uns geschossen.«

Sie schweigt ein paar Sekunden, aber ich traue mich nicht, den Blick von den Bäumen abzuwenden. »Nehmen wir an, es war ein Schuss«, beginnt sie. Sie redet schnell, vermutlich, um mir keine Chance zu geben, zu protestieren. »Dann muss er nicht unbedingt *auf* uns geschossen haben. Vielleicht war es ein Warnschuss.«

»Und vor was wollte er uns warnen?«

»Ich denke, er wollte uns verscheuchen. Oder sie.« Auch sie lacht trocken auf. »Wir könnten uns bei Gelegenheit mal darüber unterhalten, warum man immer automatisch von einem Mann ausgeht. Egal. Ich denke immer noch, dass er uns hätte töten können, wenn er es wirklich gewollt hätte. Zumindest mich. Wenn er die Waffe nicht irgendwo versteckt hatte, dann hatte er sie bei sich, als ich unten beim Parkplatz war. Da hätte er mich locker erschießen können, aus nächster Nähe. Aber er hat sich nicht einmal beeilt, mich einzuholen. Ich hatte eher den Eindruck, als würde er …«

Luca bricht ab, bei den letzten Worten hat ihre Stimme kaum merklich gezittert. Und auch wenn es sich falsch anfühlt, drehe ich den Kopf und mustere ihr vom Schnee schwach erleuchtetes Gesicht. Es sieht schaurig aus, als wäre sie ein Geist. Sie erwidert meinen Blick nicht, sondern schaut immer wieder abwechselnd zum Weg und dann zur Anhöhe.

»Als würde er was?«, hake ich vorsichtig nach.

Sie hebt die Hände, lässt sie dann aber wieder fallen. »Als würde er mich jagen. Oder in eine Richtung treiben.«

Wut kocht in meiner Magengegend auf wie heiße Lava. Unwillkürlich ballen sich meine Hände zu Fäusten. Allein bei dem Gedanken, dass Luca diesem Arschloch unmittelbar gegenüberstand, wird mir schlecht. »Vielleicht war er einfach nur überfordert. Niemand sagt, dass er ein Profikiller ist.«

»Was, wenn er uns einfach nur aus dem Weg haben wollte? Weil wir ihn bei irgendwas gestört haben?«

Seufzend bleibe ich stehen. Ein paar Schritte geht Luca weiter, dann dreht sie sich stirnrunzelnd zu mir um und sieht mich fragend an. »Das bringt doch nichts, Luca. Dieses ganze ›Vielleicht‹ und ›Was wäre, wenn‹ spielt eigentlich keine Rolle, oder? Es ändert nämlich nichts daran, dass irgendein Typ –

oder eine Typin – hier mit einer Waffe herumrennt. Wir müssen hier weg, und zwar so schnell wie möglich.«

»Aber warum das Ganze?«, fragt sie heftig. Sie ringt die Hände. »Ob er uns jetzt umpusten will oder nicht – warum? Ich weiß ja nicht, wie es bei dir aussieht, aber mein Leben ist nicht so aufregend, dass ich irgendwelche Feinde hätte. Und, ganz ehrlich, wie hoch stehen die Chancen, dass wir einfach nur irgendeinem Psychopathen über den Weg gelaufen sind, der uns die Haut abziehen und sich ein Kostüm daraus nähen will? So etwas passiert doch im normalen Leben nicht!«

Ein wenig hilflos erwidere ich ihren Blick. »Vielleicht gibt es keinen komplexen Plan, Luca. Vielleicht ist der Kerl einfach nur durchgeknallt.«

»Neunzig Prozent aller Morde sind Beziehungsdelikte«, erklärt sie mit fester Stimme, allerdings macht sie inzwischen den Eindruck, als würde sie eher mit sich selbst sprechen als mit mir. Oder einen Vortrag halten. »Nicht unbedingt Liebesbeziehungen, aber der Täter und das Opfer kennen sich, und es gibt ein Motiv. Eifersucht, Notwehr, Rache und so weiter. Die häufigsten Gründe für einen Mord sind Kränkung oder Verletzung der Ehre, solche Sachen. Dann kommen materielle Motive oder die Vertuschung einer anderen Straftat. Morde aus reinem Spaß am Töten sind wahnsinnig selten, Devan.«

»Vielleicht sollte ich mir eher Gedanken darüber machen, wie gut du dich damit auskennst«, murmele ich. »Im Ernst, das ist unheimlich, Luca.«

»Ist es nicht«, schnaubt sie, schlingt dann die Arme um den Oberkörper. »True Crime ist ein großes Ding und wenn das an dir vorbeigegangen ist, hast du die letzten Jahre unter 'nem Stein gelebt. Aber darum geht es hier auch überhaupt nicht.«

»Ich verstehe schon, worum es dir geht. Dass der Kerl einen Grund dafür hat, auf uns zu schießen.«

»Ja! Er muss ein Motiv haben! Wenn er uns tatsächlich töten wollen würde, dann müsste er uns persönlich kennen, und wie hoch ist die Wahrscheinlichkeit, dass das so ist? Ich kenne dich und Christine und Paul, aber an die beiden kann ich mich aus der Schulzeit kaum noch erinnern. Du kennst sie nicht, und Leander kannte vorher keiner von uns. Das ergibt keinen Sinn!«

Allmählich werde ich diese Diskussion leid. Ich verstehe ihr Bedürfnis, der Sache auf den Grund zu gehen, aber es wäre mir wirklich lieber, wenn sie das irgendwo tun würde, wo sie nicht wie eine verdammte Zielscheibe herumsteht. »Okay, erklär mir deinen Verdacht, während wir gehen, und dann lass uns bitte, bitte von hier verschwinden!«

»Ich denke, er will uns einfach nur aus dem Weg haben.« Sie verzieht das Gesicht, setzt sich aber Gott sei Dank endlich wieder in Bewegung. »Und damit meine ich nicht, dass er uns abknallen will. Vielleicht will er was klauen oder … keine Ahnung, dem *Ortiz* eins auswischen. Das Resort ist geschlossen, und wahrscheinlich ist er davon ausgegangen, dass die Hütten nicht belegt sind. Vielleicht ein ehemaliger Mitarbeiter, völlig egal. Was ich damit meine, ist, dass ich denke, wir müssen einfach nur von hier abhauen, mehr nicht.«

»Mehr nicht«, wiederhole ich trocken. »Hör mal, Luca. Das alles klingt unglaublich interessant, aber wir haben keine Zeit, das zu analysieren, okay? Das macht die Polizei. Du und ich, wir müssen jetzt hier weg! Tut mir leid, aber es ist bescheuert, den Umweg über die anderen Hütten zu nehmen.«

Sie brummt nur, und wieder ist mir klar, dass sie eine ganze Menge Worte zurückhält. Ich bin ihr dankbar dafür. Diese ganze Situation ist schon stressig genug, auch ohne dass ich mich mit Luca streite. Noch mehr als ohnehin schon.

Als Leanders Hütte endlich vor uns auftaucht, ist meine

Erleichterung beinahe überwältigend. Der Weg hierher war nerventechnisch die reinste Achterbahnfahrt, und ich brauche wirklich ein paar Minuten Pause. Es überrascht mich nicht, dass Leanders Chalet genauso dunkel daliegt wie mein eigenes, doch beim Näherkommen bemerke ich im Inneren ein hin und her zuckendes Licht, wie von einem Handy oder einer Taschenlampe.

»Leander!«, ruft Luca laut, bevor ich auch nur reagieren kann. Unwillkürlich ziehe ich den Kopf ein und sehe mich um.

Wir steigen über einen Schneehaufen und gehen auf die Tür zu, kaum zwei Sekunden später wird sie von innen geöffnet, und Leander taucht im Türrahmen auf.

Irritiert bleibt Luca stehen. »Warum geht die auf?«, fragt sie verwirrt, mit einer Spur Argwohn in der Stimme.

Leander runzelt die Stirn. »Was meinst du?«

Sie deutet auf die Tür. »Warum kannst du die öffnen? Der Strom ist weg.«

Ihm ist deutlich anzusehen, dass er keine Ahnung hat, wovon Luca spricht. Ich brauche ebenfalls ein paar Sekunden, aber als der Groschen fällt, berühre ich Luca am Arm. »Er hatte die Karte stecken, als der Strom ausgefallen ist. Die Tür war nicht verschlossen.«

Lucas Schultern spannen sich an, bevor sie sich zu mir umdreht. »Willst du mich verarschen? Du willst mir also erzählen, dass ich da unten am Parkplatz alleine rumgelaufen bin und beinahe über den Haufen geschossen worden wäre, während Leander die ganze Zeit hier herumgesessen hat und mir easy hätte helfen können?«

»Komm runter«, murmele ich und hebe die Hände. »Ich habe nicht daran gedacht, bis gerade eben. Und du auch nicht, Luca. Also entspann dich, okay?«

»Was ist denn los?«, unterbricht uns Leander und schaut von

einem zum anderen. Er trägt eine Jacke, ist aber bei Weitem nicht so dick eingepackt wie wir beide. »Kommt zur Sache oder rein, ich will nicht noch mehr kalte Luft hier drinnen als ohnehin schon.«

Statt einer Antwort quetscht Luca sich an mir vorbei, und ich folge ihr. Ich bin eindeutig dafür, ins Haus zu gehen. Eine Wand und eine verschlossene Tür zwischen Luca und den Typen zu bringen, der ihr meiner Meinung nach eindeutig ans Leder wollte, völlig egal, wie sie die ganze Situation interpretiert.

Ich werfe Leander einen entschuldigenden Blick zu, weil Luca und ich eine ganze Menge Schnee in dem kleinen Flur verteilen. Ich folge den beiden, wäre dann aber beinahe in Luca hineingerannt, weil sie einen Augenblick später stolpernd stehen bleibt. Sofort schießt mein Puls in die Höhe, und ich greife nach ihren Schultern, um sie zur Seite zu ziehen, als mein Blick auf Christine fällt, die auf einem der Barhocker sitzt. Neben ihr steht Ana, eine Tasse in der Hand.

»Was soll das?«, frage ich verwirrt, lasse Luca aber noch nicht los.

Leander lässt sich seufzend auf den kleinen Stuhl fallen. »Keine Ahnung, wer meine Hütte zum Gruppensammelpunkt ernannt hat, aber herzlich willkommen … schätze ich. Fühlt euch gerne wie zu Hause.«

»Was macht ihr alle hier?« Als Luca sich zu mir umdreht, bemerke ich das Misstrauen in ihren Augen. Mein Herz zieht sich schmerzhaft zusammen, weil es mir verdammt noch mal gegen den Strich geht, sie so aufgelöst zu sehen. Jedes Mal, wenn ich denke, wir können ein wenig durchatmen, kommt das nächste Fragezeichen, das sich uns vor die Füße wirft.

»Sie war hier, bevor der Strom ausgefallen ist«, beginnt Leander und deutet auf Ana, dann verengt er die Augen. »Warum, geht euch nichts an. Und Christine sind die Nerven ein bisschen durchgegangen, und sie wollte nicht alleine im Dunkeln in ihrer Hütte …«

»Sei kein Arsch«, unterbricht Ana ihn mit einem kurzen Blick auf Christine.

»Jemand hat mir ein Foto geschickt«, erklärt die und fährt sich mit der Hand durch die Haare. »Von Pauls Handschuh. Nur Pauls Handschuh im Schnee. Ich kenne die Nummer nicht, und es gab keine Erklärung.« Wütend funkelt sie Leander an. »Das ist beschissen gruselig! Ich hatte nicht einfach nur Angst im Dunkeln!«

Ich werfe Luca einen Blick zu, aber sie erwidert ihn nicht. Weil meine Hände immer noch auf ihren Schultern liegen, spüre ich, wie sich ihr gesamter Körper anspannt, selbst unter der dicken Schicht aus Kleidern.

»Zeig mir das Foto«, fordert sie Christine mit überraschend beherrschter Stimme auf. Ich bin mir sicher, dass die anderen das Zittern darin nicht bemerken, ich aber schon.

Christine protestiert nicht, sondern entsperrt ihr Handy und reicht es Luca. Über ihre Schulter hinweg sehe ich das Bild, das ohne Hintergrundinformationen ziemlich unspektakulär ist: weißer, unaufgewühlter Schnee, aus dem die obere Hälfte eines schwarzen Handschuhs mit grün-blauem Muster ragt. Das ganze Foto ist dunkel und ein wenig unscharf, aber das ist alles, was darauf zu erkennen ist. Luca zoomt an ein paar Stellen heran, aber falls sie etwas Außergewöhnliches entdeckt, sagt sie nichts. Sie gibt das Handy zurück an Christine.

»Wann hast du das bekommen?«

»Kurz bevor der Strom ausgefallen ist. Aber der Empfang hier ist kacke, also weiß ich nicht, ob es nicht schon früher abgeschickt wurde. Ist 'ne MMS.« Sie verzieht das Gesicht.

Einen Moment lang befürchte ich, dass sie anfängt zu weinen, aber stattdessen stößt sie ein humorloses Lachen aus. »Das ist doch alles total bescheuert! Wer macht so etwas?«

»Bist du dir sicher, dass es Pauls Handschuh ist?«, frage ich skeptisch.

Christine greift in ihre Jackentasche und zieht einen identischen Handschuh heraus. »Sehr sicher. Wir haben das gleiche Modell.«

Ich schlucke einen Kommentar herunter, seufze und schaue Leander an. »Was denkst du?«

Er schüttelt müde den Kopf. »Keine Ahnung. Ich könnte mir vorstellen, dass Paul …«

»Wenn du jetzt wieder mit dieser Scheiße anfängst, Leander, dann schwöre ich, dass ich dir meinen Fuß so weit in den Arsch …«

»Okay, nicht schon wieder«, unterbricht Ana Christine und berührt sie kurz am Arm, bevor sie sich an Luca und mich wendet. »Das hatten wir alles schon. Leander denkt, Paul hätte ihr das Foto geschickt, wegen … ihr wisst schon. Um ihr eins auszuwischen oder so. Aber Christine glaubt das nicht.« Sie wirft erst ihr, dann Leander einen eindringlichen Blick zu. »Können wir diese Diskussion bitte nicht noch mal führen?«

»Das war nicht Paul!«, antwortet Christine heftig, mehr zu sich selbst als zu einem von uns. »Er wollte mir verzeihen. Vielleicht war er angepisst, aber sicher nicht genug, um so was abzuziehen. Außerdem kenne ich die Nummer nicht, und sein Handy ist immer noch aus.«

»Seine Mailbox ist an«, wirft Leander ein. »Nur weil du auf die Mailbox weitergeleitet wirst, bedeutet das nicht, dass sein Handy aus sein muss, Christine.«

»Es reicht jetzt«, fährt Ana erneut dazwischen und funkelt Leander an. »Behalt deine Meinung für dich!«

Schulterzuckend deutet er auf mich. »Er hat gefragt, was ich denke.«

Luca schüttelt den Kopf, dann macht sie sich von mir los und dreht sich um. Tausend verschiedene Emotionen spiegeln sich in ihrem Blick – Angst, Verwirrung, Überforderung, Wut … ich kann jede davon nachvollziehen, weil diese Mischung auch in meinem Magen Achterbahn fährt und dazu führt, dass ich kaum einen klaren Gedanken fassen kann. Ich habe das Gefühl, in eine verwirrende Partie *Cluedo* geworfen worden zu sein, in der jeder Spieler seinen eigenen Regeln folgt und die Lösungskarten irgendwann zwischendurch abhandengekommen sind.

»Wir müssen es ihnen erzählen«, flüstert sie, obwohl das vermutlich nicht nötig ist. Ana, Leander und Christine diskutieren immer noch, als hätten sie mich und Luca einfach vergessen.

Wäre die Kacke um uns herum nicht so vollständig am Dampfen, hätte ich mich deutlich mehr für diese seltsame Konstellation interessiert. Dass Christine hier ist, ergibt Sinn. Immerhin liegt Leanders Chalet ihrem am nächsten. Wie Ana in diese Gleichung passt, verstehe ich allerdings immer noch nicht. Klar, es ist absolut möglich, dass Leander und sie irgendetwas am Laufen haben, aber ehrlich gesagt frage ich mich, wann das passiert sein soll. Die letzten Tage waren vollgestopft mit Programm, und die Male, die ich Ana unten im Resort gesehen habe, kann ich an einer Hand abzählen.

Aber all das spielt aus mehreren Gründen keine Rolle. Erstens geht es mich tatsächlich nichts an, selbst wenn Leander und Ana einfach nur einen unbedeutenden One-Night-Stand hatten. Zweitens haben wir definitiv dringendere Probleme, und drittens starrt Luca mich noch immer an und wartet auf eine Antwort.

»Ja.« Ich bin nicht gerade scharf auf diese Unterhaltung, um ehrlich zu sein. Eigentlich bin ich ein Mensch, der Dinge mit sich selbst ausmacht, vor allem, wenn ich sie noch nicht richtig einordnen kann. Und diese ganze Sache ist so unklar, so verwirrend und so mehrdeutig, dass ich am liebsten darauf verzichten würde, sie mit all diesen Menschen durchzukauen, in Panik zu verfallen und Details aufzubauschen, die möglicherweise keine Bedeutung haben. Aber Luca hat recht. Tatsache ist, dass sich hier jemand mit einer Waffe herumtreibt, was auch immer sein Motiv sein mag. Es wäre alles andere als fair und vielleicht sogar gefährlich, den anderen nichts davon zu erzählen.

Trotzdem zögere ich. Weder Luca noch ich haben den Typen gesehen, zumindest nicht sein Gesicht. Er hat dicke Schneeklamotten getragen, die alle Details des Körperbaus verschlucken. Wir wissen nicht, wer unter der Skimaske gesteckt hat. Und es ist nun mal ein Fakt, dass wir keinen dieser Menschen, die uns gegenübersitzen, *wirklich* kennen. Sie haben alle eine Geschichte, warum sie hier sind, was sie dazu gebracht hat, mitten in der Nacht in dieser Hütte zu sitzen. Das könnte alles plausibel sein.

Aber genauso gut besteht die Chance, dass mindestens einer von ihnen ein überzeugender Lügner ist.

35

LUCA

Nachdem Devan und ich uns aufs Bett gesetzt haben – nicht ohne einen genervten Blick von Leander, weil wir seine halbe Hütte und jetzt auch noch die Matratze mit schmelzendem Schneematsch vollsauen –, erzähle ich den anderen, was seit dem Verlassen meines Chalets passiert ist. In allen Einzelheiten. Immer wieder spüre ich Devans Blick von der Seite, aber falls er mir etwas mitzuteilen versucht, ignoriere ich es. Inzwischen denke ich, dass ich ihn gut genug kenne, um zu wissen, dass er am liebsten nicht so freigiebig mit unseren Informationen wäre. Allerdings ist mir das im Moment egal. Ich habe es satt, über Dinge nachzugrübeln und nie wirklich zu einem Ergebnis zu kommen.

»Devan meint, der Typ hätte vorgehabt direkt auf uns zu schießen«, schließe ich und zucke ein wenig hilflos mit den Schultern. »Ich bin mir da nicht so sicher. Meiner Meinung nach könnte er auch nur versucht haben, uns zu verscheuchen oder so.«

»Verscheuchen?«, wiederholt Christine hysterisch. Überraschenderweise war sie während meines kleinen Statusberichts still und hat zugehört, doch jetzt platzen all die Worte aus ihr heraus, die sie scheinbar so angestrengt zurückgehalten hat. »Warum sollte er uns verscheuchen wollen?«

Ich öffne gerade den Mund, da fügt Ana hinzu: »Und wohin? Der Weg runter zum Resort ist nicht mehr befahrbar, zumindest nicht mehr einfach so. Wo sollen wir schon hin?«

»Was ist mit dem Weg?«, fragt Devan ruhig.

»Direkt hinter der ersten Biegung liegt ein umgestürzter Baum«, erzählt sie achselzuckend. »Ich konnte noch mehr große Äste sehen, die wahrscheinlich während des Sturms runtergekracht sind. Ich wollte vorhin zurück zum Hotel fahren, bin dann aber wieder umgedreht. Ich denke, dass es tiefer im Wald noch schlimmer aussieht.«

»Und die Straße?«, hake ich nach. »Die, über die unser Gepäck hergebracht wurde?«

Ana schüttelt resigniert den Kopf. »Die ist bei Minusgraden gesperrt. Sie geht zu steil bergab und kann auch nicht geräumt werden. Das Problem stand auch auf der Liste der Renovierungen, aber da ist noch nichts passiert.«

»Das kann doch nicht sein!« Ich ziehe mir die Mütze vom Kopf und versuche, die Hitze, die in mir aufsteigt, loszuwerden. »Ihr seid ein Luxusresort! Du kannst mir doch nicht erzählen, dass man von diesem Kackberg nicht mehr runterkommt, sobald es schneit. Das hier ist ein *Skiresort!* Auf so was solltet ihr doch eingestellt sein!«

»Hey, ich bin nicht für das Ganze hier verantwortlich«, erinnert sie mich nachsichtig. »Wie gesagt, dieses Problem sollte behoben werden – mit dem Lift. Außerdem sollte auch die Straße neu gemacht werden, aber ich arbeite hier nur. Ich bin nicht an der Planung beteiligt.«

»Warum bist du überhaupt hier?«, frage ich, ehrlich neugierig. »Wolltest du nicht mit dem Techniker ins Dorf fahren?«

Ana seufzt. »Der Techniker ist noch da. War er vorhin zumindest noch, jetzt ganz sicher nicht mehr. Ich hatte nichts zu tun und wollte ja eigentlich später wieder zurückfahren. Ich hatte nicht damit gerechnet, hier festzusitzen. So einen kompletten Stromausfall hatten wir noch nie.«

»Noch nie?«

Kopfschüttelnd setzt sie sich auf die Schreibtischkante. »Nicht, seitdem ich hier arbeite. Und wenn ihr mich fragt, halte ich es für verdammt unwahrscheinlich, dass das normale Stromnetz *und* das Notstromaggregat beide unabhängig voneinander in derselben Nacht ausfallen.«

Christine horcht auf. »Was willst du damit sagen?«

»Dass jemand das Aggregat manipuliert hat«, schlussfolgert Devan, noch bevor Ana antworten kann.

»Das kann nicht sein.« Ich lache freudlos auf. »Seid mal realistisch. Warum sollte jemand das machen?«

»Guckst du keine Nachrichten?«, fährt Christine mich an. »Warum machen Menschen Dinge, wie ihre Familien ermorden oder Frauen vergewaltigen oder sonst was?«

»Hör mal«, antworte ich, vergeblich bemüht, einen sachlichen Ton anzuschlagen, »ich habe keine Ahnung, was dein Problem mit mir ist, aber ich habe keinen Bock mehr, mich ständig von dir anpampen zu lassen. Ich war bis jetzt nichts anderes als freundlich zu dir, und du pisst mir bei jeder Gelegenheit ans Bein! Ich habe jetzt *echt* keine Nerven für deine Allüren!«

Es hätte mich nicht überrascht, hätte sie dramatisch nach Luft geschnappt und sich an die Brust gegriffen, aber stattdessen wird Christines Blick einfach nur eisig, noch eisiger als vorher. »Ich habe Allüren? Du bist doch diejenige, die hier ständig die Kontrolle an sich reißt. Paul ist verschwunden, und dich hat es einen Scheiß interessiert! Aber jetzt, da es um dich geht, machst du hier alle verrückt!«

»Dein Freund ist abgehauen«, sage ich so langsam und deutlich, als würde ich mit einem Kleinkind sprechen. »Und er meldet sich nicht bei dir, weil du mit seinem Kumpel ins Bett gesprungen bist! Aber hier hat jemand gerade ganz real mit einer Waffe herumgeballert!«

Sie schnaubt verächtlich. »Vielleicht ist auch nur irgendwo ein Baum umgefallen.«

Ich lache mit einer Mischung aus Verwirrung und Unglaube. »Christine, du widersprichst dir selbst, merkst du das nicht? *Ich* war gerade eben diejenige, die das alles hier entdramatisieren wollte. Was, zur Hölle, ist dein Problem?«

»Ooookay«, wirft Devan ein, als Christine den Mund öffnet. »Ich denke, das bringt uns nicht so richtig weiter.« Ich sehe ihn genervt an. Nicht, weil er versucht, diese Diskussion zu beenden, sondern weil ich mir gewünscht hätte, er hätte eben noch Christines Antwort abgewartet. Denn ich würde wirklich gerne wissen, was, *zur Hölle*, ihr Problem ist.

»Sie hat angefangen«, schnaubt Christine.

Ana lacht. »Das hast du nicht wirklich gesagt.«

»Wir haben keine Ahnung, ob das Aggregat manipuliert wurde oder wer sich in Pauls Account gehackt hat, wo Paul ist und ob euch tatsächlich jemand erschießen wollte. Und wir wissen auch nicht, ob das alles überhaupt miteinander in Zusammenhang steht.« Leander, der offensichtlich beschlossen hat, den Faden unserer ursprünglichen Unterhaltung wieder aufzunehmen, schaut uns der Reihe nach an. »Aber ehrlich gesagt glaube ich, dass das im Moment auch nicht allzu viel ändert, oder?«

»Danke«, seufzt Devan so heftig, dass er damit die Matratze, auf der wir beide sitzen, zum Wackeln bringt.

Ana verschränkt die Arme vor der Brust und sieht Leander an. »Warum der Typ das macht, ist völlig egal. Wir sollten nicht hier sitzen und warten, bis wir es herausfinden. Wenn er uns wirklich nur erschrecken wollte und eigentlich auf der Suche nach irgendwas war, was er mitgehen lassen kann – super. Dann haben wir nichts zu befürchten. Aber wenn es um etwas anderes geht, will ich keine Sekunde länger hier sein als nötig.«

Ich erschaudere. Gut möglich, dass mein verzweifelter Versuch, diese ganzen Geschehnisse zu analysieren, lediglich eine Art Schutzmechanismus war, um mich davor zu bewahren, komplett durchzudrehen. Denn bei Anas Worten steigt Angst in mir auf, umschließt mit eiskalten Fingern mein Herz und drückt so fest zu, dass ich nach Luft schnappe. Keine Ahnung, wann das passiert ist, aber im Laufe der letzten Stunden haben sich meine und Devans Rollen vertauscht. Am Nachmittag im Resort habe ich so besessen versucht, ihn davon zu überzeugen, dass hier etwas vor sich geht. Jetzt ist er derjenige, der mich wahrscheinlich am liebsten über die Schulter geworfen hätte und abgehauen wäre.

»Was schlägst du vor?«, fragt Devan mit einem Seitenblick auf Christine, die verächtlich schnaubt.

»Wir sollten hier verschwinden«, wiederholt Ana. »Und zwar sofort.«

»Wohin?« Er deutet über die Schulter zu dem Panoramafenster. »Da draußen sind wir nicht besser geschützt, aber es ist kälter. Wir können nicht runter zum Resort, es sei denn, wir laufen. Allerdings ist der Weg verdammt beschissen, wenn überall Äste runterkrachen und die Pfade blockiert sind.«

»Er hat recht«, werfe ich müde ein. »Ich bin einmal zu Fuß runtergegangen, an unserem ersten Tag, und das war nur über den befestigten Weg möglich. Die Abhänge sind steil und steinig. Bei dem Schnee würden wir nicht sehen können, wo wir hintreten.«

Leander lässt die Fingerknöchel knacken. »Solange wir nicht rennen, sehe ich nicht, warum das ein Problem sein sollte.«

»Wir müssten bis zum Dorf, und dafür brauchen wir mindestens zwei Stunden«, bemerkt Ana nachdenklich. »Im Resort ist keiner, der uns helfen könnte. Und da gibt es auch keinen Strom.«

Verwirrt sehe ich sie an. »Wo ist Jacob?«

»Runter ins Dorf.« Sie zögert und wirft Leander einen kurzen Blick zu. »Er hat angeboten, mich mitzunehmen, weil sonst nur noch der Techniker im Haus war. Aber ich bin stattdessen hergekommen.«

»Zu Leander«, schlussfolgert Christine mit einem leicht höhnischen Lachen. »Richtig gute Entscheidung, Ana. Du könntest jetzt auch in einem beheizten Apartment sitzen und Netflix gucken. Oder schlafen. War er das wert?«

Wir alle ignorieren sie, was auf Dauer vermutlich die zielführendste Lösung ist.

»Jacob kommt erst morgen früh zurück«, fährt Ana einfach fort. »Ich bin auch dafür, abzuhauen, aber ich bin mir nicht sicher, ob das der richtige Weg ist. Wie gesagt, bis ins Tal sind es wahrscheinlich zwei Stunden. Wir sollten tatsächlich nicht durch den Wald laufen, das ist bei dem Wetter nicht ganz ungefährlich. Aber wenn wir drum herumgehen, dann wären es vermutlich mindestens drei Stunden Fußmarsch.«

»Dann ist das halt so«, sage ich ein wenig frustriert. »Wir wären immer noch schneller unten, als wenn wir drauf warten, dass der Strom wiederkommt oder dass Jacob checkt, was los ist.«

Ich bemerke, dass Devan zornig die Zähne zusammenbeißt. Ana lehnt sich zurück und schließt die Augen, Christine sieht immer noch wütend aus, und Leander scheint nachzudenken. Ein bedrückendes Schweigen legt sich über uns, nur unterbrochen von einem Ast, der in einem unregelmäßigen Rhythmus gegen das Dach der Hütte schlägt. Zum gefühlt tausendsten

Mal heute Nacht wandert mein Blick raus aus dem Fenster auf die eingeschneite Landschaft. Ich will eigentlich nicht hinsehen, um meiner Fantasie keine Chance zu geben, mir einen Streich zu spielen. Aber ich kann nicht anders. Wie bei einem Horrorfilm, bei dem man weiß, dass man nicht hinschauen sollte, es aber trotzdem tut.

Leanders Fenster liegt in Richtung des Plateaus, hinter dem sich irgendwo das Tal erstrecken muss. Aktuell kann ich nur ein paar Meter weit sehen, aber tagsüber ist der Blick mit Sicherheit gigantisch.

Während ich nervös auf meiner Lippe herumbeiße, frage ich mich, wo der unheimliche Typ gerade wohl ist. Versteckt er sich hinter einem der Bäume? Hat er sich in eine der jetzt leer stehenden Hütten geflüchtet? Allein bei der Vorstellung, dass er sich Zugang zu meinem Chalet verschafft hat und meine Sachen durchwühlt, läuft es mir eiskalt den Rücken runter.

Leander ist schließlich derjenige, der das Schweigen bricht. Er lehnt sich vor und stützt sich mit den Ellbogen auf den Knien ab. »Ich denke auch, dass wir hier wegsollten«, sagt er grimmig. »Aber was mir am meisten Sorgen macht, ist, dass wir drei Stunden lang völlig schutzlos herumlaufen würden. Keiner von uns kennt sich hier sonderlich gut aus, aber wir wissen nicht, ob der Typ es vielleicht tut.«

»Was ist mit dir?«, fragt Christine an Ana gewandt. »Du arbeitest hier, du musst die Umgebung doch kennen.«

»Ich arbeite an der Rezeption. Würdest du mich hier irgendwo aussetzen, wäre ich genauso geliefert wie ihr.«

Leander nickt, als wäre diese Information alles andere als neu für ihn. »Eben. Sollte der Kerl es tatsächlich auf einen von uns, oder alle, abgesehen haben, spielen wir ihm ziemlich in die Karten, wenn wir uns hier am Arsch der Welt drei Stunden lang 'ne Zielscheibe auf die Stirn malen.«

Zornig balle ich die Hände zu Fäusten. »Es muss doch irgendeine Möglichkeit geben, um Hilfe zu rufen«, sage ich frustriert. »Eine Leuchtpistole, ein Funkgerät, keine Ahnung, ein Signalfeuer vielleicht. Irgendwas!«

Ana hat sich bei meinen letzten Worten aufgerichtet. »Ein Funkgerät!«

»Was?«

»Beim Sessellift gibt es ein Funkgerät! Da steht eine kleine Station, und ich bin mir hundertprozentig sicher, dass es da ein Lawinen-Notfallkit von der Bergrettung gibt. Ein Erste-Hilfe-Set, Heizdecken, Biwaksäcke, Schaufeln, Sonden und LVS-Geräte und so.«

»Was, zur Hölle, ist ein LVS-Gerät?«, frage ich.

»Damit kann man verschüttete Personen finden. Aber sie können auch ein Notsignal aussenden. Die senden alle auf derselben Frequenz. Das heißt, dass jeder im Tal, der ein LVS-Gerät besitzt, das Signal empfangen müsste. Und in Skigebieten hat eigentlich jeder so ein Ding zu Hause.«

»Müsste?«, wiederhole ich vorsichtig.

»Ich bin echt keine Expertin, aber wenn du mich fragst, ist das unsere beste Option. Zur Station laufen wir sicher nur zwanzig Minuten, und wir müssen nicht durch den Wald.«

Misstrauisch schaut Christine erst Leander, dann Devan an. »Stimmt das?«

»Ich kenne mich mit den Dingern nicht aus«, sagt Devan, was mich ehrlich gesagt überrascht. »Und ich bin nach wie vor der Meinung, dass wir hierbleiben sollten. Aber ja, es klingt auf jeden Fall besser als die drei Stunden bis ins Dorf. Und vielleicht gibt es in der Station auch ein normales Funkgerät.«

»Warum gibt es diese blöden Geräte nicht in den Hütten?«, frage ich frustriert.

»Die Lawinengefahr hier ist verhältnismäßig gering«, erklärt

Ana, auch wenn ich meine Frage eher rhetorisch gemeint habe. »Der Wald würde die Wucht des Abgangs abbremsen.«

»Aber dann müsste …«, beginnt Devan, wird allerdings von Christine unterbrochen, die lautstark nach Luft schnappt.

Wir drehen uns beinahe synchron zu ihr um. Sofort ist mir klar, dass etwas nicht stimmt.

»Was ist?«, frage ich, obwohl ich mir nicht sicher bin, ob ich die Antwort auf diese Frage tatsächlich hören möchte.

Sie antwortet nicht direkt. Ihr Gesicht ist leichenblass, das erkenne ich sogar im Halbdunkel der Hütte. Sie hat den Blick nach unten gerichtet und hält ihr Handy umklammert. Als sie den Kopf hebt und aufschaut, macht mein Herz einen unangenehmen Satz. Christine sieht aus, als hätte sie einen Geist gesehen.

»Christine«, sagt Leander eindringlich. Er steht auf und macht einen Schritt auf sie zu. »Was ist?«

Sie atmet jetzt schneller, auch wenn sie sich alle Mühe zu geben scheint, sich zu beruhigen. Vergeblich. »Ich habe ein zweites Foto bekommen.«

»Was?«

Statt einer Antwort dreht sie das Handy so, dass wir das Display sehen können. Ich lehne mich vor, weil ich im ersten Moment nicht erkennen kann, was das Foto darauf zeigt. Als der Groschen fällt, wirbele ich herum und suche mit den Augen die Umgebung ab, während sämtliches Blut auf einmal aus meinem Gesicht weicht.

»Das muss der zweite Handschuh sein«, höre ich Christine hinter mir mit zitternder Stimme sagen. »Seht ihr das? Das ist der gleiche Handschuh wie auf dem ersten Bild. Das muss Pauls sein!«

»Wo liegt der drauf?«, fragt Devan.

»Auf einem Sattel oder …«

»Auf einem Schneemobil«, berichtige ich Ana. Meine Stimme klingt irgendwie weit weg, als würde sie nicht richtig zu mir gehören. Vielleicht liegt es daran, dass das Blut ohrenbetäubend laut in meinen Ohren rauscht. »Es ist hell auf dem Foto, also muss es vorher aufgenommen worden sein. Aber das ist eines von den Schneemobilen unten. Vom Parkplatz.«

Beinahe im selben Augenblick ist Devan an meiner Seite. Ich sehe ihn nur aus den Augenwinkeln, aber er schlingt einen Arm um meine Taille und zieht mich an sich. Zieht mich zurück, als wolle er sich vor mich stellen, aber ich halte dagegen. Ich wage es nicht, den Blick auch nur eine Sekunde lang von der Schneefläche abzuwenden, die zwischen uns und dem Parkplatz liegt, den ich von hier aus nicht erkennen kann.

Ana atmet zischend aus. »Vielleicht ist das einfach *irgendein* Schlitten. Oder das Foto ist älter. Das muss nicht bedeuten, dass der Typ hier …«

»Wie konntest du das Foto kriegen?«, fällt Devan ihr barsch ins Wort. Er hat sich halb zu Christine umgedreht, ohne mich jedoch loszulassen. »Ohne Empfang oder Internet.«

Ein Teil von mir ahnt die Antwort bereits. Nicht die genauen Worte, vielmehr das, was sie bedeuten werden. Mir wird kalt, noch kälter als ohnehin schon, obwohl ich mir kaum vorstellen konnte, dass das überhaupt möglich ist.

»Bluetooth.« Das Wort ist nur ein Flüstern. Hätte ich nicht gewusst, dass Christine es ist, die dieses Wort sagt, hätte ich ihre Stimme nicht wiedererkannt. Sie klingt wie ein Krächzen, ein Flüstern im Heulen des Sturms.

Einen Moment lang schließe ich die Augen, während die Erkenntnis sich in der Hütte ausbreitet wie dichter Rauch. Bluetooth-Verbindungen sind auf eine unmittelbare Nähe zwischen den Handys angewiesen. Fünfzig Meter, maximal hundert. Christine dieses Foto zu schicken funktionierte nicht aus der Entfernung heraus. Ja, das Bild kann vorher aufgenommen worden sein, verschickt wurde es aber gerade eben. Der Kerl muss hier sein. Bei der Hütte … oder in ihr drin.

Keiner von uns sagt ein Wort, trotzdem spüre ich die Blicke der anderen, die über die Wände des Chalets gleiten wie Suchscheinwerfer. Wir lauschen gemeinsam in die Dunkelheit der Nacht, dann gehen unsere Nerven durch.

Hinter mir ertönt das Krachen eines umkippenden Stuhls. Ich zucke zusammen, drehe mich aber nicht um. Mein Blick klebt an der Landschaft vor dem Fenster. Keine Fußspuren im frischen Schnee, nicht, soweit ich es erkennen kann. Aber das muss nicht viel heißen. Meine Sicht ist begrenzt, und selbst ohne mich in der Umgebung auszukennen, weiß ich, dass es vermutlich zig Wege gibt, ungesehen an die Hütte heranzukommen.

Devan zieht mich ruckartig vom Fenster weg. »Zur Tür«, schreit er Leander zu.

»Ana, behalt das Fenster im Auge!«

»Ist die Tür abgeschlossen?«

»Ich habe etwas gehört! Ich schwöre, ich habe einen Ast knacken gehört!«

»Christine, kannst du sehen, wer das Foto geschickt hat?«

»Versuch, etwas zurückzuschicken, dann wissen wir, ob er noch in der Nähe ist!«

»War das ein Klopfen?«

Alle schreien durcheinander, ich kann die Stimmen nicht einmal mehr voneinander unterscheiden. Auch ich rufe, dass sie verdammt noch mal still sein sollen, aber keiner reagiert auf mich. Keiner hört dem anderen zu, keiner konzentriert sich.

»Leute!«, brülle ich und wirbele herum. Christine hat sich keinen Zentimeter bewegt, Ana kniet auf dem Küchentresen und lugt durch das kleine Fenster, Leander hat sich vor der Tür positioniert, und Devan steht unschlüssig zwischen mir und der schmalen Hintertür, als könnte er sich nicht entscheiden, wo genau seine Prioritäten liegen – mich zu beschützen oder Leander bei dem kläglichen Versuch zu helfen, die Hütte zu sichern.

Ich bin beinahe überrascht, dass sie tatsächlich innehalten und mich ansehen. In ihren Gesichtern spiegelt sich eine Mischung aus Überforderung, Unglaube und blanker Angst, die ich nur zu gut nachvollziehen kann.

»Wir müssen hier weg«, sage ich mit fester Stimme. »Der Typ spielt ein Spiel mit uns!«

»Zum Parkplatz«, beschwört Christine uns und hebt erneut ihr Handy. »Das wurde auf dem Parkplatz aufgenommen! Vielleicht hält er Paul da irgendwo fest, oder er ist bewusstlos …«

»Nein«, fahre ich barsch dazwischen. Ich wäre gerne mitfühlender, aber dafür reichen meine Nerven in diesem Augenblick einfach nicht aus. »Das will er. Das ist wahrscheinlich genau die Reaktion, die er erwartet. Oder uns hier drinnen festzuhalten.«

»Was schlägst du vor?« Leander starrt wieder die Tür an.

Ich atme bebend ein. »Wir gehen in die andere Richtung. Zu dieser Station, von der Ana gesprochen hat. Wir laufen von ihm weg.«

Devan schnaubt, und Ana lacht freudlos auf. Sie sieht mich an, als hätte ich den Verstand verloren. »Du willst da rausgehen? *Jetzt?*«

»Wir passen auf.« Ich klinge verzweifelt, aber das ist mir egal. Die Angst schnürt mir die Kehle zu. »Aber wir können nicht riskieren, dass er da draußen irgendetwas findet oder baut, womit er die Tür aufbrechen kann.«

»Wir sollten uns bewaffnen«, schlägt Leander knurrend vor. »Und dann hätte ich echt nichts dagegen, wenn wir dem Arschloch in die Arme laufen. Ich würde ihm gerne ausführlich erklären, was ich von dieser ganzen Scheiße hier halte.«

»Es hat nicht zufällig einer von euch eine Pistole?«, fragt Devan, bevor er sich an Christine wendet. »Du vielleicht, oder hatte Paul eine?«

Sie hebt die Augenbrauen. »Warum ausgerechnet wir?«

»Versteh mich nicht falsch, aber ihr seht aus wie Leute, die eine Waffe zu Hause im Safe ...«

»Pass auf, dass du an deinen beschissenen Vorurteilen nicht erstickst, Sandoval! Selbst *wenn* ich eine Waffe hätte, würde ich sie dir sicher nicht geben!«

»Haltet die Klappe!« Ana wartet, bis Devan und Christine sie ansehen, dann deutet sie hinter mich zum Panoramafenster. »Er wird hier nicht irgendwo lauern und aus einer dunklen Ecke springen. Warum sollte er? Wir sind in der Überzahl. Und Luca hat recht: Falls er sich auf dem Gelände auskennt, wovon wir jetzt einfach mal ausgehen sollten, könnte er unzählige Dinge unternehmen, um uns rauszutreiben. Ich habe echt keinen Bock, hier zu sitzen und darauf zu warten, was er sich wohl als Nächstes überlegt.«

»Ihr beiden seid doch lebensmüde«, antwortet Christine entsetzt.

»Run if you can, hide if you can't.« Ana hebt herausfordernd das Kinn. »Sogar das verdammte FBI sagt, dass man eher wegrennen sollte, als sich zu verstecken, Christine! Du kannst gerne hierbleiben, aber ich verschwinde.«

»Sehe ich auch so. Wir müssen weg«, stimme ich ihr ruhig zu. Alles, was in unserem Leben passiert, ist das Resultat der Entscheidungen, die wir treffen. Wir können nicht davon ausgehen, dass sich etwas ändert, wenn wir uns immer für das Gleiche entscheiden. Bislang haben wir den Kopf eingezogen und abgewartet. Das muss vorbei sein. »Und zwar jetzt.«

Ein paar Sekunden lang sehen wir einander schweigend an, dann seufzt Leander und richtet sich auf. »Gut. Dann los.«

Die folgenden Minuten verbringen wir damit, mehr oder weniger organisiert herumzulaufen und uns auf den Marsch vorzubereiten. Christine und Ana leihen sich Klamotten von Leander, weil sie offensichtlich nicht auf einen Spaziergang im Schnee vorbereitet waren und Christines Chalet durch den Stromausfall ebenfalls abgeschlossen ist. Auch Devan und ich ziehen noch ein paar Pullis übereinander, um uns warm zu halten. Der grobe Plan ist zwar, Hilfe zu rufen und uns anschließend in der Station zu verbarrikadieren, aber keiner von uns weiß, wie warm oder kalt es dort sein wird. Wenn wir Pech haben, müssen wir ein paar Stunden dort ausharren, während wir auf Hilfe warten. Wenn wir noch mehr Pech haben, bringt uns das alles nichts, und wir müssen von dort aus improvisieren. Wenn ich ehrlich bin, sieht für mich keine dieser Möglichkeiten nach einer einfachen Lösung aus.

Ich versuche, mich zu beschäftigen, mich in Bewegung zu halten, während Leander und Ana nach Dingen suchen, die wir als provisorische Waffen benutzen könnten – Küchenmesser zum Beispiel. Ich habe Angst davor, eine Panikattacke zu bekommen, wenn ich meinen Gedanken erlaube, die Situation zu analysieren. Christine ist überraschend still geworden, auch wenn ich mir nicht einbilde, dass es an meiner kleinen Standpauke liegt. Ich glaube ehrlich gesagt nicht, dass sie sich davon beeindrucken lässt. Obwohl es mir nicht gefällt, habe ich Mitleid mit ihr. Denn in einem Punkt hat sie recht – trotz allem, was wir inzwischen wissen, macht sich kaum einer von uns ausreichend Gedanken um Paul. Vor ein paar Stunden war der vernünftige Teil in mir sich noch absolut sicher, dass Paul in diesem Moment in einem warmen Bett in Eagle Creek liegt oder sogar schon zu Hause ist. Erst die Bilder von Christine, dann der Post über den Haftbefehl seines Vaters – das reicht, um einen Menschen das Handtuch werfen zu lassen und klammheimlich zu verschwinden. Andererseits … nach allem, was seitdem passiert ist, verstehe ich, dass sie sich unglaubliche Sorgen macht. Denn es gibt auch verdammt viele Szenarien, die das Verschwinden von Paul auf eine weniger harmlose Art und Weise erklären würden.

Nervös gehe ich hinüber zum Fenster und werfe einen Blick hinaus. Wir alle waren so sehr mit unseren Vorbereitungen beschäftigt, dass keiner die Umgebung im Auge behalten hat. Ich lasse meinen Blick über die stille Landschaft schweifen, aber als ich nichts erkenne, wende ich mich hastig wieder ab. Meine Angst und Paranoia brauchen definitiv nicht noch mehr Futter.

»Hey.«

Ich zucke so heftig zusammen, dass ich den Handschuh fallen lasse, den ich gerade anziehen wollte. Devan, der an meine Seite getreten ist, hebt ihn auf und gibt ihn mir wieder. »Du hast mich erschreckt.«

»Sorry.« Er lächelt dieses halbe Lächeln, aber es erreicht seine Augen nicht. »Wie geht es dir?«

»Großartig«, schnaube ich und grinse, als er die Augen verdreht. »Keine Ahnung. Wie geht es dir?«

»Ich mache mir Sorgen.«

»Worüber genau?«

Sekundenlang mustert er mich schweigend, dann zieht er mich an sich. Ich bin ein bisschen überrumpelt und stolpere gegen ihn, wehre mich aber nicht. Im Gegenteil. Ich schlinge meine Arme um seine Taille und drücke mich gegen ihn.

»Das Foto kann jemand innerhalb der Hütte verschickt haben«, raunt er mir zu, so leise, dass keiner außer mir es hören kann. Seine Umarmung fühlt sich an wie eine Barriere zwischen mir und der Welt da draußen, die mir gerade solche Angst macht. Für die anderen ist wahrscheinlich nicht einmal ersichtlich, dass er überhaupt mit mir spricht.

Ich nicke und versuche, die Furcht zurückzukämpfen.

»Du bist echt klein«, bemerkt Devan dann unvermittelt, lauter dieses Mal. Er tastet mit seinen Händen meinen Rücken ab. »Es fühlt sich an, als würdest du nur aus Daunen bestehen.«

»Ich nehme das als Kompliment, aber ich bin nicht klein. Ich bin Durchschnitt.«

Er weicht ein Stück zurück und betrachtet mich. »Wie groß bist du?«

»Ein Meter einundsiebzig.«

»Du wärst ...«, er kneift ein Auge zusammen und blickt zur Decke, als würde er angestrengt nachdenken, »siebenundvierzig Kamele wert.«

»Ach, wirklich?«

»Ein Kamel kostet um die zweitausend Dollar. Das heißt, ich würde hunderttausend Dollar für dich kriegen.«

Ich mustere sein überraschend ernstes Gesicht, auch wenn es im Schatten liegt. »Das hast du dir ausgedacht.«

»Nein.«

»Du hast also sowohl den aktuellen Frauen-Kamel-Kurs im Kopf als auch die Verkaufspreise für Kamele?«

Er zuckt nicht einmal mit der Wimper. »Das ist Allgemeinwissen, Luca. Und du solltest dich geschmeichelt fühlen. Für mich würdest du nur neununddreißig Kamele bekommen.«

Lachend lege ich meine Wange an seine Brust und atme geräuschvoll aus. Ich weiß, dass er mich nur ablenken möchte und auf unsere Unterhaltung über Treibsand und Co. anspielt. Einen kurzen Moment lang hat es tatsächlich beinahe funktioniert.

»Es tut mir leid«, murmelt er, bevor er seine Wange auf meinen Kopf legt. »Ich war ein bisschen ... ruppig zu dir. Das war nicht okay.«

»Und dabei bist du so ein netter Typ.« Ich seufze. »Tut mir

auch leid. Aber ich glaube, das geht schon in Ordnung, wenn man vor einem bewaffneten Irren flieht.«

Er umfasst mich fester. »Eigentlich sollten wir jetzt Sex haben.« Er klingt wie ein unzufriedenes Kind, was mich wieder zum Lachen bringt. »Ich hatte mir diese Nacht ganz anders vorgestellt.«

Ich mir auch. Nicht nur diese Nacht – ich hatte mir unsere gesamte Zeit hier im *Ortiz Grand Resort* anders vorgestellt. »Ich glaube, den Job können wir vergessen.«

Als er dieses Mal lacht, klingt es echter. Der Laut vibriert in seiner Brust und wirkt beruhigender als alles, was er zu mir sagen könnte.

»Wir kriegen das schon hin, Honigbiene. Ich sorge dafür, dass wir es hier rausschaffen.«

Ich will seinen Worten so unbedingt glauben. Wie ein Kind, das Angst vor den Monstern unter seinem Bett hat und seinen Eltern vertraut, dass diese in Wahrheit nicht existieren. Aber es gelingt mir nicht. Gegen meinen Willen tauchen immer wieder die Bilder vor meinem inneren Auge auf, wie die Gestalt auf mich zukommt, den Abstand zwischen ihr und mir mit jedem Schritt verringert. Devan hat mich gerettet. Er hat es schon einmal geschafft, sich zwischen mich und diesen Menschen zu stellen. Ich muss darauf vertrauen, dass es ihm auch ein zweites Mal gelingen würde.

»Bleib in meiner Nähe, okay? Egal, was passiert. Egal, was die anderen machen, hörst du?« Als er stockt, schaue ich auf und begegne Devans glühendem Blick. »Du und ich, wir bleiben zusammen.«

Ich nicke, bin aber nicht in der Lage, zu antworten. Denn auch ohne dass er es ausspricht, verstehe ich die Bedeutung, die in seinen Worten mitschwingt: Wenn es hart auf hart kommt, wird er mich beschützen. Mich, und keinen anderen.

Und auch wenn ich mir sicher bin, dass ich mich später dafür hassen würde: Sollte das tatsächlich passieren … widerspreche ich nicht.

36

[redacted]

Ich atme heftig aus. Die weiße Wolke, die aus meinem Mund dringt und einen Moment lang vor meinem Gesicht schwebt wie der abgetrennte Kopf eines Geistes, vernebelt mir die Sicht. Ich konzentriere mich auf nichts anderes als auf meine Schritte. Einen Fuß vor den anderen, das Stapfen der anderen Stiefel ignorieren, das durch meinen Verstand hallt – das Grollen eines Donners in dunkler Nacht.

Einen Schritt nach dem anderen. Die Absurdität dieser Metapher ist mir durchaus bewusst, und ich unterdrücke ein bitteres Lachen, um keine Aufmerksamkeit auf mich zu ziehen. Denn anders als meine Füße, die dem Willen meines Bewusstseins unterworfen und gezwungen sind, meinen Anweisungen Folge zu leisten, verlaufen die Schritte meines Planes nicht so zielsicher. Im Gegenteil. Sie stolpern, kommen vom Weg ab, verirren sich in den Windungen der Möglichkeiten, dem freien Willen und den willkürlichen Entscheidungen der Member meiner *List of Six*. Als wären sie betrunken vom kurzfristigen Erfolg und würden sich schon bald auf dem schmutzigen Boden einer Bahnhofstoilette wiederfinden, die kalten Finger um die Klobrille gekrallt und in der stetigen Erwartung, sich von ihrem Mageninhalt zu verabschieden, der zum großen Teil aus Siegessicherheit und überschätzter Arroganz bestehen wird.

Aber so weit werde ich es nicht kommen lassen.

Ich muss handeln, und zwar schnell. Brauche einen Plan B zu ihrem Plan A, einen Plan C zu ihrem Plan B. Muss reagieren, wenn sie agieren. Schneller sein, als sie es sich überhaupt vorstellen können. Muss ihre Handlungsmöglichkeiten einschränken, wie die wilder Tiere, auf die eine gezielte Treibjagd abgehalten wird.

Möglicherweise habe ich meiner Gutmütigkeit zu viel Spielraum gelassen. Möglicherweise ist es an der Zeit, sie daran zu erinnern, wer hier die Zügel in der Hand hält und über unser aller Schicksal entscheidet. Ihre Arroganz und Überheblichkeit werden den sprichwörtlichen Knüppel darstellen, den ich ihnen zwischen die Beine werfen werde.

Für einen höheren Zweck, selbstverständlich. Denn immerhin bin ich nur ein Diener, der sich dem Zweck des Großen und Ganzen verschrieben hat. Ein Diener, der beinahe kaum noch dafür zur Verantwortung gezogen werden kann, was auf diesem Berg passiert.

Entgegen ihrer eigenen Überschätzung haben sie noch immer keine Ahnung, welchem Ziel wir entgegensteuern. Warum ihnen das passiert. Sie sind wie eine Gruppe Ameisen, von der eine nach der anderen unter dem Lupenglas eines herzlosen Kindes verbrennt, die durcheinanderlaufen und ihren Kameraden beim Sterben zusehen, ohne je voll und ganz begreifen zu können, was passiert. Sie sind geradezu bemitleidenswert ahnungslos.

Sie glauben, dass sie vor mir davonlaufen können. Doch in Wahrheit werden sie getrieben. Wie Robben, die in Todesangst von einer Eisscholle springen, ohne zu ahnen, dass im eiskalten Wasser bereits der Jäger und damit der sichere Tod lauert.

37

LUCA

Ich frage mich, ob ein Gehirn wohl einfrieren kann, ohne dass der zugehörige Mensch dabei stirbt. Ich bin mir nämlich hundertprozentig sicher, dass wir schon seit Stunden in dieser Eiseskälte unterwegs sein müssen. Was gewaltig Anas Einschätzung von zwanzig Minuten widersprechen würde. Und da keiner der anderen sich beschwert, muss es wohl an meiner inneren Uhr liegen.

Wie besprochen halte ich mich an Devan, auch wenn der Weg bislang eher ereignislos war. Anfangs haben wir uns alle ständig umgesehen, Christine ist sogar geduckt gelaufen, als würde sie jeden Moment einen Kugelhagel erwarten. Ich hätte ihr gerne gesagt, dass ein möglicher Schütze ganz einfach tiefer zielen und ihren Kopf trotzdem erwischen würde. Aber ich habe die Klappe gehalten, weil ich einerseits nicht gemein sein und andererseits keine unnötige Panik schüren wollte. Wir wirken ohnehin schon wie ein Haufen Hühner, die von einem Fuchs aufgescheucht wurden. Wir alle bilden uns ein, einem Plan zu folgen, aber in Wahrheit hat keiner von uns die Situation wirklich im Griff. Unsere Anspannung kann man beinahe mit Händen greifen.

Als wir das Plateau, auf dem die Chalets stehen, hinter uns lassen und der Wald sich ein wenig zurückgezogen hat, atmen wir alle auf vor Erleichterung. Wir sind zwar weniger geschützt, aber immerhin wäre ein Fremder auch deutlich besser zu erkennen, sollte er sich uns nähern.

Ana, die neben Leander vorangegangen ist, bleibt plötzlich stehen. »Wartet mal.«

Schwer atmend halte ich an. Um ehrlich zu sein, sieht es hier genauso aus wie überall sonst, außer dass zu unserer Linken steile Felsen in eine Art Schlucht abfallen. Wie eine Steilküste, nur ohne Meer zu ihren Füßen. Ana ist ebenfalls außer Atem. Sie richtet sich auf und lässt den Blick schweifen, dann dreht sie sich zu uns um.

»Ich kann nicht weit genug gucken, aber wenn wir an dem Kamm entlanggehen, müssten wir automatisch zur Station kommen. Der Lift führt über diese Schlucht.«

Ich nicke, auch wenn mir das erneut zu viele Vermutungen sind. Aber immerhin ist Ana die Einzige, die wenigstens den Hauch einer Ahnung zu haben scheint, wo wir uns gerade befinden. Definitiv mehr als der Rest von uns.

»Wie weit ist es noch?«, fragt Christine.

Ana deutet auf den Abhang. »Das ist *Land's End*«, ruft sie. »Eine Felsformation, die man vom Hotel aus sehen kann, aber ich weiß nicht, an welcher Stelle wir genau sind. Geht nicht zu nahe ran, die Felsen sind teilweise locker, und da geht es ein paar hundert Fuß runter.«

»Nee, bitte nicht«, murmelt Devan neben mir.

»Wenn wir da sind, wo ich denke, nimmt das Ganze noch eine Kurve, und dann müsste die Station kommen. Aber ich bin hier noch nie langgelaufen, okay? Ich kenne die Strecke nur von Karten.«

Christine schnaubt, hält aber zu unser aller Erleichterung die Klappe. Ich würde mir auch eine etwas selbstsicherere Reiseleiterin wünschen, aber in der Not frisst der Teufel Eichhörnchen, oder wie man so sagt.

Wir laufen weiter, orientieren uns an der Felskante, ohne jedoch zu nahe heranzugehen. Das Letzte, was wir gebrauchen könnten, ist, dass jemand da hinunterstürzt. Wir reden kaum, wenn überhaupt, geben wir einander knappe Anweisungen. Niemals hätte ich geglaubt, dass es so anstrengend ist, durch Schnee zu spazieren. Meine Muskeln brennen bereits, und jeder von uns atmet deutlich schwerer als normalerweise. Irgendwann erzählt Devan mir, dass die meisten Wanderer in solchen Gebieten entweder Langlaufski oder Schneeschuhe dabeihaben, damit sie nicht bei jedem Schritt einsinken, so wie wir gerade.

Wir verfallen immer wieder in Schweigen, aber es ist nicht unangenehm. Als ich Devan vorhin im Spaß vorgeworfen habe, dass wir unsere ganze Dating-Geschichte in der falschen Reihenfolge angehen, habe ich das ernst gemeint. Trotzdem fällt mir gerade auf, dass wir damit auch diese peinliche Phase übersprungen haben, in der man versucht, jede Stille zu füllen, das Gespräch in jedem Fall am Laufen zu halten, und dem anderen gefallen will. Ich sage Devan, was ich denke, und kann ganz ich selbst sein. Das ist ein … schönes Gefühl. Auch wenn es sich falsch anfühlt, an dieser ganzen Situation überhaupt etwas Positives zu sehen.

Stirnrunzelnd schaue ich zu Devan hoch, der neben mir läuft und zu meiner Erleichterung ebenfalls schwerer atmet als normalerweise. Also liegt es immerhin nicht ausschließlich an meiner kaum existierenden Kondition. »Warum haben wir eigentlich nicht die Schlitten genommen?«

Er grinst zu mir herunter. »Das fällt dir jetzt erst auf?«

Ich zucke mit den Schultern. »Meine Konzentration lässt ein wenig zu wünschen übrig. Bist du nicht müde?«

»Nein. Ich glaube, das ist das Adrenalin. Wahrscheinlich kippen wir alle aus den Latschen, sobald wir irgendwo in Sicherheit sind.«

Was hoffentlich bald der Fall sein wird. »Und? Warum keine Schlitten?«

»Ana sagt, die Dinger seien nicht für diesen Pulverschnee gemacht. Wir würden wahrscheinlich stecken bleiben, vor allem, wenn wir uns auf drei Schlitten verteilen müssten.«

Keine Ahnung, wann sie das besprochen haben, aber ich glaube ihm. »Sind denn Schneemobile nicht genau dafür gedacht?«, frage ich irritiert. »Ich meine, sollten die nicht genau …«

Mein Fuß bleibt an einem Stein unter dem Schnee hängen, und ich stolpere ein paar Schritte vorwärts, die Arme ausgestreckt. Einen widerlichen Moment lang denke ich, mein Fuß würde brechen, weil der Widerstand des Steins plötzlich nachgibt. Aber dann wird mir klar, dass es nicht mein Fuß war, der nachgegeben hat. Ich schaffe es, mich zu fangen, dann drehe ich mich um.

»Alles okay?«, fragt Devan und kommt auf mich zu, die Arme immer noch erhoben, als wollte er mich auffangen. Allerdings bemerke ich die Belustigung in seiner Stimme.

Schaudernd gehe ich zurück zu der Schneewehe, in die ich hineingelaufen bin. Wenn mich da jetzt ein erfrorenes Tier erwartet, kann es echt nicht mehr schlimmer kommen. Aber es ist kein Tier, das da aus dem kleinen Schneehaufen ragt, sondern irgendetwas anderes. Ich verenge die Augen und beuge mich hinunter. »Ich glaube, jemand hat …«

Mein Satz geht in einem Schrei unter. In meinem eigenen. Ich erkenne das Ding, das sich so dunkel vom weißen Schnee abhebt. Es fühlt sich an, als würde mir jemand in den Magen schlagen, Übelkeit steigt in mir auf, und ich stolpere panisch zurück, auch wenn einem Teil meines Gehirns bewusst ist, dass es nichts gibt, wovor ich wegrennen müsste.

Devan ist sofort an meiner Seite, und dann höre ich die Stimmen der anderen, das Trampeln ihrer Schritte, als sie zu uns herübergerannt kommen. Devan umfasst meine Schultern und zieht mich an sich, während ich wie gebannt auf den Handschuh starre, von dem lediglich die Finger zu sehen sind, die steif gen Himmel ragen, als würden sie nach den Sternen greifen.

»Christine«, keuche ich, mache mich von Devan los und renne ihr entgegen. Sie war ein bisschen langsamer als Ana und Leander, und ihr Gesicht zeigt eine Mischung aus Wut und Verwirrung, als ich auf sie zustürze. »Bleib hier. Ich flehe dich an, bleib stehen.«

»Was soll das?«, fragt sie und versucht, mir auszuweichen. Ich greife nach ihren Armen. »Hör auf mit dem Scheiß, Murphy! Was ist los?«

Als ich Ana hinter mir schreien höre, schließe ich eine Sekunde lang die Augen und konzentriere mich auf meine Atmung, um Christine nicht auf die Designerstiefel zu kotzen. Der winzige Rest Hoffnung verpufft und verhallt zusammen mit Anas Schluchzen in der kalten Nacht. Wieder versucht Christine, sich loszumachen, aber meine Finger krallen sich schmerzhaft in den Ärmel ihrer Jacke.

»Christine!«, sage ich eindringlich. Vielleicht schreie ich auch, ich bin mir nicht sicher. Es fühlt sich an, als hätte sich mein Kopf mit Watte gefüllt. Als würde das alles um mich herum nicht wirklich passieren. »Du willst das nicht sehen!«

Ihre Miene erstarrt, sämtliche Wut fällt von ihr ab und macht eisiger Erkenntnis Platz. Ich stehe mit dem Rücken zu den anderen, die erschreckend still geworden sind. Ich will mich nicht umdrehen. Selbst als Christine sich losreißt und mich zur Seite stößt, stehe ich da, als wäre ich mit dem Schnee unter meinen Stiefeln verwurzelt. Dann zerreißt ein weiterer Schrei die Stille, lauter und tausendfach erschütternder als meiner oder Anas.

Wie betäubt drehe ich mich um und gehe langsam auf die Stelle zu, an der ich gestolpert bin. Der Handschuh ragt noch immer aus der weißen Decke heraus, doch inzwischen muss einer der anderen den Schnee zur Seite gewischt haben. Mir stockt der Atem, und ich schlage mir die Hand vor den Mund, als mein Blick auf Pauls weißes, lebloses Gesicht fällt. Ich unterdrücke ein Würgen. Es sieht aus, als hätte jemand eine Maske von Pauls Gesicht hergestellt und auf den Schnee gelegt. Meine Augen wandern über den unförmigen Haufen, den ich für eine Schneewehe gehalten habe. Jetzt wird mir klar, dass es sich dabei um Pauls schneebedeckten Körper gehandelt hat.

»Schaufelt ihn frei!«, kreischt Christine und wirft sich in den Schnee. »Wir müssen ihn wieder warm kriegen!«

Einen Moment lang stehen wir anderen einfach da und starren Christine an, alle unfähig, irgendetwas zu tun. Dann geht Leander auf sie zu und legt ihr eine Hand auf die Schulter, die sie hysterisch abschüttelt. »Christine. Das bringt nichts mehr.«

»Nein«, knurrt sie, ohne ihn anzusehen. »Hör auf!«

»Guck ihn dir an.«

Ich schüttele den Kopf, auch wenn mir klar ist, dass Leander nicht mit mir gesprochen hat. Aber ich will auch nicht hinschauen. Der kurze Blick auf die ins Leere starrenden Augen, die weiße Haut, die blauen, leicht geöffneten Lippen … *Nein.* Dieser Anblick wird mich bis ans Ende meines Lebens verfolgen, also zwinge ich mich, woanders hinzusehen. Zu Christine, die bebend im Schnee sitzt, zu Ana, die beide Hände vor den Mund presst, während ihr stumme Tränen über das Gesicht laufen, und zu Devan, der mit einem Ausdruck in den Augen vor sich hin starrt, den ich nicht deuten kann. Wut, Panik, Unglaube – all das spiegelt sich in seinem Gesicht. Ich will zu ihm gehen, ihn in den Arm nehmen und … keine Ahnung. Ihn halten, von ihm gehalten werden. Aber ich kann nicht. Ich kann nichts tun.

»Wir müssen Hilfe holen«, schluchzt Christine. Ihre Stimme bebt und bricht beim letzten Wort. »Bitte, wir müssen etwas tun.«

Leander kniet sich neben sie, und auch Devan scheint aus seiner Starre zu erwachen. Er macht einen Schritt auf die beiden zu und ballt die Hände zu Fäusten.

»Wir müssen hier weg.«

Sie dreht sich um und funkelt ihn an. Ihre Augen sind gerötet und ihr Gesicht nass von Tränen. »Ich lasse ihn hier nicht liegen! Wenn du das denkst, bist du nicht mehr ganz dicht.«

»Christine«, beschwört Leander sie. »Das hier ist nicht der Weg zum Resort, nicht einmal zum Dorf. Sieh dich um, hier ist kein Schlitten. Paul hatte keinen Unfall und ist dann erfroren. Wir müssen hier weg, und zwar schnell.«

Die Erkenntnis trifft mich mit einem zweiten Faustschlag, und mein Blick wandert wie von selbst zu Pauls Gesicht. Galle steigt in meiner Kehle auf, und ich wende mich hastig wieder ab. Wenn Paul nicht völlig den Verstand verloren hat und kopflos durch die Wildnis marschiert ist, muss jemand nachgeholfen haben.

Jemand hat Paul getötet.

Plötzlich fällt es mir schwer, Luft zu bekommen. Mein Hals schnürt sich zu, mein Herz rast, und meine Sicht verschwimmt, während mein Verstand versucht, das alles hier zu verarbeiten.

»Was sollen wir machen?«, frage ich, obwohl meine Lippen sich taub anfühlen. »Ihn einfach hier liegen lassen?«

Christines Schluchzen hallt in meinem Inneren wider und zerreißt mein Herz.

Ich sehe, dass Devans Kiefermuskeln hervortreten, als er die Zähne zusammenbeißt. Er tauscht einen kurzen Blick mit Leander. »Wir haben keine andere Wahl, fürchte ich. Sobald wir in der Station sind, können wir Hilfe holen. Aber jetzt …«

»Wir müssen ihn mitnehmen«, fleht Christine.

Leander flucht derb. »Er ist *gefroren*, Christine. Ich will nicht grob sein, und ich kann mir überhaupt nicht vorstellen, wie du dich gerade fühlen musst. Aber Paul ist tot. *Wir* sind es nicht. Und ich werde keines unserer Leben aufs Spiel setzen, um einen Toten zu bergen. Es tut mir leid.«

Ich widerspreche ihm nicht, dennoch schließe ich kurz die Augen, weil seine Worte unfassbar hart klingen.

»Wir bringen uns in Sicherheit«, flüstere ich. Ich folge Christines Blick nicht, dennoch ist mir klar, dass sie immer noch Paul anstarrt. Ihr Gesicht ist beinahe so weiß wie der Schnee um uns herum. »Danach sorgen wir dafür, dass Hilfe kommt. Okay?«

»Oh mein Gott«, keucht Ana leise. Als ich sie ansehe, bemerke ich, dass sie sich vorgebeugt und die Hände auf ihren Knien abgestützt hat. »Er hat ihn umgebracht! Ich … ich kann das nicht glauben!«

Christine sagt etwas, aber ich kann es nicht verstehen. Zögernd gehe ich auf sie, Devan und Leander zu, bleibe dann aber stehen. »Wir können ihn nicht hinter uns herziehen«, sage ich vorsichtig. »Es hätte nichts Würdevolles, Christine. Bitte, komm mit.«

Zu meiner Überraschung dreht sie sich tatsächlich zu mir um. Sie sieht … zerstört aus. Ihr Kinn zittert, und sie braucht zwei Anläufe, bevor die Worte endlich ihre Lippen verlassen. »Keiner wollte auf mich hören«, flüstert sie. »Ich wusste, dass etwas nicht stimmt. Ich wusste …«

Sie bricht ab und ich spüre, wie mir die Tränen überlaufen. »Ich weiß. Es tut mir so leid.«

Ohne darüber nachzudenken, knie ich mich neben sie und

ziehe sie an mich. Ein Teil von mir erwartet beinahe, dass sie mir eine knallt, aber selbst das wäre mir recht gewesen. Stattdessen sackt sie gegen mich und beginnt, haltlos zu schluchzen. Sie murmelt etwas, aber keiner von uns kann verstehen, was sie sagt. Und es spielt auch keine Rolle.

Minutenlang sitze ich einfach nur da und versuche, so viel Mitgefühl in diese ungelenke Umarmung zu legen, wie ich kann. Auch wenn mir klar ist, dass ich ihr keinen Trost bieten kann. Niemand kann das.

»Wir müssen gehen«, wiederholt Leander schließlich und steht dann auf. Er geht zu Ana hinüber, bevor er sie wortlos in seine Arme zieht.

Ich bin unendlich erleichtert, als Christine sich losmacht und sich aufrappelt. Devan packt ihren Arm und hilft ihr dabei. Ich habe keine Ahnung, was wir gemacht hätten, hätte sie sich geweigert, mitzukommen. Sie hierzulassen hätte möglicherweise ihr Todesurteil bedeutet, sie schreiend zur Station zu zerren, vielleicht unseres.

Devan greift nach meiner Hand. Er wartet, bis ich ihn anschaue. Ich halte den Blick fest auf sein Gesicht gerichtet, um mich selbst davon abzuhalten, zu der Schneewehe zu schauen.

»Bleib bei mir«, beschwört Devan mich so leise, dass die anderen uns nicht hören können. »Ich will nicht wie ein Arsch klingen, aber das ist wichtig, Luca. Verstehst du mich?«

Ich nicke abgehackt. »Ja.«

Er atmet geräuschvoll aus, dann hebt er die freie Hand und legt sie an meine Wange. Der gehetzte Ausdruck in seinem Gesicht wird ein wenig weicher. »Wie hältst du dich?«

Kopfschüttelnd lasse ich den Blick schweifen und atme bebend ein. »Ich habe das Gefühl, das hier passiert alles nicht zusammen.«

»Ich weiß, was du meinst.«

Ich sehe ihn an. »Glaubst du ernsthaft, er wurde ermordet?«

Zögernd beißt er sich auf die Lippen. »Ich weiß es nicht. Ich will nichts dramatisieren, aber Leander hat recht, oder nicht? Wir haben keinen Schlitten gefunden, und wir wissen, dass er irgendwann nachts verschwunden ist. Warum sollte er mitten in der Nacht alleine hierherkommen?« Devan verzieht das Gesicht. »Er sieht nicht aus, als wäre er von einem Tier angegriffen worden oder so, und warum sollte er lange genug hier herumgesessen haben, um zu erfrieren, wenn die Hütten doch in der Nähe waren? Das ergibt alles wenig Sinn.«

»Wir dachten, der Typ will uns zum Parkplatz locken«, erinnere ich ihn flüsternd. »Wir dachten, wir wären schlauer. Was, wenn er …«

Als ich abbreche, führt Devan meinen Gedanken zu Ende. »Was, wenn er geplant hat, dass wir in die entgegengesetzte Richtung laufen?«

Ich nicke, während sich meine Kehle nach und nach zuschnürt. »Ja.«

»Dann hätte er uns wohl genau da, wo er uns haben will. Aber ehrlich gesagt habe ich keine Ahnung, was wir dagegen unternehmen könnten, Luca. Es wäre genauso gut möglich, dass er uns tatsächlich zum Parkplatz locken wollte. Nichts davon kommt mir wirklich logisch vor.«

Schaudernd schaue ich zu den anderen hinüber. »Nichts hiervon macht Sinn, Devan.«

»Vielleicht wirkt das Ganze bei Tageslicht schon wieder anders. Möglicherweise gibt's eine naheliegende Erklärung, die wir übersehen.«

Ich schnaube. »Ja, ganz bestimmt.«

»Vielleicht ist das hier ein Albtraum, und ich werde jede Sekunde wach … in deinem Bett. Mit dir neben mir.«

»Ja, vielleicht.«

»Luca«, sagt er leise und wartet darauf, dass ich seinen Blick erwidere. »Ist alles in Ordnung mit dir?«

Mein Mundwinkel zuckt, aber es wirkt eher wie eine Grimasse als wie ein Lächeln. Im Moment fällt es mir schwer, mir vorzustellen, jemals wieder unbefangen lächeln zu können. »Frag mich das noch mal, wenn wir in irgendeinem warmen und sicheren Hotelzimmer sitzen, okay?«

»Okay.«

Zögernd lasse ich ihn los. Am liebsten würde ich mich an ihm festklammern und dieses sichere Gefühl, das er mir gibt, noch eine Weile festhalten. Unsere Beziehung mag sich in der falschen Reihenfolge entwickeln, trotzdem vertraue ich ihm. Ich kann mich auf ihn verlassen. Und dieses Wissen sorgt dafür, dass sich mein außer Kontrolle geratener Herzschlag ein kleines bisschen beruhigt.

Egal, wie energisch ich gerade eben noch auf Christine eingeredet habe, auch mir kommt es total absurd vor, Paul einfach so liegen zu lassen. Seine ... seine Leiche diesem eiskalten Grab zu überlassen. Keiner von uns weiß, wie lange es dauern wird, bis wir Hilfe holen können oder sie es schaffen, ihn zu bergen. Was, wenn Tiere ihn finden? Was, wenn der Typ zurückkommt und seine Spuren verwischen will? Ich kannte Paul kaum, und nur weil er tot ist, werde ich sicher nicht behaupten, dass ich ihn besonders mochte. Aber ihn hier sich selbst zu überlassen, fühlt sich falsch an.

»Wir müssen los«, unterbricht Devan meine Gedanken, greift wieder nach meiner Hand und zieht mich mit sich. Obwohl sich alles in mir dagegen wehrt, werfe ich einen Blick über die Schulter zurück, bereue es aber in derselben Sekunde. Ich presse die Lippen zusammen und wende mich ab. Christine hatte recht mit ihren Vorwürfen – sie wollte uns davon überzeugen, nach Paul zu suchen und sein Verschwinden ernst zu nehmen. Und irgendwie werde ich das Gefühl nicht los, dass sich die Geschichte wiederholt. Erneut lassen wir ihn im Stich, dieses Mal jedoch nehmen wir die Hoffnung, dass er wohlbehalten in einem Hotelbett schläft, mit uns. Es ist zu spät, uns einzureden, dass es für alles eine logische Erklärung gibt.

38

DEVAN

Der Wind hat nachgelassen, zum Glück, genau wie der Schnee. Eine unheimliche Stille hat sich über die Welt gelegt, die schauriger ist als der peitschende Wind.

Als sich endlich ein kleines Haus aus dem Nebel schält, geben beinahe die Knie unter mir nach vor Erleichterung. Ich weiß, dass wir nicht wahnsinnig lange unterwegs waren, aber es hat sich angefühlt wie ein ganzes Leben. Ich bekomme das Bild von Pauls leblosem Gesicht einfach nicht aus meinem Kopf. Ich habe noch nie in meinem Leben eine Leiche gesehen, nicht einmal auf einer Beerdigung oder im Familienkreis. Meine Eltern und ich stammen aus Spanien, dort liegen zwischen dem Tod eines Angehörigen und seiner Beerdigung teilweise nur vierundzwanzig Stunden. Es gibt keine offenen Särge, wir bahren unsere Toten nicht mehrere Tage lang auf. Pauls Anblick war ein beschissener Schock, obwohl er so unwirklich ausgesehen hat. Seine Haut war fahl, beinahe durchsichtig, als wäre sie aus Wachs. Und seine … seine Augen. Sie waren geöffnet, aber nur halb, und der Teil, der normalerweise weiß ist, war irgendwie verfärbt. Nicht richtig rot, eher violett.

Energisch schüttele ich den Kopf, versuche, die Erinnerungen zu vertreiben, und umfasse Lucas Hand fester, als Ana die Schritte beschleunigt und auf die Tür zugeht. Die Liftstation ist ein kleines Backsteinhaus mit Flachdach und steht schätzungsweise hundert Meter von dem Abhang der Steinklippe entfernt. Neben dem Gebäude ragt eine gigantische Stahlstütze in die Nebeldecke, dahinter kann ich gerade genug sehen, um die Plattform zu erkennen, auf der die Skifahrenden ein- und aussteigen können. Die ganze Umgebung wirkt gespenstisch. Dichter, weißer Nebel kriecht über die umliegenden Hügel auf uns zu, als wollte er uns in sich ertränken. Solche Orte sollten belebt und fröhlich sein. Hier ist es eher trostlos und tot.

Als Ana probeweise an dem Knauf rüttelt und die Tür tatsächlich nachgibt, kann ich es einen Augenblick lang gar nicht glauben. Vielleicht bilde ich es mir nur ein, immerhin sind Halluzinationen in Extremsituationen nicht wahnsinnig ungewöhnlich.

»Wie kann das sein?«, fragt Luca, die genauso schockiert klingt wie ich.

Ana wirft uns über die Schulter einen triumphierenden Blick zu. »Scheint wohl doch einen Gott zu geben. Manchmal werden solche Stationen absichtlich offen gelassen, damit Leute Schutz suchen können, falls sie sich verirren oder von einem Sturm oder einer Lawine überrascht werden. Wir haben echt Glück.«

Schnaubend folge ich ihr ins Innere des kleinen Hauses. Ehrlich gesagt hatte ich mit so etwas Banalem wie Glück überhaupt nicht mehr gerechnet.

Der Innenraum ist schmucklos, zweckmäßig und kalt, aber das ist mir gerade herzlich egal. An der Seite, die der Schlucht und dem Lauf des Lifts zugewandt ist, gibt es ein großes Fenster, durch das wir im Moment dank des Nebels allerdings kaum etwas erkennen können. Davor steht ein Schreibtisch, der beinahe so lang ist wie das Fenster und das Bedienfeld der Liftanlage beherbergt – eine Vielzahl von Reglern, Schaltern und irgendwelchen Anzeigen. Es gibt ein paar verschlossene Aktenschränke, einen Spind, ein kleines durchgesessenes Sofa und eine schmale Küchenzeile samt Kaffeemaschine und Waschbecken. Ana geht zielstrebig zum Schreibtisch und kniet sich vor einen kleinen Schrank, der daruntersteht. Als sie die Tür öffnet, stößt sie einen erleichterten Schrei aus. Dann zieht sie einen roten Kasten heraus und richtet sich wieder auf.

Leander tritt neben sie, während ich die Tür hinter Christine schließe, die sich auf das schmale Sofa setzt, ohne ein Wort zu sagen. Seit wir Paul gefunden haben, ist sie still – ihr Gesicht leer und ausdruckslos. Ich mache ihr keinen Vorwurf. Luca stellt sich neben Ana, und ich beziehe vor der Tür Position, in der sich ein kleines Fenster befindet, um die Umgebung im Auge zu behalten. Nachdem Ana ein paar Sekunden lang in der Kiste herumgewühlt hat, zieht sie schließlich etwas hervor, das wie ein schlichtes Walkie-Talkie aussieht.

»Ist das dieses Lawinengerät?«

Sie nickt. »Das ist ein LVS. Ich habe mitbekommen, wie Matthew, also unser Techniker, einen Rutsch davon fürs Hotel bestellt hat. Mr Ortiz wollte welche dahaben, um sie an die Gäste zu vermieten.«

»Und du weißt, wie man die Dinger bedient?«, fragt Luca.

»Es hat nur zwei Knöpfe«, bemerkt Ana und dreht das Gerät in der Hand. »Das sollten unsere Technik-Genies ja wohl hinkriegen.«

Leander streckt die Hand danach aus, in der anderen hält er ein kleines Heftchen – vermutlich eine Bedienungsanleitung. »Gib mal her.« Er hantiert kurz daran herum, dann leuchtet das kleine Display schwach auf und gibt einen langen, hohen Piepton von sich. »Es sendet«, murmelt er, ohne aufzusehen. »Das ist das Notfallsignal.« Das Ding verstummt, leuchtet zweimal auf, dann ertönt erneut das Signal.

Luca wirft mir einen Blick zu. In ihren Augen kann ich seit Stunden wieder so etwas wie Hoffnung erkennen. »Heilige Scheiße«, stößt sie mit einem nervösen Lachen aus. »Das empfangen jetzt alle Leute im Tal?«

Ana antwortet etwas, das ich nicht verstehen kann, weil es erneut in dem Signalton untergeht.

»Wir müssen einfach hier warten, oder?«, macht Luca weiter, bevor sie sich mit den Händen über die Oberschenkel reibt. Sie schaut nervös zum Fenster. »Hier können wir uns relativ gut verschanzen, und vielleicht weiß der Kerl gar nicht, dass wir …«

»Wartet mal«, unterbricht Leander sie, der immer noch auf die Anleitung starrt, dann flucht er. »Nein. Verdammte Scheiße!«

»Rede, Leander«, sage ich barsch.

Er antwortet nicht sofort, dann wirft er das kleine Heft heftig gegen die Wand. »Das Teil können wir vergessen! Das sendet keine hundert Meter weit.«

Ana wird schlagartig blass. »Was?«

»Siebzig Meter! Manchmal mehr, manchmal weniger. Das ist dafür da, dass du gefunden wirst, aber nur, wenn man nach dir sucht! Wenn du im Schnee verschüttet bist oder so, damit die Leute nicht einfach über dich drüberlaufen. Niemand im Dorf bekommt ein Signal von uns!«

»Aber …« Ana rennt hinüber zu der Stelle, an der die Anleitung gelandet ist, und hebt sie auf. »Das kann nicht sein! Matthew hat gesagt, dass …«

»Was soll das heißen?«, fragt Luca, auch wenn ihr deutlich anzusehen ist, dass sie sehr gut versteht, was das alles bedeutet. »Niemand weiß, dass wir hier sind?«

Ich würde sie gerne beschwichtigen, sie irgendwie beruhigen, aber ich bin mit meinem beschissenen Latein am Ende.

Das hier ist der reinste Albtraum, und jedes Mal, wenn ich denke, ich würde langsam aufwachen, reißt er mir erneut die Beine unter dem Körper weg. Hinter meiner Stirn pocht es schmerzhaft, und mein Herz rast inzwischen so schnell, als wollte es aus meiner Brust klettern und das Weite suchen.

»Konzentriert euch!«, fahre ich die anderen an, obwohl es mir selbst schwerfällt, einen klaren Gedanken zu fassen. »Wir brauchen einen Plan B.«

Christine, die immer noch auf dem Sofa sitzt, stößt einen Laut aus, den ich erst nach ein paar Sekunden als ein Lachen erkenne. »Das ist doch alles ein Witz«, keucht sie kopfschüttelnd. »Merkt ihr echt nicht, was gerade abgeht?«

Ich schließe die Augen und kneife mir mit den Fingern in den Nasenrücken. »Was, Christine? Was läuft hier denn?«

Als ich sie wieder ansehe, hebt sie die Hand und deutet auf Ana. »Ihr seid echt so beschissen leichtgläubig! Erst erzählt sie uns, dass wir ganz easy-peasy hierherlaufen können, dann finden wir ganz zufällig Paul auf dem Weg. Ich meine, ernsthaft? Dieses fucking Gelände ist wie groß? Und wir stolpern ausgerechnet über die Stelle, an der Paul liegt? Wir können da draußen kaum ein paar Meter weit gucken, aber natürlich rennen wir genau über Paul. Und dann verspricht sie uns, dass es hier auf jeden Fall Hilfe gibt, und was ist? Eine Sackgasse. Wir sitzen fest. Es ist nicht abgeschlossen, was auch heißt, dass *wir* uns nicht einschließen können. Seid ihr echt so blind?«

Ana hat von der Anleitung aufgeschaut, jetzt blitzt sie Christine wütend an. »Was willst du damit sagen?«

»Ich mein ja nur.« Sie zuckt mit den Schultern. »Bei den Chalets wäre wenigstens *irgendwann* Hilfe gekommen, wahrscheinlich schon in ein paar Stunden, wenn Jacob oder dein Matthew bemerkt hätten, dass wir ohne Strom sind. Aber hier?

Niemand weiß, wo wir sind. Das Ding ist nicht in Betrieb, oder? Das heißt, wir haben keine Ahnung, wann hier jemand vorbeikommt. Das ist eigentlich ein richtig schlauer Plan.«

»Ich frage dich noch mal.« Ana macht einen Schritt auf sie zu. »Was genau willst du mir damit sagen?«

Christine erwidert Anas Blick absolut ausdruckslos. »Dass ich ein bisschen überrascht bin. So viel Strategie hätte ich dir gar nicht zugetraut.«

»Das reicht«, geht Leander dazwischen, bevor Ana etwas darauf erwidern kann. Er stöhnt genervt. »Christine, bei allem Respekt und Mitgefühl und so weiter: Lass es. Du redest wirres Zeug.«

Ich will widersprechen. Will es wirklich! Aber Christines Worte fressen sich in mein Herz, meinen gesunden Menschenverstand, ohne dass ich es verhindern kann. Denn im Grunde genommen hat sie nicht unrecht. Das wäre ein verdammt schlauer Plan – uns von den Chalets wegzulocken, wo wir früher oder später gefunden werden würden. Wo wir vielleicht doch noch hätten ins Dorf fliehen oder uns irgendwie wehren können. Hier gibt es nichts, abgesehen von einem stillstehenden Skilift und ein paar Lawinenschaufeln.

Luca ist ebenfalls still, und ich hätte eine ganze Menge dafür gegeben, in ihren Kopf schauen und ihre Gedanken lesen zu können.

»Hat jemand ein Funkgerät gesehen?«, frage ich und dränge die Zweifel beiseite. Fürs Erste. »So etwas muss es hier doch geben.«

Verzweifelt durchsuchen Ana, Luca und Leander die Hütte. Christine gibt ihren Platz auf dem Sofa nicht auf, ich traue mich schlicht und ergreifend nicht, meinen Posten an der Tür zu verlassen. Ob Christine nun recht hat mit ihren Anschuldigungen gegenüber Ana oder nicht – in einem Punkt stimme ich ihr definitiv zu: Niemand sucht uns hier, niemand hört uns. Wir sollten niemandem erlauben, uns hier drinnen zu überraschen.

Nach ein paar Minuten müssen wir alle einsehen, dass es kein Funkgerät gibt. Kurz diskutieren Ana und Leander über den Grund, aber daran beteilige ich mich nicht. Weil es keine Rolle spielt. Ob das fehlende Funkgerät nun ein gezielter Zug in diesem beschissenen Spiel ist, Zufall oder ob es irgendeine andere logische Erklärung gibt, ist völlig egal. Es zählt gerade einzig und allein die Tatsache, dass es nicht da ist. Und daran können wir aktuell nichts ändern. Unzählige Optionen werden aufgezählt: zurück zu den Chalets, zu Fuß ins Dorf, hier ausharren und auf den Morgen warten, ein Signalfeuer.

»Hier liegt überall Schnee«, erinnert Luca Christine, die den letzten Vorschlag angebracht hat. »Wir werden es nicht schaffen, ein Feuer zu machen.«

»Der Lift«, sagt Ana schließlich, geht hinüber zu dem Bedienpult und beugt sich darüber. »Wir müssen den Lift zum Laufen kriegen. Eine normale Fahrt runter ins Tal dauert fünfzehn Minuten oder so. Aber wir können die Geschwindigkeit sicher aufdrehen.«

Christine schnaubt. »Au ja. Lasst uns in eine kleine Gondel steigen, die über einem Abgrund baumelt. Ihre Ideen waren bislang ja immer so toll.«

»Um genau zu sein, ist das ein Sessel, keine Gondel«, werfe ich trocken ein. »Gondeln sind geschlossen.«

»Unnötig, Devan«, erwidert Luca.

Ich zucke mit den Schultern und sehe dann Ana an. »Wäre das eine Option? Könnten wir damit fahren?«

»Keine Ahnung.« Als sie meinen Blick erwidert, sieht sie genauso verzweifelt aus, wie ich mich fühle. »Ich weiß wirklich nicht, wie man das Ding bedient. Und ob es überhaupt fährt.

Der Lift soll zum Saisonstart eröffnet werden, aber jetzt ist er definitiv noch nicht in Betrieb.«

»Kriegst du das hin?«, frage ich Leander, der den Kopf schüttelt. Ich verziehe das Gesicht. »Kann hier jemand für mich übernehmen?«

Leander kommt zu mir herüber, und ich stelle mich zwischen Luca und Ana, die beide die verschiedenen Knöpfe auf dem Pult mustern. »Ich kann es versuchen«, sage ich ein wenig überfordert. »Aber ich übernehme keine Garantie.«

Luca wirft mir einen überraschten Blick zu. »Du weißt, wie das geht?«

»So ähnlich.«

»Was soll das heißen?«

»Lach nicht, okay?« Ich verdrehe die Augen. »Ich weiß selbst, wie bescheuert das klingt. Aber ich habe mal einen Simulator gespielt. Das Bedienfeld sah ähnlich aus.«

Ein paar Sekunden lang starrt sie mich an und sucht offensichtlich nach Worten. »Du hast einen … Skiliftsimulator gespielt?«

»Das erkläre ich dir gerne mal in Ruhe«, murmele ich, dann wende ich mich an Ana. »Soll ich es versuchen oder nicht?«

»Klar.« Sie reibt sich erschöpft über die Stirn. »Schlimmer kann es auch nicht mehr werden, oder? Haben deine simulierten Gäste denn überlebt?«

»Darauf würde ich lieber nicht antworten.«

»Wie ermutigend.«

Ich überhöre ihren Kommentar und beuge mich über die verschiedenen Hebel, suche nach Symbolen, die ich wiedererkenne. Ich weiß, dass es Unterschiede gibt, zwischen Ski- und Sesselliften, zwischen fixgeklemmten, kuppelbaren und denen, die irgendwo dazwischenliegen. Aber ich würde jetzt mal mutig raten, dass es sich bei diesem Ding um einen einfachen Sessellift handelt, der sich immer weiterdreht und in den die Gäste bei normaler Betriebsgeschwindigkeit einsteigen. Das würde die ganze Sache deutlich vereinfachen, weil wir das Ding meiner Meinung nach dann nur einschalten müssten.

Ich drehe mich zu Leander um. »Kannst du mit Christine rausgehen und mir sagen, wenn sich etwas bewegt?«

Er wirft Christine einen zweifelnden Blick zu, nickt dann aber, als sie widerstandslos aufsteht. Falls einer von uns Gefahr läuft, den Verstand zu verlieren, dann hätte sie dafür die besten Gründe. Als die beiden verschwunden sind, drücke ich auf einen verhältnismäßig großen grünen Knopf, das allgemeingültige Zeichen für *Power*. Keine meisterhafte technische Leistung, aber solange es funktioniert, ist es mir recht. Nichts passiert. Nichts bewegt sich, kein Geräusch, gar nichts. Stirnrunzelnd schaue ich hinunter. Keine der kleinen Lampen leuchtet. Es sieht aus, als hätten wir keinen Strom.

»Es muss irgendwo einen Sicherheitsschalter geben«, sage ich zu Ana, während ich meine Panik niederkämpfe. Sollte hier auch der Strom weg sein, haben wir keine Chance. »Ein roter Drehschalter. Such den! Der muss außen sein, damit man ihn im Notfall auch erreichen kann.«

Sie nickt knapp, dann verschwindet sie ebenfalls nach draußen.

»Bekomme ich auch eine Aufgabe?«, fragt Luca mit einem halbherzigen Grinsen.

Ich schüttle den Kopf, greife nach einem Zipfel ihrer Jacke und ziehe sie zu mir. »Du bleibst bei mir, schon vergessen?«

»Warum habe ich das Gefühl, dass du die anderen ein bisschen zu bereitwillig da rausschickst?«

Mir ist klar, dass sie es nicht ernst meint, trotzdem versetzt mir der Kommentar einen Stich. »Weil ich sie jederzeit den Löwen zum Fraß vorwerfen würde, um dich zu beschützen«, antworte ich, grinse aber, um meinen Worten die Schärfe zu nehmen.

Luca mustert mich nachdenklich. »Du traust ihnen ernsthaft nicht, oder? Keinem von ihnen.«

»Nein.«

»Warum nicht?«

Ich wende mich ab. »Weil ich sie nicht kenne.«

Sie schnaubt. »Mich auch nicht.«

Mit zusammengebissenen Zähnen hebe ich wieder den Kopf und sehe sie eindringlich an. »Doch. Das tue ich.«

Bevor sie etwas erwidern kann, leuchtet eines der kleinen Lichter vor uns auf, und das Bedienfeld erwacht zum Leben. Erneut drücke ich den grünen Knopf.

Ein brummendes Geräusch ertönt, dann ein Rattern und Summen, das stetig lauter wird. Triumphierend sehe ich Luca an, die breit lächelt.

»Das klingt gut!« Aufgeregt schaut sie nach oben in die Richtung, aus der das Geräusch kommt, obwohl es dort nicht viel zu sehen gibt.

Ich will mich nicht zu früh freuen, aber auch meine Laune hebt sich deutlich. Auf dem Pult vor mir leuchtet eine lange Reihe kleiner Lämpchen auf, unter denen schwarze Nummern stehen. Ich deute darauf. »Ich denke, das sind die Sessel.«

»Er fährt!«, schreit Leander. »Der erste Sessel ist unterwegs!«

»Fuck, ja«, murmelt Luca neben mir. »Komm!«

»Warte.« Ich drehe langsam an dem Regler in der Mitte, mit dem sich offensichtlich die Fahrtgeschwindigkeit regulieren lässt. Ich will keine Achterbahn aus dem Ding machen, aber schneller ist in diesem Fall ganz eindeutig besser. Dann mustere ich noch einmal die Schalter und Einstellungen, kann auf den ersten Blick aber nichts erkennen, das irgendwie wichtig erscheint. Gut möglich, dass ich dieses Ding gerade schrotte, aber solange es uns vorher ins Tal bringt, geht mir das so ziemlich am Arsch vorbei.

Luca und ich fassen gleichzeitig nach den Händen des anderen, dann rennen wir hinaus in den tiefen Schnee. Die kleine Gruppe aus Leander, Ana und Christine ist noch gerade so im dichten Nebel zu erkennen.

»Wahnsinn!«, keucht Luca, als wir sie erreichen und die verhältnismäßig kleine Plattform entdecken, auf der die Umlenkscheibe steht. Der zweite Sessel verlässt gerade die Station und verschwindet im Nebel.

Ein paar Sekunden lang stehen wir da und starren einfach nur auf die Seilbahn. Vielleicht kann keiner von uns glauben, dass das hier wirklich funktioniert hat. Vielleicht trauen sie alle aber auch nur meinen Fähigkeiten nicht – zu recht – und wollen sichergehen, dass die ganze Anlange nicht in die Luft fliegt. Allerdings verlassen immer mehr Sessel die Station, und ich werde nervös.

»Wir sollten einsteigen, bevor das Ding es sich anders überlegt«, sage ich und ziehe Luca zu der kleinen Treppe, die auf den vorderen Teil der Plattform hinaufführt. Die einzelnen Sessel haben jeweils vier Sitze und einen Steg, der über den Beinen festgeklemmt wird. Kein Dach oder irgendeinen anderen Schutz vor dem Wind. Bleibt zu hoffen, dass der Sturm überall nachgelassen hat und nicht nur hier.

Lucas Anspannung neben mir summt in der Luft. Ich drücke ihre Hand, während wir uns in Position begeben und auf den warten, der gemächlich auf uns zukommt. »Einfach hinsetzen«, murmele ich, ohne den Sessel aus den Augen zu lassen. Als er uns fast erreicht hat, drehe ich uns um und ziehe Luca mit mir, als ich mich in den Sitz fallen lasse. Ana setzt sich an ihre andere Seite, aus den Augenwinkeln bemerke ich, dass Leander und Christine am Rand auf den nächsten warten.

Als wir über die Klippe fahren und der Boden unter unseren Füßen außer Sichtweite gerät, atme ich erleichtert aus. Wir kommen voran.

39

LUCA

»Das ist der Wahnsinn«, sagt Ana neben mir, bevor sie geräuschvoll die Luft ausstößt. Auch ihre Stimme zittert vor Anspannung, aber gleichzeitig höre ich auch einen vorsichtigen Hauch Optimismus. »Es fühlt sich an, als würden wir im Nichts schweben.«

Ich sehe mich zu allen Seiten um und verstehe absolut, was sie meint. Der Nebel ist hier so dicht, dass wir weder den Boden noch die Seile über uns erkennen können. Der Nebel schluckt beinahe sämtliche Geräusche, und würde der Sessel nicht leicht ruckeln, würde es sich vermutlich tatsächlich anfühlen, als würden wir fliegen. Ich drehe mich auf meinem Sitz herum und stelle erleichtert fest, dass ich den Umriss des zweiten Sessels ausmachen kann, der irritierend dicht hinter uns fährt. Vielleicht war das eine der Einstellungen, die Devan großzügig übersehen hat.

»Hey!«, schreie ich nach hinten, hebe den Arm und winke ein paarmal. »Seid ihr da?«

»Direkt hinter euch!«, dringt Leanders Stimme durch den Nebel. »Alles gut!«

»Ich bin echt ein bisschen beeindruckt«, bemerkt Ana und wirft Devan einen kurzen Blick zu, bevor sie nach unten zu unseren in der Luft schwebenden Füßen schaut. »Als du deine Hilfe angeboten hast, klang es eher nach ›Vertrau mir, Bruder‹.«

Zu meiner Überraschung muss ich lachen, aber Devan verzieht nur das Gesicht. »Ich hab nicht damit gerechnet, dass es funktioniert.«

Ich sehe ebenfalls hinab und versuche, durch das graue Mischmasch etwas zu erkennen – Bäume vielleicht oder Markierungen, die die Skipisten begrenzen. Irgendetwas, das mir das Gefühl gibt, nicht allein auf der Welt zu sein. »Glaubt ihr, der Typ ist hier noch irgendwo?«, frage ich leise.

»Wenn er Paul tatsächlich umgebracht hat, wundert es mich ehrlich gesagt, dass er heute überhaupt hier war«, bemerkt Ana trocken. »Würde ich einen Mord begehen, würde ich danach doch abhauen. Warum ist er geblieben und das Risiko eingegangen, erwischt zu werden?«

»Darüber habe ich auch schon nachgedacht.« Noch einmal schaue ich über die Schulter, bin mir aber ziemlich sicher, dass Christine und Leander uns nicht hören können. »Ich denke, es geht dabei um Christine. Und um Paul, aber der hat sich ja jetzt erledigt.«

»Wow, wie einfühlsam«, bemerkt Devan und zwinkert mir zu, als ich ihn böse ansehe.

»Du meinst, weil seine Accounts gehackt wurden?«, fragt Ana, die Devans Einwand offensichtlich ignoriert.

Der Sessel wackelt heftig, und ich erstarre, dann beruhigt er sich aber wieder und fährt gemächlich weiter. »Ja. In der ersten Story ging es um Christine, oder nicht? Ich glaube, wer auch immer das getan hat, hatte ein persönliches Motiv.«

»Leanders Accounts wurden auch gehackt. Man hat es zumindest versucht«, erinnert mich Devan.

Ana zögert. »Jacob wurde auch bedroht.«

Überrascht sehe ich sie an. »Im Ernst?«

Sie nickt. »Ja. Man hat ihm Kopien von Überweisungsträgern und Kontoauszügen geschickt. Scheinbar hat er sich ein bisschen … sagen wir *Taschengeld* vom Firmenkonto auf sein eigenes überwiesen. Keine großen Summen, aber ich denke, es würde reichen, um ihn in Schwierigkeiten zu bringen.«

Devan sieht genauso verwirrt aus wie ich. »Wann ist das passiert?«

»Nachdem ihr gegangen seid.« Sie zuckt mit den Schultern. »Er war wirklich beunruhigt.«

»Wow«, stoße ich aus und lasse mich in dem Sitz zurückfallen. »Mich wundert, dass er dir das gezeigt hat.«

»Jacob ist kein schlechter Kerl«, sagt sie leise. »Ich glaube, er ist oft einfach nur überfordert oder unsicher. Schätze, er brauchte jemanden zum Reden.«

»Ja, mag sein.« Nachdenklich mustere ich die kleinen Nebelschwaden unter uns. Kurz blitzt ein dunklerer Schatten auf, wahrscheinlich die Spitze einer Tanne oder etwas in der Art. »Trotzdem hat es Paul wohl am härtesten getroffen.«

Devan lacht hustend. »Du hast echt ein Händchen für Worte heute Nacht, Luca.«

Unwillkürlich muss ich grinsen. »Entschuldige, mir war nicht klar, wie das klingt.«

»Vielleicht wollte jemand von sich ablenken.« Ana ringt die Hände. »Wenn es von Anfang an um Paul und möglicherweise auch Christine ging, dann waren die Hack-Versuche in Leanders Konto und die Fotos von diesen Überweisungen möglicherweise nur eine Methode, um ein bisschen Verwirrung zu stiften.«

»Hat funktioniert«, sagt Devan. »*Ich* bin verwirrt.«

Das bin ich auch. Was, zur Hölle, kann Paul nur getan haben, um den Tod zu verdienen? Klar, seine Eltern scheinen Geld zu haben, und Paul kam mir nicht unbedingt wie jemand vor, der sonderlich viel Wert auf die Gefühle anderer Menschen legt. Er wirkte irgendwie plump. Aber das hier? Das hier ist Mord, er liegt da unten im Schnee und ist seit Stunden tot.

Paul ist tatsächlich tot. Ich bin mir nicht sicher, was genau ich erwartet habe, aber es fühlt sich nicht so an, als hätte mein Verstand wirklich erfasst, was diese Worte bedeuten. Wir haben ein Mordopfer gefunden! Was, wenn der Mörder nicht ermittelt oder verhaftet werden kann? Müssen wir dann ins Zeugenschutzprogramm? Oder ein Leben lang über die Schulter schauen, um sicherzugehen, nicht ebenfalls beseitigt zu werden?

Ich schiebe energisch sämtliche Gedanken daran zur Seite. Über die möglichen Konsequenzen dieser Nacht mache ich mir später Sorgen. Wenn ich wieder festen Boden unter den Füßen habe und in Sicherheit bin.

Wie von selbst findet meine Hand die von Devan, und ich rutsche ein Stück näher zu ihm. Reflexartig schlingt er mir einen Arm um die Taille und zieht mich an sich. Seine Berührung, auch wenn sie von einer ganzen Menge Schichten Stoff gedämpft wird, durchfährt mich wie ein Stromschlag. Wenn ich bedenke, was gerade alles um uns herum los ist, ist es beinahe lächerlich, wie sehr mich seine Nähe berührt. Vielleicht sollte ich auch darüber nicht so genau nachdenken.

Ein paar Minuten später ruckelt der Sessel erneut, und es fühlt sich an, als würde er sich leicht nach links neigen. Meine Hand krallt sich in Devans Oberschenkel. Es ist nicht meine erste Fahrt mit einem Sessellift, trotzdem rast mein Puls bei jeder kleinen Unregelmäßigkeit. Das hier hat nichts mit den malerischen Gondelfahrten gemeinsam, die ich sonst während meiner Skiurlaube mit meinen Eltern erlebt habe. Die Aussicht ist nicht schön, sondern unheimlich, und sie triggert meine Platzangst mit jeder Sekunde mehr. Der Nebel scheint uns immer mehr einzuschließen und wirkt beinahe wie eine feste, solide Wand, auf die wir zufahren.

»Werden wir langsamer?«, fragt Ana plötzlich neben mir. Ihre Stimme klingt beunruhigt. Sie richtet sich auf und sieht sich um. »Leute, wir bremsen.«

»Das kann nicht sein«, antwortet Devan, doch auch er sieht sich um. »Man kann nicht einfach so bremsen.«

Ich schaue nach oben, weil mir der Nebel zu allen Seiten keinerlei Anhaltspunkte bietet. Aber mich beschleicht das Gefühl, dass Ana recht hat. Auch mir kommt es so vor, als würden wir uns langsamer bewegen. »Scheiße«, murmele ich, als vor uns ein dunkler Schatten auftaucht, der langsam größer wird. Der vordere Sessel. Er … steht still. Und wir fahren darauf zu.

»Devan!«, schreie ich und strecke die Arme aus, auch wenn ich keine Ahnung habe, was genau ich damit erreichen will. Weder Devan kann etwas unternehmen, noch bilde ich mir ein, dass ich selbst irgendwie helfen könnte. Der Sessel kommt näher, und auf einmal habe ich überhaupt nicht mehr das Gefühl, dass wir sonderlich langsam fahren. Bevor einer von uns reagieren kann, kracht unser Lift gegen irgendeinen Widerstand. Der Aufprall verschlägt mir den Atem, und mein Kreischen verwandelt sich in ein Keuchen. Ich kralle mich an dem Sicherheitsbügel fest, weil der Sessel ruckartig zurückschwingt. Durch mein rechtes Bein zuckt ein Schmerz, aber darauf kann ich mich jetzt nicht konzentrieren.

Kaum eine Sekunde später knallt es erneut, und unser Sessel wird wieder vorwärts katapultiert, so hart, dass mein Kopf nach vorne geschleudert wird. In meinem Nacken knackt etwas. Vor meinen Augen tauchen weiße Punkte auf, die schnell größer werden, und kurz befürchte ich, ohnmächtig zu werden.

»Verdammte Scheiße«, flucht Devan neben mir. Ich höre auf die Stimmen der anderen, die sich alle zu einem einzigen monotonen Geräuschpegel vermischen.

»Ist jemand verletzt?«, erklingt schließlich Leanders Stimme von hinten, lauter als die der anderen.

Blinzelnd schaue ich hinauf zu dem Stahlseil, an dem wir hängen. Trotz der durch die Luft zitternden Panik durchflutet mich eine Welle der Erleichterung. Ich hatte damit gerechnet, dass wir ungebremst in den Lift vor uns knallen, was uns mit Sicherheit mindestens ein paar Knochenbrüche in den Beinen beschert hätte. Stattdessen scheint es eine Art Stoßdämpfer zwischen den Aufhängungen der Sessel zu geben, der uns zwar verdammt unsanft gebremst, aber dafür verhindert hat, dass unsere Beine zertrümmert werden.

Ich atme ein paar Mal tief durch, dann schaue ich Devan an. Er erwidert meinen Blick, die Lippen fest zusammengepresst. Über seine Stirn zieht sich ein schmaler Streifen helles Blut, das sich von seiner blassen Haut abhebt.

»Du blutest«, keuche ich, hebe die Hand und halte einen Tropfen auf, der ihm beinahe ins Auge gelaufen wäre. Es ist nicht viel Blut, dennoch wird mir bei dem Anblick schlecht.

»Nicht schlimm«, murmelt er, schüttelt allerdings einen Moment lang verwirrt den Kopf.

»Guck runter«, fordere ich ihn ruhig auf. Als er es tut, entdecke ich eine kleine Platzwunde direkt hinter seinem Haaransatz. Ich nehme sein Gesicht in meine Hände und zwinge ihn, mir in die Augen zu schauen. Er braucht ein paar Sekunden, bis sein Blick meinen fixiert hat. »Ist dir schlecht?«, frage ich, woraufhin er zum zweiten Mal den Kopf schüttelt. »Das sieht nicht gut aus, Devan. Das muss genäht werden.«

»Mach dir keine Gedanken.« Er schiebt meine Hände weg, lächelt mich aber an. Er wirkt ein wenig klarer als noch vor ein paar Sekunden. »Ich hab nur kurz Sterne gesehen, alles gut.«

Ich bin nicht wirklich überzeugt. Allerdings kann ich jetzt

gerade auch herzlich wenig dagegen unternehmen, ich habe nicht einmal ein beschissenes Heftpflaster.

»Was ist los?«, fragt Christine hinter uns. »Wie konnte das passieren?«

Alle richten ihre Aufmerksamkeit auf Devan, der nur das Gesicht verzieht. »Ich habe echt keine Ahnung. Mag sein, dass der Strom ausgefallen ist, oder es gibt irgendeine technische Störung?«

»Vielleicht blockiert etwas den Weg weiter vorne«, sage ich. »Das Seil, meine ich. Wenn der erste Sessel nicht weiterkommt, geht doch nichts mehr.«

»Fuck«, flucht Ana und schlägt mit einer Hand auf den Steg, der unter der Wucht erzittert. »Fuck, fuck, fuck, fuck! Das kann doch alles nicht wahr sein!«

»Ana …«

»Ich will nach Hause!« Ihre Stimme bricht und endet in einem Schluchzen, das mir beinahe das Herz zerreißt. Sie lässt den Kopf nach vorne sinken, aber auch ohne ihr Gesicht erkennen zu können, weiß ich, dass sie weint. »Ich wollte nur ein bisschen Geld für meinen Urlaub verdienen, und jetzt stecke ich in einem ranzigen Sessellift fest, und wahrscheinlich werden wir gleich alle erschossen, und meine Eltern können meine gefrorene Leiche wie ein verdammtes Eis am Stiel mit nach Hause nehmen! Ich will nach Hause! Und ich will nicht sterben!«

»Niemand wird sterben«, beschwöre ich sie und lege ihr eine Hand auf den Rücken.

»Paul ist tot«, bemerkt sie mit einem hysterischen Laut, der nach einer Mischung aus Lachen und Weinen klingt. »Und wir werden auch bald tot sein! Entweder wir erfrieren, oder dieser Psycho erschießt uns. Niemand weiß, dass wir hier sind, niemand wird nach uns suchen!«

Ich will darüber nicht nachdenken. Denn wenn ich das tue, gehen möglicherweise meine Nerven mit mir durch, und das kann ich mir nicht leisten. Nicht, wenn ich in einer verhältnismäßig unsicheren Gondel sitze, die an einem Drahtseil schätzungsweise zwanzig Meter überm Boden hängt. Und selbst diese Entfernung ist nur geraten, weil wir kaum fünf Meter weit sehen können. Durchaus möglich, dass unter uns Bäume stehen oder spitze Felsen in die Höhe ragen, die uns aufspießen würden, sollten wir fallen oder zu springen versuchen.

»Beruhig dich, Ana«, sagt Devan neben mir, aber auch er klingt unsicher.

Die Angst schnürt mir die Luft ab. Mein ohnehin schon schmerzender Hals scheint anzuschwellen, und ein paar Sekunden lang kann ich nichts anderes tun, als mich auf meine Atmung zu konzentrieren. Die anderen reden durcheinander, aber ich höre nicht mehr zu. Ich kann nicht länger nach Lösungen suchen und Pläne schmieden, die letztendlich ohnehin scheitern. Es kommt mir vor, als wäre hier irgendeine höhere Macht im Spiel als ein durchgeknallter Psycho, der Christine oder einem von uns aus welchen Gründen auch immer ans Leder will. Ich höre, dass Ana vorschlägt, einfach zu springen, und unterdrücke ein leicht irres Lachen. Leander schreit nach Hilfe, aber seine Stimme verhallt im Nebel, ohne ein Ziel zu finden.

Wir sind verloren. Der Mut und die Hoffnung sickern aus mir heraus. Ich kann nichts dagegen tun.

Die Feuchtigkeit und damit auch die Kälte haben sich inzwischen durch meine unzähligen Lagen Klamotten gefressen und kleben wie Morgentau an meiner Haut. Ich spüre sie kaum, wahrscheinlich, weil mein Körper inzwischen kapituliert hat und taub geworden ist, trotzdem bin ich sicher, dass sie da sind. Aus Dokumentationen weiß ich, dass Erfrierende sich oft kurz vor ihrem Tod ausziehen. Bei Unterkühlung ziehen sich die Gefäße zusammen und lenken das Blut von den Händen und Füßen weg, weswegen diese auch als Erstes erfrieren. Bevor man stirbt, schießt das Blut aus einem Grund, an den ich mich nicht mehr erinnern kann, zurück in die Extremitäten, und der Körper bildet sich ein, warm zu werden, und fängt an, zu schwitzen. Wenn es so weit ist, kann man kaum mehr etwas unternehmen.

»Luca!«

Ich schaue auf, als Devan mir einen kräftigen Schlag gegen die Schulter verpasst. »Bist du bescheuert?«, fahre ich ihn an.

»Du hast nicht reagiert!« Sein Blick ist wild, blanke Panik spiegelt sich darin. »Scheiße, Luca, du hast mich zu Tode erschreckt!«

Müde schüttle ich den Kopf. »Ich habe keine Kraft mehr. Ich will schlafen, mehr nicht.«

»Du wirst nicht schlafen«, sagt er heftig. Er dreht sich zu den anderen um. »Niemand pennt hier ein, verstanden? Ihr würdet erfrieren.«

Ich zwinge mich dazu, den Kopf zu heben. Vor uns schwingt der Sessel mäßig von links nach rechts, aber das monotone Surren der Anlage ist verstummt. Ich verenge die Augen, kann den übernächsten Sessel aber schon nicht mehr erkennen. »Wir müssen gucken, was da vorne los ist«, sage ich so laut, dass Christine und Leander mich verstehen können. »Wenn wirklich etwas das Seil blockiert, können wir es vielleicht entfernen.«

Die anderen folgen meinem Blick.

»Das ist gar keine blöde Idee«, sagt Devan.

»Vielen Dank.«

Er versucht, sich aufzurappeln, aber der Steg über unserem Schoß macht das so ziemlich unmöglich. Kurz ruckelt er daran, dann lehnt er sich zu Ana hinüber. Er erklärt ihr, wie sie die dicke Sicherheitsschraube lösen soll, die den Steg an beiden Seiten der Sitzfläche befestigt. Ich bin alles andere als begeistert – ohne den Steg wird diese ganze Situation noch mal um einiges ungemütlicher. Immerhin kann ich aktuell wenigstens sicher sein, nicht einfach aus dem Sessel zu fallen. Aber ich erhebe keine Einwände und schaue stattdessen stumm dabei zu, wie Ana und Devan die Schrauben lösen und schließlich den Steg anheben. Obwohl sich im Grunde nichts verändert, schnellt mein Puls in die Höhe, allein bei dem Gedanken, nicht länger gesichert zu sein. Nach Anas angespanntem Gesichtsausdruck zu urteilen, geht es ihr ähnlich.

»Wehe, du stirbst«, sage ich, als Devan auf die Sitzfläche klettert. Ich greife nach seiner Hand und warte darauf, dass er mich ansieht. »Ich meine es ernst, okay? Pass auf dich auf.«

»Du weißt doch, dass ich dich als Geist heimsuchen würde. Du wirst mich nicht los, Kitty«, erwidert er zwinkernd, dann beugt er sich zu mir herunter und küsst mich. Kurz nur. Der Kuss dauert wahrscheinlich nicht einmal zehn Sekunden. Trotzdem schafft er es für einen viel zu kurzen Moment, sämtliche Angst aus meinem Verstand zu verscheuchen. Ein paar Herzschläge lang gibt es nichts anderes als Devans Lippen, die sich auf meinen bewegen.

Dann ist der Moment vorbei, und die harte Realität prasselt auf mich ein, als Devan sich von mir löst, sich aufrichtet und den Arm ausstreckt, um nach der vorderen Gondel zu greifen. Mein Magen sackt ein paar Etagen tiefer. Allein dabei zuzusehen sorgt dafür, dass meine Handflächen in den Handschuhen schweißnass werden. Ich würde Devan wirklich gerne anflehen, den Scheiß sein zu lassen. Aber mir ist klar, dass das nichts bringt. Unsere Chancen sind verdammt begrenzt, und er wird nicht eine davon aufgeben, nur weil ich ihn darum bitte.

»Pass auf, Mann«, sagt Leander hinter mir. Die Besorgnis in seiner Stimme trägt nicht gerade dazu bei, dass ich mich entspanne.

»Wisst ihr«, ruft Devan über die Schulter, während er den vorderen Sessel zu sich heranzieht und mit dem ersten Fuß über die Rückenlehne steigt, »ich verstehe nie, warum die Leute sagen, dass jemand auf sich aufpassen oder vorsichtig sein soll. Als würde ich mich einfach aus Prinzip hier runterstürzen, wenn mich keiner von euch daran erinnert.«

Ich verdrehe die Augen. »Könntest du dir deinen Sarkasmus für eine andere Gelegenheit aufheben, bitte?«

»Es gibt keine falsche Zeit für Sarkasmus, Hase«, antwortet er, dann höre ich, wie er zischend einatmet und direkt danach die Luft anhält, während er auch den zweiten Fuß hebt und unseren Sessel loslässt. Der vordere Sessel schwingt nach vorn. Ich schlage mir die Hand vor den Mund, aber Devan hält sich. Er steht noch etwa eine Sekunde lang wie erstarrt da, dann dreht er sich vorsichtig zu mir um und grinst. Dieser Scheißkerl grinst! »Kinderspiel.«

Ich spare mir eine Antwort. Hauptsächlich, weil mir klar ist, dass sie alles andere als freundlich ausgefallen wäre. Meine Anspannung und die Angst um Devan lassen Höflichkeit einfach nicht zu. Am liebsten würde ich ihn anschreien und ihm befehlen, sich wieder neben mich zu setzen und den verdammten Steg festzuschrauben. Aber das hier ist möglicherweise unser letzter Ausweg, wenn wir nicht erfrieren wollen. Unser Plan Z. Der Sessel vor uns beginnt zu beben und gegen unseren zu schlagen. Devans Arm, mit dem er sich festhält, zittert scheinbar so heftig, dass der ganze Sessel unter ihm wackelt.

»Devan …«

»Schon gut«, unterbricht er mich mit einem angestrengten Lächeln. »Ich schaffe das.«

Schaudernd sehe ich dabei zu, wie Devan sich langsam seinen Weg über die einzelnen Gondeln bahnt und mehr und mehr im Nebel verschwindet. Ich war so sehr in unsere Flucht vertieft, dass mir überhaupt nicht aufgefallen ist, dass es langsam hell wird. Sonnenlicht kriecht zaghaft über die weiter entfernten Hügel auf uns zu. Auch der Nebel kommt mir nicht mehr so undurchdringlich vor, denn ich kann Devan bis zum dritten Sessel vor uns beobachten, bevor der Dunst ihn verschluckt. Alle paar Sekunden ruft Devan irgendein Wort, um uns klarzumachen, dass er noch lebt. Ich weiß das zu schätzen, allerdings bin ich mir sicher, dass er dem Ernst der Situation mehr gerecht geworden wäre, wenn seine Lebenszeichen nicht aus Begriffen wie »Erdbeermarmelade« oder »Happy Meal« bestehen würden.

Zitternd schlinge ich die Arme um mich und beginne, meine Beine hin- und herzuschwenken – die so ziemlich einzige Bewegung, die ich mir hier oben ohne den Steg zutraue. Aber es hilft nichts.

Ein lautes Geräusch durchschneidet die Luft und lässt Ana neben mir so heftig zusammenfahren, dass ich reflexartig einen Arm vor ihrer Brust ausstrecke, um sie davon abzuhalten, aus dem Sessel zu fallen. Mein Herz stolpert einmal schmerzhaft, und ich schaue automatisch zu der Stelle hin, an der Devan im allmählich lichter werdenden Nebel verschwunden ist. Erst ein paar Sekunden später wird mir bewusst, dass das Geräusch kein Krachen war – keine brechenden Stangen, reißenden Stahlseile oder der Schrei eines Menschen, der gerade zwanzig, dreißig Meter in die Tiefe stürzt. Es war ein Hupen. Verwirrt sehe ich mich um, bevor ich die kleinen gelben Lichtkegel entdecke, die sich am Boden auf uns zubewegen.

40

LUCA

Panik steigt in mir auf. Hinter mir kreischt Christine, und die Sessel beginnen heftiger zu wackeln, als würde Devan hastig zu uns zurückklettern. Auch ohne dass es einer von uns ausspricht, denken wir alle das Gleiche: Der Unbekannte kommt zurück, um uns zu erledigen. Die Zeugen zu eliminieren, die er zurückgelassen hat und die so zufällig über sein Mordopfer gestolpert sind. Meine Gedanken rasen, und mein Blick huscht von Sessel zu Sessel, auf der Suche nach einem beschissenen Weg, uns in Sicherheit zu bringen. Aber hier gibt es nichts! Selbst wenn wir alle Devan folgen würden, selbst wenn wir an das Stahlseil über uns herankämen, selbst wenn wir alle einen auf Tarzan machen und daran entlangklettern würden, wäre es ziemlich einfach, uns einen nach dem anderen herunterzuschießen wie Ballons auf dem Jahrmarkt.

»Das ist ein Schlitten«, sagt Ana neben mir. Ihre Stimme klingt erstickt, aber nicht annähernd so panisch wie die von Christine.

Die undeutlichen Lichtkegel der Scheinwerfer kommen näher und drosseln dann das Tempo, bevor sich unter unseren Füßen ein Schneemobil aus den Nebelschwaden schält, die über den Boden kriechen. Aber die Sonne geht immer weiter auf und sorgt dafür, dass die Luft endlich klar wird. Die Gestalt auf dem Schlitten ähnelt auf den ersten Blick überhaupt nicht dem Typen, der mich drüben auf dem Plateau verfolgt hat – sie trägt eine rote Skihose, eine weiße Jacke und einen weißen Helm. Genau wie …

»Jacob!«, schreit Ana neben mir und lehnt sich nach vorn, was mich erschrocken nach Luft schnappen lässt. Wieder strecke ich den Arm vor ihr aus. »Das ist Jacob!«

Abrupt bleibt der Schlitten stehen, wobei er eine Ladung Schnee vor sich auftürmt, dann steigt der Fahrer ab und reißt sich den Helm vom Kopf, bevor er zu uns hochschaut.

»Verdammte Scheiße!«, schreit Jacob. »Was, zur Hölle, macht ihr da oben?«

Ich hätte ihn gerne gefragt, was, zur Hölle, *er* hier macht, aber wir haben im Moment eindeutig dringendere Probleme. »Wir brauchen Hilfe«, rufe ich, obwohl dieser Hinweis wahrscheinlich ein wenig überflüssig ist.

Devan, der es inzwischen bis auf den Sessel direkt vor uns geschafft hat, lacht laut. »Wow, Gullingham. Du hast ein echt gutes Timing.«

»Die Bergrettung ist unterwegs«, informiert uns Jacob, bevor er sich ein bisschen ratlos umsieht. »Was ist hier los?«

Ich öffne den Mund, um zu antworten, schließe ihn dann aber wieder. Als ich Devans Blick auffange, bemerke ich, dass er genauso überfordert aussieht wie ich.

»Paul ist tot«, ruft Christine mit überraschend fester Stimme.

Obwohl ich Jacobs Gesichtszüge kaum erkennen kann, höre ich den Schock in seiner Stimme. »Was?«

»Jemand war hier«, versuche ich zu erklären. Diese Geschichte ist eindeutig zu kompliziert, um sie in knappen Worten zu erzählen. »Der Strom war weg, und jemand hat auf uns geschossen. Und dann haben wir … wir haben Paul gefunden, oben in der Nähe der Station bei diesem Pass. Er ist …« Ich breche ab und beiße mir kurz auf die Lippen. Ich wollte »ermordet« sagen, aber die Worte bleiben mir im Halse stecken. »Tot.«

Jacob scheint nach Worten zu suchen, was ich ihm nicht übel nehme. Gut möglich, dass er uns nicht glaubt. Menschen mit Höhenkrankheit oder Hitzschlag bilden sich Dinge ein und reden oftmals wirres Zeug. Wahrscheinlich sind die Symptome bei krasser Unterkühlung ähnlich. Es würde mich überhaupt nicht wundern, wenn Jacob denkt, wir wären einfach nur ein bisschen von der Rolle. Vielleicht sind wir das auch. Vielleicht, ganz vielleicht, hat Devan mich bei unseren Chalets gar nicht gerettet. Vielleicht bin ich im Schnee eingeschlafen, und das alles hier ist einfach nur ein einziger, fürchterlicher Fiebertraum.

»Haltet durch«, ruft Jacob schließlich, der offensichtlich seine Stimme wiedergefunden hat. »Hilfe ist unterwegs.«

Diese schlichten drei Worte brechen den Damm, den ich so verzweifelt aufrechterhalten habe. An den ich mich geklammert habe, als wäre er meine Rettung in dieser beschissenen Nacht. Ich schluchze auf, und die Tränen laufen über. Ob ich vor Erleichterung weine oder wegen allem, was passiert ist, kann ich nicht sagen. Ana umklammert meine Hand, und Devan klettert zurück in unseren Sessel, setzt sich neben mich und zieht mich an sich. Ich schließe die Augen und lege meinen Kopf an seine Schulter.

»Warum bist du hier?«, fragt Leander laut. »Woher wusstest du, dass wir *hier* sind?«

»Kameras«, erklärt Jacob brüllend. Der Schock ist ihm deutlich anzuhören. »Die Station hat eine Überwachungskamera mit Bewegungsmelder.«

Ich lache freudlos auf. Keiner von uns hat daran gedacht, nach einer Überwachungskamera Ausschau zu halten. Aber jetzt habe ich keine Lust mehr, über die vergangenen Stunden nachzudenken. Ich bekomme allmählich Kopfschmerzen und möchte einfach nur meine Ruhe.

Als wir nach einer gefühlten Ewigkeit endlich die Geräusche sich drehender Rotoren hören, steigen mir Tränen der Erleichterung in die Augen. Ich habe noch nie in meinem Leben ein schöneres Geräusch gehört. Ohne Witz, kein Lied der Welt kommt dagegen an. Ein paar Minuten später tauchen neue Lichter weiter unten am Hang auf, und ein Schneemobil kommt auf uns zu, das deutlich größer und irgendwie breiter ist als die, mit denen wir hier herumgefahren sind. Die Bergrettung.

Keiner der Menschen, die mit unserer Bergung beschäftigt sind, fragt uns, was wir hier machen oder wie wir hier raufgekommen sind. Stattdessen erkundigen sie sich, wie es uns geht und ob jemand verletzt ist, woraufhin wir nur stumm die Köpfe schütteln. Was offensichtlich gelogen ist – das Blut an Devans Stirn ist zwar getrocknet, aber die Platzwunde ist immer noch deutlich zu erkennen. Eine seltsame Taubheit hat sich über uns alle gelegt, was vielleicht an dem Adrenalin liegt, das uns in den letzten Stunden aufrechtgehalten hat und das jetzt allmählich von Erschöpfung und Müdigkeit abgelöst wird. Jacob spricht mit einem der Einsatzleiter, zumindest denke ich, dass der breitschultrige Mann in roter Jacke diese Funktion hat. Er gestikuliert in sämtliche Richtungen. Ich beobachte die beiden Männer und vervollständige in Gedanken die Unterhaltung, die ich nicht verstehen kann. Mein Kopf liegt immer noch an Devans Schulter, seine eine Hand umklammert meine, mit der anderen hält er mein Bein fest, als würde er befürchten, ich würde einschlafen und doch noch aus dem Sitz kippen. Ich frage mich, ob Jacob dem Mann alles erzählt oder aus Eigennutz ein paar Details für sich behält. Immerhin sind wir seine Gäste und haben eine ganze Menge durchgemacht, inklusive der nächtlichen und eindeutig nicht autorisierten Fahrt in seinem Sessellift. Aber hier geht es um mehr. Jemand ist gestorben. Es geht um eiskalten Mord, auch wenn ich über das ziemlich unangemessene Wortspiel selbst lachen muss. Mein Verstand ist wohl nicht mehr in der Lage, sich anständig zu verhalten.

Irgendwann zwischendurch geraten alle einmal kurz in Panik, weil Ana aufsteht und über unsere Rückenlehne klettert, um sich neben Leander zu setzen, aber ich schaue kaum auf. Was auch immer da zwischen den beiden abgeht, ich kann absolut nachvollziehen, warum Ana in Leanders Nähe sein will.

»Wir haben es geschafft«, murmelt Devan und drückt mir einen Kuss auf den Kopf … glaube ich. Durch die Mütze ist die Berührung nur zu erahnen.

»Ja.« Ich dränge mich enger an ihn. »Hoffen wir einfach, dass der Typ kein Scharfschütze ist und gerade auf unseren Kopf zielt.«

Devans Brust bebt, als er leise lacht. »Dein Optimismus ist wirklich inspirierend.«

Der Helikopter beginnt, über uns zu kreisen, und der Wind der Rotoren lässt den Sessel wackeln.

Irgendwann wendet sich der Einsatzleiter, der die ganze Zeit über mit Jacob diskutiert hat, uns zu. Er brüllt uns Anweisungen entgegen. Als der Helikopter tiefer sinkt und einen Gurt zu uns abseilt, werden wir nacheinander aus dem Lift hinunter auf sicheren Boden gebracht: erst Christine, dann Ana und Leander. Sie alle umarmen Jacob, werden in eine dieser silbernen Decken gehüllt und dann zu dem nächsten bereitstehenden Schneemobil eskortiert. Christines Füße geben unter ihr nach, sobald sie den Boden berühren, und auch Ana und Leander brauchen offensichtlich Hilfe beim Laufen.

Als der Gurt bei uns ankommt, protestiere ich nicht, als Devan ihn mir umlegt. Mir ist klar, dass er es nicht zulassen würde, als Erster zu gehen, und ich habe schlicht und ergreifend nicht die Kraft, mit ihm zu diskutieren. Er schiebt ihn mir über die Arme und den Kopf und zurrt ihn dann fest, damit ich nicht herausrutsche. Bevor er der Frau im Helikopter ein Zeichen gibt, nimmt er mein Gesicht in seine Hände und gibt mir einen langen, intensiven Kuss, von dem mir beinahe schwindelig wird. Dann hebe ich kurz ab, nur um anschließend langsam Richtung Boden herabgelassen zu werden. Ich bin mir ziemlich sicher, dass diese kleine Aktion mir normalerweise Angst gemacht hätte. Aber ich habe keine Kraft mehr, mich vor irgendetwas zu fürchten. Die gesamte Prozedur dauert nur ein paar Minuten, und ich lasse sie eher teilnahmslos über mich ergehen.

Sobald ich unten angekommen bin, legt mir irgendjemand eine Decke über die Schultern, und Jacob kommt auf mich zu.

»Luca«, murmelt er. Ihm ist die Erleichterung deutlich anzuhören, dann zieht er mich in seine Arme. Ich bin ein bisschen überrascht, auch wenn ich die kleine Szene schon bei den anderen dreien beobachtet habe. Trotzdem fühlt es sich seltsam an, Jacob zu umarmen. »Es tut mir so unfassbar leid«, sagt er, bevor er mich ein wenig von sich weghält. »Geht es euch echt gut?«

Ein trauriges Lächeln, mehr bekomme ich nicht zustande. »Nicht so richtig. Aber wir sind unverletzt. Devan hat sich den Kopf gestoßen, aber das wird wieder.«

»Wie konnte das nur passieren?« In seine Stimme mischt sich ein wütender Unterton. »Matthew war im Resort. Er hätte merken müssen, dass auch bei euch oben der Strom ausgefallen ist.«

»Ich weiß es nicht, Jacob. Aber wenn du mich fragst, würde es mich auch nicht wundern, wenn da jemand etwas manipuliert hätte. Heute … heute sind seltsame Sachen passiert.«

»Konntest du jemanden sehen?«

»Ja, aber nicht sein Gesicht.« Kurz drehe ich mich um, als Devan hinter mir landet. Samt Decke kommt er zu uns herüber, und ich wende mich wieder an Jacob. »Ehrlich gesagt hätte es auch eine Frau sein können. In den Klamotten konnte man echt nicht viel erkennen.«

»Geht es dir gut?«, fragt Jacob, sobald Devan an meine Seite tritt und mir eine Hand auf den Rücken legt.

»Mir ist kalt«, antwortet er mit einem schiefen Grinsen. »Luca, wir müssen ins Warme.«

»Sofort.« Als er seufzt, werfe ich ihm einen genervten Blick zu. »Auf die paar Minuten kommt es jetzt auch nicht mehr an. Aber ich hab Angst, dass ich etwas vergesse.«

Er sieht aus, als würde er protestieren wollen, aber dann gibt er nach und macht eine auffordernde Handbewegung. Ich erzähle Jacob, was passiert ist, versuche, mich an so viele Details zu erinnern wie möglich. Wie eine Sturzflut sprudeln die Worte aus meinem Mund, während Jacob von Sekunde zu Sekunde blasser wird.

»Wir wissen auch von deinen Kontoauszügen«, ende ich und atme einmal tief durch. »Mach Ana keine Vorwürfe. Wahrscheinlich dachte sie, wir können es sowieso keinem mehr erzählen.«

»Das ist nicht lustig«, fährt er mich beinahe grob an. Ich nehme ihm den Ton nicht übel, er sieht nämlich wirklich verzweifelt aus.

Devan zupft an meinem Arm, energischer dieses Mal. »Wir verschwinden jetzt von hier. Mein Kopf fühlt sich an, als wäre jemand mit seinem beschissenen Schlitten drübergefahren«, sagt er mit fester Stimme.

Ich schneide eine Grimasse, dann drücke ich Jacob noch einmal fest an mich. Ich greife nach Devans Hand und ziehe ihn auf die ungeduldig wartenden Rettungskräfte zu. Bevor wir sie erreichen, bleibt Devan noch einmal stehen, zieht mich an sich und beugt sich zu mir herunter. Seine Lippen schweben über meinen, berühren sie aber nicht.

»Bleib in meiner Nähe«, beschwört er mich leise.

Mir ist klar, dass er das nur als Spaß gemeint hat – ein kleiner Insider, den wir ab jetzt miteinander teilen werden.

Wir werden zu zwei Schneemobilen gebracht, die, anders als unsere kleinen oben bei den Chalets, einen sesselartigen Beifahrersitz haben. Wahrscheinlich gibt es eine Bezeichnung für diese Dinger, aber die kenne ich nicht, und gerade kann ich mir auch beim besten Willen nicht vorstellen, mich jemals wieder mit etwas zu beschäftigen, das auch nur ansatzweise mit Schnee zu tun hat. Mein nächster Urlaub geht definitiv irgendwohin, wo es warm ist. Steifbeinig und zitternd klettere ich auf das Schneemobil und beobachte gleichzeitig Devan, der hinter einem breitschultrigen Mann mit leuchtend orangefarbener Jacke aufsteigt. Er erwidert meinen Blick, und einen Moment lang fühlt es sich so an, als würde er direkt in meine Seele hineinschauen. Dann lächelt er und zwinkert mir zu.

Ein seltsames Gefühl breitet sich in meinem Inneren aus, vielleicht in meinem Herzen. Dieses Assessment-Center ist vorbei. Selbst wenn es noch eine Stelle zu besetzen gibt, will ich sie ganz bestimmt nicht haben. Wir werden wieder nach Hause fliegen, vielleicht schon morgen. Und Devan wird möglicherweise wieder zu der Version seiner selbst werden, die ich nicht mochte. Der ich einen Korb gegeben habe und über die ich mit Riley in unserem Zimmer gelästert habe. Er wohnt nicht in Portland, kommt nur hin und wieder für einzelne Kurse dorthin oder übers Wochenende. Ich weiß nicht einmal, warum. Ich weiß nicht, ob seine Familie dort lebt, warum er sich für ein Fernstudium entschieden hat und wo genau er normalerweise wohnt. Ich kenne Devan nicht. Ich bin kein Fan von Fernbeziehungen, und ich befürchte, die kleine Flamme, die in den letzten Tagen zwischen uns entfacht ist, könnte der Entfernung zwischen uns und den Problemen, die damit verbunden sind, nicht standhalten.

Dennoch … der Gedanke, Devan nicht mehr zu sehen, nicht mehr mit ihm zu sprechen, ihn nur noch freundlich zu grüßen, wenn wir einander auf dem Campus begegnen, lässt mich schmerzhaft nach Luft schnappen. Devan hatte recht mit seinem Vorwurf, dass ich pessimistisch durchs Leben gehe. Ich sehe die Dinge schwarz, aber die Erkenntnis hilft nicht, daran etwas zu ändern.

Die Frau, die zu mir herüberkommt, unterbricht meine Gedanken, indem sie mir erklärt, was wir als Nächstes tun. Wir fahren ins Tal in ein kleines Krankenhaus, wo wir durchgecheckt werden. Zwar fühle ich mich nicht verletzt, aber ehrlich gesagt spüre ich die Kälte auch nicht mehr, was sicher kein gutes Zeichen ist. Außerdem wird dort die Polizei auf uns warten. Mir war irgendwie klar, dass das passieren würde, trotzdem hätte ich dieses Gespräch gerne noch eine Weile vor mir hergeschoben. Jemandem in allen Details erzählen zu müssen, was auf diesem Berg passiert ist, klingt im Moment vor allem eines: anstrengend. Wenn es nach mir ginge, würde ich mich einfach irgendwo in ein warmes Bett legen, schlafen und alles ein paar Stunden lang vergessen. Im besten Fall gemeinsam mit Devan.

Ich nicke sämtliche Informationen einfach nur ab, und auch wenn die Frau mich kurz besorgt mustert, lässt sie es gut sein und setzt sich vor mich auf den Schlitten. Als sie den Motor startet, schließe ich einen Moment die Augen und beiße die Zähne zusammen. Keine Ahnung, warum, aber die Erschütterungen des Motors scheinen meine Knochen zum Vibrieren zu bringen. Jeder Zentimeter meines Körpers schmerzt plötzlich, als hätte der Schlitten meine Nerven wieder zum Leben erweckt. Ich lehne mich zurück, versuche, die Decke um mich festzustecken, und kralle mich dann an die beiden kleinen Griffe neben meinen Oberschenkeln.

Wie von allein wandern meine Gedanken zu meiner ersten Fahrt mit einem Schneemobil. Mit Devan. Das Ganze ist nicht einmal eine Woche her, trotzdem fühlt es sich an, als würde ein komplettes Leben dazwischen liegen.

41

DEVAN

Samstag, 07. Oktober 2023

Luca umklammert meine Hand so fest, dass es wehtut. Aber ich beiße einfach nur die Zähne zusammen und bemühe mich, nicht das Gesicht zu verziehen. Sie braucht Halt, und den werde ich ihr geben. Und immerhin hat sie sich nicht die bandagierten Finger meiner rechten Hand ausgesucht, um ihrer Anspannung Luft zu machen.

Als wir gestern alle nacheinander ins Krankenhaus eingeliefert wurden und man mir die Handschuhe ausgezogen hat, habe ich tatsächlich einen Augenblick lang befürchtet, ich würde einen Finger verlieren. Mein Daumen war dunkelblau und angeschwollen. Er hat kaum wehgetan, erst in dem Moment, als ich das Ausmaß des Schadens gesehen habe. Als hätte mein Körper den visuellen Beweis gebraucht, um meinen Nerven mitzuteilen, die Schmerzrezeptoren anzuwerfen. Aber die Ärzte haben mir versichert, dass ich sämtliche Finger und Zehen behalten würde. Die Bestandsaufnahme unserer Gruppe war alles in allem weitaus weniger dramatisch, als es diese Nacht hätte vermuten lassen: Wir alle haben ein paar leichte Erfrierungen, vor allem an den Füßen und Händen. Nur Leander hat welche an beiden Ohren, was ich ein kleines bisschen witzig finde. Bei Christine wird eine posttraumatische

Belastungsstörung vermutet, Ana hat einen kleinen Schnitt am Unterarm, von dem keiner so richtig sagen kann, woher er genau stammt, und ich eine winzige Platzwunde an der Stirn, aber keine Gehirnerschütterung. Luca hat eine ziemlich heftige Prellung an der Hüfte und ich an zwei Rippen, die ich mir ziemlich sicher bei meiner Flucht durch das Fenster über der Küchenzeile eingehandelt habe. Wir alle waren dehydriert und standen unter Schock. Alles keine wirkliche Überraschung.

Allerdings bin ich mir verdammt sicher, dass wir deutlich schlimmer ausgesehen haben, als unser Gesundheitszustand es vermuten ließ. Denn nachdem die zwei Officers, die uns einen nach dem anderen besuchten, ein paar knappe Fragen gestellt und sich die genaue Stelle haben beschreiben lassen, an der Paul liegt, ließen sie uns alleine. Wir wurden auf Krankenhausbetten verteilt, haben Jacob gezwungen, nach Hause zu gehen und aufzuhören, uns zu bemuttern und sich bei uns zu entschuldigen, und wurden mit Beruhigungsmitteln versorgt. Nachdem der Pfleger uns energisch angewiesen hat, zu schlafen, habe ich eine Weile dagelegen und Luca angesehen. Sie ist in der Sekunde eingeschlafen, in der der Pfleger die Tür hinter sich geschlossen hat. Christine, die ebenfalls mit uns im Zimmer lag, hat kaum hörbar geweint, dann war sie irgendwann still, und ihr Atem ging regelmäßig. Ich habe Lucas Gesicht gemustert, das zum ersten Mal seit Stunden unbesorgt ausgesehen hat. Ihre Haut war noch immer blass, ihre Lippen hatten einen leicht bläulichen Unterton. Die Haut unter ihren Augen war von dunklen Schatten gezeichnet. Trotzdem war sie vermutlich das Schönste, was ich seit langer Zeit gesehen habe. Mir war auch vorher klar, dass Luca hübsch ist. Das ist jedem Menschen klar, der sich die Zeit nimmt, sie anzusehen – richtig anzusehen. Sie hat wahnsinnig freundliche Augen, was im harten Kontrast dazu steht, dass neunzig Prozent von dem, was sie sagt, irgendwie tough und abgehärtet klingt. Luca ist stark. Stärker, als ich es ihr jemals zugetraut hätte – als ich es jedem Menschen auf der Welt zugetraut hätte. Selbst im Schlaf hat sie eine Unerschütterlichkeit ausgestrahlt, von der ich mir gerne eine Scheibe abgeschnitten hätte.

Ich bin mir nicht sicher, ob ich selbst den Halt gebraucht habe oder der Meinung war, ihr welchen geben zu müssen – so oder so bin ich leise aus meinem Bett gestiegen und habe mich neben Luca gelegt. Sie hat kurz die Augen geöffnet, dann nach meinem Arm gegriffen und ihn an ihren Bauch gedrückt, bevor sie wieder eingeschlafen ist. In diesem Moment hat mein Herz Dinge veranstaltet, die ich lieber nicht so genau analysieren würde. Denn würde ich das tun, müsste ich mir selbst eingestehen, dass ich dabei bin, mich in Luca Murphy zu verlieben.

Die Tür des Krankenhauszimmers wird schwungvoll geöffnet und reißt mich unsanft aus meinen Erinnerungen. Leander und Ana sind vor ein paar Minuten zu uns herübergekommen, und jetzt schauen wir alle mit ungerührten Gesichtern den beiden Beamten entgegen, die uns gestern bereits knapp befragt haben.

»Haben Sie ihn gefunden?«, fragt Christine, sobald die Männer das Zimmer betreten.

Einer der Polizisten, ein kleiner Typ mit Nickelbrille, nickt ernst. »Ja, Miss. Wir haben seine Familie informiert, sie ist bereits auf dem Weg.«

Christines Unterlippe zittert. »Was … was passiert jetzt mit ihm? Mit seinem Körper?«

»Das kann ich Ihnen nicht genau sagen, Miss Parker-Bell. Am besten sprechen Sie mit Mr Barnes' Familie. Die Angehörigen erhalten die Informationen als Erste, aber Ihnen darf ich zum aktuellen Zeitpunkt keine Auskunft geben, tut mir leid.«

Luca, die neben Christine sitzt, streckt einen Arm aus und legt ihn über Christines Schultern. Sie reagiert nicht, schüttelt ihn aber auch nicht ab oder schubst Luca weg. »Wie ist er gestorben?«

»Auch das können wir Ihnen nicht sagen«, antwortet der zweite Mann. »Es tut uns wirklich leid. Aber ich bin mir sicher, man wird Sie über alles informieren, sobald die Angehörigen eingetroffen sind.«

Christine schweigt, aber ihre Wut und ihr Frust wabern durch den Raum. Ich mache ihr keinen Vorwurf. Wenn ich mir vorstelle, dass Luca … nein. Daran kann ich nicht einmal denken.

»Was können wir für Sie tun?«, frage ich stattdessen und sehe die beiden nacheinander an. »Uns wurde gesagt, Sie wollen mit uns sprechen.«

Der Größere der beiden nickt. »Wir haben ein paar Fragen, wie Sie sich wahrscheinlich denken können. Das Krankenhaus hat uns einen Raum zur Verfügung gestellt, wo wir Ihre offiziellen Zeugenaussagen aufnehmen können.«

»Wir werden verhört?«, hakt Leander nach. Seine Stimme klingt irgendwie gleichgültig, was nicht so richtig zu der ganzen Situation passen will.

»Sie haben einiges erlebt, letzte Nacht. Und einer Ihrer Freunde wurde tot am *Land's End* gefunden. Also ja, Sie alle müssen uns ein paar Fragen beantworten.«

Luca rutscht ein wenig unruhig auf dem Bett herum. »Alleine?«

»Wir werden jeden von Ihnen einzeln befragen, Miss. Das sind die Vorschriften.«

Der Kleinere räuspert sich. »Außerdem möchten wir Sie bitten, in verschiedenen Räumen zu warten, bis Sie an der Reihe sind.« Er deutet mit der Hand zur Tür hinter sich. »Auf dem

Flur gibt es eine Sitzecke, dort können zwei von Ihnen warten. Die anderen beiden können gerne auf den Zimmern bleiben, bis wir Sie holen.«

Ich spüre Lucas Blick von der Seite. Ich sehe sie an und zwinge mich zu einem aufmunternden Lächeln. Aber ihr Gesicht hellt sich nicht auf. Es hat wieder diesen besorgten, dunklen Ausdruck, der meine Wut auf den Unbekannten explodieren lässt.

»Warum?«, fragt Christine, erhält aber keine Antwort. Stattdessen zieht einer der Beamten einen kleinen Block aus der Tasche und checkt noch einmal unsere Namen.

Lucas Blick ruht noch immer auf mir. Ihr ist deutlich anzusehen, dass sie verstanden hat. Wir werden voneinander getrennt vernommen, damit wir unsere Geschichten nicht abgleichen können. Wir werden voneinander getrennt, weil wir verdächtigt werden.

Ich bin der Erste, den sie mitnehmen, und ich widerspreche nicht. Ich mache mir keine Sorgen wegen dieser Befragung, zumindest nicht darüber, irgendetwas zu sagen oder zu tun, das mich verdächtig machen könnte. Allerdings zerrt die gesamte Situation an meinen Nerven. Ich will hier raus, meine Eltern anrufen, ohne dass eine Pflegekraft oder ein Polizist mir dabei zuhört. Mein Leben ist in den vergangenen Tagen so durcheinandergeraten, dass mir die Vorstellung, in die Uni und zum Alltag zurückzukehren, beinahe lächerlich vorkommt. Am liebsten würde ich mich einfach in den nächsten Flieger setzen und mich irgendwohin flüchten, wo es warm ist. Zusammen mit Luca. Jede einzelne Sorgenfalte auf ihrer ansonsten makellosen Haut lässt meinen Hass auf den Täter weiter steigen.

Die Beamten öffnen eine Tür am Ende des Flurs, und ich betrete einen kleinen Konferenzraum oder etwas in der Art. Er ist winzig, hat einen anthrazitfarbenen Linoleumboden, graue Wände, vor denen ein paar unbeschriftete Whiteboards stehen, und eine dieser Leuchttafeln, an die in Filmen immer die Röntgenaufnahmen geklemmt werden. Alles in allem wirkt dieses Zimmer trostlos und kalt. Wunderbar.

In der Mitte des Raumes stehen ein Tisch und ein paar Stühle, und auf Geheiß der Beamten setze ich mich den Polizisten gegenüber.

»Mr Sandoval, richtig?« Ich nicke, und er notiert sich irgendetwas auf einem Formular. »Noch mal ganz offiziell: Mein Name ist Deputy Chief Azim Hadad, und das ist mein Kollege Sergeant Clinton McBeal. Vermutlich werden wir für diesen Fall nicht viel länger zuständig sein, aber da es aktuell noch an einer geklärten Zuständigkeit fehlt, führen wir die Zeugenbefragung mit Ihnen durch. Wir würden zuerst gerne Ihre Personalien aufnehmen und Ihnen Ihre Rechte verlesen«, sagt er, dann wirft er mir einen kurzen Blick zu. »Das klingt immer sehr dramatisch, ist aber reine Formsache, in Ordnung? Im schlimmsten Fall dürften wir Ihre Aussage nicht verwenden, sollten wir Sie vorher nicht ordnungsgemäß belehren, selbst wenn Ihre Aussagen uns helfen könnten. Und das wollen wir nicht riskieren.«

Ich nicke. »Das habe ich mir gedacht.«

»Okay, Mr Sandoval«, beginnt er und studiert sein Formular. »Bitte nennen Sie uns Ihren vollständigen Namen.«

Monoton beantworte ich die Fragen, die dem ziemlich klassischen Bild eines jeden Verhörs in Serien und Filmen entsprechen. Als der Deputy nach den Namen meiner Eltern und meinem Geburtsort fragt, erstarre ich für den Bruchteil einer Sekunde. Es fühlt sich an, als hätte mein Gehirn durch das ganze Chaos um mich herum kurz vergessen, warum die Anwesenheit von Cops mich normalerweise so nervös macht.

Warum ich mich penibel an Geschwindigkeitsbegrenzungen halte und Straßen grundsätzlich meide, an denen Verkehrskontrollen durchgeführt werden.

Ich versuche, meine Stimme irgendwie gelangweilt klingen zu lassen und mein Herz dazu zu zwingen, in einer normalen Geschwindigkeit zu schlagen. Unauffällig ziehe ich meine Hände vom Tisch und wische sie mir an der Krankenhaushose ab.

»Sehr schön«, sagt der Deputy, dann richtet er sich auf und mustert mich kurz. »Sie haben das Recht, zu schweigen. Alles, was Sie sagen, kann und wird vor Gericht gegen Sie verwendet werden. Sie haben das Recht, zu jeder Vernehmung einen Verteidiger hinzuzuziehen. Wenn Sie sich keinen Verteidiger leisten können, wird Ihnen einer gestellt. Verstehen Sie das?«

Ich nicke, doch als dieser Hadad mich auffordernd ansieht, füge ich hinzu: »Ich verstehe.«

Er rattert den üblichen Text herunter, und obwohl er immer wieder auf sein Klemmbrett schaut, ist es offensichtlich, dass er die Sätze auswendig kennt.

»Haben Sie Fragen bezüglich Ihrer Rechte? Und erklären Sie sich weiterhin bereit, mit uns über die Nacht vom fünften auf den sechsten Oktober zu sprechen?«

Ich weiß, dass ich das Recht auf einen Anwalt habe, und mir ist auch klar, dass sie mir keine einzige Frage stellen dürfen, sobald ich dieses Recht einfordere. Diese ganze Nummer wäre von einer Sekunde auf die andere beendet, und ich könnte den Raum verlassen. Sobald es um Mord geht, und was nicht noch alles auf der Liste der Anklagepunkte stehen wird, sollte *niemand* ohne die Anwesenheit eines Anwalts mit der Polizei sprechen. Schuldig oder unschuldig spielt in diesem Fall schlicht und ergreifend keine Rolle.

Seufzend lehne ich mich ein Stück vor und stütze mich mit

den Ellbogen auf der Tischplatte ab. »Ich habe meine Rechte verstanden, Sir, und ich will bestimmt nicht den Eindruck erwecken, als hätte ich irgendetwas zu verheimlichen. Aber ich würde es vorziehen, dieses Gespräch in Anwesenheit eines Anwalts zu führen.«

»Sie möchten also nicht mit uns sprechen?«

»Ich möchte mit Ihnen sprechen. Aber ich möchte mich auch absichern. Diese ganze Sache … alles, was da oben passiert ist, ist wild. Verstehen Sie? Hier geht es nicht um Fahrerflucht oder, keine Ahnung, eine Schießerei in einer Tankstelle. Jeder von uns muss für Sie verdächtig sein, und ich will nicht riskieren, etwas zu sagen oder zu tun, was mir im Nachhinein das Genick brechen könnte.«

Der Sergeant, der bislang schweigend neben seinem Kollegen gesessen hat, lehnt sich in seinem Stuhl zurück. »Was meinen Sie damit, die ganze Sache wäre ›wild‹ gewesen?«

Ich mache eine hilflose Handbewegung. »Wir haben eine Leiche gefunden, Sir. Auf uns wurde geschossen, ich bin auf einem bescheuerten Sessellift herumgeklettert. Wir alle haben irgendwann in den letzten Stunden ernsthaft erwartet, nicht mehr lebend von diesem Berg herunterzukommen. Und keiner von uns hat auch nur eine Ahnung, wer dafür verantwortlich sein könnte.«

Die beiden Männer tauschen einen kurzen Blick.

»Was?«, frage ich.

Hadad runzelt die Stirn. »Wir dürfen nicht mehr mit Ihnen sprechen, wenn Sie einen Anwalt fordern, Mr Sandoval. Devan. Darf ich Sie Devan nennen?«

»Darf ich Sie denn Azim nennen?«

Er lacht und schüttelt den Kopf. »Ich verstehe Ihren Standpunkt, Mr Sandoval. Sie haben absolut recht mit allem, was Sie sagen. Aber wenn Sie ein Gespräch mit uns führen wollen, müssen Sie angeben, dass Sie für den Moment auf Ihr Recht auf einen Anwalt verzichten.«

»Sie können sich zu jedem Zeitpunkt anders entscheiden«, stellt McBeal klar. »Sie können abbrechen, wann immer Sie wollen.«

In Gedanken gehe ich sämtliche Möglichkeiten durch. Ich will nicht mit diesen beiden Männern sprechen, die garantiert jedes meiner Worte auf die Goldwaage legen werden. Aber der Blick, den die beiden sich gerade eben zugeworfen haben, hat sich in meinen Verstand eingebrannt. »Gut«, seufze ich und reibe mir mit der Hand über die Stirn. »Ich werde mit Ihnen sprechen, ohne Anwalt. Fürs Erste.«

Sichtlich zufrieden greift Hadad nach seinem Klemmbrett. »In dem Fall: Erzählen Sie uns, was Sie getan haben, nachdem Sie das *Ortiz Grand Resort* am Donnerstag verlassen haben. In allen Einzelheiten, bitte.«

Ich beginne zu erzählen: angefangen bei dem Stromausfall während unserer Pitches, über unseren Versuch, die Sicherungen wieder reinzudrehen, bis hin zur verschlossenen Tür und Jacobs Plan, den Haustechniker anzurufen. Als ich beschreibe, wie wir uns auf den Weg zu den Chalets gemacht haben, möchte McBeal wissen, warum wir nicht im Hauptgebäude geblieben sind, und ich erkläre ihm die Theorie von diesem Matthew, dass die Hütten weiterhin mit Strom versorgt sein müssten. Ich berichte von der Fahrt durch den Sturm, von Lucas Unfall und der Tatsache, dass Christine und Leander allein weitergefahren sind. Wie ich zu meiner Hütte gegangen bin, um mir ein paar Klamotten zu organisieren, und dass die Tür verschlossen war, als ich zurück zu Luca gehen wollte.

»Sie waren also nur kurz in Ihrer Hütte?«, fragt Hadad.

»Ja, Sir.«

Er wirft einen Blick auf seine Notizen. »Sie waren untergebracht im Chalet …«

»*Biberdamm*«, helfe ich aus und unterdrücke ein Grinsen. »Nummer zwei.«

»Warum sind Sie nicht in Ihrer eigenen Hütte geblieben?«

»Weil ich bei Luca sein wollte«, erwidere ich ungerührt. »Dieser Tag war ganz schön turbulent, und wir waren alle nervös. Keiner von uns wollte allein sein.«

»In welchem Verhältnis stehen Sie zu Luca Murphy?«

Am liebsten hätte ich die Augen verdreht, weil es so verdammt offensichtlich ist, worauf diese Fragen abzielen. Ich rolle mit den Schultern. Geduldig erkläre ich ihnen, dass wir dieselbe Uni besuchen, uns aber kaum kennen … »Im *Ortiz* sind wir uns nähergekommen«, ende ich schließlich, weil ich keinen Grund sehe, diese Tatsache geheim zu halten. »Ja, wir haben miteinander geschlafen, und ja, in der besagten Nacht hatten wir das wieder vor. Ich wollte vorher ein paar Klamotten holen, aber dann fiel der Strom aus, und ich war eingesperrt.«

Der Deputy macht sich fleißig Notizen. »Die Chalets schlossen sich also einfach ab?«

»Es gibt so ein Fach neben der Tür, wo die Keycard reingesteckt wird. Solange sie steckt, lassen die Türen sich öffnen. Aber ich war schon auf dem Weg nach draußen und hatte die Karte herausgezogen, als der Strom ausfiel.«

McBeal wirkt verwirrt, fragt aber nicht weiter nach. »Sie waren also eingesperrt«, schlussfolgert er stattdessen.

»Ja, Sir.«

»Und Miss Murphy?«

»War ausgesperrt. Sie wollte nach mir sehen und war unterwegs zu mir, als der Strom ausgefallen ist.«

»Warum wollte sie nach Ihnen sehen?«, fragt Hadad, ohne

mich anzuschauen. »Was hat so lange gedauert, dass sie sich auf den Weg zu Ihnen gemacht hat?«

Ich lehne mich zurück und verschränke die Arme vor der Brust. So unschuldig diese Frage klingt, so verheerend würde sich eine ehrliche Antwort auf mein Leben auswirken. Nicht nur auf meins. Ich werde die Cops nicht anlügen, aber die Konsequenzen der Wahrheit werde ich sicher auch nicht riskieren.

Ein paar Sekunden lang mustere ich die beiden, dann schüttle ich den Kopf.

»Ich hätte jetzt gerne einen Anwalt.«

42

CHRISTINE PARKER-BELL

»Benötigen Sie noch weitere Erklärungen, und sind Sie bereit, mit uns über das zu sprechen, was in der Nacht vom fünften auf den sechsten Oktober geschehen ist?«

Der Mann glotzt mich an, als würde er versuchen, durch meine Stirn hindurch in meinen Kopf zu schauen und meine Gedanken zu lesen. Viel Glück dabei. Sollte es ihm gelingen, kann er mich gerne über den Zustand meines Verstandes aufklären, ich selbst bin nämlich kaum noch in der Lage, geradeaus zu schauen. Die beschissenen Drogen, die die unfähige Krankenschwester mir verabreicht hat, vernebeln mein Gehirn.

»Ich werde mit Ihnen reden«, antworte ich nur ein paar Sekunden zu spät und setze mich aufrechter hin. Ich stelle mir lieber nicht vor, wie ich in diesem Kittel aussehe. »So lange, bis Sie mir den Eindruck vermitteln, Sie würden mich verdächtigen. Dann bin ich raus hier.«

»Das ist Ihr gutes Recht. Darf ich Sie Christine nennen?«

»Nennen Sie mich, wie Sie wollen. Kommen Sie einfach zum Punkt.«

Der kleine Officer mit der Brille hebt beinahe empört die Augenbrauen, so hoch, dass sie um ein Haar unter der Krempe seiner hässlichen Mütze verschwinden. Ich liebe Männer, die allein aus Prinzip Respekt ihnen gegenüber erwarten und dann ganz verwirrt sind, wenn man ihnen genau den nicht entgegenbringt. Als würde seine lächerliche Marke irgendetwas bedeuten.

»Nun gut, Christine«, beginnt der Dicke, der mit der silbernen Rolex, und liest irgendetwas auf seinem Blatt ab. »Erzählen Sie uns von der Nacht, in der der Post auf dem Account Ihres Verlobten abgesetzt wurde.«

Ich balle meine Hand so fest zur Faust, dass meine Nägel sich in meine Handfläche bohren. Zwei sind gestern Nacht abgebrochen, und das Acryl hat eine scharfe Kante hinterlassen. Aber ich verziehe keine Miene. »Was wollen Sie wissen? Irgendjemand hat sich eingehackt, ein Foto hochgeladen und gepostet. Haben Sie kein Instagram?«

Er ignoriert die Frage. Wenig überraschend. »Wann haben Sie den Post entdeckt?«

»Am nächsten Morgen. Ich schalte mein Handy in der Nacht aus, also habe ich die Benachrichtigungen nicht bemerkt.«

»Warum schalten Sie Ihr Handy nachts aus?«, hakt er nach. Wahrscheinlich in dem Glauben, eine unfassbar pfiffige Frage gestellt zu haben.

Ungerührt erwidere ich seinen Blick. »Es gibt unzählige Studien, die belegen, dass das Handy während des Schlafens entweder mindestens einen Meter von der Person entfernt liegen oder aus sein sollte. Können Sie nachlesen, sollten Sie vielleicht einmal ausprobieren.«

»War Paul noch da, als Sie aufgewacht sind?«, macht er einfach weiter.

»Nein.«

»Haben Sie sich darüber gewundert?«

Ich rutsche auf meinem Stuhl herum und schlage die Beine übereinander. »Sind Sie verheiratet, Sir?«

Der Mann legt den Kopf schief. »Seit vierzehn Jahren.«

»Und würden Sie sich nicht darüber wundern, wenn Ihre Frau oder Ihr Mann morgens nicht mehr neben Ihnen im Bett liegt?«

»Erzählen Sie uns einfach, was passiert ist, Christine.«

Ich verschränke die Arme vor der Brust. »Ja, ich habe mich gewundert. Ich habe ihn gesucht, und als ich das Handy eingeschaltet habe, habe ich den Beitrag entdeckt. Paul ging nicht ans Telefon, und meine Nachrichten wurden nicht zugestellt. Ende der Geschichte.«

»Die Nachrichten wurden nicht zugestellt? Oder nicht gelesen?«

»Ich sagte, sie wurden nicht zugestellt.«

»Zu welcher Uhrzeit war das? Was schätzen Sie?«

»Um sechs Uhr klingelte mein Wecker«, antworte ich monoton. »Ich war im Bad und kurz draußen, um mir ein bisschen Schnee zu holen, dann habe ich mein Handy angemacht und so weiter. Es wird also zehn nach, Viertel nach sechs gewesen sein.«

»Warum haben Sie sich Schnee geholt?«

»Für ein Eisbad«, erkläre ich achselzuckend. »Für mein Gesicht. Frischer kann man Eis ja wohl nicht kriegen.«

Wieder ein Blick in die Unterlagen. Ich frage mich, ob die beiden darauf heimlich Tic Tac Toe spielen. »Was ist Ihnen aufgefallen, als Sie draußen waren?«

»Dass Sandoval sich aus Murphys Hütte geschlichen hat, aber das war keine schockierende Entdeckung. Leander war auch schon wach, in seiner Hütte hat Licht gebrannt.«

Interessiert schaut der Kleine mich an. »Sie haben Devan gesehen? Seine und Lucas Unterkünfte stehen ziemlich weit weg von Ihrer.«

»Da haben Sie vollkommen recht, Sir.«

»Wie konnten Sie erkennen, von wo er kam und wo er hinwollte?«

Ich erwidere seinen Blick und zwinge mich, keinen Muskel zu rühren. Er ist gut, aber ich bin besser. Ich habe mein Pokerface über Jahre perfektioniert, und ich erkenne den winzigen Funken Misstrauen in seinen kleinen, wässrigen Augen. Mein Stichwort.

»Es war wirklich erfrischend, mich mit Ihnen beiden zu unterhalten, Gentlemen«, sage ich und stehe auf. »Aber ich würde jetzt gerne mit meinem Anwalt sprechen.«

43

LEANDER COLE

»Haben Sie das alles verstanden? Haben Sie Fragen?«

Ich schüttele den Kopf.

»Sind Sie bereit, mit mir und meinem Partner über die Ereignisse im *Ortiz Grand Resort* zu sprechen? Darüber, was in der Nacht vom fünften auf den sechsten Oktober passiert ist?«

Langsam lehne ich mich vor und falte die Hände vor mir auf dem Tisch. Ich sehe den Deputy Chief an, weil er hier das Sagen hat. »Werde ich verdächtigt, Sir?«

»Zum aktuellen Zeitpunkt handelt es sich bei all unseren Gesprächen um Standard…«

»Das weiß ich«, unterbreche ich ihn tonlos. »Ich möchte wissen, ob Ihnen bereits Beweise vorliegen, die mich ganz klar als Verdächtigen in diesem ganzen Fall ausschließen. Ja oder nein? Das ist eine einfache Frage und sollte eine einfache Antwort zulassen.«

Der Deputy wechselt einen Blick mit seinem Kollegen, dann sehe ich, dass er die Zähne zusammenbeißt. »Nein, Mr Cole. Zum jetzigen Zeitpunkt können wir niemanden zweifellos ausschließen.«

»Dann bitte ich Sie, mich zu entschuldigen, Deputy Hadad. Ich bin nicht bereit, mit Ihnen zu sprechen. Nicht in Abwesenheit meines Anwalts.«

44

JACOB GULLINGHAM

»Ist Ihnen alles so weit klar, und haben Sie Ihre Rechte verstanden? Sind Sie bereit, mit uns über die Ereignisse der Nacht vom fünften auf den sechsten Oktober zu sprechen?«

»Mein Anwalt ist auf dem Weg«, antworte ich, vergeblich um eine gelassene Miene bemüht. »Wir können aber gerne schon einmal anfangen. Ich habe nichts zu verbergen und möchte diese ganze Sache so schnell wie möglich aufklären.«

»Sie sind also bereit, mit uns vor Eintreffen Ihres Anwalts zu reden?«

»Ja, Sir.« Ich nicke. »Ich will wissen, was Sie gegen Matthew Ismar in der Hand haben. Er ist einer meiner Angestellten und wurde vor etwa zwei Stunden verhaftet. Mein halbes Hotel wird von der Polizei belagert, und an der Zufahrtsstraße versammelt sich bereits die Presse.«

»Wir können Ihnen über den Stand der laufenden Ermittlungen keine Auskunft geben, Mr Gullingham. Es tut mir leid.«

»Wie bitte?« Ich richte mich ein Stück auf, auch wenn ich wahrscheinlich auf einem Hocker stehend nicht an die körperliche Größe des einen Beamten heranreichen würde. »Ihre Kollegen befinden sich jetzt gerade auf dem Gelände meines Hotels, und ich verlange Auskunft über die Dinge, die dort vor sich gehen!«

Der Deputy blättert in seinen Unterlagen. Seine Augen huschen über den Text und werden schließlich fündig. »Das *Ortiz* gehört Ihrem Onkel, nicht wahr, Mr Gullingham?«

»Das ist korrekt.«

»Und Sie sind dort nicht festangestellt.«

»Auch das ist korrekt.«

»Also … haben Sie keine Befugnis. Nicht wirklich. Meinen Kollegen haben Sie erzählt, dass Sie lediglich für die Leitung des Assessment-Centers angereist sind.«

Ich atme einmal tief durch die Nase ein. »Azim«, sage ich, während ich versuche, einen versöhnlichen Tonfall anzuschlagen, »Sie kennen mich. Sie sind während der Saison mindestens einmal im Monat bei uns zum Essen, ich habe als Jugendlicher mit Ihrem Sohn gespielt, wenn ich zu Besuch war. Machen Sie sich selbst und mich bitte nicht lächerlich, indem Sie so tun, als wüssten Sie nicht, wer ich bin.«

»Wir haben unsere Anweisungen, Jacob.« Beinahe hilflos zuckt er mit den Schultern. »Ich will Ihnen keine Schwierigkeiten machen, weder Ihnen noch Ihrem Onkel. Aber ich arbeite nicht mit Vermutungen oder Dorftratsch. Ich muss die Verhältnisse klären, also beantworten Sie bitte einfach meine Fragen.«

Tatsächlich denke ich darüber nach, genau das nicht zu tun. Mein Onkel hat mich ausdrücklich angewiesen, nicht mit der Polizei zu sprechen, bevor der Anwalt nicht eingetroffen ist. Aber ich weiß, wie Menschen wirken, die eine Befragung verweigern: schuldig. Und in diese Rolle lasse ich mich sicher nicht hineinzwängen.

»Ich sollte die Stelle des Social-Media-Managers neu besetzen«, gebe ich schließlich nach. »Mein Onkel hat keine Ahnung von der Materie, also hat er mich gebeten, das Assessment-Center zu übernehmen. Die Bewerber und Bewerberinnen sind am Dienstag angereist und sollten ursprünglich bis morgen bleiben.«

Eine Notiz auf dem Block. »Wie wurden die Kandidaten und Kandidatinnen ausgewählt?«

»Von Mrs Bianchi, sie ist die Personalleiterin. Die Vermittlung und Erstauswahl hat eine Agentur übernommen, sie und mein Onkel haben lediglich die Bewerbungen gesichtet und abgenickt.«

»Wie hieß die Agentur?«

»Das weiß ich nicht, Sir. Ich kann das aber gerne für Sie in meinen Unterlagen nachschauen.«

Hadad tippt sich mit dem Stift gegen die Unterlippe. »Wer hat die Ausschreibung in Auftrag gegeben?«

»Mein Onkel, schätze ich.« Ich zucke mit den Schultern. »Ich glaube, er hat ihnen eine E-Mail geschrieben, aber an diesem Prozess war ich nicht beteiligt.«

»Und wer hatte die Ursprungsidee, die Stelle über diese Agentur ausschreiben zu lassen?«

Kopfschüttelnd erwidere ich seinen Blick. »Worum geht es hier, Azim? Das alles ist doch unwichtig! Auf unserem Gelände liegt eine tiefgefrorene Leiche, und meine Gäste wurden stundenlang über den Berg gejagt!«

»Ich versuche nur, mir einen Überblick zu verschaffen.« Seufzend fährt er sich mit der Hand durch die Haare. »Und das ist gar nicht so einfach, wie Sie sich vielleicht vorstellen können.«

Ich würde nicht mit ihm tauschen wollen. All die Namen, all die Verbindungen und Vorfälle sind wahrscheinlich schwer miteinander in Einklang zu bringen. Vor allem, wenn man kaum eine der Personen persönlich kennt. Vielleicht ist Azim Hadad auch nur versessen darauf, die Informationen so schnell wie möglich zu sammeln, weil ihm klar ist, dass die Dinge anders laufen werden, sobald mein Onkel eingetroffen ist. Mit Mr Ortiz ist nicht gut Kirschen essen, zumindest dann nicht, wenn er sich angegriffen fühlt. Selbst ich bin nervös, wenn ich an seine Ankunft denke, und ich bin sein Neffe. Sein Wunsch, mir eine verantwortungsvollere Aufgabe in diesem Unternehmen zuzugestehen, hat sich mit dem ganzen Schlamassel hier aber immerhin erledigt.

»Erzählen Sie mir, was Sie getan haben, nachdem Ihre Gäste das Hotel verlassen haben. Am Donnerstag, nach den Präsentationen«, macht der Sergeant, dieser McBeal, weiter. Ich habe ihn noch nie zuvor gesehen, aber das verwundert mich nicht. Die Zeiten, in denen ich meine Winter in Eagle Creek verbracht habe, sind lange vorbei.

»Ich habe auf den Techniker gewartet«, antworte ich sachlich. »Zurzeit werden Renovierungsarbeiten auf dem Gelände durchgeführt, und ich wollte, dass er sicherstellt, dass die Stromversorgung für die Bautrockner und die Chalets gewährleistet ist.«

»Matthew Ismar, richtig?«, hakt er tonlos nach. »Das ist der Haustechniker.«

Bevor ich antworten kann, klopft es einmal energisch an der Tür, bevor sie aufschwingt. Mr Alfred Sims kommt herein und baut sich in der Tür auf, als hätte er diesen Auftritt zuvor geprobt. Der Anwalt meines Onkels. Die Kavallerie ist da.

»Das Gespräch ist vorbei, meine Herren«, sagt er, kommt zu mir herüber und legt seine schwarze Aktentasche auf den Tisch. »Ich möchte allein mit meinem Klienten sprechen.«

45

ANASTASIA KASAKOW

»Gibt es Ihrerseits noch Fragen, oder sind Sie bereit, mit uns über die Nacht vom fünften auf den sechsten Oktober zu sprechen?«

Beinahe hätte ich gelacht. Nein, ich bin nicht bereit. Ich bin mir nicht einmal sicher, ob ich bereit bin, dieses Krankenhaus zu verlassen, meinen Alltag wieder aufzunehmen oder jemals wieder einen Fuß auf das verdammte Hotelgelände zu setzen. Geschweige denn, mit der Polizei zu sprechen und diese ganze Scheiße erneut zu durchleben.

»Ich habe verstanden«, sage ich dennoch mechanisch und nicke ein paarmal hintereinander. »Und ja, ich werde mit Ihnen sprechen. Denke ich.«

»Wunderbar.« Die beiden haben sich vorgestellt, aber ich habe ihre Namen schon wieder vergessen. Der mit der Brille sieht mich an. »Sie arbeiten im *Ortiz Grand Resort*, ist das richtig?«

»Ja, Sir.«

»Wie lange arbeiten Sie dort bereits?«

»Seit vier Jahren, aber jeweils nur ein paar Monate während der Wintersaison.« Ich schaue nervös zu seinem Kollegen, der fleißig mitzuschreiben scheint. »Was notieren Sie sich?«

Er lächelt mich milde an. »Alles, Miss. Wo wohnen Sie

während Ihrer Zeit hier? Sie leben normalerweise in New York, nicht wahr?«

Ich nicke. »Das ist unterschiedlich. Es gibt ein paar Gastarbeiterwohnungen unten im Dorf. Meistens gründen ein paar der Saisonarbeitskräfte eine WG, und ich nehme mir dort ein Zimmer. Letzte Nacht sollte ich eigentlich im Hotel bleiben, aber dann ist Mr Gullingham gegangen, und ich bin zu Leander hoch.«

Langsam, ganz langsam wandert die Augenbraue des Kleinen nach oben. »Sie sind zu den Chalets gefahren? Bei dem Sturm?«

»Ja. Ob ich jetzt zu den Hütten oder runter ins Dorf gefahren wäre, hätte keinen Unterschied gemacht.«

»Wissen Sie, dass ich leidenschaftlicher Wintersportler bin, Anastasia?«, sagt der andere, ohne mich aus den Augen zu lassen. »Ich weiß also, dass es sehr wohl einen Unterschied macht, ob Sie die befestigte Straße ins Dorf oder den Pfad durch den Wald genommen hätten.«

»Ich wollte zu Leander«, sage ich ausweichend, während ich meine Hände in meinem Schoß knete. »Es war noch nicht spät, und ich habe nicht erwartet, dass all das passiert. Ich dachte, wir könnten uns zusammen die Zeit vertreiben und den Sturm aussitzen und …«

»Und?«

»Reden«, sage ich ein wenig hilflos. »Sie müssen da nicht mehr hineininterpretieren, als es ist.«

Wieder schaut der Typ in seine Notizen, offensichtlich wenig beeindruckt von meiner kleinen Ansage. »Laut einer Aussage hatten Sie kurz vor dem Stromausfall eine Meinungsverschiedenheit mit Leander. Worum ging es da?«

Seine Frage fühlt sich an wie ein Schlag in die Magengrube. Ich versuche, mir nichts anmerken zu lassen, bin mir aber alles andere als sicher, dass es funktioniert. »Das ist nicht von Bedeutung.«

»Für uns schon.«

»Ich habe mich nicht mit Leander gestritten.«

»Sie haben geredet.«

»Ja«, antworte ich heftig. »Und Leander liegt nicht da oben tot im Schnee, also verstehe ich nicht, warum unser Gespräch von Bedeutung sein sollte!«

Der Mann faltet die Hände unter dem Kinn. »Erzählen Sie mir von Leander, Anastasia. In welchem Verhältnis stehen Sie zu ihm?«

Ich denke nach, gehe sämtliche meiner Möglichkeiten durch. Aber ich bin zu überfordert, zu verwirrt von allem, was gerade passiert. »Was hat Leander Ihnen über uns erzählt?«

Kurz, den Bruchteil einer Sekunde, sehe ich, dass sich sein Gesicht verfinstert. Als wäre das genau die Frage, die ich nicht hätte stellen dürfen.

Der andere Officer räuspert sich. »Mr Cole hat es vorgezogen, von seinem Recht Gebrauch zu machen, auf einen Anwalt zu warten. Wir werden in den kommenden Tagen noch einmal mit ihm sprechen.«

»Perfekt«, sage ich mit ungewöhnlich hoher Stimme. »Dann mache ich das auch. Von meinem Recht Gebrauch. Ich warte auf einen Anwalt.«

46

LUCA

»Haben Sie noch Fragen zu diesem Thema, und wollen Sie immer noch mit uns über die Ereignisse in der Nacht vom fünften auf den sechsten Oktober sprechen?«

Nervös presse ich die Handflächen gegeneinander und nicke. Als der Beamte mich eindringlich ansieht, entschuldige ich mich hastig. »Ja, ich habe meine Rechte verstanden, und ja, ich möchte mich mit Ihnen unterhalten.«

Ich habe mir darüber Gedanken gemacht, während ich auf dem Flur gewartet habe, bis Anas Befragung vorbei war. Es ist dumm, ohne Anwalt mit der Polizei zu reden. Aber ich habe nichts zu verbergen, absolut nichts. Ich war in den vergangenen Tagen selten ganz allein und kann für die Nacht von Pauls Verschwinden ein Alibi samt Zeugen vorweisen. Ich werde dieses Gespräch nicht weiter hinauszögern als nötig, indem ich auf einen Anwalt bestehe.

»Gut«, antwortet Hadad mit einem langen Blick auf seine Notizen. »Bitte erzählen Sie uns als Erstes von der Zeit im Restaurant des *Ortiz*. Bevor der Strom ausgefallen ist.«

Ein wenig überfordert gehe ich gedanklich den Vormittag durch. Unsere Präsentationen sind nicht einmal achtundvierzig Stunden her, aber es kommt mir vor, als würde ich von einem Ereignis berichten, das bereits Jahre zurückliegt. Ich erzähle von den Pitches, von dem ausfallenden Licht und unserer kleinen Expedition zum Sicherungskasten. Ich sage nichts von meiner Beinahe-Panikattacke, erwähne aber, dass die Tür geklemmt hat. Ich rattere all die Fakten herunter: warum ich meine Hütte verlassen habe, wie ich unten bei dem kleinen Parkplatz nach einer Möglichkeit gesucht habe, in das Gebäude zu gelangen. Ich erzähle von der Gestalt, die auf mich zugekommen ist, dass Devan mich gerettet hat und wir gemeinsam entschieden haben, Leander und Christine zu warnen. Anas Anwesenheit, ihre Idee mit der Liftstation, Pauls Leiche … Ich erzähle die lückenlose Geschichte und versuche, mich gleichzeitig emotional abzuschotten. Versuche, die ganze Sache wie einen Film zu sehen, den ich einfach nur wiedergebe.

Hadad und McBeal hören schweigend zu und machen sich Notizen, nur ab und zu fragen sie nach, wenn sie etwas nicht richtig verstanden haben. Als ich ende, schaut McBeal mich nachdenklich an. »Hat Miss Parker-Bell den Wunsch geäußert, Paul zu folgen oder selbst nach ihm zu suchen? Donnerstagvormittag, meine ich.«

Bei der Erinnerung daran, droht mir das schlechte Gewissen beinah die Luft abzuschnüren. »Sie wusste die ganze Zeit, dass etwas nicht stimmt«, sage ich mit belegter Stimme, stocke dann aber und sehe die beiden an. »Also, sie *wusste* es nicht. Sie wissen, was ich meine, oder? Sie hatte ein ungutes Gefühl.«

»Machen Sie sich bitte keine Gedanken.«

»Aber ja, wie gesagt: Als wir uns für die Präsentationen getroffen haben, hat sie uns mehrfach aufgefordert, Hilfe zu rufen.«

McBeal denkt kurz nach, dann tippt er mit einem Zeigefinger auf den Tisch. »Wurde daraufhin irgendetwas unternommen?«

»Ich glaube, Jacob wollte sich darum kümmern.«

Hadad blättert in seinen Unterlagen. »Um 14:33 Uhr am Donnerstagnachmittag ist ein Anruf bei der Bergrettung in Eagle

Creek eingegangen, in dem es um einen jungen Mann ging, um den sich wohl Sorgen gemacht wurde. Das Gespräch brach allerdings aufgrund der schlechten Verbindung ab und konnte auch nicht mehr rekonstruiert werden. Passt das für Sie?«

Ich nicke. »Ja, das war mit Sicherheit Jacob. Er meinte, er wollte die Bergrettung informieren, aber ehrlich gesagt glaube ich, dass er das nur getan hat, um Christine zu beruhigen.«

»Warum denken Sie das?«

Hilflos zucke ich mit den Schultern. »Keiner von uns hatte Angst um Paul, außer Christine. Wissen Sie, was auf seinem Instagram-Account los war?«

Die Beamten nicken. »Darüber haben wir Kenntnis«, antwortet Hadad.

»Wir alle haben geglaubt, er sei einfach abgehauen. Und dass er sich bei keinem gemeldet hat, fand ich auch nicht sonderlich besorgniserregend. Er kannte uns alle nicht, weshalb sollte er sich bei uns melden?«

»Er kannte Christine«, bemerkt er. »Die beiden waren verlobt.«

»Aber er hatte einen Tag vorher herausgefunden, dass sie ihn betrogen hat. Keine Ahnung, wir haben einfach gedacht, dass er sauer war und seine Ruhe haben wollte. In der Nacht hat es noch nicht so heftig gestürmt, also hat sich auch niemand Sorgen gemacht.«

Ein paar Sekunden lang schweigt Hadad und notiert sich irgendetwas auf seinem Blatt. »War Paul sauer auf Christine?«

»Ja, Sir.«

»Und war Christine sauer auf ihn?«

»Christine hat Paul nicht umgebracht, falls Sie darauf hinauswollen«, sage ich trocken. »Er war Meilen weit von den Hütten entfernt. Wie soll sie das bitte angestellt haben?«

Er übergeht meinen Einwand. Ich frage mich, ob die beiden

Männer nicht vielleicht selbst Schwierigkeiten haben, durch dieses Chaos hindurchzusteigen. Ich habe es ganz sicher.

»Noch einmal zurück zu Donnerstagnachmittag«, nimmt McBeal den Faden wieder auf.

»Vorher habe ich eine Frage«, sage ich hastig, bevor er erneut die Gesprächsführung übernehmen kann. Er sieht von seinen Unterlagen auf und nickt auffordernd. »Wissen Sie, warum der Skilift angehalten hat? Dafür haben wir keine richtige Erklärung gefunden.«

»Genau können wir Ihnen das nicht beantworten.« Wieder ein Blick in die Unterlagen. »Der Skilift und vor allem dessen Technik war noch nicht komplett fertiggestellt und nicht für eine Inbetriebnahme freigegeben. Außerdem wusste keiner von Ihnen, wie man ihn korrekt bedient.« Als er mir einen skeptischen Blick zuwirft, beiße ich mir auf die Lippen. Ein hysterisches Lachen kitzelt in meiner Kehle, als ich daran denke, dass Devan den Lift mit Hilfe seiner Erfahrung aus einem verdammten Simulator in Betrieb genommen hat. Diese ganze Situation ist so verdammt absurd.

»Ein technisches Versagen oder eine falsche Einstellung könnten der Grund sein«, macht McBeal weiter. »Natürlich können wir ein Eingreifen von außen nicht zweifelsfrei ausschließen. Der Großteil der Technik ist über mobile Endgeräte steuerbar. Aber zum jetzigen Zeitpunkt gehen wir tatsächlich von einem bloßen Zufall aus.«

Ratlos sehe ich ihn an. »Sie meinen *Pech*.«

»Sie hatten unfassbar viel Glück, Luca. Sie alle sind noch am Leben. Das Versagen eines Sesselliftes ist ein eher kleines Detail des Horrors, den Sie erlebt haben, finden Sie nicht?« Hadads Stimme klingt seltsam tonlos, trotzdem jagt sie mir einen Schauer über den Rücken. »Haben Sie noch weitere Fragen zu dem Lift, oder kann ich fortfahren?«

Ich habe wahrscheinlich noch eine Million unbeantwortete Fragen, trotzdem nicke ich und verschränke meine Hände im Schoß.

»Bevor Sie alle zu Ihren Chalets aufgebrochen sind«, springt McBeal ein, und ich frage mich zwangsläufig, ob die beiden einer Art Drehbuch folgen, in dem im Vorfeld genau festgelegt wurde, wer welche Fragen stellt. »Hatte Jacob Gullingham vor, den Haustechniker anzurufen? Haben Sie das mitbekommen?«

»Ja, das hat er gesagt.«

McBeal nickt zustimmend. »Kennen Sie den Namen des Haustechnikers?«

»Matthew«, antworte ich. »Den Nachnamen kenne ich nicht.«

»Woher wissen Sie, wie der Mann heißt?«

Ich runzle die Stirn. Falls die beiden mir ein Verhältnis mit dem Haustechniker andichten wollen, wäre das eine Wendung, die ich ehrlich nicht habe kommen sehen. »Jacob und Ana haben ihn ein paarmal erwähnt. Er war häufig Thema, weil wir oft über den Stromausfall und diese Dinge gesprochen haben. Warum?«

Hadad blättert ein paar Seiten um, dann zieht er ein Foto heraus und legt es zwischen uns auf den Tisch, ohne mich aus den Augen zu lassen. »Kennen Sie diesen Mann?«

Kopfschüttelnd ziehe ich das Bild zu mir heran. »Nein, noch nie gesehen. Warum?«

»Das ist Matthew Ismar«, erklärt er eintönig. »Er arbeitet seit einem halben Jahr für das Hotel. Auf seinem Handy haben wir einen Nachrichtenverlauf zwischen ihm und Paul Barnes gefunden, in dem er Geld für das Zurückhalten der Informationen bezüglich Mr Barnes' Vater forderte.«

Wie betäubt starre ich das Foto an. »Was?«

McBeal tippt mit dem Zeigefinger auf das Foto. »Unsere

Kollegen haben festgestellt, dass mehrere Stromkästen manipuliert wurden. Diese Sabotage hätte ein Laie nur schwer durchführen können, denn dafür braucht man technisches Know-how. Außerdem hat Mr Ismar hohe Kreditkartenschulden.«

»Aber … Sie denken, der Typ war das alles?« Überfordert sehe ich die beiden Männer an. »Wegen Geld?«

»Es wurden schon ganz andere Dinge für Geld getan, Luca«, antwortet Hadad leicht herablassend. »Aber wir denken gar nichts. Wir wollen wissen, was Sie denken.«

»Worüber?«, frage ich mit einem trockenen Lachen. »Fragen Sie mich, ob ich diesen Matthew für den Täter halte?«

»Ich frage Sie nach Ihren Gedanken.«

Ich schnaube. »Meine Gedanken? Hören Sie, bei allem nötigen Respekt, aber können Sie auch nur ansatzweise nachvollziehen, was wir alle in dieser Nacht durchgemacht haben? Jeder von uns, jeder Einzelne, hat ehrlich geglaubt, dass wir sterben! Auf uns wurde geschossen, und irgendein durchgeknallter Typ mit Skimaske hat mich mitten in der Nacht während eines Schneesturms auf einem verlassenen Gelände verfolgt, wo mich nicht einmal jemand gehört hätte, wenn ich mir die Seele aus dem Leib geschrien hätte! Wir haben eine Leiche gefunden! Einfach so! Und ja, falls Ihnen das alles bekannt vorkommt, dann haben Sie recht: Das ist nämlich der Plot von jedem x-beliebigen Skihütten-Horrorfilm, der existiert! Mit dem kleinen Unterschied, dass die Schauspieler und Schauspielerinnen in Wahrheit alle überlebt haben und nach dem Dreh glücklich wieder nach Hause gegangen sind. Wir haben *wirklich* Angst um unser Leben gehabt!« Schwer atmend lehne ich mich zurück. Ich schüttele abfällig den Kopf. »Also, bitte, tun Sie mir den Gefallen und lassen dieses Katz-und-Maus-Spiel. Weil ich ganz ehrlich nicht in der Lage dazu bin, hier irgendwelche geistreichen Beiträge zu leisten. Wenn Sie wissen, wer Paul getötet und uns gejagt hat, dann sagen Sie es mir einfach. Wenn nicht, dann hören Sie auf, mich kreative Vermutungen anstellen zu lassen. Das ist nicht meine Aufgabe, sondern Ihre. Sir.«

Hadad und McBeal mustern mich nachdenklich, scheinen aber nicht wirklich beeindruckt von meiner kleinen Rede zu sein. Meine Augen brennen, und ich bin mir verdammt sicher, dass es nicht mehr lange dauern wird, bis die Tränen überlaufen. Es ist zu viel. All die Emotionen, die in meinem Inneren um Aufmerksamkeit kämpfen, zerren nur noch mehr an meinen Nerven, die ohnehin schon blank liegen.

»Miss Murphy«, beginnt Hadad in einem beinahe versöhnlichen Tonfall. »Wir wollen Sie nicht schikanieren oder irgendwelche Spiele mit Ihnen spielen. Falls Sie diesen Eindruck hatten, dann möchte ich mich aufrichtig dafür entschuldigen. Wir tun hier nur unsere Arbeit.«

»Schon gut«, murmele ich.

»Zurzeit verfolgen unsere Kollegen mehrere Spuren, aber ja, bevor wir zu Ihnen ins Krankenhaus gefahren sind, wurde Matthew Ismar wegen bestehenden Tatverdachts des Mordes an Mr Barnes in Gewahrsam genommen.«

Meine Augen füllen sich mit Tränen. Ein Teil meines Verstandes versucht, diese ganzen Wendungen nachzuvollziehen, die wenigen Informationen, die ich über diesen Typen habe, mit dem in Einklang zu bringen, was die Cops mir gerade gesagt haben. Aber ich schaffe es nicht. In meinem Kopf herrscht ein solches Chaos, dass ich nicht dazu in der Lage bin, auch nur einen klaren Gedanken zu fassen.

»Sind Sie sich sicher?«, frage ich mit bebender Stimme.

»Nein.« Hadads Antwort ist genauso simpel wie ehrlich. »Es ist zu früh, um mit Sicherheit eine Schlussfolgerung zu ziehen. Aber wenn Sie mich nach meiner persönlichen Meinung fragen, dann deutet schon sehr viel darauf hin, dass wir den Richtigen haben.«

»Aber warum?«

»Wie es aussieht, hatte der Verdächtige vor, Paul zu erpressen«, erklärt McBeal. »Darauf deutet nicht nur der Nachrichtenverlauf hin. Seine berufliche Qualifikation würde außerdem den Stromausfall erklären.«

Ich will die Erleichterung nicht zulassen, die mich zu überwältigen droht. »Warum sollte er Paul töten? Wenn er Geld von ihm wollte.«

»Es gibt viele Möglichkeiten. Vielleicht hat Paul herausgefunden, wer für den Post und den Erpressungsversuch verantwortlich war. Vielleicht hat er ihn überrascht oder bei irgendetwas erwischt.«

»Leanders Account wurde auch gehackt«, werfe ich ein. »Und Jacob hat auch irgendetwas bekommen. Wie passt das da rein?«

»Es wäre möglich, dass er versucht hat, von seinen Motiven abzulenken.«

Erneut blättert Hadad in seinen Unterlagen, dann zieht er einen zweiten Ausdruck heraus und legt ihn über das Bild des Mannes. Es ist die Kopie eines kleinen karierten Zettels, der vermutlich ein paarmal zusammen- und wieder auseinandergefaltet wurde. Auch wenn die Qualität der Kopie ziemlich lausig ist, erkenne ich die ausgefransten Ränder, wo das Blatt möglicherweise aus einem Block herausgerissen worden ist, und das blasse Kreuz der Knickstellen.

»Was ist das?«, frage ich, während ich den Ausdruck zu mir heranziehe. Auf dem Zettel steht etwas geschrieben. Eine Liste. »Das sind unsere Namen«, flüstere ich. »*Paul Barnes, Devan Sandoval, Jacob Gullingham, Christine Parker-Bell, Luca Murphy, Leander Cole.* Was soll das darstellen?«

»Diese Liste haben wir auf dem kleinen Parkplatz gefunden,

wo Sie Ihre Schneemobile abgestellt haben. Er lag oben auf dem Schnee, weshalb wir davon ausgehen, dass er noch nicht sehr lange dort lag.«

Ich warte auf eine Erklärung, aber als nichts mehr kommt, ziehe ich die Augenbrauen hoch. »Und?«

»Wir denken, dass der Verdächtige möglicherweise einen Plan B hatte, vielleicht auch einen Plan C. Seine Schulden wären mit der Summe, die er von Paul verlangt hat, nicht beglichen gewesen. Nicht einmal die Hälfte davon. Wir vermuten, dass er von Ihnen allen kleinere Beträge fordern wollte, da diese leichter zu erpressen sind.«

Schnaubend schüttele ich den Kopf. »Das wäre bei mir aber ein trauriger Versuch gewesen.« Ich sehe die beiden an. »Sie scheinen sich bei dieser Theorie ja ziemlich sicher zu sein.«

Mit einem langen Blick in meine Richtung greift Hadad nach den beiden Ausdrucken und schiebt sie zurück in seine Unterlagen. »Wir sind nicht befugt, Ihnen etwas zu versprechen, Luca. Aber auch wenn Sie uns das nicht glauben – wir verstehen, was Sie durchmachen mussten. Und wir halten es nur für fair, Ihnen zu signalisieren, dass Sie sich … entspannen können. Sie haben überlebt. Sie sollten stolz auf sich sein.«

Keine Ahnung, was ich darauf antworten soll. Im Moment fühle ich so ziemlich alles, außer Stolz. Ich bin verwirrt, wütend, traurig, überfordert … aber gegen meinen Willen auch erleichtert. Während ich darauf gewartet habe, dass ich an der Reihe bin, habe ich mich immer wieder dabei erwischt, wie ich den Gang beobachtet habe. Jeder Mitarbeitende, der an mir vorbeigelaufen ist, hat mein Herz schneller schlagen lassen. Ich hatte Angst davor, spätestens im Flugzeug auf dem Weg nach Hause eine Panikattacke zu erleiden, weil ich mich bei jedem Passagier gefragt hätte, ob der vermummte Typ möglicherweise noch nicht aufgegeben hat.

»Also«, sage ich langsam, während ich meine Hände in meinem Schoß ineinanderkralle, »ist es vorbei?«

Hadad antwortet nicht sofort, aber seine ansonsten so ernste Miene wird ganz kurz weicher. »Wir werden uns wieder bei Ihnen melden, weil wir ohne Zweifel noch weitere Fragen an Sie alle haben werden. Aber fürs Erste sind Sie entlassen, Luca. Fliegen Sie nach Hause.«

47

LUCA

Sonntag, 08. Oktober 2023

Als ich mich neben Devan in Anas kleinen Pick-up quetsche, macht sich ein beinahe unangenehmes Déjà-vu-Gefühl in mir breit. Mein Koffer ist wieder auf der Ladefläche festgezurrt, doch dieses Mal ist es nicht der Nebel oder Sprühregen, der meine Klamotten durchweichen wird, sondern der Schnee, der gemächlich vom Himmel fällt. Der Sturm hat sich verzogen, und die Straßen wurden zum Großteil geräumt, dennoch ist die Landschaft von einer weißen, weichen Decke verhüllt. Es sieht malerisch aus, beinahe magisch. Wie die Kulisse einer Weihnachtspostkarte. Nichts erinnert mehr an die erschreckende Kälte, den Schrecken des Schnees, der mir für immer und ewig die Freude am Winter genommen hat.

Ich knalle die Tür hinter mir zu und ziehe scharf die Luft ein, als sie dabei gegen meinen lädierten Oberschenkel stößt. Devan sieht mich stirnrunzelnd an, aber ich schüttele nur den Kopf. Ich kann kaum glauben, dass unsere erste Fahrt in dieser Konstellation nicht einmal eine Woche her ist. Wie sehr sich alles geändert hat! Als Ana uns am Flughafen aufgelesen und zum *Ortiz* mitgenommen hat, war ich kribbelig vor Aufregung gewesen, vor Erwartungen und Vorfreude. Devans Anwesenheit hat mich genervt, und die Enge der Fahrerkabine hat mir ein bisschen zugesetzt, aber alles in allem habe ich mich auf meine Zeit im *Ortiz Grand Resort* gefreut. Jetzt ist die Stimmung gedämpft, keiner von uns will sich großartig unterhalten, und ich will am liebsten so schnell wie möglich so viele Meilen zwischen mich und die Hotelanlage bringen, wie es nur irgendwie geht. Wir alle wollen weg, selbst Jacob. Nachdem sein Onkel gestern Abend angekommen ist, hatte ich den Eindruck, dass Jacob ebenfalls nicht gerade scharf darauf ist, länger als nötig hierzubleiben.

»Es ist ein komisches Gefühl, oder?«, frage ich leise, den Blick immer noch aus dem Fenster gerichtet. »Wegzufahren, meine ich.«

»Warum?« Devan greift nach meiner Hand.

Ich zucke mit den Schultern. »Ich will weg. Aber irgendwie fühlt es sich an, als wären wir hier noch nicht fertig.«

Ana antwortet nicht, und auch Devan schweigt ein paar Sekunden. Dann drücken seine Finger sanft meine. »Weil einer fehlt.«

Mein Herz zieht sich so schmerzhaft zusammen, dass ich mich versteife. Es mag übertrieben wirken, weil wir Paul kaum kannten und ich ihn nicht einmal sonderlich gemocht habe, trotzdem hat Devan recht. Ich kenne Ana, Christine und Leander nicht. Nicht wirklich. Nicht einmal Devan. Dennoch habe ich das Gefühl, dass die vergangenen Tage uns zusammengeschweißt haben. Vielleicht verbindet Trauer, Leid und Angst genauso gut wie Freundschaft. Ich würde keinen von ihnen wirklich als meinen Freund bezeichnen. Eher als … keine Ahnung, Gefährten vielleicht. Auch wenn das klingt, als hätten wir uns zusammen auf eine Reise durch Mittelerde begeben, um einen bescheuerten Ring in einen Vulkan zu werfen.

Seufzend lasse ich meine Stirn gegen das kalte Glas sinken, das unter meinem Atem beschlägt. Wir haben überlegt, noch zu bleiben und mit Pauls Familie zu sprechen, uns dann aber dagegen entschieden. Christine war fest entschlossen, zu fahren, weil sie Angst hatte, Pauls Schwester und Mom könnten die Fotos von ihr und dem anderen Typen auf Instagram gesehen haben. Auch ich wollte diesen Menschen nicht begegnen. Was hätte ich ihnen schon sagen können, um ihren Verlust weniger schmerzhaft zu machen? Dass niemand nach ihrem Sohn gesucht hat? Dass er möglicherweise einen ganzen Tag und eine Nacht da oben lag und wir selbst dann nur zufällig über ihn gestolpert sind?

Sicher nicht.

Mein Handy vibriert in meiner Hosentasche, aber ich schaue gar nicht erst nach, wer es ist. Heute Morgen gingen die Schlagzeilen online, und auch wenn ein Großteil der Informationen und die Details der Nacht fehlten, reichte die Story, um Wellen zu schlagen. Ein Mordopfer und eine Gruppe Leute, die nachts von einem Mörder durch die Berge gejagt wird, sind einfach eine verdammt gute Headline. Ein paar Leute haben eins und eins zusammengezählt, und seitdem erreichen mich Nachrichten von Kommilitonen und Kommilitoninnen im Sekundentakt. Wir alle haben unsere Social-Media-Profile auf privat gestellt, aber ich habe die vage Vermutung, dass irgendein Genie unsere Handynummern in einer WhatsApp-Gruppe des Campus gepostet hat. Gestern mussten wir unsere Handys abgeben, damit die Polizei sie durchsuchen konnte. Christines haben sie behalten, schon allein wegen der Fotos des Handschuhs – die Vermutung liegt nahe, dass eines der Bilder direkt am Leichenfundort gemacht wurde. Auch Leander hat seines noch nicht wiederbekommen, weil auch versucht wurde, sich in seine Accounts einzuloggen. Ich hatte beinahe das Gefühl, Devan und ich würden die Beamten irgendwie langweilen. Es gab keinen direkten Angriff auf uns, noch nicht einmal einen Versuch. Hadad hat die ziemlich unschmeichelhafte Vermutung angestellt, dass wir nicht im Visier waren, weil unsere finanziellen Verhältnisse nicht interessant genug gewesen wären. Na, vielen Dank. Dass meine Eltern einen eigenen kleinen Geldspeicher à la Dagobert Duck anlegen könnten, hat dieser Matthew bei seiner Recherche dann offensichtlich übersehen.

Das Gesicht des Mannes taucht vor meinem inneren Auge auf, aber ich schiebe es energisch beiseite. Heute Nacht hatte ich Albträume, weil ich die Schlafmedikamente abgelehnt habe, die die Pflegekräfte uns andrehen wollten. Über das Bild der vermummten Gestalt hat sich immer wieder Matthews Gesicht gelegt. Dass der Schrecken nun einen Namen und ein konkretes Aussehen hat, ist fast noch schlimmer als der mysteriöse Unbekannte. Diese kleinen Details machen es realer, greifbarer. Und tausendmal unheimlicher.

Während der Fahrt sprechen wir kaum miteinander, gleichen nur unsere Abflugzeiten ab und telefonieren kurz mit Jacob, um einen Treffpunkt am Flughafen zu vereinbaren. Ich starre einfach aus dem Fenster. Schaue dabei zu, wie erst Eagle Creek, dann die Landstraße und schließlich der Highway an uns vorbeiziehen, wie der Abspann nach der Schlussszene eines wirklich, wirklich schlechten Films.

Als wir ankommen, stellt Ana den Wagen auf einem der hinteren Parkplätze ab und erklärt Devan, dass es eine Art Gemeinschaftswagen des *Ortiz*-Personals ist. Eine Kollegin reist später am Tag an und nimmt ihn wieder mit. Ich höre kaum hin. Mein Blick ist fest auf den Eingang des Flughafens gerichtet. Die Rettung, unser Ausweg aus dieser verdammten Hölle.

Im Gehen nimmt Devan meine Hand und lässt sie nicht mehr los. Ich entziehe sie ihm nicht und bin dankbar für seine Nähe, trotzdem erinnert sie mich an all die unausgesprochenen

Fragen zwischen uns. Er fliegt nicht nach Portland, sondern zurück nach Scottsdale zu seiner Familie. Ich habe keine Ahnung, wann und ob wir uns wiedersehen. Und ein Teil von mir hat Angst, ihn danach zu fragen. Ich befürchte, dass das, was zwischen uns ist, ein Teil von Eagle Creek ist. Und hierbleiben wird, wenn wir ins Flugzeug steigen und in die echte Welt zurückkehren. Vielleicht könnten wir es auch nicht ertragen, uns regelmäßig zu sehen, weil wir einander immer wieder an das erinnern würden, was da oben am *Land's End* passiert ist.

Die vielen Menschen machen mich irgendwie nervös, also gehe ich dicht neben Devan und lasse ihn erst los, als wir am Check-in-Schalter ankommen. In der Abflughalle warten bereits Jacob und Christine. Auch Leander ist da, obwohl er mit dem Motorrad nach Hause fährt. Ich gehe davon aus, dass er Ana Gesellschaft leistet oder sich in Ruhe verabschieden will.

»Warte kurz«, murmelt Devan und hält mich am Arm zurück.

Ana zwinkert mir zu und geht dann an uns vorbei auf Leander zu. Die beiden umarmen oder küssen sich nicht, aber allein bei dem Blick, den sie miteinander tauschen, wird mir warm.

»Ich wollte …«, beginnt Devan, als ich mich zu ihm umdrehe, bricht dann aber ab und flucht. »Wir sollten uns unterhalten, oder nicht?«

Ich lächle leicht, dann stelle ich mich auf die Zehenspitzen, schlinge meine Arme um seinen Nacken und küsse ihn. Ich habe das nicht geplant, und ehrlich gesagt bin ich mir nicht einmal sicher, ob das bei all den ungeklärten Dingen zwischen uns wirklich eine gute Idee ist. Aber das ist mir egal. Denn wie schon zuvor hat Devans Nähe und das Gefühl seiner Lippen auf meinen eine unglaubliche Wirkung: Meine Gedanken verpuffen im Nichts. Sämtliche Sorgen, die Angst und die Grübeleien lösen sich in Luft auf, bis ich nichts anderes tun kann, als zu spüren. Für den Bruchteil einer Sekunde gibt es nur ihn und mich auf der Welt. Keine maskierten Fremden, keine um sich schießenden Haustechniker.

Devan umfasst meine Taille und zieht mich an sich, während er den Kuss vertieft. Von irgendwo ertönt ein Pfiff, aber auch den nehme ich kaum wahr. Dann verziehen sich Devans Lippen unter meinen zu einem Lächeln.

»Deine Form einer Unterhaltung gefällt mir«, murmelt er.

Grinsend weiche ich zurück, lasse ihn aber nicht los. »Ich bin ein Fan von nonverbaler Kommunikation.« Er lacht, und ich seufze. »Ich weiß, dass wir reden müssen. Aber … bitte. Nicht jetzt, okay? Gib uns beiden ein paar Tage.«

Er mustert mich einige Sekunden lang nachdenklich. »Du bist mir ein Rätsel, Prinzessin.«

»Und du ein offenes Buch.« Meine Augenlider flattern, als er einen zärtlichen Kuss auf meinem Mundwinkel platziert.

Sein Schnauben klingt nach einer Mischung aus Spott und Belustigung. »Komm, wir gehen zu den anderen.«

Wieder nimmt er meine Hand. Ich bin ein wenig überrascht, wie selbstverständlich er das neuerdings tut. Ich hebe unsere ineinander verschränkten Hände und sehe ihn von der Seite neugierig an. »Ich hätte nicht gedacht, dass du ein Händchenhalter bist.«

»Ich habe meine Gründe.«

Als er nicht weiterspricht, hebe ich fragend die Augenbrauen. »Die wären?«

Ana macht einen Schritt zur Seite und nimmt uns in den lockeren Stehkreis auf, den die anderen gebildet haben. Sie unterhalten sich gerade über Deputy Hadad, also höre ich hastig weg.

Devan beugt sich zu mir herunter. Als seine Lippen mein Ohr berühren, erschaudere ich, dann drückt er meine Finger. »Bleib einfach in meiner Nähe, Luca Murphy.«

48

[redacted]

Mit einem selbstbewussten Lächeln, mit dem ich Paul zu Lebzeiten problemlos Konkurrenz hätte machen können, schiebe ich den Riemen meiner Tasche höher auf meine Schulter. Ich trage kaum etwas zur Unterhaltung bei, was keinen zu stören scheint. Sie hören sich alle einfach zu gerne selbst reden. Aber ich sauge jedes gesprochene Wort auf, jede so sorglos formulierte Silbe, jeden geformten Buchstaben. Mit ihnen allen vervollständige ich das Bild, das ich in den hinter mir liegenden Wochen von all diesen Menschen gezeichnet habe. Füge Details hinzu, Schatten und Highlights. Einzelne Pinselstriche, auf die es ankommen wird, wenn ich am Ende zurücktrete, um das Gesamtwerk zu betrachten.

Sie alle sind so frei mit dem, was sie über sich preisgeben. Man könnte glatt meinen, keiner von ihnen hätte etwas gelernt aus den ach so laut beklagten Dingen, die noch so erschreckend frisch hinter ihnen liegen.

Ich mustere jedes einzelne Gesicht, eines nach dem anderen. Ihnen allen sind die Ereignisse der vergangenen Tage deutlich anzusehen, trotzdem scheint die Erleichterung zu überwiegen. Sie erinnern mich an kleine Kinder, die nach der letzten Schulglocke vor den Sommerferien aus dem Gebäude stürmen und bereits versunken sind in unrealistische Träume über die Abenteuer, die ihnen der Sommer bieten soll. Sie haben es geschafft, das Gute hat über das hassenswerte Böse gesiegt, und sie haben das Rätsel gelöst. Die Ordnung ist wiederhergestellt, und die Sonne kann in Frieden untergehen in Eagle Creek. Happy End, Abspann, Klappe.

Ich muss all meine mir zur Verfügung stehende Willenskraft aufbieten, um nicht das Gesicht zu verziehen und meinen wahren Gefühlen Ausdruck zu verleihen. Dieser letzte Akt, bevor der Vorhang zur Pause fällt, erfordert deutlich mehr Anstrengung, als ich es mir vorgestellt habe. Die Fassade aufrechtzuhalten, ihr Glück und ihre Erleichterung darüber glaubhaft zu teilen, den Strippenzieher geschlagen zu haben. Das an seiner Zigarre paffende Mastermind.

Als ich vor ein paar Tagen zu dieser Mission aufgebrochen bin, habe ich gehofft, am Ende dieses ersten Aktes mehr Namen von meiner kleinen Liste streichen zu können. Ich bin enttäuscht, dass es nur der eine ist. Trotzdem werde ich mich nicht beschweren. Die letzte Runde, dieser letzte Akt hat mir ziemlich eindrucksvoll bewiesen, dass das Schicksal auf meiner Seite ist. Es ist mir gelungen, mich im grellen Scheinwerferlicht zu verbergen – niemand hat auch nur in meine Richtung gesehen. Das Versagen dieses Lifts war ein verdammter Zufall, der sich als wahrer Segen herausgestellt hat. Er hat Angst gesät und mich beinahe übermächtig erscheinen lassen – als wäre ich eine dunkle, unsichtbare Macht, die körperlos über den Schicksalen dieser Menschen schwebt.

Ich unterdrücke ein Grinsen, während in meinem Inneren ein neues Gefühl seine ledrigen Flügel ausstreckt: Vorfreude. Meine Pläne endlich in die Tat umsetzen zu können hat mich beinahe glücklich gemacht. Auf eine Art und Weise, die ich mir nicht einmal vorzustellen erlaubt habe. Und allein bei dem Gedanken an meinen nächsten Spielzug beginnt es in meinen Fingerspitzen ungeduldig zu kribbeln. Ich kann es kaum erwarten, dass die heuchlerischen Masken dieser Menschen fallen. Wenn ich genau hinsehe, erkenne ich die Nervosität in ihren verlogenen Gesichtern. Das Misstrauen, das ich in den letzten Tagen in ihren Herzen und ihrem Verstand habe wachsen lassen. Sie alle sind nicht ehrlich zueinander, nicht einmal jetzt. Sie alle haben Geheimnisse, die sie voreinander wahren wie einen verdammten Schatz. Keiner von ihnen ist so treu, so rechtschaffen oder so gut, wie sie es vorgeben zu sein.

Ich lache laut, einnehmend und charismatisch, als einer von ihnen einen Witz macht und Beifall heischend in die Runde sieht. Dieses Lachen habe ich geübt, bis zur letzten Oktave perfektioniert. Genau wie jedes andere Detail meiner Rolle, während die Menschen um mich herum so sorglos sie selbst sind. Der Großteil von ihnen ist nicht auch nur ansatzweise so intelligent, wie sie es sich einbilden. Nicht ansatzweise so liebenswert, wie sie es sich und anderen vormachen. Kein Einziger von ihnen hat mich auch nur den Bruchteil einer Sekunde verdächtigt. Keiner hat mein Blatt gelüftet und mich als den Joker enttarnt, den ich verkörpere.

Ich bin unsichtbar, eine meisterhafte Camouflage. Und während dieser Fakt überwiegend einen Sieg darstellt, beinhaltet er gleichzeitig die einzige Tatsache, die einen dunklen, erstickenden Schatten über meinen Triumph wirft. Denn der einzige Mensch, von dem ich mir wünschte, er würde mich sehen – meine Taten, meine Fortschritte –, hat keine Ahnung, dass ich diese Mission in seinem Namen verfolge.

Aber das wird sich ändern. Schon bald wird er mich bemerken und verstehen, was ich für ihn tue. Dafür werde ich sorgen.

Als die monotone Ansagestimme durch die Halle plärrt und das Boarding an meinem Gate ausruft, umarme ich jeden von ihnen, lächle und wünsche ihnen einen guten Heimflug. Verspreche, mich bald zu melden. Bescheid zu sagen, wenn ich angekommen bin. Den Kontakt zu halten. Verspreche ihnen das Blaue vom Himmel, wie man so schön sagt.

Sie haben keine Ahnung, wen sie so naiv in ihr Leben gelassen haben. Sie haben keine Ahnung, dass das hier lediglich die erste Runde eines weitaus größeren Spiels war.

Fortsetzung folgt ...

Ich wurde getäuscht. Mit jeder kleinen Lüge, mit jedem kleinen Geheimnis.

Kim Nina Ocker
EVERY LITTLE SECRET

544 Seiten
ISBN 978-3-7363-1744-4

Die Nachricht, dass ihre Mutter, die sie nie kennengelernt hat, ihr ein großes Vermögen vererbt, trifft Julie vollkommen unvorbereitet. Um das Erbe antreten zu können, muss sie allerdings Teil des Familienunternehmens ihrer Mutter werden. Julie taucht in eine Welt voller Luxus und Reichtum ein, aber auch voller Intrigen und Geheimnisse – und sie trifft auf Caleb, den Adoptivsohn ihrer Mutter, dessen Blicke Julies Herz gefährlich schnell schlagen lassen. Doch plötzlich erreichen sie beunruhigende Anrufe und mysteriöse Drohbriefe, die Julie Angst einjagen ...

»Eine moderne Cinderella-Geschichte mit spannendem Twist.«
ANABELLE STEHL

LYX

Eine verbotene Liebe in der New Yorker High Society

Lena Kiefer
WESTWELL - HEAVY & LIGHT

480 Seiten
ISBN 978-3-7363-1762-8

Als Helena nach New York zurückkehrt, hat sie nur ein Ziel: den Ruf ihrer Schwester wiederherstellen. Zweieinhalb Jahre ist es her, dass Valerie und ihre große Liebe Adam nach einer Partynacht tot aufgefunden wurden. Helena setzt alles daran, herauszufinden, was in jener Nacht wirklich geschehen ist. Aber auf der Suche nach der Wahrheit kommt ihr ausgerechnet Jessiah Coldwell – Adams jüngerer Bruder – in die Quere. Helena weiß, dass sie Jess eigentlich hassen müsste. Und doch weckt er Gefühle in ihr, gegen die sie schon bald machtlos ist …

»*WESTWELL* vereint alles, was ich an New Adult liebe.« *SARAH SPRINZ*

LYX